ecco

Jacqueline Maley

NUR EINE WEITERE GESCHICHTE

Roman

Aus dem amerikanischen Englisch
von Wibke Kuhn

Ecco

Die Originalausgabe erschien 2021 unter dem Titel
The truth about her bei HarperCollins Australia, Sydney.

eccoverlag.de

1. Auflage 2023

Deutsche Erstausgabe

Einbandgestaltung von Anzinger und Rasp, München
Einbandabbildung von Hélène Delmaire
Autorinnenfoto von Louise Kennerly
Gesetzt aus der Bembo und der Codec Cold
von GGP Media GmbH, Pößneck
Druck und Bindung von CPI books GmbH, Leck
Printed in Germany
ISBN 978-3-7530-0078-7

Klimaneutral
Druckprodukt
ClimatePartner.com/15109-2009-1001

MIX
Papier
FSC FSC® C083411

FÜR EVELYN

You are my one, and I have not another;
Sleep soft, my darling, my trouble and treasure.

Christina Rossetti
»Crying, my little one, footsore and weary«

1. TEIL

1. KAPITEL

Im Sommer, nachdem ich die Story geschrieben hatte, die Tracey Doran tötete, hatte ich gerade aufgehört, mit zwei sehr unterschiedlichen Männern zu schlafen, nach einer Verwicklung in etwas, was manche Menschen im Internet als »Sexskandal« bezeichneten, obwohl es mir in dieser Formulierung nicht so vorkam, als könnte mir so etwas passieren. So etwas passierte den Leuten, über die ich schrieb, also einer ganz anderen Art von Leuten. In jenem Sommer wohnte ich in Glebe, einem Vorort von Sydney, in einem baufälligen Haus, zusammen mit meiner kleinen Tochter Maddy, die im Mittelpunkt von allem stand. Das Haus war alt und wurde streng bewacht von einem riesigen Moreton-Bay-Feigenbaum, der noch älter war als das Haus selbst. Der Feigenbaum war gigantisch und zuweilen sogar bedrohlich, wie eine Kreuzung aus einem riesigen Pterodaktylus und einem Stück uralter Fauna, die in den gruseligen Teil eines Märchens gehörte. Der Baum drohte permanent das Haus zu überwältigen, aber ich hatte damals andere Dinge im Kopf. Mit dem Feigenbaum lebte ich, das Haus liebte ich. Gegenüber lag ein Park, der wie mit groben Stichen in die Küstenlandschaft eingenäht war, und selbst der Hafen war zu sehen, wenn man auf dem

Rand der Badewanne stand und das Fenster über der Toilette aufschob. Ich stand oft auf dem Rand der Badewanne, nicht wegen des Blicks auf den Hafen, sondern weil es die einzige Möglichkeit war, mein komplettes Outfit zu sehen, denn in unserem Haus gab es keinen Ganzkörperspiegel. Seit dem Einzug hatte ich immer vorgehabt, einen zu kaufen und ihn an der Rückseite der Tür anzubringen, aber das war jetzt schon über zwei Jahre her. Irgendwie schien nie Zeit zu sein für diesen Plan, und ich hatte mich daran gewöhnt, meinen Körper nur in Teilen zu sehen – Gesicht, Dekolleté, zwei schwebende Beine. Wenn ich beruflich in der Stadt war, kam ich ab und zu an einem großen Spiegel vorbei, in einem Büro oder einer Boutique. Hier bin ich, dachte ich mir dann. *Bitte sehr.* Es war jedes Mal wieder eine Überraschung, mich im Ganzen zu sehen.

Der Mangel an einer größeren reflektierenden Oberfläche war nicht der einzige Makel des Hauses. Das Mauerwerk war feucht, und Putz bröckelte ab. Der Garten hinter dem Haus war übersät mit stacheligen Samen des Seesternbaums, und die bis zum Boden durchgehenden Türen quollen bei Regen auf. Trotzdem hatte es diese einzigartige Sydney-Lage, die Immobilienmakler dazu brachte, mir mehr oder weniger täglich ihre schleimigen Visitenkarten in den Briefkasten zu werfen. Einmal hatte sich ein Makler sogar auf dem Weihnachtskonzert von Maddys Vorschule (sie spielte ein nicht unbedingt überzeugendes Schaf) neben mich gesetzt und mich gefragt, ob ich mir vorstellen könnte, angesichts der momentanen Marktlage zu verkaufen. Ich hätte nie an einen Verkauf gedacht, nicht zuletzt, weil das Haus gar nicht mir gehörte. Es gehörte meinem Onkel Sam, der es 1970 für zwanzigtausend Dollar gekauft hatte, eine Tatsache, die die Leute nach Luft schnappen ließ, wenn er auf Dinnerpartys davon erzählte.

Maddy und ich wohnten dort, seit sie zwei war und ich ihren Vater verlassen hatte, nach Dem Vorfall. Oder Charlie hatte mich verlassen, ich war immer noch nicht sicher, wer eigentlich wen verlassen hatte. Ich wusste nur eines: Das Idyll der frühen Mutterschaft, der Milchflecken und nächtlichen Fütterungen, der Sorgen und ersten Male – das erste Lächeln, das erste Umklammern eines Fingers, der erste Schritt, der erste Wutanfall im Supermarkt, die erste Hämorrhoide (bei mir), der erste herzzerreißende Stich von Schuldgefühl – war jäh zum Ende gekommen. Als ich später merkte, wie schwierig es war, allein für ein Kind zu sorgen, beschloss Charlie, ich hätte ihn verlassen. Er zog sich auf diese Position zurück, und nichts hätte ihn von dort weglocken können. Er stichelte, er beschimpfte mich und behauptete, ich hätte mich entschieden, ihn zu verlassen – was ich denn erwartet hätte? Aber ich war nicht sicher, ob von einer Entscheidung meinerseits wirklich die Rede sein konnte.

Zuerst war die Wohnung in der Ruby Street nur als vorübergehende Lösung gedacht, aber Onkel Sam hatte sich von Maddy derart um den Finger wickeln lassen – ein liebenswertes kleines Mädchen, das mit seinem Lächeln um sich warf wie Konfetti –, dass wir am Ende doch blieben. Irgendwann zog Onkel Sam aus, nachdem er im Badezimmer gestürzt war und sich die Hüfte gebrochen hatte, während Maddy und ich im Urlaub in Queensland gewesen waren. Er kam in eine Senioreneinrichtung in Potts Point, wo ihn eine dralle und effiziente Krankenschwester versorgte und er am

Hafen bei Beare Park spazieren gehen oder zumindest am Hafen bei Beare Park herumhumpeln konnte. Es war sein Lieblingsabschnitt von Port Jackson, sagte er, und dort wollte er sterben. Onkel Sam redete ganz offen von seinem Tod, als wäre es eine Reise, die er vorausplante, eine Art ausgedehnte Auszeit von einer langfristigen Arbeitsstelle, die er sich demnächst nehmen wollte.

Ich hatte nicht vorgehabt, Tracey Doran zu töten, und als der Sommer begann, hätte ich mir nicht träumen lassen, dass ihr Tod ihn komplett beherrschen würde. Sie war nur eine Geschichte wie alle anderen.

*

Da wir in Sydney wohnten, begann der Sommer irgendwann im September, als die Zylinderputzer blühten und die Elstern anfingen zu keckern und mit mörderischen Absichten herunterzuschießen – ein Doppel, das den australischen Busch wunderbar abbildete: Seine Schönheit gab es nur, wenn man auch die Gefahr in Kauf nahm. Dieses Jahr hatte eine Elster tatsächlich jemanden getötet, einen Radfahrer, den sie so heftig attackierte, dass er vom Radweg abkam und vor einen beschleunigenden Mack-Lastwagen fuhr. Wie weist man das Tatmotiv im Falle eines Vogels nach? Ich hatte einen halben Abschluss in Rechtswissenschaften, aber ich wusste es nicht. Ob es Mord oder Totschlag war, sei eine Sache zwischen der Elster und ihrem Gott, sagte mein Kollege Victor, als wir am Schreibtisch saßen und beim Durchscrollen der neuesten Nachrichten schockiert diese Geschichte lasen. Oder *seinem* Gott, sagte ich, denn seit Maddys Geburt hatte ich versucht, alle Formen von sexistischer Sprache aus meinem Sprachgebrauch zu streichen. Dieses Ziel war von vornherein zum Scheitern verurteilt, denn obwohl sie in der Umgebung einer fortschrittlichen Mittelklasse aufwuchs und von einer alleinerziehenden Mutter (mir) erzogen wurde, die buchstäblich alles für sie tat, war Maddy eine starke Anwältin für Gendernormen. Sie weigerte sich zu glauben, dass irgendein Kind mit langen Haaren ein Junge sein könnte – etwas, was durchaus peinlich werden konnte, wenn wir Spielplätze besuchten, auf denen es vor hübsch bezopften Jungen mit Namen wie Leaf und Miro nur so wimmelte. Maddy korrigierte mich auch lachend, als ich ihr erklärte, dass der Premierminister auch ein Mädchen sein konnte. »Nein, kann er nicht, Mama!«, gluckste sie, und ich musste zugeben, dass die Beweislage für meine Behauptung dürftig war. Maddy trug rosa Sachen, als wäre es ihr von einer höheren Macht als mir diktiert worden, und sie hatte irgendwie auch das heilige Trio mädchenhafter Interessen in sich aufgenommen – Elfen, Prinzessinnen und Einhörner – trotz all meiner Bemühungen, ihr Interesse für Bücher über feministische Pionierinnen zu wecken oder andere frühfeministische Propagandawerke wie ein Bilderbuch mit dem Titel *Mama geht zur Arbeit*.

Ich hoffte immer, dass sie diese Meinungen in der Vorschule für sich behielt, wo sich ein Stamm von freundlichen, aber konsequenten Frauen großartig um sie kümmerte, die in ihrer liebevollen Fürsorge viel mehr Geduld hatten als ich. Jeden Morgen, bevor ich zur Arbeit ging, gab ich Maddy vertrauensvoll in ihre Arme, als wären sie einfach das nächste Glied in der mütterlichen Gänseblümchenkette – die Frauen, die arbeiteten, damit Frauen wie ich arbeiten konnten. Wer kümmerte sich eigentlich um ihre Kinder, wenn sie arbeiteten? Es war ein Matroschka-Trick, auf den der Feminismus keine Antwort wusste. Ich versuchte, mich nicht allzu schuldig zu fühlen, ihretwegen oder weil Maddy in Vollzeitbetreuung war, während die meisten anderen Kinder nur wenige Tage pro Woche dort waren, als praktizierten sie Jobsharing oder würden einfach nur einem Hobby nachgehen. Die Mütter dieser Teilzeitkinder hatten berufliche Karrieren, waren aber auch in der Lage, sich aufgrund einer gewissen finanziellen Freiheit ein paar Tage in der Woche zu nehmen, um die Flüchtigkeit der frühen Kinderjahre genießen zu können. Eine Flüchtigkeit, die mir schmerzlich bewusst war und immer besonders stark, wenn ich Maddy morgens abgab und sie vor einer Schüssel mit Cornflakes zurückließ. Die pummelige Säule ihres Arms hatte ein Grübchen, wo sie auf die Falte ihres Handgelenks traf, und dieser Anblick löste in mir einen Drang aus, sie an mich zu drücken und wieder in mich aufzunehmen wie ein Puzzleteil. Trotz des Chaos', in das sie hineingeboren war, dankte ich Gott dafür, sie zu haben. Oder ich hätte ihm gedankt, wenn ich an ihn (oder sie) geglaubt hätte.

An solchen Vormittagen eilte ich an die Arbeit und wünschte mich gleichzeitig in mein paralleles Leben zurück, das mich seit Dem Vorfall wie ein hartnäckiger Schatten verfolgte. In diesem Leben waren Charlie und ich immer noch zusammen und glücklich auf die Art, die bedeutete, dass er noch immer meinen Nacken küsste. In diesem parallelen Leben hätte ich einen kleinen, aber feinen Job, der sich ein paar Tage pro Woche nebenbei ausüben ließ, während er mir gleichzeitig gestattete, mein Gehirn zu benutzen und an der richtigen Art von Dinnerparty-Unterhaltungen teilzunehmen – aber andererseits eben auch, ganze Tage mit meinem Kind zu verbringen, tagelang im Park zu sitzen, zum Vorlesen in die Bibliothek zu gehen und Einkaufsausflüge zu K-Mart zu machen, die anfangs noch ironisch gemeint waren, aber bald etwas wurden, worauf man sich freute, weil sie die Langeweile durchbrachen. Wahre Mutterschaft, wie sie von den Frauen gelebt wurde, die ich kannte. Die ganze Tage als Vollzeitmamas verbrachten, auf Indoorspielplätze gingen und sich nach den besten Schwimmkursen erkundigten. Sie packten ihren Kindern ausgewogene Mahlzeiten in Tupperware-Boxen, die so eingeteilt waren, dass sich der Plastikabfall auf ein Minimum reduzieren ließ, und blätterten gutes Geld für Babyccinos hin, die, wie mein Kollege Vic grob überschlagen hatte, eine größere Profitmarge hatten als Blutdiamanten. Diese Tage verschafften mir Zutritt zu einer anderen Art von Dinnerparty-Unterhaltung, der Art, die in der Küche stattfand, zwischen den Frauen, die der Gastgeberin beim Aufräumen halfen. Die Unterhaltung bestand aus Podcast-Empfehlungen und Tipps für gute Erziehungsratgeber, und unterschwellig fällten sie auch immer Urteile über andere Mütter, die gerade nicht im Zimmer waren, Urteile, die sie als Sorge um ihre Kinder maskierten. In Wirklichkeit mied ich solche Dinnerparty-Unterhaltungen und blieb mit den Männern am Tisch sitzen, um mit ihnen über die Themen zu reden, die mich interessierten und die weit genug von mir weg waren, wie Politik oder Klatsch aus der Medienwelt. Ich hatte den Verdacht, dass ich sowieso nicht oft zu solchen Dinnerpartys eingeladen wurde. Nach jenem Sommer war ich wahrscheinlich Gegenstand ihres Klatsches, etwas, wozu meine Abwesenheit erforderlich war.

Eines Tages Anfang November schob ich Maddy aus unserer Wohnung in der Ruby Street hinaus und zog die Tür hinter uns zu. Ich half Maddy, den Wurzeln des Feigenbaums auszuweichen, die sich über den Weg zogen, und öffnete das verrostete Eisentor. Es stieß einen schrillen Schrei aus. Maddy war vier Jahre alt und noch nicht so gut zu Fuß. Unsere Geschwindigkeiten unterschieden sich auf dem Weg zur Vorschule immer wieder, weil Maddy so gerne ihre Finger an Zaunlatten entlanggleiten ließ und Dinge aufhob, die sie auf dem Boden gefunden hatte, zum Beispiel Kronkorken und wichtige Steine. Ich hielt ihre Hand und schaute auf mein Handy, zum einen, ob irgendwelche Mails gekommen waren, zum andern wegen der Zeit. Nachdem ich sie in die Arme einer dieser Halbgöttinnen gegeben hatte, ging ich zum Bus, mit dem ich jeden Tag in die Redaktion der Zeitung fuhr, für die ich arbeitete. Ich nannte es immer noch eine Zeitung, obwohl das Schreiben für die Zeitung immer unwichtiger wurde als das Schreiben für die Website und das Werbetrommelrühren für die sogenannte Leserbindung. Ich hatte fünfzigtausend Follower auf Twitter und fast zehntausend auf Facebook, und ich hatte auch einen offenen Instagram-Account, auf dem ich kleine Fotos postete, die jeweils mit den Geschichten zu tun hatten, zu denen ich gerade recherchierte – die Pressekonferenz eines Premierministers, ein Foto von einem Medienrummel auf dem Bürgersteig oder ein Tablett mit süßem Tee und Mandelkeksen, arrangiert von einer Flüchtlingsfamilie, die dem sicheren Tod entkommen war.

An diesem Tag war ich ungewöhnlich früh dran, und ich beschloss, den Weg ins Büro zu Fuß zurückzulegen, statt den Bus zu nehmen. Die Jacarandasaison war gerade auf ihrem

Höhepunkt, und die Straßen waren voller lila Wolken, die Blütenblätter auf die Bürgersteige regnen ließen. Sie waren wie klebrige Ballons unter meinen Füßen. Die Luft war noch kühl, aber es lag schon das Versprechen kommender Wärme darin. Ich hörte gerade News Agenda über Kopfhörer, als mein Handy klingelte. Es war meine Nachrichtenredakteurin Curtis. Curtis war quasi das Klischee einer Nachrichtenredakteurin – leicht erregbar, Raucherin, vor Kurzem geschieden. Ich erklärte, dass ich auf dem Weg ins Büro war.

»Dann hast du es also noch nicht gehört?«, fragte sie.

Die Frage brachte mich aus dem Tritt. Alle Journalisten haben Angst vor Leuten, die vor ihnen von Dingen wissen, denn es ist unser Job, die Dinge vor den anderen Leuten zu wissen. Seitdem ich mit Charlie zu tun hatte, war dieser Instinkt noch geschärft worden. Meine Psychologin hatte mir gesagt, dass man die Gruppe von Menschen, die böse hintergangen worden waren, in zwei Typen aufteilen konnte: die Muss-es-unbedingt-wissen-Leute und die Ich-will's-gar-nicht-wissen-Leute. Ich gehörte zu den Muss-es-unbedingt-wissen-Leuten, was mir schon genug Schmerzen bereitet hatte. Dieses Es-unbedingt-wissen-müssen bedeutete, dass auf meinem Schläfenlappen zahlreiche unangenehme Bilder unwiderruflich eingeritzt waren, Bilder, die mein Gehirn hartnäckig gegen meinen Willen aufbewahrte. Mein chronischer langfristiger Schlafmangel sorgte dafür, dass ich alles Mögliche vergaß, von meiner PIN-Nummer bis hin zum Namen meiner Mutter (Letzteres allerdings nur einmal). Doch die Bilder blieben, und manchmal waren sie so lebensecht, dass sie für mich präsenter und realer waren als mein eigenes Spiegelbild.

»*Was* hab ich noch nicht gehört?«, fragte ich.

Tausend verschiedene Möglichkeiten schossen mir durch den Kopf – Neuigkeiten, die so aufregend waren, dass meine Redakteurin mich um sieben Uhr fünfzig am Morgen anrief. Ein Terroranschlag? Ein politisches Attentat? Vielleicht hatte man mich ja auch für eine Auszeichnung vorgeschlagen.

»O Gott, Suze«, sagte Curtis. »Es gibt keine einfache Art, es zu sagen.« Sie legte eine Pause ein.

»Keine einfache Art, was zu sagen?«

»Tracey Doran ist tot. Sie ist letzte Nacht gestorben. Sie … ähm. Schau, Suze …« Curtis murmelte irgendetwas in sich hinein, dann legte sie wieder eine Pause ein. »Sie hat sich umgebracht.«

Ich blieb stehen. Der Speichel verließ meine Kehle, als würde man Meerwasser mit einem Blasebalg absaugen. Meine Beine drohten unter mir nachzugeben. Ich setzte mich auf die Steinmauer eines Gartens, an dem ich gerade vorbeiging. Darin stand ein gelber Rosenstrauch, der gerade voll aufgeblüht war.

»Ich hab gestern Abend noch mit ihr gesprochen«, sagte ich. »Deswegen kann das gar nicht sein. Gestern Abend war sie noch am Leben.«

»Wir haben es heute früh im Polizeibericht gesehen«, sagte Curtis. »Und dann hat einer von Kates Jungs ihre Identität bestätigt.«

Kate war Polizeireporterin. Sie neigte zu Atemlosigkeit am Funkgerät, aber nie zu Fehlern.

»Fuck.«

»Ich weiß«, sagte Curtis. »Aber jetzt hör mir gut zu. Sie hat in Schwierigkeiten gesteckt, richtig? Also glaube ich nicht, dass wir uns hier die Schuld geben sollten. Es ist nicht deine Schuld. Deine Story war hundertprozentig sauber.«

Im Grunde traf das zu.

»Wie hat sie es getan?«

Wieder eine Pause. Ich hörte, wie Curtis laut in den Hörer atmete, wie ein Sexanrufer oder ein kleines Kind.

»Curtis.«

»Willst du das wirklich wissen?«

Mein Herz schlug, als wäre es wütend. »Ja«, sagte ich.

»Tabletten. Sie hat eine Überdosis genommen. Alkohol und Tabletten.«

Das stand eine geraume Weile in der Luft, mischte sich mit dem Duft der Jacarandabäume und der Milde dieses Morgens und dem gelben Jubel der Rosen. Ich überlegte, wo Tracey gewesen war, als sie starb. Lag sie in ihrem Bett, so wie Marilyn? Oder in ihrer Badewanne mit den Klauenfüßen, in einem duftenden Meer aus Blütenblättern und Ölessenzen treibend, wie eine Instagram-Ophelia? Vielleicht hatte sie sich auf ihre weiße Leinencouch gelegt, wie eine Opfergabe. All diese möglichen Orte für einen Selbstmord kannte ich von ihren Social-Media-Accounts. Erst letzte Woche hatte sie eine Story auf Instagram gepostet und die Hersteller des Sofas genannt. Es waren Franzosen. Tracey nannte sie »Baumwoll-Lieferanten«.

Curtis atmete wieder in den Hörer aus. Mir wurde klar, dass sie rauchte, während sie mit mir telefonierte. Wenn ich rauchte, tat ich es lieber alleine, in kontemplativen Momenten, wie eine Art krebserregende Meditation. Bei Curtis war das Rauchen eher wie Atmen – sie tat es begleitend zu allen anderen Aktivitäten.

»Weißt du, was? Nimm dir doch einfach den Tag frei heute«, schlug sie vor. »Verbring ihn mit deiner Tochter. Geh mit ihr an den Strand oder so was. Es ist ja fast schon Strandwetter.« Sie machte eine Pause. »Das Wasser könnte vielleicht noch ein bisschen kalt sein.«

»Wie werden wir davon berichten?«, fragte ich. »Werden wir davon berichten?« Die Vorschriften bezüglich der Berichte über Selbstmorde waren streng, um Nachahmungstaten zu verhindern. Mir kam der entsetzliche Gedanke, dass Tracey eine Social-Media-Influencerin war.

»Wir überlegen uns, wie wir darüber berichten«, sagte Curtis. »Du brauchst dich nicht darum zu kümmern. Bleib heute einfach zu Hause. Nimm ein Bad. Geh spazieren. Mach … solche Sachen eben.«

Unter anderen Umständen hätte ich darüber gelacht, wie Curtis sich vorstellte, was andere Leute in ihrer Freizeit machten. Sie selbst hatte gar keine Freizeit – sie hatte nur die Zeit, in der sie arbeitete oder schlief, und die Zeit, in der sie vom einen zum anderen überging. Ich konnte mir nichts Schlimmeres vorstellen, als spazieren zu gehen oder ein Vollbad zu nehmen oder den Tag mit Maddy zu verbringen – ihre Unschuld, ihre Niedlichkeit, ihr Blühen würden nach dieser Nachricht wie ein Affront wirken. Also sagte ich Curtis, dass ich gleich da sein würde. Ich ging die Sandsteinstufen hinunter an den Hafen und folgte einem Weg, der sich an Klippen und Werften vorbei in Richtung Büro schlängelte. Ich beobachtete, wie sich das Sonnenlicht funkelnd auf dem Wasser spiegelte. Eine Joggerin lief an mir vorbei, ihr Pferdeschwanz wippte wie eine Handpuppe. Möwen saßen in einer Reihe auf der Werft wie Rentner auf einer Matinee. Solche

Frühsommertage waren mir die liebsten. Sie waren wie ein Aufwärmen, die Hitze war noch erträglich, der Sonnenschein noch halb von Schatten durchzogen, die Feuchtigkeit nicht der Rede wert. Sie waren wie ein Kitzeln, bevor einem der Sommer einen Fausthieb versetzte. Ich ging weiter, an die Arbeit, und im Gehen versuchte ich, das Gewicht der Geschichte zu erfassen, das gerade auf mich niedergegangen war.

*

Curtis saß an ihrem Schreibtisch, kaute Nikotinkaugummi und scrollte mit hektischer Energie auf Twitter hin und her. Sie kaute den Kaugummi, um die Zeit bis zur nächsten Zigarette zu überbrücken, nicht weil sie versuchte aufzuhören. Manchmal fragte ich mich, wie ihre Blutwerte aussehen mochten. Hastig schloss sie die Twitter-Seite, als sie mich kommen sah.

»Ben wollte wirklich, dass du heute zu Hause bleibst«, sagte sie, als sie zu mir aufblickte.

Ben war der Geschäftsführer der Zeitung. Er kümmerte sich um Public Relations, Budgetfragen und Personal und hielt sich aus inhaltlichen Fragen meist heraus. Er hatte Ähnlichkeit mit einem Bären, aber nicht auf die knuddelige Art. Er gehörte zu den Menschen, die durch ihr Schweigen Respekt geboten und ihr Schweigen nur brachen, um etwas zu sagen, was man nicht hören wollte.

»Ich mach ganz easy«, sagte ich. »Keine Sorge, ich halt den Ball flach.«

Ich trug die Zeitungen und meinen Kaffee zu meinem Schreibtisch, wie jeden Morgen. Auf meinem Schreibtisch stand ein Babyfoto von Maddy, auf dem sie ein breites zahnloses Lächeln zeigte, die Haare auf eine Art hoch stehend, die mein Herz jedes Mal wieder von einer Liebesaufwallung durchzuckte. Das Foto war mein einziger persönlicher Gegenstand. Er stand auf einem Stapel mit Notizblöcken und Papierstapeln – Berichte, Informationszugangsanfragen und andere Dokumente. Post-its blühten aus dem Papierstapel wie Algen. Ich hatte auch ein paar Statuetten von den Auszeichnungen, die ich gewonnen hatte und die nur auf meinem Schreibtisch standen, weil es mir zu prätentiös vorgekommen wäre, sie mit nach Hause zu nehmen und dort aufzustellen – wofür? Für wen? Kaffeetassen zierten das Chaos, in ihnen schwammen Pfützen aus geronnener Milch. Die Redaktion war still, als wollten alle für einen Moment so tun, als wäre es ein erhabener Ort wie eine Bibliothek oder ein Gerichtssaal. Ich liebte es, hier zu sein, wenn es so still war, bevor der alltägliche Kreislauf der Nachrichten einsetzte. Das war, wie in einem Theater zu sitzen, bevor die Menge hereinströmte und die Vorhänge hochgezogen wurden. Ich ging zu gerne an den leeren Schreibtischen meiner Reporterkollegen vorbei, die aussahen, als wären sie in der Nacht durchsucht worden – die wenigsten Journalisten waren ordentlich. Ich mochte die Zeitungsstapel mit der neuesten Ausgabe obendrauf, wie frische Laken auf einem Bett. Ich trank gerne meinen ersten Kaffee, während ich die Morgenzeitungen im Original durchblätterte, wobei ich die kurze Pause zwischen dem Vergnügen an den Neuigkeiten von gestern und dem Schreiben der Nachrichten von heute genoss. Ich sah nicht ein, wieso es heute Morgen anders sein sollte. Vor allem wollte ich nicht allein sein an diesem gaffenden, für diese Uhrzeit schon viel zu hellen Tag, der draußen auf mich wartete, leer, ohne Arbeit, mit der ich ihn hätte füllen können.

Es war nicht meine Schuld.

Nachdem ich mit den Zeitungen fertig war, fuhr ich meinen PC hoch und machte meinen Twitter-Account auf, warf einen Blick darauf und loggte mich sofort wieder aus. Stattdessen öffnete ich mein Mailpostfach. Diverse Medienbenachrichtigungen von irgendwelchen Ministerien über ihre heutigen Aktivitäten. Newsletter von Zeitungen aus Übersee, die ich abonniert hatte. Eine Mail von einem ehemaligen evangelikalen Pfarrer, mit dem ich an einer Story über die Vertuschung von sexuellem Missbrauch in seiner Kirche arbeitete. Meine Augen leuchteten auf, als ich eine Mail von Tom entdeckte, dem Typen, mit dem ich was am Laufen hatte (sexuell, nicht romantisch, nie romantisch). Die Mail enthielt keinen Text, nur einen Link zu einer obskuren Kunstausstellung. Ich klickte darauf. Die Ausstellung schien aus zerlegten Fernsehern zu bestehen. Sie hatte den Titel *Unterbrechung*. Die Betreffzeile über Toms Mail lautete schlicht: »Wollen wir hin?«

Ganz sicher nicht. In den Jahren seit Dem Vorfall war ich mit vielen Männern ins Bett gegangen, aber war mit keinem von ihnen wieder aufgewacht. Ich suchte keine Liebe oder Gemeinschaft oder sonst etwas in dieser Richtung. Ich machte mir nicht mal die Mühe, mir Ausreden auszudenken, obwohl ich mir manchmal welche für andere Leute ausdenken musste – alleinstehende Mütter (vielleicht auch alleinstehende Väter, keine Ahnung) hatten sich an das ernste Mitleid ihrer Bekanntschaften gewöhnt, die Leute, die sagten: *Ich weiß nicht, wie du das schaffst.* Ich erkannte Angst in den Augen dieser Leute. Sie hatten Angst, dass das, was mir passiert war, irgendwie ansteckend sein könnte.

Doch die Kehrseite dieses Mitleids war noch schlimmer. Dieser schwesterliche Quasienthusiasmus, wenn man gefragt wurde, wie es ums Liebesleben bestellt war und ob man in letzter Zeit irgendwelche Dates gehabt hätte, die nassforschen Fragen, ob man auf Apps oder Websites war, Fragen, die einem ohne Neugier gestellt wurden. So nackt, dass sie gar keinen anderen Schluss zuließen als die Vermutung, dass – hoffentlich – irgendeine tiefe Grube von Unzufriedenheit in der Ehe der Fragenden lauerte. Für diese Leute erfand ich Ausreden, warum ich keine »Dates« hatte (seit wann hatten wir diesen Amerikanismus so freudig in unseren Sprachgebrauch aufgenommen?). Ich hätte einfach so wenig Zeit! Ich müsse mich auf Maddy konzentrieren. Ich müsse mich auf meine Karriere konzentrieren. Babysitter seien so teuer. Ich machte gerade eine Datingpause.

Tom war anders, weil er einfach irgendwie in mein Leben getrieben war wie eine freundliche Wolke. Er war Barista in einem Café, in das ich oft mit Maddy ging. Babyccinos gab es dort kostenlos zu jedem Erwachsenen-Kaffee dazu. Unsere Affäre hatte begonnen, nachdem Tom rosa Marshmallows für Maddy auf unseren Tisch gelegt hatte, eine Art umgekehrte Version des Marshmallow-Tests, den Maddy auf bewundernswerte Weise bestand, indem sie sie alle aufaß und dann ihr Milchpuddinggesicht Tom zuwandte, um ihn um Nachschub zu bitten. Es fing mit den Marshmallows an und kulminierte in meinen Ad-hoc-Besuchen in seiner WG, die in einem Haus gleich den Hügel hinter uns in der Glebe Point Road lag. Tom hatte schwarze Haare, einen Bart, und er war groß, aber auf eine verstohlene, lässige Art, als wäre seine Körpergröße etwas, was er vergaß, bis er sich durch die Welt bewegen musste. Er war ein effizienter Experte im Bett. Er war, wie ich glaubte, erstens dabei, sich an einer künstlerischen Laufbahn zu versuchen, und zweitens viel zu jung für mich. Ich war nicht ganz sicher, wie viel jünger, weil ich Angst hatte nachzufragen.

Ich stand kurz vor meinem Vierzigsten, und obwohl ich mich ideologisch verpflichtet fühlte, mein Alter nie zu verschweigen oder mich dafür zu schämen, geriet diese Verpflichtung ins Straucheln, als mein Geburtstag näher rückte. Manchmal hatte ich das schwindelerregende Gefühl, dass ich mich der Unsichtbarkeitszone näherte, von der die Frauen mittleren Alters sprachen, und für mich fühlte es sich eher an wie eine Fallgrube. Schöne Frauen hatten eine unnatürliche Angst vor dieser Fallgrube, hatte ich bemerkt, als hätten sie auf Kredit gelebt und man würde jetzt die Rückzahlung ihrer Schulden verlangen. Schätzungsweise gehörte ich auch dazu. Ich war groß und hatte lange Beine. Männer hatten meine Augen bewundert. Mein Haar, das ich lang trug, hatte ein schönes Kastanienbraun, aber die Farbe war nur geliehen – sie gehörte mit jeder Woche mehr dem Friseur, während meine natürlichen Haare grau wurden wie Regenwolken. Ich hatte angefangen zu argwöhnen, dass meine Augenbrauen auf dem Weg in die völlige Unsichtbarkeit waren, sich langsam davonstahlen, ohne großes Aufsehen zu erregen. Eines Tages würde ich herumfahren, und sie würden ganz verschwunden sein. Ein paar von meinen Schamhaaren hatten ihre Pigmentierung verloren, während auf anderen Teilen meines Körpers ungehörige Behaarung sprießte.

Tom gab mir etwas zurück. Eines Nachmittags, kurz nachdem wir unsere Affäre begonnen hatten, rauchte ich eine Zigarette, während ich ausgestreckt und nackt auf seinem provisorischen Bett lag. Er hatte sich diese Matratze von der Straße geholt, und ich wünschte wirklich, er hätte mir das nicht erzählt. Er lag mir umgekehrt gegenüber, mit seinen Füßen neben meinem Kopf. Sein Kopf war eingerahmt von einem Viereck aus Sonnenlicht, das durch das Fenster über ihm hereinfiel. Er hob den Kopf, um mich anzusehen, und sagte zu mir: »Weißt du, was du bist? Du bist *geschmeidig*.« Ich küsste ihn auf den Fußknöchel und sagte nichts, aber ich nahm das Kompliment schweigend an und steckte es ein, um es mir später noch mal genauer anzusehen. Das war etwas, was ich in meiner Hand hin und her drehen und auf seinen Wahrheitsgehalt überprüfen konnte. Vorerst zumindest, mit meinem vom Friseur unterstützten Haaren und unter Toms Blick blieb ich sichtbar, und dafür war ich dankbar. Aber das ließ sich nicht in gemeinsame Auftritte in der Öffentlichkeit übersetzen. Es gab keine Kunstausstellungen oder Freunde, die mir vorgestellt wurden. Ich beschloss, Toms Mail höflich zu ignorieren, obwohl mir kurz durch den Sinn ging, dass es Tom unmöglich sein würde, den höflichen Teil meines Schweigens zu erfassen. Vielleicht würde ich ihm später eine SMS schicken oder sogar bei ihm vorbeischauen. Ich wusste aus langjähriger Erfahrung, dass Sex meine beste Chance war, Fragen auszuweichen.

Als ich meinen Posteingang überprüfte, blieb mein Blick an einer Mail hängen, deren Absender mir nichts sagte – Patrick Allen. Ich öffnete sie. Ich erfuhr, dass Patrick Allen Kollegen hatte. Ich erfuhr, dass Patrick Allen ein Anwalt war. Ich erfuhr, dass Patrick Allen ein Anwalt war, der einen inzwischen im Ruhestand befindlichen Mogul vertrat, auf den ich in einer Story, die ich vor ein paar Wochen geschrieben hatte, nebenbei Bezug genommen hatte. Ich erfuhr, dass man mich verklagen würde.

*

Sie war auf Seite zwei erschienen, eine unwichtige Seite, wo Storys starben oder zumindest ein, zwei Minuten Pause machten, bevor sie endgültig in der Versenkung verschwanden. Sie hatten sie online vergraben, und ausnahmsweise hatte es mir nichts ausgemacht. Sie war kurz, harmlose vierhundert Wörter lang, und berichtete vom Staatsbegräbnis eines ehemaligen stellvertretenden Premierministers. An jenem Morgen hatte ich Maddy im Kindergarten abgesetzt, die immer röter werdende Haut um ihren Mund ignoriert und mir eingeredet, dass es einfach nur ein Speichelekzem war – eine medizinische Diagnose, von der ich noch nie gehört und die ich mir einfach schnell ausgedacht hatte, während ich schon weiterrannte, um noch rechtzeitig zur Beerdigung zu kommen, die im Rathaus um neun Uhr morgens stattfand. Ich schaffte es in letzter Minute. Es waren Unmengen von Blumen und schwarz gekleideten Trauergästen da. Ein Streichquartett spielte, und man sagte ein paar diffuse Worte über den großartigen Mann. Es gab auch eine Witwe, gebeugt und geduckt.

Der stellvertretende Premier war bekannt für seine Rolle in der Steuerreform, dafür, dass er sich für unpopuläre Kürzungen von Universitätsbudgets eingesetzt hatte, und dafür, dass er einer der schamlosesten Widerlinge gewesen war, die Canberra jemals erlebt hatte. Er war nicht nur ein alter Grapscher, wenn man den Erzählungen über ihn Glauben schenken durfte. Er grapschte auch mit den Augen (»Ich glaube, so was nennt man eye-rape«, hatte eine meiner älteren Kolleginnen trocken zu mir gemeint), und er benutzte seine Arme, um Umarmungen in Geiselnahmen zu verwandeln. Seine Mitarbeiterinnen wussten Bescheid, und die älteren beschützten die jüngeren, ließen sie nie mit ihm allein. Allerdings reichte manchmal nicht mal das, denn es gab Geschichten, in denen er bei einem Meeting den Schuh auszog und seinen bestrumpften Zeh am Bein seiner jungen Tischnachbarin hochwandern ließ.

Alles tolle Details, aber nichts davon für die Veröffentlichung geeignet, zumindest nicht am Tag, an dem dieser großartige Mann begraben wurde. Manchmal liegt die Wahrheit auch im Schweigen, in den Auslassungen, aber über Auslassungen kann man nur schwer berichten. Also hatte ich einen ziemlich öden Artikel über das Begräbnis verfasst und die Namen der Besucher genannt. Unter ihnen war auch Bruce Rydell, der in den Achtzigerjahren Besitzer eines Werbekanals gewesen war. Es hieß, er habe immer eine Pistole in der Schreibtischschublade gehabt. Er wurde oft als »schillernde Persönlichkeit« beschrieben, was übersetzt hieß, dass er ein Arschloch war. Rydell hatte nicht nur einen Fernsehkanal, sondern auch eine Zeitung besitzen wollen, doch die Mediengesetze verhinderten das. Deswegen legte er sich vor Gericht mit der Regierung an. Der stellvertretende Premierminister, der auch das Medien- und Kommunikationsportfolio unter sich hatte, war seine Hauptanlauf- und seine Hauptkonfliktstelle. Es gab eine alte Geschichte, die vorher schon einmal gedruckt worden war, nach der die zwei Männer bei einer Konferenz im Büro des stellvertretenden Premiers aneinandergerieten. Ihre Ausdrücke waren angeblich … schillernd gewesen. Es waren angeblich Drohungen ausgesprochen worden. Ich hatte von allen Schimpfwörtern nur den Anfangsbuchstaben und dann nur noch kleine Sternchen geschrieben und diese Anekdote unter meinem Artikel wiedergegeben, als eine Art historische Fußnote, um meinen Artikel ein bisschen lebendiger zu machen. Als ich ihn abheftete, streifte mich der Gedanke: *Sollte ich wahrscheinlich noch mal von der Rechtsabteilung absegnen lassen.*

Doch dann war ein Anruf von Maddys Kindergarten gekommen. Die roten Flecken hatten sich als Maul- und Klauenseuche herausgestellt, ein frischer Bakterienalbtraum mit einem ebenso landwirtschaftlichen wie mittelalterlichen Klang. Die Kindergartenleiterin, eine Frau, die viel Ahnung hatte von Seuchenkontrolle, erklärte mir, Maddy habe eine Temperatur von 39,5, und ich müsse sie sofort abholen. Mich befiel ein derartig heftiger Strudel von Schuldgefühlen, dass ich einen Moment lang auf dem falschen Fuß erwischt wurde, und vor meinen Augen blitzte kurz mein paralleles Leben auf. In jenem Leben würde Maddy nicht das letzte Kind sein, das noch in der Krippe steht, wenn ihre Mutter mit schlitternden High Heels hereingerannt kommt, zwei Minuten vor sechs, Maddy, eine kleine Soldatin mit schief zugeknöpfter Strickjacke. In jenem Leben würde sich kein Sternbild aus Wunden um den Mund abzeichnen, und Maddy müsste keine verwirrenden Stunden im Isolationszimmer des Kindergartens verbringen. Wir würden tagelang zu Hause sitzen, Malbücher ausmalen und Kekse essen. Wir hätten einen ruhigen, richtigen Kinderarzt, nicht dieses Chaos von Notärzten, von denen Maddy sich untersuchen lassen musste, weil ich nie rechtzeitig von der Arbeit kam. Es wäre ordentlich, und es gäbe weniger Mahlzeiten aus Instantnudelsuppen und weniger Sorgen, was Transfette einer Vierjährigen antun. In jenem parallelen Leben wäre jemand zu Hause, der mir ein Glas Wein in die Hand drückt, nachdem ich bei Maddy das Licht ausgemacht habe, jemand, der mir die Schultern massiert und liebevolle Fürsorglichkeiten angedeihen ließ, zum Beispiel ein *Wie war dein Tag?* und *Abendessen ist fertig!* und (die größte Liebestat) *Bleib sitzen, ich geh schon.* Aber jenes Leben war ein Geist, und dieses, hier und jetzt, war Fleisch, obwohl es diesmal von offenen Stellen durchzogen war. Das wirkliche Leben.

Also: Ich hatte hastig den Artikel abgelegt und war losgerast, um meine Tochter abzuholen, die sogar zu krank zum Weinen war. Sie war ganz schlaff, als ich sie mit nach Hause nahm, und ich verbrachte in dieser Nacht viel Zeit damit, das regelmäßige Heben und Senken ihres Burstkorbs zu überwachen: nur für den Fall, nur für den Fall. Das war die erste Pflicht aller Mütter, das, worauf am Ende alles hinauslief: die Atmung am Laufen zu halten. Alle Gedanken, diesen Artikel von der Rechtsabteilung absegnen zu lassen, waren vergessen. Kein Anwalt hatte die Story überflogen. Sie erschien in der Samstagsausgabe, anscheinend ohne Einwände, obwohl es mir gar nicht auffiel, weil mich an jenem Tag die Frage quälte, ob ich Maddy ins Krankenhaus bringen sollte. Es schien eine schwere Entscheidung zu sein: Entweder konnte ich die Mutter sein, die wegen einer schlichten Infektion überreagierte, oder ich konnte die Mutter sein, die ihr Kind nicht ins Krankenhaus bringt, obwohl das Fieber mittlerweile fast bei vierzig Grad lag, Maddys Stirn brannte und sie zu müde oder zu traurig war, um zu sprechen, und *was zum Teufel hat sich diese Frau eigentlich dabei gedacht.* Schließlich packte ich Maddy mit ihren Decken in ein Taxi und fuhr mit ihr zur Notaufnahme, wo die Schwestern so nett waren, dass ich sie alle hätte umarmen können oder auch weinen, und am Ende tat ich beides. Maddys Symptome verschwanden, nachdem sie Ibuprofen bekommen hatte und mit Eis gekühlt worden war. Als wir sicher aus dem Krankenhaus zurückkamen, legte sich Maddy zum Schlafen aufs Sofa in einem Lager aus Kissen, wobei sie ihre Kuscheldecke und den ringlosen Ringfinger meiner linken Hand umklammerte. Ich verbrachte die nächsten vier Tage mit ihr zu Hause. Ich wartete darauf, dass die offenen Stellen sich von Vulkanen zu Krusten zurückbildeten, damit ich meine Tochter wieder in den Kindergarten geben und selbst wieder an die Arbeit gehen konnte.

*

»Ich hoffe, du bist nicht online. Auf Twitter ist die Hölle los. Ich meine, sogar noch mehr als sowieso schon.«

So begrüßte mich Victor, als er sich hinter seinen Schreibtisch schob. Vic war ein investigativer Journalist, der sich auf die Unterwelt spezialisiert hatte. Ich blieb bei der Arbeit mehr oder weniger isoliert, und viele von den Journalisten, die ich gekannt hatte, waren mit einer Abfindung gegangen, sodass Vic jetzt mein einziger richtiger Freund im Büro war. Womit er seine Tage verbrachte, blieb ziemlich rätselhaft, manchmal tauchte er kurz vor Deadline mit schmutzigen Hosenknien auf oder einmal sogar mit einer zerkratzten Hand. »Oh, ich musste unter etwas kriechen«, sagte er dann. Oder: »Ach, das ist mir beim Biken passiert.« Er hatte nur ein trockenes Büschel Haare, die er sich lavendelfarben färbte. Er war auf eine weiche Art pummelig, und von hinten hätte man ihn gut und gern mit der Art von Dame verwechseln können, die Biskuittorten auf der Osterausstellung beurteilte. Vic stammte aus einer Kleinstadt im Norden von New South Wales. Die Stadt hatte ein Jacarandafestival und, wie ich den Anekdoten entnehmen konnte, die Vic mir von seiner Kindheit erzählt hatte, eine weit verbreitete Verachtung für verweiblichte Jungen. Seine frühen Vermutungen über sich selbst waren von seinem eigenen Vater bestätigt worden, der ihn beiseitegenommen hatte, als er als Sechsjähriger mit den Puppen seiner Schwestern spielte, und ihm klargemacht hatte, dass angeblich nur Schwuchteln mit Mädchenspielsachen spielen.

Ah, dachte Vic in dem Moment. *Das bin ich also.*

Ich drehte meinen Stuhl herum, um ihn direkt anzuschauen. Er trug ein Hemd, das über und über mit Zebras bedruckt war. Es war eines seiner Lieblingshemden. Er bezeichnete es als gewitzte Interpretation von »Zebra-Print«.

»Du hast es also schon gehört?«

»Du kommst im Internet nicht drum herum«, sagte Vic. »Geht's dir gut? Du weißt schon, dass es nicht …«

»Was sagen die Leute?«, fragte ich. »Ich will wissen, was sie sagen. Ich hab zu viel Angst, um selbst nachzuschauen.«

Vic hatte seinen Computer hochgefahren, und ich blickte auf den Bildschirm. Er hatte unsere Website aufgemacht.

Das Gesicht von Tracey Doran mit den gesunden Wangen schaute mich direkt an. Ihr Tod war der große Aufmacher. Sie hatte einen smaragdgrünen Smoothie in der Hand und lächelte. Ihre Zähne glänzten nur so vor Gesundheit.

»Okay. Gut«, sagte Vic. »Ich geb dir jetzt eine Zusammenfassung von dem, was ich hier gelesen habe: Nachdem deine Story gestern rauskam, haben Traceys Fans online gegen sie gehetzt, ziemlich viele. Falsche Schlange, ich hoffe, du stirbst, bring dich doch einfach um, diese Art von Posts.«

Ich schloss kurz die Augen.

»Alles okay?«, fragte Vic.

»Mir geht's gut«, erwiderte ich. »Weiter.«

»Und dann waren die Reaktionen auf ihren Tod größtenteils Antimobbingzeug«, fuhr er fort. »Du weißt schon – wenn die Leute sich über die hinterfotzige Natur des Internettrollings auslassen. Geistige Gesundheit. Diese Richtung.«

»Was sagen die Leute über mich?«

»Vermeid es einfach in nächster Zeit, online zu gehen.«

»Klar«, sagte ich. »Das Internet lässt sich ja auch ganz leicht vermeiden.«

Wir wurden von Curtis unterbrochen, die mir ausrichtete, dass der Geschäftsführer mich sehen wollte. Sie führte mich in einen dieser Konferenzräume mit voll verglasten Wänden, der direkt an die Redaktion grenzte. Die Reporter nannten diese Glaskästen »Heulzimmer«. Aber wenn man in so einem Raum wirklich unbemerkt heulen wollte, musste man sich in eine Ecke ducken wie ein Ninja oder das Gesicht mit einem Handy abschirmen. Ich wusste das – in den dunklen Tagen nach Dem Vorfall, hatte ich auf der Arbeit viel geweint.

Ben und Curtis saßen mir gegenüber. Bens fassförmiger Oberkörper ragte weit über die Tischplatte, sodass ich mich instinktiv auf meinem Stuhl zurücklehnte. Ich konnte die dunkle Matte seiner Brusthaare unter dem weißen Hemd sehen. Ben war ein Mann, der meistens schwieg. Doch sein Schweigen half ihm irgendwie, noch mehr Raum einzunehmen, nicht weniger. Er erklärte, dass die Geschäftsführung sich vor mich stellen würde und mich vorerst aus dem Rampenlicht entfernen wollte. Er sagte, er würde mich von meinen Nachrichtenpflichten entbinden und ich könnte an Artikeln mit längerer Vorbereitungszeit arbeiten. Er meinte, das sei in meinem eigenen Interesse. Während er sprach, zappelte Curtis scheinbar unkontrollierbar herum. Als Ben aufhörte zu reden, war das einzige Geräusch im Raum das Geräusch von Curtis' Stift, mit dem sie nervös auf den Tisch trommelte, im Rhythmus eines zu schnell eingestellten Metronoms. Er schaute auf Curtis' Finger, und das Trommeln verstummte.

»Okay«, sagte ich. »Dann bin ich also in Schwierigkeiten. Ich bin quasi neuerdings in Ungnade gefallen in dieser Redaktion.«

»Nicht im Geringsten«, protestierte Curtis, die immer noch mit ihrem Stift herumfuchtelte. »Das heißt es überhaupt nicht. Wir machen das alles nur, um dich zu schützen.« Sie fuhr sich mit der Hand durchs Haar.

Während Curtis gesprochen hatte, hatte ich an die Worte eines Kriminalpsychologen gedacht, den ich einmal interviewt hatte: *Wenn Sie wissen wollen, wann Ihr Gegenüber lügt, müssen Sie immer seine Hände im Auge behalten.* Er hatte mir erklärt, dass lügende Menschen fast immer das Bedürfnis haben, ihre Hände zu bewegen, um ihre Nervosität durch irgendeine Art von Bewegung zu exorzieren. Nach langen Beobachtungen an Maddys Vater war ich zu dem Schluss gekommen, dass das stimmte.

»Mich wovor schützen?«, fragte ich. Ich schaute Ben an, der keine Probleme damit hatte, mir in die Augen zu schauen.

»Vor allem vor dem, was die Leute gerade so sagen«, antwortete Ben.

»Aber was, wenn das, was sie sagen, gar nicht stimmt?«, fragte ich.

»Das ist egal.«

Ben drehte seine Armbanduhr am Handgelenk und warf einen Blick darauf. Es war ein teures goldenes Stück, das irgendwie nautisch aussah, als könnte er jeden Moment angerufen werden, damit er seine Koordinaten überprüfte. Diese Geste war ebenso winzig wie wichtig. Sie besagte: *Wir sind hier fertig.*

*

Tracey Doran war eine Wellnessexpertin, Social-Media-Influencerin und stand auf Biolebensmittel. Sie hatte vorgegeben, an Knochenkrebs erkrankt zu sein, und dann so getan, als hätte sie ihren Krebs durch eine vegane Diät aus organischen Lebensmitteln geheilt. Sie hatte ihre »Reise« (niemand sprach heute noch von »Storys«, es waren immer nur »Reisen«) auf ihrem tausendfach abonnierten Instagram-Account dokumentiert, und sich dabei eine riesige Gemeinde aus Followern aufgebaut. Sie postete Bilder von sich selbst, mit leuchtenden Wangen und glänzendem Haar, wie sie grünen Saft in einer pastellfarbenen Küche trank. Sie stellte Salate aus Grünkohl und Rucola zusammen, auf denen sie attraktives Gemüse und Urgetreide arrangierte, als wären es Juwelen. Ihre Haustiere wurden auch mit einbezogen – eine rote Katze und ein schlammfarbener Mischling mit einem untröstlichen Gesichtsausdruck, als wäre er der Einzige, der diesem Unternehmen skeptisch gegenüberstand. Die Katze und der Hund wurden auch fotografiert und gepostet, mit Tracey in der Mitte, die Sonne und ihre Sonnenblumen. Nach einer Weile bekam Tracey einen Buchvertrag. Einen sechsstelligen Betrag für Rezepte und Wellnesstipps, durchsetzt von biografischen Anekdoten. Der Vertrag wurde in Handelszeitschriften und Geschäftsseiten besprochen als eines der frühen Beispiele für Cross-over, wie die traditionellen Medien geführt wurden von revolutionären Medien, von sozialen Medien. Doch für Tracey war das Buch nur ein Flirt mit den alten Medien, der nötig war, um ihrem Profil den letzten Schliff zu verleihen und ihr großes Ziel zu erreichen: das Zentrum des Internets, wo man Ruhm in Echtzeit nachvollziehen konnte und haufenweise Geld machen konnte mit Klicks und Wischen, mit der zerstreuten Halbaufmerksamkeit ihrer Mitmillennials. Es gab auch einen Podcast, in dem sie viele Gäste aus der Wellnessindustrie interviewte. Fast die gesamten Einnahmen daraus, behauptete sie, abzüglich der laufenden Kosten und eines kleinen Gehalts für sie, gingen an wohltätige Einrichtungen. Sie zählte sie auf, versah sie auf den sozialen Medien mit Hashtags und bekam im Gegenzug überschwängliche Dankesbezeigungen. Das war ihre Marke – gesund, selbstlos, auf eine harmlose Art spirituell. Ein paar Wochen zuvor hatte die Sonntagsbeilage von *The Tribune* eine Story über Tracey gebracht, und am nächsten Tag bekam ich eine Mail. Ich las sie, während ich gerade eine Packung Käselocken an meinem Schreibtisch verzehrte.

Hallo, stand da,

ich hoffe, Sie lesen diese Mail. Ich bin eine Hausfrau aus Queensland und ein Fan Ihrer Arbeit. Ich habe Ihre Story über das Pflegekinder-System sehr gerne gelesen. Warum sind Politiker so unglaublich bequem? Gestern habe ich in Ihrer Zeitung eine Story gelesen, die folgenden Titel trug: ›Die Wellnesskriegerin: Wie eine Frau den Krebs besiegte durch Ernährung und Achtsamkeit.‹ Gegenstand dieses Artikels war Tracey Doran. Ich kenne Tracey schon ihr ganzes Leben lang. Sie ist mit meiner Tochter auf die Newgate Highschool gegangen, auf der sie 2008 ihren Abschluss gemacht hat. Sie ist 28, nicht 23, wie im Artikel behauptet. Das weiß ich so genau, weil ich auf der Feier zu ihrem 18. Geburtstag dabei war. Ich mache mir Sorgen, dass sie eine krankhafte Lügnerin sein könnte. Sie hat nie Krebs gehabt. Ihre eigene Mutter glaubt ihr ihre Lügen nicht. Es ist eine Sache, wenn Tracey ihre Familie anlügt, aber es ist etwas anderes, wenn sie ganz Australien belügt. Was, wenn andere Leute, die wirklich Krebs haben, auf ihre Lügen reinfallen? Sie MÜSSEN der Sache auf den Grund gehen.

Mit freundlichen Grüßen, eine besorgte Leserin.

Ich leckte mir die Käsekrümel von den Fingern. Skeptisch begann ich – eher nebenher – zu googeln. Dann telefonierte ich ein bisschen herum. Nachdem ich den Namen der Highschool hatte, konnte ich Mitschüler ausfindig machen (sie hatten sogar eine eigene Facebook-Gruppe), und ab da brauchte es nicht viel mehr als zwei Wochen mit Telefoninterviews und Internetrecherche, um Tracey Dorans Bioleben in nichts aufzulösen. Ich fand rasch heraus, dass die meisten Leute, die Tracey nahestanden, ihr ihre Behauptungen nicht abkauften. Erst als sie anfing, sie in den sozialen Medien weiterzuverbreiten, nahmen sie die Solidität einer Wahrheit an. Wenn eine Story erst mal oft genug retweetet worden ist, härtet sie zu einer Tatsache aus. Mein Exposé wurde von der Rechtsabteilung abgesegnet, und ich wartete bis zum letzten möglichen Moment, um sie wegen eines Kommentars zu kontaktieren. Ich wollte nicht riskieren, dass Tracey am Ende die Story beschädigte, indem sie einen Spoiler für ihre »Onlinecommunity« postete, wie sie sie nannte. Ich gab Tracey einen Tag, um mir auf eine lange Liste von Fragen zu antworten. Sie schickte mir eine bizarre Mail voll ausweichenden Gefasels, in der sie noch einmal ihre Menschenliebe unterstrich und anspielte auf »dunkle Kräfte, die die Authentizität von Seele und Herz bedrohen«. Sie fügte eine Exceltabelle an, die ihre angeblichen Spenden an karitative Einrichtungen dokumentierte. Es gab keine Quittungen, und einige der genannten Organisationen schienen gar nicht zu existieren. Selten war mir eine Story derart in den Schoß gefallen – was meine Schuldgefühle im Nachhinein nur verstärkte. Es war fast zu einfach. Die Zeitung brachte die Story ganz groß raus. Und dann verbreitete sie sich wie ein Virus: Hunderttausendmal wurde die Seite allein bis zum Mittag aufgerufen. Am Nachmittag erschienen Kamerateams vor Traceys Haus in Brisbane. Am Abend, als ich gerade die Reste von Maddys Fischstäbchen aufaß, bekam ich einen Anruf von Tracey, die mir mit einer Klage drohte. Sie klang betrunken. Und jetzt war es Morgen, und sie war tot. Das war alles viel zu schnell gegangen. Es kam mir total irreal vor. Es kam mir vor, als könnte das alles gar nicht wahr sein.

*

Ich verbrachte den Rest des Morgens mit halbherzigen Telefonaten zu einer Story, die ich gar nicht schreiben wollte – einem Porträt einer Politikerin –, und mit der Abwehr meiner Gedanken an Tracey. Ich hoffte, es war nicht die Badewanne gewesen. Aus irgendeinem Grund war es mir wichtig, dass sie auf dem Sofa gestorben war, als hätte ihr Tod gemildert werden können durch französisches Bioleinen, und damit auch die Konsequenzen. Gegen drei Uhr klingelte mein Handy, und ich zuckte zusammen. Mein Klingelton waren die ersten paar Takte von »Gimme Shelter« – das hatte Tom irgendwie eingerichtet, als Teil unseres Streits darüber, welcher der beste Song der Rolling Stones war. Ich hatte noch nicht rausgefunden, wie ich ihn wieder entfernen konnte. Der Anruf kam von einer unbekannten Nummer. Ich ging ran. Es gab eine Pause, und dann begann eine Stimme zu sprechen – es war eine weibliche Stimme, agil, aber ernst, und ich brauchte einen Moment, um mir klarzumachen, dass es die von Tracey Doran war. Ich brauchte noch einen weiteren Moment, um mir klarzumachen, dass Tracey nicht mehr lebte. Die Stimme sprach gar nicht mit mir, sondern wurde mir vorgespielt. Es war ein Ausschnitt aus einem ihrer Podcasts.

»Hey, Leute, hier ist Tracey. Heute wollen wir darüber reden, wie ihr *mutig teilhaben könnt* an eurer eigenen Wahrheit. Und wie das zu euren gesundheitlichen Zielen *spricht*«, sagte die Stimme. »Und wie Energieblockaden …«

»Hallo?«, sagte ich in mein Handy. »Wer ist da?«

»… euren Weg zum Wachstum unterbrechen können …«

Ich legte auf. Ich schaute mich um, als könnte mich jemand beobachten. Mein Handy machte wieder ein Geräusch, als die nächste Textnachricht einging – auch das ein alberner

Ton, den mir Tom eingestellt hatte. Jetzt war es das Geräusch einer gezupften Bassgitarre, was den Effekt hatte, dass jede Textnachricht sich anhörte, als würde ich einen Pornosoundtrack bekommen. Die Nachricht kam nicht von einer Nummer, sondern von einer Mailadresse, die ich nicht kannte. Sie lautete: *Ich hoffe, du bist stolz auf dich, du Scheißnutte. Du hast sie umgebracht.*

Ich beschloss, heute früh Feierabend zu machen. Ich machte mich auf den Weg, Maddy abzuholen.

*

Maddys Kindergarten war ein frühkindliches Utopia, das die unterschiedlichen Entwicklungsstufen fördern sollte. Es gab eine »Heim-Ecke«, in der Puppen in Schuhkarton-Betten lagen, die wie in einem ungeordneten Waisenhaus eng beieinanderstanden. Es gab eine Wissenschaftsecke, in der Insekten missmutig in Terrarien saßen, um sich von Kleinkindern anstarren zu lassen. Ab und zu wurden sie herausgenommen, damit sie sich auch noch von ihnen anstupsen lassen konnten. Es gab ein freies Spielzentrum, in dem die Kinder mit Messern auf Filzleinwände einhackten wie kleine Expressionisten. Ich konnte nicht behaupten, dass meine Tochter besondere zeichnerische Fähigkeiten gehabt hätte beziehungsweise überhaupt künstlerische Neigungen. Ihre Werke waren auf der impressionistischen Skala am fauleren Ende. Ich gab an der Tür den Sicherheitscode ein, um hineingehen zu können, und ließ meinen Blick suchend über den Garten schweifen. Eine der Kindergärtnerinnen entdeckte und begrüßte mich. Ihr Name war Indira. Sie flocht Maddy oft die Haare, machte ihr richtige Kronen aus geflochtenem Haar, mit denen sie aussah, als wäre sie einem in der Schweiz spielenden Kinderbuch entstiegen. Maddy vergötterte sie.

»Sie ist im Lesezimmer«, erklärte Indira. Als sie mir das sagte, fuhr ihr ein Kind gerade mit einem Strohhalm ins Ohr. Ich fragte mich oft, wie diese Frauen das aushielten. War es, weil sie in Wechselschichten arbeiteten? Vielleicht war alles erträglich, wenn man wusste, wann es endete. Ich ging wieder hinein und ins Lesezimmer, ein Raum wie ein Schoß, mit gedämpftem Licht und Kissen auf dem Boden, ein Raum, der den Chill-out-Räumen der illegalen Kaufhaus-Raves meiner Jugend bestechend ähnlich sah. Es gab sogar eine Lavalampe. Ich schaute durch das kleine Fenster in der Tür und erspähte Maddy. Sie lag mit dem Kopf auf einem Kissen und hörte einer Geschichte zu, die sie gerade vorgelesen bekam. Ihr Gesicht war eingerahmt von ihrem dunklen Haar, die scharfen Linien ihres Haarschnitts in krassem Gegensatz zu den rundlichen Proportionen ihres Gesichts. Ich hätte ein Sonett an die Wangen meiner Tochter schreiben können. Sie war meine einfachste Verbindung zur Freude, der direkteste Zugang zum Vergnügen, den ich jemals gehabt hatte.

Nach Dem Vorfall war der Kummer aus mir herausgesickert wie Kondenswassertröpfchen. Doch noch an meinen tiefsten Tiefpunkten konnte mir nichts das Vergnügen an Maddy verderben. Maddy war der sichere Fels, von dem das Licht schien.

Eines Tages, als Maddy drei Jahre alt war – es war ungefähr ein halbes Jahr, nachdem Charlie unser Leben verlassen hatte, und das anscheinend für immer –, ließ ich sie Milch trinkend auf dem Sofa sitzen und machte ihr ihre Cartoons an, wie wir es immer machten, wenn sie vom Kindergarten zurück war. Ich schlüpfte nach draußen in die Wäscherei, um eine Ladung Wäsche in die Maschine zu werfen. Als ich über den Hof zurückging, sprach mich ein Nachbar an. Wir plauderten ein paar Minuten am Zaun, bis ich plötzlich ganz schwach ein angespanntes Heulen von einer panischen Maddy hörte, erstickt, aber unverkennbar. Ich rannte zur Hintertür, riss sie auf und stellte fest, dass Maddy hysterisch durchs ganze Haus galoppiert war wie ein verschrecktes Pony, ihre Panik so tierisch fassbar wie ein Geruch. Sie hatte zu mir gewollt, mich gesucht, und als sie mich nicht fand, hatte sie geglaubt, dass ich sie verlassen hätte. Ich beruhigte sie und leistete stillschweigend einen Schwur: *Ich werde dich noch stärker lieben. Ich will dich mehr als doppelt so viel lieben. Mein eins wird besser sein als zwei.*

Ich machte die Tür auf und warf ein gleichschenkliges Dreieck aus Licht ins warme Dunkel der Kleinkinderhöhle.

Maddy hob ihren Kopf vom Kissen und blinzelte hoch zur Tür. »Mummy!«, rief sie.

*

Maddy glaubte steif und fest, dass Mäuse – eine Tierart, von der sie geradezu besessen war – auf Bäumen lebten. Dieser Glaube kam nicht von ungefähr. Er war das Ergebnis eines irreführenden Bilderbuchs, das ich ihr oft vorgelesen hatte, in dem die Mäusefamilie in einem Baumhaus wohnte – ein fein ausgearbeitetes, wunderschön möbliertes Häuschen mit Türmen und gewundenen Treppen und kleinen mäusegroßen Läufern auf den Korridoren. Diese Baummäuse gehörten zu den hauptsächlichen Gesprächsthemen zwischen Maddy und mir, obwohl wir auch über Maddys Puppen redeten, über Maddys Kindergartenfreunde, was wir zum Frühstück, zu Mittag und zu Abend essen würden, was wir am Wochenende unternehmen wollten und in letzter Zeit auch, was für eine Augenfarbe die Menschen hatten. Unsere Unterhaltungen unterschieden sich komplett von unseren Streitgesprächen, die sich meistens darum drehten, was Maddy anziehen sollte, oder Dinge, die sie zu einer bestimmten Zeit nicht machen wollte – Abendbrot essen, von dort weggehen, wo wir gerade waren, Zähne putzen oder Haare bürsten. Es gibt viele Dinge, die einem niemand erzählt, bevor man selbst Mutter oder Vater wird. Ganz oben auf dieser Liste steht, wie schwierig es ist, einer anderen Person die Zähne zu putzen. Ich fand diese Streitereien frustrierend, und manchmal musste ich aus dem Zimmer und in mein Schlafzimmer gehen und die Tür hinter mir zumachen, um mich wieder in einen ruhigen Zustand zurückzuatmen. Dann saß ich auf dem blauen Bettüberwurf, schaute durch die französischen Türen, die auf den Balkon führten, und dachte mir: Ich bin wütend geworden, weil ein anderer Mensch sich geweigert hat, Socken anzuziehen. Und es war echte Wut – erhöhter Puls, die Versuchung, etwas zu sagen, was ich nicht mehr zurücknehmen konnte, eine Lockerung der Zunge in Bereitschaft zum Anschreien.

Doch die Wut kam und ging. Unsere Unterhaltungen waren lang und befriedigend – oft mäanderten sie in unerwartete Richtungen, wie die Fragen, woraus eigentlich Knochen bestehen und wo die Sonne plötzlich hingegangen ist und ob wir nur eine Hautschicht haben und einmal ein furchterregendes: *Wo werden Menschen gemacht?*

»Babys wachsen in den Bäuchen von ihren Müttern«, sagte ich kurz angebunden, und Maddy akzeptierte das, obwohl sie zu spüren schien, dass das nur ein Teil der Wahrheit war.

Wir unterhielten uns gerade über Mäuse, während ich mit Maddy die Straße entlangging, nachdem ich sie vom Kindergarten abgeholt hatte. Ich ging mit ihr in Toms Café, wo sie eine Shakemilch trank – so nannte sie Milchshakes. Sie sagte auch »Cockporn« statt »Popcorn«, womit sie mich auf Kindergeburtstagen regelmäßig blamierte. Das Café gehörte zu der Sorte, die schwarze Tafeln als Wände haben und Schilder, auf denen die Herkunft des heute ausgeschenkten Kaffees stand. Der heutige war von den Galapagosinseln und hatte Noten von braunem Zucker und grünen Äpfeln. Ich bestellte mir eine Tasse und dazu einen Bananenshake für Maddy. Sie wand sich aus ihrem Stuhl, um mit der Miniaturküche zu spielen, die extra für Kinder in einer Ecke aufgebaut war. Das Design war ausreichend skandinavisch, um zur Ästhetik des Cafés zu passen. Sie liebte es, Tee für mich zu machen und mir Kuchenstücke aus hellbraunem Holz zu bringen. Ich schaute mich nach Tom um, aber dann fiel mir ein, dass er erwähnt hatte, er habe heute einen Tag frei. Ich überlegte kurz, was er in seiner Freizeit machte. Eigentlich sprachen wir gar nicht über solche Themen. Manchmal unterhielten wir uns über die Bücher, die in seinem Zimmer herumlagen, von denen ich viele gelesen hatte, bevor ich die Uni hinwarf.

Eine junge, hübsche Bedienung brachte mir meinen Kaffee. Sie hatte ein Tattoo, das sich wie eine Weinrebe von ihrem Hals zu ihren Brüsten rankte. Die Brüste waren wunderschön. Ich dachte kurz daran, wie oft Tom sie jeden Tag anschauen musste, nur ein kurzer Blick aus den Augenwinkeln, ganz kurz nach unten und dann wieder in die Augen. Die meisten Männer schienen in der Lage, diesen Blick rasch zu vollziehen, während andere dazu unfähig waren. Ich überlegte, warum Tom mit mir ins Bett ging, wenn er mit dieser jungen Frau schlafen konnte oder jeder Menge anderer, die interessante Tattoos und ein Selbstbewusstsein hatten, aus dem ich längst herausgewachsen war, wenn ich es überhaupt je besessen hatte. Meine Brüste waren besiegt, als wären sie der einzige Teil von mir, in dem sich der Kummer der letzten paar Jahre wahrhaftig niedergeschlagen hatte. Der Rest von mir hatte sich ganz gut gehalten, dachte ich, zumindest körperlich. Aber meine Brüste – plattenartig und desinteressiert – hatten die Tragödie in sich aufgenommen und waren dabei selbst tragikomisch geworden.

Als ich Maddy beim Spielen zuschaute, kamen die Töne einer Bassgitarre von meinem Handy. Ich schaute aufs Display und sah eine Nachricht von einer Nummer, die ich nicht gespeichert hatte, die ich aber gut kannte. *Ich bin morgen da. Du auch?*

Die tätowierte Kellnerin kam mit dem Milchshake in der Hand wieder. Ich rief Maddy herüber, und sie setzte sich auf ihren Hocker und trank den Shake mit ernster Miene. Ab und zu setzte sie ab, um sich die Haare aus dem Gesicht zu schieben, eine Geste, die seltsam erwachsen aussah. Ihr Kopf kippte herunter, und ihre Wangen wölbten sich nach außen, perfekt gerundet, wie Eiskugeln. Ich schaute meine Tochter an und empfand dieselbe Mischung aus Verantwortung und Liebe, die mich mit Bangen erfüllt hatte, als ihr Vater uns verließ (oder als ich ihn verließ). Als es zum ersten Mal geschah, war es beängstigend – diese überwältigende Erkenntnis, die mich ganz plötzlich überkam, dass ich komplett verantwortlich dafür sein würde, dieses Baby am Leben zu halten, dass es nur bei mir lag, sie zu füttern und ihr vorzulesen, sicherzustellen, dass ich die richtige Kleidung für sie hatte und dass diese Kleidung auch sauber war, genug Geld zu verdienen, um ein Haus zu kaufen, in dem wir eines Tages wohnen konnten (denn ich wusste, unser Idyll in der Ruby Street konnte nicht ewig andauern), ihr die Fingernägel zu schneiden, ihr Manieren beizubringen, ihr beizubringen, wie man redete, las, Auto fuhr, liebte und zu sein hatte. Ihr zu erklären, *wo Menschen gemacht werden*. Ich musste ihren Glauben unterstützen, dass Mäuse in turmverzierten Anwesen auf Bäumen lebten, bis es irgendwann nicht mehr zu leugnen war, dass das nicht stimmte. Diese Verantwortung drückte mich nieder. Es wäre sinnlos gewesen, es zu leugnen, aber ich leugnete es, die ganze Zeit. Ich sprach nicht darüber, und ich saß nachts alleine grübelnd da, manchmal mitten in der Nacht, und machte mir absurde Sorgen über irgendein Ziel, das noch in ferner Zukunft lag – wer würde Maddy beibringen, wie sie das Öl in ihrem Auto wechselte? Unter meiner Verantwortlichkeit versuchte ich angestrengt, mir ein bisschen Raum freizuschaufeln. Hauptsächlich für die Arbeit, und so war die Arbeit meine Art, sichtbar zu bleiben. Mit Arbeit hielt ich meinen Kopf über Wasser. Es war der Sauerstoff, den ich gierig einsog.

Wenn man sich plötzlich allein um ein kleines Kind kümmern muss, ziehen sich die Möglichkeiten, die man vorher hatte, wie ein verschrecktes Tier zurück. Die persönliche Freiheit schrumpft auf Stecknadelgröße. Kleine Portionen Zeit – eine Zugfahrt ohne Kind, die paar Stunden zwischen ihrer Schlafenszeit und der eigenen – werden auf einmal kostbarer als die eigenen Zähne. Meilensteine der kindlichen Entwicklung werden abgestumpft durch Schmerz. Die Zeit wird wie Blei, und die Nachmittage – vor allem die Nachmittage – ziehen sich in die Länge. Diese Beraubung löst Ärger aus, einen Tsunami aus berechtigter Gekränktheit – wie sollte sie auch nicht? Sie löst so übermächtig großen Ärger aus, dass er einen ganz zu verschlingen droht. Und dann lernt man, dass man ihn aus seinem Kopf verbannen muss, wenn man überhaupt noch leben will. Man muss sich seinen Sauerstoff suchen. Also trifft man eine einzige Entscheidung: Man entscheidet sich, *wie* man es tragen wird – denn man hat ja keine andere Wahl, als es zu tragen, eine Tatsache, die den ganzen *Ich-weiß-nicht-wie-du-das-machst-*Mädels, die man auf Dinnerpartys und im Park trifft, nicht bewusst ist. Niemand hat Lust auf eine wütende Frau. Eine verbitterte Frau – eine Murmlerin, eine Denunziantin, eine Rachsüchtige – sorgt dafür, dass sich die Leute unwohl fühlen, und das ist inakzeptabel. Abstoßend sogar. Niemand fragt sich, wie es möglich ist, Verlassenwerden höflich zu ertragen, mit Anmut und Leichtigkeit. Selbstverständlich erzählt dir auch keiner, wie das gehen soll. Die Leute stehen auf die heilige Seite der alleinerziehenden Mutter. Aber auf die Wut, den Kampf, das unheilige Chaos, sind sie nicht so scharf. Ich hatte meine Entscheidung sehr früh getroffen. Ich hatte mich entschieden, nicht wütend zu sein, was bedeutet, dass ich beschlossen hatte, meinen Ärger zu kontrollieren und zu reglementieren, obwohl er sich oft fast unkontrollierbar anfühlte – wild, gefährlich und verängstigt wie ein Tier, das aus seiner Gefangenschaft ausgebrochen ist und jetzt die

Hauptstraße entlangrennt, während die Dorfbewohner in alle Richtungen davonlaufen. Wie Tracey Doran gesagt hätte: Man muss seine Marke managen. Wenn ich meinen Ärger schon nicht abstellen konnte, würde ich ihn eben ignorieren. Ich würde über den Dingen stehen.

Maddy kam mit einer Miniaturschürze auf mich zugetrabt. »Mummy, hättest du gerne Zucker, Madam?«

»Ja, zwei Stück Zucker bitte, liebes Café-Fräulein.«

»Ich mach doch nur so, Mummy.«

Sie meinte: »nur so tun«.

»Okay. Krieg ich bitte zwei gemachte Zucker?«

»Ich hab keine gemachten Zucker.«

»Ah, okay. Na, dann eben Milch.«

»Sag bitte, Mummy.«

»Bitte.«

2. KAPITEL

Er hatte das Hotel ausgesucht. In der ganzen Zeit, in der wir uns immer wieder getroffen hatten, hatte er mich nie in die Art von Hotel mitgenommen, in denen er auf Dienstreisen abstieg – die teuren, eleganten, mit Ausblicken auf Parks oder Häfen oder Flüsse, die mit den geschenkten Pantoffeln und Türen, die sich geräuschlos hinter einem schlossen. Er sagte, solche Hotelzimmer seien genauso einsam wie die anderen, und er war der ausgewiesene Experte. Also traf ich mich mit ihm stattdessen in mittelmäßigen Hotels, die sich selbst ein paar Sterne gegeben hatten für ihre Sauberkeit und Bequemlichkeit, aber einen dann extra zahlen ließen für Wi-Fi und Frühstück. In solchen Hotels war es ziemlich unwahrscheinlich, dass ihm jemand über den Weg laufen würde, den er kannte. Oft beobachtete ich die anderen Gäste an diesen gleichgültigen Orten und überlegte, wer sie waren. Abteilungsleiter, Touristen, vielleicht andere Ehebrecher. Die Hotels gehörten immer zu einer Kette, und die Kette trug immer einen Namen wie Allure oder Azure oder einmal sogar Entice.

An diesem Tag war es ein Hotel in North Sydney, ein Ort mit so wenig Romantik, wie man es von einem zweitklassigen Einkaufszentrum einer größeren Stadt erwarten würde.

Aber bei uns ging es nie um Romantik. Als ich über die Harbour Bridge fuhr und das Wasser mir entgegenblitzte, hatte ich eine Vision von meinem parallelen Leben, wie ich mit Maddy auf dem Rücksitz hier entlangfuhr und Maddys Vater auf dem Beifahrersitz, auf dem Weg nach Palm Beach oder irgendwas im Norden, wo der Verkehr immer spärlicher wurde und die Schatten am Nachmittag immer länger werden würden, irgendwohin, wo wir Maddy zuschauen würden, wie sie die Wellen ins Meer jagte wie ein kleiner Welpe. Ich wartete, bis das Bild wieder verflogen war. Sie verflogen immer. Ich parkte und fand das Hotel. Es war eingekeilt zwischen mehreren kurvigen Abfahrten direkt unter der Harbour Bridge, aber ohne Blick auf die Brücke. Er hatte bereits eingecheckt und mir geschrieben, während ich noch unterwegs gewesen war: *Beeil dich*. Er stand auf Sparsamkeit. Ich ging an der Rezeption vorbei und fuhr mit dem Fahrstuhl zum Zimmer, den Flur hinunter und vorbei an einem Zimmermädchen, das an einem Staubsaugerkabel riss wie an der Leine eines ungebärdigen Hundes. Ich lächelte ihr flüchtig zu und folgte dem chemischen Geruch des Lufterfrischers. Das war noch so ein entscheidender Unterschied zwischen mittelmäßigen und Fünfsternehotels: Die Fünfsternehotels waren geruchlos. Die Hotels der mittleren Preisklasse hatten immer einen stechenden, hartnäckigen Geruch, der geräuschlos durch die Lüftungsschächte oder auf anderen Wegen verbreitet wurde – ein Geruch, der einen vergessen lassen sollte, was er zu übertünchen versuchte: den Geruch von Leuten.

Ich klopfte an die Tür. Er machte mir schwungvoll auf, nickte mir zu und hielt sich den Finger an die Lippen. Er telefonierte gerade.

»Das war der Zimmerservice«, sagte er. »Ich esse im Hotel zu Mittag. Jupp. Nö. Ja, mach ich. Okay, bis dann, Beano.«

Es war seine Frau. Er nannte sie Beano. Er behauptete, sie hätten seit drei Jahren keinen Sex mehr gehabt.

»Ja, ich glaub schon. Nein, ich nehm mir ein Taxi. Bis dann.«

Er drückte seinen Daumen aufs Handy, um das Gespräch zu beenden, und ich konnte noch einen Blick auf das Bild seiner Frau erhaschen, während es vom Display verschwand. Vernünftiger Bob, Brille, hübscher Mund. Die Art anständige verheiratete Frau, die ich vielleicht auch geworden wäre, wenn sich die Dinge anders entwickelt hätten. Er schaute mich an, aber nur flüchtig, dann schlang er seinen Arm um mich, zog mich an sich und vergrub sein Gesicht an meinem Hals.

»Sie glaubt, ich bin in Melbourne«, sagte er. »Ich hab um drei eine Sitzung.«

»Passt doch«, sagte ich und legte eine Hand auf seinen Gürtel.

Er bohrte seinen Kopf in den Ausschnitt meines Kleides und sagte, ich solle den Mund halten. So war das zwischen uns. Unsere Intimität zeigte sich im Mangel an Nettigkeiten. Er drehte mich um und lehnte mich gegen den Schreibtisch mit Nussfurnier, und mein Blick verlor sich auf dem Notizpapier mit dem Briefkopf des Hotels, den billigen Kugelschreibern, die auf dem Tintenlöscher lagen, und dem Hoteltelefon mit den sorgfältig beschrifteten Tasten: *Hausmeister, Zimmerservice, Fernverbindung.*

Der Sex war leise, wie immer, aber respektvoll, in dem Sinne, dass er immer dafür sorgte, dass ich auch zum Zuge kam. Wenn wir fertig waren, ließ er mich abrupt los, ging ins Bad und machte die Tür hinter sich zu. Es gab kein Kuscheln oder körperlichen Ausklang. Das wäre unpassend gewesen. Ich machte es aus einem puren Bedürfnis heraus, dem Bedürfnis, das auch ihn trotz aller Risiken immer wiederkehren ließ, und trotz der offensichtlichen Scham darüber, seine Frau zu betrügen. Ich hörte das Geräusch von fließendem Wasser. Er kam mit einem frischen Hemd wieder heraus, und ich trat vor, um ihm mit seiner Krawatte behilflich zu sein, was zwar eigentlich eine Ehefrauengewohnheit war, aber eine so kleine, dass sie sich anfühlte wie ein Spiel.

»Was machst du eigentlich heute Abend noch?«, fragte ich.

»Hmm?«

Er war mit seinen Gedanken schon wieder ganz woanders.

»Heute Abend. Deine Frau glaubt doch, du bist in Melbourne. Also hast du einen freien Abend. Erzähl mir jetzt nicht, dass du noch eine Geliebte hast!«

»Ich bin nur fast ganz blöd«, sagte er steif.

»Was denn dann? Ich wette, du bist Mitglied in einem Herrenclub oder so was.«

»Ich bin ganz gern auch mal allein.«

»Schleichst du dich dann ins Kino? Oder vielleicht hast du ja ein richtig abstoßendes Hobby, zum Beispiel Bridgespielen«, schlug ich vor. »Raus mit der Sprache.«

Ich band seine Krawatte fertig, fuhr mit der Hand glättend darüber und schaute ihm dann ins Gesicht. In seinen Augen war irgendetwas, und mir wurde schnell klar, wie einsam er war, dieser Mann, mit dem ich mich bloß traf, um Sex zu haben, und über den ich fast nichts wusste. Ich war immer davon ausgegangen, dass er seine Frau nicht mehr liebte, aber jetzt glaubte ich eher, dass vielleicht das Gegenteil der Fall war und er mich deswegen ausgesucht hatte, warum er mich so konsumierte, sich mit mir in einem Viersternehotel traf, wo er mich schnell ficken, es dann abspalten und sein Bedürfnis für eine bis drei Wochen in North Sydney lassen konnte, bis zu unserem nächsten Treffen, wo er sich ihm wieder stellen würde.

»Ich tanze«, sagte er.

Ich musste lachen, weil ich dachte, dass er das nicht im Ernst gemeint haben konnte.

»Du tanzt?«

»Ja. Ich geh gern zum Salsa-Tanzen. Beano – Jenny – hasst das. Sie hat es schon immer gehasst. Sie geniert sich immer so schnell. Natürlich ist an den Orten, wo ich tanzen gehe, nicht wichtig, wie gut man ist, aber sie will trotzdem nicht mitkommen.«

»Ich hätte Geld darauf gewettet, dass du Bridge spielst. Oder – keine Ahnung – Jiu-Jitsu machst … Aber Salsa?«

»Ich war mal ein Jahr in Berkeley als Student. Ich war damals mit einer Kubanerin zusammen, die hat mich immer in Salsa-Clubs in San Francisco mitgenommen. Mit dem Mädchen hab ich Schluss gemacht, aber das Tanzen hab ich beibehalten. So gut es eben ging.«

»Und du gehst alleine in diese Clubs? Kann man das denn?«

»O ja, es gibt immer Frauen ohne Tanzpartner, die Männer suchen.«

»Zweifellos.«

»Du hast was missverstanden, wenn du glaubst, dass das so ist. So ist es nämlich wirklich nicht.«

Er sah gekränkt aus. Auf seine Art war er sehr prüde.

»Ich mach doch nur Spaß. Ich find das echt toll.«

»Vielleicht solltest du auch mal mitkommen.«

Er schaute mich jetzt an, griff eine lose Haarsträhne und steckte sie mir hinters Ohr, eine kleine fürsorgliche Geste, bei der ich fast schmolz.

»Ja, vielleicht mach ich das mal.«

Ich wusste, dass ich es nie tun würde.

Ich löste mich von ihm, ging durchs Zimmer und sammelte meine Sachen zusammen, wobei ich mich einmal auf den Boden knien musste, um unter dem Bett nach einem verlorenen Ohrring zu suchen. Ich fand ihn auch – einen der beiden Saphirstecker, die Charlie mir einmal geschenkt hatte, um sein schlechtes Gewissen zu beruhigen, was mir damals überhaupt nicht klar gewesen war.

»Gehst du heute Nachmittag noch mal ins Büro?«, fragte ich.

»Ja«, sagte er. »Ich hab eine Pressekonferenz. Und eine Konferenz mit dem Marketing. Unsere neue Website geht nächste Woche an den Start.«

»Ach ja, stimmt«, sagte ich. Ich stieß mir den Ohrring durch mein Ohrläppchen.

»Müssen wir darüber reden, was gestern passiert ist?«, fragte er. Er schaute mich nicht an, als er das sagte – er schaute auf sein Smartphone, um seine Mails zu checken.

»Wir hatten doch vereinbart, dass wir Beruf und Privatleben getrennt halten.«

»Stimmt. Aber nur um das festzuhalten: Ich habe diese Entscheidung in deinem besten Interesse getroffen.«

»Es war nicht meine Schuld, dass Tracey Doran gestorben ist.«

»Das denkt ja auch niemand. Es ist keine Bestrafung. Es ist ein Schutz.«

Mein Gesicht brannte, und ich spürte ein scharfes Stechen, einen Wirbel von Reue, wegen all der kleinen Entscheidungen, die uns in dieses Hotel in North Sydney geführt hatten, mit seinen Notizblöcken mit Werbeaufdruck und dem überwältigenden Geruch nach Pinienwald. Mir wurde fast übel davon.

»Wie auch immer. Beruf und Privatleben«, sagte ich und griff nach meiner Tasche. »Du bist das Privatleben und ich der Beruf. Glaub ich.«

Er blickte hinunter auf seine nautische Uhr. »Ciao«, sagte er. »Ich seh dich dann nächste Woche.«

»Ciao, Ben.«

*

Es war im Grunde keine besonders gute Idee. Frauen, die mit ihren verheirateten Chefs schlafen, waren eine Kategorie für sich, und es war keine sozial akzeptierte. Wahrscheinlich gab es in der Hölle einen eigenen Platz für sie: einen Platz für Frauen, die anderen Frauen nicht helfen, einen Platz für Frauen, die anderen den Freund wegschnappen, und Mörderinnen und Ausreißerinnen, die ihre Kinder verlassen. Frauen wie ich betrogen ihre Schwestern gleich zweifach – zum einen, indem sie mit dem Ehemann einer anderen schliefen, zum anderen dadurch, dass sie tausend negative Stereotype bestätigten, dass Frauen sich im Job bloß hochschlafen können.

Ich hatte ein paar feministische Schlupflöcher durchprobiert, die vielleicht so ein Verhalten zumindest erlauben würden, auch wenn sie es nicht als korrekt bezeichnet hätten –

Selbstwertsteigerung, Befreiung, das äußerste Ende des Spektrums persönlicher Entscheidungen? Aber letztendlich kam ich zu dem Schluss, dass es keine Rationalisierungsmöglichkeit gab, die dieses Verhältnis akzeptabel gemacht hätte. Ich hätte argumentieren können, dass es meiner Karriere ja gar nicht half, aber das war eine Frage, die ich mit mir selbst ausmachen musste, und deswegen war es auch nicht wirklich wichtig, wie überzeugend es war oder wie gut formuliert. Würden Ben und ich auffliegen, wäre unsere Affäre zu Ende.

Warum fühlte sich das Risiko dann so hypothetisch an? Besonders bemerkenswert: Warum fühlte sich Bens Frau, die arme, liebe Beano, so weit weg an, so weit weg, dass sie auch eine Vorstellung oder ein Konstrukt hätte sein können? Tatsächlich waren in Wirklichkeit Ben und ich – nicht, dass es wirklich ein Ben-und-ich gegeben hätte, nur unsere Begegnungen und der Sex, den wir hatten – die Unwirklichen. Mochte Beano die Würde der Solidität und des Realseins ruhig behalten, ihre Existenz auf der weit offenen Ebene der geteilten Bankkonten und Schulkonzerte und der Familienkalender und des gesunden Menschenverstandes. Das war Beanos Reich. Ich zog durch die Niederungen von Bens Leben, einen Ort am Rande, der nur in unseren Erinnerungen und in diversen Belastungen seiner Kreditkarte existierte, eine Kreditkarte, die er höchstwahrscheinlich vor seiner Frau geheim hielt. Die Niederungen waren verschattet und ließen sich leicht wegleugnen, jedenfalls für mich.

Es war nicht die beste Idee, klar, aber es war auch nicht real. Das hier war nicht das wirkliche Leben.

*

Ich hatte vergessen, Snacks mitzubringen. Einige Tage nach Traceys Tod hatte ich Maddy vom Kindergarten abgeholt und sie mit in den Park in der Nähe unserer Wohnung genommen. Wir nannten ihn Tree Park, wegen der Großblättrigen Feigenbäume. Ich liebte ihn in der Abenddämmerung, wenn er in einen Schleier aus goldenem Licht gehüllt war und sich nur ein paar Kinder, Menschen mit ihren Hunden und ein paar zufriedene Babysitter dort aufhielten. An guten Tagen fühlte sich der Tree Park an wie der Sitz allen Glücks, und ich wünschte meine Vergangenheit nicht weg, weil sie einfach nicht existierte, und ich wünschte mir kein paralleles Leben, weil das, das ich jetzt hatte – Maddy, die vor mir spielte, und ich, die sie beobachtete –, wie das einzig wahre Leben schien, klein, aber perfekt ausgearbeitet.

Maddy hatte die Rutsche ausgiebig genutzt, die Schaukel und das fürchterliche, riesige Karussell, von dem mir so schlecht wurde, dass ich nicht mal aus der Ferne zuschauen konnte, wie es sich drehte. Jetzt hatte Maddy Hunger, und wie immer war ich unvorbereitet. Snacks – ihre Menge und ihre Qualität – kennzeichneten die wahre mütterliche Tüchtigkeit. Das hatte ich aus bitterer Erfahrung gelernt. Zorn erreichte seine Reinform bei einem Kleinkind mit niedrigem Blutzuckerspiegel. Ich hatte Wutanfälle in Autos und Parks und – am allerschlimmsten – in Supermärkten erlebt, bevor ich das Bild wirklich zusammensetzte und mir klarmachte, dass es die Pflicht einer Mutter war, den Hunger längerfristig aufzuschieben und nicht bloß zu stillen. Trotzdem gehörten Snacks zu den Dingen, die mir einfach entfielen, durch schlafmangelbedingten Gedächtnisverlust. Ich vergaß sie entweder oder ich hatte zu wenig eingepackt. Ein- oder zweimal hatte ich Maddy ein Pfefferminzbonbon aus meiner Handtasche als letzte Notlösung angeboten. Ich vergaß auch fast immer die Wasserflasche, anders als die guten Mütter im Park, die ihren Kindern aus wiedergewonnenem Plastik hergestellte Designertrinkbecher reichten, mit Verschüttungsschutzmechanismus und umweltfreundlichen Strohhalmen, Gefäße mit besonderen Griffen, die man supereffizient mit Clips an die Riemen von Kinderwagen befestigen konnte – und all das war Teil der ordentlichen Kinderinfrastruktur, die eine gute Mutter der Mittelklasse auszeichnete.

Infolge meiner Vergesslichkeit erbettelte Maddy sich oft Snacks von ihren Freunden im Park. Sie belauerte sie aus nächster Nähe wie eine aufdringliche Möwe, und die Augen traten ihr fast aus den Höhlen, wenn die anderen Mütter die Füllhörner aus ihren vernünftigen Handtaschen hervorholten: Biochips aus Süßkartoffeln, zuckerfreie Cracker, aufgeschnittenes Obst, das kunstvoll und schichtweise in Tupperware-Dosen gelegt worden war. Auch heute Nachmittag waren wir wieder in Gesellschaft so einer Mutter, Minh, die Mutter von Maddys Freundin Annie. Minh war verheiratet mit einem Mann namens Stan, der im Finanzsektor tätig war und oft in Hongkong war. Sie wohnten eine Straße weiter, in einem viktorianischen Anwesen, renoviert von einem Innenarchitekten, dessen Arbeit der *Vogue Living* ein Artikel wert gewesen war (das wusste ich, weil meine Mutter ein Abo hatte). Minh hatte glatte Haut, war aber trotzdem kompakt auf eine Art, die ich einschüchternd fand, und sie war bei allem Mamadasein auf eine minimalistische Art hip. Ich hatte an diesem Tag ein Shirtkleid mit losem Saum an, was mir erst auf der Arbeit aufgefallen war, wo ich Zugang zu einem

Ganzkörperspiegel hatte. Minh trug Leinenshorts und ein schneeweißes T-Shirt und dazu Sandalen, die sich dekorativ um ihre hübschen Füße rankten. Sie griff in ihre Segeltuchtasche und holte eine durchdacht zusammengestellte Snackbox für ihre Tochter hervor. Minh machte sie auf, als wäre sie eine Schatzkiste. Sie enthielt viereckig zurechtgeschnittene Vollkornbrotsandwiches (ohne Rinde), ein paar Biocracker, einen zuckerfreien Joghurt und halbierte Trauben. Maddy musterte die Box mit großen Augen.

»Ich hab Hunger, Mummy«, sagte sie zu mir. »Ich brauche Snacks.«

Ich schaute zu, wie Minh Feuchttücher hervorholte und dann – das wirkte wirklich, als wollte sie angeben – eine Serviette, die mit Häschen bestickt war. Die steckte sie Klein-Annie in den Kragen, damit sie sich beim Essen nicht bekleckerte.

»Mummy geht zum Kiosk und kauft dir was«, sagte ich zu Maddy. »Willst du einen Muffin?«

»Ich will so ein Schinkensandwich, wie Annie hat«, sagte Maddy, die kleine Verräterin.

»Es ist genug für alle da«, verkündete Minh. »Hier, Maddy.«

Sie reichte ihr eines von Annies Sandwichquadraten, woraufhin ihre Tochter in Wutgeheul ausbrach, und ich konnte es ihr nicht mal verübeln. Maddy aß das perfekte Sandwich und bat um Nachschlag. Minh lenkte Annie mit einem Getränk ab (aus einer emaillierten Schnabeltasse, mit diskretem Markennamen, aber natürlich nicht so diskret, dass man nicht hätte erkennen können, dass ein Markenname draufstand).

»Ich brauch auch Milch, Mami«, sagte Maddy und schaute mit leidendem Blick zu Minh.

Minh schaute zu mir herüber, und ihr Gesicht war eine einzige Entschuldigung. »Tut mir leid, wir teilen Trinkflaschen eigentlich ungern. Wir versuchen wirklich, uns im Moment nicht anzustecken.«

Wir, die beiläufige Signalisierung der Kernfamilie.

»O Gott, selbstverständlich, das versteh ich absolut«, sagte ich. »Maddy und ich hatten letzten Monat Magen-Darm-Grippe. Sie hat in ihr Bett gebrochen. Zweimal! Und dann noch einmal in meins.«

Minh schaute verstört, als sie diese Anekdote anhörte. Nicht zum ersten Mal überlegte ich, dass die Leute zwar Alleinerziehenden immer sagen: *Ich weiß nicht, wie du das machst*, aber dann doch fast nie die Details hören wollen, wie man so etwas tatsächlich machte.

»Komm, Maddy, wir gehen zum Trinkbrunnen«, sagte ich und nahm ihre weiche kleine Hand in meine.

Maddy fand Trinkbrunnen aufregend, deswegen horchte sie begeistert auf, als ich ihr den Vorschlag machte. Wir gingen zusammen quer durch den Park. Ich schaute auf den kleinen, lieben Kopf meiner Tochter hinunter, als sie so neben mir hertrabte, mit ihren ganzen regenbogenfarbenen Spangen im Haar. Ich beschloss, ihr heute Abend ein Kalbsschnitzel zu machen – ihr Lieblingsgericht – mit Semmelbröselkruste und sowohl Butter als auch Sahne im Kartoffelbrei. Ich hob Maddy zum Trinkbrunnen hoch und versuchte, ihren Mund vor dem Hahn zu platzieren, während ich gleichzeitig den Knopf runterdrückte, der den Wasserstrahl durch den Hahn lenkte. Ich war geübt in diesem Griff, doch trotzdem schaffte ich diese Übung nur selten, sodass Maddy meistens trotzdem so nass wurde, dass ein Kleiderwechsel nötig wurde. Wenn ich denn Kleider zum Wechseln eingepackt hätte. Ich balancierte Maddy vor dem Hahn und versuchte, sie so zu halten, dass sie in tiefen Zügen trinken konnte, ohne sich selbst zu begießen.

»Kann ich euch helfen?«

Es war Tom – er trug Shorts und schwitzte, und er hatte einen Basketball unterm Arm. Er trug Schweißbänder an den Handgelenken und High-Top-Sneaker. Er sah jung aus.

»Hi!«

Ich setzte Maddy behutsam wieder auf den Boden. Sie wischte sich den Mund mit dem Handrücken ab.

»Ich wusste gar nicht, dass du auch hierherkommst. Was machst du hier – wirfst du ein paar Bälle?«

War das der korrekte Ausdruck für entspanntes Basketballspielen? Ich fühlte mich alt.

»Ein paar von uns spielen hier immer mittwochnachmittags«, sagte Tom. »Und, was treibt ihr so?«

Er schaute auf Maddy hinunter, die sich schüttelte wie ein nasser Hund.

»Wie geht's meiner besten Freundin?«

Maddy strahlte zu ihm hoch und hickste.

»Ich glaube, da ist Wasser in den falschen Kanal gekommen«, sagte ich und klopfte ihr auf den Rücken.

»Hast du meine Mail gekriegt, wegen dieser Kunstausstellung?«, fragte Tom.

»Ja. Tut mir furchtbar leid, bei mir ist gerade Land unter auf der Arbeit.«

»Schon gut. Kannst du kommen? Nächsten Freitag.«

Ich hatte die zerlegten Fernsehapparate total vergessen. Ich überlegte fieberhaft.

»Ich würde gerne«, sagte ich, »aber dafür brauch ich einen Babysitter, und Betty muss grade immer so viel lernen. Für ihren Highschool-Abschluss.«

Betty war die Jugendliche, die gleich nebenan wohnte, die Tochter meiner Nachbarin Felicity. Sie babysittete viel für mich. Sie kam aus einer großen Familie in einer engen Wohnung. Meine Wohnung war für sie ein ruhiger Ort zum Lernen.

»Ist Betty nicht in der Elften?«

Mir fiel wieder ein, dass Betty ja ab und zu auch in Toms Café aushalf. Wahrscheinlich war sie auch in ihn verschossen. Ich wäre es sicher auch gewesen, wenn ich ein junges Mädchen gewesen wäre.

»Entschuldige, ja, du hast recht«, sagte ich. »Ihre Mutter hat irgendwelche Prüfungen erwähnt.«

Tom fixierte mich mit seinen grünen Augen – ihre Farbe war ein unglaublich hübscher Kontrast zu seinem dunklen Bart, der seine Gesichtszüge irgendwie unterstrich, statt sie zu verwischen. Warum machte er das? Was bezweckte er mit diesem Tänzchen?

»Soll ich Betty für dich fragen? Ich glaube, sie arbeitet morgen im Café.«

»Oh, weißt du … In Wirklichkeit werden mir die ganzen Kosten fürs Babysitten langsam zu viel. Das ist der wahre Grund«, sagte ich lahm.

»Lass mich das bezahlen. Es würde mich freuen. Ich möchte dich so richtig ausführen.«

Seine Nettigkeit löste bei mir völlig irrationalerweise Ärger aus. Warum bestand er so darauf, dass ich mit ihm auf eine Kunstausstellung ging, die aus Fernsehern bestand, deren

Eingeweide man rausgerissen und auf dem Boden verstreut hatte? Fernseher, die auf der Website der Galerie als »Vintage« bezeichnet wurden, die aber in Wirklichkeit genau dieselben Apparate waren, vor denen ich als Kind gesessen hatte. Fernseher mit bescheidenen Bildschirmen und mächtigen Hinterleibern, Fernseher, bei denen der Zuschauer aufstehen und sich ein paar Schritte bewegen musste, wenn er den Kanal wechseln wollte. Seit wann war das Vintage? Das war meine Kindheit.

Irgendwo unter uns, ungefähr auf Oberschenkelhöhe, hickste Maddy.

»Sieh mal, in Wirklichkeit sieht es so aus, dass es bei uns auf der Arbeit gerade ganz schön zugeht, und ich hab … Ich hab sowieso nicht so viel mit Kunst am Hut.«

Ich hoffte, mit diesem letzten Satz einen Strich unter die ganze Sache gezogen zu haben. Ein Künstler, auch wenn er die Künstlerlaufbahn erst anstrebte, konnte unmöglich eine Freundin wollen, die nichts mit Kunst am Hut hatte.

»Schon okay«, sagte er und lächelte mich an. »Ich hab auch nicht so viel mit Nachrichten am Hut, aber manchmal schlag ich trotzdem die Zeitung auf.«

Während unseres Wortwechsels bewegte Maddy ihren kleinen Kopf zwischen uns hin und her, als wäre sie ein Zuschauer in Wimbledon. Wieder hickste sie, und ihr kleiner Brustkorb machte einen richtigen Ruck nach vorne. Sie kicherte.

»Ich dachte, niemand unter dreißig liest heute noch Zeitung«, versetzte ich.

»Kann schon sein. Ich bin einunddreißig.«

Ich versuchte, mich zu erinnern, was ich mit einunddreißig

gemacht hatte. Arbeiten. Mich von Charlie erholen. Ich hatte eine kurze Beziehung mit einem Regierungsangestellten. Wir hatten zusammen Urlaub in Irland gemacht und waren den Ring of Kerry im Regen mit dem Rad entlanggefahren.

»Ein echter Millennial also?«

»Ja. Schätze schon.«

»Tja, und ich bin von der Generation X. Oder Y. Ich weiß es nicht so genau, es scheint da keine zuverlässige Definition zu geben. Aber ich bin älter«, sagte ich.

»Das hab ich mir schon gedacht.« Er hob die Hand und wischte sich den Schweiß von der Stirn. Schweißtröpfchen rannen über seine römische Nase. Er sah aus, als sollte man eine Büste von ihm anfertigen und in einem privaten Museum ausstellen.

»Mummy, warum hat Tom so schwarzes Zeug unter dem Arm?«, fragte Maddy in aufrichtiger Neugier.

»Manchmal haben Männer Haare unter ihren Armen, mein Schatz«, sagte ich, und dann nach kurzer Überlegung: »Und Damen auch. Frauen«, fügte ich hinzu.

»Hat *mein* Papa das auch?«, fragte Maddy mit einem neuerlichen Hickser.

»Ja. Ja, hat er.«

»Hey, hör zu«, sagte Tom. »Ich muss zum Spiel zurück, aber gib mir Bescheid wegen Freitag, okay?«

Ich versprach es.

»Ciao, Mad. Du kommst mich bald mal wieder besuchen, okay? Ich hebe dir ein paar Marshmallows auf.«

Er drehte sich um und trabte zurück zum Spielfeld. Seine Freunde empfingen ihn mit Johlen, neckenden Zurufen und breitem Grinsen auf ihren Gesichtern. Ich schaute hinab zu Maddy, die jetzt eine Portion von ihrem Schinkensandwich heraufgehickst hatte – von Annies Schinkensandwich – auf ihr Lätzchen, wo es sich mit der Feuchtigkeit des Trinkbrunnens zu einer einzigen Schmiere vermischte und am Ende aussah wie eine schinkenähnliche Paste. Ich blickte hinüber zu Minh, die uns mit unverhohlenem Interesse beobachtete. Frauen wie Minh liebten es, Details zu meinem Sexleben oder meinem Liebesleben zu hören, wie sie es nannten. Es fühlte sich immer an wie ein asymmetrischer Austausch, wenn man so tief ins Detail gehen sollte. Ich bekam nie die Gelegenheit, zurückzufragen, wie es um ihr Sexleben stand – nicht, dass ich es hätte wissen wollen. Ich angelte ein Taschentuch aus meiner Hosentasche und versuchte, die größeren Klumpen des wieder hochgekommenen Schinkensandwiches von Maddys Brust zu putzen.

»Geht's dir gut, mein Herz? Ist dir schlecht?«

»Nö, mir geht's gut, Mummy. Danke, mir geht's gut«, sagte Maddy.

Manchmal mischte sie in ihre Sprache perfekt gebildete erwachsene Sätze.

»Geht's dir gut?«, fragte sie.

Sie fragte mich oft, ob es mir gut ging, und bei anderen Gelegenheiten fragte sie mich, ob ich glücklich war – etwas, was eigentlich keine Vierjährige jemals ihre Mutter fragen sollte. Ich hatte ohnehin keine ehrliche Antwort für sie.

»Mir geht's gut«, antwortete ich.

Wir gingen zurück zu Minh und Annie.

»Mummy?«, sagte Maddy.

»Ja, mein Schatz?«

»Wohin gehen Stachelschweine in der Naaacht?« Sie zog das A sehr lang. »Sind Stachelschweine nachtaktiv? Was mögen sie lieber, Nacht oder Tag?«

Am Abend zuvor hatten wir über Eulen gesprochen, was sich zu einer Unterhaltung über nachtaktive Tiere ausgeweitet hatte. Ich hatte Opossums und Füchse erwähnt. Ich erklärte Maddy, dass ich bei Stachelschweinen nicht ganz sicher war. Ich würde mich erkundigen.

*

Das stimmte nicht, jedenfalls nicht ganz. Ich wusste ein bisschen was über Stachelschweine. Ich wusste, dass sie auf Sizilien lebten, weil ich dort eines gesehen hatte – ein so seltener Anblick wie ein Schnabeltier in einem australischen Fluss. Vor fünf Jahren war ich mit Maddys Vater durch Europa gereist. Maddy war auf einem Pariser Dachboden entstanden, in einem Zimmer, das einer Freundin von einem Freund gehörte, die als professionelle Clownin arbeitete. In Frankreich wurden Clowns als Künstler ernst genommen. Die Clownfreundin, Elodie, verbrachte den Sommer in Berlin, wo sie an einem Pantomimen-Workshop teilnahm, also hatten Charlie und ich ihre Dachkammer untergemietet, in einem großartigen Altbau aus dem 19. Jahrhundert, wo sie in einer WG lebte, in der Nähe der ganzen Pho-Läden am Boulevard de Belleville und dem Parc des Buttes-Chaumont und den lachenden französischen Jungs, die über die Absperrungen an der U-Bahn sprangen, sie dann aber für hübsche Mädchen aufhielten. Wir hatten Maddy im August gemacht, während der trockenen Hitze und der langen leeren Tage, an denen wir Paris für uns allein hatten und nicht viel zu tun, außer unsere Gesellschaft zu genießen, damals, als wir das noch konnten. Maddys Zeugung vollzog sich in einem Alkovenbett, das von Einbaubücherregalen umgeben war. Das hätte eigentlich ganz charmant sein können, hätten darin nicht lauter Clownsperücken gelegen, rote Nasen und verklebte Dosen mit Theaterschminke. Sehr viel später weckte der Geruch eines feuchten Make-up-Schwamms ein seltsames, weit entferntes Gefühl, das teils erotisch war, aber hauptsächlich traurig.

Von Paris, mit Maddys Anfängen tief in mir, waren wir weiter nach Süden gereist, nach Griechenland, wo wir uns stritten, und dann weiter nach Sizilien, wo wir uns wieder versöhnten. In Taormina, an der sizilianischen Ostküste, mischten wir uns unter Eurotrash, frisch von ihren Jachten, amerikanische Touristen und dauergebräunte Oligarchen. Taormina war uralt und patrizisch und thronte hoch auf den Klippen über dem Ionischen Meer. Wir mieteten eine kleine Wohnung in den steinigen Hügeln, von denen man auf die Stadt hinunterblickte. Die Wohnung gehörte einem Arzt, einem schlanken, gut aussehenden Mann, der unzerknitterte Leinenanzüge trug und in meinen Augen aussah, als müsste er Werbung machen für irgendein Luxusprodukt, das als Zielgruppe den eleganten älteren Gentleman anvisierte: Zigarren vielleicht oder Whiskey. Er hieß Silvio. Jeden Morgen brachte er uns Blutorangen aus seinem Garten. Er lebte allein und schien eine Art Traurigkeit mit sich herumzutragen, die ihn jedes Mal länger in unserer Wohnung bleiben ließ als nötig. Eines Morgens kochte ich ihm Kaffee in seiner Kaffeekanne und servierte ihn ihm in einer Mokkatasse aus

Porzellan, die im Sonnenlicht auf dem Balkon in sizilianischem Orange glänzte. Silvio teilte uns niedergeschlagen mit, dass diese Tassen früher seiner Frau gehört hatten.

»*Lei è morta*«, sagte er, und dann, als wir ihn verwirrt anschauten, erklärte er in Englisch mit starkem Akzent: »Meine Frau geht in den Himmel.«

Er deutete über sich, und ich sagte: »Das tut mir furchtbar leid, Silvio. *Apologia. Scuse*«, bevor mir klar wurde, dass das auch nicht ganz richtig war. Aber er nickte ernst und schwieg einen Moment, bevor er das Thema wechselte.

»Wann wollt ihr … *matrimonio*?«, fragte er uns.

Charlie besaß eine beneidenswerte Fähigkeit, Schweigepausen in Unterhaltungen auszuhalten. Leerstellen schienen ihm überhaupt nichts auszumachen. Wie es in Beziehungen oft der Fall ist, agierte ich als Gegenteil, sprang ein, um das auszugleichen. Also füllte ich solche Schweigepausen immer schnell. Je peinlicher sie waren, umso ungebührlicher war meine Hast, sie zu füllen.

»Oh, no!«, sagte ich zu Silvio und lachte leicht. »Wir sind nicht so … *matrimonio*.«

Silvio schaute ernst drein. »*Matrimonio* ist gut. Ihr solltet *matrimonio*«, meinte er.

Wie sollte man diesem netten, von Trauer zerstörten Mann das Ionische Meer aus Abneigung, Verlegenheit und Bedürfnissen erklären, welches sich in genau dieser Frage zwischen Charlie und mir auftat? Für Silvio war es ganz einfach – wenn man eine Frau liebte, dann heiratete man sie. Wenn sie starb, dann betrauerte man sie. Er trank seinen Kaffee aus und deutete auf den Ätna, der in der Ferne rauchte wie ein schmutziger Auspuff.

»Vulkan ist *attivo*. Ihr könnt nicht gehen«, erklärte er uns und ging.

Nachdem der Ätna also aus unseren Reiseplänen gestrichen worden war, hatten wir wenig zu tun, außer mit der Seilbahn an den überlaufenen schwarzen Kieselstrand zu fahren, Bücher zu lesen, zu schlafen, uns zu lieben und zu essen. Ich aß *prosciutto crudo* und Zitronen-Granita. Charlie aß jeden Fisch, der ihm unterkam. Eines Nachmittags, als Charlie nicht mit mir redete, aus Gründen, die mir nicht ganz klar waren, schnürte ich meine Füße in Laufschuhe und brach von unserer Ferienwohnung zu einer Wanderung nach Castelmola auf, einem Dorf, das noch höher als Taormina in Felsen gebaut war. Ich ließ Charlie mit seinem Buch auf dem Balkon allein – er las die Melrose-Saga. Es war das Jahr, in dem alle die Melrose-Saga lasen. Ich keuchte den Weg zum Dorf hoch, ein Städtchen wie eine Kopfsteinpflaster-Terrasse, das sich um die Ruinen eines romanischen Schlosses wickelte. Während ich mir einen Weg durch die mit Graffiti übersäten Festungsmauern bahnte, schaute ich zu meinen Füßen hinunter und sah, dass ich beinahe auf etwas draufgestiegen wäre. Ein Stachelschwein. Es war klein und fast ganz schwarz, es glänzte wie ein Kiefernzapfen zwischen den ausgetretenen Steinen. Seine Stacheln waren säuberlich um seinen Körper angeordnet, wie ein stacheliger Mantel. Es versuchte gerade, irgendwohin zu schlendern, und seine kleine Nase ragte unter dem Stachelmantel hervor wie eine Blume aus einem Staubgefäß. Ich wusste nicht, wohin es unterwegs war oder was es vorhatte, aber ich machte mir Sorgen, dass es nicht heil ankommen würde. Ich ging in die Hocke, um es genauer anzuschauen, aber als ich näher kam, wich es verängstigt zurück und rollte sich zu einem stachligen Ball zusammen. Ich versuchte ganz vorsichtig, es mit dem Fuß von der Hauptdurchgangsstraße zu schieben. Ich sah es schon zertrampelt, seine Stacheln zerbrochen wie Zweige, unter den Füßen eines Touristen oder eines Graffitikünstlers. Aber es war schwierig, es zu bewegen, und nach einer Weile kamen mir meine Versuche, es dazu zu bringen, sich wieder zu entrollen, grausam vor. Also ließ ich das Tier in Ruhe und trottete den Hügel hinunter zurück zu Charlie. Ich fand ihn schlafend auf einer Sonnenliege, er musste beim Lesen eingeschlafen sein, denn auf seiner Brust lag noch das geöffnete Buch. Am nächsten Tag, als uns der gut aussehende Arzt wieder besuchte, erzählte ich ihm von dem Stachelschwein. Ich musste das italienische Wort nachschauen. Es hieß *porcospino.*

»*Porcospino* ist sehr *raro* in Italien!«, erklärte uns Silvio aufgeregt. »In Sizilien haben wir *porcospino* mit sehr dunkler Farbe.«

Nachdem er gegangen war – seine Traurigkeit quasi hinter sich herschleifend –, legte ich mich aufs Sofa und las in einem Reiseführer, während Charlie summend die Kaffeetassen abwusch. Als er fertig war, sprang er liebevoll auf mich.

»*Porcospino* ist *raro. Por-co-spi-no* ist sehr *raro*!«, rezitierte er.

Er küsste mich. Charlies Stimmungen waren für mich so undurchsichtig wie die Mechanismen des Ätna. Ich wusste immer nur, dass ich den Sturmzyklus aussitzen musste, und dann kam wieder besseres Wetter. Doch jetzt spürte ich plötzlich ein Bedürfnis, ihm seine sonnige Laune zu verderben, ihm die Luft rauszulassen.

»Wann wirst du mich bitten, dich zu heiraten?«, fragte ich.

Aber es funktionierte nicht. Er lächelte mich nur an, küsste mich auf die Nase und sagte: »Bald, mein Stachelschwein. Bald.«

3. KAPITEL

@SuzeHamilton Du Scheißjournalistenzicke
@SuzeHamilton Du kannst dich waschen, so viel du willst, das Blut wird 4 immer an deinen Händen kleben, sie war eine helle Seele, du hast sie umgebracht mit deinen Scheißwörtern
@SuzeHamilton Du bist fake news
@SuzeHamilton Ich hoffe, du bist glücklich, dass sie tot ist
@SuzeHamilton Du solltest sterben statt ihr

Vic hatte recht, Twitter war eine Kloake. Nachdem ich die sozialen Medien ein paar Tage gemieden hatte, dachte ich, ich würde ganz offen über die Dinge reden, indem ich meine Accounts durchschaute, so gut wie möglich aufräumte und alle blockierte, die ich blockieren musste, um dann so schnell wie möglich wieder zur Tagesordnung überzugehen. Ich hatte in Erwägung gezogen, eine Art Social-Media-Nachricht zu Tracey Dorans Tod zu verfassen, und hatte sogar einen Entwurf geschrieben. Aber was konnte ich schon sagen? *Mit großer Traurigkeit habe ich von Tracey Dorans Tod erfahren:* verlogen. *Ich fühle mich nicht verantwortlich für Tracey Dorans Tod:* defensiv. *Fickt euch doch alle ins Knie:* aggressiv und billig. Ich loggte mich bei Facebook ein – in meinen Arbeitsaccount, nicht meinen echten. Auf meinem echten Account machte ich gar nichts, ich postete nichts und kommentierte nur die Beiträge anderer. Ab und zu stalkte ich mal diskret einen Mann, mit dem ich Sex hatte, oder einen Mann, mit dem ich gerne Sex gehabt hätte. Darauf lief dieses ganze riesige Projekt der sozialen Medien doch am Ende hinaus, oder? Darauf und auf das Ermöglichen wüster Beschimpfungen in Bereichen, wo früher Diskretion, wenn nicht sogar Schweigen geherrscht hätte.

Wie ich sah, war mein Arbeitsaccount bei Facebook ebenfalls voller Gift und Galle, einiges davon im Kommentarbereich des Tracey-Doran-Exposés, das ich auf meinem Account gepostet hatte und nach ihrem Tod vergessen hatte zu entfernen. Mein Postfach auf Facebook platzte fast aus den Nähten, das war auch nicht so hübsch. Es war eine feinere, anzüglichere Version der Kommentare auf Twitter, aber eher mit sexuellen Beleidigungen und ein paar Gewaltandrohungen (sowohl implizit als auch explizit). Das Schöne an Facebook war, dass die Trolle hier noch ungestrafter wüten konnten. Auf Twitter verbargen die meisten Leute, die richtig böses Zeug posteten, ihre Identität durch die Benutzung anonymer Accounts. Auf Facebook richteten sich die Leute eher keine Fake-Accounts ein, wahrscheinlich, weil es zu mühsam war – und wenn man sich im Internet bewegte, sollte einem nichts jemals zu mühsam sein. Sie maskierten sich einfach als sie selbst. Das führte zu der komischen Situation, mit einer Vergewaltigung bedroht zu werden (so wie ich an diesem Tag), und zwar von jemandem, dessen Profil ihn als glücklichen, kahl werdenden Familienvater darstellte, der sein Bild – mitsamt Kindern – ganz offen im digitalen

Tageslicht herzeigte. Sein Lieblingsfootballteam, die Highschool, die er besucht hatte, sogar sein Musikgeschmack (Dire Straits, später Paul Simon) waren für mich einsehbar, ebenso wie ein Bild von der Feier zum siebten Geburtstag seiner Tochter. Sie hatte einen *Frozen*-Kuchen gehabt. Ich spielte kurz mit dem Gedanken, ihn vor seiner Frau zu exponieren, deren Profil mit seinem verlinkt war. Ihre Beziehung hatten die beiden mit dem roten Herz-Icon gekennzeichnet. Seine Frau arbeitete als Krankenschwester in einer Klinik im Süden von Sydney, und auf ihrer Seite hatte sie den reinsten Strom von inspirierenden Sprüchen geteilt. Die Memes, Sprüche wie »Du kannst im Leben nicht das nächste Kapitel aufschlagen, ohne immer wieder das vorhergehende zu lesen« und »Wenn Plan A nicht funktioniert, hat das Alphabet immer noch 25 andere Buchstaben«, waren für manche Frauen eine Art, ihre stille Verzweiflung im Internet auszuleben. Ich schaute mir die Gattin kurz an – sie spielte Netzball und war Mitglied im örtlichen Line-Dance-Club – und beschloss, sie nicht weiter zu belästigen. Ich blockte ihren Vergewaltiger-Ehemann. Aber Facebook war nicht nur eine Seite für Worte. Es enthielt auch Bilder, und als ich mich durch die Nachrichten in meinem Posteingang klickte, stolperte ich über ein Bild, das mir von einer Person (wahrscheinlich einem Mann) geschickt worden war, ein Bild von einem Penis. Er sah aus wie eine geschwollene Schnecke.

»O Gott!«, sagte ich. Das war neu. Ich wusste nicht, was ich tun sollte.

Victor ging hinter mir vorbei und ließ sich auf seinen Stuhl plumpsen, am Schreibtisch gleich neben meinem. Seine Haarfarbe hatte sich von Lila in Pink verwandelt. Es schillerte und glänzte wie die Mähne bei einem von Maddys *My Little Ponys*.

»Na, was geht?« Er schaute mir über die Schulter und auf meinen Bildschirm. »Oh«, sagte er. »Oh.«

Vic bedeutete mir, dass ich meinen Stuhl räumen sollte. »Ich mach das«, sagte er. »Dickpics sind meine *leichteste* Übung.«

Er tippte ein paar Sekunden und gab mir dann meinen Stuhl zurück. »Bitte sehr, Baby. Der böse Mann ist weg. Er wird dich nie wieder belästigen.«

»Du bist mein weißer Ritter«, sagte ich. »Ich danke dir.«

»Namaste«, erwiderte Victor. »Wie geht's dir so? Die Dinge scheinen sich ein bisschen beruhigt zu haben, oder? Jetzt regen sich alle über diesen Fernsehmoderator auf, der sich auf seiner Weihnachtsfeier als Beamter des Einwanderungsamts verkleidet hat.«

Ich kannte den Moderator. Ich hatte vor Jahren mal ein Porträt von ihm für unsere Wochenendbeilage geschrieben.

»Jede Empörung findet irgendwann ein neues Opfer«, sagte Vic. »Das ist der Kreis des Internetlebens.«

»Ich kann gar nicht glauben, dass fast schon wieder Weihnachten ist«, sagte ich.

*

Nachdem das Dickpic zum Verschwinden gebracht worden war, wusste ich, dass ich mich jetzt dem juristischen Nachspiel der angedrohten Verleumdungsklage von Bruce Rydell stellen musste. Ich leitete den Brief von Patrick Allen & Partner an unsere Hausjuristin weiter. Ich hoffte, sie würde mir sagen, dass wir ihn einfach ignorieren konnten, dass Rydell ein alter Spinner war, der die ganze Zeit irgendwelchen Leuten mit Klagen drohte und dass ihn keiner richtig ernst nahm. Alles, was ich über Rydell wusste, war, dass er im Ruhestand war und den Großteil seiner Zeit auf seiner Megajacht verbrachte, auf der er übers Mittelmeer kreuzte, um ab und zu Frauen in den Nachtclubs auf Capri zu belästigen.

Ich kam mir vor wie eine Polizistin, die vom Dienst suspendiert und zu Schreibtischarbeit verdonnert worden war. Ich hätte diskret ein paar Hinweisen zu Storys nachgehen können – zum Beispiel einem kleinformatigen Bestechungsskandal, einem Stadtrat, der Verträge belohnt hatte, die an Firmen gingen, die mit seiner Frau in Verbindung standen. Ich hatte einen soliden Tipp zu der früheren Verurteilung eines Waffenlobbyisten mit Freunden in der Regierung bekommen, es ging um häusliche Gewalt. Aber ich konnte keiner Sache nachgehen, aufgrund von Bens Verordnung.

Ich hatte Ben heute schon kurz gesehen, als er den Fahrstuhl betrat und ich gerade herauskam, und eine Welle von Scham war über mich hinweggespült. Ich wusste nie, was ich sagen sollte, wenn ich ihm im Büro begegnete, und ich war immer irgendwie verlegen, wenn wir miteinander zu tun hatten, als müssten uns die anderen beobachten und unsere Worte nach Anzeichen einer Romanze durchsuchen. Als Chef behandelte Ben mich schroff, was okay war, weil er alle so behandelte. Er wurde respektiert und leicht gefürchtet, weil er gar so knapp war in seinen Gesprächen. Seine Undurchschaubarkeit war genau der Grund, warum ich so gerne Sex mit ihm hatte. Oder warum ich ihm erlaubte, Sex mit mir zu haben. Ich war nicht sicher, ob ich es mochte. Das

Ganze lief jetzt schon ungefähr ein Jahr, aber unser Kontakt war sehr unregelmäßig, manchmal trafen wir uns monatelang nicht, und ich war erleichtert und dachte, es wäre zu Ende. Und dann bekam ich eine Nachricht mit der Bitte, mich in einem mittelmäßigen Hotel einzufinden, und irgendetwas zwang mich immer, dieser Aufforderung zu folgen.

Es hatte nach einer Preisverleihung angefangen. Ich war für eine Serie nominiert worden, in der ich über illegale Arbeitskräfte in den Sternerestaurants von Sydney geschrieben hatte. Ein paar von den Restaurants, die ich exponiert hatte, hatten Werbepartnerschaften mit der Zeitung, und sie hatten gedroht, ihre Anzeigen zu streichen, doch Ben hatte sich gegen den kaufmännischen Leiter für meine Story eingesetzt. Wir saßen am Abend der Preisverleihung nebeneinander. Es war Abendgarderobe vorgegeben, und ich nahm Ben zum ersten Mal als Mann war, als einen Mann, der in einem Anzug gut aussah, nicht weil er in irgendeiner Form elegant gewesen wäre, sondern weil die Eleganz des Anzugs so einen Kontrast zu seiner Derbheit abgab, sodass er am Ende hypermaskulin und schrecklich begehrenswert aussah. Ich formulierte das für mich damals gar nicht, doch Victor, der gleich neben mir saß, sehr wohl.

»Fuck, der Chef sieht heute Abend ja extrem fuckable aus«, flüsterte er mir ins Ohr.

Victor hatte den Dresscode umgangen, indem er in einem Kleidungsstück auftauchte, das er als Kilt bezeichnete, im Grunde sah es jedoch einfach aus wie ein karierter Rock. Er trug es mit einem Beutel, den er sich um die Taille gebunden hatte und als Sporran verkaufte.

»Du bist ein Wortkünstler«, sagte ich.

»Sie sollten mich für einen Preis nominieren.«

Tatsächlich war Victor ebenfalls für einen Preis nominiert, und wir gewannen beide in unseren Kategorien. Ich hatte wirklich nicht damit gerechnet zu gewinnen, also lag der Nervenkitzel, als mein Name verlesen wurde, irgendwo zwischen einem unangenehmen Schreck und einer schönen Überraschung. Ich ging zur Bühne, während mir unerwartet adrenalindurchsetztes Blut durch die Adern brandete. Ich merkte, wie mir unerwünschte Gedanken an Charlie kamen, wie er in meinem parallelen Leben stolz auf mich gewesen wäre. Vielleicht wäre er sogar an diesem Abend dabei gewesen, hätte vom Tisch aus zugeschaut, wie ich meinen Preis in Empfang nahm, hätte geklatscht und gepfiffen und gezwinkert vor Besitzerstolz. Selbstverständlich hätte er wahrscheinlich nichts von alldem getan. Er hätte vermutlich verkündet, dass er Abendgarderobe hasste, dass er nicht in der Stimmung war für Chefs und Small Talk, und dann wäre er zu Hause geblieben. Das war das Problem mit dem parallelen Leben – man konnte es nicht widerlegen. Alles, was dort passierte, war theoretisch Wirklichkeit. Es gab keine Art, wie man es hätte herausfinden können, also war es unangreifbar. Es war eine Fantasie, doch im Gegensatz zu anderen Fantasien bot es keinen Trost und null Hoffnung. Ich trug es immer mit mir herum, wie einen schweren Mantel. Und der lag auch an jenem Abend auf meinen Schultern, als ich in meinem rückenfreien Kleid zur Bühne ging, meine Ohrringe im Licht glitzerten, und er war da, als ich die hingestreckte Hand schüttelte und die schwere Statuette entgegennahm und ins Meer der Menge schaute. Er beschattete mich, als man mich von der Bühne schob – sie mussten weitermachen, sie hatten einen Zeitplan einzuhalten –, und eine Kamera blitzte mir ins Gesicht, als ich meine Zähne zu einem Lächeln arrangierte und neben dem Firmensponsor stand, der sagte: *Unsere Glückwünsche, Ms. Hamilton, das haben Sie wirklich verdient*, und mich dann stehen ließ, ohne mich eines Blickes zu würdigen, und ich einen Moment des völligen existenziellen Nichts durchlebte, als mir klar wurde, dass dieses Ding, das ich gewollt hatte, dieser Preis, dieses Ding, von dem ich dachte, dass es mich trösten würde, mich überhaupt nicht tröstete. Als ich an unseren Tisch zurückging, standen meine Kollegen alle auf, um mich zu empfangen, sie waren stolz auf mich, die Männer johlten, und die Frauen küssten mich, und ich setzte eine Maske bescheidenen Glücks auf und schaute hoch zu Ben, der den Stuhl für mich vom Tisch gezogen hatte, ich sah seine Augen, und das solide Wissen um sein Begehren blitzte zwischen uns auf. Er will mich, dachte ich. Und darin lag endlich doch ein bisschen Trost.

Nichts passierte bis nach den Petits Fours. Als die Kellner sie servierten, hatte ich schon literweise Weißwein getrunken. Den ganzen Abend über achtete ich auf Ben – darauf, wo er war, mit wem er sprach. Rückblickend betrachtet war es, als würde man einen Fall in Zeitlupe anschauen. Als wären unsere ganzen Bewegungen im Voraus geplant gewesen. Wir wussten, dass wir früh genug zusammenkommen würden, also gab es keinen Grund zur Eile. Nachdem das Hauptgericht abgeräumt worden war und die Preisverleihungen vorüber, erhoben sich alle von ihren Stühlen und strömten hinaus, wobei sie durch den Saal pirschten, um den Gewinnern aufzulauern und um mit den Chefs zu netzwerken. Ich blieb alleine am Tisch sitzen, aß in aller Ruhe ein Erdbeerfondant.

Ich hatte das Hauptgericht verpasst, als ich auf der Bühne stand und meinen Preis in Empfang nahm. Ben ließ sich neben mich plumpsen – er war betrunken – und bestellte Kaffee bei der Kellnerin.

»Wie geht's unserer Starreporterin?«, fragte er.

»Ich hab tatsächlich Hunger. Sie haben mein Abendbrot abgeräumt, bevor ich es essen konnte.«

»Na, das geht aber wirklich nicht«, sagte er. Er signalisierte dem Kellner, dass wir Brot haben wollten. Der Mann brachte einen Teller mit Brötchen und Butter.

»Komm, ich streich dir die Butter drauf«, meinte Ben. »Es gibt nichts Besseres als frisches, gut gebuttertes Brot. Wenn ich in der Todeszelle säße, wäre das meine Henkersmahlzeit.«

»Und weswegen wärst du in der Todeszelle?«, fragte ich.

»Oh, zweifellos wegen Mordes«, sagte Ben. »Ich bin jeden Tag mehrmals kurz davor, jemanden zu ermorden. Es ist nur eine Frage der Zeit, bis ich wirklich mal einen Mord begehe.«

»Das wusste ich ja gar nicht«, erwiderte ich. »Nach außen hin wirkst du immer so ruhig. Wäre es ein Verbrechen aus Leidenschaft? Oder eher was Zufälliges?«

»Was Zufälliges. Zumindest bis zu einem gewissen Grad. Ich könnte den Kerl umlegen, der mir jeden Morgen die Zeitung stiehlt. Das wäre es wert, alleine, um ihn erwischt zu haben.«

»Er klaut dir die Zeitung? Das klingt wirklich sehr grausam.«

»Wem sagst du das«, gab Ben zurück. »Weiß der denn nicht, mit wem er es zu tun hat?«

Er schaute auf das Brötchen hinunter. Er verstrich die Butter bis ins letzte Eckchen.

»Woher willst du wissen, dass es ein Er ist?«, fragte ich. »Du hast ihn doch noch nie gesehen.«

»Ja. Du hast recht«, meinte er. »Man sollte keine voreiligen Schlüsse ziehen.«

Er legte das gebutterte Brötchen vor mich hin, eine kleine Opfergabe.

»Voreilige Schlüsse sind der Feind der Wahrheit«, sagte ich und aß das Brötchen, zerriss es mit meinen Zähnen.

*

Später gingen wir in eine Bar in der Innenstadt, ein düsterer Ort mit abgeteilten Sitzecken und Laternen auf jedem Tisch. Unsere Kollegen standen um uns herum und plauderten fröhlich, während die Ringe unter ihren Augen immer dunkler wurden und es später und später wurde. Augen-Make-up verlief, Krawatten wurden gelockert. Ben bestellte Cocktails auf die Kreditkarte der Firma. Victor zog eine Schachtel Zigaretten aus seinem Sporran aka Beutel und führte Expeditionen nach draußen zum Rauchen an. Einer nach dem anderen ging nach Hause. Victor war so betrunken, dass wir ihn wie einen Invaliden ins Taxi heben mussten. Dann waren nur noch Ben und ich übrig, und wir schlenderten die leere Macquarie Street hinunter, vorbei an der Staatsbibliothek und dem Parlament, und irgendwo bei den Hyde Park Barracks fielen wir uns in die Arme, und er führte mich in den Hyde Park, wo wir unter einem Großblättrigen Feigenbaum hastigen, riskanten Sex hatten, auf einem

Bett aus Alpenveilchen. Hinterher setzte mich Ben in ein Taxi, und ich konnte kaum glauben, dass das gerade wirklich passiert war. Das war das erste Mal.

*

Ich erledigte gerade die mühsame Aufgabe, lauter nervige Telefonate zu führen, um den Hintergrund einer Story zu klären. Angefangen bei Parlamentsmitgliedern, die offiziell natürlich nur Nettigkeiten von sich gaben, während sie inoffiziell kritisierten, was das Zeug hielt. Das Thema meines Porträts, eine aufstrebende Politikerin namens Rita Delruca, war engagiert, intelligent und beherrschte das politische Spiel aus dem Effeff. Sie spielte falsch innerhalb ihrer Fraktion und war im Grunde ein politisches Leichtgewicht, das bloß so schnell nach oben gekommen war, weil sie eine Frau war, aber so etwas darf man ja heutzutage nicht mehr laut aussprechen. Deswegen schrieb ich lieber Nachrichten als solche Porträts. Wenn man Nachrichten schrieb, sammelte man zunächst die Fakten, dann holte man sich Kommentare von allen Beteiligten, und am Ende überließ man die Entscheidung dem Leser. Aber wenn man ein Porträt schrieb, war es anders. Da spielten Nuancen und Betonungen eine Rolle. Bei einem Porträt musste man die vorliegenden Informationen zu einer bestimmten Geschichte verweben, auch wenn sie sich nicht von selbst zu einer Geschichte zusammenfanden. Da musste man versuchen, einen Charakter durch die Aussagen anderer zu beschreiben, und andere Leute hatten immer undurchsichtige Neigungen. Wie soll man eine Person mit dreitausend Wörtern beschreiben? Seit Dem Vorfall glaubte ich fest daran, dass man andere Leute nie durchschauen kann, und dabei ging es selten um angenehme Überraschungen.

Ich hatte vor der Mittagspause ungefähr fünf Telefonate geführt und ein paar Notizen zusammengeschrieben. Die Redaktion surrte um mich herum, und Victor kam mit großen Schritten und den Neuigkeiten von seiner neuesten exklusiven Meldung herein. Er hatte herausgefunden, dass ein Mann, dem man die Ermordung seiner Frau und seines Kindes zur Last legte, auf einer Überwachungsliste des Geheimdienstes gestanden hatte, wegen seiner Nähe zu rechtsradikal-rassistischen Politikern. Vic hatte hochrote Wangen und war unheimlich zufrieden mit sich selbst, und er setzte sich hin, um die Sache zu recherchieren. Vic bot ein Bild der Hingabe, wenn er schrieb, er bearbeitete die Tasten seines Computers, als würde er eine Sonate spielen. Ich beneidete ihn im Stillen, während ich einen Anruf nach dem anderen von irgendwelchen linken Parlamentsmitgliedern annahm, aber einfach nichts Neues erfuhr. Ich erreichte mein Limit um zwei Uhr, stand auf, streckte mich und bot ihm an, ihm einen Kaffee zu holen.

»Wie gut du meine Bedürfnisse vorausahnst«, sagte Victor, ohne die Augen vom Bildschirm zu nehmen. »Ich hätte dich heiraten sollen. Soll ich dir Geld geben?«

Ich lehnte ab und nahm den Fahrstuhl ins Erdgeschoss, wo ich zwei Kaffee bei Marisa bestellte, der Firmen-Barista. Ich scrollte auf meinem Smartphone herunter, während ich wartete, wobei meine Aufmerksamkeit atomisiert wurde vom ewig weiterlaufenden Band der sozialen Medien. Da kam Ben um die Ecke, sah mich und kam mit ernstem Gesicht auf mich zu.

»Kann ich dich mal kurz sprechen?«, bat er.

»Immer«, sagte ich.

Er runzelte die Stirn wegen meiner Vertraulichkeit. »Was ist aus dieser Bruce-Rydell-Story geworden?«

»Wie meinst du das?«

»Sein Anwalt hat mich angerufen. Na ja, tatsächlich hat mich Colin Preston selbst angerufen.«

Colin Preston war der Vorstandsvorsitzende unserer Firma. Ich erkundigte mich nach dem Grund.

»Rydell hat ihn angerufen. Die beiden kennen sich. Sie sind im gleichen Skiclub oder so was. Rydell ist stinksauer. Er sagt, du hättest niemals etwas wiederholen dürfen, was nur auf Hörensagen beruht. Er behauptet, seine Unterhaltung mit dem stellvertretenden Parlamentsmitglied hätte sich so nie zugetragen.«

»Na ja ... ich ...«

»Hast du den obligatorischen Anruf in der Rechtsabteilung gemacht, Suzy?«

»Es ist früher auch schon darüber berichtet worden. Diese Geschichte ist total alt. Jeder von der Pressetribüne wiederholt sie.«

»Wenn man eine Verleumdung wiederholt, bleibt sie immer noch eine Verleumdung.«

»Es ist keine Verleumdung, wenn es die Wahrheit ist.«

»Doch. Kann es sehr wohl sein. Außerdem – wer sagt denn, dass es die Wahrheit ist? Die einzige Person, die für den Wahrheitsgehalt garantieren könnte, ist tot.«

»Skim Flat White! Almond Latte!«, sagte Marisa. Sie strahlte mich an, als hätte sie mir gerade einen Preis verliehen.

Ben schaute mich an. Sein Gesicht war verschlossen. »Um

mich brauchst du dir keine Sorgen zu machen«, sagte er und ging davon.

*

Als ich wieder oben in der Nachrichtenredaktion war, legte Victor gerade letzte Hand an seine Titelseiten-Story, glich die Fakten mit seiner Quelle ab und stritt mit Curtis über den Aufmacher für die Geschichte. Curtis wollte immer sofort im ersten Abschnitt den Konflikt einer Story umreißen. Doch wie viele Journalisten hegte Vic gewisse Capotemäßige Träume, deswegen war er eher für den langsamen Aufbau. Ich stellte Vics Latte auf seinen Schreibtisch und setzte mich hin. Auf meinem Schreibtisch lag ein großer Umschlag, der in großer geschwungener Schreibschrift an mich adressiert war. Ich drehte ihn um: kein Name, keine Adresse. Ich machte ihn auf und faltete das Blatt auseinander, das darin gesteckt hatte. Der Kugelschreiber, mit dem die Mitteilung geschrieben worden war, war so fest aufs Papier gedrückt worden, dass die Rückseite des Blattes ganz krisselig war.

Liebe Ms. Hamilton, stand da. *Ich dachte, das hier könnte Sie vielleicht interessieren.*

Die Handschrift war groß, die Buchstaben waren blau. Dem Anschreiben war ein kleines Heftchen beigelegt. Ich drehte es um und sah das volle, junge Gesicht von Tracey Doran, ihr Name in feierlicher Typo über das untere Ende der Seite geschrieben, zusammen mit den Zahlen, die ihr Geburtsdatum und ihren Todestag bekannt gaben. Es war die Gottesdienstordnung für ihre Beerdigung.

*

Nach der Arbeit schlich ich mich mit Victor auf ein Bier in einen Pub. Meine Mutter holte Maddy jeden Donnerstag früher aus dem Kindergarten ab und nahm sie mit zu sich, um sie zu verwöhnen und ihr das zu verabreichen, was sie »richtiges Essen« nannte. Wir gingen in den Pub in der Nähe unseres Büros, der attraktiv war durch seine Lage, aber ansonsten keine Vorzüge besaß. Er war in den Neunzigern zum letzten Mal neu eingerichtet worden, genau zu dem Zeitpunkt, als das Neunziger-Jahre-Design den Höhepunkt seiner Geschmacklosigkeit erreicht hatte. Seitdem war nichts mehr verändert worden. Es war ein Museum für Chromtische und Primärfarben. Vic war voll auf Adrenalin wegen seiner Titelseiten-Story. Manchmal fiel es schwer, nach so einer großen Story wieder runterzukommen. Ich glaubte, dass das wahrscheinlich einer der Gründe war, warum Journalisten so viel tranken: um die nervöse Energie loszuwerden, die sich beim Rennen gegen eine Deadline aufbaute, und auch wegen der konstanten unterschwelligen Nervosität, dass man irgendetwas falsch dargestellt hatte und vor Gericht landete oder in Ungnade fiel, oder beides. Das war auf jeden Fall der Grund, warum ich trank.

»Da war also nur dieses Heftchen von ihrer Beerdigung drin?«, fragte Victor. »Keine Adresse hinten drauf? Was meinst du, wer dir das geschickt hat?«

»Jemand, der auf ihrer Beerdigung war?«, schlug ich vor.

»Was für Kirchenlieder haben sie denn gespielt?«, wollte er wissen.

»Keine Ahnung«, sagte ich. »Wieso sollte das wichtig sein?«

»Die Kirchenlieder, die auf der Beerdigung eines Menschen gespielt werden, können viel über diesen Menschen aussagen.«

»Nein, können sie nicht«, gab ich zurück. »Sie können viel darüber aussagen, was der Organisator über den toten Menschen mitteilen will. Aber viel mehr auch nicht.«

»Na ja, okay, stimmt schon«, gab Vic zu. »Aber ich nehme meine Frage nicht zurück. Welche Kirchenlieder wurden gespielt?«

»Keine Ahnung. Ich hab die Gottesdienstordnung nicht genauer angeschaut. Das ist doch krank.«

Victor überlegte kurz, während er einen Schluck von seinem Bier nahm. Er trank Bitter vom Fass, in großen Mengen, als wäre er ständig in einem unsichtbaren Wettbewerb mit den Landjungen mit den fleischigen Gesichtern, die ihn in der Highschool gequält hatten.

»Du warst nicht schuld an Traceys Tod«, sagte er. Er hatte einen Schnurrbart aus Schaum.

»Klar«, antwortete ich.

*

Später fuhr ich mit dem Bus zum Haus meiner Mutter, um Maddy abzuholen. Ich hatte zu viel getrunken. Beverley hatte einen messerscharfen Instinkt für die kleinste Menge Alkoholkonsum, und ich würde mich vor ihr rechtfertigen müssen. Als der Bus sich den Hügel bei Vaucluse hinaufseufzte, machte ich meine Handtasche auf und blätterte die Broschüre durch. Auf Tracey Dorans Beerdigung waren überhaupt keine Kirchenlieder gespielt worden. Stattdessen hatten sie die Beach Boys gespielt: *I just wasn't made for these times.*

*

Charlie mochte die Beach Boys. Er hatte sie auf unserer Hochzeit spielen wollen, die seinem irgendwann gemachten Heiratsantrag folgte, der wiederum auf unsere Rückkehr aus Europa folgte und auf meine Entdeckung meiner Schwangerschaft. Ich wusste, dass er eine Weile gebraucht hatte, um sich durchzuringen, also hatte ich eher Erleichterung als Freude empfunden, als er mich endlich gefragt hatte. Wir hatten nicht viel Geld, auf jeden Fall kein Geld, das wir für eine Hochzeit ausgeben wollten, also beließen wir es bei einer standesamtlichen Trauung im engsten Familienkreis, gefolgt von einer Cocktailparty in Onkel Sams Reihenhaus in Glebe, die damals noch sein Zuhause war, und es gab auch noch keine Hinweise darauf, dass es später eine Zuflucht für mich und den Inhalt meines fröhlich wachsenden Bauches werden sollte. Wir tanzten unseren ersten Tanz im Garten, der übersät war mit Lilien und von Lichterketten erleuchtet wurde. Man konnte von einer potenziell gefährlichen Terrasse aus über den Garten schauen, die man einfach hinten am Haus festgenagelt hatte. Die Gäste stapelten sich darauf, um uns zuzuschauen, wie wir zu Al Green tanzten oder eher schlurften. Charlie hatte *God Only Knows* von den Beach Boys gewollt, ich nicht, und diesen Streit hatte ich gewonnen. Ich war bereits im sechsten Monat, und das Kleid, das ich bei einem Schneider im Internet bestellt hatte, war mir zu eng am Hintern gewesen und – kleine Demütigung obendrauf – zu locker an der Korsage. Ich hatte gehofft, dass viel von meiner Gewichtszunahme auf Wassereinlagerungen zurückzuführen war, aber wer lagerte schon Wasser am Arsch ein? Am Ende heiratete ich in einem fließenden geblümten Maxidress mit Spaghettiträgern und keiner Taille. Hätten bloß noch die Flipflops gefehlt.

Victor flocht mir Blumen ins Haar und erzählte mir, dass ich wunderschön aussah, doch ich glaubte ihm nicht. Mein Bauch ließ unseren ersten Tanz tollpatschig aussehen, das Gegenteil von allem, was Al Green sich als Wirkung seiner Musik gewünscht hätte, da war ich ganz sicher. Wir umrundeten einmal den Garten und schauten uns dabei an, während alle unsere Freunde und Verwandten zuschauten, und ich konnte mir nicht mal in meiner Fantasie vorstellen, was Charlie dachte. Ich fragte mich, ob ich mich vielleicht wirklich so fühlen sollte.

Ein paar Jahre später stand ich im gleichen Garten allein, mit meinem kleinen Kind, schlafend im Haus hinter mir, und mit Charlie Was-weiß-ich-wo. Ich ging in dem Garten auf und ab, in dem ich einmal getanzt hatte. Ich hatte mir die Haare unter eine Duschhaube geschoben und trug Küchenhandschuhe. Ich sah aus wie ein unglücklicher Tellerwäscher oder ein Meth-Koch. Ich rauchte eine Zigarette nach der anderen. Ich schaute hoch zu den kleinen weißen Geistern im Frangipani-Baum und drehte die Wäschespinne mit der Hand, sodass sie in der Dunkelheit leise quietschte. Ich überlegte, was ich jetzt tun sollte.

4. KAPITEL

»Sie schläft.«

Als ich oben auf dem Hügel in Vaucluse aus dem Bus stieg, versuchte ich einzuschätzen, wie betrunken ich war. Manchmal kann man total betrunken sein, aber sich trotzdem einbilden, dass man klar denkt. Ich glaubte nicht, dass ich so betrunken war. Ich ging in einer geraden Linie zur Eingangstür am Haus meiner Mutter – ein bescheidener kalifornischer Bungalow, den sie sich mit meinem Vater teilte, obwohl meine Mutter so viel Raum einnahm, dass er oft wirkte, als wäre er nur zufällig da. Ich versuchte, mein Haar in Ordnung zu bringen, warf mir einen Pfefferminz in den Mund und zerkaute ihn schnell. Beverley machte schwungvoll die Tür auf, und ihre Silhouette schwebte einen Moment beeindruckend auf der Schwelle. Sie sah aus, als wollte sie gleich meine Papiere verlangen, bevor sie mir den Zutritt gestattete.

»Ja, ich weiß, ich bin ein bisschen zu spät dran«, sagte ich. »Hallo, Beverley.«

Ich gab ihr einen Kuss auf die Wange. Als ich ungefähr fünfzehn Jahre alt war, begann ich, meine Mutter beim Vornamen zu nennen, als eine Art Experiment. Ich setzte es fort, als ich sah, wie gereizt sie das machte. Beverley trat beiseite, und wir gingen durch in die Küche. Ich rief meinem Vater einen Gruß zu, der auf seinem bequemen Stuhl im Arbeitszimmer saß, mit der Brille auf dem Kopf und dem Kreuzworträtsel auf dem Schoß. Im Fernsehen kamen gerade die neuesten Nachrichten.

»Hallo, mein Schatz!«, rief er.

»Suzy hat sich verspätet, Simon«, sagte Beverley.

»Sollen wir Bußgeld verlangen?«

»Sehr witzig, Schatz.«

Wir gingen an ihm vorbei und in die Küche. Beverley sagte, ich sähe so aus, als bräuchte ich eine Tasse Tee, und das konnte ich nicht mal leugnen.

»Tut mir leid«, entschuldigte ich mich. »Ich hatte eine Deadline, und dann bin ich im Pub hängen geblieben.«

Die Hälfte dieser Aussage traf zu – in Wirklichkeit hatte ich an diesem Tag keinen Artikel abgegeben. Ich hatte die ganze Woche nicht einmal meinen Namen unter einen Artikel gesetzt und war vor lauter Nervosität schon ganz kirre.

»Bringst du gerade eine neue Story raus? Du hast die ganze Woche keinen einzigen Artikel veröffentlicht«, stellte Beverley fest. Sie las alles, was ich schrieb, und manchmal rief sie mich an, um mich auf Fehler oder Ungereimtheiten hinzuweisen.

»Ich arbeite gerade an einem Feature für unser Magazin«, sagte ich. »Das kommt erst in einem Monat oder so.«

»Verstehe.«

Beverley zog einen eleganten Teebehälter hervor und löffelte ein paar Teeblätter in eine Teekanne von Marimekko. Sie fand Teebeutel gewöhnlich oder so ähnlich. Manchmal hatte ich das Gefühl, meine Mutter tat alles überkorrekt, um zu unterstreichen, wie unkorrekt ich alles machte. Ich war ihr einziges Kind. Soviel ich wusste, hatte es Versuche gegeben, noch ein weiteres zu bekommen, aber am Ende hatten sie aufgegeben und all ihre Hoffnungen auf mich gesetzt. Beverley hatte sich gewünscht, dass ihre Tochter Rechtsanwältin wird, am besten eine, die nicht nur in den unteren Instanzen tätig sein kann. Sie war zutiefst enttäuscht, als ich mein Jurastudium hinwarf, um ein Volontariat als Journalistin anzutreten. Sie hatte mir vorgerechnet, dass ich als Volontärin weniger als die Hälfte des Gehalts einer Absolventin der Rechtswissenschaften bekommen würde. Und diese Schere würde sich im Laufe der Jahre immer weiter öffnen, hatte sie gemeint. Damals hatte ich darüber gespottet. Jetzt dachte ich oft über den fortschreitenden Gehaltsunterschied nach, besonders, wenn der Betrag, den ich als Journalistin verdiente, nur knapp dem Betrag entsprach, den ich für Kinderbetreuung ausgeben musste. Beverley hatte sich irgendwann an meine Berufswahl gewöhnt, aber manchmal witzelte sie immer noch – auf eine Art, die im Grunde nicht witzig gemeint war –, wie sie Maddy in ihrem Testament genug hinterlassen würde, dass sie sich als Richterin einrichten konnte. Ich versuchte, mir Maddy als Anwältin vorzustellen, die sich zwar die Schuhe selbst anziehen konnte, aber fast nie an die richtigen Füße. Vielleicht würde ihr eine Rosshaarperücke stehen.

»Ich geh nur schnell hoch und sag ihr Gute Nacht«, sagte ich.

»Weck sie bloß nicht auf«, rief mir meine Mutter hinterher, was mir einen gereizten Stich versetzte. War es immer so, wenn Eltern zu Großeltern wurden? Beverley hatte auf eine primitive Art immer das Gefühl gehabt, mich zu besitzen, deswegen ergab es durchaus Sinn, dass sie meinte, auch die Dinge zu besitzen, die zu mir gehörten. Und Maddy gehörte definitiv zu mir. Sie lag schlafend im Gästezimmer, das langsam, aber sicher zu ihrem eigenen Zimmer geworden war, durch ungehemmten Einsatz von rosa Kissen und Einhornspielzeug und den großartigen Bau eines Puppenhauses im viktorianischen Stil, komplett mit Erkerfenstern und ziegelgedecktem Dach, der stolz neben dem Bett prangte. Ich konnte sehen, dass Maddy verschiedene Puppen an den Abendbrottisch gesetzt hatte, ein Stück Miniaturmöbel aus (falschem?) Mahagoni mit geschnitzten Beinen und dazu passenden Stühlen mit gedrechselten Beinen. Wenn ich Maddy nach den Puppen, den winzigen Häschen oder den kleinen Mäusen fragte, mit denen sie spielte, sagte sie immer: »Ihre Mummy is auf der Arbeit.« Sogar ihre Spielzeuge waren Schlüsselkinder.

Maddys Wange erstrahlte in voller Schönheit auf dem Kissen. Sie umklammerte ihre Kuscheldecke und hatte den Daumen im Mund, wobei sie ein schwaches Schlürf-Saug-Geräusch erzeugte, das mir so vertraut war wie das Geräusch meines eigenen Atems. Ich bückte mich und küsste sie und rieb meine Nase sanft an ihrem Hals. Es gibt keine größere Zufriedenheit, als seinem Kind beim Schlafen zuzusehen. Der Schatten meiner Mutter ging an der Tür vorbei, und ich trat rückwärts aus dem Zimmer. Beverley dirigierte mich zurück in die Küche, wo zwei Teetassen auf der Bank standen, in perfektem Abstand zueinander. Ihr Dekor passte zur Teekanne.

»Ich habe eine Stunde gebraucht, bis sie eingeschlafen ist«, sagte Beverley. »Ich musste ihr sechs Bücher vorlesen. Sie wollte wissen, wo du bist.«

»Sie weiß, dass Mummy arbeiten muss«, erwiderte ich. »Sie weiß, dass ich immer zurückkomme.«

Beverley ließ diese Behauptung einen Moment in der Luft hängen. Sie gehörte nicht zu den Leuten, die anderen übermäßige Bestätigung gaben, wenn sie der Meinung war, dass sie sie nicht verdient hatten. Sie nahm die Milchflasche aus dem Kühlschrank und goss ein paar Schlucke in einen kleinen Porzellankrug.

»Mein Beitrag zum kultivierten Lebensstil«, sagte sie, als sie den Milchkrug wieder abstellte und uns Tee eingoss. Sie rührte die Milch in ihrer Tasse um. Der Teelöffel machte ein rhythmisches Ding-Ding-Ding-Geräusch, das fast den ganzen Raum erfüllte. Eine Weile saßen wir einfach nur schweigend da und nippten an unserem Tee. Das Schweigen war eher schweigsam als kameradschaftlich.

»Was von Charlie gehört?«, erkundigte sie sich.

»Nö.«

»Fragst du dich jemals, warum er so beschäftigt ist?«

»Nö.«

Das war gelogen. Ich stellte mir diese Frage die ganze Zeit.

Meine Mutter trank ihren Tee aus und machte einen anderen Behälter auf, dem sie eine Zigarette entnahm. Sie rauchte genau eine am Tag, nicht mehr und nicht weniger, und immer am Abend. Sie sagte, es gehe ihr furchtbar auf die Nerven, wie Rauchen sich zu einem moralischen Thema entwickelt hatte, genauso wie der Klimawandel oder die Benutzung von Plastikstrohhalmen. Ich beugte mich über die Kücheninsel, nahm das Streichholzheftchen, das dort lag, und steckte meiner Mutter eine an.

»Danke, mein Schatz«, sagte sie. Sie zog an der Zigarette, als wäre sie Medizin.

»Kannst du mir einen Gefallen tun?«, fragte sie, und ihre Stimme war hoch, weil sie gerade den Rauch einatmete. »Geh mal wieder Onkel Sam besuchen. Ich glaube, er ist ein bisschen einsam. Seine Freundin ist letzte Woche gestorben.«

Sam war in Wirklichkeit der Onkel meines Vaters, und er war die einzige Verwandtschaft, die wir noch hatten, denn die Verwandten von Beverley waren entweder tot oder zu weit weg. Doch meine Mutter machte sich mehr Gedanken über Sam als mein Vater. Dad war nicht so gut darin, sich um andere Leute zu kümmern. Beverley hingegen dachte ununterbrochen an andere Leute.

»Gina?«, fragte ich. »Das ist ja schrecklich.« Gina hatte im gleichen Gebäude gelebt wie Onkel Sam, und sie aßen oft zusammen zu Abend. Gina nannte es »Abendbrot«. Sie hatte Arthritis und Haare wie Zuckerwatte, die sie sich jede Woche bei einem Friseur in Elizabeth Bay in Wellen legen ließ. Sie war nicht Onkel Sams Freundin gewesen. Das wusste ich, weil ich ziemlich sicher war, dass Onkel Sam schwul war. Er hatte nie geheiratet, und ungefähr sechs Monate nachdem Maddy und ich bei ihm eingezogen waren und Sam ausgezogen war, fand ich eine verblüffende Pornosammlung in einem Schrank im Keller. Ich hatte die Videos eines nach dem anderen angeschaut und die Bestätigung bekommen, dass sie durch und durch homosexueller Natur waren. Seitdem sah ich Sam mit ganz neuer Bewunderung.

»Gina war nicht seine Freundin«, sagte ich und wechselte gleich danach in die Vergangenheit. »Sie waren einfach nur gute Freunde.«

»Geh ihn einfach mal besuchen«, wiederholte Beverley. Sie drückte ihre Zigarette aus und erklärte, jetzt sei Schlafenszeit. Wir sprachen nicht darüber, aber sie schien davon auszugehen, dass ich über Nacht bleiben würde. Ich holte meinen schnarchenden Vater aus seinem Stuhl, zog das Schlafsofa in seinem Arbeitszimmer aus und machte mir ein Bett darauf. Als ich aufwachte, war Maddys Nase ungefähr einen Zentimeter von meiner entfernt.

»Mummy«, erklärte sie feierlich. »Hier bin ich.«

*

Sydney taumelte weiter auf den Sommer zu. Die Feuchtigkeit kroch in die frühen Morgenstunden. Alle Pflanzen, die blühen konnten, blühten, als wollten sie ihren Tag nicht verpassen, bevor die richtige Hitze ihnen den Garaus machte. Die Jacarandabäume verloren ihre lila Gewänder. Der jämmerliche Basilikum, den ich auf unserem Küchenfensterbrett stehen hatte, der einzige Hinweis darauf, dass ich manchmal auch richtig kochte, erwachte wieder zum Leben und gab mir das Gefühl, mehr Häuslichkeit für mich in Anspruch nehmen zu können, als ich verdient hatte. Ich fing an, Maddys Essen – die Fischstäbchen und Spaghetti Bolognese – mit frischem Basilikum zu garnieren. Maddy bezeichnete den Basilikum als »Blätter« und weigerte sich, ihn zu essen.

»Mag keine Blätter, Mummy«, sagte sie und quengelte so lange, bis ich sie von ihrem Teller geklaubt hatte. Trotzdem tat ich ihr immer wieder welchen drauf. Ich hatte im Internet gelesen, dass man einem Kind etwas hundertmal anbieten musste, bis es endlich probierte.

Ein paar Tage nachdem die Gottesdienstordnung von Tracey Dorans Beerdigung auf meinem Schreibtisch aufgetaucht war, bekam ich einen weiteren Brief, mit derselben geschwungenen Handschrift. Dieser enthielt ein ähnliches Schreiben: *Liebe Ms. Hamilton, das hier könnte Sie interessieren.* Im Umschlag lag ein Schulzeugnis von Tracey Doran. Sie war gut in Mathematik gewesen. Sie bekam ein schwaches Lob in Erdkunde und wurde von ihrem Englischlehrer für ihren »fantasievollen schriftlichen Ausdruck« bewundert. Wenige Tage später war es ein Impfnachweis für ein Haustier, einen Hund, der denselben Nachnamen trug wie Tracey. Ich ging davon aus, dass das der melancholische Hund war, der in einigen ihrer Posts in den sozialen Medien auftauchte. Bedeutete das, die Person mit dem Impfnachweis kümmerte sich um das Tier? Ich hatte gar nicht an ihre verwaisten Haustiere gedacht.

Dann kam ein größerer Umschlag, der etwas Weiches, Sperriges enthielt, was sich als zwei Häkelnadeln herausstellte, die an einer gerade erst begonnenen Häkelarbeit hingen. *Daran hat Tracey gearbeitet, als sie starb*, stand auf dem Zettel, und nach diesem Paket hatte ich das Büro verlassen, um einen langen Spaziergang um die Hafenmole in der Nähe der Redaktion zu machen. Ich stand direkt am Wasser, mit dem Gesicht nach oben, meine Haut begann gerade in der Sonne des Spätvormittags zu brennen, und lauschte dem schwach wiehernden Quietschen der Kräne, die Stahlträger auf eine Baustelle auf der anderen Seite der Bucht hoben. Neue Wohnungen. Überall in Sydney schossen sie aus dem Boden. Ich atmete ein paarmal tief durch und ging zurück in die Redaktion. Ich warf die Häkelarbeit in eine

Schachtel. Ich wollte nichts anfassen, was diese tote Frau angefasst hatte.

*

Ich war aus mehreren Gründen froh darüber, keine Rechtsanwältin geworden zu sein. Vor allem, weil ich wusste, dass ich eine sehr schlechte geworden wäre. Zu diesem Schluss war ich gekommen, als ich in einer großen Kanzlei in der Innenstadt als studentische Rechtsreferendarin arbeitete. Meine Mutter hatte mir zu diesem Job verholfen, über Frederick van Stehen, den Ehemann einer ihrer Tennisfreundinnen. Frederick war einer der Partner, und jedes Mal wenn er auf dem Flur an mir vorbeiging, hob er die Hand zum Kapitänsgruß an die Stirn und sagte mit zu lauter Stimme: »Na, wir halten Sie ganz schön auf Trab, was?« Ich war nicht sicher, ob ich auf Trab gehalten wurde – ich fand die Arbeit, die man mir gab, völlig unverständlich. Ich wurde einer Streitsache zugeteilt, bei der eine große Fast-Food-Kette sich nicht mit ihren Franchise-Unternehmern einig werden konnte. Dazu gehörte es, dass eine Menge Dokumente verwaltet werden wollten, dass man die Verträge auf mögliche Lücken überprüfte und geschickt bedeutungsvolle Post-it-Zettelchen neben besonders belastenden Klauseln anbrachte. Ich hatte buchstäblich keine Ahnung, was ich den ganzen Tag über machte, es kam mir alles so weit weg von der Realität vor, so umhüllt von Geschwafel und juristischer Verkleidung, dass es unmöglich mit richtigen Leuten zu tun haben konnte, die sich durch die Welt bewegten wie ich, Leute, die zur Arbeit gingen und ihre Familien ernährten und an Ampeln anhielten und Milch wegschütteten, wenn sie sauer geworden war. Die Arbeit selbst – also das minutiöse Lesen und das Durchkämmen der Verträge – erforderte jedoch enorme Konzentration, mehr, als ich aufbringen konnte.

Ich ging damals mit einem Kommilitonen der juristischen Fakultät aus. Er hatte ein schiefes Lächeln und die Gliedmaßen eines Athleten, und meine Versuche, ununterbrochen Dokumente zu scannen, wurden oft verdorben durch die aufdringlichen sexuellen Gedanken, die ich ihm widmete. Die Lichter im Büro funktionierten Tag und Nacht per Bewegungsmelder, und eines Tages, als ich an einem anderen Rechtsreferendar vorbeiging, der allein über Akten brütete, gingen die Lichter in seinem Büro aus. Er hatte so lange regungslos dagesessen, bis der Bewegungssensor den Raum als leer eingestuft hatte. Ich schaute zu, wie er im Lesen innehielt und den Arm jäh senkrecht nach oben riss, eine wirkungsvolle Geste, die die Sensoren aktivierte, sodass die Lichter wieder angingen. Und dann las er weiter. In diesem Moment wusste ich, dass ich niemals Anwältin würde sein können. Ich würde nie solche Kräfte der Regungslosigkeit besitzen, die es brauchte, um Bewegungsmelder zu deaktivieren.

Die Firma erstreckte sich über fünf Stockwerke in einem der nobelsten Gebäude der Stadt. Im Erdgeschoss befanden sich teure Designerläden, einer neben dem anderen, und ich durchstreifte sie in meiner Mittagspause. Ich spielte in Gedanken ein Spiel mit den Verkäuferinnen, die garantiert wussten, dass ich nicht genug Geld hatte, um in diesen Läden einzukaufen, aber nichts anderes tun konnten, als mir betont durch den ganzen Laden zu folgen, bis ich hinausging. In einem dieser Geschäfte, in einer ganz besonders jämmerlichen

Mittagspause, sah ich einen kugelförmigen Handtaschenanhänger mit einem Preisschild über 725 Dollar. Für einen Handtaschenanhänger! Ich hatte gar nicht gewusst, dass es so etwas überhaupt gab. Jetzt wusste ich, dass so einer aus ganz puscheligem Pelz bestand (Echtpelz, hoffte ich, bei dem Preis), der an einer geflochtenen Lederschnur hing und mit einem Silberball und einem Haken an der Handtasche selbst befestigt war. Ich drehte das Preisschild mehrfach um, um mich zu vergewissern, dass der Preis nur zum Handtaschenanhänger gehörte und nicht die Handtasche selbst gemeint war. So war es. Jeder, der genug Geld für einen Handtaschenanhänger hatte, hatte eindeutig zu viel Geld, dachte ich mir, und am nächsten Tag antwortete ich auf eine Zeitungsanzeige, in der Volontariate für Journalisten ausgeschrieben waren.

All die Gründe, aus denen ich mich entschieden hatte, doch keine Anwältin zu werden, fielen mir wieder ein, als ich in ein Meeting mit mehreren Vertretern dieses Berufs musste, um die juristische Bedrohung durch Bruce Rydell zu besprechen. Dort saß die Firmenjuristin, Stefanie, sowie ein weiterer Anwalt von einer auf solche Fälle spezialisierten Kanzlei, der extra angeheuert worden war, um uns in dieser Angelegenheit unter die Arme zu greifen. Er hieß Francis, und er hatte irgendwas Grünes zwischen den Zähnen, worauf ihn anscheinend niemand aufmerksam gemacht hatte. Stefanie war auf eine kompakte Art zierlich, die mich einschüchterte. Kleine Frauen gaben mir immer das Gefühl, viel zu groß zu sein, als würde meine ganze Person über den Rand laufen, obwohl ich Diät hielt, um mich innerhalb gewisser Grenzen zu halten, die meiner Ansicht nach akzeptabel waren. Francis hatte eine Art anwaltlichen Mitläufer mitgebracht, vielleicht seinen Juniorpartner. Der Juniorpartner wurde nicht vorgestellt und verbrachte das Meeting damit, Notizen in seinen Laptop zu tippen. Ben war ebenfalls anwesend, und ich sorgte dafür, dass mehrere Stühle zwischen uns waren und ich außerhalb seines Blickfelds saß. Stefanie schien das Meeting zu leiten. Sie saß am Kopfende des Tisches und blätterte in irgendwelchen Unterlagen.

»Danke an alle fürs Kommen«, begann sie. Sie hatte etwas Forsches an sich. »Ich werde nicht zu viel von Ihrer Zeit in Anspruch nehmen. Wie wir alle wissen, behauptet Bruce Rydell, dass die Story, die Suzy gedruckt wiedergegeben hat, bezüglich der Aussagen in einem Meeting, das er 1988 mit dem Premierminister hatte, falsch sei. Er sagt, dass die Kommentare, die ihm zugeschrieben werden, insbesondere dass er dem stellvertretenden Premierminister gesagt haben soll, er könne sich ›auf ein Scheißarmageddon gefasst machen‹, wenn er den vorgeschlagenen Änderungen des Mediengesetzes nicht zustimmen sollte, böswillig veröffentlicht wurden.«

»Ich habe geschrieben *angeblich*«, verteidigte ich mich. »*Angeblich* hat er dem stellvertretenden Premierminister gesagt, dass er sich auf ein Scheißarmageddon gefasst machen kann.«

Stefanie schaute auf ihre Unterlagen, während ich redete, und wartete, bis ich fertig war, damit sie weitersprechen konnte.

»Er behauptet auch, dass er nie die folgenden Worte gesagt habe: ›Ihr Arschlöcher könnt euch schon mal drauf vorbereiten, die nächsten zehn Jahre in der Opposition zu sitzen. Wir werden euch umbringen.‹«

»Ich habe nie gesagt, dass er …«

»Und er streitet entschieden ab, dass er den stellvertretenden Premierminister als Knallkopf bezeichnet habe. Oder als Scheißwichser.« An dieser Stelle legte Stefanie eine Pause ein.

Stefanie, Francis, der namenlose Juniorpartner und Ben drehten alle den Kopf zu mir und schauten mich an.

»Ich habe alle Schimpfwörter zensiert«, verteidigte ich mich lahm.

Stefanie rückte ihre Brille mit einer kleinen Bewegung zurecht und machte weiter. »Das grundlegende Problem, mit dem wir es hier zu tun haben, besteht darin, dass wir den Wahrheitsgehalt dieser Aussagen nicht überprüfen können«, fuhr sie fort. »Da nur zwei Parteien an diesem Gespräch beteiligt waren und einer von ihnen – die einzige Person, die den Wahrheitsgehalt dieser Anekdote bestätigen könnte – tot ist … Tja, wir sind aufgeschmissen. Juristisch gesehen.«

Ich spürte eine Welle der Abneigung gegen Stefanie. Ich überlegte, ob sie wohl jemals einen Handtaschenanhänger gekauft hatte.

»Mr. Rydell hat uns auch zu verstehen gegeben, dass er vorhabe, uns wegen hohen Schadens zu verklagen, wegen Böswilligkeit«, sagte sie.

»Meiner Böswilligkeit?«, fragte ich.

»Ja.«

»Woher will er denn wissen, was ich für ein Motiv hatte?«

»Sein Anwalt würde sie – gemeint ist die Böswilligkeit – feststellen durch Kreuzverhör und Ermittlungen. Ihre Textnachrichten, E-Mails, so was alles.«

»Können die wirklich die Herausgabe von Textnachrichten erzwingen?«, staunte Ben.

»Ja«, antwortete Stefanie. »Höchstwahrscheinlich würden

sie die Herausgabe der Textnachrichten zwischen Suzy und ihren Vorgesetzten erzwingen, insofern, als sie mit der Story zu tun haben.«

»Was ist mit Nachrichten, die über verschlüsselte Apps geschickt wurden?«

»Die sind nicht immer so gut verschlüsselt, wie man glauben möchte«, erwiderte sie.

Ich versuchte mich zu erinnern, was für Nachrichten ich an Ben oder Curtis bezüglich dieser Story geschickt hatte, bevor ich losmusste, um Maddy abzuholen. Ich dachte an all die anderen Nachrichten, die ich Ben geschickt hatte. Ich überlegte, wie zielgenau so eine Ermittlung sein könnte.

Francis räusperte sich und ergriff das Wort. »Waren irgendwelche anderen Personen zugegen bei diesem Treffen von Rydell und dem stellvertretenden Premier? Personal vielleicht? Oder ein Angestellter von der betreffenden Abteilung?«

»Das wissen wir nicht. Ich glaube nicht … Ich weiß es nicht«, sagte ich. »Über diese Anekdote ist schon vielfach vorher berichtet worden. Können wir das nicht in unserer Verteidigung verwenden?«

»Nein«, sagte Stefanie.

»Was würden Sie empfehlen?«, fragte Ben und drängte mich damit aus dem Gespräch.

»Die Veröffentlichung einer vollumfänglichen Entschuldigung. Eine unterwürfige Entschuldigung. Eine Gegendarstellung, die an prominenter Stelle in der Zeitung abgedruckt wird. Die Zahlung von Rydells Anwaltskosten und eine freiwillige Zahlung an ihn selbst, um die Angelegenheit zu bereinigen.«

»Aber er ist doch Millionär«, wandte ich ein.

»Milliardär«, korrigierte Ben. »Tun Sie's«, sagte er zu Stefanie.

Und damit war das Meeting beendet. Ben vertiefte sich mit Stefanie in ein Gespräch, und sie gingen zu zweit aus dem Büro. Der namenlose Juniorpartner packte seinen Laptop zusammen. Francis schenkte mir ein trauriges Lächeln, als er aus dem Zimmer ging. Ich sah, dass er immer noch dieses grüne Irgendwas zwischen den Zähnen hatte. Ich sagte nichts.

*

Nachdem ich Maddy in jener Nacht schlafen gelegt und ihr vier Geschichten vorgelesen hatte, wobei ich ihre Versuche abwehren musste, mich auf fünf Geschichten hochzuhandeln, überließ ich Betty, der Jugendlichen von nebenan, das Feld und ging die Straße hoch, um mich mit Tom zu treffen. Ich hatte eine Flasche Wein mitgenommen, die wir auf seinem Balkon tranken. Ich fragte Tom nach seiner Arbeit, seiner richtigen Arbeit, und hörte zu, als er erzählte. Er malte meistens Porträts, manchmal Landschaften, aber stilisiert. Manchmal bearbeitete er seine Bilder digital, um Trompe-l'œil-Effekte zu erzielen. Die Serie, an der er gerade arbeitete, hieß *Realist*, erzählte er. Dazu gehörte auch, dass er Szenarien der großen griechischen Mythen nachstellte, wozu er Modelle vor allem aus seinem Basketballteam rekrutierte. Derzeit machte er ein Shooting mit einem Herkules, der in Wirklichkeit ein 1,82 Meter großer Mittelstürmer namens Dale war.

»Vielleicht fotografiere ich dich auch mal«, sagte er zu mir, während er mir nachschenkte.

Wir tranken aus nicht zusammenpassenden Weingläsern, die Tom auf einem Bücherregal gefunden und unter dem Badezimmerwasserhahn abgewaschen hatte.

»Ja, klar«, sagte ich. »Und, wer soll ich sein? Medusa?«

»Aphrodite natürlich«, sagte er, und wenig später landeten wir im Bett.

Danach begleitete Tom mich nach Hause, durch Straßen, in denen der frühe Sommerregen wie Nebelschwaden wirkte. Wir machten halt bei einem 7-Eleven, damit ich noch Milch und Brot für Maddys Frühstück kaufen konnte. Der Verkäufer tippte meine Einkäufe wortlos ein und schleuderte die Einkaufstüte über den Tresen, als würde er eine Kugelhantel schwingen. Tom hob sie auf und trug sie für mich.

»Dann erzähl mir doch noch was über Herkules«, bat ich ihn, während wir nebeneinanderher gingen.

»Na ja, du weißt ja, er war berühmt für seine Kraft«, erklärte Tom. »Aber er trug auch verborgene Tiefen in sich. Er hatte eigentlich wirklich ein hartes Leben.«

»Inwiefern?« Ich hakte mich bei ihm unter.

»Seine Prüfungen gingen schon in ganz jungem Alter los, als er noch ein Baby war. Die Frau seines Vaters schickte zwei Schlangen los, die ihn in der Wiege totbeißen sollten.«

»Oh«, machte ich. »Aber die Schlangen haben ihn nicht erwischt?«

»Nein, er hat sie mit bloßen Händen getötet.«

»Voll bossmäßig, Herkules.«

»Herkules war ein Boss.«

Wir waren an meinem rostigen Tor, und ich drückte es auf.

»Wer war denn seine Mutter?«

»Alkmene. Herkules' Vater, Zeus, hatte sich als ihr Ehemann verkleidet, um sie zu verführen«, sagte Tom.

»Sie hat also quasi unbeabsichtigt Ehebruch begangen?«

»Sie war eine Sterbliche und deshalb leicht zu täuschen«, erklärte er. »Die Götter haben den Sterblichen ständig Streiche gespielt.«

Tom drückte mir meine Lebensmitteleinkäufe in die Hand und gab mir einen Gutenachtkuss.

»Komm doch zu der Kunstausstellung«, bat er. »Es wird dich schon nicht umbringen. Ich kann dir garantieren, dass der Alkohol zwar nicht besonders gut sein wird, aber er wird in Strömen fließen und nichts kosten.«

»Und was, wenn ich diese Kunst nicht verstehe?«

»Das ist eben das Ding an der Kunst: Wenn du befürchtest, etwas nicht zu verstehen, dann hast du etwas nicht verstanden.«

»Okay«, sagte ich. »Ich komm mit auf die Ausstellung.«

Drinnen lag Betty mit locker angezogenen Beinen auf dem Sofa, ein Arm hing schlaff über die Kante. Der Schein des Fernsehbildschirms tanzte über ihr schlafendes Gesicht.

*

Ich war in der Stadt, um einen politischen Kontakt zu treffen, der Rita Delruca kannte, den Gegenstand meines Porträts. Er hatte sich bereit erklärt, mir ein paar Details zu den Schwindeleien preiszugeben, die Delruca eingesetzt hatte, um die Vorwahlen für ihren Sitz zu gewinnen. Es war nur eine Kleinigkeit, aber ich musste unbedingt raus aus dem Büro. Es war feucht, und sobald ich aus dem Gebäude trat und den Weg in die Stadt einschlug, begann ein Schweißfilm meinen Körper zu überziehen. Mein Kontakt war ein ehemaliger Angestellter der Arbeiterpartei namens Theo, der sich jetzt als Berater verdingte. Er war immer noch Parteimitglied und machte keinen Hehl aus seinem Ehrgeiz. Er strebte gerade seine eigenen Vorwahlen an, aber für einen weit sichereren Sitz, einen im Süden von Sydney, mit dem er seit seinen Zeiten als studentischer Politiker geliebäugelt hatte, und seinen Freunden hatte er erklärt, dass er eines Tages Premierminister werden würde. Ich hatte herausgefunden, dass dieser Zug etwas war, was alle Politiker gemeinsam hatten – sie waren absolut unbekümmert und ungeniert in ihrem Selbstvertrauen. Sie hatten kein Problem mit dem nackten Teil ihres Ehrgeizes. Manchmal fragte ich mich, wie es sich anfühlen musste, mit dieser Art von Selbstbewusstsein ausgestattet zu sein.

Ich traf Theo in einem Coffeeshop im Queen Victoria Building. Es war voll mit Leuten, die ihre Weihnachtseinkäufe machten, und an dem Tisch, an dem wir unsere Cappuccinos tranken, ragte eine riesige Pinie über uns auf, als wären wir Kinder in einem Märchenwald. Ich hatte einmal mit Theo geschlafen, bei einem Job in Canberra, als es Maddy noch nicht gegeben hatte. Die Kombination aus bitterkaltem Winter und der Trinkkultur in der politischen Elite der Hauptstadt hatte mich in dieser Zeit zu ein paar schlechten sexuellen Entscheidungen verleitet. Theo war immerhin lustig. Ihm fehlte jegliche Bösartigkeit, was man selten von einem Menschen behaupten kann, geschweige denn von einem Politiker. Aber fiel ein Mangel an Bösartigkeit überhaupt ins Gewicht bei jemandem, der so egozentrisch war? Ich war nicht sicher. Theo erzählte mir, wie Delruca jede Menge nicht englischsprachige Einwanderer in ihrem Wahlkreis überzeugt hatte, in ihre Partei einzutreten, damit sie mehr Stimmen bekam. Wahrscheinlich auch ein paar tote Menschen. Er sagte, dass diese Vorwahlen gerade Gegenstand einer internen Parteiermittlung seien.

»Kannst du mir Unterlagen dazu beschaffen?«, fragte ich. Leute behaupteten immer alles Mögliche, davon konnte ich mir nichts kaufen. Von Unterlagen schon.

»Ich kann's versuchen. Gib mir ein paar Tage«, bat er.

Er nahm einen Schluck von seinem Cappuccino. »Die Hauptsache ist«, sagte er, »dass die Delruca alles andere als ein Engel ist. Diese ganze Hintergrundstory mit ›in Armut groß werden, es immer schwer haben, ihr Kind als Alleinerziehende großziehen‹ – klar, ist natürlich eine tolle Geschichte für die Arbeiterpartei.«

Er hielt inne, um sich den Mund mit der Ecke einer Papierserviette abzuwischen. Ganz kurz traf mich eine Erinnerung daran, wie ich diesen Mund geküsst hatte, mit seinen schmalen, dünnen Lippen. Ich erinnerte mich, dass Theo eine teure Ausbildung genossen hatte. Sein Vater war Geschäftsführer bei einer bekannten börsennotierten Firma, und er war wahrscheinlich in einem frei stehenden Haus mit Pool aufgewachsen, natürlich mit einer Person, die dafür bezahlt wurde, dass sie sich um den Pool kümmerte. Wahrscheinlich erzählte er mir diese Geschichte nur aus Neid auf ihre Arbeiter-Hintergrundgeschichte. Und weil Delruca in der falschen Fraktion saß.

»Klar, sie hat raue Zeiten hinter sich«, fuhr er fort. »Aber sie ist kein Unschuldslamm. Die kann genauso gut austeilen, wie sie einstecken kann. Die weiß schon, wie man's machen muss.«

Ich war sicher, dass sie das wusste. Ich fand es nicht weiter bemerkenswert, dass Delruca wusste, wie man's machen musste. Ich fragte mich, warum man von Frauen mit harten Lebensgeschichten erwartete, dass sie irgendwie weich sein mussten, wenn sie Verständnis erwarteten. Wenn sie gemocht werden wollten. Aber ich behielt das für mich. Ich machte mir nur Notizen, und nach unserem Gespräch bezahlte ich die Cappuccinos.

*

Was zieht man zur Eröffnung einer Konzeptkunstausstellung an? Was für Sachen würden einen lässig genug aussehen lassen, aber nicht so, als hätte man versucht, lässig auszusehen? Der einzig bestimmende Faktor in Sachen Coolness ist die Unangestrengtheit, das wusste ich, aber die war so schwer zu erreichen. Ich streifte durch das Pitt-Street-Einkaufszentrum und ging in diverse Geschäfte. Heimlich beobachtete ich die modisch gekleideten Mittzwanzigerinnen, die zwischen den Kleiderständern auf die Jagd gingen. Ich glaubte, dass gerade so eine Art Neunziger-Revival angesagt war. Ich sah, dass sich plötzlich der Schnitt der Jeans geändert hatte, und es schien keine einzige Hose zu geben, die nicht wie abgeschnitten aussah. Dieser Cropped-Style war immer ein Problem, wenn man groß war – man lief Gefahr, am Ende auszusehen, als würde man Knickerbockers tragen, und das war kein Risiko, das ich eingehen wollte. Ich probierte ein schwarzes Midikleid an, machte ein Selfie im Spiegel und schickte es an Victor. Er antwortete: *Du siehst aus wie eine traurige Krähe.* Am Ende nahm ich eine von den neuen Jeans, die sich Ankle Grazers nannten. Sie waren immerhin eng genug, um ein gewisses Interesse zu wecken. Ich würde sie mit flachen Schuhen und einem schlichten schwarzen T-Shirt tragen. Wenn ich schon nicht cool aussehen konnte, konnte ich zumindest unaufdringlich auftreten. Ich schwamm durch die Menschenmenge und in einen Spielwarenladen, um nach Mitgliedern der Baumhaus-Mäuse Ausschau zu halten, die Maddy so liebte. Sie hießen die Barnet Family Mice, und es gab alle möglichen Häuser, die man für sie kaufen konnte – ein Baumhaus natürlich, ein Bungalow und ein Cottage. Es gab sogar ein Ballett, in dem die Mäuse auf kleinen Ständern befestigt wurden, sodass sie *en pointe* standen, und dann konnte man auf einen kleinen Hebel drücken, der sie im Kreis drehte, sodass sie am Ende einen Balletttanz aufführten. Maddy musste diese tanzenden Mäuse haben, aber das Ballett war ausverkauft, also bat ich sie, es zu bestellen.

»Möchten Sie den *Nussknacker* oder den *Schwanensee*?«, fragte die Verkäuferin. »Hier im Computer sehe ich gerade, dass wir nur noch den *Schwanensee* auf Lager haben.«

»Ja, passt doch.« Ich wollte die Kreditkarte aus meiner Tasche fischen, als mein Handy mit einer Textnachricht aufleuchtete. Ich ging aus dem Laden und blieb einen Moment blinzelnd stehen, mitten im Strom der Einkaufenden auf der Straße. Ich machte die Nachricht auf und las sie. Sie war von Ben, und mein Herz sank im gleichen Moment, als ein kleines, aufgeregtes Zucken durch meinen Schoß ging. Er hatte ein Hotelzimmer genommen, wieder in dem Hotel auf der anderen Seite der Brücke, und er wollte, dass ich dorthin kam. Ich merkte, wie ich in ein Taxi stieg.

*

Ben teilte mir mit, dass wir das Ganze beenden müssten. Während er das sagte, saß er mit hängendem Kopf auf dem Bett in diesem mittelmäßigen Hotel. Es war fast schon rührend. Der Bettüberwurf schlug Falten um seinen massigen Körper. Er meinte, die Unterhaltung mit dem Anwalt habe ihm gewisse Dinge klargemacht.

»Der Gedanke, dass man unsere Textnachrichten finden könnte, hat mich erschreckt«, sagte er. »Mir ist auf einmal klar geworden, dass wir so nicht weitermachen können.«

Mein Geist war alles andere als klar. Ich verspürte sowohl Erleichterung als auch Gereiztheit – Gereiztheit darüber, dass er mich herbestellt hatte, um mir diesen Text reinzudrücken, über die Albernheit seines Gefühls, die Dinge so handhaben zu müssen, über sein Bedürfnis, dass wir uns aussprachen. Wir waren doch keine Teenager mehr. Wir hatten keine Liebesaffäre. Ritterlichkeit war nicht notwendig. Ben konnte sich das ja gerne auferlegen, aber musste er mich da unbedingt mit reinziehen? Ein Anruf hätte genügt. Nach unserem Treffen mit der kompakten kleinen Stefanie hatte ich meine Nachrichten an Ben durchgescrollt und jede Form von potenziell belastendem Material gelöscht. Ich hatte nur so ein dumpfes Gefühl, dass sie immer noch in der Cloud gespeichert sein könnten. Aber wo war die Cloud? Auf dem Bett sitzend sprach Ben von Beano und seiner Ehe und seinen Kindern, und in dem Moment schreckte ich aus meiner Erstarrung hoch und sagte, nein, nein, nein, so könnten wir das nicht machen.

»Ich schulde dir ein Gespräch«, sagte er.

»Definitiv nicht«, gab ich zurück, und das meinte ich auch so. Ich konnte Ben abschütteln. Ich konnte ihn ziemlich einfach gehen lassen, so einfach, als würde ich meine Finger von der Schnur an einem heliumgefüllten Luftballon lösen. Ich empfand eine Welle der Verachtung für ihn, für sein ernstes Gesicht, und ich verspürte den Drang, mich mit ihm anzulegen, die Macht wieder an mich zu reißen, die er mir genommen hatte.

Ich griff nach seiner Hand, und er ließ sie mir, und ich machte Anstalten, meinen Körper auf seinen zu dirigieren. Er ließ seinen Kopf auf mein Brustbein sinken und sagte leise meinen Namen.

»Warum hast du mich in der Besprechung nicht unterstützt?«, fragte ich.

»Was?« Sein Kopf war schon dabei, sich in die Kante meines Schlüsselbeins zu wühlen.

»Du hast diesen Anwälten zu einfach nachgegeben.«

»Ich hatte das Gefühl, dass uns nicht viel anderes übrig geblieben wäre«, sagte er. »Letztlich ist es meine Entscheidung.«

Er stand auf und zog sich von mir zurück, wobei er seine Hose vorne zurechtzupfte. Auf dem Bettüberwurf war eine Einbuchtung zu sehen, wo er gesessen hatte.

»Es war eine Scheißentscheidung«, sagte ich.

»Das ist deine Meinung«, sagte er. »Es wird Zeit, dass ich gehe.«

Er warf einen scharfen Blick auf seine Armbanduhr und ließ die Jalousien vor seinem Gesicht runtergehen. »Ich geh zuerst raus, okay?«

»Nur zu«, sagte ich, und ich hörte, wie er die Tür zuzog und ging, und ich trat ans Fenster und beobachtete für ein paar Minuten das respektable Treiben auf der North Sydney Street, seine Büromädchen und Fahrradkuriere, die fröhliche Weihnachtsstimmung durch die Santa-mit-Schlitten-Lichter und die funkelnd dekorierten Telefonmasten. Ich beruhigte mich mit dem Gedanken, dass es endlich vorbei war – und *wie* es beendet worden war, war ja nicht wichtig. Wieder etwas, was ich zusammenfalten und wegpacken würde, und niemand würde jemals davon wissen, außer uns beiden. Ich konnte mit Ben zusammenarbeiten, ohne ihm einmal in die Augen zu schauen.

Nach ein paar Minuten griff ich meine Tasche und machte mich auf den Weg. Als ich die Tür öffnete und auf den Korridor trat, hörte ich laute Stimmen, und als ich den Blick hob, sah ich Bens Rücken und hinter ihm das Gesicht von Beano, Bens Frau, die direkt in meine Richtung schaute, mit einer Maske tiefster Qual. Die Qual verwandelte sich in bodenlose Wut, als sie mich erblickte.

»Ich wusste es!«, schrie sie. »Ich *wusste* es!«

Ben schaute zu mir zurück. Ich war vor lauter Schreck stehen geblieben, und sein Gesicht bot ein Bild der Scham, das ich in meinem geistigen Album von Bildern ablegen würde, die ich nie wieder vergessen konnte. Er fasste seine Frau bei den Schultern und redete leise und sanft auf sie ein, während sie weinte. Ich hingegen tat das Einzige, was mir einfiel – ich drehte mich um und ging durch den Notausgang hinaus, mit rasendem Herzklopfen, wie eine Maus, die vor der Katze davonläuft. Irgendwann landete ich auf der Straße, wo mich die frühe Sommersonne anschien, und ich hatte das Gefühl, ihrer äußerst unwürdig zu sein.

Wie sich herausstellte, gab es eine App, die man sich herunterladen konnte, um das GPS auf dem Smartphone eines anderen nachzuverfolgen und so zu sehen, wo er gerade war. All diese Informationen waren zugänglich. Sie lagen in der Cloud.

5. KAPITEL

Ich hätte nicht sagen können, ob die Kunstwerke genial oder ganz schrecklich waren, aber nach meinem zweiten Glas Weißwein wurde mir klar, dass es nicht wichtig war und dass die Einordnung von Kunst selbst gelebtes Spießertum war und somit unnötig. Tom stand neben mir, als wir die Fernseher betrachteten, die der Künstler in ihre Einzelteile zerlegt hatte und die jetzt in Stücken auf dem glatten Betonboden lagen. Es gab auch noch ein paar kunstvoll zerstörte Radios und einen Videorekorder, bei dem ich ganz kurz einen Stich von Nostalgie verspürte. Als ich klein gewesen war, hatte mein Vater jeden Freitag von der Arbeit einen neuen Videofilm mitgebracht. Ich hatte natürlich immer auf einen gerade erst erschienenen Film gehofft, vielleicht etwas, wo Sally Field mitspielte. Ich fand wirklich, dass Toms Generation etwas verpasst hatte, und es war nicht nur die Wertschätzung einer Rarität, die davon überrollt wurde, weil alles sofort verfügbar war, von Sex bis Fernsehen. Sie hatten es verpasst, etwas absitzen zu müssen, was sie sich nicht selbst ausgesucht hatten – Lieder, Shows, Menschen, sogar Werbespots. Sie dachten, dass sie selbst am besten wüssten, was sie wollten. Nach meiner Erfahrung war das bei den wenigsten Menschen der Fall.

»Kann ich dich in Versuchung führen?«

Wir standen vor einem Fernseher aus den späten Neunzigern, aus den Kindertagen der Flatscreen-Apparate, aber noch vor dem waffeldünnen Stadium. Dieser Apparat war massiv und monströs, mit einer bauchartigen Wölbung, die zerschmettert worden war wie ein Kürbis. Der Bildschirm, der ebenfalls zerschmettert war, funktionierte nicht mehr, aber eine Reihe von gewalttätigen Nachrichtenbildern wurde aus einem Projektor in der Wand hinter uns gespenstisch hineinprojiziert. Ein Baseballschläger mit einem kleinen Schild drauf war an der Wand festgekettet. Auf dem Schild stand »Teste mich«, und ein Besucher nach dem anderen trat vor, um mit dem Baseballschläger in den Fernseher zu dreschen. Es war eine Art von künstlerisch sanktionierter Freiheit.

»Du zuerst«, sagte ich zu Tom.

Er nahm den Baseballschläger und schwang ihn leicht und athletisch in die gezackten Überreste des Bildschirms, wobei er einen kleinen Riss erzeugte. Er reichte den Schläger weiter an mich, und ich merkte, dass ich ihn durchaus mit Schwung führte, ein Schwung, hinter dem eine Kombination aus billigem Wein und den Ereignissen dieses Nachmittags steckte.

»Hey, langsam«, sagte Tom und nahm mir den Schläger aus der Hand. »Am Ende machen wir doch noch eine Kunstschätzerin aus dir.«

»Ich bin nicht sicher, ob ich behaupten kann, Kunst wertzuschätzen, wenn ich sie zerschmettere.«

»Wertschätzung kann viele Formen annehmen«, erwiderte Tom. »Viele von diesen Leuten hier meinen sowieso, dass Kunst vergänglich sein sollte.«

Er schwang seine hübschen Arme zu einer umarmenden Geste um die ganze Menge herum, die sich hauptsächlich aus hippen Mittzwanzigern zusammensetzte. Sie ließen sich grob in zwei Kategorien unterteilen: diejenigen, die sich anzogen wie Bergbewohner – die Mädchen in altmodischen Kleidern und derben Stiefeln, die Jungs in Arbeiterhosen, die sie an den Knöcheln hochgekrempelt hatten –, und diejenigen, die in süßere Versionen der Sachen gekleidet waren, die ich als Jugendliche getragen hatte – Jeans mit hoher Taille, zerrissene Strumpfhosen, Band-T-Shirts.

»Ich glaube, ich brauche noch einen Drink.«

Tom hielt einen vorübergehenden Kellner an und nahm ein volles Weinglas für mich von seinem Tablett. Ich gab mein leeres zurück.

»Der Witz an dieser Ausstellung ist der, dass der Künstler nach dem Ende die ganzen Einzelteile auf die Müllkippe schmeißen wird und das Ganze filmt, und der Film wird dann Teil seiner nächsten Ausstellung.«

Ich nippte an meinem Wein. Er schmeckte nach Metall und Zitronen.

»Was wäre, wenn jetzt ein reicher Sammler vorbeikäme und den Künstler anflehen würde, eines der Stücke kaufen zu dürfen?«, fragte ich ihn. »Du weißt schon, damit er ihn zu Hause auf einen Sockel legen kann, vielleicht neben seinen richtigen Fernseher.«

»Als so eine Art Memento mori?«

»Ja. Als Warnung für den Fernseher«, sagte ich. »Quasi: Mach's dir nicht zu bequem. Du wirst auch bald überholt sein.«

»Na, das wäre aber eine tiefe Beleidigung für seine künstlerische Integrität«, meinte Tom. »Die schreckliche Aussicht, dass er Geld machen könnte.«

»Wer macht Geld?«

Ein junger Mann kam auf uns zu. Er war klein und rothaarig, sein Haar zu einer Tolle frisiert, seine Haut blass. Er hätte ausgesehen wie ein Dichter aus dem 19. Jahrhundert, und er hatte auch ganz sicher solche Zähne, nur dass er Ledershorts trug. Es schien ein Touch von Widerborstigkeit in dieser jugendlichen Kunstgemeinde zu liegen, eine aggressive Ablehnung von allem, was es so aussehen lassen könnte, als hätten sie sich für diese Angelegenheit fein angezogen. Sie sahen aus, als trügen sie Kostüme. Sie hatten sich alle so zurechtgemacht, dass sie nicht zurechtgemacht aussahen. Sie trugen ironisch gemeinte Hüte, und ein paar rochen nach nasser Wolle.

»Nein, nicht du, ich hab grade Suzy hier was erklärt«, sagte Tom. »Danton, das ist Suzy Hamilton. Suzy, das ist der Künstler, Danton. Wir kennen uns von der Kunstschule.«

Ich schüttelte Danton sanft die Hand. Ich hatte befürchtet, dass so ein Moment kommen würde. Und hatte keine Ahnung, was ich sagen sollte.

»Sehr interessante Arbeiten«, sagte ich. »Meinen Glückwunsch.«

»Oh, danke. Normalerweise mach ich ja Street-Art, das hier ist so eine Art Ausflug«, antwortete Danton träge. Er ließ seinen Blick durch den Raum hinter mir schweifen, scannte ihn ab. »Ich baue gerne irgendwelchen Verfall in meine Kunst ein. Und was machst du, Suzy?«

»Ich bin Journalistin.«

»Oh, das ist ja toll. Wie heißt du mit Nachnamen?«

Tom hatte es ihm vorher gesagt. Ich sagte es ihm noch mal.

»Ich hab deinen Namen schon mal unter einem Artikel gelesen«, sagte Danton mit einer gewissen Nonchalance. »Ich bin ein gieriger Nachrichtenkonsument. Da hab ich den Großteil meiner Inspiration her. Diese ganze Ausstellung dreht sich um Brüche. Es ist eine körperliche Abbildung der Brüche in der Medienindustrie. Der Tod der Dinosaurier.«

Ich wusste nie, was ich sagen sollte, wenn Leute – meistens auf Partys – in dozierendem Ton vom unmittelbar bevorstehenden Tod der Zeitungen sprachen. Darauf konnte man nur wenige höfliche Antworten geben.

»Besser, wenn man in einer Wachstumsindustrie wie der der Konzeptkunst ist«, sagte Tom. Er nahm meinen Ellenbogen und übte ganz leichten, tröstlichen Druck aus. »Wir wollen dich nicht länger aufhalten, Kumpel. Du solltest lieber zu den Kritikern und den Sammlern gehen.«

»Wie langweilig!«, rief Danton glücklich, und er spazierte davon, um sich zu einem anderen Grüppchen dazuzugesellen.

»Ich mach mir Sorgen um seine Knie«, sagte Tom, als er weiterging. »Wenn die immer so den Elementen ausgesetzt sind …«

Ich trank meinen Wein aus. Ich trank wie eine Wahnsinnige. Nach diesem Nachmittag, nach dem Hotel und Beanos Miene, die sich von Schmerz zu rasender Wut wandelte, war ich durch mehrere Straßen gegangen, bis ich ein Fleckchen Park gefunden hatte, das am Hafen zwischen den Midlevel-Büroblöcken und den Vorstadtstraßen eingekeilt war. Dort hatte ich gewartet, bis das beklemmende Gefühl in meiner Brust nachließ, und dann war ich in ein Taxi gesprungen, nicht zurück zur Arbeit – das Büro war undenkbar geworden, entfernt, feindlich, und zwar durch das, was ich getan hatte. Ich ging Maddy abholen, denn solange sich die Erde noch drehte, brauchte Maddy ihre Bäder und Fischstäbchen, und ich würde das sanfte Vergnügen brauchen, das ich verspürte, wenn ich ihre Mahlzeit für sie zubereitete, eine Schüssel aussuchte, die Maddy gefiel, und die Minigabel, mit der sie ihr Essen aufspießte wie ein mittelalterlicher König. Maddy brauchte mich, aber ich wusste, dass früher oder später das Pendel nach der anderen Seite ausschlagen und Maddy mich zurückweisen würde, aber von mir erwarten würde, dass ich immer noch da war, im Hintergrund, wie ein Groupie oder ein Bittsteller.

»Hast du eine Zigarette?«, fragte ich Tom.

»Ja, aber du rauchst doch gar nicht«, antwortete er.

»Manchmal schon. Früher habe ich auch geraucht«, sagte ich, als müsste ich ihn von meinen Erfahrungen auf diesem Gebiet überzeugen.

Wir gingen hinaus und stellten uns zu einem kleinen Grüppchen von Besuchern, die ihre Zigaretten so vom Körper weghielten, als würden sie die Leine eines unsichtbaren Hundes halten. Ich dachte daran, wie viel ich geraucht hatte, als Maddy noch im Kleinkindalter war, nach Dem Vorfall, als Tabak die Krücke war, die mich davon abhielt, komplett abzurutschen. Tom beugte sich mit einem Feuerzeug vor.

»Tabak und Alkohol – was für eine süße Verbindung«, sagte ich.

»Warum hast du aufgehört?«, fragte Tom. Er blies den Rauch hoch in eine Wolke, als wollte er ihn zu den Göttern hinaufschicken.

»Ich habe nicht aufgehört. Ich bin einfach schwanger geworden«, sagte ich.

Und so war es auch gewesen – als ich aus Europa zurückkam, schmeckte jeder Wein nach Korken. Zigaretten waren mir zuwider, und ich hatte solche Gelüste nach Bananen, wie ich sie noch nie nach irgendeinem anderen Obst gehabt hatte. Ich hatte auf ein Stäbchen gepinkelt, und dann war ich zum Arzt gegangen, um mein Blut untersuchen zu lassen. Mein Level an Hauptschwangerschaftshormonen war hoch, was ein geringes Fehlgeburtsrisiko bedeutete. Schon als Zygote war Maddy voller Leben.

»So habe ich überhaupt erst gemerkt, dass ich schwanger bin«, fuhr ich fort und nahm einen Zug. »Ich konnte weder Zigaretten noch Wein ab.«

»Ich wünschte, ich hätte dich schwanger gesehen. Oder dich schwanger schon gekannt.«

»Ich war überhaupt nicht attraktiv, als ich schwanger war«, sagte ich. »Jedes Mal, wenn ich aufgestanden bin, habe ich gestöhnt wie ein Grand-Slam-Tennisspieler, der eine Vorhand übers Netz drischt.«

Ich hatte diese Frauen immer beneidet, deren Ehemänner von ihren schwangeren Körpern so furchtbar angetörnt waren. Lag es an der Reife? Oder das Bedürfnis, sich diesen Körper zu nehmen, bevor er von einer höheren Macht übernommen wurde, von einer Macht, mit der sie niemals konkurrieren konnten? Was auch immer dahintersteckte, Charlie hatte diese Regung nie gefühlt. Er wollte keinen Sex mehr, sobald ich ein sichtbares Schwangerschaftsbäuchlein hatte. Mein Körper wurde ein Geheimnis, ein sich wandelndes Objekt, das ich nur mit dem Baby teilte. Meine Haut roch malzig und aromatisch, ein Ort gegenseitigen Erlebens mit meiner ungeborenen Tochter.

»Sexy.«

»O ja.«

»Vielleicht kannst du mir ja mal ein Foto zeigen«, schlug Tom vor. »Von dir, als du schwanger warst.«

Aber von der Sorte hatte ich nicht allzu viele. Charlie, der noch nie ein begeisterter Fotograf gewesen war, hatte während meiner Schwangerschaft kaum Fotos von mir gemacht. Ich hatte mich sowieso zu schwerfällig gefühlt, als dass es mir wirklich etwas ausgemacht hätte, aber ab und zu, wenn ich dran dachte, gab ich ihm mein Handy und bat ihn, ein Foto von mir zu machen. Er kam meinem Wunsch immer nach, aber ich hatte ein Gefühl, verzweifelt rüberzukommen, als würde ich ihn anflehen, Notiz von mir zu nehmen. Wie Maddy es mit mir machen würde, später, wenn sie aus sich rauskam und in sich selbst hineinwuchs. Maddy, auf einer Schaukel im Tree Park, wie sie höher schaukelte als je zuvor, oder ihre Version eines *Demi-plié* machte oder mir eine gekritzelte Konstellation auf einem Stück Einwickelpapier vom Metzger reichte und es als Darstellung von irgendetwas bezeichnete – von einem Hund, von einem Haus, von mir. Diese ganzen Gesten, diese ganze Kunst, es sagte alles immer dasselbe: *Hier bin ich. Schau mich an. Sieh mich.*

*

Wir gingen wieder hinein, und ich belästigte die Kellnerin erneut, nur um erklärt zu bekommen, dass es keinen Alkohol mehr gab. Das Kunstpublikum und ich hatten die Galerie leer getrunken. Menschen strömten wieder auf die Straße. Mädchen mit Hüten nannten die Ausstellung großartig und superinteressant und superinnovativ. Ein betrunkenes Mädchen mit einem Ring durch ihren Ohrknorpel sagte zu laut, dass die Ausstellung *superabgekupfert* gewesen sei. Aber alles war irgendwie super. Einer von Toms Freunden, Conal, dem ich vorher vorgestellt worden war, sagte, dass jetzt alle nach Marlborough weiterziehen würden, also trappelten wir alle die Straße hinunter, wie ein Stamm, der unter den fluoreszierenden Lichtern einherging, mit einem Halt an einer Tankstelle zum Zigarettennachkaufen. Ich widerstand dem Drang, Milch für Maddys Frühstück zu kaufen. Was wollte ich noch mal mit diesen jungen Leuten, die zu viele Superlative benutzten und sich benahmen, als würde die Welt nur darauf warten, von ihnen umarmt zu werden? Dann wieder die hell erleuchtete Straße, die vorübergehende Störung durch eine Polizeisirene, ein bisschen Schwierigkeiten beim Gehen und wieder Toms ruhig stützende Hand an meinem Arm und ein »Alles okay?«, worauf ich ihm versicherte, ja, es sei alles okay. Dann, im Inneren eines Pubs, der mit bunten Lichterketten beleuchtet war und den ein trauriger Versuch eines Weihnachtsbaums schmückte, der aussah wie ein kaputter Regenschirm, setzte mich Tom irgendwo hin und holte mir ein Glas Wasser. Ich öffnete meinen Mund, um zu protestieren, musste jedoch feststellen, dass ich nicht mehr genug Kraft zum Sprechen hatte.

Und dann ging Tom auf die Toilette, und ich holte mein Handy aus der Tasche, um nach Nachrichten von Babysitterin Betty zu schauen – nicht, dass ich fit genug gewesen wäre, um mich irgendeinem Krisenszenario zu stellen. Aber sie hatte nichts geschrieben, und ich schickte ihr eine Textnachricht, dass ich gegen Mitternacht zu Hause sein würde. Gedankenlos, wie aus Reflex, öffnete ich meinen E-Mail-Account, auf dem ich auch die Mails lesen konnte, die an meine Arbeitsadresse geschickt worden waren. Und da war es, ganz oben in der E-Mail-Schlange. Es war ein Rundschreiben an alle im Büro, und nur wenige Leute waren berechtigt, solche Nachrichten zu schicken. Diese Mails erreichten das ganze Personal. Die Mail war von Ben, einem der wenigen, der diese Berechtigung hatte. Sie war von seiner Frau geschrieben worden, der stillen Beano mit den hübschen Lippen, die durch ihn die Stimme ihres Schmerzes und ihrer Wut sprechen ließ. Sie schrieb, um alle zu informieren – »euch alle«, sagte sie, plump vertraulich, als wäre es eine Aufforderung, dem Netballteam des Büros beizutreten –, dass ihr Ehemann seit Monaten Suzy Hamilton gefickt hatte, »vielleicht sogar Jahre«, sagte sie und entgrenzte den Zeitraum, um den maximalen dramatischen Effekt zu erzielen. Und sie dachte, dass sie es alle wissen sollten. Sie musste ihre Wut kanalisiert haben, indem sie in den Mailaccount ihres Mannes eingebrochen war.

Es war das Vorrecht einer Ehefrau, alles zu wissen. Beano hatte Bens iCloud gestürmt wie eine der drei Furien. Sie war eine Wikingerin, die Dorfbewohner massakrierte. Sie war erbarmungslos. Die Mail, die kurz, aber voller Einzelheiten war, wie eine gute Reportage, trug den Zeitstempel 23:00 Uhr, war also gerade erst rausgegangen. Tom kam zurück und setzte sich neben mich, auf die emphatische Art, wie er alles tat, als würde er den Raum mit Recht in Anspruch nehmen. Neben ihm unterhielt sich Conal mit einer jungen Frau mit weinrotem Lippenstift, die mir zufällig in die Augen schaute und mich anlächelte, ihr Mund öffnete sich wie bei einer glücklichen Puppe, und Tom fragte mich wieder, ob alles okay sei, und ich sagte, dass es jetzt tatsächlich Zeit für mich sei, nach Hause zu gehen.

2. TEIL

6. KAPITEL

Niemand wollte die Schicht an Silvester übernehmen. Jeder, der im Little Friend an der Bar arbeitete, wollte ausgehen, sich in Menschenmengen drängeln und Drogen nehmen und demonstrativ das Feuerwerk meiden. Die Bewohner von Sydney waren die einzigen Menschen auf der Welt, die es sich leisten konnten, so arrogant mit dem spektakulären Feuerwerk über dem Hafen umzugehen. Ich selbst hatte lange zu ihnen gehört. Um das Feuerwerk gab es zu viel Bohei, die Parks am Hafen waren zu überfüllt, und von den Partys am Wasser kam man fast nicht mehr nach Hause. Aber ich wusste auch, dass man es auf einer Party im Westen der Stadt oder an irgendeinem anderen Ort, von dem aus das Feuerwerk nicht zu sehen war, um Mitternacht jedes Mal wieder bereute, wenn man das Krachen und Knallen hörte und das schwache Licht aus der Ferne auf dem Gesicht der Person aufschien, mit der man sich gerade unterhielt, egal, in welchem gepflegten Hinterhof ohne Hafenblick man gerade stand. Dieser Lärm, dieses Gefühl entsprachen der Empfindung, dass das Leben gerade anderswo stattfand. Der kleinen unbedeutenden Sorge über die Gewissheit, dass man etwas Schönes versäumt hatte, was andere Leute genossen. Und war dieses Gefühl nicht der Ursprung aller Traurigkeit des Lebens? Dieses Jahr würde ich das Feuerwerk nicht sehen. Ich würde nicht mal den Versuch unternehmen. Aber ich würde das Zweieinhalbfache verdienen. Ich brauchte das Geld.

In den Wochen nach Beanos Rundmail ans ganze Büro hatte man mich aus persönlichen Gründen beurlaubt, und ich kommunizierte nur noch mit der Personalabteilung und den Anwälten, die für mich die unterwürfige Entschuldigung an Bruce Rydell aufsetzten. Während ich auf Zwangsurlaub war, hatte ich jeden Tag die Zeitungen gelesen – Geschichten von Diskussionen im Parlament über Steuersenkungen, Morden unter Bikergangs und Politikern, die Geld in Papiertüten von Grundstücksspekulanten annahmen. Als es langsam auf Weihnachten zuging, wurden die Nachrichten etwas leichter, es gab Geschichten darüber, was der Premierminister in den Weihnachtsferien lesen würde (wobei die Bücher immer mit Bedacht ausgewählt waren, eine Mischung aus nationalen Preisträgern und wichtigen politischen Biografien. Kein Politiker hätte jemals geantwortet: »*Die Kakerlake*, glaub ich«, oder noch besser: »Einen Scheißdreck werd' ich lesen.«). Es gab Artikel über die Weihnachtsbeleuchtung in der Stadt und den Ansturm auf den Fischmarkt am Heiligabend. Vic hatte einen tollen Artikel über einen grapschenden Santa in einem Kaufhaus. Dann, eines Tages, war sie erschienen, an auffälliger Stelle und groß gedruckt, auf Seite drei.

Am 29. Oktober hat The Tribune *einen Artikel veröffentlicht: »Freunde und Feinde erweisen verstorbenem Parlamentsmitglied letzte Ehre auf seinem Staatsbegräbnis«. Darin wird die Geschichte von einem Treffen in den Achtzigern zwischen dem damaligen stellvertretenden Premierminister und dem Geschäftsmann Bruce*

Rydell erzählt. The Tribune *nimmt alle Andeutungen von Einschüchterungsversuchen, Beschimpfungen oder anderem ungehörigen Benehmen seitens Mr. Rydell zurück. Der Artikel sollte so nicht verstanden werden, und* The Tribune *entschuldigt sich bei Mr. Rydell für jeglichen Kummer oder Bloßstellungen, die dadurch verursacht wurden.*

Also war das immerhin überstanden, und im Cocktail meiner neuesten Demütigungen waren nur noch Geschmacksspuren davon zurückgeblieben. Vic besuchte mich zu Hause. Sein einziger Kommentar zu dieser Geschichte lautete: »Komm, ich kann's dir nicht verübeln, ich versteh schon, warum du das geschrieben hast.« Er brachte mir Wein und meine Post mit, und wir saßen auf dem Balkon meiner Wohnung, während Maddy oben schlief, und wir tranken seinen Wein zum Abendessen. Ich kochte uns Pasta mit selbst gemachtem Pesto. Ich hatte Zeit im Überfluss, und das Basilikum wucherte. Vic brachte auch Neuigkeiten vom Arbeitsplatz mit – Ben hatte gekündigt, um mehr Zeit mit seiner Familie zu verbringen. Ich zuckte zusammen, als ich das hörte. Curtis hatte mit dem Rauchen aufgehört, diesmal aber wirklich, deswegen war sie schlecht gelaunt. Victor war sicher, dass das ganze Nikotin von ihren Pflastern ihre Urteilsfähigkeit bei der Berichterstattung beeinträchtigte.

Ich ging meine Post durch und fischte ein paar Päckchen mit einer bekannten Handschrift heraus.

»Das ist von einem Freund«, sagte ich.

»Von dieser Verrückten, die dir die Häkelarbeit geschickt hat?«

»Du weißt doch gar nicht, ob es eine Frau ist«, sagte ich. »Es könnte genauso gut ein Mann sein.«

Im ersten Päckchen war ein Taschenbuch mit Eselsohren, liebevoll abgegriffen. Es war eine Ausgabe der besten Gedichte von Sylvia Plath. Ich liebte diese Gedichte. Tracey Doran hatte sie auch geliebt, wie ich dem Zettel entnehmen konnte, der dem Buch beigelegt war, geschrieben mit der gewohnten höhnischen Höflichkeit: *Ich dachte, das könnte Sie interessieren …*

Ich schlug eine andere Seite auf und sah, dass sie mit einem Daumenabdruck markiert war, die Linien ein kleines Sträußchen von Traceys Identität. Ich klappte das Buch zu und reichte es Vic.

»Na, das erklärt dann wohl den Selbstmord«, sagte er.

»Er war also die Schuld von Sylvia Plath?«

»Depressive Mittzwanzigerinnen lieben Sylvia Plath.«

Das zweite Päckchen war kleiner und enthielt eine Haarlocke, ziemlich dünn, zusammengehalten von einem ganz normalen Gummiband. Die Farbe war goldbraun, sie hätte von jedem sein können. Ich hatte eine ähnliche Locke irgendwo in einer Schachtel, von Maddys erstem Haarschnitt. Ich hatte eine für mich behalten und eine an Charlie geschickt, damals, als er noch eine Adresse hatte.

»Das ist einfach nur gruselig«, meinte Victor.

»Ich weiß nicht, was ich mit diesem ganzen Krempel anfangen soll«, sagte ich.

»Verbrenn's doch einfach.«

»Ich glaube, ich behalte es lieber.«

Wie Victor mir erzählte, wollte die neue Geschäftsführerin, Marsha Jenkins, dass die Zeitung sich stärker auf die nationale Politik konzentrierte. Victor konnte sie nicht ausstehen, und da ich unfreiwillig – oder vielleicht völlig freiwillig – für ihre Ernennung verantwortlich war, war das gleich noch etwas, wofür ich mich schuldig fühlen konnte. Ich fügte es zu dem restlichen Haufen dazu.

»Neulich hat sie mich gebeten, ihr die Quelle für eine meiner Reportagen zu nennen«, erzählte Vic. Wütend schwenkte er sein Weinglas. »Kannst du dir so was vorstellen?«

Konnte ich nicht. Ungefähr eine Woche nachdem Vic zum Abendessen bei mir gewesen war, hatte mich auch eine Abneigung gegen Marsha Jenkins erfasst. Marsha bat mich ins Büro für eine Besprechung. Ich hatte gedacht, dass es ein Treffen unter vier Augen sein würde, aber es war auch ein Vertreter der Personalabteilung anwesend, der mir eine offizielle Abmahnung für die Benutzung meines beruflichen Handys für private Zwecke erteilte. Marsha Jenkins teilte mir mit, dass sie mir eine Verlängerung meines Urlaubs empfehlen würde, und wenn ich wieder zurückkam, könnten wir uns über einen möglichen »Wiedereinsatz« meiner »grundlegenden Fähigkeiten« unterhalten.

Später berichtete mir Vic, dass Marshas Ehemann sie auch betrogen hatte. Er meinte, da sei irgendwas mit einer professionellen Ballerina gewesen. Ich hielt eine Woche still, und dann wurde die Geschichte der Affäre und der Grund für Bens Ausscheiden aus der Geschäftsführung auf der Media-Watchers-Website veröffentlicht, die wirklich jeder in unserer Branche las. Es stürmte rasch durch diverse Internetkanäle. Ich überstand ein paar Tage extremer Beschimpfungen in den sozialen Medien, inklusive ein paar weiterer ausgesuchter Vergewaltigungsdrohungen, und dann, nach einer verzweifelten Woche, mehreren qualvollen Trinktreffen mit Vic und einem Anruf von Marsha Jenkins, in dem sie mir nahelegte, über meine Position »nachzudenken«, reichte ich meine offizielle Kündigung ein, nur eine halbe Stunde nachdem ich mein Porträt von Rita Delruca abgegeben hatte.

Ich löste mich von einem Jahrzehnt im Journalismus, einfach so. Mit einer Mail. Ich fühlte mich gewichtslos. Ich hatte in den letzten paar Jahren einen so hohen Sättigungsgrad erreicht, was Veränderung anging, dass diese Entwicklung einfach so aufgenommen wurde. Ich bekam eine bescheidene Abfindung, nur den kleinen Betrag, den sie mir noch schuldeten. Ich zahlte ihn in der Bank ein. Ich hegte den schüchternen, höchstwahrscheinlich nicht realisierbaren Traum, meiner Tochter eines Tages ein Haus zu kaufen, in dem sie aufwachsen konnte. Oder zumindest eine Wohnung, in der sie aufwachsen konnte.

Es war eine furchtbare Jahreszeit, um sich eine Arbeit zu suchen, vor allem, wenn man in der eigenen Branche frisch geächtet war. Aber die lag ja sowieso (denn Danton hatte durchaus recht gehabt) in den letzten Zügen. Da half es auch nichts, dass ich meinen verdammten Juraabschluss nie gemacht hatte. (Während die Zeit vergeht, hatte meine Mutter gesagt, und das verfolgte mich.) Ich nahm einen Job als Werbetexterin an, und eines Tages, als ich Onkel Sam in seinem Pflegeheim in einem östlichen Vorort von Sydney besuchte, sah ich einen Zettel am Schwarzen Brett im Aufenthaltsraum, durch den Damen mit silbervioelettem Haar taperten und in dem es immer mindestens einen Mann gab, dessen Demenz ihn überzeugt hatte, dass er mit mir verwandt war. Auf dem Zettel stand: *Gesucht: professionelle Schriftstellerin, die bei selbst veröffentlichter Autobiografie helfen kann.* Ich wählte die angegebene Nummer und landete bei einem von Onkel Sams

Mitgefangenen (man nannte sie »Kunden«). Er hieß Jacob. Er war ein ehemaliger Industriekapitän. Er hatte den Order of Australia und ein großes Ego, und er wollte, dass die Geschichte seines Lebens für seine Familie festgehalten wurde. Victor half mir, eine professionelle Website für Copywriting zu entwerfen, und aufgrund meiner Arbeit mit Jacob schrieb ich »Ghostwriting« auf die Liste meiner Fähigkeiten.

Ich erledigte meine Schreibarbeiten tagsüber und arbeitete abends im Little Friend, von zwanzig Uhr bis Mitternacht. Ich litt an Schlafmangel, und Maddy ging um halb acht zu Bett, also dachte ich mir, dass ich die Zeit produktiv nutzen könnte. Betty kam gerne und lernte in meinem Wohnzimmer, während Maddy oben schlief. Ich redete mir ein, dass die Arbeit in der Bar ja nur eine vorübergehende Lösung war, im neuen Jahr würde ich neue Pläne schmieden.

Das Little Friend gehörte einem ortsansässigen Typen namens Trevor, der Baseball-Caps trug, für die er zu alt war. Meine kläglichen Flirtversuche trafen immer auf gute Laune, aber das richtige Quantum an Reserviertheit. Und eines Abends erfuhr ich auch, warum, als nämlich Trevors Frau und Kinder vorbeikamen, kurz bevor wir aufmachten. Er küsste seine Frau mit aufrichtiger Freude auf den Mund. Der Rest des Personals bestand größtenteils aus Studierenden von der Sydney University oder anderweitig in den Diensten der Universität stehenden Personen – Gehilfen von Dozenten oder alternde Wunderkinder, die immer noch auf ein Doktorandenstipendium hofften oder das Ende der Affäre mit ihrem Doktorvater hinauszögern wollten oder was auch immer. Ich hatte online ein Zertifikat über den verantwortlichen Ausschank von alkoholischen Getränken erworben, und das hatte fast Spaß gemacht, wie in den alten Zeiten, als ich noch die Nacht durchlernte für mein Examen in Schadensersatzrecht oder für Straf- und Beweisrecht. Damals schob ich das Lernen immer auf, indem ich spätabends amerikanische Krimis im Fernsehen anschaute.

Doch als ich für das Zertifikat über den verantwortlichen Ausschank von alkoholischen Getränken lernte, hatte ich keine Zeit für Aufschieberitis gehabt, wegen Maddy, die eine Veränderung der Atmosphäre zu spüren schien und mehr an mir hing als früher. Eines Morgens schüttete ich ihr gerade WeetBix in eine Schüssel, und Maddy saß am Tisch und spielte eine ganze Szene mit den Baummäusen, in der eine der anderen befahl: »Geh zu Bett, jetzt soooofort!« Sie hielt in ihrem Spiel inne, schaute zu mir hoch und sagte mit richtig fester Stimme: »Papa kommt jetzt bald nach Hause.«

»Wirklich, mein Schatz?« Wusste Maddy irgendetwas, was ich nicht wusste?

»Ja. Er wird zu meinem Geburtstag nach Hause kommen.«

Und dann wandte sie sich wieder ihren Mäusen zu, während ich Milch über ihre WeetBix goss und mir Tränen in die Augen stiegen.

Ich fand die Arbeit in der Bar beruhigend. Es war schon eine gewisse Kunst, ein Bier gut einzuschenken, und ich beherrschte sie, und Wein eingießen war etwas, was ich auch gründlich geübt hatte. Die Cocktails überließ ich meinen Bar-Kollegen. Von Donnerstag bis Sonntag war immer Hochbetrieb in der Bar, genug, um mich auf den Füßen und weit weg von meinen Gedanken zu halten, und wenn ich an den anderen Abenden arbeitete, war es manchmal so ruhig, dass ich ein Buch lesen konnte. Ich las im Moment überhaupt keine Nachrichten mehr, und ich sah sie auch nicht im Fernsehen. Ich schaltete den Apparat ab, wenn die Abendnachrichten begannen. Stattdessen las ich Bücher – alles von Nabokov bis le Carré, Somerset Maugham und, in mehreren wonnevollen, leicht betrunkenen Sitzungen in der Badewanne, *Das Tal der Puppen*. Ich mied das Radio und hörte mir stattdessen Podcasts an. Ich erfuhr von ungelösten Kriminalfällen in Pittsburgh und Aufständen in Indien. Ich hörte mir Geschichten über Sekten und Klimawandel und die Sorgen fremder Leute an – Leute, die sich verliebt hatten, an Krebs erkrankt waren oder ein Baby bekommen hatten, das sie hassten, oder die ein Geheimnis hatten, das sie unbedingt loswerden mussten. Solange ich meine Augen und Ohren mit den Geschichten anderer Leute füllte, hatte ich weniger Energie, über meine eigenen nachzudenken.

Das Schreiben verschlang den Großteil meiner Tage. Die Sache sprach sich in Sams Altersheim herum, und ich wurde von ein paar Familien engagiert, die sich Berichte vom Leben ihrer Eltern oder Großeltern wünschten. Ich entwickelte auch Gefallen an der Arbeit für Regierungsagenturen. Regierungsagenturen bewarben sich ständig um Fördergelder oder versuchten, irgendwelche Preise innerhalb der Regierungsagenturen zu gewinnen, damit sie ihre Existenz rechtfertigen und Budgetkürzungen abwenden konnten. Nachdem mir jahrelang auf Partys von Leuten wie Danton erzählt worden war, dass meine Branche auf dem Rückzug war, wurde mir klar, dass ich immerhin eine Fähigkeit besaß: Ich konnte Informationen klar darstellen.

In den trägen Tagen nach Weihnachten, als die Stadt leer gekauft war, der Strand voll und die City eine Geisterstadt, durch die nur vereinzelte überhitzte Chinesen liefen, nahm ich den Zug zum Museum und ging durch den Hyde Park, vorbei an den Alpenveilchen, die den Schauplatz meiner ursprünglichen Blamage abgegeben hatten, und zur Staatsbibliothek, wo ich mich unter die wunderbar kühlende Klimaanlage setzte und eine Bewerbung für Parks Australia schrieb, für die Endauswahl von etwas, was sich Nachhaltigkeitspreis nannte. Ich nahm mir die grauenvolle Prosa vor, die der Kommunikationsbeauftragte von Parks Australia mir gegeben hatte, und ich verschlankte den Text, setzte jede Menge Punkte und würzte das Ganze leicht mit den Phrasen, die diese Menschen zu bevorzugen schienen: »Kernkompetenzen« und »skalierbare Initiativen« und so weiter. Diese Arbeit wurde gut bezahlt, aber sie war immer nur zeitweise zu haben und eher unberechenbar, und das brachte mich zur Bar, an Silvester, wenn niemand anders arbeiten wollte, aber Trevor Geld machen würde für seine Bilderbuchkinder und seine küssenswerte Frau.

In jener Nacht stand ich hinter der Bar neben Jessica, die drall und großartig war und die ein Tuch um ihre Haare gebunden hatte wie die *We-Can-Do-It!*-Frau aus der Anzeige für Jobs im Zweiten Weltkrieg. Ihre Arme waren von oben bis unten mit Tätowierungen bedeckt. Jessica hatte gerade mit ihrem Freund Schluss gemacht. Sie hatten zusammengewohnt, und er war plötzlich ausgezogen, sodass sie jetzt Mühe hatte, seinen Teil der Miete zu zahlen. Jessica erzählte mir, dass er beim Gehen all seine Habseligkeiten auf einmal mitgenommen hatte. Jessica hatte ihn über die Straße davongehen sehen, mit einer Hantel in einer Hand und einem langen Sperrholzbrett unter dem anderen Arm, das war das letzte Bild, das sie nun von ihm hatte. Oben aus seinem Rucksack schauten Handfeger und Kehrblech heraus, und der Kopf des Handfegers stand aufrecht, wie ein alarmiertes Erdmännchen.

»Wozu hatte er denn ein Sperrholzbrett?«, fragte ich sie.

»Er dachte, er würde irgendwann mal Regale bauen«, sagte Jessica. »Hat er aber nie.«

Jessica machte die Cocktails, und ich war an der großen Bar. Jessica trug ein tief ausgeschnittenes T-Shirt mit der Aufschrift *ACAB – All Cops Are Bastards* –, die von ihren wundervollen Brüsten in die Breite gezogen wurde. Trevor arbeitete auch, beaufsichtigte uns und spielte den Rausschmeißer, obwohl er eher nach Verhandlungen als nach Handgreiflichkeiten aussah. Vor den offenen Fenstern der Bar hatte die Atmosphäre eine gewisse Wildheit. Leute schrien auf der Straße herum. Trauben von Jugendlichen gingen laut redend vorbei. Polizisten mit Drogenhunden kamen in die Bar. Sie schienen die Beleidigung, die auf Jessicas Brüsten prangte, gar nicht zu bemerken. Die Hunde zerrten an den Leinen, fanden aber nichts. Ein Polizeiauto fuhr draußen ganz dicht am Bürgersteig vorbei, leise und mit angeschaltetem Blaulicht. Wir hatten Livemusik – einen Typen, der eine Art Synth-Pop-Rock-Hybrid spielte, mit einer elektrischen Gitarre, seiner Stimme und einem Synthesizer. Seine Dreadlocks hingen ihm auf dem Rücken wie kratzige Seile. Er hieß Pete. Es gefiel mir, wie ernst er seine Arbeit nahm, der Ernst, mit dem er zusammengerollte Saitenschlangen hervorholte und seine Ausrüstung einsteckte und seine Stimmbänder bereit machte, indem er einen Martini trank und *Doe, a Deer* aus *The Sound of Music* sang.

Pete spielte vor allem Coversongs, aber er mixte sie zu seltsamen Mischungen. Im Moment spielte er eine Reggae-Version von Beyoncés *Sorry*, in dem Lied teilt sie allen mit, dass es ihr überhaupt nicht leidtut. Ich summte leise mit, während ich Wein eingoss und Bier zapfte. Die Gäste waren zum Großteil das übliche Großstadtpublikum, Trupps in Designer-Sneakers und ein paar Paare über vierzig, wahrscheinlich aus Sydney, deren Kinder in der Nähe in den großzügig sanierten Häuserzeilen schliefen, die direkt am Hafen lagen. Häuser wie das, in dem Maddy und ich lebten, bloß wunderschön renoviert und im Besitz ihrer Bewohner. Diese Mittelklasse-Professionals mit ihren Müttergruppen und ihren doppelten sechsstelligen Einkommen und ihrem Bedürfnis nach Bier vom Fass verdrängten die Studierenden und die ärmeren Leute aus den Vorstädten, hieß es. Aber sie tranken großzügig und ließen ebensolche Trinkgelder da, bevor sie weiterzogen, wahrscheinlich auf irgendwelche Partys oder nach Hause zu den Kindern für das Einundzwanzig-Uhr-Feuerwerk. Die Hipster blieben, tranken Whiskey und nickten mit dem Kopf im Takt der Musik mit. Pete trällerte bis zweiundzwanzig Uhr, dann machte er eine Pause und schob sich zur Bar vor, um sich einen Drink zu holen. Trevor füllte gerade die Schalen mit dem gesalzenen Popcorn nach. Das war eine von Trevors Gewohnheiten – jeder, der in seiner Bar trank, bekam eine Schale gesalzenes Popcorn, das aus einem Fass hinter der Bar geholt wurde. Ich aß es heimlich, während meiner gesamten Schicht. Wenn ich nach Hause kam, musste ich erst mal Zahnseide benutzen, um die durchscheinenden braunen Schalen von meinen Zähnen zu bekommen. Manchmal nahm ich Maddy eine Tasse voll mit nach Hause, denn für sie war Popcorn gleichbedeutend mit Partys.

Trevor stellte Pete eine Schale hin. Er war zwischen zwei jungen Frauen eingeklemmt, die mit dem Rücken zum Tresen an der Bar saßen. Pete bat um einen weiteren Martini, und Trevor meinte, dass wir alle einen Drink haben könnten, denn es sei schließlich Silvester.

»Einen Personaldrink«, sagte er. »Aber behaltet die Polizisten im Auge, sonst verlier ich meine Schanklizenz.«

Jessica goss sich selbst einen Schluck Whiskey ein, und ich bat um einen Mojito, denn … warum nicht, Jessica mixte ihn perfekt und stellte ihn vor mich hin, eine kleine frostüberzogene Skulptur, die mit Grünzeug behängt war. Es gab einen kurzen Durchhänger im Service, und wir vier – die Bartenderinnen, der Besitzer und der Musiker – stießen an.

»Frohes neues Jahr«, riefen wir unisono.

Pete zerstörte sein Popcorn in Schallgeschwindigkeit und bat um Nachschlag. Ich überlegte, ob das wohl sein Abendessen sein musste. Vielleicht sogar die einzige Mahlzeit des Tages. Er wirkte unterernährt und gnomartig, aber andererseits war das ja Mode unter vielen örtlichen jungen Männern. Tom war in seiner Altersgruppe ein Außenseiter mit seiner Größe und der athletischen Figur. Er sah so aus, als könnte er jeden klemmenden Schraubverschluss aufbekommen. Tom redete nicht mehr mit mir, aber nicht auf eine dramatische Art. Nachdem die Neuigkeiten von meinem Sexding mit Ben bekannt geworden waren (ich weigerte mich, es als Affäre zu bezeichnen, obwohl die anderen es taten), hatte Tom sich einfach von mir zurückgezogen, sauber und ohne Komplikationen. »Ich glaube, es ist das Beste, wenn wir das Ganze beenden, meinst du nicht?«, hatte er gesagt, und seitdem hatte er sich nicht mehr bei mir gemeldet. Es war eine Erleuchtung gewesen, die Art, wie er mit mir Schluss gemacht hatte, ohne theatralisches Getue oder Beschimpfungen. Sein Selbstrespekt war leise und unauffällig. Ich ging mit Maddy nicht mehr in den Tree Park, und wenn ich die Glebe Point Road hinuntergehen musste, überquerte ich die Straße, bevor wir an Toms Café vorbeigingen.

»Man nennt sie alte Jungfern, weißt du?«, sagte Pete und gab mir das Schälchen mit dem Popcorn zurück.

»Entschuldige, was hast du gesagt?«, fragte ich.

»Die nicht aufgeplatzten Körner. Die nennt man in der Popcorn-Industrie alte Jungfern«, sagte er. »Sie haben nicht genug Feuchtigkeit, um den Dampf zu entwickeln, den es zum Explodieren braucht.«

»Du willst mich wohl verarschen?«, sagte Jessica. Ihre Fähigkeit zur Verachtung war beeindruckend. Sie ragte über Pete auf und nahm ihm sein Martiniglas weg, obwohl er noch gar nicht fertig gewesen war. Bei diesem Manöver pulsierten ihre Brüste wütend über den Ausschnitt ihres Tops. Sie sah aus, als könnte sie Pete über ihrem Knie zerbrechen, wie einen kleinen Zweig. Ich vermutete, dass er sie heiß fand.

»In der Popcorn-Industrie«, machte Jessica ihn nach und verdrehte die Augen. Sie pfefferte sein Glas nach hinten in die Spüle.

Pete verließ seinen Platz an der Bar und ging zu seinem Mikrofonständer zurück, und während er die letzten Reste von seinem Popcorn kaute, stimmte er seine Gitarre neu. Er hatte die alten Jungfern unten am Boden der Schüssel liegen lassen. Er hieß das Publikum noch einmal willkommen und begann, eines meiner Lieblingslieder zu singen: *In the Wee Small Hours of the Morning*. Es erinnerte mich an meine Kindheit. Manchmal – aber nur ganz selten – hatte mein Vater am Sonntagmorgen Pfannkuchen gemacht und Musik dazu gehört. Pete sang eine Dub-Version davon, die das Pathos dieses Songs ein bisschen schmälerte.

Bald war es elf Uhr, und er beschleunigte die Dinge und ließ uns alle Richtung Mitternacht taumeln, indem er Lieder von David Bowie schnell, fast schon jazzig spielte und dann noch ein paar Songs von den Beatles und Marvin Gaye coverte. Die älteren Gäste in der Bar sangen mit. Ich goss Wein in ein Glas nach dem anderen, Shiraz und Chardonnay und französische und spanische Rebsorten, die ich extra korrekt aussprach, denn wenn ich auch an der Bar arbeiten mochte, hatte ich immerhin eine gute Ausbildung genossen, eine halbe jedenfalls. Die Nacht erreichte ihre Flutmarke, mit schunkelnden Gästen, die ihre Gläser hoben und ihre Gesichter zu betrunkenem, glücklichem Lachen öffneten, mit Mienen, die genau in der Mitte zwischen »angenehm beschwipst« und »grotesk« lagen. Ich war ein bisschen beduselt von meinem Mojito – Jessica hatte in einem Akt schwesterlicher Solidarität gewartet, bis Trevor uns den Rücken zudrehte, und hatte mir dann mit einem Augenzwinkern noch einen Extrashot Bacardi zugegeben. Jetzt funkelten die Lichter glücklich, und Petes seltsame Musik flutete über mich hinweg, eine Welle aus Klängen, und es kam mir vor, als würden wir alle auf einem kleinen vergnügten Schiff durch die Nacht segeln. Morgen würden wir in einem neuen Land aussteigen: dem neuen Jahr.

Ich machte einen Abstecher ins Hinterzimmer, um ein Tablett frisch gespülter Gläser zu holen, und der Dampf, der mir aus der Spülmaschine entgegenwallte, mischte sich mit meinem Schweiß und machte mir rote Bäckchen. Als ich an die Bar zurückkehrte, sah ich dort eine Frau sitzen, offenbar alleine, auf dem Hocker, auf dem Pete vorhin sein Popcorn-Abendbrot gegessen hatte. Sie hatte kurze, schütter werdende Haare und einen ausladenden Körper, der über ihren Barhocker quoll. Ihr Gesicht war pummelig, relativ faltenfrei und hübsch. Ihr Haar war stark blondiert, und sie trug ein enormes, überwältigendes Top mit Leopardenprint, das tief ausgeschnitten war und den Blick auf ein von zu viel Sonne beschädigtes Dekolleté freigab, bevor es sich nach vorne ausbeulte. Das Top hatte Cut-outs oben an den Ärmeln, aus denen die rundlichen rosafarbenen Schultern der Frau herausschauten. Sie saß kerzengerade an der Bar, ihre diamantbesetzte Handtasche vor sich. Ich bemerkte, dass sie künstliche Nägel trug. Victor riss immer Witze über die Frauen aus seiner Heimatstadt, die solche Nägel hatten.

»Kann ich Ihnen helfen?«, fragte ich sie. Ich zog ein kleines Geschirrtuch aus dem Band meiner Schürze und wischte über die Bar vor der Frau.

Die Frau hob ihre Handtasche hoch, damit ich besser wischen konnte. »Eine Bacardi-Cola«, sagte sie, und obwohl Jessica ja fürs Mixen zuständig war und ich nur für Wein und Bier, machte ich ihn ihr selbst. Sie wirkte völlig fehl am Platz. Ich fragte mich, was sie hier machte. Vielleicht hatte sie mit ihrem Mann gestritten und war alleine weitergezogen.

»Danke, Schätzchen«, sagte sie. »Du hast wohl den Kürzeren gezogen, hm? Mit einer Schicht zu Silvester?«

»Ach«, meinte ich. »Das ist mir egal.«

Die Frau nickte, während sie sich den Drink in den Mund kippte, der mit einem schrägen Strich karminroten Lippenstifts bemalt war. »Apropos, du hast nicht zufällig einen Strohhalm, meine Liebe?«

»Wir geben tatsächlich keine Strohhalme mehr aus. Anordnung der Geschäftsführung«, sagte ich. Mit einem Nicken deutete ich auf Trevor, der sich gerade angeregt mit einer Gruppe bärtiger Männer unterhielt. In jeder anderen Bar wären das die Typen gewesen, die sich jetzt schon Richtung Gewalttätigkeit bewegten, aber in dieser Bar unterhielten sie sich wahrscheinlich über strukturelle Diskriminierung oder Permakultur.

»Recht habt ihr«, sagte die Frau. »Ich war vor ein paar Jahren mit meinen Kindern auf Bali, und dieses ganze Plastik war einfach nur noch ekelhaft. Meine Tochter hat sich Sorgen gemacht, dass die Meereslebewesen daran sterben könnten.«

»Ja, das ist echt ein großes Problem«, stimmte ich ihr zu.

»Hast du auch Kinder?«

Als Journalistin fühlte ich mich immer ein bisschen angegriffen, wenn man mir persönliche Fragen stellte. Ich hatte das Gefühl, die Einzige zu sein, die das Recht hatte, Fragen zu stellen. Es war gleichermaßen erstaunlich und abstoßend, was man sich für Freiheiten herausnehmen konnte, wenn man sich als Reporterin bezeichnete. Man konnte jeden so gut wie alles fragen, die Leute öffneten sich wie Muscheln unter heißem Dampf, sie platzten wie Maiskörner. Ich hatte immer nur persönliche Informationen preisgegeben, wenn ich ein Gefühl von Vertrautheit mit einer Quelle oder einem

Interviewpartner herstellen wollte. Sobald man etwas von seiner eigenen Geschichte mitteilte, neigten die Leute dazu, ihre eigene zu erzählen. Doch als Bardame gewöhnte ich mich langsam daran, mehr über mich selbst zu sprechen. Die Filme und die Szenen, wie sie Frank Sinatra in seinen Liedern zeichnete, stimmten – wer alleine trank, war meistens traurig. Und wollte reden.

»Eine Tochter. Vier«, sagte ich.

»Nur die eine?«

»Jupp.«

»Ist noch ein zweites geplant?«

Ich hörte diese Frage oft, normalerweise von älteren Damen, die Großmütter waren oder wünschten, dass sie es schon wären. Die Leute schienen nie zu glauben, dass ein Kind ausreichte. Ich hatte eine Standardantwort darauf, eine, die die kleinen Geister aus dem parallelen Leben bannte. »Ich hab mit einer schon genug zu tun.« Ich lächelte die Frau an, die ihren Drink jetzt ausgetrunken hatte. »Noch einen?«

»Oh, ja, bitte. Ist schließlich Silvester.«

Ich machte ihr noch einen, großzügig eingeschenkt. Ich stellte den Drink vor sie hin, und die Frau nahm ihn und hielt ihn hoch, wobei ihre künstlichen Nägel um das Glas wirkten wie Klauen.

»Prost«, sagte sie und öffnete ihre Kehle, um den Drink auf einmal herunterzuspülen. »Noch einen, bitte.«

Sie setzte ihr Glas mit einem deutlichen Geräusch ab. Ihre dunkelrot lackierten Fingernägel trommelten auf den Tresen. Ich hatte mein Zertifikat für den verantwortungsvollen Ausschank von alkoholischen Getränken, aber ich wollte niemandem diese Lehren aufdrängen. Normalerweise kümmerten sich Jessica oder Trevor um die unangenehmeren Betrunkenen, wobei wir eher wenige von dieser Sorte hatten, weil wir eben nur so eine kleine, feine Bar waren. Einmal pro Woche kam ein Mann, der ein T-Shirt mit dem Aufdruck »So sieht ein Feminist aus« trug.

»Wollen Sie nicht vielleicht ein bisschen vom Gas gehen?«, schlug ich ihr vor. »Soll ich Ihnen vielleicht ein Glas Wein geben?«

»Ich will nur den Bacardi. Ich will auch nicht vom Gas gehen. Ich will heute Nacht so richtig Gas geben. Es ins neue Jahr schaffen.«

Ich ließ sie in Ruhe. Es war immerhin Silvester – wie kam ich dazu, irgendjemanden davor zu warnen, sich zu betrinken? Ich machte ihr einen neuen, aber mit weniger Bacardi als vorher, nur einen Schuss auf die Cola.

»Ich hatte ein Annus horribilis, könnte man sagen. Hat die Queen das nicht so genannt?«

»Ich glaub schon«, antwortete ich.

»Wahrscheinlich wird niemand von Problemen verschont.«

»Nein, das glaube ich auch nicht.«

Ich wartete einen Moment. Ich überlegte, ob ich mir die Mühe machen sollte, weiter nachzufragen. Ich sah es sehr gut, wenn jemand reden wollte. Ich schaute mich in der Bar um – sie summte geschäftig auf Mitternacht zu. Die Menschenmenge war ein bisschen ausgedünnt, weil ein paar Leute weggegangen waren, um sich das Feuerwerk anzuschauen oder zu irgendwelchen Partys zu gehen, die Lage an der Bar wirkte überschaubar.

»Es tut mir leid, dass Sie ein schlechtes Jahr hatten«, sagte ich zu der Frau.

Sie senkte den Kopf, um zu trinken, und ich sah die verletzliche Kopfhaut unter den blonden Highlights.

»Meine Tochter ist gestorben«, sagte die Frau. Sie blickte auf, ihre Augen glänzten. »Ich glaube, Sie kennen sie. Kannten sie.«

Es kam mir vor, als würde ich fallen, wie es einem manchmal im Traum passiert und man beim Aufprall plötzlich aufwacht. Ich bewegte mich nicht und wartete ab.

»Sie hieß Tracey. Tracey Doran. Sie sind Suzy Hamilton, stimmt's?«

»Stimmt.«

»Meine Tochter war etwas ganz Besonderes.«

Die Augen der Frau glitzerten jetzt, und ich überlegte, ob sie mich jetzt wohl gleich anschreien oder ihr Glas nach mir werfen würde. Mein Herz donnerte gegen meine Rippen.

»Was wollen Sie hier?«, fragte ich. »Was soll ich Ihnen jetzt sagen?«

»Ein kleines Scheiß-*Tut-mir-leid* wäre nett«, zischte die Frau. Dann schien ihr wieder einzufallen, dass wir in der Öffentlichkeit waren, und sie richtete sich kerzengerade auf und umklammerte ihre Diamantenhandtasche. Sie war nervös, das sah ich ihr an. Auf ihrem Gesicht glänzte der Schweiß.

»Aber wahrscheinlich tut es Ihnen ja nicht mal leid«, fuhr sie fort. »Leute wie Sie zertrampeln Dinge einfach, und es ist ihnen scheißegal.«

»Ich hatte nie vor, Ihre Tochter zu zertrampeln«, verteidigte ich mich. Ich sprach so beherrscht, wie ich konnte. »Ich habe einfach nur meinen Job gemacht.«

Panik kam in mir auf. Ich schaute mich nach jemandem um, der mich kennen könnte. Trevor unterhielt sich immer noch mit den bärtigen Männern, Jessica machte gerade etwas, was mir ganz nach einem Tequila Sunrise aussah, und sie legte behutsam die Maraschinokirschen obendrauf, wie hübsche Christbaumkugeln. Sie war immer sehr stolz auf ihren perfekten Tequila Sunrise.

»Welchen Job? Sie haben Ihren Job doch gar nicht mehr«, sagte die Frau. Sie ließ ihr hübsches Lächeln aufblitzen.

»Sie haben recht, ich habe gekündigt.«

»Sie hatten eine Affäre mit Ihrem Chef. Ich hab alles gelesen im Internet.«

Mir wurde mit kalter Gewissheit klar, dass diese Frau alles wusste, was es über mich zu wissen gab, jedenfalls alles, was man aus öffentlich zugänglichen Quellen erfahren konnte.

»Wie auch immer, ich hätte jetzt gerne diesen Drink, meine Liebe.«

Da ich nicht wusste, was ich sonst hätte tun sollen, machte ich ihr noch eine Bacardi-Cola. Ich spürte den Blick der Frau auf mir, als ich den Rum ins Glas goss. Ich stellte ihn vor sie auf den Tresen.

»Ich glaube, Sie sollten das jetzt austrinken und dann gehen«, sagte ich.

Trevor riss sich von den Bärtigen los, spazierte zu mir herüber, drückte Jessica im Vorübergehen die Schultern – sie steckte gerade die Cocktailschirmchen in ihre Kreation – und blieb hinter mir stehen.

»Alles klar hier, Suze?«, fragte er. Seine gute Laune näherte sich ihrem absoluten Höhepunkt, als Mitternacht näher rückte.

»Ja. Alles bestens.«

»Ich wollte sowieso gerade gehen«, verkündete die Frau. Sie legte den Kopf in den Nacken und öffnete ihre Kehle für den Drink, ohne dabei den Augenkontakt zu mir zu unterbrechen. Sie stellte das Glas wieder auf den Tresen und nahm ihre Handtasche, dann hievte sie ihre massige Figur vom Barhocker mit der übertriebenen Würde der Angetrunkenen.

»Ach, ich glaube, das behalt ich.« Sie griff nach dem Glas, schob es in ihre Handtasche und stolzierte hinaus.

Als sie davonging, sah ich, dass sie solche orthopädischen Schuhe mit gebogenen Sohlen trug, die den Schritt eines Massaikriegers nachahmen sollen. Tracey Dorans Mutter – rund, gedrungen und rosarot – hätte einem Massaikrieger nicht unähnlicher sein können. Trevor und ich sahen ihr nach, wie sie sich mit flatterndem Leopardenprint entfernte. Sie wurde rasch von dem Menschenstrom geschluckt, der draußen auf dem Gehweg vorbeizog.

»Hat diese Dame gerade ein Glas gestohlen?«, fragte Trevor.

»Das hat sie.«

»Kennst du sie?«

»Nein«, sagte ich. »Ich kenne sie nicht.«

Wie betäubt schaute ich mich im Lokal um. Die bärtigen Jungs standen mit ineinander verflochtenen Armen da, wie echte Kameraden. In der Ecke saß ein streitendes Pärchen – ihr Gesicht war verkniffen vor lauter Gereiztheit, er hob seinen Arm, um sein großes Bierglas auszutrinken. Sie trug ein rotes Kleid und Quastenohrringe, die zuckten, als sie ihn rügte. Er streckte die Hand aus, um ihr über die Wange zu streichen, und sie wurde augenblicklich weicher. Die Frau, die Jessicas Tequila Sunrise bekommen hatte, prostete ihrer Begleiterin zu, einem großen Mädchen in Jeansoverall mit aufwändiger Flechtfrisur. Sie mopste sich eine Maraschinokirsche vom Drink ihrer Freundin und steckte sie sich selbst in den Mund. Jessica hatte eine Flasche Sekt aufgemacht und drückte mir ein Glas davon in die Hand. Pete hatte mit seinem Reggae-Synth-Gesang aufgehört, um den Countdown bis Mitternacht runterzuzählen.

»Zehn! Neun! Acht!«, bellte die ganze Bar.

Jessica schlang mir einen Arm um die Taille.

»Sieben! Sechs! Fünf!«

Ich lehnte mich in ihre weiche Stärke.

»Vier! Drei! Zwei!«

Trevor grinste uns alle an und betrachtete seine Bar wie ein stolzer Vater.

»Eins! Gutes neues Jahr!«

Jemand holte Luftschlangen heraus, die bunt durch die Bar segelten. Jemand zündete Wunderkerzen an, mit denen eifrig gewedelt wurde. Ihr Licht war wie eine sinnlose Kalligrafie, geschrieben ins Schummerlicht der Bar. In mittlerer Entfernung konnte ich das Explodieren von Feuerwerkskörpern hören, ein tiefes Rumpeln, wie von einem erwachenden Vulkan. Pete begann eine Version von *Auld Lang Syne*, die er in Hip-Hop-Form abgewandelt hatte, vorgetragen mit jammernden, lang gezogenen Stevie-Wonder-Vokalen. Das neue Jahr hatte uns im Griff.

*

Ich half beim Aufräumen und war gegen vier Uhr morgens zu Hause. Ich zog meine Sachen und meine Schuhe aus und ließ einfach alles auf einem Haufen im Flur liegen. Ich ging nackt ins Bett. Es war heiß, und ich war zu müde, um noch irgendetwas anzuziehen, zu müde, um mir auch nur die Zähne zu putzen oder mich abzuschminken. Meine Füße waren geschwollen, und als ich flach auf dem Rücken lag, spürte ich sie pulsieren. Und dann, weil Silvester war – beziehungsweise Neujahr – und ich eine Masochistin, nahm ich mein Handy hervor und scrollte durch meine Foto-App, die, die alle meine Fotos von Maddy in der Cloud hatte, wo sie sicher waren. Ich scrollte immer weiter zurück, im Rückwärtsgang durch die Zeit, von den ersten Schritten zu den ersten Worten und zurück in meinen Bauch – die ersten paar Babymonate, als alles, was sie machte, ein Wunder war, das es verdiente, aufgezeichnet und bejubelt zu werden, als ihr Kopf in die Grube an meinem Hals passte, als wäre er genau dafür bestimmt.

Wo werden Menschen gemacht?

Ich fand ein Video und ging auf Play. Es war aus der Zeit, als Maddy ungefähr sechs Monate alt war und wir ihr zum ersten Mal feste Nahrung gegeben hatten, obwohl Charlie meinte, das sei die falsche Bezeichnung. Ich hatte etwas Süßkartoffel püriert und liebevoll die letzten Klümpchen herausmassiert. Wir hatten Maddy in ihren kleinen, angepassten Plastikstuhl gesteckt, aus dem sie nach ungefähr fünf Minuten herausgewachsen war, weil ihre Beine so wurstig wurden. In dem Video hielt ich ihr den Löffel hin, Maddy beäugte ihn argwöhnisch, und dann, als ich ihn näher auf ihren Mund zubewegte, wurde sie panisch. Ihre Augen weiteten sich, und sie ruderte mit den Armen wie Charlie Chaplin in ihren Bemühungen, dem Löffel auszuweichen, der auf sie zukam. Dummerweise konnte sie sich nicht bewegen, weil sie so in ihren Stuhl gepfropft war. Ich fand es komisch und lachte in dem Video. Doch Charlie sah die Angst auf Maddys Gesicht und legte seine Hand auf ihr kleines Bein.

»Schon gut«, sagte er einfühlsam. »Schon gut, wirklich.«

Wenn man das heute so anschaute, dachte ich mir, könnte man denken, dass Charlie von uns beiden der gute Elternteil war.

7. KAPITEL

Tatsächlich war das so furchtbar, aber auch gut. Verwirrend. Er war ein toller Vater. Er gurrte und wechselte Windeln, er tätschelte und streichelte, er sang ihr sinnfreie Lieder vor und stand über ihrem Bett, wenn sie schlief – wie eine Elster, die ihr Nest bewacht. Er war überzeugt von Maddys früher Genialität.

»Schau, sie kann schon umblättern!«, sagte er, wenn Maddy im Alter von zwei Monaten die Hand ausstreckte, um nach dem Buch zu schlagen, aus dem man ihr vorlas. »Sie weiß genau, wann ich eine Seite gelesen habe.« Ein andermal, später, kurz bevor er für immer wegging, redete Charlie sich ein, dass sie schreiben konnte. Er schwor mir, dass sie ein M auf einen Zettel gezeichnet hatte, in dem Wissen, dass ihr Name mit diesem Buchstaben anfing. Ich glaubte nicht, dass unser Baby schon lesen konnte, aber es war nicht zu übersehen, wie sehr sie ihren Vater liebte. Wenn sie ihn sah, schlug sie mit ihren Ärmchen wie ein enthusiastischer Vogel. Er erfand Namen für sie – Madlet, Madigan Brown, Knuddelmaus, Würstchen. Wir waren uns einig, dass einem von so viel Kitsch schlecht werden konnte. Wir lagen immer im Bett und blätterten die Fotos von unserer Tochter durch. Wir überschütteten sie mit

Liebe und kleinen Geschenken. Wir kauften Baby-Gyms und Schaukeln, Wippen und Schaukelpferde, Bilderbücher und Klappern und körbeweise Teddybären. Die Teddys bildeten eine Gemeinschaft – Charlie setzte sie alle in eine Reihe auf einem Regal in Maddys Zimmer, wie pelzige Richter auf einer Bank. Während ich Maddy wickelte, bewegte er die Teddys, als wären sie lebendig, und brachte sie damit zum Lachen, eine Art von gurgelndem Zwitschern, das in unseren Ohren wie die Verkörperung purer Freude klang. Wir kauften einen Spiegel, den wir an ihrem nach hinten gerichteten Kindersitz anbrachten, damit wir ihr Gesicht vom Vordersitz aus beim Fahren im Blick behalten konnten. Erst hasste sie diesen Kindersitz und weinte wütend, wenn wir sie hineinsetzten, also sahen wir im Spiegel nur einen kreisförmigen Ausschnitt verzerrter rosaroter Wut, eine erboste Erdbeere. Ich wollte ihn schon wieder abmontieren, weil es mich zu sehr stresste, wenn ich ihr Weinen nicht nur hören, sondern auch noch anschauen musste. Charlie meinte, dass sie sich bestimmt bald beruhigen würde, und so geschah es tatsächlich, und dann wurde der Spiegel ein weiteres Instrument für unsere Kommunikation – man konnte beim Fahren hineinschauen und das Spiegelbild eines ungehemmten Lächelns sehen. Ihre Augen leuchteten wie die von ihrem Papa, und sie nahmen alles auf.

Charlie badete Maddy auch liebevoll. Mich hingegen rührte er nicht mehr an. Ich wusste, dass wir in dieser Hinsicht miteinander fertig waren, als er einmal ins Schlafzimmer hereinplatzte, während ich gerade versuchte, mich in einen Still-BH zu manövrieren, und er machte ein beklommenes Geräusch, sagte: »Entschuldige!«, und machte die Tür wieder zu. Und das von einem Typen, von dem ich früher, vor gar nicht allzu langer Zeit, jeden Quadratzentimeter mit der Zunge abgefahren war. Eine seltsame, tote Höflichkeit schien sich auf uns zu legen. Keiner von uns wollte das letzte Stück Schokolade am Abend nehmen, und beide bestanden wir darauf, dass der andere am Morgen zuerst duschen sollte. Wenn er nicht gerade gemein war, benutzte Charlie diese Art von übertriebener Rücksichtnahme wie einen Schutzschild. Wenn wir gemeinsam eine Entscheidung treffen mussten, sagte er: »Wirklich, das überlasse ich ganz dir« oder »Entscheide du, mir ist es egal«, und das machte mich total wütend, diese Lässigkeit, als würde ihn keine von diesen Entscheidungen – wo wir zum Abendessen hingingen, wo wir wohnen wollten, wenn unser Mietvertrag auslief, oder wie und wo wir die Sommerferien verbringen sollten – interessieren. Er segelte einfach mit mir mit, bis er einen Weg hinausfand.

Der Weg hinaus kam ziemlich bald. Dafür sorgte er selbst.

*

Nach dem Zusammentreffen bildete ich mir ein, ständig und überall Tracey Dorans Mutter zu sehen. Ich sah einen blonden Kopf in der Peripherie meines Blickfeldes auftauchen, drehte mich um und sah eine andere Frau mittleren bis fortgeschrittenen Alters, mit blondierten Strähnchen und auf aggressive Art vernünftigen Schuhen. An Neujahr am Strand wurde mein Auge magisch angezogen von einem sich im Wind blähenden Kaftan mit Leopardenprint, doch die Frau, die ihn begleitete, stellte sich bei genauerer Betrachtung als

Matriarchin aus Balmoral heraus, mit dem verschlossenen Gesicht und den Designersandalen, die ihrer Klasse entsprachen. Ich wünschte, ich hätte den Namen der Mutter gewusst. War sie eine Mrs. Doran? In den Artikeln nach Traceys Tod, die ich zum Großteil vermieden hatte zu lesen, wurde nur wenig über ihre Familie geschrieben. Ihre Freunde waren diejenigen, die ihr Tribut zollten, indem sie Instagram-Feeds mit ihren Fotos von den ganzen Ballons verstopften, die man bei ihrem Gedenkgottesdienst hatte fliegen lassen. Gelbe, weil das Traceys Lieblingsfarbe war. Ihre Haustiere waren bei der Gedenkfeier dabei gewesen, das wusste ich. Der untröstliche Hund musste eine gelbe Schleife an seinem Halsband tragen. Wieder einmal fragte ich mich, was mit dem Hund und der Katze passiert war. Vielleicht hatte Traceys Mutter sie übernommen.

Das Little Friend hatte nach Neujahr eine Woche zu, in der Trevor mit seiner Familie an die Südküste fuhr, wo er ein Ferienhaus hatte und – so stellte ich es mir vor – wahrscheinlich wundervollen spätnächtlichen Sex mit seiner Frau, nachdem die Kinder im Bett waren und sich der Klang der Wellen unter ihre Seufzer mischte. Meine Eltern hatten früher jedes Jahr in den ersten zwei Januarwochen ein Haus in Avoca Beach gemietet. Sie nahmen immer ein Designerhaus mit vier Zimmern, das auf eleganten Pfosten im Wasser stand und extra mit Eukalyptusholz verkleidet war, das verblassen und vernarben sollte. Doch mein Vater hatte ihr gesamtes Vermögen in den späten Nullerjahren durch eine ganze Reihe von schlechten Investitionsentscheidungen verloren, die mit der Weltfinanzkrise und seiner Risikoposition auf den amerikanischen Finanzmärkten zu tun hatten. Alles, was er in Beverleys Namen machen konnte, hatte er in ihrem Namen gemacht, ein Opfer, das ihren Märtyrerkomplex noch verschlimmert hatte. Es gelang ihnen zumindest, ihren kalifornischen Bungalow auf dem Gipfel des Hügels in Vaucluse zu behalten. Ich wusste, dass meine Eltern von der überholten Rente leben mussten, wenn mein Vater in den Ruhestand ging – was meine Mutter sicher nicht gedacht hatte, als sie ihn gleich nach der Universität heiratete. Simon, der langhaarige Medizinstudent mit den Cordhosen, und Beverley, die schön war auf eine Art, die die Leute ablenkte, wenn sie sich mit ihr unterhielten, und die entschlossen gewesen war, die hohen Erwartungen zu erfüllen, die sie sich selbst gesetzt hatte. Beverley war bei Adoptiveltern aufgewachsen, nachdem ihre Teenagermutter sie abgegeben hatte, und sie war von einer christlichen Familie in Brisbane aufgenommen worden. Ihre Adoptivfamilie war groß und freundlich, obwohl sie eher aus Christenpflicht als aus Liebe gehandelt hatten. Beverley erzählte mir einmal, dass sie sich unter ihnen immer vorkam wie eine Außerirdische. Ich hatte ihre Adoptiveltern nie kennengelernt, sie waren noch vor meiner Geburt gestorben. Meine Mutter schien ihnen kaum verbunden geblieben zu sein, sie sprach sehr selten von ihnen.

»Ich hab es immer gehasst, wie sie gegessen haben«, erzählte sie mir eines Abends, als sie ihre Zigarette in der Küche rauchte. »Mit ihren klackenden Kiefern. Und ihren Mündern, die immer so ein *feuchtes* Geräusch machten, das ich überhaupt nicht ertragen konnte. Ich schaute ihnen immer zu, wie sie ihr Abendessen in sich hineinschlangen, und wusste einfach, dass ich anders war. Ich hätte eigentlich gar nicht dort sein sollen.«

Sie war klug, und sie gewann ein Stipendium für die Universität in Sydney, wo Simon nach der Schule lässig denselben Weg einschlug, den ihm schon sein Vater, ein Arzt, gebahnt hatte. Bei diesem Weg war die Kollision mit einer umwerfend schönen Kunststudentin nicht mit eingerechnet gewesen, die daran glauben wollte, eines Tages Schauspielerin zu werden. Er hatte sie bei der Premiere der studentischen Theatergruppe von *Was ihr wollt* in der Rolle der Viola gesehen. Da sich das Ganze in den Siebzigern abspielte, hatte man in das Stück ein marxistisches Weltbild eingebaut, mit Herzog Orsino als kapitalistischem Fabrikbesitzer. Es war Mitte Juli und kälter, als Beverley, die aus Queensland stammte, ertragen konnte. Nach der Vorstellung wurde eine Party veranstaltet. Ein paar Stunden nachdem der Vorhang sich geschlossen hatte stand Beverley mit Simon vor dem Theater, in einem Windtunnel auf dem Campus. Sie drückte sich in den Schutz seiner Cordjacke, und sie küssten sich zum ersten Mal. An Weihnachten war sie mit mir schwanger, und sie heirateten eilig. Beverley machte ihren Abschluss nie fertig, denn es waren noch ein paar Jahre, »bis die Frauenbewegung so richtig griff«, erklärte sie mir später, und damals hätte man von einer Frau noch erwartet, dass sie sich mehr oder weniger aus der Öffentlichkeit zurückzog, wenn sie schwanger war. Das hatte ich früher mal akzeptiert, aber jetzt nicht mehr. Letztendlich glaubte ich, dass meine Mutter die Universität wegen mangelnden Interesses und durchaus mit Erleichterung abgebrochen hatte und dass es überhaupt nichts mit dem Patriarchat zu tun gehabt hatte. Ein Leben als Ehefrau war ihr Ziel gewesen.

Doch Beverleys Problem war immer gewesen, dass ihre

Intelligenz ihre Fantasie übertraf, und sie verstand nicht, warum sie sich nach ein paar Jahren immer mehr langweilte und immer wütender wurde. Ich war damals ungefähr so alt wie Maddy heute, in einem Alter, in dem ein Kind aufwacht. Als ich aufwachte, sah ich also eine Mutter, die wütend darüber war, in der Falle zu sitzen, aber zu stolz, um eine Laufbahn einzuschlagen, bei der ihre Gaben womöglich nicht sofort erkannt und gelobt werden würden. Mein ganzes Leben lang hatte meine Mutter nie außer Haus gearbeitet. Sie hatte verschiedene Jobs ausprobiert wie Hüte, sie auf ihre Wirkung getestet und wieder abgelegt. Fotografin – zu schwierig. Rezeptionistin – zu niedrig. Lehrerin – das Diplom würde sie zu viel Zeit kosten, und sie hatte so viel zu tun, mit mir und dem Haus und allem. Ich atmete erleichtert auf für die hypothetischen Schüler meiner Mutter. Sie hätte sie wahrscheinlich jeden Morgen antreten lassen und ihre Zähne inspiziert (so wie sie es bei mir machte) oder geweint, wenn ihre Noten nicht ihren Erwartungen entsprachen (so wie sie es bei mir machte). Also renovierte Beverley ungefähr zehn Jahre an unserem Bungalow herum, und dann wechselte sie zur Rolle der Gastgeberin, die sie anging wie einen Kampfsport. Als ihr Mann, der unglückliche, fröhliche Simon, ihr gesamtes Vermögen verloren hatte, brach sich ihre kinetische Wut, die zuvor vom Haus und von ihrer Familie gebunden worden war, gewaltsam Bahn. Sie hatte alle Eier in *einen* Korb gelegt, nämlich den ihres Ehemannes, und dann war der Boden rausgefallen, also schmiss sie ihn gleich ganz auf den Boden, mitsamt den Eiern. Sie begann gegen Politiker und Unternehmer zu wettern, gegen alle mächtigen Männer und die Frauen, die sie unterstützten. Ich war ziemlich sicher, dass meine Mutter heute für die Grünen stimmte. Das war eine einsame Position für eine Hausfrau in Vaucluse, eine Frau, die noch vor nicht allzu langer Zeit eine Bürgschaft für ihre Mitgliedschaft im Jachtclub bekommen hatte (sie mussten ihre Bewerbung zurückziehen, als sie ihr Geld verloren und damit jede Aussicht auf ein Boot).

Also konnten sie sich jetzt nur noch ein Ferienhaus in Avoca mieten. Sie waren nicht wirklich arm, aber das war kein Thema, über das man mit Beverley reden konnte.

Es gab nichts, was Maddy und mich in der Stadt gehalten hätte. Anfang Januar, als ich ein bisschen weniger Traurigkeit in mir spürte, packte ich ein paar Taschen und fuhr mit meiner Tochter den Pacific Highway hoch, durch die flackernden Schatten der Eukalyptusbäume, vorbei an der großen Gabelung, wo die Straße nach Hawkesbury öffnet, vorbei an der Ausfahrt nach Gosford. Wir fuhren um den grünen Hügel Richtung Avoca und über seinen Gipfel, wo die Aussicht in die volle Pracht eines australischen Strands im Sommer explodierte, wo das harte, schräg auftreffende Licht der Sonne das Blau und die Rüschen auf den Wellen beleuchtete.

»Der Strand ist geschlossen«, trällerte Beverley, sowie wir durch die Tür traten. Und dann, an Maddy gewandt: »Hallo, mein Schätzchen! Komm, erzähl der Oma alles.«

»Geleequallen«, erklärte mein Dad. »Die Mistviecher sind wieder da. Auflandiger Wind.«

Meine Eltern saßen am Küchentisch in ihrem bescheidenen Ferienhaus, das einfach nur ein normales, unrenoviertes Strandhaus war. Für Beverley waren Laminatböden und furnierte Tischplatten gleichbedeutend mit Armut und Verzweiflung. Sie spielten gerade Karten.

»Das ist ja eine Enttäuschung«, sagte ich, als ich mich zu meinen Eltern hinunterbeugte, um sie zu küssen, zuerst meine Mutter. »Aber wir lassen uns nicht die Laune verderben. Maddy interessiert sich ja sowieso nur für den Sand. Alles, was wir brauchen, ist also ein Eimer und eine Schaufel.«

»Gibt es am Strand Gelee, Mami?«, wollte Maddy wissen.

»Nein, mein Schatz, Geleequallen gibt es da«, antwortete Beverley. »Riesengroße Quallen, die dich stechen wollen!«

»Mum«, mahnte ich. Und dann, weil ich wusste, dass ich sie damit wunderbar wütend machen würde: »Beverley.«

Maddy hatte neuerdings gewisse Ängste und seltsame Vorlieben entwickelt. Sie fand *Der Kater mit Hut* von Dr. Seuss zum Fürchten. Sie kreischte entsetzt, als ich eines Tages die Luke zum Dachboden aufmachte und die ausziehbare Leiter hochkletterte, um die Kisten mit den Notizbüchern wegzupacken, die ich aus meinem Büroschreibtisch mitgenommen hatte. Sie war untröstlich, weil sie meinte, dass ihre Mutter von einem unheilvollen Loch verschluckt worden sei. Manchmal zuckte sie im Schlaf und stieß kleine Laute aus, und ich fragte mich, wen sie da wohl gerade bekämpfte.

»Morgen können wir Sandburgen bauen und Eis essen, und Grandpa fährt mit dir am Nachmittag zu den Felsenpools«, sagte ich. »Machst du doch, oder, Dad?«

»Mach ich«, sagte er, obwohl sich im Laufe unseres Aufenthalts herausstellte, dass er jeden Nachmittag zu betrunken war, um irgendetwas anderes zu tun, als zu schlafen, also fuhren stattdessen Beverley und ich mit Maddy dorthin. Gemeinsam stocherten wir in den kleinen, glasklaren Welten der kleinen Pfützen, im felsigen nördlichen Hinterland der Strände.

Maddy hatte keine Angst vor dem Strand, sondern schaffte es, sich irgendwie mit den Geleequallen anzufreunden, sie liebte sie geradezu. Die Quallen verschwanden nach den ersten paar Tagen, als sich der Wind drehte, aber wir nannten den Strand weiterhin Geleestrand und verbrachten dort eine angenehme Woche. Morgens standen wir früh auf, meine Mutter machte Kaffee (frisch gebrüht, in der glänzenden Silberkanne, die sie aus Sydney mitgebracht hatte), und mein schlaftrunkener Vater machte Kreuzworträtsel, noch mit den Abdrücken des Bettzeugs im Gesicht. Vielmehr versuchte er, es zu machen, doch die schwierigeren Stellen überließ er seiner Frau. Beverley war ihm weit überlegen. Das war in unserer kleinen Familie eine unbestrittene Tatsache. Ihr Wissen war vollkommen und angeboren, und wenn mein Vater sich noch so sehr ins Zeug gelegt hätte, er hätte ihr nie das Wasser reichen können. Das war ein Einvernehmen, zu dem Dad und Beverley schon früh in ihrer Ehe gekommen waren, als sie ihre Erwartungen auf das zurückgestutzt hatten, was sie realistischerweise im anderen fanden. Maddy thronte auf dem Schoß ihres Großvaters, weil sie ihn vergötterte, und sie legte ihre Finger auf seine Finger, während er die Buchstaben in die schwarzen Rahmen des Kreuzworträtsels schrieb. Sie kannte alle Buchstaben.

»Hier brauchen wir ein B, mein kleiner Käfer«, sagte Dad zum Beispiel und atmete die Whiskeydünste vom Vortag auf ihren vom Schlaf noch feuchten Kopf.

»Ich kann ein B schreiben«, antwortete sie dann, und dann schrieben sie zusammen ein B. Danach gingen wir zu viert die paar Straßen zum Strand hinunter, vorbei an dem Designerhaus, in dem wir eigentlich hätten wohnen sollen, und dann wies Beverley jedes Mal auf irgendeinen Makel hin – es war schlecht gealtert, es war reparaturbedürftig, die Möbel hatten damals schon immer abgenutzt ausgesehen.

»Vielleicht haben sie ja die Möbel inzwischen erneuert«, sagte ich eines Morgens in aller Unschuld, aber mir wurde sofort klar, dass das ein Fehler gewesen war, und erst nach einer vollen Stunde hatte sich meine Mutter von dieser Bemerkung erholt und konnte wieder mit mir sprechen. Meine Mutter hatte ein ganz spezielles Talent für die Manipulation durch Schweigen.

Ich hatte meinen Eltern eine ausweichende, letztlich nicht aufrichtige Begründung aufgetischt, warum ich meinen Job gekündigt hatte. Ich sagte noch, dass ich mich kreativ nie so richtig hatte ausleben können, und dann stützte ich mich auf ein paar Halbwahrheiten wie, die Zeitungsbranche sei ja sowieso dem Untergang geweiht und es sei Zeit geworden, über die nächste Phase meiner Karriere nachzudenken. Dad antwortete, er wolle, dass ich das tat, was mich glücklich machte, und ich fand, dass er damit den Nagel auf den Kopf getroffen hatte. Beverley wollte natürlich gleich wissen, ob ich mich wieder den Rechtswissenschaften zuwenden würde. Sie hatte mich steinhart angeschaut. Beverley wusste garantiert, was in der Redaktion passiert war – sie hatte einen Twitter-Account, auf dem sie zahllosen Journalisten folgte. Sie musste also auch über die Geschichte auf *Media Watchers* gestolpert sein, die über sämtliche Details der Schandtat ihrer Tochter informiert hatte. Doch sie erwähnte die Sache mit keiner Silbe. Beverley blieb immer korrekt, indem sie etwas nicht sagte, und ich überlegte nicht zum ersten Mal, ob das der Grund war, warum ich so einen Mann wie Charlie abbekommen hatte, der mir das Versprechen einer großen Liebe gemacht hatte, aber sich doch immer wieder entzog, ein Mann, der seine eigenen Bedürfnisse verbarg, indem er diejenigen angriff, die ihn liebten, indem er ihnen sagte – indem er *mir* sagte –, dass er mich verachtete, dass er mich für jämmerlich, hässlich und gemein hielt, ein Mann, der in seinem privaten Krieg gegen mich die umfassenden Bedürfnisse unserer Tochter vergaß oder übersah.

Nach unserem Morgenausflug an den Strand gingen wir immer den Weg durch den Wald zurück zum Haus, wo uns mein Vater, immer noch geistig klar, Frühstück mit Pfannkuchen machte, die er mit Sommerfrüchten garnierte – allem, was Beverley auf den Märkten finden konnte: Mangos und Himbeeren, Papayas, Feigen und Blaubeeren. Es gab keinen Ahornsirup, aber dafür hatten wir einen tragbaren Lautsprecher und somit Frank Sinatra. Nach den Pfannkuchen und einer Dusche brauchte Beverley immer irgendwas vom Markt – Gorgonzola oder Granatapfelsirup oder Römersalat für den griechischen Salat. Sie hielt an ihrer anspruchsvollen Tischkultur fest, auch wenn dieser Tisch mittlerweile aus billigem Kiefernholz war, so wie in diesem Cottage. Maddy half ihrer Großmutter gerne beim Einkaufen, und Beverly ließ sie durch den kleinen Markt traben, Avocados betasten und Zitronen einem Geruchstest unterziehen. Maddy übernahm gerne die Aufsicht über die leichteren Einkäufe, vor allem den Schinken. Sie liebte Schinken. Eines Tages, als Beverley an der Kasse stand und in ihrem Portemonnaie herumkramte, fiel ein kleines Foto heraus. Es zeigte mich, wie ich im Alter von zehn Jahren in einem Anzug zum Herumtollen (für den ich eigentlich schon zu alt war) in die Sonne blinzelte. Maddy griff danach.

»Das bin ich, wenn ich groß bin!«, krähte sie begeistert.

Wenn wir vom Markt zurückkamen, kochten wir ein Mittagessen, und mein Vater verkündete, dass es Zeit für einen Drink war, schließlich wären wir ja im Urlaub, und Beverleys Gesicht zog sich zusammen, aber es fiel kein Wort, denn es war ja noch nie ein Wort gefallen, und es wäre sinnlos gewesen, jetzt noch damit anzufangen.

Als ich zu Hause auszog und erwachsen wurde, wurde mir langsam klar, was mein Vater war, ich gab dem Ganzen einen Namen und ging trotzdem einen Kompromiss ein. Ich wusste von anderen Vätern, die Wutanfälle hatten und herumschrien. Manche gingen fremd, andere sagten unverzeihliche Dinge, Dinge, an die sie selbst sich nicht mehr erinnerten, die aber für alle Zeiten demjenigen die Kehle zuschnürten, der sich an sie erinnerte. Dem Nüchternen. Mein Vater tat nichts von alledem. Er betrank sich nur jeden Mittag und schlief am frühen Nachmittag ein, wenn er konnte, und wachte zum Abendessen wieder auf, wo er seinen Durst unter dem Deckmäntelchen von Drinks für seine Familie stillen konnte. Er war das, was man einen funktionalen Alkoholiker nannte. Der Alkohol half ihm, sich aus Situationen herauszuwinden. Durch ihn wurde er in die Lage versetzt wegzugehen, ohne sich bewegen zu müssen, und ohne Groll. Er konnte sich abseilen, ohne Ärger zu machen. Es war eine Art von Lebensmanagement, die meiner Meinung nach durchaus ihre Vorteile hatte. Ab und zu machte ich ja auch mal eine Stippvisite in dieser Welt.

Die Nachmittage waren für die Pfützen auf den Felsen reserviert, nur Maddy und Beverley und ich, in Shorts und barfuß, mit tragbaren Netzen und Eimern und Handys zum Fotografieren von Maddy, wie sie von Stein zu Stein huschte.

Sie robbte neben die Pfützen und spähte hinein wie eine Seherin. Und dann verkündete sie laut krähend, ob Muscheln und Krabben, Algen und Seesterne drin waren. Es wollte ihr nicht in den Kopf, warum die Krabben vor ihr davonrannten, und sie versuchte immer wieder, sie zurückzulocken, manchmal mit Liedern, die sie selbst gedichtet hatte. Allein für Maddys Versuch, das Wort »Anemone« auszusprechen, hatte sich der ganze Ausflug gelohnt, trotz meiner unverbesserlichen und fehlerhaften Eltern.

*

An unserem letzten Abend mopste ich mir eine von den Zigaretten meiner Mutter, obwohl ich sie ja auch einfach um eine hätte bitten können. Ich nahm sie aus der Schachtel meiner Mutter auf der Kücheninsel, ganz vorsichtig, wie ein professioneller Taschendieb, während Beverley mir den Rücken zudrehte, weil sie gerade abwusch. Das war noch so etwas, was Beverley an diesem Strandhaus hasste – es hatte keinen Geschirrspüler. Sie meinte, es würde an eine Verletzung der Menschenrechte grenzen. Ich half meiner Mutter beim Aufräumen der Küche, dann machte ich schwungvoll die Fliegengittertür auf und ging den Weg zum Strand hinunter, der von einem Dreiviertelmond und einer hellen Sternendecke beleuchtet wurde. Ich zog mir die Schuhe aus und grub meine Füße in den Sand, der immer noch warm war von der Hitze des Tages.

Ich dachte an das letzte Mal, als ich diesen Strand allein entlanggegangen war. Charlie und ich hatten uns hier oben einen sogenannten »Babymoon« gegönnt, wenige Wochen vor Maddys Geburtstermin. Die Geburt wurde ein ziemlich brutales Erlebnis für mich – Gott sei Dank nicht für sie –, aber ich wusste ja noch nicht, was meine Zukunft für mich bereithielt, als wir aufbrachen. Ich dachte, das könnte genau das richtige Heilmittel für unsere Beziehung sein. Ein Babymoon wird beworben als ein wonnevoller Urlaub mit viel Bauchgestreichel, in dem das Paar spazieren geht und jeden Morgen ausschläft. Man genießt zum letzten Mal die Gesellschaft des anderen, man genießt es, ein Paar ohne Kind zu sein. Man hält Händchen. Im Gegensatz dazu war unser Babymoon ein miserables Wochenende gewesen, mit saurem Aufstoßen und Schlaflosigkeit (bei mir) und schmollendem Rückzug und Vertiefung ins Smartphone (bei Charlie). Der Tiefpunkt war erreicht, als ich entdeckte, dass er eine Foto-Sharing-App auf seinem Handy hatte, bei dem das Foto nach dreißig Sekunden »explodiert«, ohne sichtbare Spuren zu hinterlassen (was selbstverständlich eine Lüge ist – im Internet lässt sich alles zurückverfolgen, noch so eine melancholische Tatsache, die ich bald entdecken sollte). Ich sagte Charlie auf den Kopf zu, dass ich glaubte, er benutze diese App für Sexting. Er meinte, das sei nur etwas, worauf er mit seinen Freunden Quatsch machte. Wir stritten uns, und ich verließ das Haus – ich legte damals viele dramatische Abgänge hin, erzielte damit aber wenig bis gar keinen Effekt – und watschelte allein am Strand entlang.

Und hier war ich jetzt wieder. Allein. Aber zumindest war ich jetzt frei. Ich steckte mir die Zigarette an, das aufflammende Streichholz sah aus wie ein kleines Signal in der Dunkelheit. Ich dachte an jene Nacht zurück und wie viel Angst ich davor gehabt hatte, allein zu sein und verlassen dazusitzen mit meinem Baby. Als es dann tatsächlich passierte, wurde dieser Verlust vergleichsweise leicht von meinem Leben absorbiert, und ich war in der Lage, meine Liebe für Charlie zusammenzupacken und wegzuräumen. Mir war in den letzten Jahren eine Menge klar geworden, aber am befreiendsten war die Erkenntnis, dass mein eigener Kummer nicht wichtig war. Er war eine Kleinigkeit, die sich so leicht verlor neben dem großen Summen der Welt. Nach einer Weile war er leicht genug geworden, dass ich ihn mit mir herumtragen konnte, und ich hatte mir gedacht: So ist es jetzt eben, und manchmal kann ich vergessen, dass dieser Kummer überhaupt da ist.

Doch für Tracey Dorans Mutter gab es kein Zusammenpacken ihres Kummers. Er durchdrang sie, er füllte sie aus, sie floss davon über. Die Franzosen nennen so etwas *insupportable* – kein seelischer Unterbau konnte so etwas tragen oder dem Wachstum und Überfließen des Kummers Einhalt gebieten, ihn verbrennen und gegen jene richten, die es verdienten, wie mich, und höchstwahrscheinlich auch viele, die es nicht verdienten. Kein Wunder, dass sie Gläser in Bars stahl. Das Universum hatte ihr das Kind gestohlen. Ihr ganzes Leben hatte sich verengt auf ein Ziel: Sie musste diese Ungerechtigkeit herausschreien.

Am nächsten Morgen packten wir unsere Sachen und fuhren gen Süden, zurück nach Sydney. Ich hatte sonnengebräunte Schultern und auf meiner Nase eine Konstellation von neuen Sommersprossen (oder Pigmentflecken). Maddy hatte eine Muschelsammlung und ein neues Haustier, einen Krebs, den mein Vater für sie in eine Tüte mit Meerwasser getan hatte, ein Meeresgefangener, der keine Chance hatte, sie jemals zu verlassen. Sie sang ihm auf unserem gesamten Heimweg Lieder vor.

8. KAPITEL

Ein paar Wochen des Sommers in Sydney waren vergangen. Die Feuchtigkeit hatte etwas Fieses, und zu Mittag war die Hitze endgültig so brutal, dass es unmöglich war, nach draußen zu gehen. Maddys Kindergarten hatte gerade geschlossen, also arbeitete ich nur nachts und verbrachte die Tage mit meiner Tochter. Wir gingen an Strände und in Museen. Ich organisierte Besuche mit Freundinnen, dachte daran, Snacks mitzunehmen, und wir buken Kekse und arbeiteten zusammen an einem riesigen Puzzle der Baummäusefamilie, das so groß war, dass es den Küchentisch völlig dominierte. Als es fertig war, wollte Maddy nicht, dass irgendjemand auch nur ein Teilchen anrührte. Sie glaubte nicht an die vorübergehende Natur der Kunst. Also aßen wir einfach über seinem oberen Teil und stellten unsere WeetBix-Schüsseln auf Schnurrhaare und winzige Pfötchen mit Krallen. Die Geldsorgen machten mir zu schaffen. Bei meiner Ghostwritingarbeit an den Biografien erlebte ich gerade eine Durststrecke. Die Welt der Geschäfte und Dienstleistungen sollte endlich wieder anspringen und meine Übertragungskünste anzapfen. Ich schickte E-Mails raus, um irgendeinen Job an Land zu ziehen, bekam aber nur Out-of-Office-Antworten zurück.

Eines frühen Abends ging ich mit Maddy in den Hyde Park, in dem gerade das Sydney Festival stattfand, bevölkert von Frauen in Halterneck-Tops und Männern mit ironischen Sprüchen auf ihren T-Shirts, und dann waren noch ein paar Familien für die Frühschicht da. Ich beobachtete, wie die Leute in die Vorstellungen für Erwachsene gingen, in einem dunklen Zelt verschwanden, um sich eine Kabarettvorstellung oder ein kleines Konzert anzusehen. Wie ich mich danach sehnte, mich einfach mal zurücklehnen und den Luxus in Anspruch nehmen zu dürfen, dass jemand anders mal mich unterhielt. Ich fühlte einen Stich von Neid auf diese alleinerziehenden Mütter, die jedes zweite Wochenende frei hatten, um zu trinken, Sex zu haben, um in ihrer eigenen Geschwindigkeit nach Hause zu gehen und alleine auszuschlafen. Stattdessen tapste Maddy neben mir her, mit ihrer kleinen Hand als feuchte Zärtlichkeit in meiner eigenen Handfläche. Wir trafen uns mit Vic, der im Sommer arbeitete und gerade direkt aus der Redaktion kam. Er stellte sich für einen Rosé an, während Maddy und ich gebratene Nudeln in Pappschachteln zum Abendessen besorgten. Wir setzten uns aufs Gras vor eine große Bühne, auf der ein Entertainer im Clownskostüm Kinderlieder mit einem Hip-Hop-Hintergrundbeat unterlegte. Er rief auch Fragen in die Menge, und sie antwortete ihm. Die Kinder waren begeistert.

»Macht er gerade ›Yo, Mama‹-Witze für die Unter-Fünfjährigen?«, fragte Victor, als er mir ein Glas Rosé reichte.

»Ich glaub schon.«

»Perfekte Zielgruppe, würde ich sagen«, meinte Victor.

Maddy saß zwischen meinen Beinen und war wie in Trance. Ab und zu trug sie etwas zu den Antworten auf die

Fragen des Hip-Hop-Clowns bei. Der Hip-Hop-Clown, der ungefähr zwanzig Meter entfernt auf einer hohen Bühne stand, konnte sie definitiv nicht hören.

»Und, wie läuft's auf der Arbeit?«, fragte ich. Eine Frage mit vielen Strömungen in der Tiefe. Ich vermisste die Arbeit noch nicht so wirklich, weil ich immer noch gekränkt war und weil mein Ausscheiden immer noch von einer Aura von Urlaub umgeben war. Es war noch kein Lebensstil geworden.

»Öde«, erwiderte Vic. »Curtis und ich sind so ziemlich die einzigen Erwachsenen, die über die Weihnachtstodeszone arbeiten.«

»Wie geht es Curtis?«

»Sie ist traurig, glaube ich. Ihr Ex hat die Kinder über die Feiertage mit nach Adelaide genommen, also riecht sie zehn Meter gegen den Wind nach Einsamkeit. Und Zigaretten.«

»Wie – sie hat wieder angefangen zu rauchen?«

»Natürlich.«

Vic plauderte eine Weile über sein Liebesleben. Er probierte gerade mehrere Männer auf verschiedenen Dating-Apps aus. Sein Hauptproblem sei, meinte er, dass alle in der Schwulenszene so genrefixiert geworden waren, und er war weder Twink, also jung und unbehaart, noch Bear, groß und überall behaart.

»Dann bist du also ein Wolf?«, fragte ich.

»Meistens bin ich einfach müde.«

Wir lehnten uns an riesige Eukalyptusbäume, atmeten die heiße, malzige Luft ein und schauten einer riesigen Ratte zu, die durch eine offene Mülltonne hinter einem vietnamesischen Imbissstand wuselte. Sydney war auf so eine grüne Art lebendig, trotz der tödlichen Hitze. Tiere und Insekten vermehrten sich. In jedem Winkel der Stadt war Leben. Ich wusste, dass Victor über Weihnachten arbeitete, weil er die Feiertage nicht so gerne zu Hause verbrachte, und der 24-Stunden-Rhythmus der Zeitungsbranche bot ihm eine praktische Ausrede, es zu unterlassen. Letztes Mal, als er über Weihnachten nach Hause gefahren war, vor ein paar Jahren, hatte sich sein Vater beim Mittagessen heillos betrunken, und seine Mutter hatte den Gin versteckt, der alles völlig unerträglich machte, wie Victor sagte. Sein Vater hatte ihn »Schwuchtel« genannt, woraufhin Victor beschlossen hatte, nie wieder hinzufahren. »Er schleppt diese ganzen homophoben Schimpfwörter aus den Siebzigern mit sich rum«, sagte Vic. »Ist doch peinlich für alle Beteiligten.« Siehst du, dachte ich mir, so war mein Vater nicht. Er war ein sanftes, betrunkenes Lamm, das keiner Fliege etwas zuleide tun konnte, jedenfalls nicht, solange man ihn vom Lenkrad fernhielt. Ich glaube, ich gehörte zu der letzten Generation, die so wenig von ihren Vätern erwartete.

»Wie geht's deinem Typen denn so?«, fragte Vic nach einer Pause. »Wie hieß er noch mal? Tim? Robert?«

»Tom.«

»Wie geht es Tom?«

»Es gibt keinen Tom mehr«, sagte ich.

»Oh. Was ist mit Tom passiert?«

»Tom hat erfahren, dass ich ihn betrogen habe.«

»Oh. Stimmt, du hast ja deinen Chef gevögelt.«

»Mein nach oben offenes Sexleben.«

Wir mussten lachen, drehten unsere Kehlen dem Himmel zu, wo die Fledermäuse durch die rosa Abenddämmerung flogen wie geflügelte Rorschachkleckse.

»Schade eigentlich«, meinte Victor. »Um Tom.«

»Ach, der war doch sowieso zu jung«, erwiderte ich. »Ich bin jetzt eine ältere Dame. Ich habe Arthritis im Knie. Ich sehe andere Leute in meinem Alter und finde, dass sie alt aussehen. Neulich hab ich ein Foto von mir selbst gesehen und mir gedacht: Wer ist denn diese Dame mit der dicken Taille und dem schwammigen Kinn?«

»Du hast keine dicke Taille. Und dein Kinn ist auch nicht *schwammig*«, protestierte Vic. »Und scheiß auf ›zu jung‹!«

Ich legte Maddy die Hände auf die Ohren, schaute Vic an und riss warnend die Augen auf.

»Pardon. Ich wollte sagen, zur Hölle mit ›zu jung‹.«

Maddy hörte uns sowieso nicht zu. Sie sang geistesabwesend zum entfernten Lied des Hip-Hop-Clowns mit. Es war irgendwas über einen Flug in einem Regenbogenflugzeug – passend unheimlich.

»Victor?«, fragte ich. Ich merkte, dass der Wein mir die Zunge gelöst hatte.

»Hmm?«

»Hältst du mich für einen schlechten Menschen?«

»Nein«, sagte er. »Ich glaube, dass du vielleicht grade ein bisschen auf den Putz haust. Ich glaube, dass die meisten Menschen ihr Leben lang auf den Putz hauen, auf die eine oder andere Art.« Er legte eine Pause ein, um einen weiteren Schluck zu nehmen. »Also mach dich nicht so fertig.«

»Und wenn ich nie drüber wegkommen kann?«

»Wo drüber wegkommen? Meinst du Charlie oder – also, was mit Tracey Doran passiert ist, war ja nicht …«

»Ich weiß. Es war nicht meine Schuld.«

»Du musst doch gar nicht drüber wegkommen«, meinte er. »Der Gedanke, dass irgendjemand über irgendwas hinwegkommt, ist doch Blödsinn. Das ist so eine Oprah-Manie. Ein blöder Gedanke aus der positiven Psychologie.« Und dann fügte er leise hinzu: »Ich hasse positive Psychologie.«

»Tja, das ist jetzt nicht sonderlich hilfreich«, gab ich zurück.

»Ich glaube nicht, dass wir über irgendwelche Dinge hinwegkommen. Aber ich glaube, dass wir lernen können, unter ihnen rauszukommen. Und wenn du das tust, fühlst du dich gleich ein bisschen entspannter und voller positiver Vibes.«

»Vibes?«

»Ja. *Vibes.*«

In diesem Moment sprang der Hip-Hop-Clown von der Bühne und ging durch die Kindermenge, die sich versammelt hatte, um ihm zuzuschauen. Sein Gesicht war eine weiße Maske grotesker Fröhlichkeit. Maddy kreischte entsetzt auf, warf sich auf mich und umklammerte mich wie mit einem Wrestlergriff.

»Warum setzen wir unseren Kindern Clowns vor?«, fragte Vic. »Hassen wir sie wirklich so sehr?«

Das nahmen wir als Stichwort, um uns ein Eis zu holen, jeder eine Kugel, drei verschiedene Geschmacksrichtungen und drei Minilöffel, damit wir alle davon essen konnten.

*

Der Januar schlenderte auf seine Mitte zu, der Kindergarten hatte glücklicherweise seinen Betrieb wieder aufgenommen, und ich begann einen neuen Anlauf, wieder mehr Schreibaufträge zu bekommen, mit denen ich meine Tage füllen konnte. Irgendwann bekam ich etwas von einer wohltätigen Organisation, die sich für die Alphabetisierung in benachteiligten Gebieten einsetzte. Da der Alphabetisierungsvorstoß nicht so weit reichte, dass sie fähig gewesen wären, lesbare Sätze selbst in Heftchenform zu bringen, gaben sie den Auftrag an mich raus, und sie zahlten sogar gut, obwohl ich ihnen – wie allen gemeinnützigen Organisationen – einen Preisnachlass gegeben hatte. Mir ging das Geld aus, und bis Februar musste ich die Kosten für die Verlängerung meines Autokennzeichens zusammenhaben.

Eines Abends in der Bar, ungefähr drei Wochen nachdem Tracey Dorans Mutter nebst Diamantenhandtasche zu Silvester in der Bar erschienen war, bekam ich einen Anruf. Sie war dran. Sie entschuldigte sich. Sie meinte, sie hatte in jener Nacht zu viel getrunken, es sei eben eine schwierige Zeit im Jahr.

»Ich hab überhaupt zu viel getrunken«, erklärte sie. »Ich werde noch mal vorbeikommen. Aber diesmal werde ich nicht so viel trinken, und wir können uns unterhalten.«

»Ich weiß nicht, worüber wir uns unterhalten sollten.«

»Ich möchte mich über meine Tochter unterhalten.«

»Ich kannte Ihre Tochter nicht.«

»Ich weiß, dass Sie meine Tochter nicht kannten«, sagte Traceys Mutter. »Was Sie da geschrieben haben – das war nicht sie. Das war nicht sie.«

»Es sollte ja auch keine Biografie sein.«

»Aber es hat eine beendet, oder?«

Ich seufzte. Sie wartete.

»Was wollen Sie eigentlich?«, fragte ich sie.

»Mich unterhalten.«

Ich legte eine Pause ein. Jessica war gegenüber hinter dem Tresen und mixte irgendwas Blaues für eine wartende Rothaarige, während sie Petes Flirtversuche ignorierte. Ich fühlte mich so uralt wie eine Wollemie-Kiefer. Was tat ich hier eigentlich?

»Wenn Sie Nein sagen«, drohte Tracey Dorans Mutter, »werde ich jede Nacht in Ihre Bar kommen, mich an den Tresen setzen und trinken, bis Sie einwilligen.«

Banquo in der Hipster-Bar, dachte ich.

»Wie heißen Sie eigentlich?«, fragte ich. »Sie haben mir nie gesagt, wie Sie heißen.«

»Jan«, sagte sie. »Jan Doran.«

Natürlich hieß sie Jan. Es gab ungefähr eine Million Jans im fortgeschrittenen mittleren Alter überall in Queensland. Jans, die in Süßigkeitenläden bedienten und den Salutschuss zu Beginn der Schulkarnevalsfeiern abfeuerten und ältlichen Eltern auf ihre Stühle halfen und später ihre Habseligkeiten durchgingen, wenn sie starben. Jans mit Doppelgaragen und Ehemännern, die selten den Mund aufmachten. Jans mit Söhnen, die sie verließen, und mit Töchtern, die sich zu sehr auf sie verließen. Jans, die in Buchhaltungsbüros arbeiteten und in Schulsekretariaten, die alles machten und nichts forderten. Jans, die bei K-Mart einkauften und vielleicht – bei besonderen Anlässen – bei Sussan, die Weight-Watchers-Programme erst mitmachten und dann abbrachen, nur um sich im neuen Jahr wieder anzumelden. Jans hielten die Dinge am Laufen. Die Energie aller Jans in diesem Land trieb Städte, Gemeinden, Familien an. Niemand nahm jemals Notiz von Jans. Ich hatte mehrere gekannt, sie aber auch nie wirklich zur Kenntnis genommen. Nicht, bis eine von ihnen in meine Bar spazierte und von mir verlangte, sie anzuschauen und ihr zuzuhören, also schaute ich sie an und hörte ihr zu.

»Na gut«, sagte ich. »Treffen wir uns.«

*

Es gab gewisse Belege für die Hypothese, dass Jan Doran verrückt war oder eine Art Episode durchmachte, ob nun depressiver Art oder irgendetwas anderes. Unterm Strich, dachte ich mir, wäre es am besten, wenn wir uns in der Öffentlichkeit trafen. Also verabredeten wir uns für den nächsten Tag auf dem Uferland in Glebe, was privat genug war, dass wir uns ungestört unterhalten konnten, aber nicht so privat, dass irgendwelche Mord- oder Verstümmelungsversuche von den anderen Passanten nicht bemerkt worden wären. Ich kam als Erste und fummelte eine Weile an meinem Smartphone herum, bevor ich es aufgab und in das morgendliche gleißende Licht auf dem Wasser schaute. Ich hatte am nächsten Tag den Abgabetermin für die Broschüre der wohltätigen Alphabetisierungsorganisation. Ich hatte das ungute Gefühl, dass Maddy Läuse im Frühstadium hatte – sie hatte sich die ganze Zeit am Kopf gekratzt, und es wäre nicht unser erstes Mal gewesen. Ich wusste, was das bedeutete. Ich bereitete mich im Geiste darauf vor, die Haare meiner Tochter mit einem Läusekamm durchzukämmen, was weiß Gott eine Quälerei war. Letztes Mal hatte Maddys Kopfhaut geblutet. Ich musste mehr Freelance-Aufträge an Land ziehen und irgendwann auch über den nächsten richtigen Job nachdenken, einen, bei dem man nicht irgendwelchen Zwanzigjährigen Popcorn servieren musste oder die Prosa anderer Leute entwirren. In mittlerer

Entfernung entdeckte ich Jan, die eine ordentliche Hose und wieder ein Shirt mit Animalprint anhatte, Zebra diesmal. Ihr Gang war unverkennbar. Sie rollte auf ihren Füßen, wegen der Massaikrieger-Schuhe, ein Effekt, der sie fast so aussehen ließ, als würde sie schweben. Ich war nicht sicher, ob ich ihr zuwinken sollte. Also entschloss ich mich zu einer kurzen Geste, die Jan auf meine Anwesenheit aufmerksam machte, ohne zu sehr nach Willkommensgruß auszusehen. Jan rollte auf mich zu und setzte sich schwer atmend neben mich. Sie verströmte eine feuchte, lehmige Hitze. Es war neun Uhr morgens, und die Temperatur lag wahrscheinlich schon bei sechsundzwanzig Grad oder so, zuzüglich Feuchtigkeit. Sie drehte sich zu mir, um mich anzuschauen, und entblößte ihre Zähne zu einem hübschen Lächeln. Sie kramte in ihrer Handtasche, diesmal ein großes Baumwoll-Leinen-Ding mit fröhlichem Blumenmuster, und holte eine kleine Flasche hervor, auf deren Außenseite sich Kondenströpfchen gebildet hatten.

»Eistee?« Jan hielt mir die Thermoskanne unter die Nase.

Ich lehnte ab.

»Ich hoffe, es stört Sie nicht, wenn ich ein bisschen Eistee trinke«, sagte Jan und nahm einen Schluck. »Mein Arzt sagt, ich neige zu Dehydrierung und schlechtem Blutzucker, also schlag ich mit diesem Getränk gleich zwei Fliegen mit einer Klappe.«

Ich war nicht sicher, was die Details von Hypo- beziehungsweise Hyperglykämie betraf, aber ich dachte mir, dass Jan vielleicht einem Missverständnis erlegen war, wenn sie bei solchen Problemen ausgerechnet Eistee mitbrachte. Sie keuchte, und wir warteten, bis ihr Keuchen langsamer wurde und sie in der Lage war, ruhig zu sprechen.

»Hier wären wir also«, stellte Jan fest.

»Ja«, pflichtete ich ihr bei. Ich fühlte mich steif und schuldig und wütend, ohne zu wissen, warum. »Hier wären wir also.«

»Ich wollte Ihnen von meiner Tochter erzählen«, sagte Jan. »Was Sie da über sie geschrieben haben, war nicht richtig. Und das wissen Sie auch. Sie haben Geschichten über sie erzählt.«

»Ich habe eine Geschichte über sie geschrieben«, sagte ich. »Das ist die Aufgabe von Journalisten. Wir schreiben Geschichten.«

»Aber Sie sind keine Journalistin«, sagte Jan mit Befriedigung in der Stimme.

»Okay, ein Punkt für Sie«, sagte ich. »Ich bin keine Journalistin mehr. Aber ich schreibe immer noch.«

Ich hörte mich defensiv an. Ich war nicht ganz sicher, warum es mir so wichtig war, was Jan von mir dachte, warum ich wollte, dass Jan verstand, dass, nur weil man meine Arbeit im Moment nirgendwo sehen konnte, ich trotzdem noch Schriftstellerin war. Immerhin verdiente ich ja mit Schreiben immer noch meinen Lebensunterhalt. Nur dass das, was ich schrieb, jetzt nicht mehr so wichtig war.

»Hören Sie zu …«, begann ich.

»Nein. Nein. *Nein!*«, rief Jan, auf einmal ganz aufgewühlt. Sie verlagerte ihr Gewicht auf der Parkbank. Ich sah, dass sie viele geplatzte Äderchen auf der Nase hatte, lauter kleine Mündungstrichter. »Ich werde nicht zuhören! Ich hab es satt, euch Leuten *zuzuhören*. Tracey wollte genauso sein wie Sie, wissen Sie?«

»Wie ich? Wie soll ich das verstehen?«

»Sie wollte Schriftstellerin sein und wichtig sein und Aufmerksamkeit bekommen.«

»Sie meinen, sie wollte eine Celebrity sein?«, antwortete ich. »Das ist ihr gelungen.« Kaum hatte ich das gesagt, kam ich mir grausam vor. Doch Jan schien die Beleidigung überhört zu haben.

»Sie war hübsch, und ich habe immer gewusst, dass ihr diese Tatsache Ärger einbringen würde«, erklärte sie. »Aber sie wollte für ihren Verstand bekannt sein. Sie hatte wirklich Verstand. Das sah man schon, als sie noch ganz klein war.«

Ich schwieg. Über uns blitzte es weiß auf, als ein Kakadu über uns hinwegflog. Wir saßen im gefleckten Schatten eines Eukalyptusbaumes.

»Na, hat es Ihnen jetzt die Sprache verschlagen?«, fragte sie.

»Ich weiß nicht, was ich Ihnen sagen soll.«

»Na ja, Sie können aufhören, immer wieder dasselbe zu sagen«, schlug sie vor. *»Ich weiß nicht, was ich Ihnen sagen soll.«*

»Okay«, fing ich an. »Also …«

»Hören Sie mir zu!«, unterbrach mich Jan grob. »Sagen Sie einfach mal nichts.«

»Aber Sie fragen doch immer wieder …«

»Hören Sie mir einfach zu, verdammt noch mal!«

Ich saß ganz still. Draußen im Hafen bahnte sich ein Kajakfahrer seinen einsamen Weg zum Ufer, wobei er sein Paddel immer wieder ins Wasser schlug. Über seinem Kopf kämpften die Kakadus. Der laute Gesang der Zikaden trug zur Atmosphäre dieses Tages bei.

»Sie haben Tracey albern aussehen lassen, wie eine Lügnerin und als ob sie ein schlechter Mensch wäre, eine, die nur sich selbst kannte, die nur auf Klicks und Likes aus war und all das.«

»Na ja«, sagte ich. »Sie hatte ja wirklich eine große Schar

von Followern. Sie hatte viel Erfolg in den sozialen Medien. Und sie war clever. Sie hat Kapital daraus geschlagen.«

Ich versuchte, die Dinge so zu sagen, dass sie der Wahrheit entsprachen, aber nicht wehtaten.

»Kapital daraus geschlagen.« Wieder äffte Jan mich nach. »Kapital daraus geschlagen! Das ist genau die Art von Vokabular, das sie auch benutzen wollte. Einfach so fähig sein, diesen Ausdruck in eine Unterhaltung einfließen zu lassen, als wäre es gar nichts Besonderes.«

»Sie reden, als hätte Tracey keine Chancen gehabt in ihrem Leben.«

»Sie ist an die Universität gegangen«, sagte Jan mit versteinertem Gesicht. »Aber sie musste ihr Studium abbrechen. Sie hatte ein Problem. Wir durften es nicht Zusammenbruch nennen, der Arzt meinte, das klinge zu altmodisch. Nicht hilfreich. Sie geriet richtig unter Stress und nahm immer mehr ab, und dann hat sie auch noch eine fertige Seminararbeit von einer Website bezogen, und das war's dann für sie.«

Ich überlegte, warum keiner von den Leuten, die ich interviewt hatte, einen Plagiatsskandal erwähnt hatte. Das wäre ein gutes Detail gewesen.

»Tracey hatte schon immer Probleme«, sagte ich. »Schon in jungen Jahren. In jüngeren, meinte ich.«

»So ein tolles Wort – ›Probleme‹«, meinte Jan. »Dahinter verstecken sich alle möglichen Sünden, oder? Ich meine – wer hat denn bitte schön keine Probleme? Wir alle haben Probleme. Aber Sie vielleicht nicht.«

»Was habe ich nicht?«

»Probleme.«

Sie schaute mich scharf an. Ich wandte meinen Blick ab.

»Ich will wissen, warum Sie diese Geschichte geschrieben haben«, verlangte sie.

Jan drehte sich im Kreis, wenn sie redete, beschrieb wilde Schleifen wie eine Libelle und landete dann blitzschnell wieder an ihrem Ausgangspunkt.

»Ich habe einen Tipp bekommen«, antwortete ich. »Ich bin ihm nachgegangen. Es hat sich so einiges angesammelt. Ihre Tochter war eine sehr bekannte öffentliche Person, die … anscheinend betrügerisch gehandelt hatte. Deswegen war es eine gute Geschichte.«

»Erzählen Sie mir doch keinen Blödsinn!«, schnauzte Jan mich an. Sie lachte freudlos, ihr massiger Körper wackelte auf der Bank neben mir. »Sie haben es geschrieben, weil Sie dachten, dass Sie damit auch berühmt werden. Berühmt unter Ihren ganzen Medienkollegen. Sie dachten, Sie könnten die Geschichte meiner Tochter stehlen und Preise gewinnen und bla und blubb. Sie dachten, Sie könnten sie ausschlachten, so wie sie ihren Krebs ausgeschlachtet hat.«

»Aber sie hatte doch gar nicht wirklich …«

»Geben Sie es doch einfach zu.«

»Nennen Sie mir ein Detail, das ich geschrieben habe, das nicht …«

»Geben Sie es doch einfach zu.«

Ich schloss für einen Augenblick die Augen. »Okay, ich gebe es zu. Ich hab es tatsächlich ausgeschlachtet«, sagte ich. »Wenn Sie es so sehen wollen. Ich wusste, dass es eine gute Story werden würde. Ihre Tochter war sehr bekannt. Es schadete natürlich nichts, dass sie so hübsch war und von ihren Fans so geliebt wurde. Ich wusste, dass das eine große Story war, und ja, ich habe dieses Gefühl genossen.«

Es gab eine kurze Windstille, und für einen Moment war der Morgen nur erfüllt vom Wettstreit der Kakadus.

»Sie sind alleinerziehend, stimmt's?«, fragte Jan. Sie war schon wieder einen Schritt weiter. Ich fragte mich, woher sie das wusste. Aber es war ja im Grunde auch egal.

»Ja«, sagte ich.

»Sind Sie wütend?«

»Nein, ich bin glücklich«, antwortete ich. »Glücklich, sie zu haben.«

»Erzählen Sie mir doch keinen Blödsinn«, sagte Jan, aber diesmal klang es traurig und leise.

»Das ist kein Blödsinn«, widersprach ich. »Es stimmt. Ich bin wirklich glücklich. Jeden Tag.«

»Natürlich glaub ich Ihnen, Schätzchen«, sagte Jan. »Aber wenn Sie behaupten, dass Sie nicht wütend sind, dann lügen Sie. Ich erkenne eine Kollegin, wenn ich sie sehe.«

»Ich muss bald gehen«, erklärte ich. »Ich hab noch Arbeit auf dem Tisch.«

Die Feuchtigkeit wurde langsam zu viel, eine Wand aus dicker Atmosphäre, durch die man atmen musste. Wolken stapelten sich vor der Sonne. Es kam einem so vor, als würde auch der Himmel tief hängen.

»Sie haben über lauter Tatsachen geschrieben«, räumte Jan ein. »Aber Sie haben ganz sicher nicht die Wahrheit über meine Tochter geschrieben. Sie haben einfach eine Story geschrieben.«

»Ich muss jetzt wirklich gehen.« Ich hatte noch zwei Trommeln Wäsche zu waschen und musste Nissenshampoo kaufen und mir übers Abendessen Gedanken machen, und plötzlich wollte ich ganz dringend in der dunklen Kühle meines

Schlafzimmers sein, beschattet von dem riesigen Feigenbaum, einfach auf meinem Bett sitzen und in aller Stille daran denken, dass meine Probleme nicht so wichtig waren. Ich konnte in der Hitze bei dem ganzen Gekrächze und Getue der Vögel nicht richtig denken.

»Ich begleite Sie noch ein Stück«, verkündete Jan, und sie raffte sich auf. Als sie an mir vorbeiging, konnte ich einen geisterhaften Abdruck der Bank auf dem breiten Hintern dieser seltsamen, bewundernswerten Frau sehen. Jan warf einen Blick nach oben, in die Zweige des Eukalyptusbaums, die immer noch wackelten vom Geflatter der Vögel.

»Scheißkakadus«, sagte sie, und wir gingen gemeinsam zurück zur Straße.

*

In den Tagen danach war es, als hätte Jan Doran etwas in mir in Bewegung gesetzt, einen Zauberbann über mich verhängt, entweder einen Fluch oder ein Geschenk – als hätte sie nur ein kleines Ziegelstückchen zerbröselt, und jetzt stürzte eine ganze Mauer ein. Meine Wut kam. Es war eine großartige Wut, die sich gegen ganz viele Dinge gleichzeitig richtete, ein so reiner und starker Zorn, dass ich ihn plötzlich richtig genoss. Er schob mich gewaltsam vorwärts, ich marschierte, statt nur zu gehen, und ich sah mich vor meinem inneren Auge, wie mein Haar hinter mir im Wind flatterte wie eine Fackel, und ich bewegte mich mit ganz neuer Zielstrebigkeit. Ich war wütend, so wütend, dass ich es war, die sich an jenem Abend mit Maddy hinsetzen musste, während Maddy sich wand und schrie und ich die bösartigen Metallzinken des

Läusekamms durch ihre Haare zog. Wütend, dass ich meiner Tochter wehtun musste, um ihr zu helfen. Ich war wütend am nächsten Morgen, als Maddy versehentlich ihre Lieblingsschüssel zerbrach und die Cornflakes darin mit einem schmatzenden Geräusch auf dem Boden landeten und in alle Ecken spritzten, auf den Küchenboden und die Tischbeine, über Maddys frische Sachen und über die Wand. Ich war wütend, als ich an meinem Schreibtisch saß und mich durch den mehr oder weniger undurchdringlichen Text der Alphabetisierungsorganisation arbeitete, ihre übel zugerichteten Vokale und baumelnden Attribute und wie sie Verben an den unmöglichsten Stellen in Substantive verwandelten. In selbstgerechter Gereiztheit sah ich mich, wie ich mich durch diesen Texturwald schlug, jede Vernebelung von Bedeutung ausrottete und versuchte, mit der Sense durch die Worte zu gehen und sie in etwas Lesbares zu verwandeln. Ich war wütend auf die anderen Mütter, die ihre Kinder vom Kindergarten abholten, mit ihren stumpf geschnittenen Ponys und ihren Bioschuhen, Schuhe, die aussahen, als hätte man sie von den Füßen einer Vogelscheuche gestohlen. Warum erlaubten sich diese Frauen, so käseweiß und gewöhnlich zu werden? Ich war wahrscheinlich auch käseweiß, und ich war ganz sicher auch gewöhnlich, und das machte mich auch wieder wütend. Später spürte ich wieder, wie mich die Gereiztheit packte, als Maddy noch ein Buch wollte und dann noch eins, und ich schrie meine Tochter an, dass ich es leid war, ihr ständig vorzulesen, und dass Mummys sich auch mal ausruhen müssten! Und Maddy weinte, ich tröstete sie halbherzig, aber in Wirklichkeit waren mir die Tränen meiner Tochter egal, denn ich war zu wütend. Ich entdeckte, dass Wut die allerbeste Art war, Mitleid auf Abstand zu halten, dass Wut Klarheit verschaffte und diesen Sinn für Schwarz und Weiß, dass man etwas richtig machen konnte oder eben falsch. Sie half einem, den gewählten Weg hinunterzurasen, ohne einen Blick zurück. Wut verlieh Sicherheit. Wut machte blind. Kein Wunder, dass Charlie so lange wütend geblieben war. Durch Wut bekam man Recht. Wut konnte, wie ich jetzt merkte, etwas ganz Wunderbares sein.

*

Aber sie hielt nicht lange an. Sie war genauso schnell wieder weg, wie sie gekommen war, und ich blieb auf meinen alten Gefühlen sitzen wie auf einem trockenen Riff. Meine Mutter rief mich an. Sie waren zurück aus dem Urlaub, und sie wollte wissen, ob ich versehentlich ihr türkisches Handtuch mitgenommen hätte, das kornblumenblaue mit dem weißen Rand. Ich wusste, dass meine Mutter in Wirklichkeit nur anrief, um zu überprüfen, ob ich mir wirklich einen neuen Job suchte und wenn ja, was für einen.

»Ich kann ja mal mit Jacob Telig sprechen«, sagte sie. »Er ist Partner bei Mellon und Madison. Oder David Keller, bei Hunter Thompson.«

»Es gibt tatsächlich eine Kanzlei namens Hunter Thompson?«

»Ja. Was ist daran so lustig?«

Natürlich wusste Beverley nicht, wer Hunter S. Thompson war. Ihre Ausflüge in die Untergrundkultur hatten 1976 geendet, mit der kommunistischen Produktion von *Was ihr wollt* an der Universität von Sydney.

»Stellen die ihre Vorladungen zu, indem sie sie mit einer riesigen Kanone in die Luft feuern?«, fragte ich, einfach so zu meinem eigenen Amüsement.

»Ich hab keine Ahnung, wovon du redest«, sagte Beverley. »Ich erzähle dir nur, dass ich ein paar Leute unten im Club kenne, ein paar Leute, die wir ab und zu zum Abendessen einladen. Ich meine, wir kennen eine Menge Anwälte.«

»Das weiß ich. Aber ich will nicht wieder zurück zu Jura, Beverley«, erklärte ich. »Da ist ja auch gar nichts, wohin ich zurückgehen könnte, ich war ja noch nicht mal richtig Anwältin. Und ich werde mir sicher nicht mit neununddreißig meine Anwaltszulassung holen. Oder mit vierzig.«

»Gut, was willst du dann machen?«

»Ich bin Reporterin. Ich bin Schriftstellerin. Also werde ich wahrscheinlich schreiben«, antwortete ich.

»Du bist eine Reporterin ohne ein Medium, in dem sie ihre Artikel veröffentlichen kann.«

»Du hast recht. Das ist sozusagen ein Zen-Koan. Wenn eine Schriftstellerin nicht veröffentlicht wird, ist sie dann trotzdem eine Schriftstellerin?«

»Hör auf, die Schlaumeierin zu spielen«, schnauzte Beverley mich an. »Du hast eine Tochter zu ernähren. Hältst du das auch für ein Zen-Koan?«

»Nein«, erwiderte ich seufzend. Ich wünschte, ich hätte in dem Moment ein bisschen Ärger aufbringen können. »Vorläufig hab ich aber alles unter Kontrolle.«

»Gut«, sagte Beverley mit einer Stimme voller Groll. Sie legte eine Pause ein. »Bitte schau noch mal, ob du mein Handtuch nicht doch eingesteckt hast.«

9. KAPITEL

Ich dachte oft über das Konzept der Amnesie von Babys nach, die Tatsache, dass Babys sich an nichts erinnern können, oder vielmehr die Tatsache, dass Erwachsene sich nicht an Erlebnisse erinnern können, die sie als Baby hatten. Ich hatte davon einmal in einem meiner Babybücher gelesen. In dem Buch hieß es, dass kein Psychologe oder Wissenschaftler dieses Phänomen erklären konnte. Alle waren sich einig, dass Kinder im Alter von zwei oder drei Jahren quasi aufwachten und dann anfingen, ihre ersten Erinnerungen im Frontalkortex abzulegen. Ich schaute Maddy oft an und dachte mir: Wirst du dich daran erinnern? Oder wirst du dich vielleicht daran erinnern? Meine eigenen frühesten Erinnerungen waren fragmentarisch und unzuverlässig, manche von ihnen schön – ein neuer Hundewelpe, ein Eis mit meinem Vater, die Aufregung, im Pool eines Nachbarn zu schwimmen. Andere wiederum hatte ich abgespeichert, weil die Ereignisse in einer Atmosphäre starker Erwachsenengefühle stattgefunden hatten, die mich als Kind verwirrten. Ein Weihnachtsmorgen, an dem mein Vater in eine rote Robe gekleidet war, und meine Mutter raste vor Wut. Das Klirren von Flaschen, die in eine Mülltonne geworfen wurden. Die Faszination für meine

Geschenke, die mir verdorben wurde durch das Schweigen meiner Eltern. Wenn ich heute große Gefühle hatte, schaute ich Maddy an und überlegte, ob sie gerade eine Erinnerung abgespeichert hatte. Ich überlegte, ob Maddy schon welche abgespeichert hatte, als die Atmosphäre um ihren Babykopf herum voller wirbelnder Erwachsenengefühle war. Ich überlegte, ob Maddy manche Dinge aus jener früheren Zeit eingespeichert hatte, Dinge, an die sie sich nicht konkret erinnern würde, aber trotzdem irgendwie behalten würde, in einem tiefer liegenden, unbewussten Teil ihrer selbst, dem Teil, der später ihre Handlungen steuern würde, ohne die Gründe zu kennen. Vielleicht ist das der Ausgangspunkt für alle unsere Geschichten über uns selbst: im Dunkel unbekannter Erinnerungen.

*

Würde Maddy sich zum Beispiel an das hier erinnern? Sie war ungefähr ein Jahr alt, und ich plante unsere Tage um ihren Mittagsschlaf und die verschiedenen Mahlzeiten, die sie einnehmen musste. Was unternahm ich eigentlich damals mit ihr? Ich schob sie im Kinderwagen durch die Straßen. Wir gingen in Cafés und Parks. Ich versuchte, sie mit Plastikspielzeug in verschiedenen Größen und Farben zu amüsieren. Ich schaute sie an und malte mir aus, wer sie einmal werden würde. Ich dachte darüber nach, wer ich jetzt war, mit einem fröhlichen Baby und einem Ehemann, der mir im Bett den Rücken zuwandte.

Damals, als Charlie noch bei uns war, lebten wir in einer Wohnung in der Innenstadt, in einer Wohnung, die zu klein und vollgestellt war. Ich verbrachte den ganzen Tag dort und spürte oft, wie die Wände mich von allen Seiten zu erdrücken schienen. Charlie ging es nicht so, und er behauptete, ich würde zu viel jammern und nie wäre irgendetwas mal gut genug für mich. Charlie arbeitete inzwischen für eine der großen Beratungsfirmen, und er war Teil der großen Menschenmenge, die die Büros um achtzehn Uhr verließ und in Bahnen oder Busse stieg oder auf die Autobahn fuhr und um neunzehn Uhr zu Hause bei Frau und Baby war. Früher hatte ich ihn mit Wein und Geschichten über meinen Tag empfangen. Jetzt begrüßte ich ihn, indem ich ihm meine Wange hinhielt, auf die er einen routinemäßigen Kuss drückte, und ihn ansonsten anschwieg. An jenem bestimmten Abend hatte es an der Tür geklingelt. Ich war erst zum Teil fertig mit Maddys Fütterung, deswegen machte mich das Klingeln gereizt. Ich war wütend auf Charlie, weil er seine Schlüssel vergessen hatte. Ich drückte einfach nur auf den Türöffner, ohne die Sprechanlage zu benutzen. Da klopfte es an der Tür, und ich stand ungeschickt auf, mit Maddy auf dem Arm, und war sauer über die Störung. Ich machte die Tür auf und sah nicht Charlie auf dem Treppenabsatz, sondern eine unbekannte Person, eine Frau – eine junge Frau. Sie strahlte nur so vor Schönheit und Gesundheit. Sie hatte langes braunes Haar, das sie sich sorgfältig mit der Lockenzange gelegt hatte. Sie sah aus, als käme sie geradewegs aus einer Realityshow, eine von der Sorte, wo ein ganzer Strauß von leidlich schönen Frauen einem Mann präsentiert wurde, damit er sich eine aussuchen konnte. Dieses Mädchen hätte wahrscheinlich nicht gewonnen, aber sie wäre in die Endrunde mit den letzten drei gekommen, bevor sie mit einer

Träne im Auge – für die Kamera – nach Hause geschickt worden wäre. Ihr Gesichtsausdruck war glücklich und erwartungsvoll, fiel aber wie ein schwerer Stein aus großer Höhe, als sie mich sah: mich, mit einem Baby, das sich unglücklich an meine Hüfte klammerte.

»Kann ich Ihnen …«

»O Gott, entschuldigen Sie bitte …«

»Ich bin nicht …«

»Ich muss mich voll in der Tür geirrt haben …«

Und unter wortreichen Entschuldigungen und mit hochrotem Gesicht ging sie davon. Ich dachte nicht weiter darüber nach, bis Charlie am Abend nicht nach Hause kam und alle Versuche, ihn auf seinem Handy zu erreichen, fehlschlugen. Maddy schien zu spüren, dass etwas nicht in Ordnung war, denn sie suchte sich ausgerechnet diesen Abend aus, um bis spät in die Nacht zu schreien, lang und laut, und dabei verzog sich ihr Gesicht vor Wut oder Schmerz, und sie wollte gar nicht mehr aufhören. Ich hatte eine Todesangst, dass Charlie irgendetwas zugestoßen sein könnte, und nachdem Maddy mehrere Stunden ohne erkennbaren Grund geschrien hatte, musste ich sie vorsichtig in ihr Bettchen legen und für ein paar Minuten aus dem Zimmer gehen, denn ich fühlte, wie etwas Tiefes und Starkes und Dunkles durch meine Haut sickerte, so ähnlich wie Panik oder Verzweiflung, und das war nichts, was ich in ihrer Nähe wissen wollte. In jener Nacht begriff ich, warum manche Leute Babys an die Wand werfen. Ich warf mein Baby nicht an die Wand, aber ich ließ es allein – zumindest im Geiste. Körperlich blieb ich anwesend, schaukelte mit der Kleinen auf dem Schoß vor und zurück, tätschelte sie und redete ihr gut zu, aber in Gedanken war ich so weit weg, wie ich nur konnte. Ich verließ sie für einen Strand in Thailand. Ich radelte vorbei an goldenen Weizenfeldern in Südfrankreich. Ich ging auf eine Party in Venedig und bummelte über den Markusplatz, der in meiner Fantasie völlig menschenleer war, sodass ich ihn ganz für mich hatte. Ungefähr um fünf Uhr morgens schlief Maddy ein, und Charlie kam nach Hause. Er sah unrasiert und übernächtigt aus.

»Wo bist du gewesen?«, heulte ich ihn an.

»Ich hatte gestern Abend eine Betriebsfeier«, log er lässig. »Tut mir leid, mein Handyakku war leer. Wir haben bei Steve noch einen Absacker getrunken, also hab ich auf seinem Sofa geschlafen.«

Ich war verblüfft. Ich meinte, er habe nie erzählt, dass er ausgehen würde. Das war das erste Mal, dass ich von dieser Betriebsfeier hörte.

»Blödsinn«, sagte er. »Ich hab dir letzte Woche davon erzählt. Du hast einfach ein Babygehirn, du dumme Kuh.«

Er ging an mir vorbei ins Bad, ohne mich anzuschauen. Dabei machte er die Tür so laut zu, dass Maddy wieder aufwachte. Sie begann zu schreien, und ich fühlte das Grauen in meiner Kehle aufsteigen. Ich hörte, wie die Dusche anging. Ungefähr um diese Zeit dämmerte mir, in welcher Art von Ehe ich gelandet war.

*

Ein paar Tage nach unserem Treffen unter den Eukalyptusbäumen verließ ich eines Morgens das Haus, mit Maddy im Schlepptau. Da sah ich auf der anderen Straßenseite etwas

Farbiges aufblitzen, und dort stand Jan Doran. Sie lehnte an einem Feigenbaum und trug eine bunt gepunktete Bluse, deren Muster das Fell eines Dschungeltieres nachahmen sollte. Gepard? Leopard?

»Ju-hu!«, rief sie und wedelte mit den Armen, und dann rollte sie über die Straße in ihren orthopädischen Schuhen. Alarmiert beorderte ich Maddy zurück ins Haus, schob sie zurück durch das rostige Eisentor und nach drinnen. Ich zog die Haustür halb zu. Maddy protestierte. Ich drehte mich um und sah Jan an meinem Tor, mit einer Hand darauf, ganz beiläufig, als wäre sie eine Nachbarin, die mir die Zeitung reinbringt. Sie konnte sich schnell bewegen auf ihren rollenden Schuhen. Ihr Gesicht war offen, und sie wirkte glücklich.

»Ist das Ihre Kleine? Maddy, stimmt's?«

Ich konnte mich nicht entsinnen, Jan den Namen meiner Tochter verraten zu haben. Ich war ziemlich sicher, dass ich ihn nie genannt hatte.

»Bitte kommen Sie nicht zu mir nach Hause«, bat ich sie eindringlich. »Sie stören damit meine Privatsphäre. Wie haben Sie überhaupt meine Adresse rausgekriegt?«

»Wie haben Sie die von meiner Tochter rausgekriegt?«, fragte Jan mit einem breiten Lächeln.

»Ich sehe genau, was Sie vorhaben«, sagte ich. »Aber Sie sollten sich in Acht nehmen.«

»Jetzt kommen Sie doch mal wieder runter! Ich war gerade in der Gegend. Wirklich. Ich wohne gleich hier die Straße runter.« Jan zeigte auf einen Mietblock auf einem Hügel hinter dem Tree Park, keine dreihundert Meter von unserem Haus entfernt. »Über Airbnb gemietet«, verriet sie.

»Bleiben Sie länger in Sydney?«

»Ich bin noch nicht sicher«, sagte Jan. »Ich bin hier, weil ich gerne hätte, dass Sie etwas für mich machen.«

Ich war aufgebracht. Und müde. Auf der anderen Seite der Tür hämmerte Maddy mit ihren kleinen Fäusten dagegen und brüllte. Sie war außer sich vor Wut, und das mit Recht.

»Und was kann ich für Sie tun, Jan?«, fragte ich.

»Ich möchte, dass Sie die Geschichte meiner Tochter schreiben. Die richtige.«

»Könnten Sie mal aufhören, mir ständig diese Päckchen zu schicken?«

Ich verschränkte die Arme und lehnte mich gegen meine Haustür. Sie war breit und rot und hatte einen Briefschlitz, durch den man bequem einen Hardcover-Roman bekommen hätte. Maddy rief durch den Briefschlitz:

»Lass mich RAUS«, schrie sie. »Ich will RAUS.«

Jan öffnete den Mund zum Sprechen, aber ich fiel ihr gereizt ins Wort. »Ich schreib nicht mehr für die Zeitung, Jan. Ich bin keine Journalistin mehr. Ich habe kein Medium mehr, auf dem ich irgendwas veröffentlichen könnte«, erklärte ich. »Verstehen Sie? Ich hab aufgehört.«

»Ich hab auf Ihrer Website nachgeschaut«, antwortete sie. »Über das, was Sie so schreiben. Da steht, Sie übernehmen Ghostwritingaufträge. Biografien von Leuten. Ich will, dass Sie so eine Biografie über sie schreiben. Ich werde Sie ordnungsgemäß anheuern. Es wäre ein Job«, sagte sie. »Und ich schätze, die sind bei Ihnen gerade eher dünn gesät.«

*

Wie sich herausstellte, war Jan Doran – eine Frau, die in Armut im Südwesten von Sydney aufgewachsen war, in einem mit Brettern verkleideten Nachkriegshaus mit ihrem verwitweten Vater und ihrer Schwester, die mit fünfzehn von der Schule abging, um eine Ausbildung als Krankenschwester zu machen, damit sie für ihre Familie mitverdienen konnte – durch den Tod ihrer Tochter sehr reich geworden. Da war einmal das Queenslander-Haus, eine pastellfarbene Holzkiste auf Stelzen, die ihre Tochter ihr vom Vorschuss auf ihr Buch gekauft hatte und in das Jan nach dem Tod ihrer Tochter eingezogen war. Zuerst nur, um sich um die Haustiere zu kümmern, aber sobald die Testamentsvollstreckung durch war, wurde es ihr dauerhafter Wohnsitz, und Jan gab ihre Mietwohnung in Broadbeach an der Gold Coast auf und zog ins stille Haus ihrer Tochter, wobei sie ihre ganze Sammlung von Kristallen und Feenkarten mitbrachte. Ich wusste nicht so genau, was Feenkarten waren, aber mittlerweile hatte ich genug von Jan Doran gesehen, um sie nicht zu fragen, denn Jan hätte es mir garantiert erklärt, und das ausführlichst. Ich hatte entdeckt, dass Jan Dorans Unterhaltungen wie reißende Flüsse waren, das Schnattern einer kontaktfreudig-extrovertierten Frau, die zu lange hinter den verhängten Fenstern ihrer Trauer gelebt hatte. Jetzt war die Zeit gekommen, die Vorhänge wieder zurückzuziehen, und als sie es tat, stand dort ich und blinzelte im Sonnenlicht.

Das Haus mit seiner fotogenen Küche war das eine, aber die clevere Tracey hatte bei ihrem Buchvertrag eine höhere Absatzbeteiligung ausgehandelt, und seltsamerweise verkaufte sich ihr Buch immer noch gut, obwohl seine Autorin so diskreditiert worden war. Als Tracey starb, hatte Jan eine Summe Bargeld von ihrer Tochter geerbt, die sie in Anteilen anlegte. Sie suchte sich Bioproduzenten und Tierfutterfirmen aus, um damit die Leidenschaften ihrer Tochter zu ehren. Jan hatte ziemlich spät angefangen, mit Aktien zu handeln. Sie begann, Finanzzeitschriften zu lesen. Sie lieh sich ein paar Bücher über Day-Trading aus der Bibliothek in Southport aus, wo die anderen Damen ihres Alters hingingen, um erotische Romane mitzunehmen, und jeden Morgen las sie in aller Ruhe die Zeitung, um immer auf dem neuesten Stand zu sein. Jan Doran erklärte mir, was sie wollte, nachdem sie nun genug Geld hatte, um sich alles zu leisten, was sie wollte – wozu sollte Reichtum sonst auch gut sein? Sie wollte, dass Traceys Lebensgeschichte ordentlich erzählt wurde, mit gleichwertiger Aufmerksamkeit für jedes ihrer achtundzwanzig Jahre. Sie wollte, dass Traceys Errungenschaften festgehalten wurden, ihre Erfolge angemessen gewürdigt wurden. Sie wollte, dass ihre guten Eigenschaften dokumentiert wurden und ihre Schönheit – die innere wie äußere – bewundert wurde.

»Warum ich?«, fragte ich. »Ich bin doch sicherlich die Letzte, von der Sie wollen, dass sie über Ihre Tochter schreibt.«

Jan Dorans Logik war ziemlich schlicht. »Sie sind die einzige Schriftstellerin, die ich kenne«, sagte sie. »Und Sie schulden mir was.«

*

Als ich zum Gang mit den Milchprodukten kam, sah ich vertraute Schultern, breit und groß, zwischen dem Joghurt und dem Pudding, mit einer leichten gebeugten Haltung. Diese vertraute Gestalt, die mir den Rücken zuwandte, griff nach der Milch. Es war Tom, und für einen Augenblick genoss ich das Gefühl, dass ich diesen Nacken so gut kannte, die Stelle, wo sein dunkler Haaransatz sich zum Genick streckte. Ich hatte diese Stelle geküsst.

»Hallo, du«, sagte ich, und Tom drehte sich um und sah mich an.

»Schau an, schau an«, sagte er lächelnd. »Wenn das mal nicht meine alte Freundin ist. Die Geschichtenschreiberin. Und Kunstliebhaberin.«

»Um ehrlich zu sein«, sagte ich, »hab ich meinen Job aufgegeben.«

»Ich hab's gehört.«

Ich überlegte kurz, wie er davon gehört hatte, bevor ich mich für Betty entschied. Betty hatte zweifellos gewisse Informationen weitergegeben, generelle Nachrichten von der Ruby Street ihrem Kollegen weitererzählt. Ich überlegte, ob Tom wohl nach mir gefragt hatte oder ob es Betty einfach herausgeplatzt war und Tom sich gar nicht sonderlich dafür interessiert hatte.

»Wie läuft es mit deiner Arbeit? Mit den Porträts?«

»Ach ja, ganz gut.« Er fuhr sich mit der Hand durchs Haar. »Ich werde tatsächlich ein paar von meinen Stücken in einer Galerie in Paddington ausstellen.«

»Oh, das ist ja super!«, sagte ich. Ich legte jetzt mehr Begeisterung für seine Kunst an den Tag als früher. Beziehungsweise, als wir noch miteinander geschlafen hatten. »Das ist immer noch dieses Zeug mit den römischen Göttern, oder?«

»Stimmt«, bestätigte Tom. »Obwohl, eigentlich sind es griechische. Aber ist ja egal.« In der Hand hatte er eine Literpackung Milch, auf der sich bei der Hitze langsam Kondenswasser bildete. »Wie geht's Maddy?«

»Ach, super. Sie hat endlich gelernt, richtig zu rennen.«

»Ah, okay«, sagte er in oberflächlichem Ton. Ich kam mir blöd vor, weil ich mir eingebildet hatte, das könnte ihn interessieren.

»Wie auch immer, ich wollte bloß schnell was einkaufen«, stellte ich die offensichtliche Tatsache fest und warf einen Blick in meinen Einkaufskorb, in dem kläglich eine Packung Toilettenpapier und eine Tüte Tiefkühlerbsen lagen. »Ich will dich nicht länger aufhalten.«

Dann huschte ich davon zu den Gemüsekonserven, wo ich mich eine Weile hinters Regal duckte und mich im Stillen selbst verfluchte. Als ich dachte, dass die Luft rein war, füllte ich meinen Einkaufskorb mit Joghurt, Fischstäbchen und Tampons und ging dann zur Kasse. Die junge Kassiererin war klein und sommersprossig und hatte einen verächtlichen Gesichtsausdruck. Sie gab meine Einkäufe ein, und als sie am Ende die Summe von 42,55 Dollar verkündete, verfluchte ich mich innerlich dafür, mehrmals pro Woche im teuren Mini-Mart einzukaufen, statt einmal so organisiert zu sein und zu einem größeren Laden im nächsten Stadtviertel zu gehen, der nicht ganz so viele Filialen hatte und ständig Sonderangebote. Die Parkmütter unterhielten sich immer über die Mittwochsangebote in diesem Supermarkt. Ich legte der Kassiererin meine Bankkarte hin, aber die wurde abgelehnt. Ich wartete gerade auf die Bezahlung eines Freelancer-Jobs, die eigentlich heute auf meinem Konto hätte eingehen sollen, aber offensichtlich doch noch nicht gekommen war. Ich legte eine zweite, andere Karte hin, aber dann merkte ich, dass ich die PIN-Nummer nicht mehr wusste. Ich konnte meine Einkäufe nicht bezahlen.

»O Gott. Es tut mir so leid«, sagte ich zu dem sommersprossigen Mädchen. »Ich glaube, ich muss später noch mal vorbeikommen.«

Die sommersprossige Kassiererin schwieg. Sie warf mir einen Blick zu, der mich hätte töten können.

»Ich glaube, ich weiß tatsächlich die PIN-Nummer von dieser Karte nicht mehr.«

Sie stand immer noch tatenlos da und bot mir keinen Ausweg. Mir stieg das Blut in den Kopf.

»Hier, ich nehm das auf meine.« Das war Tom, der hinter mir gestanden hatte und seine eigene Karte hinhielt. »Wir können doch nicht zulassen, dass Maddy ihre Fischstäbchen nicht kriegt.«

Ich war tödlich verlegen und versicherte Tom, dass ich ihm das Geld sofort zurückgeben würde. Ich würde ihm das Geld auf sein Konto überweisen, sobald ich zu Hause war. Doch Tom meinte tatsächlich, ihm gefalle der Gedanke, dass ich Schulden bei ihm hatte, und ich kam nicht dahinter, ob er das als Witz meinte oder als kleine Boshaftigkeit oder was weiß ich.

*

Es gab wenig Möglichkeiten, Jan Dorans Redlichkeit in Erfahrung zu bringen, einer Frau mit Neigung zu Gerechtigkeit durch Wiedergutmachung und Animalprints. Jan Doran hatte mich, entweder aus Rache oder aus Perversion, ausgesucht als die Person, die die Memoiren ihrer Tochter schreiben sollte. War das so korrekt formuliert? Sicherlich nicht – eine Tote konnte einem schließlich keine Erinnerungen mitteilen. Es war eher eine Lebensgeschichte, oder eine Biografie, wie Jan es ausgedrückt hatte, und sie bot mir an, dass ich Originaltexte benutzen dürfte – Tagebücher, Familienfotos, Briefe an und von Tracey Doran und Zugang zu ihrem riesigen Archiv bei den sozialen Medien. Ein wenig Material hatte ich schon, weil sie es mir in ihren anonymen Päckchen zugeschickt hatte. Dieser Auftrag war im Grunde unmöglich. Ich hatte nicht alle Philosophiebücher gelesen, die auf dem Boden von Toms Zimmer verstreut lagen. Aber ich wusste genug, um zu wissen, dass man eine Person nicht einfangen konnte, nicht auf eine Seite oder sonst wohin gepresst. Ich glaubte, dass man andere Menschen nie wirklich kennen konnte, und das war nicht freundlich gemeint. Nicht eine Sekunde würde ich mir anmaßen, einen anderen Menschen zu beschreiben, ihn auf einen Untergrund zu spießen wie einen toten Schmetterling. Das hatte ich auch in meinem Beruf nie gewollt. In meinem Beruf hatte ich immer nur versucht, Geschichten zu finden und über die Fakten sachlich zu berichten. Niemals, eine Person wirklich dreidimensional abzubilden. Und wenn ich als Reporterin keine Erfahrungen mit so etwas hatte, dann war ich erst recht unfähig, so etwas als Mensch zu tun – ich hatte Charlie für eine bestimmte Person gehalten, ich dachte, ich hätte sein Bildnis in meinem Kopf fertig fixiert, und er hatte sich dann in jemand ganz anderen verwandelt. Oder eben nicht. Er war schon immer diese Person gewesen, nur hatte ich ihn nie so gesehen. Was konnte ich schon für Beobachterqualitäten für mich in Anspruch nehmen? Ich war nicht mal sicher, ob ich an das Konzept einer festen Identität glaubte, denn wer war ich jetzt? Ich war eine Frau, die ihre halbe Persona drangegeben hatte, als sie Mutter geworden war (denn das tun wir alle, egal wie sehr wir uns vormachen wollen, dass es nicht so ist), und die andere Hälfte, als ich das Einzige verlor, was mich in einer Welt verortete, in der ich wirklich etwas darstellte – meinen Job. Andererseits dachte ich mir, dass das vielleicht der Haken ist: Ich war keine Reporterin mehr. Ich war eine Aushilfsbardame und eine Freelance-Schriftstellerin, die kurz davorstand, den Jahresbericht der AgriZukunft Australien zu schreiben. Dabei wusste ich noch nicht mal, was AgriZukunft war. Ich hatte den starken Verdacht, dass ich nach der Lektüre der Tausenden von Wörtern Hintergrundmaterial, das ich von der Agentur zugeschickt bekommen hatte, immer noch nicht richtig verstanden hatte, was eine AgriZukunft ist. Ich würde mir irgendwas aus den Fingern saugen, und die Bedeutung würde hinter einem Umhang aus Worten verschwinden. Konnte doch nicht so schwer sein, sich die Bedeutung von Tracey Dorans Leben aus einem Patchwork von Tagebüchern, mütterlichen Erzählungen, Instagram-Posts und alten Fotos zusammenzuschustern. Ich war sicher keine Biografin, und ich war auch keine Historikerin. Aber das konnte ich doch sicher machen, für Jan Doran. Redete ich mir jedenfalls ein. Ich konnte schlecht Geld von ihr verlangen, das hätte ich mir nie erlaubt. Und die Zeit, die ich für das Verfassen von Traceys Geschichte brauchen würde, wäre Zeit, die mir für andere Projekte abging, für Projekte, die mir wirklich Geld brachten. Ich wusste, dass ich nicht ewig an der Bar des Little Friend arbeiten konnte, wofür hielt ich mich eigentlich, dass ich überhaupt dort angefangen hatte? Ich war die Mutter einer Vierjährigen. Ich brauchte einen respektablen, anständig bezahlten Job, Geld für den Kindesunterhalt. Mit anderen Worten, ich konnte es mir nicht leisten, diesen Auftrag anzunehmen, Zeit mit Jan Doran zu verbringen – wer konnte schon wissen, wie viel Zeit er beanspruchen würde? –, während sie die ganze Zeit in Leopardenprint um mich herumflatterte, um ihre Trauer um ihre betrügerische Tochter auszulöschen. Aber ich musste auch etwas auslöschen – meine Schuldgefühle. Also nahm ich den Auftrag an.

10. KAPITEL

Ich stellte ein paar Grundregeln auf: Wir würden uns in Jan Dorans Airbnb-Wohnung treffen, einer kleinen Wohnung aus den Sechzigerjahren, ganz bei mir in der Nähe, bei den alten Tramschuppen, die in etwas verwandelt worden waren, was Tom als Hipster-Einkaufszentrum beschrieb. Wir trafen uns nur zu Bürozeiten, und Jan versicherte, dass sie nie wieder unangekündigt vor meiner Haustür auftauchen würde. Nicht dass ich ihr nicht getraut hätte, erklärte ich ihr; ich fand einfach nur, dass es besser sei, dieses Projekt professionell anzugehen. Das war eine Lüge, denn selbstverständlich traute ich ihr überhaupt nicht. Was für ein Mensch tauchte einfach so auf, wie Jan Doran zu Silvester im Little Friend aufgetaucht war? Ich stellte mir selbst diese rhetorische Frage, ohne über die logische Antwort nachzudenken: Ich tat so etwas. Ich hatte so etwas unzählige Male gemacht, auf der Jagd nach Geschichten und im Versuch, Interviews von ausweichenden Interviewpartnern zu bekommen. Unangekündigt aufzutauchen, war etwas, was Journalisten oft taten, und ohne jegliche Gewissensbisse.

Die nächsten paar Wochen traf ich mich jeden Morgen mit Jan. Die Nachmittage hielt ich mir frei für meinen

AgriZukunft-Jahresbericht, wenn ich nicht mehr ganz so aufmerksam war. Dann drang die Hitze durch die Doppeltüren zu meinem Schlafzimmer und machte meine nackte Haut so feucht, dass sie an der Sitzfläche meines Stuhls kleben blieb, wenn ich zwischendurch ab und zu aufstand, um mich zu strecken. Abends arbeitete ich immer noch in der Bar, wo Jessica mir heimlich Cocktails mixte, wann immer sie konnte, oft welche mit Koffein, weil ich so erschöpft war. Mein Abendessen bestand immer öfter aus dem kostenlosen Popcorn an der Bar. Petes seltsame Musik verfolgte mich bis in meine Träume, und ab und zu hatte ich Albträume, in denen Jans Gesicht irgendwo auftauchte, wo es eigentlich gar nicht auftauchen sollte, zum Beispiel am Fußende meines Bettes oder hinter einem Duschvorhang.

Die Airbnb-Wohnung war klein, ein Leuchtkasten mit drei Zimmern, in dem eine Seite komplett verglast war. Sie hatte ein Wohnzimmer, an das eine kleine Küche angrenzte, und ein Schlafzimmer, an das wiederum ein kleines Bad angrenzte. Es hatte einen weit reichenden Ausblick auf das westliche Ende vom Tree Park und aufs Meer. Aus meiner Wohnung hatte man zwar auch hie und da etwas Meerblick, aber diese Wohnung hatte zwei ganze Augen voll. Sie gehörte und wurde bewohnt von einer Rentnerin, die gerade bei ihren Enkeln in einem anderen Bundesstaat Urlaub machte, erzählte Jan, und jedes Mal, wenn ich sie betrat, fiel mir die Schlichtheit des Lebens dieser Frau ins Auge. Es war beneidenswert. Sie hatte ein kleines Bücherregal – Liebesromane, Populärgeschichte und historische Romane. Anscheinend quiltete sie gerne, und die ganze Wohnung leuchtete bunt von den farbigen Rauten und Quadraten ihrer Schöpfungen, die auf jedem Stuhl und jedem Sofa hingen. Sie hatte einen Tisch für Kreuzworträtsel mit einer Reihe von Stiften, die in einer hohen Tasse steckten, und eine starke Lampe, um ihn zu beleuchten. Sie hatte einen begehbaren Kleiderschrank und einen zweiten für Tisch- und Bettwäsche. Außerdem hatte sie einen kleinen Beistelltisch, der sich so ausziehen ließ, dass vier Personen daran Platz fanden, und dort saßen Jan und ich an unserem ersten Morgen und erarbeiteten, was wir eigentlich vorhatten und wie wir dabei vorgehen wollten.

»Okay«, sagte ich. »Also.«

Ich war mit einem Stift, einem Notizblock, einem Handy gekommen und hatte keine Ahnung, was von mir erwartet wurde. Ich legte alle Gegenstände auf die Tischplatte.

»Soll ich chronologisch vorgehen? Von Geburt bis … weiter durch die Jahre?«

»Ja, ich glaube schon«, sagte Jan. »Kommt mir eigentlich gut vor, es so zu machen.«

»Und wie lang soll es am Ende werden?«

»Wie eine Ihrer anderen Biografien, von den alten Leuten. Wie lang sind die so?«

»Um die dreißigtausend Wörter, plus/minus.«

»Klingt doch gut.«

»Aber Sie wollen, dass ich über die guten Sachen schreibe, die netten Dinge?«

»Ja. Wir können uns auf die netteren Teile ihres Wegs konzentrieren. Es muss ja nicht alles drin sein«, sagte Jan. »Nur eine Auswahl an Höhepunkten.«

Ich hatte schon früh entschieden, dass ich die Sache angehen wollte wie jede andere Geschichte, nur dass ich diesmal die Informationen anders redigieren würde. Es wäre teils

Nachruf, teils Erinnerung, nur würde ich versuchen, den Konflikt herunterzuspielen, die dunklen Flecke, vor allem die Todesursache. Ich konnte schon mal die Auftragskillerin spielen. Ich konnte für einen Geist ghostwriten. Vielleicht konnte ich sogar versuchen, meine eigenen Schuldgefühle abzuschwächen, indem ich ein Monument errichtete, und sei es noch so klein, für die Person, an deren Tod ich mitgewirkt hatte. Ich konnte meine Schulden begleichen und mir selbst einreden, dass ich niemandem mehr etwas schuldig war.

Ich schaltete mein Diktiergerät ein. Es fühlte sich gut an, wieder zu arbeiten.

*

»Nicht jede liebt ihr Baby sofort, oder?«

Es war unser zweites Treffen. Jan saß auf dem Velourssamtsofa, ihre Gestalt versteckt unter einem Zebraprint-Kleidungsstück, das irgendwo zwischen Bluse und Kleid schwebte. Sie hatte gut in ihre Rolle als Interviewte gefunden. Sie war ehrlich, obwohl sie sich ab und zu vorbeugte, um mir ans Knie zu greifen und mit leiser Stimme zu sagen: »Das erzähl ich Ihnen jetzt inoffiziell, meine Liebe.« Ich hatte das Gefühl, dass Jan so etwas mal in einem Film gesehen oder in einem Buch gelesen haben musste.

»Ich glaube, bei manchen Frauen dauert es eine Weile, bevor die Bindung da ist«, sagte ich neutral.

»Wie war es bei Ihnen?«, fragte Jan.

»Wir sind nicht hier, um über mich zu reden. Erzählen Sie mir von sich. Erzählen Sie mir von Traceys Geburt.«

»Um die Wahrheit zu sagen, es war ziemlich schwierig«, sagte sie. »Und die Ärzte mussten mich schneiden, wissen Sie.«

Jan verstummte, was ich noch nicht oft erlebt hatte.

»Sprechen Sie von einem – meinen Sie einen ...« Ich brauchte zwei Anläufe, bevor ich mich richtig aufraffen konnte. »Mussten die Ärzte bei Ihnen einen Dammschnitt machen?«

»Ja. So einen. Das heißt, nicht mussten. Sie hätten nicht gemusst«, sagte Jan. »Als ich Jahre später meine Hysterektomie hatte, meinte der Chirurg zu mir, dass der Arzt, also dieser Arzt von damals, es versaut hatte. Ich glaube, wenn er mich nicht so geschnitten hätte, wäre es vielleicht besser gelaufen. Ich hatte so starke Schmerzen. Ich konnte ewig nicht richtig laufen. Und deswegen konnte ich auch keine Bindung zu meiner Tochter aufbauen.«

Ich war auch ein bisschen verstört gewesen nach Maddys Geburt, schockiert von der Brutalität des Ganzen, eine Brutalität, die von allen als notwendiges Übel abgetan wird, außer von denen, die ihr unterworfen sind. Ich dachte an den Stillkurs, den ich im Krankenhaus direkt nach der Geburt von Maddy besucht hatte. Es war das reinste Veteranentreffen gewesen, jede einzelne Frau dort körperlich und geistig zerstört, jede mit einem Bündel menschlicher Bedürftigkeit auf dem Arm. Bei einer der Frauen war ebenfalls ein Dammschnitt gemacht worden, und am Ende des Kurses versuchte sie, ganz vorsichtig aufzustehen. Sie merkte, dass sie sich nicht aufrichten konnte. Sie bat um Hilfe, doch die Schwester, eine ältere Frau mit stumpfem Gesicht, die uns wie Gefängnisinsassen behandelte, lehnte ihre Bitte ab. Aus Gesund- und

Sicherheitsgründen, behauptete sie. Ich sehe heute noch das Gesicht der frischgebackenen Mutter vor mir.

»Das ist eine brutale Operation«, sagte ich zu Jan.

»Sie war so dick wie ein Frühjahrslamm, und sie hatte wunderschöne goldene Haare«, erzählte Jan. »Die lagen in süßen Löckchen auf ihrer Kopfhaut. Ich war wirklich stolz auf sie. Die Schwestern meinten, sie sei das schönste Baby, das sie in der ganzen Woche gesehen hatten.«

»Und damals lebten sie noch an der Gold Coast?«

»Nein, in Lismore. Terry hatte dort seinen Metzgerladen.«

Terry war Traceys Vater. Jans Ex-Mann. Das war alles, was ich wusste.

»Sie haben Tracey also nach Lismore mit heimgenommen?«, fragte ich.

»Heiraten Sie nie einen Metzger«, sagte Jan.

»Ich werde mir Mühe geben, es zu vermeiden.«

»Haben Sie eigentlich jemals geheiratet?«

»Ja.«

»Und, was ist bei Ihnen passiert?«

»Ich möchte nicht so gerne darüber sprechen.«

»Jetzt auf einmal so zurückhaltend, hm? Typisch für euch Journalisten«, sagte Jan und raschelte sichtlich gereizt mit ihrer Zebraprint-Klamotte auf dem Sofa herum.

Ich wartete. Jan war absolut die Art von Person, die Lücken in der Unterhaltung auffüllen musste.

»Terry war eifersüchtig, und das sogar zu Recht, denn ich begann mich mit jemand anderem zu treffen, als Tracey ungefähr zwei Jahre alt war«, erzählte sie. »Es war ein Buchhalter aus dem Ort. Ich hab ihn geliebt. Als Terry mir auf die Schliche kam, ist er ausgerastet.«

»Was hat er gemacht?«

»Wissen Sie, worauf ich jetzt so richtig Lust hätte?«, fragte Jan. Sie strich sich über die Knie und stand auf. »Ich habe eine große Schwäche für Honigkekse. Wollen Sie auch einen, meine Liebe?«

Ich sagte, klar, ich nehm auch einen Honigkeks.

Jan machte mir eine Tasse starken, süßen Tee, und wir standen in der Küche, unterhielten uns über andere Dinge und tunkten die Honigkekse in unsere Teebecher. Danach erklärte Jan, es sei jetzt Zeit für mich zu gehen.

»Ich geh heute Abend nämlich ins Theater«, sagte sie. »*Mamma mia*, in der Innenstadt.«

Ich sagte, ich hätte auch schon gehört, dass es ganz großartig sei.

»Ist es auch. Ich hab es schon mal gesehen. Tracey und ich waren letztes Jahr in Brisbane im Lyric. Sie hat auf den Gängen getanzt«, erzählte Jan.

Sie schaute zu mir hoch mit einem schwer zu deutenden Gesichtsausdruck. Dann nahm sie mir die Tasse aus der Hand, obwohl ich erst die Hälfte von meinem Tee getrunken hatte. Sie knallte sie in die Spüle und begann mit dem Abwasch. Ihre Arme bewegten sich energisch.

»Tja, das sollten wir vielleicht auch einarbeiten«, sagte ich lahm.

Ich sammelte meine Sachen zusammen und schwang mir meine Tasche über die Schulter. Ich sagte zu Jan, dass ich sie ja morgen sehen würde. Ich ging alleine hinaus und legte die kurze Strecke zu Fuß zurück. Ich dachte an den Nachmittag, der vor mir lag, ans Beladen des Geschirrspülers und Wäschewaschen und Bewerbungenrausschicken, um mich für PR-Jobs zu bewerben, die ich eigentlich gar nicht wollte. Ich versuchte, das störende Bild aus meinem Kopf zu verbannen – von Tracey Doran und ihrer Mutter in einem Musical, wie sie im Dunkeln lächeln und Tracey bis zu den Füßen bewegt war von der Musik von ABBA.

*

Am nächsten Morgen schickte mir Jan eine SMS, in der sie mir mitteilte, dass sie einen Tag aussetzen wollte.

Gehe mit meiner Cousine in den Zoo! lautete ihre Nachricht.

Ich ergriff die Gelegenheit, um an meinem AgriZukunft-Job zu arbeiten. Ich fuhr mit der Bahn in die Stadt und ging in die Staatsbibliothek, hauptsächlich deswegen, weil sie dort eine Klimaanlage hatten, und Sydney hatte gerade eine Woche, in der die Temperaturen fast bei vierzig Grad lagen. Die Luftfeuchtigkeit konnte einen umbringen in diesen Wochen. Wenn ich aufwachte, war ich schon erschöpft, und dann schwamm ich durch jeden Tag, als würde ich gegen den Strom ankämpfen. Schlafen war auch schwierig, und jede Nacht musste ich mich entscheiden, ob ich die Doppeltür zum Balkon entweder schloss und mir damit jede Hoffnung auf eine kühlende Brise nahm oder ob ich sie aufmachte, in dem Wissen, dass die Moskitos hereinkommen und mit ihren kleinen Sirenen in meinem Ohr jede Aussicht auf Schlaf zunichtemachten.

AgriZukunft war die Regierungsagentur, die Forschung und Entwicklung für die landwirtschaftliche Industrie finanziell förderte, wie sich herausstellte. Sie sponsorten den alljährlichen Landfrauen-Award, und abgesehen vom Jahresbericht sollte ich auch noch die Broschüre schreiben, die am Abend der Verleihung unter den Gästen verteilt werden sollte. Also schrieb ich Kurzbiografien von allen Nominierten (ungefähr fünfhundert Wörter). Sie hatten alle ganz tolle gemeinschaftsbildende Sachen gemacht, zum Beispiel Opfern der Dürre geholfen oder kleine Unternehmen gegründet, um dringend benötigte Infrastruktur für die Höfe zu beschaffen. Einer hatte verwaiste Beuteltiere von Hand großgezogen. Ich kaute an meinem Stift und schaute hoch zu der riesigen Kuppel der Bibliothek, und ich dachte darüber nach, wie wenig ich bis jetzt zum Wohl der Menschheit beigetragen hatte. Journalisten gaben immer gerne damit an, dass sie die vierte Macht im Staate waren und wie groß der soziale Schub ihrer Geschichten war. Jeder wollte, dass seine Reportagen Konsequenzen hatten: den Rücktritt eines Ministers, eine Gesetzesänderung, die Ernennung einer Royal Commission, eines Expertenausschusses. Ich hatte solche Artikel auch geschrieben. Ich hatte über Einwandererfrauen geschrieben, Opfer von häuslicher Gewalt, denen die Aufenthaltserlaubnis entzogen wurde, weil sie ihre Ehemänner, ihre Bürgen, verloren, die sie schlugen. Ich hatte über Missbrauch in Jugendstrafanstalten geschrieben. Ich hatte über die Lügen der Politiker und die Heuchelei der Priester geschrieben. Konsequenzen: Meine letzte Story hatte mit der ultimativen Konsequenz geendet. Und jetzt hatte ich das Gefühl, als hätten dadurch alle meine vorherigen Arbeiten jedes bisschen Bedeutung verloren.

11. KAPITEL

Am nächsten Tag erschien ich bei Jans Wohnblock, klingelte und ging die Stufen hinauf, eine kleine Anstrengung, bei der mir sofort der Schweiß ausbrach. Als mir Jan schwungvoll die Tür öffnete, war sie ganz rosa. Ihre Stirn war bereits mit einem Schweißfilm überzogen, und feuchte Flecken hatten sich unter ihren Blusenärmeln ausgebreitet. Heute trug sie ein T-Shirt mit Ken-Done-Design, das mit Kakadus bedruckt war. Ihr umfangreicher Busen war bedeckt mit gelben Kakadu-Kämmen, was einen fröhlichen Effekt hatte.

»Heiß genug für Sie?«, rief sie mir entgegen. Ich trat ein. Die Wohnung hatte zwar keine Klimaanlage, aber sie befand sich in einem Ziegelbau und lag ziemlich weit oben, sodass sie ein bisschen Meeresbrise abbekam.

»Schönes T-Shirt«, sagte ich.

»Hab ich mir gestern im Zoo gekauft«, sagte Jan. »Bin im Souvenirshop ein bisschen aus dem Ruder gelaufen. Wussten Sie, dass Giraffen blaue Zungen haben? Ich hatte ja keine Ahnung.«

Während sie sprach, ging sie durchs Zimmer, klopfte auf Kissen und stellte Bücher zurecht. Sie hatte einen Stapel

Fotos auf einen niedrigen Tisch gelegt. Obendrauf war eine junge Tracey zu sehen, mit engelsgleich blonden Haaren, wie sie in die Kamera starrte auf die Art, wie es Babys manchmal machen, mit echter Angriffslust, als wollten sie einem gleich eine Kopfnuss versetzen.

»Ich hab Ihnen was mitgebracht«, sagte Jan. Sie setzte sich in einen Lazyboy-Lehnstuhl. Er war groß und Jan war klein, und ihre Füße reichten nicht ganz bis zum Boden, sie kam nur ganz leicht mit den Zehenspitzen auf.

»Das wäre doch nicht nötig gewesen«, sagte ich. Ich war gereizt. Als Journalistin war ich immer argwöhnisch, wenn ich Geschenke bekam. Die Leute versuchten einen oft mit so was zu manipulieren.

»Keine Sorge, es ist nicht wirklich für Sie«, sagte Jan. »Es ist für Maddy.«

Auf ihrem Schoß hatte sie eine kleine Plastiktüte mit dem Logo des Zoos darauf. Sie tätschelte sie mit ihrer Handfläche, und ich fühlte mich verpflichtet, hinüberzugehen und es mir zu holen. Als ich es nahm, lächelte Jan zu mir hoch. Es war ein warmes Lächeln, aber es lag auch noch etwas anderes darunter. Es war ein T-Shirt mit dem Aufdruck *Das Leben ist ein Zoo!* quer über die Brust und eine kleine Sammlung von Tierbabys, Koalas, Kängurus, Äffchen, in Cartoonform zusammengedrängt. Es war Größe 5. Es war goldig.

»Es ist ein bisschen zu groß«, sagte Jan.

»Das ist schon in Ordnung«, meinte ich. »Maddy wird hineinwachsen.«

»Ja, allerdings. Sie wird größer werden«, meinte Jan. »Und älter.«

Sie schaute mir direkt in die Augen mit einem Blick, der so ähnlich aussah wie der, den ihre tote Tochter auf ihren Babyfotos gehabt hatte.

»Auf jeden Fall«, sagte ich. Ich faltete das T-Shirt wieder zusammen. »Wollen wir anfangen?«

»Ja, gerne.«

Ich holte meinen Notizblock heraus und legte mein Diktiergerät auf den Tisch. Normalerweise machte ich mir auch dann Notizen, wenn ich aufnahm. Es gab mir etwas zu tun, und es zerstreute ein bisschen die starke Intensität eines Interviews zu zweit. Ganz oben auf die Seite schrieb ich das Datum. Dann ließ ich die Spitze meines zerkauten Stifts über dem Notizblock schweben.

»Letztes Mal haben Sie mir von Tracey als Baby erzählt«, sagte ich. »Machen wir da doch weiter.«

*

»Haben Sie schon mal ein Schwein filetiert?«, fragte Jan. Sie hatte fast zwei Stunden ununterbrochen geredet. Irgendwann hatte ich sie gebeten, eine Pause zu machen, damit ich auf dem digitalen Diktiergerät Daten löschen konnte, um weiter aufnehmen zu können. Um Platz für Jan zu schaffen, löschte ich eine Aufnahme des Interviews mit dem Direktor einer Haftanstalt und eines von einer Pressekonferenz des Premierministers. Beide Aufnahmen waren erst wenige Monate alt, aber es fühlte sich an, als gehörten sie zu einem anderen Leben, und das taten sie ja auch. Ich würde sie nicht wieder brauchen. Außerdem hatten wir seit dieser Pressekonferenz den Premierminister gewechselt, jetzt hatten sie einen neuen Mann, der im Prinzip der gleiche Mann im gleichen Anzug war, nur mit einer etwas anderen Brille. Dieser neue Premierminister hatte mich einmal angebaggert, als er noch in der Opposition gesessen hatte und betrunken gewesen war. Ich hatte ihn vor ein paar Abenden im Fernsehen gesehen, wie er seine Frau auf einem Kricketmatch vorführte.

Über die Aufnahme des alten Premiers und des Gefängnisdirektors kam jetzt die Stimme von Jan, die Traceys frühe Kindheit beschrieb. Der Metzgerladen in Lismore, Traceys erstes Jahr, Jans langsame körperliche Erholung, die ebensolche Fortschritte machte wie die Bindung zu ihrer Tochter, der sie weiße kleine Stiefel und Hüte anzog, wie einem viktorianischen Baby. Tagsüber ging sie furchtbar gerne mit Tracey einkaufen und saugte die Loblieder der anderen Kunden in sich auf, hauptsächlich anderer Frauen oder Rentnerinnen, die ihr zu ihrem wunderschönen Baby gratulierten. »Ich war richtig berühmt, so entzückend sah sie aus«, erzählte Jan. »Auf Partys wurde sie herumgereicht wie ein Teller Kokoswürfel.«

Dann, als Tracey erst sechs Monate alt war, wurde Jan mit ihrem kleinen Bruder schwanger. »Können Sie sich das vorstellen?«, fragte sie mich. Konnte ich nicht. Jan hatte mir erzählt, dass sie Jahre gebraucht hatten, bis sie endlich mit Tracey schwanger geworden war, dass Terry sie fast schon »aufgegeben« hatte, und jetzt kamen plötzlich zwei Babys nacheinander, wie die Busse, und das war wirklich nicht einfach gewesen, vor allem nicht, wenn man mit einem unberechenbaren Mann verheiratet ist und eine ruinierte Vagina hat, in einer Region von New South Wales, die nur mangelhaft von gynäkologischen Profis abgedeckt wird. »Stellen Sie sich vor«, forderte sie mich auf, »wenn die Hälfte aller Kerle in

Australien mit ihren aufgesprengten Schniedeln rumlaufen müssten und sich jedes Mal, wenn sie mal lachen, einnässen würden. Und die Ärzte erzählen ihnen dann, dass gehöre nun mal dazu. Und sei ganz natürlich. Wenn das Kerlen passieren würde, dann würde sich eine Royal Commission mit diesem Problem beschäftigen.« Und dann, als sie sich wieder zusammenriss: »Hören Sie mich? Ich hör mich ja an wie Scheiß-Gloria-Steinem.«

Trotz (oder vielleicht wegen) Jans zerstörter Vagina hatte sie eine Affäre, als Tracey zwei war und Mike ein Jahr alt. Jan hatte zwar eine Ausbildung zur Krankenpflegerin, doch Terry wollte, dass sie bei ihm im Laden arbeitete, also brachte sie die Kinder in eine Tagesstätte und half an der Kasse und machte die Buchhaltung. Als Jan den Buchhalter vor Ort, Alan, in einer Steuerfrage konsultieren musste, entwickelte sich eine Liebschaft über dem Kassenbuch – es war fast wie bei Danielle Steel, sagte sie, bloß dass Alan einen Mazda fuhr und mit seiner ältlichen Mutter zusammenwohnte. Alan war zärtlich und belesen und bildete damit einen starken Gegensatz zu Jans Ehemann, der überhaupt nichts las und niemals zärtlich war, höchstens sentimental, auf eine bedürftige, klammernde Art, nachdem er sie verletzt hatte und Schuldgefühle empfand. Ihre Affäre mit Alan war kurzlebig und »verrückt«, erzählte sie, denn sie brachte weit mehr Risiko als Nutzen mit sich. »Wir haben körperlich gar nicht so viel gemacht«, erzählte sie mir. »Manchmal sind wir zusammen ins Kino gegangen, er ging als Erster rein und ich zehn Minuten nach ihm, und dann saßen wir nebeneinander im Dunkeln, nur um Händchen zu halten.« Sie schauten zusammen *Gefährliche Brandung* an, und Alan gab Jan sein Taschentuch, als ihr die Augen feucht wurden. Sie hatten ein bisschen »in Autos rumgemacht«, und einmal, als sie gerade ein Geschichtsmuseum in einem typisch australischen Haus im Federation-Queen-Anne-Stil besuchten, hatte Jan sich vorgestellt, wie sie dort zusammenlebten. Die Geschichte dauerte nur ein paar Monate, dann kam Terry ihnen auf die Schliche. Jan beschönigte die Einzelheiten seiner Reaktion. Und ich hakte nicht weiter nach.

»Nein, ich hab noch nie ein Schwein filetiert«, antwortete ich. Ich verlagerte mein Gewicht auf dem Veloursamtsofa. Ich lernte langsam, dass Gespräche mit Jan so verliefen. Sie wirbelten auf eine geradezu psychedelische Art herum. Sie sprangen von einem Thema zum nächsten. Wir fingen bei einer Geschichte über Traceys Schulzeit an, und am Ende waren wir bei einem Gespräch über Hummerfischerei oder einer Erklärung der Meridiane.

»Als Frau eines Metzgers lernt man, wie man ein Schwein filetiert. Auch wenn man es noch nie gemacht hat, man lernt es«, sagte Jan.

»Sie sagen also, dass Sie ein Schwein filetiert haben? Ich kann Ihnen nicht ganz folgen«, erwiderte ich.

»Das ist auch ganz unwichtig«, gab Jan zurück. »Worauf ich hinauswill, ist die Frage, warum ich nach all der Arbeit mit Messern und Blut, die ich in der Metzgerei gesehen hatte, mich so aufregte über Traceys Geburt? Jeder weiß, dass dabei Blut fließt.«

»Hatte Ihnen jemand gesagt, womit Sie zu rechnen haben?«, fragte ich. »Ich meine – haben Sie Geburtsvorbereitungskurse besucht oder so was?« Ich streckte meine Beine auf einer Ottomane aus.

»Es gab schon Geburtsvorbereitungskurse. Das war ja schon in den Neunzigern. Ich meine, es war zwar Lismore, aber es gab tatsächlich ein, zwei Geburtsvorbereitungskurse«, sagte Jan mit einigem Nachdruck. Ich fand es schwer vorherzusagen, was sie wütend machen würde.

»Aber da haben sie einem bloß erklärt, dass man atmen sollte, und das ist ja wohl der dümmste Rat, den man überhaupt geben kann, oder?«, sagte Jan. »Atmen ist das Einzige, was der Körper von alleine tut. Mit den ganzen anderen Dingen hätten wir Hilfe gebraucht.«

»Ich glaube aber, wenn es einem selbst passiert, ist es anders«, sagte ich. »Meinen Sie nicht?« Ich wollte mich langsam vortasten. Ich achtete sehr darauf, Jan nicht zu viel von meiner Hintergrundgeschichte zu verraten. Ich versuchte, auf der Hut zu sein und vorsichtig, denn sosehr ich Jan lieb gewann – sie hatte Durchhaltevermögen und Geist und dazu eine seltene Offenheit –, musste ich mir immer wieder ins Gedächtnis rufen, dass ich es hier mit jemandem zu tun hatte, der mir verstörende Päckchen mit persönlichen Gegenständen seiner kürzlich verstorbenen Tochter zugeschickt hatte, und jemandem, der Dinge über meine persönlichen Umstände wusste, die ich ihm nie mitgeteilt hatte. Sie war eine Fremde. Eine möglicherweise geistesgestörte, von Trauer geschlagene Fremde, die guten Grund hatte, mir die Schuld am Tod ihrer Tochter zu geben.

»Inwiefern?«, fragte Jan. Sie hatte sich auf dem bequemen Lehnsessel zurückgelehnt, sodass sie rückwärts gekippt war und zur Decke sprach. Jetzt kippte sie ihn wieder nach vorn, wobei sie den Hebel am Sitz mit größter Präzision bediente. Sie schaute mich an.

»Ich meine, man kann sich an Blut und Blutlachen gewöhnen«, sagte ich. »Aber das bereitet einen ja nicht auf den Schock vor, wenn es einem dann *selbst* passiert. Wissen Sie – wenn Sie eben der Mensch sind, aus dem diese Blutlache rauskommt. Nichts könnte einen auf so etwas vorbereiten.«

»Der Schock, wenn man auf einmal selbst die Leidtragende ist, meinen Sie?«, fragte Jan nach.

»Ja.«

»Ja. Das ist wirklich der größte Schock des Lebens, oder?«, meinte Jan. »Wenn einem *selbst* solche Dinge passieren.«

*

Ich hatte uns etwas zum Mittagessen mitgebracht. Ich fand ein paar blaue Willow-Ware-Teller im Schrank der alten Dame und deckte damit den Tisch. Ich zog die Frischhaltefolie vom Käse. Ich schnitt ein Baguette längs auf. Ich machte einen schnellen Salat aus alten Tomatensorten, Olivenöl und Basilikum. Ich legte Feigen, Erdbeeren und eine Mango in eine Schüssel. Wenn Beverley so ein Mittagessen auf den Tisch gestellt hätte, hätte sie Lob für dessen schlichte Eleganz erwartet.

»Gibt es kein Fleisch?«, fragte Jan. Sie ließ sich schwerfällig auf einen Stuhl plumpsen. Wir saßen an dem kleinen ausziehbaren Tisch neben dem Fenster, und eine kleine Brise fuhr ihr in die Haare, sodass sie ihr ganz kurz senkrecht vom Kopf wegstanden.

»Nein, tut mir leid«, sagte ich. »Ich hätte fast noch Prosciutto gekauft. Tut mir leid.«

»Natürlich haben Sie das«, sagte Jan leise. Sie hievte sich von ihrem Stuhl und watschelte zum Kühlschrank. Sie kam mit einem Paket Aufschnitt und einer Flasche Tomatensoße zurück.

»Tracey ist quasi mit Wurst-Tomatensoßen-Sandwiches groß geworden«, sagte Jan. »Geben Sie doch mal das schnieke Brot rüber.«

Jan verdrückte drei Wurst-Tomatensoßen-Sandwiches und machte sich dann über die Erdbeeren her. Ich stocherte im Käse herum, aber es war einfach zu heiß zum Essen. Ich nahm mir die Mango und fing an, sie mit einem scharfen Messer zu filetieren.

»Wo ist eigentlich Maddys Vater?«, fragte Jan.

Ich schnitt eine von den Seitenteilen der Mango ab und legte sie, mit der gebogenen Seite nach unten, auf einen Teller. Dann fing ich an, das Fruchtfleisch gitterförmig einzuschneiden. Drei Schnitte waagrecht, drei Schnitte senkrecht. Das Mangofleisch glänzte, als wäre es gerade mit frischer glitschiger Farbe angemalt worden.

»Warum wollen Sie das wissen?«, fragte ich Jan.

»Warum wollen Sie es mir nicht erzählen?«, fragte Jan zurück.

»Das ist es nicht.« Genau das war es sehr wohl.

»Kommen Sie, was soll die große Geheimniskrämerei? Sie wissen doch auch alles über mich«, meinte Jan.

Ich spürte, wie mich schlotternde Kälte überkam, ein Gefühl, das mich oft befiel, wenn ich an Charlie dachte oder Den Vorfall, obwohl ich wusste, dass das total lächerlich war, weil ich eigentlich längst drüber hinweg sein sollte. Ich hätte es in die Erfahrungen meiner Vergangenheit aufnehmen müssen, verarbeiten, wie eine Pflanze mit Licht arbeitet, und irgendwas, egal was, damit anfangen sollen. Offenbar irgendwas anderes als das, was ich jetzt tat – nämlich es immer noch sichtbar mit mir rumzuschleppen.

»Das ist keine lange Geschichte«, antwortete ich. »Er ist weggegangen. Ich weiß nicht, wo er ist.«

»Wie meinen Sie das – Sie wissen nicht, wo er ist?«

Ich drückte die andere Mangoseite nach innen, sodass sie konvex wurde und ihre Fruchtwürfel darbot.

»Er ist vor ungefähr zwei Jahren gegangen. Er hat nicht gesagt, wo er hingeht. Ich glaube, er könnte in London sein. Er hat einen britischen Pass«, sagte ich. »Mango?«

»Ich nehm den großen Schnitz hier«, sagte Jan. Sie steckte ihn sich ganz in den Mund. Mangosaft rann ihr übers Kinn.

»Er schickt mir Unterhalt«, sagte ich. Ich fühlte mich auf einmal in der Defensive. Viele Väter taten das nicht. Das zeigte, dass er immer noch eine Verbindung fühlte, dass er sich immer noch Gedanken um uns machte. Der automatische allwöchentliche Geldeingang auf meinem Konto, gesandt von seiner Kontonummer, war Beweis seiner Liebe für Maddy. Und außerdem ein Beweis, dass er noch am Leben war.

»Meine Güte«, sagte Jan. Sie streckte den Arm über den Tisch und tätschelte mir die Hand. Ich konnte den Mangosaft auf ihrer Haut spüren. Wir blieben ein Weilchen stumm sitzen, bevor sie sich wieder ihrer Mango zuwandte und sie abnagte, bis die Haut total aufgeweicht war. Dann wischte sie sich ihre Hände und ihr Gesicht mit einer Serviette ab. Das tat sie mit großem Aplomb, als wäre sie ein Chefkoch in einer Kochwettbewerbsshow, der gleich sein Urteil abgeben würde.

»Das klebrigste Obst, das es gibt«, bemerkte sie.

12. KAPITEL

Später, zu Hause, als Maddy sich weigerte, ihr Abendessen anzurühren, hatte ich einen derartigen Wutanfall, wie ich ihn nur selten hatte, wo ich sie anschrie und auf sie einschimpfte. Es war ein Hühnertopf mit verstecktem Gemüse. Das war etwas, was ich von den Parkmüttern gelernt hatte – püriertes Gemüse unter jede Mahlzeit mischen. Es war ein kleiner mütterlicher Trick, der einen als organisiert und korrekt auswies. Ich hatte meine Vorbehalte gegen die Parkmütter, aber ich war entschlossen, Maddy ihre nötigen Vitamine zu verabreichen. Aber sie hatte andere Vorstellungen.

»Da sind grüne Stücke drin«, protestierte Maddy. »Ich mag nicht.« Sie stieß die Schüssel mit einem bockigen Stoß weg.

»Das magst du schon«, sagte ich, ein Spruch, den alle Mütter sagen. Es ist aber immer der falsche Spruch. Es kann einen richtig auf Zinne bringen, wenn einem jemand erzählen will, was man mag und was nicht.

»Tu ich *nich*!«, schrie sie und brach aus ihrem Sitz aus. Sie tapste zum Kühlschrank und machte ihn auf, um sich selbst auszusuchen, was sie zum Abendbrot essen wollte. Da verlor ich restlos die Beherrschung.

»Mummy ist die Chefin über den Kühlschrank!«, rief ich.

Sobald man seine Macht verbal beanspruchen muss, hat man sie schon verloren. Das lässt sich auf alle Bereiche des Lebens anwenden, einschließlich Politik und Krieg, aber es stimmt besonders im Umgang mit Kindern. Elternsein bedeutet vieles, aber vor allem ist es eine Meisterübung in der Natur von Autorität und Macht. Beide sind nach meiner Erfahrung sehr schwer aufrechtzuerhalten. Sie sind ein Gebäude, das man erst mal aufbauen muss, und dann muss man es ständig hegen und pflegen. Wie vorauszusehen gewesen war, erklärte mir Maddy, dass sie *in Wicklichkeit* die Chefin des Kühlschranks war. Ich hatte ganz kurz den Gedanken, sie zu schubsen, sie irgendwie so zu berühren, dass sie meinem Willen folgte. Diese Anwandlungen hatte ich ab und zu. Ich gab ihnen nie nach. Ich sprach nie mit anderen Eltern darüber, nicht mal mit Vic, der es höchstwahrscheinlich verstanden hätte oder mich zumindest nicht dafür verurteilt hätte. In der heutigen Mittelklasse-Erziehung war nichts mehr tabu, als sein Kind zu schlagen. Und auch nur daran zu denken, egal wie hypothetisch, würde sicherlich als Verbrechen in Gedanken aufgefasst werden. Statt Maddy also anzufassen, stürmte ich hinaus und rief: »Okay!«

Ich verließ das Zimmer, stampfte hoch in mein Schlafzimmer und schmiss die Tür hinter mir zu. Drinnen saß ich auf dem Bett und ließ meine Tränen aufs Kinn tropfen. Ich musste Maddy gefüttert und gebadet und ihr den Schlafanzug angezogen haben, bis Betty kam, die ihr noch eine Gutenachtgeschichte vorlesen und sie dann zu Bett bringen würde, während ich zu meiner nächsten Schicht im Little Friend aufbrach. Ich hatte die Deadline für meine AgriZukunft-Arbeit überzogen und hatte als Ausrede vorgeschoben, dass meine

Tochter krank war, um mir mehr Zeit zu verschaffen – eine Lüge, die mich sicher demnächst auf irgendeine karmische Art und Weise einholen würde. Ich machte mir Sorgen wegen der Gebühr für die alljährliche Kennzeichen-Registrierung, und die Kfz-Versicherung war auch schon wieder fällig. Das Sparkonto, das ich für Maddy führte, das eigentlich für ihre ferne Zukunft gedacht war, war das einzige Konto, auf dem noch Geld war. Alle anderen hatte ich schon geleert. Ich machte mir außerdem Sorgen, wie lange ich noch hier in der Ruby Street wohnen bleiben konnte – meine Mutter hatte irgendetwas erwähnt von Cousinen in Neuseeland, die behaupteten, sie hätten irgendwelche Ansprüche auf diese Wohnung. Sie wollten sie zu Bargeld machen, solange der Markt noch so gut war. Doch ohne diese günstige Miete würde mein Leben schnell auseinanderfallen. Ich sah uns schon über einem Laden in der Parramatta Road, zwischen Abgasen und Motorradlärm, oder in einem feuchten Schuhkarton, in dem sich Maddy eine Erkältung nach der anderen holte und ich Depressionen bekam. Nicht zum ersten Mal fragte ich mich, wie überhaupt jemand in Sydney leben konnte.

Ich brauchte einen guten Job, aber ich hatte mein Studium nicht abgeschlossen und meine letzte Arbeitsstelle verlassen – wenn nicht mit beschädigtem Ruf, so doch unter höchst eigentümlichen Umständen, die man jederzeit googeln konnte. Ich hatte keine besonderen Fähigkeiten, die über mein Talent hinausgingen, Fragen zu stellen, Informationen aufzunehmen und in zusammenhängende Sätze zu packen. Zu einer Geschichte zusammenzusetzen. Aber mittlerweile war ich mir gar nicht mehr so sicher, dass das so was Besonderes war, und Maddy brauchte Schwimmunterricht und wollte auf eine Ballettschule gehen – hauptsächlich deswegen, weil das Mäusemädchen in ihrer Baummaus-Familie ebenfalls Ballerina war, aber trotzdem war der Wunsch da, und er war real, und ich wollte wirklich, wirklich nicht die Mutter sein, die die Ballettstunden für ihre Vierjährige platzen lassen musste, weil sie gefeuert worden war wegen ihrer Vögelei mit ihrem Vorgesetzten.

Es klopfte leise an der Tür. Ich seufzte und schaute hinaus auf den Feigenbaum, der jeden Tag größer zu werden schien und den Balkon langsam, aber sicher eroberte wie ein knochiger Mann mit Spinnenfingern. Ich musste mal bei der Stadt anrufen wegen dieses Baums.

»Mummy?«, hörte ich eine kleine Stimme.

Mein Ärger verzog sich wie das Wasser bei Ebbe.

»Ja, mein Schatz«, antwortete ich. Ich stand auf, ging zur Tür und machte sie auf. Dahinter stand eine kleinlaute Maddy, mit einem Ring von Krümeln um ihren Mund, der mir verriet, dass sie an den Keksen gewesen war. Ich drückte sie an mich und grub mein Gesicht in den molligen Übergang zwischen Kinn und Hals.

»Tut mir leid, Mummy«, sagte sie mit dem Ernst einer Richterin. Meine Liebe zu ihr wallte auf, aber sie war mit Schuldgefühlen befleckt, denn sie hatte nichts, was ihr leidtun musste – mir hingegen musste alles Mögliche leidtun.

*

Das war das Seltsame an den Schuldgefühlen, die ich wegen Traceys Tod mit mir herumtrug. Ich versuchte, mich davon zu distanzieren, ich versuchte, die Haltung der Menschen einzunehmen, die mich mochten, die mir sagten, dass es nicht meine Schuld gewesen war. Ich hätte dem Mädchen mit den honigfarbenen Haaren schließlich nicht diese Tabletten in den Schlund gezwungen. Ich hätte ihr nicht das letzte Glas Wodka eingeschenkt, mit dem sie sie hinuntergespült hatte. Ich hätte meinen Job gemacht und nicht über die Folgen nachgedacht. Wie hätte ich das auch wissen sollen? In alten Kulturen gab es keine Schuld, etwas, was das individuelle Gewissen belastete. Es gab nur Vergeltung und Bestrafung, die von der Gemeinschaft verhängt wurde. Das war zwar grausam, aber auch einfach. Es übertrug das Bedürfnis, aktiv zu werden, und die Bürde der ursprünglichen Regelverletzung auf die Person, die ihr zum Opfer gefallen war. Früher mal hätte Jan mich aus Rache töten oder verletzen oder jemanden aus meiner Familie verletzen können. Das wäre auf eine gewisse Art reiner gewesen, als dass ich meine Schuld mit mir durch die Straßen von Sydney schleppte wie ein Obdachloser sein Bündel. Die Schuld war unangenehm, und sie machte mich unglücklich. Aber im Grunde war die Sache ja die: Es war nicht so, dass ich das nicht gewohnt gewesen wäre. Ich war eine Mutter. Wir verbringen unser Leben damit, in Schuldgefühlen zu baden. In manchen von uns ist dieses Schuldgefühl so innig mit der Erfahrung von Mutterschaft verschmolzen, dass wir es hätscheln und nähren. Wir lieben es und füttern es, genauso wie unsere Babys.

*

Später in der Bar stellte ich fest, dass Jessica an diesem Abend ebenfalls arbeitete, und Pete war mal wieder angeheuert worden, damit er seinen Hip-Hop-Reggae-Fusion-Sound im Hintergrund trällerte, während die Trinkenden mit den Köpfen im Takt mitwippten. Sie trugen die gleichen ironisch gemeinten Shelljacken und undurchdringlichen Mienen zur Schau. In seinen Pausen schaufelte sich Pete das Popcorn in den Mund. Seit dem Silvesterabend sorgte Jessica in ihrer Schicht immer dafür, ihm eine Schüssel zu geben, die mindestens zur Hälfte mit nicht geplatzten Körnern gefüllt war. Jessica meinte, Pete wäre unfähig, eine Klitoris auf einem biologischen Diagramm zu lokalisieren, geschweige denn bei einer echten Frau. Sie meinte, er sie »hundertpro ein Incel«, also ein Mann, der unfreiwillig ein Junggesellendasein führte. Neuerdings hatten sich diese Männer anscheinend zu einer Onlinecommunity zusammengeschlossen, wo sie auf die Frauen schimpften und Pläne schmiedeten, wie sie sie unterwerfen könnten. Wenn Sexlosigkeit eine politische Position war, dann war ich radikaler als gedacht. Ich hatte seit fast sechs Wochen keinen Sex mehr gehabt, und er fehlte mir. An manchen Abenden befriedigte ich mich selbst im Bett, nach meiner Schicht im Little Friend, um mich zu beruhigen, bevor ich einschlief. Ich dachte dabei nie an Tom, wahrscheinlich, weil Tom mich immer zärtlich behandelt hatte, und ich hatte das Gefühl, so viel Zärtlichkeit nicht verdient zu haben, und ganz sicher nicht von ihm. Ich hatte Tom seit unserer zufälligen Begegnung im Supermarkt nicht mehr gesehen. Ich hatte ihm einmal eine Nachricht geschrieben, um mich nach seiner Bankverbindung zu erkundigen, damit ich ihm das Geld, das er mir ausgelegt hatte, zurücküberweisen konnte, aber er hatte nie geantwortet. Irgendwann steckte ich einfach die entsprechende Bargeldsumme in einen Umschlag und hinterlegte ihn in seinem Café. Ich schrieb einen Zettel dazu, damit es nicht nach einem Drogendeal aussah. Ich verbrachte viel Zeit damit, mir über den Text den Kopf zu zerbrechen, bevor ich schließlich einfach schrieb: »Dankeschön.« Eines Tages, nur wenig später, entdeckte ich beim Durchblättern der Lokalzeitung ein kleines Porträt von ihm, ein örtlicher aufstrebender Künstler und seine anstehende Ausstellung über griechische mythologische Arbeiten. Der Artikel beschrieb ihn als »beeindruckend gebaut« und »überaus talentiert«. Ich schaute kurz zum Namen des Verfassers und sah, dass es ein weiblicher Name war. In einem Anflug von Selbsthass googelte ich die Journalistin und fand heraus, dass sie einigermaßen hübsch war, auf eine studentisch-naive Art mit ihrem stumpf geschnittenen Pony. Sie hatte das Wort »Satyr« falsch geschrieben. Tom wurde zitiert mit dem Ausspruch, dass die meisten seiner Arbeiten männliche Götter darstellten, aber er auch eine kurze Serie von Harpyien hatte, die er beschrieb als »hässliche, aasfressende Vogelfrauen, die Essen stehlen«. Ich musste an den Inhalt meines Einkaufskorbs denken – Fischstäbchen, Toilettenpapier, Tampons – und spürte mit kalter Gewissheit, dass jedes sexuelle Begehren, das er einmal für mich gehabt hatte, in diesem Moment gestorben war.

Es war ein Donnerstagabend, aber es war ruhig in der Bar. Es war Ende Januar, und alle waren überfeiert, oder vielleicht waren einfach alle auf dem Sydney Festival und schauten sich Auftritte von Leuten an, die weit besser spielten als Pete. Ich bediente ein Pärchen, das offenkundig sein erstes Date hatte, wahrscheinlich hatten sie sich über Tinder gefunden, denn sie begrüßten sich zögerlich, und er warf ihr immer wieder

Blicke zu, während sie sprach, als wollte er ihre Identität mit welcher Persönlichkeit auch immer abgleichen, die sie im Netz projiziert hatte. Sie redete aus Nervosität zu viel, aber das schien ihm nichts auszumachen. Wir hatten einen einsamen Trinker oben an der Bar, den Jess bediente, und ein paar ältere Damen, die betont interessante Ketten trugen und aussahen, als wären sie gerade aus dem Theater gekommen. Sie wollten einen besonderen Whiskey, der zu kostbar war, um ihn in der Bar auszustellen, also ging ich in den Lagerraum, um ihn zu suchen. Meine Füße schmerzten, und ich war so müde, dass es mir so vorkam, als wäre ich ganz losgelöst von mir selbst, auf eine Art, die sogar etwas Angenehmes hatte, als wäre ich betrunken oder ein bisschen high. Ich fand den Whiskey, einen alten aus Tasmanien, und brachte ihn an die Bar. Und als ich zurückkam, saß dort Jan, die angezogen war, als wäre sie unterwegs zu einem Nachtclub. Sie trug schweres, dunkles Augen-Make-up und offenkundig falsche Wimpern, zusammen mit einem ärmellosen Top, auf dem das Sydney Opera House in Diamanten dargestellt war.

»Ju-huh!«, rief sie. »Ich bin bloß kurz auf einen Absacker hier.«

Es gefiel mir nicht, sie hier zu sehen. Ich machte mir Sorgen, dass Jan keine Vorstellung von Grenzen hatte, dass ihre Trauer und die daraus resultierenden persönlichen Konsequenzen bedeuteten, dass ihr nicht mehr klar war, wo sie aufhörte und andere Leute anfingen. Ihre Einsamkeit, die sie hinter Fröhlichkeit und Geschäftigkeit verbarg, saugte andere an wie ein Magnet. Und ich wollte nicht eingesaugt werden. Ich hatte selbst genug Probleme.

»Eine Bundy-Cola, bitte«, sagte sie.

Ich brachte den Theaterfrauen ihren Whiskey und goss ihr dann ihren Drink ein. »Und, wie war Ihr Abend?«, erkundigte ich mich, obwohl es mich gar nicht interessierte.

»Oh, großartig. Ich hab mir unten im Capitol die *Jersey Boys* angeschaut. Mögen Sie Musicals? Es gibt zwei Sorten von Menschen auf dieser Welt: Menschen, die Musicals nicht mögen, und Menschen, die Musicals einfach lieben. Raten Sie mal, zu welcher Gruppe ich gehöre!« Sie nahm einen Schluck von ihrem Drink. »Zu welcher gehören Sie?«

»Ich bin nicht der größte Fan.«

»Überrascht mich nicht«, sagte sie mit undurchschaubarer Miene, und ich widerstand dem Drang, sie zu fragen, warum.

»Übrigens«, sagte sie, als sie ihren Drink abstellte. »Ich hab heute vergessen, Ihnen etwas zu erzählen.« Sie flatterte mit den Lidern. Sie waren dick, mit schwarzen Wimpern, die aussahen wie Spinnenbeine oder die Beine eines auf dem Rücken liegenden Käfers. Sie schaute mich von der Seite an, wissend, als würde sie etwas Großes verschweigen, etwas, was ich unbedingt wissen müsste, wenn ich wusste, was gut für mich war. Es war wirklich nervig.

»Jan«, sagte ich. »Ich arbeite hier. Lassen wir unseren Kram doch in unseren Sitzungen.« Es war ein lahmer Versuch. Jan würde erzählen, egal, wie ich mich fühlte.

»Wir haben heute doch von Traceys Geburt gesprochen und so«, begann sie.

Ich seufzte. Dann ließ ich meinen Blick schnell durch die Bar wandern. Pete machte gerade Pause, aß Popcorn und beobachtete Jessica. Jessica machte irgendetwas Grünes, Kompliziertes für das Date-Paar. Die Theaterdamen nippten an ihrem Whiskey und führten ein ernstes Gespräch.

Ich hatte keine Lust, dass irgendjemand im Little Friend mitbekam, was ich an meinen Vormittagen mit Jan machte. Ich hatte ein paar dürftige Details meiner ehemaligen Karriere an Jess und meinen Chef Trevor weitergegeben. Sie wussten, dass ich Journalistin gewesen war, aber ich hatte ihnen gesagt, ich würde »mal Pause machen von der Branche«, als wäre ich eine Rocksängerin auf Tournee, die eine kreative Pause brauchte. Ich weiß nicht, ob sie es mir abkauften oder ob sie auch schon von meiner Schande gehört hatten. Ich war nicht so eitel, davon auszugehen, dass es ihnen zu Ohren gekommen war. Jan folgte meinem Blick, als ich den Raum abscannte, und schien meine Befürchtungen zu ahnen.

»Ich erzähl Ihnen das ganz schnell, und dann verschwinde ich«, versprach sie. »Als Tracey klein war, sehr klein, also erst ein paar Wochen alt, hab ich sie einmal nachts allein gelassen.«

Sie schaute mir direkt ins Gesicht und forschte nach einer Reaktion.

»Es waren sogar zwei Nächte«, verbesserte sie sich, und dann fügte sie hinzu: »Ach, was soll's … okay, es war eine ganze Woche. Eines Abends, als sie gerade schlief und ihr Vater auf dem Sofa saß und eine Nachrichtensendung im Fernsehen anschaute, sagte ich zu ihm, dass ich nur schnell Zigaretten holen wollte.«

»Ja?« Jetzt hörte ich ihr zu.

»Und ich hab auch wirklich welche gekauft, aber danach ging ich einfach weiter, und ich lief eine lange Zeit herum. Ich ging zu einem Wohnwagenpark unten am Wasser und mietete mich ein. Am Ende blieb ich ein paar Tage dort.«

»Was haben Sie gemacht?«, wollte ich wissen. »Ich meine – was haben Sie den ganzen Tag über gemacht?«

»Ich hab Zigaretten geraucht und ein Buch von Danielle Steel gelesen. Irgendwas mit einem Piraten. Ich schätze, ich bin einfach weggelaufen. Meine Brüste haben getropft wie noch mal was.«

Sie legte eine Pause ein, um an ihrem Drink zu nippen, als wäre es eine Tasse Tee und wir auf einer Gartenparty.

Sie fuhr fort: »Es war, als könnte ich sie ausblenden. Mit jedem Tag, den ich länger wegblieb, fühlte es sich mehr so an, als könnte ich einfach weiter wegbleiben, sozusagen den Urlaub *verlängern*. Wie so eine Lüge, die immer größer und größer wird, nachdem man sie erzählt hat, aber man steht irgendwie daneben und ist wie gelähmt, als wäre sie größer als man selbst. Ich schätze, so hat sich Tracey später auch gefühlt.«

»Aber Sie sind zurückgegangen.«

»Ja. Ich hatte hinterher so ein schlechtes Gewissen. Ich erwartete, dass Terry außer sich sein würde vor Wut. Ich erwartete, dass er mich zusammenschlagen würde. Aber das machte er gar nicht. Er war so dankbar, dass er geweint hat. Weil er gedacht hatte, ich wäre für immer weggegangen.« Sie machte wieder eine Pause, um von ihrem Drink zu nippen, nur dass sie diesmal nicht ganz ihren Mund traf. »Dabei war das das einzige Mal, wo ich eine Ohrfeige verdient hätte!«, rief sie.

»Neugeborene sind furchterregend«, sagte ich. »Ich glaube, jede Mutter hat sich im Geiste schon mal gewünscht, das zu tun, was Sie getan haben.«

Jan schien tief darüber nachzudenken, doch dann schüttelte sie den Kopf. Ihre Strassohrringe schaukelten hübsch.

»Ich bin nicht sicher, ob sie mir das jemals verziehen hat. Es war, als wüsste sie irgendwie Bescheid, und sie hat mir nie so richtig verziehen.«

Jan trank ihr Glas aus. Sie erhob sich, um zu gehen, aber diesmal steckte sie das leere Glas nicht ein.

»Werden Sie das schreiben?«, fragte sie. »Ich meine, in Ihrer Geschichte über Tracey?«

»Nicht, wenn Sie es nicht wollen«, meinte ich. »Das überlasse ich Ihnen. Es ist Ihre Geschichte.«

13. KAPITEL

Als ich ein paar Stunden später heimkam, lag Betty schlafend auf dem Sofa, und diesmal lag ein Junge über ihr. Er schlief ebenfalls, aber auf ihr, wie ein Haustier, das einen fast erstickt. Als ich sie aufweckte, vergewisserte ich mich, dass er ihr Freund war und dass sie zusammen Hausaufgaben gemacht hatten, obwohl ich nirgendwo Schulbücher oder Stifte sah. Vielleicht lernten die Teenager von heute komplett in digitalen Welten. Auf Snapchat.

»Deine Tante Jan ist vorbeigekommen«, berichtete Betty. Sie stand auf und entknitterte sich erst mal. Ihr Freund stand neben ihr und blieb stumm. »Sie wollte nur ein paar Plätzchen für Maddy vorbeibringen. Sie war auf dem Weg ins Theater.«

»Sie hat *was*?«

Betty schaute mich erschrocken an.

»Sie hat nur kurz reingeschaut. Maddy hat schon geschlafen. Sie hat sie nicht aufgeweckt oder so.«

Mich befiel etwas Dunkles, Irrationales, ich rannte hoch zu Maddys Zimmer und stieß die Tür auf. Sie war immer noch da, ihr kleines Gesicht lila angestrahlt von ihrer Schmetterlingslampe. Ihre Haut glänzte feucht, und ihre Gesichtszüge sahen noch engelhafter aus, wenn sie vom Schlaf entspannt waren. Ich nahm ihr den Daumen aus dem Mund und strich die Decke über ihrer Brust glatt.

Betty kam die Treppe hinter mir hoch. »Hätte ich sie nicht reinlassen sollen? Sie hat gesagt, sie ist deine Tante.«

»Sie ist nicht meine Tante. Sie ist nur jemand, über den ich gerade schreibe. Ist schon gut.«

Ich bezahlte Betty von meinem Trinkgeld, aber es war ein zäher Abend gewesen, deswegen musste ich ihre Bezahlung mit Münzen aus Maddys Sparschwein aufstocken. Das war ein demütigender Moment – die Peppa-Pig-Spardose meiner kleinen Tochter umzudrehen, um Geld rauszukriegen. *Eine hässliche, aasfressende Vogelfrau.* Betty schaute höflich weg, während ihr Freund mich schweigend beobachtete, offenbar völlig fasziniert, als wäre ich eine seltene Fledermausart oder so was. Als ich sie zur Haustür hinausließ in die dunkle, feigenbaumbeschattete Nacht, sah ich, dass der Reißverschluss an seinem Hosenschlitz offen stand.

*

In jener Nacht fand ich einfach nicht in den Schlaf. Ich beschloss, mit Jan ein Gespräch über Grenzen zu führen. Ich hatte viel über Grenzen gelernt in der Therapie, die ich nach Dem Vorfall gemacht hatte. Psychologen liebten Grenzen. Sie liebten es, über sie zu sprechen und sie anderen aufzuerlegen. Ich war damals emotional so bedürftig, dass ich meine Therapeutin, eine dünne Frau mit furchtbar vielen Broschen, ständig fragte, ob ich das Richtige tat. Ich behandelte sie eher wie einen Pfarrer als wie einen Resonanzkörper. Es kam mir vor, als hätte mich die Mutterschaft, die mir schlagartig wahre Verantwortung auferlegt hatte, mehr denn je zuvor zum Kind gemacht. Ich wollte, dass mir jemand sagte, was ich tun sollte. »Ich habe ihn verlassen«, sagte ich zum Beispiel. »Ich werde nicht wieder zu ihm zurückgehen.« Und dann legte ich eine Pause ein, in der Hoffnung, dass sie sie füllen würde, bevor ich weitersprach: »Ich hab das Gefühl, dass ich das Richtige getan habe. Hab ich das Richtige getan?«

Meine Psychologin, die den Namen Kathleen Wong trug, verurteilte mich weder, noch stimmte sie mir zu. Sie hatte Haare, die sich wunderbar benahmen, indem sie wie senkrechte Vorhänge rechts und links von ihrem offenen Gesicht herunterhingen. Sie hielt ihre Knie immer geschlossen, wenn wir uns gegenübersaßen, und sie machte sich lautlos Notizen mit einem Füller. Am Ende unserer Sitzungen musste ich dem Impuls widerstehen, über den Tisch zu springen, der zwischen uns stand, und ihr den Notizblock aus den Händen zu reißen. Ich hatte das Gefühl, dass mir nur ihre Notizen enthüllen könnten, was sie wirklich dachte, und das könnte mir vielleicht eine gewisse Basis für mein weiteres Handeln geben. Kathleen sagte mir nie, was ich tun sollte, aber sie gab mir praktische Hinweise in Bezug auf meine Grenzen, wie ich sie festsetzen und schützen konnte. Ich las mich durch alle Materialien, die sie mir mitgab, und machte ungefähr achtzig Prozent aller Hausaufgaben, die sie mir auftrug. Meistens bestanden sie darin, Sätze zu bilden, die mit »ich« begannen. Man sollte der Person, mit der man sich auseinandersetzte, nie Vorwürfe machen oder irgendwelche Behauptungen aufstellen. Man sollte einfach nur über seine eigenen Gefühle sprechen und dann, in neutraler Ausdrucksweise, die Wirkung beschreiben, die diese Person auf einen hatte.

Nachdem Charlie das Land verlassen und offiziell auf seine Vaterschaft verzichtet hatte, kam mir ohnehin alles sinnlos vor. Ich machte mir Sorgen über die Kosten unserer Sitzungen – Kathleen Wong hatte Räumlichkeiten in Vaucluse (sie war mir von einer Freundin meiner Mutter empfohlen worden), und ihr unerforschlicher Rat war nicht gerade billig. Ich beendete unsere therapeutische Beziehung schleichend, indem ich immer wieder Termine absagte und irgendwann aufhörte, neue zu machen. Ich war unfähig, meiner Therapeutin auch nur meine grundlegendsten Wünsche zu vermitteln. Und ich fand nie heraus, was sie in ihren Notizen über mich geschrieben hatte.

Ich beschloss, Jan eine Mail zu schicken, in der ich ihr detailliert meine Grenzen beschrieb. Ich entwarf ein paar Sätze auf meinem Smartphone.

Hallo, Jan, ich fände es gut, wenn du mir vorher Bescheid gibst, bevor du bei mir zu Hause vorbeischaust, so wie gestern. Ich verstehe auch nicht ganz, warum du das nicht erwähnt hast, als du später am Abend noch in die Bar gekommen bist.

Und dann, als Nachsatz quasi: *Während wir an Traceys Geschichte arbeiten, glaube ich, wäre es besser, wenn wir unsere Kontakte auf deine Wohnung beschränken.*

Es fiel mir schwer, auch nur Traceys Namen zu tippen, ohne dass mich schaudernde Schuldgefühle durchliefen wie ein beschleunigter Herzschlag. Jan schrieb innerhalb von fünf Minuten zurück. Wahrscheinlich gehörte sie zu den Frauen, die spätnachts noch online shoppen.

Wie Sie wollen! Wollte Ihnen nicht zu nahe treten! PS: Ihre Kleine ist supersüß. PPS: Sehen wir uns morgen wie immer? Ich habe extra Tim Tams gekauft.

Ich konnte immer noch nicht schlafen. Meine Nervosität wurde nur noch nebulöser. Meine schlaflosen Gedanken flitzten wild zwischen all den Dingen hin und her, die Maddy zustoßen konnten – von Krankheit und Verletzungen bis hin zu den unterschiedlichsten Formen von psychologischen Folgen. Ich lud ihr mit Sicherheit schon indirekt meine Sorgen auf – meine finanzielle Situation und meine Angst vor der Wohnung über der Parramatta Road. Der Feigenbaum schwang und knarzte vor meinem Fenster, und ab und zu raschelte ein Opossum darin. Der Schein einer Straßenlaterne fiel durch seine Zweige und erfüllte das Zimmer mit fahlem Licht. Ich hatte das Gefühl, der einzige lebende Mensch zu sein, und gegen drei Uhr stand ich auf und ging auf die Toilette. Im Vorbeigehen schaute ich kurz bei Maddy rein, um mich zu vergewissern, dass ich nicht der einzige lebende Mensch war. Als ich wieder im Bett war, legte die Einsamkeit sich wieder wie ein Kälteschauer auf meine Knochen, und ich musste die ganze Zeit an Charlie denken. Die Art, wie er mir bei unserem ersten Date über die Straße entgegengerannt war, eifrig und locker. Sein Gesichtsausdruck, als wir von meiner Schwangerschaft erfahren hatten und er so erfreut schaute, als hätte er gerade ein Geschenk aufgemacht, das ihm großes Vergnügen machte. Die Wut auf seinem Gesicht, als ich auf seinem Smartphone das Foto von der Vulva seiner Freundin entdeckt hatte. Sie war rosarot, rasiert und hübsch, ganz anders als meine, sie war noch nicht durch eine Geburt verändert worden. Ich verjagte die Gedanken an die Vulva und Charlie mit einem kleinen Anlauf, mir via App einen Job zu suchen. Wie ich erfuhr, gab es mehrere Medienberaterjobs in Regierungsagenturen, die vielleicht gepasst hätten, und ein paar bei gemeinnützigen Organisationen, mit Gehältern, die mich so gerade eben oberhalb der Armutsgrenze gehalten hätten, nachdem man die Kindergartengebühren abgezogen hatte. Entmutigt verfiel ich darauf, Toms Namen zu googeln, und landete irgendwann auf der Website der Galerie, die seine Arbeiten ausstellte. Seine Ausstellung sollte in einer Woche eröffnet werden. Das Galerieblabla bezeichnete seine Arbeit als »gestreift von einer epischen Note« und »eine Erforschung der Symbiose zwischen Mythos und Moderne«. Das Künstlerfoto, das sie von ihm eingestellt hatten, warf mich in eine Grube der Sehnsucht und des Selbsthasses, die ungefähr bis vier Uhr früh anhielt. Jeder Versuch, mich selbst erfolgreich zu befriedigen, scheiterte. Mir wurde klar, dass ich bei der nächsten Gelegenheit Sex haben musste, am besten mit jemandem, den ich nicht besonders gut kannte.

*

Am nächsten Tag ging es mir, wie vorherzusehen war, hundeelend, als hätte ich einen Kater, ohne irgendetwas von dem Spaß gehabt zu haben, den man beim Erarbeiten eines Katers normalerweise hat. Maddy kam gegen halb sechs in mein Bett gestolpert, mit hinten hochstehenden Haaren, wie bei einer Wildkatze. Als ich meinen Körper um ihren bog, kalkulierte ich im Kopf die Extrazeit, die ich brauchen würde, um diesen Filz herauszukämmen. Wir lagen gemeinsam still da, für eine kleine Oasenminute. Ich griff mir einen ihrer weichen, flachen Füße und steckte ihn in meine Handfläche, während ich sie im Arm hatte. Ich fühlte, wie sich die Ruhe einschlich, die man normalerweise vor wirklich erholsamem Schlaf hat, nur um sie dann um sieben Uhr morgens von meinem Wecker zerschmettern zu lassen.

Maddy ließ sich zunehmend schwerer davon überzeugen, ihren Morgen nach dem Zeitplan ihres Kindergartens einzurichten. Als würde sie irgendwie wissen, dass ich im Moment nur so halb beschäftigt war, und sie spürte, dass sie irgendwie betrogen wurde, wenn ich sie im Kindergarten abgab, dass ich eine Absprache brach. Heute Morgen war es, als hätte Maddy in aller Stille einen Entschluss gefasst, als wir so herrlich friedvoll zusammen im Bett gelegen hatten, und jetzt legte sie es darauf an, es uns so schwer wie möglich zu machen, aus der Tür zu kommen. Ich hatte ein Treffen mit Jan um neun Uhr, und nach unserer Sitzung musste ich nach Hause und den AgriZukunft-Text fertig schreiben, bei dem ich die Deadline schon peinlich weit überzogen hatte. Als ich Maddy ihr Frühstück am Küchentisch hinstellte, begann sie einen Kampf um »Süßigkeiten« und brach in Wuttränen aus, als ich ihr sagte, dass Kinder zum Frühstück keine Süßigkeiten bekommen durften. Sie probierte alles einmal durch: mit dem Fuß aufstampfen, jammern, bockiges Schreien und schniefenden Zusammenbruch. Sie wiederholte immer und immer wieder: »Ich will was Süßes. Ich will was Süßes.«

Nach ungefähr fünf Minuten dachte ich, dass ich gleich ausflippen würde vor Wut und Verzweiflung. Sie saß auf ihrem Kindersitz, hatte den Kopf melodramatisch auf ihre Arme fallen lassen und heulte laut. Ich stand am Küchenfenster und versuchte, einen ruhigen Teil in meinem Inneren zu finden und festzuhalten, doch als ich hinausschaute über die kaputte Terrasse, in den Garten, der die Bühne für meine tragische Hochzeit im zweiten Drittel meiner Schwangerschaft abgegeben hatte, fragte ich mich auf eine Art, die mir einerseits durch und durch ging, aber andererseits total losgelöst war von mir, wie genau ich es bis zu diesem Moment geschafft hatte.

Maddy schien die Wellen von Gefahr zu spüren, die von mir ausgingen. Sie ging von Forderungen über zu Verhandlungsversuchen, als wäre ich der Tod. »Nur eine Süßigkeit, Mummy«, schniefte sie. »Ich will doch nur eine Süßigkeit.« Erneutes Schniefen. »*Biiiiiitte*, Mummy.« Sie schien jetzt wirklich aus der Fassung, als hätte sie jede Perspektive verloren auf das, was sie ursprünglich gewollt hatte, und jetzt trieb sie hilflos in einem allgemeinen Gefühl aus Traurigkeit und Verzweiflung. Ich wusste genau, wie sie sich fühlte.

Ich sammelte mich, um etwas Nettes zu sagen, etwas Beruhigendes und Mütterliches, etwas, was auch die Parkmütter sagen würden – etwas, was einfühlsam für das Kind war, aber gleichzeitig die feste elterliche Grenze um das Thema »Süßigkeiten zum Frühstück« noch einmal betonte. Dann, ohne so richtig zu merken, dass ich es tat, hob ich den Basilikum vom Fensterbrett, den Basilikum, den zu ziehen mir tatsächlich gelungen war, und ich hatte auch angefangen, ihn beim Kochen zu benutzen. Ich war ganz sicher, dass die Parkmütter solche frischen Kräuter ganz lässig anpflanzten auf ihren Fensterbrettern und Veranden. Ich nahm die Basilikumpflanze, hob sie hoch über meinen Kopf, ganz bedacht, als würde ich ein Signal für ein landendes Flugzeug geben. Dann donnerte ich sie mit aller Kraft, die ich in meinen Armen hatte, auf den Linoleumboden, und so vorhersehbar, wie man sich nur vorstellen kann, zerbrach der Topf in tausend Terrakottascherben, die in alle Richtungen flogen, und die schmutzige Erde hing an den Scherben wie schwarzes Blut. Mein Ärger hatte sich einen Weg gebahnt. Maddys Miene war die reinste Karikatur eines Schocks, ihr Mund ein rosa Oval und ihre Augen weit aufgerissen wie bei einer Babypuppe. Ich befürchtete, gerade eine Linie überschritten zu haben. Ich sah, wie diese Angst in den runden Gesichtszügen meiner Tochter reflektiert wurde. Doch statt mehr und lauter zu weinen, wie ich eigentlich gedacht hätte, war sie still. Kalt nahm ich sie aus ihrem Stuhl, und wir gingen um den zerbrochenen Blumentopf herum, als wäre es ein Hundehaufen auf der Straße. Ich würde mich später darum kümmern.

*

Jan hatte Wort gehalten, was die Tim Tams anging. Als ich an diesem Morgen die Wohnung betrat, lag ein offenes Paket auf dem Tisch, auf dem eine wild geblümte Wachstuchtischdecke lag. Jan hatte uns zwei Teller für die Kekse hingestellt und eine Teekanne, die in eine Art gehäkelten Teekannen-Mantel gehüllt war, aber ich war so müde, dass mir der richtige Ausdruck dafür nicht einfallen wollte.

»Gerade richtig für einen Vormittagssnack!«, sang sie freudig, und ich setzte mich hin, während sie mir eine Tasse einschenkte und mir ein Tim Tam zuteilte. Ich hatte Porzellan zerbrochen und meine Tochter psychologisch wahrscheinlich fürs Leben gezeichnet, aber ich hatte noch kein Frühstück gehabt. Also machte ich mich mit echtem Hunger über den Keks her und tunkte ihn in meinen Tee, um ihn weicher zu machen. Jan erklärte, sie sei gerade auf Diät und würde deswegen nicht mitessen.

»Mein Blutzucker wieder«, klagte sie. »Mein Arzt sagt, er ist zu hoch. Er will, dass ich jetzt eine Weile meinen glykämischen Index niedrig halte. Aber meine Cousine sagt, ich soll auf Keto setzen. Sie sagt, Keto hilft immer.«

»Was ist Keto?«, fragte ich reflexartig, doch dann überlegte ich es mir schnell anders und unterband Jans Versuche, mir Ketose durch den intellektuellen Filter des Artikels zu erklären, den ihre Cousine in einer Frauenzeitschrift gelesen hatte.

»Es geht darum, den Körperzellen keine Glukose mehr zuzuführen«, sagte sie. »Man soll sie überlisten und ihnen vorspielen, dass sie gerade verhungern.«

Ich erklärte Jan, dass ich heute Nachmittag eine Deadline hatte und wir uns an die Arbeit machen sollten. Ich legte mein Diktiergerät auf den Tisch, in einem Versuch, eine professionelle Grenze zu setzen.

»Selbstverständlich, selbstverständlich«, sagte Jan. Sie faltete brav ihre Hände im Schoß. »Wo waren wir stehen geblieben?«

»Ich glaube, wir waren gerade fertig mit Alan, dem Buchhalter.« Ich warf einen Blick auf meine Notizen. »Tracey ist ungefähr fünf Jahre alt, ihr Bruder drei.«

Innerlich war ich total verzweifelt darüber, wie wenig wir vorangekommen waren. Wir hatten immer noch zwei Jahrzehnte von Traceys Leben vor uns. Der Versuch, die Tochter durch die Mutter zu entdecken, war so, als würde man eine Geschichte aus dem Leben einer anderen Person herauslösen. Was war ein Leben? Eine Anhäufung von sichtbaren Taten, öffentlichen Handlungen, Meilensteinen und biografischen

Details? Oder spielte es sich komplett im Inneren ab, die Summe von Momenten, wie ich heute Morgen einen gehabt hatte, als ich aus einer Mondlandschaft aus Amberbaum-Samenkapseln schaute und mich total entfremdet fühlte von den sichtbarsten Teilen meiner selbst? Der Journalismus hatte mich nicht auf so eine Frage vorbereitet. Ich war nicht dafür gerüstet, mich damit an einem Dienstagmorgen auseinanderzusetzen, während ich mir einen Schokoladenkeks in den Mund schob und vor lauter Müdigkeit nicht mehr konnte. Ich schaute zu Jan hinüber. Sie schien zerstreut zu sein. Sie fummelte mit den Teelöffeln herum und zupfte den Mantel um die Teekanne zurecht. Ich schloss kurz die Augen. Die Erleichterung durch die kurzfristige Verdunkelung fühlte sich kühl und belebend an, als hätte ich ein Glas Wasser getrunken.

»Vielleicht nehm ich doch einen«, sagte sie. »Einer kann nicht schaden. Nur um die Säfte in Gang zu bringen.« Sie nahm sich einen Keks und biss herzhaft hinein.

Ich schlug die Augen wieder auf und schaute Jan an. Sie hatte ihre Augen auch gerade geschlossen, in einem kleinen Moment privaten Genusses. Mir fiel das Wort wieder ein, das ich vorhin gesucht hatte: Teewärmer.

*

Wenige Stunden später verließ ich Jans Wohnung und machte mich auf den Weg nach Hause, um den AgriZukunft-Job abzuschließen. Ich musste noch weitere zehn Biografien von bemerkenswerten Landfrauen schreiben, von denen zwei ihr eigenes Unternehmen gegründet hatten, indem sie Würste aus Kängurufleisch herstellten. Die Würste waren entdeckt und beworben worden von einem Fitnesstrainer für Celebritys aus Bondi Beach, der sie auf seinem Instagram-Account empfahl, und schon waren ihre Absatzzahlen hochgeschossen. Die Betreiberin war rotwangig und kräftig. Sie sah aus, als könnte sie notfalls selbst ein Riesenkänguru zu Boden ringen. Eine andere Finalistin hatte sich ganz der Alphabetisierung der Aborigines gewidmet und der örtlichen Biorestauration an Flüssen. Wieder eine andere betrieb einen frei zugänglichen psychologischen Beratungsservice für Männer, die aufgrund der Dürre Depressionen hatten. Das waren alles tolle Biografien. Ich musste jeweils fünfhundert Wörter zu jedem von ihnen schreiben. Das Problem war nur, dass ich mitten am Nachmittag plötzlich so müde wurde, als hätte ich ein Beruhigungsmittel genommen. Mein linkes Augenlid zuckte, als hinge es an einer Angelschnur. Ich hatte einen so starken Drang, meinen Kopf hinzulegen, dass es fast schon suchtartig war. Da ich keine echten Drogen von der illegalen Sorte hatte, brauchte ich Koffein.

Ich ging die Straße hoch und beschloss, es in Toms Café zu versuchen. Es hatte den besten Kaffee und öffnete spät, wie ich wusste. Normalerweise arbeitete er die Vormittagsschichten, weil er gerne bei Nachmittagslicht fotografierte und Basketball im Tree Park spielte. Früher jedenfalls. Aber ich ging hinein, und da stand er tatsächlich, mit einer schwarzen Schürze über seiner ausgeblichenen Jeans und einem weißen T-Shirt. Er hatte mir den Rücken zugewandt und bediente die Hebel der Kaffeemaschine. Ich konnte einen Fleck sehen, an dem sein T-Shirt dünner war, weil sein spitzes Schulterblatt von unten dagegenrieb. Ein kleines rundes

Loch zeigte ein Fingerbreit von seiner Haut. Ich dachte kurz daran, dass ich meinen Zeigefinger hindurchschieben und einen Fingerabdruck auf seinem Rücken hinterlassen könnte. Er drehte sich um. Er hatte fahle Ringe unter den Augen, aber das machte ihn nur noch attraktiver, als wäre er ein schwindsüchtiger Dichter oder Stammgast eines Nachtclubs, der in den Siebzigern berühmt gewesen war. Er sah immer so wunderschön fertig aus. Ich rief mir in Erinnerung, dass seine Gefühle für mich heute in einem Spektrum zwischen Verachtung, Mitleid und Abneigung rangierten.

»Hi, Suzy«, begrüßte er mich. »Wie läuft's?«

Ich sagte, es laufe gut, und starrte ihn ein paar Sekunden dumm an, bevor ich mir einen doppelten Kaffee bestellte.

»Schweres Geschütz«, sagte er. »Hast du heute Nacht noch große Pläne?«

»O ja«, sagte ich. »Ich geh in den Club.«

»Klingt ja wild.«

»Wer weiß, vielleicht ende ich auf einem Rave in einer stillgelegten Fabrik irgendwo in der Vorstadt.«

»Gibt es die immer noch? Ich war mal auf so einem«, erzählte er. »War ein bisschen problematisch, hinterher heimzukommen.«

»Raves sind nicht immer gut mit den öffentlichen Verkehrsmitteln erreichbar.«

Ich war nicht sicher, wovon wir hier gerade sprachen. Abgesehen von uns beiden war das Café leer. Tom drehte sich um, um die Milch aufzuschäumen. Ich suhlte mich in der Intimität, mit ihm allein in einem Raum zu sein. Er goss die Milch aus dem Gefäß aus rostfreiem Stahl in meinen Becher und tat einen Deckel drauf. Ich überlegte, ob er wohl irgendein Muster in den Milchschaum gemacht hatte, in das ich eine emotionale Botschaft hineininterpretieren konnte. Ich zahlte.

»Ich bin wieder flüssig!«, sagte ich fröhlich. Das war nur zum Teil wahr. Ich wollte die Zeit mit ihm in die Länge ziehen. Mir wurde jäh bewusst, dass ich einsam war. Es war ein plötzlicher Gedanke, der einen Moment aufblitzte wie eine schlagartig beleuchtete Filigranarbeit, bevor er sich wieder zurückzog. Das erklärte vieles.

»Schön zu hören«, sagte er.

»Ich habe den Artikel über deine Ausstellung gelesen«, platzte ich heraus. »Klingt echt toll. Die Journalistin meinte, deine Arbeit sei gestreift von einer epischen Note. Oder so.«

»Diese Journalistin war ungefähr zu neunzig Prozent dumm«, sagte Tom. »Aber danke.«

Ich nahm einen Schluck von meinem Latte und schaute Tom an, doch er schaute mir nicht in die Augen. Er fuhr mit einem Tuch über das polierte Chrom der Kaffeemaschine.

»Willst du zur Eröffnung kommen?«, fragte er.

»O nein«, wehrte ich ab. »Ganz im Ernst, das ist nicht nötig.«

»Kein Problem. Ich versteh schon.«

»Nein, ich meine, ich würde furchtbar gerne kommen. Ich will bloß nicht, dass du denkst, du musst …«

»Schon gut«, sagte er. »So was denke ich nicht.«

»Was denkst du nicht?« Ich hatte völlig den Faden verloren.

»Ich denke überhaupt nichts«, sagte er.

Ich lächelte. »Gibt's da dann auch Kanapees?«

»Mach dich nicht lächerlich. Kanapees sind die Feinde der Kunst.«

»Niedriger Blutzuckerspiegel ist der Feind jeder Kunst«, gab ich zurück. »Nach meiner Erfahrung. Freilich ist meine künstlerische Erfahrung begrenzt.«

»Dann iss halt was, bevor du kommst.«

14. KAPITEL

Am nächsten Tag schickte mir Tom eine Einladung zu seiner Ausstellung, die den Namen *Moderne Mythen* trug. Der Werbetext enthielt eine Interpretation seiner Arbeit. Anscheinend reflektierte sie »die Komplexität der antiken Welt, transportiert in eine moderne Umgebung«. Das Ganze las sich wie die Art von geschickter Bedeutungslosigkeit, die ich für die AgriZukunft-Broschüren benutzen würde. Ich war nicht sicher, was es bedeutete. Ich wusste nur, dass Toms Fotos wunderschön waren, voll von blauem Licht und Schatten. Ich mochte die Art, wie seine Modelle den Blick der Kamera mieden. Man konnte nie sagen, ob sie schüchtern oder stolz waren.

Ich redete mir ein, dass ich zu dieser Eröffnung gehen würde, weil das etwas war, was ein Freund für einen anderen Freund tun sollte, und Tom und ich waren ja Freunde. Ich hatte mich nie bei ihm dafür entschuldigt, wie ich ihn mit der Sache mit Ben gedemütigt hatte. Während die Affäre noch lief, war ich in der Lage gewesen, alles voneinander abzuspalten. Ich redete mir ein, dass eine Entschuldigung nicht nötig war, weil sich alles ohnehin so unwirklich anfühlte wie etwas, was nur in meiner Vorstellung existierte. Mich dafür zu entschuldigen, wäre so gewesen, als hätte ich mich für einen Gedanken entschuldigt, der mir zufällig durch den Sinn gegangen war, oder für eine Idee, die ich innerlich kurz in Erwägung gezogen hatte, um sie dann doch zu verwerfen. Ich hasste dieses Wort »Affäre« mit seinen Konnotationen von grässlicher Reizwäsche und asymmetrischer Liebesbeziehung. Wir hatten keine Affäre gehabt, wir hatten Sex gehabt. Aber egal, wie ich das Ganze privat nannte – als es publik wurde und ich das Grauen in Beanos Augen sah, war meine Scham sehr real gewesen. Diese Scham schien die Wahrheit über mich ziemlich akkurat widerzuspiegeln. Und sobald ich das wusste, musste ich annehmen, dass Tom sich wahrscheinlich gedemütigt gefühlt haben könnte. Ich wusste nicht, was für eine Geschichte er selbst erzählt hatte über das, was zwischen uns beiden passiert war.

Manchmal fragte ich mich, wie es Ben ging. Ich wusste, dass er kürzlich zum Partner in einer Krisenmanagementfirma ernannt worden war. Ich hatte die Meldung auf Twitter gesehen, durch das ich mich in meinen besonders masochistischen Momenten noch manchmal hindurchscrollte. Ich bekam immer noch ab und zu Nachrichten von einem Troll, der mich als Nutte beschimpfte, eine ehemännerstehlende Hure oder läufige Hündin, aber im Großen und Ganzen kochten die Beschimpfungen langsam wieder runter, so wie ich aus den Gedächtnissen der Menschen verschwand. Ich überlegte, ob Ben wohl auch solche Nachrichten bekam. Wenn ja, zeigte er es nicht auf dem Foto, das neben der Meldung von seinem neuesten Karriereschritt stand. Er hatte sich frontal fotografieren lassen wie bei einem Polizeifoto. Ab und zu dachte ich auch an Beano.

Ich war fertig mit dem AgriZukunft-Artikel und mailte ihn an den Kunden. Ich hatte die Biografien aller guten Landfrauen in Porträts zu je fünfhundert Wörtern gepackt. Zehn solche Biografien hatte ich zusammenschreiben müssen für achtzig Cent pro Wort. Ich hatte sie alle als erfüllt und würdig dargestellt. Ich schickte die Rechnung auch gleich raus und sandte ein stummes Gebet um prompte Bezahlung hinterher. Sobald das Geld da war, würde es die Summe für die Kfz-Versicherung und ein paar Wochen Gebühren für den Kindergarten abdecken. Außerdem musste ich mir jetzt wirklich schleunigst einen gut bezahlten Vollzeitjob suchen.

Am Nachmittag hatte ich wieder eine Sitzung mit Jan. Ich hatte gut geschlafen und fühlte mich ausgeruht. Ich ging die Ruby Street entlang, die beschattet wurde von einer Reihe von Feigenbäumen. Meine Glieder fühlten sich luftig und leicht an. Das Sonnenlicht fiel in Rauten durchs Laub und auf mein Haar und meine Hände. Die Luft war so warm, dass sie sich geradezu lebendig anfühlte. Es schien, als würde die ganze Welt aus der Luft auf meiner Haut bestehen und meinen Muskeln, mit denen ich spazieren ging. Die Luft erinnerte mich an den Sommer, in dem ich schwanger gewesen war. Charlie und ich waren in den Urlaub gefahren, die Küste hinunter. Ich hatte mich gerade aufs Ende des zweiten Trimesters zubewegt, und die Schwangerschaft hatte sich langsam weniger fiktiv angefühlt. Ich bewegte mich jetzt definitiv auf einer nicht mehr umkehrbaren Bahn. Charlie hatte damals bereits angefangen, heftig zu trinken, aber er vertrug den Alkohol so gut, dass ich es kaum wahrnahm, wie etwas, was man aus dem Augenwinkel sieht und erst später wieder zu genauerer Betrachtung hervorholt, wenn es wichtig wird und man sich darauf konzentrieren möchte. Wir blieben in einem mit Brettern verkleideten Ferienhaus in einem nicht ganz so gesunden Teil von Jervis Bay, wo die Leute sich Sofas auf ihre Veranda stellten und heruntergekommene Opels in ihre Auffahrt. In einem Garten gab es sogar eine Ziege. Die Geschäfte im Ort waren ein Getränkemarkt, ein Mini-Markt und ein Laden, in dem Köder verkauft wurden. Charlie grillte fast jeden Abend. Er machte immer ein großes Aufhebens davon, mir das gut durchgebratene Fleischstück zu geben.

Später, als ich versuchte, irgendetwas zu finden, woran ich mich festhalten konnte, rief ich mir diese Erinnerung wieder ins Gedächtnis, zum Beweis, dass er mich eben doch liebte: Er traf grundlegende Vorkehrungen gegen eine Listerieninfektion. Ein andermal sah er, wie ich mich mit meinen Schnürsenkeln abmühte, und kniete sich auf den Boden, um sie mir zuzubinden. Er behandelte mich den ganzen Urlaub über sehr fürsorglich, als wäre ich etwas Kostbares. Doch seine Fürsorge kam mir seltsam distanziert vor, ihr fehlte die Intimität, als wäre er mein Butler und ich seine Herrschaft – die nicht mehr in der Lage war, die einfachsten Sachen selbst zu machen, zum Beispiel aus eigener Kraft aus einem niedrigen Stuhl aufzustehen.

Damals war ich es schon gewohnt, dass Charlie mich nicht mehr begehrte, aber in diesem Urlaub berührte er mich wieder mehr: Er streichelte meinen Arm beim Abendessen oder nahm einfach stumm meine Hand, wenn wir in den Ortskern gingen. Einmal legte er mir die Hand auf mein nacktes Knie, während ich uns nach einem Abendessen in der Kneipe im Ort nach Hause fuhr. Die ganze Fahrt über wünschte ich mir nichts sehnlicher, als dass seine Finger höher gewandert wären, in meinen Schoß. Ich redete mir ein, dass er mich immer noch liebte, und manchmal ertappte ich ihn dabei, wie er mich ganz intensiv anschaute, als wollte er gerade etwas zu mir sagen oder als hätte er mich gerade zum ersten Mal gesehen. Ich redete mir ein, dass das Liebe war. Er schenkte mir Aufmerksamkeit, und wenn diese Aufmerksamkeit mal zerstreut war oder er Sorgen hatte, wie hätte ich mich darüber beschweren können? Ich hatte keine Einsicht in die Beziehungen anderer Menschen, aber sie hatten sicher alle ihre Nischen des Elends, unsichtbare Meere der Sehnsucht, Orte, wo die Unfähigkeit einer Person auf das nackte Bedürfnis einer anderen traf und ein Loch immer größer wurde. Das war das Leben. Das war das Leben, in das ich demnächst ein Baby bringen würde.

An unserem letzten Abend wachte ich auf, und Charlie lag nicht neben mir. Er schaute oft bis spätnachts Kricket. Ich ging ins Wohnzimmer. Die Verandatüren standen offen und ließen die weiche Nachtluft herein. Charlie lag regungslos auf dem Sofa, seine muskulösen Beine schlaff in Shorts, während das Grün des Kricketfelds auf seinem Gesicht reflektiert wurde. Der Raum wurde gefüllt mit dem weichen Rhythmus der Kommentare. Für mich war Kricket wie eine fremde Sprache. Ich verstand es hinten und vorne nicht, aber ich war durchaus in der Lage, die Gefühle zu erspüren, die damit verbunden waren. Ich merkte es, wenn etwas Dramatisches passiert war. Charlie lag inmitten leerer Bierdosen. Außerdem waren da noch eine leere Weinflasche und eine Teetasse gefüllt mit Rotwein. Ich spürte, wie mich Gereiztheit durchfuhr – er hatte sich nicht mal die Mühe gemacht, ein richtiges Weinglas zu holen? Da ich dachte, dass er schlief, hob ich die Fernbedienung auf und schaltete die Übertragung aus. Das Match verschwand. Der Bildschirm wurde schwarz.

»Ey«, machte Charlie und richtete sich auf, und ich hörte an seiner belegten Stimme und daran, dass er dieses Wort benutzte – *ey* –, dass er betrunken war. Mir wurde auch klar, dass ich in eine neue Atmosphäre getreten war, dass sich etwas um ihn aufgebaut hatte, während ich im Schlafzimmer lag.

»Verdammt, ich hab das grade angeschaut. Schalt das wieder ein«, sagte er, und dann, als ich es tat, fügte er leise hinzu: »Fuck, du bist echt so scheiße.«

Wenn er so mit mir redete, ahnte ich es immer schon vorher. Es ist schwer zu erklären, wie mir das gelang, aber es hängt wahrscheinlich davon ab, ob man selbst einen Alkoholiker als Elternteil gehabt hat. Es gab endlose Regalmeter an Fachliteratur darüber, und es hatte sogar einen Namen: Co-Abhängigkeit. Sie war natürlich meistens etwas Schlechtes, aber es machte einen empfindlich für kleinste Veränderungen in der Umgebung. Und das war fast eine Superkraft. Nach einer Weile, besonders nachdem er uns verlassen hatte, begann ich Charlie in einem anderen Licht zu sehen. Er dachte, er hätte Macht über mich gehabt, und die hatte er auch gehabt, sehr große sogar. Aber worüber er im Grunde gerne Macht gehabt hätte, war er selbst. Er trank und riss reihenweise Frauen auf, um sich hemmungslos zu vergnügen, in einem Versuch, Leiden zu vermeiden, aber diese Verhaltensweisen brachten ihm nur noch mehr Leiden. Er benutzte seine Süchte, um über die Dinge hinwegzukommen, doch er verwickelte sich nur noch mehr, und am Ende unterlag er ihnen, körperlich, komplett. Doch nichts davon brachte mich dazu aufzuhören, ihn zu lieben. Ich liebte ihn nur noch mehr.

*

»Heute gibt's keine Kekse«, verkündete Jan, als sie die Tür aufmachte. »Ich bin auf Diät. Diesmal ist es eine richtige Diät.«

»Okay«, sagte ich.

Jan schien düsterer Stimmung zu sein. Sie trug auch Schwarz, ein nüchternes, Muumuu-artiges Gewand ohne Aufdruck oder Verzierungen.

»Mein Arzt sagt, dass mein Prädiabetes sich demnächst in Diabetes verwandeln wird«, erklärte sie. »Also habe ich beschlossen, eine Saftfastenkur zu machen. Es gibt sogar ein Rezept in Traceys Buch.«

Dieses organische Leben lag auf dem Wohnzimmertisch, behutsam aufgeschlagen wie ein heiliges Pergament, auf einer Seite, auf der ein Rezept für einen grünen Smoothie stand. Für das Rezept brauchte man Grünkohl, Açaípulver und Matchatee. Daneben war ein Foto von Tracey abgebildet, die ein Chiffontop trug und neben einer Schale mit Tropenfrüchten hockte, die glänzten wie Christbaumkugeln. Sie hatte ihren Kopf leicht schief gelegt, so schief, wie alle jungen Frauen heutzutage den Kopf schief legen, wenn sie fotografiert werden. Als ich sie sah, bekam ich Schuldgefühle, die sich anfühlten wie ein Stromschlag. Ich war am Leben, Tracey nicht mehr.

Jan werkelte in der Küche herum. Haufen von Spinatblättern lagen überall auf den Arbeitsflächen, und Stapel von Tupperware-Behältern mit gehackten Früchten darin – Ananas, Äpfel, Pfirsiche. Sie gab den Inhalt verschiedener Behälter in einen Mixer und schaltete ihn ein, sodass es sofort laut wurde. Sie gab die Spinatstiele in die Mündung des Mixers. Der Mixer fraß sie alle in sich hinein und zerkleinerte sie zu einer einheitlichen grünen Suppe. Schließlich goss sie die grüne Flüssigkeit in ein großes Glas, das sie in gleichmäßigen Zügen austrank, während sie barfuß in der Küche stand. Sie trank es, als würde sie eine Aufgabe erfüllen, und als sie das Glas wieder absetzte, zierte ein grüner Schnurrbart ihre Oberlippe.

»Tee?«, bot sie mir an, jetzt schon etwas besserer Laune.

Ich nickte, und sie stellte den Wasserkocher an. Während sie darauf wartete, dass das Wasser anfing zu kochen, ging sie durch die Küche, räumte auf und spülte Gegenstände ab. Als sie den Abfalleimer mit dem Fuß öffnete, sah ich, dass sich darin die Chipstüten stapelten, zusammen mit leer gequetschten Flaschen Tomatensoße, Eisverpackungen und einem kleinen Häufchen Tim-Tam-Keksen, alle bedeckt mit einer giftig roten Flüssigkeit, die aussah wie Spülmittel. Jan machte einen starken schwarzen Tee mit Milch und Zucker für mich und einen grünen Tee für sich selbst. Wir setzten uns an den Beistelltisch. Traceys Gesicht lag zwischen uns wie ein Vorwurf.

»Macht es Ihnen was aus, wenn ich dieses Buch zuklappe?«, fragte ich, als ich mein Diktiergerät und meinen Notizblock auf den Tisch legte.

»Überhaupt nicht. Es ist, als würde man einen Geist anschauen, oder?«

Jan zeigte heute kaum Gemütsregungen. Ihre Augen wirkten eingesunken, und die übliche Drallheit ihrer Wangen war erschlafft. Heute sah sie einfach nur aus, als hätte sie Hängebacken.

»Alles in Ordnung?«, erkundigte ich mich.

»Nein, verdammt, nicht wirklich«, sagte sie.

Sie ließ den Teebeutel immer wieder auf- und untertauchen in ihrem Teebecher, wobei sie kleine Tröpfchen heißes Wasser überall auf der Tischdecke verteilte. Ich brachte mein Diktiergerät in Sicherheit.

»Heute wäre Traceys Geburtstag gewesen. Ihr neunundzwanzigster.«

Das Grauen erhob sich wieder, und ich schloss die Augen. »Aha«, sagte ich. »Sind Sie sicher, dass Sie die Sitzung heute machen wollen?«

»Ja. Aber am besten bringen wir das Ganze schnell über die Bühne. Ich glaube, wir waren noch nicht mal bei ihrem zehnten Geburtstag. Wo waren wir? Wo sind wir?«

Ich warf einen Blick in meine Notizen. »Wir sind bei ihrem neunten Geburtstag, nachdem Sie sich von Terry getrennt haben. Sie haben Tracey beschrieben als ein ›unbeschwert fröhliches kleines Mädchen, das Einhörner und Malbücher liebte‹. Sie haben gesagt, dass sie gerne Kaulquappen im örtlichen Bach fing, aber sie immer zurückbrachte, sobald sie sich zu Fröschen entwickelt hatten.«

Ich warf einen schnellen Blick auf Jans Gesicht, um ihren Ausdruck zu checken. Keine Regung.

Ich las weiter. »Tracey konnte richtig gut Geschichten schreiben. Sie hat Sie angebettelt, ihr die Nägel pink zu lackieren, so wie Ihre. Sie war besessen von der Polly-Pocket-

Puppe, was sie unterstützt haben, weil sie dachten, dass Polly nicht ganz so nuttig war wie Barbie«, las ich vor.

»Lassen Sie das weg«, warf Jan ein, »dass ich Barbie zu nuttig fand.«

Ich machte mir eine Notiz und fuhr fort: »Tracey hatte eine Sammlung von Porzellanhäschen, die sie eines Tages zu ihrem Vater mitnahm, aber sie kamen nie wieder zurück. Sie weinte tagelang deswegen, aber wollte Ihnen einfach nicht erzählen, was passiert war.«

»Lassen wir das doch einfach auch weg.«

»Die Porzellanhäschen-Sammlung?«

»Ja, das ganze Stück. Ich hätte lieber eine etwas positivere Geschichte«, erklärte Jan. Sie schaute mich an über die Spitzentischdecke. »Wir können Sachen ja einfach weglassen. Alle lassen Dinge aus, wenn sie was erzählen, oder?«

»Absolut. Alle Schriftsteller redigieren«, sagte ich. »Sie redigieren aus …«

»Oh, redigieren, *redigieren*!«, rief Jan entnervt. »Noch so eins von Ihren tollen Fremdwörtern.«

Sie ließ den Teebeutel wütend herumtanzen, bevor sie ihn in hohem Bogen aus der Tasse schwang und mit einem Mordsspritzer auf der Tischdecke landen ließ. Er begann, einen grünlichen Fleck zu verbreiten. Sie schien wieder in Wut zu geraten. Ich spürte, wie mich meinerseits die Wut packte. »Redigieren« war wohl kaum ein »tolles Fremdwort«.

Jan schaute mich giftig an. »Sie haben Dinge weggelassen«, sagte sie. »Als Sie über sie geschrieben haben.«

Ich seufzte. Auf einmal waren meine Knochen bleischwer. In meinem Inneren war ein Ozean aus Erschöpfung, der gegen meine Haut schlug. »Ich habe eine Story über Tracey geschrieben, die völlig akkurat war. Menschen sind von Ihrer Tochter geblendet worden«, sagte ich. »Sie mussten erfahren …«

»Sie haben Dinge weggelassen«, beharrte sie. »Sie haben gelogen durch Auslassungen.«

Dieser Satz klang so gar nicht nach Jan. Ich überlegte, ob sie das vielleicht aus einem ihrer spätnächtlichen Krimis hatte. Ich wusste, dass sie diese Art von Sendungen anschaute, wenn sie nicht schlafen konnte. Also in den meisten Nächten.

»Wir können jede Geschichte schreiben, die Sie wollen«, sagte ich in einem Versuch, endlich weiterzukommen.

Jan schaute zu mir auf. Ihre Augen, in die ich noch nie so richtig geschaut hatte, schienen tief und lebendig. In ihnen lag eine Intelligenz, die vielen Leuten in ihrem Leben anscheinend entgangen war. Jan, mit ihrem Getue um Tim Tams und ihrer Liebe zu *Mamma Mia* und ihren bedruckten T-Shirts, ihrem Glauben an Meridiane und ihrer überraschenden Meinung, die sie mir eines Morgens kundgetan hatte, dass nämlich das Attentat vom 11. September von den amerikanischen Geheimdiensten selbst geplant gewesen sei.

»Ich will eine gute Geschichte«, sagte sie. »Ich will eine Geschichte, die mich tröstet.«

15. KAPITEL

Tracey Doran klebte mir noch auf der Haut, als ich mich fertig machte für die Eröffnung von Toms Ausstellung. Betty war beschäftigt, deswegen bat ich meine Mutter, rüberzukommen und auf Maddy aufzupassen. Sie hasste nächtliche Autofahrten, aber sie kam. Ich hörte sie in der Küche, als ich oben im Bad mein Make-up auflegte. Ich versuchte mich gerade an einem Katzenaugenlidstrich. Unten drillte meine Mutter Maddy ihre Buchstaben ein.

»B-A-B-Y«, sagte sie gerade. »Wie macht das Baby, Maddy?«

Maddys Antwort war gedämpft und schwer zu verstehen, aber es klang nicht nach der korrekten Antwort.

»Nein, mein Schatz«, sagte meine Mutter, und ihre Stimme wurde höher. »Na, komm. Das weißt du doch.«

Es war heiß, immer noch achtundzwanzig Grad und feucht, obwohl die Sonne gerade unterging. Ich verwarf meine knöchellangen Jeans und zog ein schwarzes Leinenkleid an und dazu römische Sandalen. Ich wusste, dass alle Mädchen auf dieser Eröffnung Sachen anhaben würden, die bewusst formlos waren, weil sie glaubten, dass die Ablehnung von Sexyness eine politische Haltung war. Dieselben Mädchen würden hinterher auf Instagram Fotos von Toms Ausstellung posten und der Welt ihre Identität auf diese Art mitteilen. Mir wurde klar, dass ich diesen Mädchen feindselig gegenüberstand, egal wer sie waren, denn ich machte mir Sorgen, dass Tom mit einer von ihnen ins Bett ging. Als mir mein Lidstrich endlich gelungen war, ging ich nach unten.

»Maddy hat mir vorgelesen«, verkündete Beverley.

Sie trug eine Schürze, obwohl sie gar nichts kochen musste, wenn sie Maddys Abendessen zubereitete, sondern einfach nur einen Teller in die Mikrowelle schieben musste, was Beverley schrecklich vulgär fand. Darunter trug sie ein makellos weißes Shirt mit hochgestelltem Kragen und eine teure Goldkette um den Hals, zusammen mit einer schwarzen Caprihose und Lederloafers. Sie sah aus, als wäre sie gerade von einer Jacht gestiegen. Sie drehte sich um, als die Mikrowelle klingelte.

»Aber ich kann doch gar nicht lesen, Mummy.« Maddy schaute mich verwirrt an.

»Wirst du aber bald, mein Schätzchen«, sagte ich, und ich beugte mich zu ihr hinunter, um meine Wange ganz kurz an ihre zu legen. In einem meiner Bücher über Kindererziehung stand, dass sicher gebundene Kinder immer zu ihren Müttern zurückkommen, nachdem sie eine Weile ihre Umgebung erforscht haben. Das Buch bezeichnete dies als Verhalten von »Kindern, die ihre Tasse wieder nachfüllen«. Aber oft hatte ich das Gefühl, dass nicht Maddy, sondern ich meine Tasse nachfüllen musste.

*

Das Mädchen hinter der Bar hatte einen Nasenring und trug ein T-Shirt mit dem Aufdruck »Eat the Rich«. Ich war nicht reich, also war ich wohl in Sicherheit. Ich nahm mir einen Wein. Wie Tom vorhergesagt hatte, war er ein bisschen zu warm, und außerdem waren es Plastikbecher. Immerhin war es ein Kelchglas, keine Tasse. Ich überlegte, aus welchem Grund man keine Gläser bei Eröffnungen wie dieser verwendete. Vielleicht erwarteten sie eines Tages gewaltsame Auseinandersetzungen oder erhofften sich sogar welche, als anarchischen Ausdruck der Wertschätzung der ausgestellten Kunst. Ich umklammerte meinen Kelch und schritt langsam durch die Galerie. Sie war weiß getüncht und hatte einen unebenen Boden. Ich scannte die Menge nach Tom ab, aber konnte ihn nicht entdecken. Der Raum füllte sich mit Leuten, die aussahen, als wären sie größtenteils Mitte dreißig, die Männer mit ihren zu kurzen Hosenbeinen – Vic nannte das immer den »Kartoffelbauern-Look«. Einige hatten umweltfreundliche Einkaufstaschen mit aufgedruckten Sprüchen dabei. Die Frauen trugen absichtlich unattraktive Säcke, wie ich vorhergesehen hatte. Ich bewunderte, wie es ihnen gelang, in diesen Säcken so knabenhaft zu wirken. Diese Frauen sahen alle so aus, als ob sie von Natur aus dünn wären und sich nicht so ins Zeug legen mussten wie ich. Ihre Gliedmaßen waren elegant und fest und nahmen keinen unnötigen Raum ein. Es waren auch ein paar ältere Leute unter den Besuchern, Sammler und Kritiker, wie ich schätzte, Männer mit Bart und Frauen mit Brille. Ich erkannte den Kunstkritiker meiner ehemaligen Zeitung wieder, Stefan, einen glatzköpfigen Mann, der viel mit den Händen redete. Er schaute gerade eine Arbeit an, auf der Tom einen seiner Basketballkumpels fotografiert hatte. Ich erkannte diesen Typen wieder aus Toms Wohnung und auch vom Park – er zog oft sein

Oberteil aus und steckte es sich lässig hinten in die Shorts, während er weiterspielte – mit dieser Art von männlicher Lässigkeit, die ich total bewunderte. Auch auf diesem Bild hatte er kein Oberteil an, und das tat er ganz großartig. Ich hatte immer nur gehört, wie die anderen ihn »Boggo« riefen, aber ich hatte nicht gedacht, dass das sein richtiger Name war.

»Suzy!« Stefan reckte seinen Kopf vor und rief über die Köpfe der Menge. »Mann, wie geht's dir?«

Stefan redete wie eine Figur aus einem Roman von P. G. Wodehouse. Mir wurde klar, dass ich mich aus seinem Blickfeld hätte entfernen müssen, solange ich noch gekonnt hätte. Jetzt war es zu spät, und ich ging zu ihm rüber und zwang meine Gesichtsmuskeln zu einem Lächeln. Er wandte sich von mir ab, um ein Bild zu bewundern.

»Ganz exquisit, großartig, nicht wahr?«

Es war Boggo, wie ich jetzt erst sah, er umklammerte einen Weinschlauch aus Plastik, den er in klassischer Pose über sich hielt. Hinter ihm war ein knochiges Mädchen über eine Crackpfeife gebeugt, wenn ich das richtig sah. Irgendwie wurde sie beleuchtet von einer donnernd blauschwarzen Wolke, während Boggo im Vordergrund mit einem starken weißen Licht angestrahlt wurde, das ihn hyperreal wirken ließ.

»Er ist Dionysos«, erklärte Stefan. Er sah völlig hingerissen aus. »Gewitzt und sublim. Und gleichzeitig doch äußerst prosaisch. Magisch.«

Ich schätzte, dass Tom eine gute Rezension von Stefan kriegen würde, und ich spürte eine komplexe Abfolge von Gefühlen. Mir wurde auf einmal klar, dass ich nicht wollte, dass Tom seinen Job im Café und das Basketballspielen im Park aufgab. Ich wollte, dass er blieb, wo er war, auch wenn ich ihn nicht mehr so oft sehen konnte. Diesem Gefühl folgte die starke Erkenntnis, dass das Leben anderer Leute sich weiterbewegte, während meines stecken geblieben war, meine Identität jetzt festgelegt im Internet, und zwar für immer. Als wollte er diesen Punkt betonen, wandte sich Stefan von Toms Foto zu mir und musterte mich.

»Ich bin überrascht, dich hier zu sehen«, sagte er. »Kennst du den Künstler?«

Ich wollte sagen: *Ja, ich kenne ihn, wir haben nämlich früher miteinander gevögelt*. Aber dann wurde mir klar, dass Stefan garantiert von meiner Geschichte mit Ben wusste und höchstwahrscheinlich mit einem vorgefassten Urteil über meine sexuelle Verfügbarkeit in dieses Gespräch gekommen war, das ich nicht unnötig verstärken wollte.

»Er wohnt bei mir um die Ecke«, antwortete ich lahm. »Wir sind Freunde.«

»Er ist ein Talent. Wenn du ihn kennst, würde ich dir fast raten, eines von seinen Werken zu kaufen. Glaub mir, seine Arbeiten werden demnächst richtig teuer werden.«

Es wäre mir nie in den Sinn gekommen, Tom um etwas zu bitten, aber jetzt wünschte ich, ich hätte es getan. Zu Beginn unserer Freundschaft hatte Tom Fotos von mir gemacht mit einer alten Spiegelreflexkamera, die er von einem wackligen Bücherregal genommen hatte. Seine richtigen Arbeiten machte er mit einer Digitalkamera, die schwarz und auserlesen war, wie ein Minipanther, und die er in einem kleinen Metallsafe aufbewahrte. Die abgegriffene Spiegelreflexkamera hatte er immer in seinem Zimmer rumliegen, geladen mit einer richtigen analogen Filmrolle, die er sich in großen Mengen online bestellte. »Das ist bloß zum Rumspielen«, tat er es ab, und obwohl ich es hasste, fotografiert zu werden, liebte ich dieses Klicken und die Verzögerung bei diesen altmodischen Kameras. Man wusste nicht genau, was man tat, wenn man das Foto machte, und man wusste nicht genau, was dabei am Ende rauskommen würde.

Mir kam das immer wie eine bessere Annäherung an den kreativen Prozess vor als die Tracey-Doran-Foto-Schule, wo man für Bilder posierte und sie sofort nachbearbeitete, so ausbesserte, dass sie etwas anderes wurden, etwas, was über den Künstler und sein Modell hinausging. Diese Fotos verdunkelten die Realität eher, als dass sie sie darstellten. Der Künstler und sein Modell waren meistens sowieso identisch, eingesperrt in einem narzisstischen Blick. Ich war gerne unter Toms Blick, wurde gern auf diese Art gesehen, obwohl ich nur ungern die Resultate sehen wollte. Er hatte so eine Art, mich in ein Gespräch über irgendwas zu verwickeln – meistens über ein Buch, dann stellte er mir eine Frage nach der anderen, und wenn ich dann sprach, hob er die Kamera von seiner Hüfte vor die Augen und drückte auf den Auslöser. Er ließ diese Geste harmlos aussehen, als würde er eine Fliege verjagen oder sich eine störende Locke von den Augen wegstreichen. Er ließ mich nie posieren. Er musste Dutzende von Bildern von mir gemacht haben, auf denen ich mit offenem Mund zu sehen war. Falls er den Film überhaupt jemals hatte entwickeln lassen, was ich bezweifelte. Für ihn war Fotografieren nur ein Reflex.

Das Mädchen hinter der Bar, das uns aufforderte, die Reichen zu verschlingen, schlenderte mit einer halb vollen

Flasche Chardonnay an uns vorbei, und Stefan packte sie gierig beim Handgelenk, um sie zu bitten, ihm noch einmal nachzuschenken. Mir schenkte sie auch noch einmal nach. Wir standen zusammen unter Boggos Bild. Ich wünschte mir sehnlichst, dass schnell jemand anderes vorbeikam, um mich vor diesem unvermeidlichen Gespräch zu retten.

»Und … wie geht's dir sonst so?«, begann Stefan. »Wie ist das Leben nach …«

»Nach der Apokalypse?«

»Ich wollte eigentlich ›nach dem Journalismus‹ sagen. Wie ist das Leben nach dem Journalismus?«

»Oh«, sagte ich. Ich fühlte mich unterlegen. »Na ja, ich arbeite schon noch. Ich schreibe immer noch.«

»Ach, das freut mich für dich, altes Mädchen«, sagte Stefan. »Woran arbeitest du gerade? An deinen Memoiren?«

Er rollte das R.

»Ich glaube, es gibt einen Markt für solche Sachen«, fuhr er fort. »Du weißt schon, Leute, die öffentlich …«

»Bloßgestellt worden sind.«

»Angeklagt worden sind am Gerichtshof der öffentlichen Meinung, hätte ich jetzt gesagt.«

»Nein«, sagte ich. »Tatsächlich helfe ich anderen Leuten bei ihren Memoiren. Ich schreibe Biografien.« Ich hüstelte, als ich diese weiße Lüge aussprach. »Ich mache ein Stück Biografiearbeit in Langform. So was in der Art.«

Stefan schaute mich an wie ein langweiliges Gemälde. »Wie interessant.«

*

Ich holte mir noch mehr warmen Wein und entzog mich dem Gespräch mit Stefan mit größtmöglicher Höflichkeit. Da entdeckte ich in der Ecke Boggo, der einen Kapuzenpulli und lange Shorts trug, Skaterschuhe mit Socken, die an seinen Unterschenkeln auf Halbmast saßen, und ein Baseballkäppi mit einem Mannschaftslogo, das ich nicht einordnen konnte. Boggo starrte intensiv auf das Foto eines Windhund-Trainers. Der Mann hielt die Leine straff gespannt. Der Hund starrte stolz in die Kamera, mit hochgereckter Taubenbrust. Das Foto war mit einer längeren Belichtungszeit gemacht worden, und der Hund musste sich bewegt haben während der Sitzung, sodass es wirkte, als hätte er mehrere Köpfe. Das Foto trug den Titel *Cerberus*. Ich machte mir eine geistige Notiz, das später zu googeln. Ich wusste nicht, was das Foto bedeuten sollte, aber es hatte etwas Mystisches und Distanziertes. Ich trat neben Boggo und stellte mich selbst vor, obwohl wir uns schon einmal getroffen hatten, als er zu Tom gekommen war, um sich eine Fahrradpumpe abzuholen. Ich hatte in einem alten T-Shirt von Tom an einer Tasse Tee genippt und am Küchentisch Zeitung gelesen, und wir waren einander kurz vorgestellt worden, aber ich bezweifelte, dass Boggo sich daran noch erinnerte. Tom sagte, dass Boggo neunzig Prozent seiner wachen Zeit stoned herumlief und die restlichen zehn Prozent darauf verwendete, Marihuana zu organisieren.

»Yo«, sagte Boggo. Ein Blick in seine Augen bestätigte mir, dass er vor ziemlich kurzer Zeit erst gekifft hatte. »Ich kenn dich noch. Suzy. Du bist Toms Freundin.«

»Nicht wirklich seine Freundin«, erwiderte ich.

»Nein. Seit du deinen Chef gevögelt hast, nicht mehr.« Boggo kicherte albern, als wäre das alles total komisch. Ich nippte an meinem warmen Wein, während ich versuchte, seine Bemerkung zu verarbeiten. Warum sollte Boggo meinen, dass ich Toms Freundin gewesen war? Woher sollte Boggo über den Vorfall mit Ben Bescheid wissen? Ich muss wohl seltsam dreingeschaut haben, denn Boggo schien sich auf einmal zu besinnen. Er straffte seinen Rücken und nahm sein Käppi ab, unter dem er eine Haube aus symmetrischen schwarzen Haaren hatte. Er schaute mich an. Seine Augen hingen in einer blutroten Wolke. Unter den vergrößerten Blutgefäßen schienen sie eine nussbraungrüne Farbe zu haben. Er lächelte und zeigte Grübchen, die attraktiv aussahen.

»Tut mir leid. Ich bin ein Arschloch. Geht mich ja alles gar nichts an«, sagte er. »Du hast eine kleine Tochter, stimmt's?«

»Stimmt. Maddy heißt sie.«

»Ich kenne sie noch vom Park. Ich heiße übrigens Abdel. Mit e, nicht u.«

»Mir gefällt das Porträt, das Tom von dir gemacht hat. Du siehst sehr … königlich aus.«

Während ich sprach, erhaschte ich endlich einen Blick auf den Künstler, über Abdels Schulter. Er unterhielt sich mit Stefan, besser gesagt, Stefan unterhielt sich mit ihm, wobei er ekstatisch mit den Armen herumwedelte, als wollte er Tom gleichzeitig amüsieren und beeindrucken. Da traf mich die jähe Ahnung, dass diese Ausstellung, die so großartig und interessant war – und einfühlsam, so einfühlsam –, dass diese Ausstellung Tom künstlerische Anerkennung einbringen würde. Er würde in vielen anderen Räumen wie diesem stehen, schlechten Wein in der Hand haben (obwohl der Wein vielleicht sogar besser werden würde) und das Lob wichtiger

Leute in sich aufnehmen, mit gesenktem Kopf und einer Locke, die ihm übers Auge hing. Tom blickte kurz auf und traf meinen Blick, bevor er ihn wieder senkte, um Stefans Gestikulieren in sich aufzunehmen.

»Ja, echt voll abgefahren.« Abdel schaute mich jetzt aufmerksam an.

Abgefahren bedeutete in diesem Zusammenhang etwas Gutes. Ich schwankte leicht und merkte, dass ich einen kleinen Schwips hatte. Ich verfluchte die künstlerische Abwesenheit von Kanapees. Ich war so weit, dass ich auch Erdnüsse genommen hätte oder von mir aus sogar Popcorn.

»Hoppla«, sagte Abdel, als er meinen Arm fasste, um mich zu stützen. »So, jetzt geht's wieder.«

»Ich hab heute noch nichts gegessen.«

»Ja, sieht mir ganz so aus«, meinte er. Und als er seine Hand wieder wegnahm, fügte er hinzu: »Hast du deine schon gesehen?«

»Meine was?«

»Deine Fotos?«

»Ich hab hier keine Fotos.« Ich war verwirrt, und mir wurde ganz heiß. Der Nachgeschmack des Weins in meinem Mund war richtig unangenehm.

»Nein, nicht *deine* Fotos hatte ich gemeint.«

Ich schaute ihn verständnislos an.

»Ich meinte Toms Fotos von dir«, sagte er. »Die sind da drüben – im Harpyien-Raum.«

Das klang nicht gut.

*

Der Harpyien-Raum war Gott sei Dank klein, eine Art Vorzimmer, das an den Hauptraum der Galerie angrenzte, und so unbedeutend, dass die meisten Leute es hätten übersehen müssen, weil sie meinten, dass es zu einer anderen Ausstellung gehörte. Darin waren die schönsten Arbeiten von allen, Toms Porträts von Frauen. Ich hatte gedacht, dass er nur Männer als Modelle benutzte, aber sobald ich diese Arbeiten sah, wurde mir klar, wie albern es gewesen war anzunehmen, dass er, nur weil ich bloß seine Männerporträts zu sehen bekommen hatte, gar keine anderen gemacht hatte.

Tom schien der perfekte Beobachter von Weiblichkeit zu sein, er zeigte seine Modelle sowohl sanft als auch stark. Seine männlichen Modelle waren in Superheldenposen dargestellt, standen vor irgendwelchen Dingen, von oben ausgeleuchtet, hyperreal und titanengleich. Sie schauten frontal in die Kamera, aber schauten weit dahinter, als wären ihre Augen auf etwas anderes gerichtet, etwas am Horizont, was erhabener und wichtiger war als das, was hier war. Die Frauen hingegen schauten nach unten, ihre Blicke waren nach innen gerichtet und weg von der Kamera. Sie waren alle gerade mit etwas anderem beschäftigt – eine rupfte Hühner an einem Fließband, die Nächste beugte sich über ein Gemüsebeet, eine saß am Computer, dessen Bildschirm ihr Gesicht beleuchtete. Ich fragte mich, wie Tom all diese Frauen gefunden hatte, und staunte mal wieder über meine Unkenntnis über diesen Mann, mit dem ich den Großteil des letzten Jahres geschlafen hatte und der daneben noch dieses Leben hatte, von dem ich nichts wusste, ein Leben, in dem er Modelle aus anderen Welten suchte und sie mit solcher Sorgfalt darstellte. Ein paar andere Frauen kümmerten sich um Kinder in einem elenden Raum auf einer Matratze, dessen fleckige Wände mit ausgeschnittenen Bildern von Disney-Figuren beklebt waren. Eine andere Frau, eine besser gekleidete Frau, tupfte das Gesicht ihres Kindes ab, das in federnbesetztem Tanzkostüm bereitstand und auf seinen Auftritt wartete. All diese Frauen taten etwas, statt etwas zu sein. All ihre Gesichter waren überschattet, und sie posierten nicht. Die Arbeiten hießen einfach nur *Harpyie 1* und *Harpyie 2* und so weiter, bis zu Nummer 8. Ich folgte den Porträts rund um die Wände des kleinen Raums und ging dabei ganz langsam, als müsste ich mir einen Weg durch ein Labyrinth suchen.

An der letzten Wand hingen die Bilder von mir. Ich war Harpyie 8. Auf einem war ich zu sehen, wie ich Maddy die Haare flocht. Das Foto war von hinten aufgenommen, und man konnte unsere Gesichter nicht sehen, aber ich erkannte mich und auch das dunkelblaue Hemd, das ich anhatte. Ich war bereit für die Arbeit, hatte meine eigenen Haare schon frisiert, streng zurückgekämmt und businessmäßig aus dem Gesicht genommen. Maddy war ausnahmsweise folgsam gewesen, und die Kamera war auf meine Finger gerichtet, die gekrümmt arbeiteten. Mein Gesicht war nicht zu sehen, aber man konnte meine Nase in einer schiefen Profilansicht sehen. Maddy war weiß gekleidet und erinnerte mit ihren geflochtenen Haaren irgendwie an eine griechische Nymphe oder einen Cherub, der einen Gastauftritt auf einer Renaissance-Darstellung eines griechischen Mythos' hat. Ich konnte mich noch an diese Nacht erinnern, das war vor sechs Monaten gewesen, Tom hatte bei mir übernachtet, ein seltenes Ereignis, etwas, was ich fast nie erlaubt hatte. Am Morgen weckte ich ihn, ein paar Minuten bevor Maddy in mein Zimmer gestürmt kam, und warf ihn auf die Straße mitsamt seinem Rucksack. Er reagierte, indem er an unsere Tür klopfte und so tat, als wäre er gerade zufällig bei unserem Haus vorbeigegangen und hätte spontan beschlossen, auf ein Frühstück reinzuschauen. Ungezwungenheit fiel ihm leicht. Maddy war begeistert, und mir blieb nichts anderes übrig, als ihn hereinzubitten. Er war immer noch warm von meinem Bett. Er hatte seine Kamera dabeigehabt und ein paar Fotos gemacht, während ich Maddy am Küchentisch fertig machte. Ich hätte nie gedacht, dass diese Fotos hier, in diesem Raum mit den weißen Wänden, landen würden.

Das letzte Bild war auch von mir, aber es zeigte nur mich, und darauf schlief ich, mit so entspannten Gesichtszügen, dass ich mich fast selbst nicht wiedererkannt hätte. Ich war in ein Laken gewickelt, und das Licht war so schattig und dunkel, dass die Auflösung sich wie in einem Kinoeffekt verwischte. Mein Kopf war auf die Seite gedreht, und ich sah ausdruckslos und friedlich und allein aus. Ich sah auch schön aus, das konnte ich sogar durch die Linse meiner ewigen Selbstkritik sehen. Tom hatte mich schön gemacht.

*

Eine Woche nach der Ausstellungseröffnung las ich Stefans Rezension in der Zeitung, die ich mir nur dieses einzige Mal gekauft hatte, nachdem ich praktisch gefeuert worden war. Stefan hatte alle möglichen Adjektive für Toms Kunst parat, und er benutzte das Wort »leuchtend« zweimal. Er fand, dass die Arbeiten die Rätselhaftigkeit eines Bill Henson mit dem klarsichtigen Realismus eines Kriegsfotografen verbanden. Ganz besonders lobte er die *Harpyie*-Serie, die seiner Meinung nach eine »Neuerfindung der Harpyie als transformative Figur, als Figur von Betriebsamkeit und als Betreiberin von Veränderung, als Feministin und als Kämpferin, nicht als zänkisches Weib« war. Davon wusste ich nichts. Ich hatte ein bisschen über Harpyien gelesen und entdeckt, dass sie in der Literatur meistens als durch und durch böse porträtiert wurden, vor allem von Dante in seinem *Inferno*, wo sie in den Höllenwäldern lauern, im siebten Kreis der Hölle. Das war der schlimmste Ort, an dem die Selbstmörder brennen und leiden mussten. Die Harpyien folterten die Selbstmörder – hatte Tom das gewusst, als er mich als eine darstellte? Wäre er so grausam bei der Ausübung seiner Kunst?

Doch andere klassische Schriftsteller, die unbekannteren, hatten die Harpyien als wunderschön beschrieben, als heraldische Personifikationen der großen Sturmwinde der antiken Welt. Ich konnte damit leben, ein Sturmwind zu sein. In den Tagen, nachdem ich Toms Porträts gesehen hatte, war ich wie vor den Kopf geschlagen von der Kraft seiner Version von mir, einer Version, die nichts zu tun hatte mit meinem Selbstbild. Er hatte mich genommen und zu etwas anderem gemacht, etwas Fremdem. Er hatte mich total verändert. Ich hatte ihm nie erlaubt, mich zu fotografieren, geschweige denn ein Bild von mir in einer öffentlichen Ausstellung zu verwenden. Aber ich wusste durch meine eigene Arbeit, dass niemand sein Bild in der Öffentlichkeit besitzt, dass die Welt es einem jederzeit stehlen kann, ohne Erlaubnis oder Vorwarnung. Also war ich am Ende weniger sauer als vielmehr vor Ehrfurcht erstarrt. Tom hatte mir etwas genommen, aber er hatte mir auch etwas gegeben – eine andere Version von mir, die ich erwägen und beanspruchen konnte.

*

Aber das alles kam erst später, als ich darüber nachgedacht hatte. Damals stand ich wie vom Donner gerührt vor mir selbst. Tom trat hinter mich. Ich musste mich gar nicht umdrehen, um zu wissen, dass er es war. Er fragte mich, wie mir die Bilder gefielen.

»Ich finde sie extrem überraschend«, sagte ich und drehte mich um.

Er hatte sich richtig schick gemacht – er trug ein ausgewaschenes Denimhemd mit schwarzen Jeans und seinen üblichen Sportschuhen. Seine Haare waren kurz geschnitten, und seine glänzenden Locken lagen ihm ganz dicht am Kopf. Er war so begehrenswert, dass es schon wehtat.

»Ich hätte es dir sagen sollen«, meinte er.

»Hast du aber nicht.«

»Ich hatte einfach Angst, dass du Nein sagen würdest. Ich weiß, wie sehr du Fotos von dir hasst.«

»Ich sollte sauer sein«, begann ich. »Ich meine, ich bin sauer.« Ich versuchte, mich irgendwie in eine Art von Wut hineinzusteigern oder zumindest etwas, was an Gereiztheit grenzte, aber da war nichts. Vielleicht war Wut eine begrenzte Ressource, und ich hatte meine schon aufgebraucht.

»Sie sind toll, Tom. Sie sind wirklich gut.«

»Du sagst das, als wärst du enttäuscht oder so was.«

»Ich bin enttäuscht von mir selbst.«

»Warum sagst du so was?«

»Ich habe mich nie bei dir entschuldigt«, sagte ich.

»Es gibt nichts, wofür du dich entschuldigen müsstest.«

»Doch.«

»Nein. Bist du betrunken? Muss ich dir was zu essen geben?«

»Du hast gemeint, Kanapees wären der Feind jeder Kunst, weißt du noch?«

»Ja, aber Burger nicht. Burger und Kunst vertragen sich sehr gut.«

»Wo sind die Burger?« Ich schaute mich um, in der Hoffnung, dass ein weiß behandschuhter Kellner zwischen den Harpyien herausspringen würde, um mir mit schwungvoller Gebärde einen doppelten Cheeseburger hinzuhalten. Vielleicht hatte er in der anderen Hand sogar ein paar Pommes.

»Hier gibt's keine Burger, aber ein paar von uns gehen hinterher noch aus. Du solltest auch mitkommen.«

Tom entschuldigte sich und ging sich wieder unter die Menge mischen. Ich schlenderte aus dem Harpyien-Raum, meinem Raum, zurück in den Hauptraum der Galerie. Er war voller Leute und unerträglich heiß und kakofonisch laut. Die Decken waren hoch, und der Raum war nackt, wie alle Galerien und neuerdings auch Restaurants waren, nicht mal ein Kelimteppich lag auf dem Boden. Ich wartete geduldig auf den Tag, an dem ein weicherer Einrichtungsstil sein Comeback haben würde. Ich bahnte mir den Weg zu einem auf Böcken stehenden Tisch, wo ein Wasserkrug zwischen lauter benutzten Plastikkelchen stand. Ich konnte keinen sauberen finden, also schluckte ich die letzten Tropfen von meinem warmen Wein herunter und goss mir Wasser in den

Becher. Nun hatte ich Wasser mit Weingeschmack, aber es war besser als nichts.

»Suze!« Jessica, meine Arbeitskollegin aus der Bar, kam quer durch den Raum auf mich zu. Ich war überrascht, sie hier zu sehen – ich hatte gar nicht gewusst, dass sie mit Tom befreundet war. Sie trug ein gepunktetes Korsagenkleid. Es war stark tailliert und hatte eine durchgehende Knopfleiste vorne. Wenn man sie so anschaute, bekam man richtig Lust, sie auszuziehen. Ihre Tattoos glänzten auf ihrer perlmuttschimmernden Haut. Wir plauderten kurz über die Arbeit. Jessica erzählte, dass in ihrer gestrigen Schicht im Little Friend Pete ihr in ihrer Pause auf den Hof gefolgt war, ihr Feuer gegeben und sie ausgefragt hatte.

»Wow. Gut gemacht, Pete. Ich hätte nie gedacht, dass der sich das trauen würde«, sagte ich.

»Hat er ja auch nicht wirklich. Er hat mich gefragt, ob ich seine Anfrage auf Facebook gesehen hätte. Anscheinend hat er mir eine Einladung zu irgendeinem Konzert auf Facebook geschickt. Ich hab ihm gesagt, dass ich nie auf Facebook gehe.«

»Machen das Millennials heute so?«, fragte ich. »Ist Pete überhaupt ein Millennial?«

»Keine Ahnung. Aber nachdem er das gesagt hatte, bin ich mal auf meine Facebook-Seite gegangen und hab in seinem Profil gestöbert, und ich hatte recht. Er ist tatsächlich so ein Typ, der sich für Männerrechte einsetzt. Er hat die Seite von diesem Stirling Kirk gelikt. Zusammen mit einem ganzen Schwung Harry-Potter-Fan-Fiction-Seiten.«

Stirling Kirk war eine Internetcelebrity und ein Populärpsychologe, der mit seinem Handbuch, wie man als Mann sein sollte, auf den Bestsellerlisten gelandet war. Ich wusste das nur, weil Tom aus Interesse auch eines gekauft hatte und es buchstäblich angeekelt auf den Boden geworfen hatte. Ich weiß noch, wie er das Ganze als »Post-Jungianischen Scheiß« bezeichnet hatte, und ich hatte mir damals eine geistige Notiz gemacht, dass ich irgendwann mal die Hauptgrundsätze der Jungianischen Philosophie googeln musste. Ich war oft bestürzt über mein Unwissen.

»Mein Frauenhasser-Radar ist unfehlbar«, fuhr Jessica fort. »Ich sag dir, deinen nächsten Mann kannst du gleich mal bei mir vorbeischicken.«

»Vielleicht mach ich das«, meinte ich. Ich nippte an meinem Weinwasser. »Ich bin ganz fasziniert. War das alles, was Pete gemacht hat? Er hat dich wirklich nur gefragt, ob du seine Anfrage auf Facebook gekriegt hast? Ich dachte, Stirling Kirk hätte seine Anhänger aufgerufen, ein bisschen härter ranzugehen.«

»Tut er ja auch. Er nennt sie Wiesel. Hey, wollen wir mal kurz rausgehen, eine rauchen?«

Generell rauchte ich nur, wenn ich betrunken war, also sagte ich Ja. Außerdem brauchte ich frische Luft. Wir traten durch die Menschenmenge auf die Straße. Die Tür der Galerie führte direkt auf ein kleines Gässchen ohne größeren Durchgangsverkehr. Gegenüber von uns war ein großer Container, aus dem Weihnachtsschmuck quoll. Der Arm eines Weihnachtsmannkostüms mit weißem Pelzrand hing aus der Öffnung. Es sah aus, als wäre der Weihnachtsmann ermordet worden und man hätte seine Leiche hastig in diesem Container entsorgt. Jessica zündete sich eine Zigarette in ihrem Mund an und reichte sie mir. Das Ende war eingedellt mit dem sexy Abdruck ihres Lippenstifts.

»Was war das für ein Konzert, zu dem Pete dich eingeladen hatte?«, wollte ich wissen.

»Irgend so eine Banjo-Band aus den Appalachen. Nicht mein Ding«, sagte Jessica.

»Und wie bist du da dann rausgekommen? Was hast du gesagt?«

»Er hat mich in Verlegenheit gebracht, das hat mich voll genervt. Später habe ich ihm eine Nachricht auf Facebook geschickt, dass ich mit einem anderen Typen ausgehe.«

»Armer Pete.«

Wir schwiegen einen Moment, dann nahm ich noch einen Zug und dachte über Pete nach, mit seiner seltsamen Musik und seiner knochigen, katzenartigen Ausstrahlung. Er schien sich eine Identität schaffen zu wollen, und eine Freundin wie Jessica gehörte zu seiner Vision. Sie war umwerfend und lachte gern. Sie hatte eine Lücke zwischen ihren Schneidezähnen, die mich immer an das Weib von Bath aus den *Canterbury Tales* erinnerte. Sie hatte das gewisse Etwas, etwas, was ich am ehesten als Selbstgewissheit beschreiben würde, und das zog einen ungeheuer an. Ich konnte verstehen, warum Pete, der nur aus Ecken und Kanten und Unsicherheit zu bestehen schien, gern ein Stück davon gehabt hätte.

»Wie auch immer, sag Pete bloß nicht, dass ich dir das erzählt habe«, bat Jessica. Sie ließ ihre Zigarette aus dem hübschen Mund fallen und zermalmte sie mit dem Fuß auf dem Kopfsteinpflaster. Sie trug Schuhe mit Kork-Heels. Sie sah aus wie eine wunderschöne Punkerin, die sich aufs Set eines Elvis-Films verlaufen hatte. »Am Ende baggert er dich als Nächste an. Triffst du dich gerade mit jemandem?«

»Nein.«

In diesem Moment kam Boggo aus dem Gewühl der Galerie heraus und gesellte sich zu uns auf die Seitengasse. Er wühlte hektisch in den Taschen seiner Shorts, während er irgendeine Melodie vor sich hin summte. Ich konnte nicht recht abschätzen, ob seine Shorts Skater-Shorts oder Board-Shorts waren, aber ich war sicher, dass sie irgendwo in einem Urban-Streetwear-Shop erworben worden waren, dessen eigentliche Zielgruppe männliche Teenager waren. Ich schätzte Boggo auf Ende zwanzig. Ich überlegte, womit er seinen Lebensunterhalt verdiente oder ob er gar keinen Job hatte.

»Fuck«, sagte er. »Heiß da drinnen.« Er zog einen kleinen zerknautschten Joint aus seiner Tasche und glättete ihn liebevoll an seinem Oberteil. Jessica schaute ihm wohlwollend zu. Ich schaute mich um, ob sonst noch jemand auf der Straße war, aber sie war leer.

Ich hatte eine kurze Vision von einer schlafenden Maddy, überschattet von Schuldgefühlen und Sehnsucht. Es war neun Uhr abends, und mittlerweile hatte sie sich wohl in horizontaler Position quer übers Bett gearbeitet. Sie bewegte sich nämlich im Schlaf und streckte ihre Beine nach außen wie die Zeiger einer Uhr. Bis Mitternacht würde sie komplett andersherum liegen, mit den Füßen auf dem Kissen. Ich fragte mich, wie oft die Parkmütter wohl rauchend vor Galerien standen, wie oft sie ihre Kinder bei ihren Müttern ließen, damit sie sich unter Boggo und seinesgleichen mischen konnten. Wieder blitzte mein paralleles Leben vor meinem inneren Auge auf, in dem Charlie zu Hause im Bett lag und lesend auf mich wartete. Ich würde vor dem Spiegel stehen und mit seinem Spiegelbild reden, ihm von meinem Abend erzählen. Ich würde mich abschminken, meine Ohrringe nacheinander abnehmen und mich vor ihn hinsetzen, mit vorgebeugtem Kopf wie eine Bittstellerin, während er meine Kette abnahm und mein Kleid hinten aufmachte. Ich fügte dieses aufblitzende Bild meiner Liste von Dingen zu, die in meinem Leben nie passierten.

»So, fertig«, sagte Boggo befriedigt, als er den Joint endlich gerade gebogen hatte. Er steckte ihn an und reichte ihn weiter an Jessica. »Wollen Sie uns die Ehre geben, Mylady?«

»Danke, Ab«, sagte Jessica, und in dem Moment wurde mir klar, dass sie Boggo ebenfalls kannte.

Jessica nahm einen Zug und reichte den Joint weiter an mich. Ich hatte ein Gefühl von Verstohlenheit – das letzte Mal hatte ich Gras geraucht, bevor ich Maddy bekommen hatte, zusammen mit Charlie. Wir waren mit Freunden auf einem Strandurlaub gewesen, kurz nachdem wir uns kennengelernt hatten. Ich hatte zu viel geraucht, mir wurde schlecht und schwindlig, und ich verbrachte den Rest des Abends in einem abgedunkelten Zelt, überzeugt, dass die Leute draußen – unsere Freunde – mich für peinlich und doof hielten. Am nächsten Tag streichelte Charlie mir den Kopf, den ich kleinlaut auf seinen Schoß gelegt hatte. »Du hattest einen Green-out, Suze«, sagte er und brachte mich nach Hause. Ich war ganz gerührt, wie er sich um mich kümmerte, weil wir erst ein paar Monate zusammen waren und ich bereits wusste, wie sehr ich ihn liebte. Ich wusste schon sehr früh, dass ich mir die Haut abgezogen und ihm gegeben hätte, wenn er mich darum gebeten hätte.

Jetzt war Charlie weg, niemand wusste, wo, oder zumindest ich nicht, und es war bizarr und peinlich, nicht zu wissen, wo der Vater deines Kindes ist, höchst ungewöhnlich in meinen Mittelklassekreisen. Ich hatte mehrere Versionen der Geschichte ausprobiert, wenn die Leute mich gefragt hatten. »Er ist in Übersee« oder »Er nimmt momentan nicht am Leben unserer Tochter teil« oder »Er ist beruflich viel unterwegs«. Aber keine Version hatte die Wucht oder die gerechte, schlichte Wut des Ausdrucks, den schon Generationen von Frauen vor mir verwendet hatten, denen dasselbe passiert war wie mir: Er ist mir durchgebrannt. Ich nahm den Joint und inhalierte vorsichtig. Meine Mutter konnte immer noch auf dem Sofa übernachten. Ich schickte ihr eine Nachricht, dass ich wahrscheinlich erst spät nach Hause kommen würde, und dann schaltete ich mein Smartphone in den Flugzeugmodus, damit mich niemand mehr stören konnte.

*

Wie sich herausstellte, arbeitete Boggo bei der Trabrennbahn, als eine Art Mischung aus »Buchmacher und Laufbursche«. Er stieß wieder dieses mädchenhafte Lachen aus, doch dann stellte er schnell wieder um auf einen ernsten Gesichtsausdruck, als er den Rest des Joints in den Mund nahm. Er verengte die Augen und saugte sorgfältig und mit ernsthafter Hingabe daran. Er sah aus wie ein Glasbläser, nur dass er umgekehrt arbeitete. Als er gerade fertig geraucht hatte, flog schwungvoll die Tür auf, und Tom erschien. Er schob seinen Kopf um die Seite der Tür, auf eine so komische Art, fast wie bei den Marx Brothers. Er lachte, als er uns sah.

»Na, wen verdirbst du hier, Bog?«, fragte er.

»Die Mädchen. Deine Mädchen«, sagte Boggo. Mein Kopf fühlte sich klebrig und marmeladig, aber auch leicht an. Ich wollte protestieren, weil man mich als »Mädchen« bezeichnet hatte, aber mein Mund wollte mir nicht mehr gehorchen.

Jessica wandte sich an Tom: »Wann können wir endlich essen gehen? Hast du langsam alles gemacht, was du machen musstest?«

Ich beobachtete sie und wunderte mich über die lässige Vertrautheit, die zwischen den beiden zu bestehen schien. Dann trat Tom auf die Gasse hinaus und legte Jessica einen Arm über die Schulter. Sie schaute zu ihm hoch und küsste ihn enthusiastisch auf den Mund.

»Ich bin fertig«, sagte er. »Ich kann jederzeit gehen, Baby.«

Tom hatte mich einmal »Baby« genannt, und ich hatte ihm unmittelbar und streng zu verstehen gegeben, dass ich das hasste. Er nannte mich nie wieder Baby. Tom war sehr respektvoll in dieser Hinsicht.

Doch Jessica schien es überhaupt nichts auszumachen.

*

Irgendwann später saßen wir in einer Kellerbar, die direkt an den Central Business District angrenzte, irgendwo in der Innenstadt. Tom hatte sie ausgesucht, weil dort Absinth ausgeschenkt wurde oder zumindest die verwässerte Version von Absinth, für die die Barbesitzer die Importlizenz hatten. Diese Art von Bar schien in jenem Sommer in Sydney zu florieren – im Grunde spezialisierte Bars für Spießer. Sie servierten mexikanisches Essen, das Streetfood imitieren sollte, aber auf gehobene Art. Oder sie servierten nur Gin, oder es waren Tequila-Bars oder Burrata-Bars, wo das einzige Gericht auf der Karte ein milchiger Knoten aus italienischem Käse war, bestäubt mit Salz aus Ibiza. Ich ging nicht mehr in solche Läden, aber ich las von ihnen in dem kosmopolitischen Gourmetmagazin meiner Mutter, und ich dachte liebevoll an die Tage zurück, als ich noch an solche Orte ging, vor Maddys Geburt, als Charlie und ich die Stadt erkundeten wie übereifrige Touristen.

Die Tatsache Tom-und-Jessica oder Jessica-und-Tom war eine neue Information, die mich mit überraschender Wucht traf, aber ich wusste, dass es mich erst wirklich beschäftigen würde, wenn die Wirkung des Joints und des Weins nachgelassen hatte, und das war ein ganz bequemes Gefühl. Es war wie eine Gehirnerschütterung – der wirkliche Schaden würde sich erst später zeigen, wenn ich wieder in meinen eigenen vier Wänden war. Wir saßen um den Tisch in einem Abteil, als eine Frau mit einem Absinthbrunnen vor uns erschien. Die Jungs saßen auf der einen Seite und die Mädchen auf der anderen. Ich saß direkt gegenüber von Boggo, dessen Augen mittlerweile so undeutlich waren, dass man sie bloß noch erahnen konnte. Ich fragte mich, ob sich Toms und Jessicas Füße unter dem Tisch berührten, aber besaß noch genug Selbstrespekt, nicht nachzusehen. Der Brunnen war aus Glas und poliertem Silber – er sah aus wie ein Kristallschloss aus einem von Maddys Märchenbüchern. Eine nackte Jugendstildame aus Silber trug auf ihren hochgestreckten Armen die Glasschüssel, in der sich der Absinth befand.

»Artemis«, sagte Tom und schaute mich an.

»Das muss ich dir unbesehen glauben«, sagte ich, ohne seinen Blick zu erwidern.

Die Bedienung stellte vor jeden vor uns ein kleines Glas und legte je einen ziselierten Silberlöffel quer darauf. In jedem Glas lag ein Zuckerwürfel, und da ich immer noch ziemlich high war, bemerkte ich jeden glitzernden Kristall und dachte über seine Komplexität nach, im Vergleich zu anderen größeren Dingen wie Pottwalen und Raum und Zeit. Mit einer schwungvollen Bewegung ihres Ellenbogens drehte die Kellnerin die Hähne auf, sodass der Alkohol langsam und bedächtig heraustropfte, aus dem Brunnen heraus, hinunter und vorbei an Artemis, durch den löchrigen Löffel und auf den Zuckerklumpen, der sich unter dem Druck jedes Tropfens langsam auflöste. Das Ganze war faszinierend zu beobachten. Es war das Langsamste, was ich seit langer Zeit gesehen hatte. Ich hatte eine Offenbarung, wie die Langsamkeit mächtig und entspannend war, und mein Mund verzog sich zu einem Lächeln, was Boggo wieder zum Kichern brachte, diesmal sogar ziemlich ekstatisch. Als klar war, dass unsere Drinks so schnell nicht fertig sein würden, beschlossen Jessica und Abdel, noch einmal zum Rauchen rauszugehen. Boggo zog den nächsten zerknautschten, selbst gedrehten Joint aus der Tasche. Ich überlegte, warum er sich keinen festen Behälter für seine Joints mitnahm. Ich tippte darauf, dass seine Fähigkeit zum Vorausplanen beschränkt war. Ich rutschte beiseite, um Jessica aus unserem Abteil rauszulassen, und als sie an mir vorüberging, fühlte ich das weiche Quetschen und Wälzen ihrer Pobacken an meinen Knochen. Ich versuchte mich zu entsinnen, warum ich so lange einer dünnen Figur hinterhergelaufen war, aber es wollte mir nicht mehr einfallen.

»Also«, sagte Tom, sobald wir alleine waren. Er saß mir schräg gegenüber, und es fühlte sich seltsam an, als wären wir beide Einzelreisende an einer Bushaltestelle, die auf gegenüberliegenden Stühlen sitzen und versuchen, jeden Blickkontakt zu vermeiden. Er rutschte ganz leicht auf mich zu, als wollte er die Lücke überbrücken. »Sei mal ganz ehrlich«, sagte er. »Bist du sauer?«

»Weswegen genau?«, gab ich zurück. »Weil du meine Fotos ohne Erlaubnis benutzt hast? Oder weil du mit meiner Freundin ausgehst und es mir nicht erzählt hast?« Mein Plan, Tom mit schweigendem Hochmut zu behandeln, war jetzt schon misslungen.

»Machst du Witze?«, fragte er. »Irgendwie kann ich gerade nicht wirklich sagen, ob du Witze machst.«

Ich gab keine Antwort. Stattdessen spielte ich ein bisschen an meinem Silberlöffel herum. Ich versuchte, jede Ecke des Zuckerwürfels gleichmäßig zu tränken.

»Ich weiß gar nicht, wo ich da anfangen soll«, sagte er.

»Fang einfach irgendwo an.«

»Okay. Du wolltest nie mit mir ausgehen oder meine Freundin sein.«

»Woher willst du das wissen? Du hast mich doch nie gefragt.«

»Ich hab's dann ja rausgefunden, als ich ein paar Dutzend Twitter-Posts gelesen habe, in denen es darum ging, dass du deinen Chef gevögelt hast.«

»Wie schön.«

»Das kümmert mich ja nicht mal«, sagte er. »Das würde mich gar nicht kümmern.«

»Und weswegen führen wir jetzt eigentlich dieses Gespräch?« Mich durchflutete eine jähe Wutwelle. Es fühlte sich gut an. Es war, als würde man aus einem stickigen Raum in so kalte Luft hinaustreten, dass es einem erst mal den Atem verschlägt.

»Weil ich wissen will, warum du dir diese Geschichten einredest.«

»Ich weiß wirklich nicht, wovon du redest«, sagte ich. »Du bist doch derjenige, der die letzten paar Monate anscheinend damit verbracht hat, mich als Harpyie darzustellen. Verdammt noch mal.«

Und da ich immer noch high war und deswegen ein klein wenig außerhalb meines eigentlichen Selbst, fiel mir auf einmal auf, wie extrem undurchsichtig und maßgeschneidert dieser Streit war. Keine anderen zwei Menschen der gesamten Weltbevölkerung hätten in diesem Moment einen Streit über die Frage führen können, ob es fair ist, als griechische Monster-Göttin mit einem schlechten Ruf künstlerisch dargestellt zu werden. Ich musste lachen, und der Tisch, der nicht ganz fest stand, wackelte mit und ließ den Absinthbrunnen und die Gläser beben. Alles klirrte, ganz leicht, wie Feengelächter, als wären wir schon mitten im Absinthdämmer.

»Was ist daran so komisch?« Tom sah so angriffslustig aus, wie ich ihn noch nie gesehen hatte.

»Es ist nur ein wirklich spezieller Streit, den wir hier gerade führen.« Ich sammelte mich. »Sag mal, was sollen das für Geschichten sein, die ich mir selbst erzähle?«

»Dass du so eine Art von frei umherstreifender – ich weiß auch nicht, wie ich das besser ausdrücken soll – einsamer Waldläuferin bist. Dass du dir von deinen Mitmenschen einfach nehmen kannst, was du willst, aber du nie etwas von ihnen brauchst.« Er machte eine Pause. »Dass dein Ex zurückkommt.«

»Das tu ich doch gar nicht! Ich …«

»Was tust du gar nicht?« Boggo und Jessica waren zurück und brachten den Geruch von Gras mit. Diesmal rutschte ich einfach durch, sodass ich Tom gegenübersaß. Jessica schien frisch aufgefüllt mit irgendeiner Art von Freude, und sie lehnte sich über mich, um Tom einen explosiven Kuss auf den Mund zu drücken. Er schloss die Augen, um ihn zu empfangen, und ich wurde vor Eifersucht ganz grün, doch der immer noch bekiffte Teil von mir war seltsam abgelöst und interessierte sich nur am Rande für dieses Gefühl. Ein anderer Teil von mir, die Überbleibsel meines Über-Ichs vielleicht, überlegte, was ich hier eigentlich tat und wie ich mich am nächsten Tag beurteilen würde. Jans Gesicht erschien vor meinem inneren Auge. Ich hatte morgen eine Sitzung mit ihr – wie sollte ich mich ihren Honigkeksen und ihren ewigen Ju-huus stellen?

»Spielen wir doch was«, schlug Boggo vor.

»Au ja«, rief Jessica.

»Moment, erst müssen wir diese kleinen Fucker hier trinken«, sagte Boggo.

Die Hähne hatten aufgehört zu tropfen, und in allen unseren Gläsern stand knapp drei Zentimeter eine trübe Flüssigkeit, die auf einem eingestürzten Haufen getränkten Zuckers ruhte. Ich goss mir ein bisschen Wasser in meines. Die Bedienung hatte uns empfohlen, langsam zu nippen. Boggo legte natürlich den Kopf in den Nacken und exte sein Glas. Nach einigem Gehuste richtete er sich wieder auf, bestellte ein Bier und erklärte, jetzt würden wir spielen, was er die »Mafiaversion« von »Ich hab noch nie …« nannte. Derjenige, der sagte, was er noch nie gemacht hatte, durfte lügen, und wenn die anderen ihn überführten, musste der Lügner eine Mutprobe absolvieren.

»Aber woher sollen wir denn wissen, ob die Lügner nicht einfach nur auf ihrer Lüge beharren, um der Mutprobe aus dem Weg zu gehen?«, wandte ich ein.

»Dann müssen sie eben aufrichtig sein«, meinte Boggo. »So sind die Regeln.«

»Das ganze Spiel beruht auf Aufrichtigkeit, ihr Pfosten«, sagte Jess. »Niemand außer dir kann wissen, was du getan hast. Das ist doch die Voraussetzung für das ganze Spiel.«

Es war ein wenig sinnvolles Spiel, aber andererseits war an diesem Abend nichts sinnvoll gewesen. Ich schaute Tom an, der intensiv in sein Absinthglas stierte, darin herumrührte und ganz genau bemessene Wassermengen dazugab, als wäre es ein Zaubertrank. Ich verkündete, dass ich anfangen würde.

»Ich hab noch nie Polka getanzt.«

Niemand trank.

»Das ist doch scheißlangweilig, Mann«, sagte Boggo. »Lass mich mal. Ich hab noch nie einen Ladendiebstahl begangen. Haaah! War nur ein Witz, natürlich habe ich schon mal was mitgehen lassen.«

Alle außer mir tranken.

»Ach komm, Suze, nicht im Ernst. Nicht mal Ohrringe oder eine CD oder so was?«, fragte Jessica.

»Ich habe strikte Moralvorstellungen.«

Tom schnaubte. »Du bist dran, Jess.«

»Ich hab noch nie … einen Song von Justin Bieber auf meinem Spotify gespielt.«

Ich trank. »Ich mag diesen Song, in dem er meint, dass es zu spät ist, sorry zu sagen«, erklärte ich.

»Tom«, sagte Boggo und nickte in seine Richtung.

»Ich hatte noch nie einen One-Night-Stand«, sagte Tom.

»Ach, jetzt KOMM, Mann«, sagte Boggo, und er nahm ein paar Schlucke von seinem europäischen Bier. Jessica und ich nippten beide an unserem Absinth. Er brannte an der Rückseite meines Rachens, und dann tauchte das Anisaroma irgendwie in meiner Nase wieder auf, wovon ich niesen musste. Tom trank in dieser Runde nichts. Er legte seine gefalteten Hände wie ein Pfarrer auf den Tisch.

»Tom«, sagte ich. »Du hast noch nie einen One-Night-Stand gehabt? Das glaub ich dir absolut nicht. Ich sage, du lügst oder wie auch immer man das in diesem Spiel sagen muss. Boggo?«

»Tom, Suze hat dich einen Lügner genannt, Mann. Du bist durch Ehre verpflichtet, jetzt wahrheitsgemäß zu antworten«, erklärte Boggo.

»Es ist die Wahrheit. Ich bin immer erst mit Mädchen ins Bett gegangen, die ich schon eine Weile kannte«, sagte Tom. Jessica musterte aufmerksam sein Gesicht, wahrscheinlich, um es auf Anzeichen hin zu überprüfen, dass er log.

»Ich glaube dir nicht, absolut und hundertprozentig nicht«, sagte ich. »Ich glaube, dass du lügst.«

»Tja, da liegst du hundertprozentig falsch.«

»Du musst gestehen, und dann sagen wir dir, was du als Mutprobe machen musst«, sagte ich. »Boggo? Du machst den Schiedsrichter.«

»Tom, mein Junge, bei deiner Ehre und beim Leben deiner Mutter, sagst du die Wahrheit?«

»Ja«, antwortete Tom. Er nahm ein Schlückchen von seinem Absinth. »Das trinke ich übrigens, weil ich gerade Lust habe, nicht, weil ich gelogen habe.«

»Ja, klar«, höhnte ich.

»Nicht alle sind sexuell so befreit wie du, Suze«, gab er zurück, und als er das sagte, hatte ich ein grauenvolles Gefühl, als wäre gerade aus einem Ballon in meinem Brustkorb die gesamte Luft entwichen, die Luft strömte geräuschlos aus mir heraus, und das Ganze auf eine Art, dass niemand etwas davon mitbekam, nur ich. Ich warf einen Blick auf mein Handy, um nach der Uhrzeit zu schauen. Es war ein Uhr morgens. Ich dachte daran, wie mich morgen früh Maddys Gesicht auf meinem Gesicht und das feuchte, beuteltierartige Schnüffeln wecken würde.

»Tommy hat es beim Leben seiner Mutter geschworen, damit ist der Fall erledigt«, entschied Boggo. »Das bedeutet, dass du jetzt wieder dran bist, mein Lieber.«

»Ach Mann, ich weiß nicht«, sagte Tom. »Irgendwie interessiert mich das Ganze hier nicht so. Ich habe noch nie … keine Ahnung. Jemanden umgebracht.«

Ich nahm mein Absinthglas und trank es auf ex aus, alles, mechanisch, als wäre es eine Medizin. Boggo, Tom und Jessica schauten mir alle zu, mit Gesichtern voll nervöser Neugier, als wäre ich ein Akrobat, der gerade einen Sprung gemacht hatte, von dem sie nicht sicher waren, ob ich ihn überstehen könnte. Ich stellte das Glas ab und schob mich hinter Jessica vorbei, wobei mein Hüftknochen auf dem Weg nach draußen mit dem Tischchen kollidierte, was noch mehr Glasgeklirr auslöste und einen kleinen blauen Fleck, der später auf meiner Haut erscheinen würde wie ein überraschendes Tattoo, das ich mir im Rausch hatte stechen lassen.

*

Ich fuhr mit dem Taxi nach Hause. Ich hatte ein Gefühl von Klarheit, als ich darin saß, mit heruntergelassenem Fenster und der Frische einer Brise auf meinem Gesicht, während wir durch die Straßen der Stadt flitzten, durch den Puls der leuchtenden Straßenlaternen bis zu den schattigen Straßen von Glebe, wo die Häuser dunkel waren und alle schliefen, außer mir und dem Fahrer, der gerade eine Radiosendung über männliche Einsamkeit anhörte. Der Sprecher meinte gerade, dass Männer oft einsam wurden nach einer Scheidung und familiärem Zwist, und der Taxifahrer, weißhaarig und mit Hängebacken wie ein enttäuschter Hund, nickte mit dem Kopf, als er den Blinker setzte, um in die Ruby Street einzubiegen.

Als ich das Haus betrat, unter der bedrohlichen Baumkrone der Feige, in der die Opossums raschelten, als ich vorbeiging, wusste ich auf irgendeine Weise, die entweder elektromagnetisch oder psychisch war oder vielleicht sogar, wie ich zu denken hoffte, zutiefst mütterlich, dass niemand zu Hause war. Diesem instinktiven Gefühl folgte die Gewissheit, dass etwas nicht in Ordnung war und dass es etwas mit Maddy zu tun hatte. Ich schlich durchs Haus. Auf dem Sofa lag keine Beverley. Ich rannte die Treppe hoch und ging in Maddys Zimmer – auf ihrem Bett war zwar noch der Abdruck zu sehen, wo sie gelegen hatte, aber sie nicht. Mein eigenes Zimmer war auch leer. Mich durchzuckte ein grauenhafter Schlag, als mir klar wurde, dass ich die letzten vier Stunden telefonisch nicht zu erreichen gewesen war, und tastete panisch nach meinem Handy, um es wieder einzuschalten. Quälende Sekunden später machte es einen Ton, dann noch einen und noch einen, und dann kamen Nachrichten und

Benachrichtigungen, dass mir jemand eine Voicemail hinterlassen hatte. Die letzte war von Tom, wie ich sah, aber ich ignorierte sie und scrollte direkt zum Namen meiner Mutter: *Maddy ist im Prince-of-Wales-Krankenhaus. Du musst sofort kommen.* Es folgte eine Reihe von weiteren Nachrichten, die alle nur die eine Frage wiederholten, wie ein beschämendes Bohren: *Wo bist du? Wo bist du? Wo bist du?*

16. KAPITEL

Derselbe Taxifahrer fuhr mich zurück, quer durch die Stadt zum Krankenhaus, in dem meine kranke Tochter lag. Er war nur einen Block weiter gewesen, als er den Anruf bekam, und wenn er überrascht war, so zeigte er es nicht. Als ich auf den Rücksitz sprang, mit Rauchgeruch in den Haaren und verschwindendem Make-up auf dem Gesicht, wie verblassende Bühnenschminke, sagte er einfach nur: »Prince-of-Wales-Krankenhaus«, mit einem Ton, der ernstes Pflichtbewusstsein verriet, als würde er irgendetwas bereuen. Er fuhr schnell und leise durch die leeren Straßen, und als er an der Oxford Street über eine rote Ampel fuhr, fühlte ich so starke Dankbarkeit in mir aufwallen, dass mir ein Schluchzer herauskam. Der Empfang im Krankenhaus war grell beleuchtet und nur von ein paar wenigen unruhigen Familien bevölkert, die auf ihre Ersteinschätzung warteten, mit Kindern, die entweder überstimuliert herumsprangen oder still wie Puppen in den Armen ihrer Mütter lagen. Die Wände waren dekoriert mit der lebhaft-fröhlichen Bilderwelt der Kindheit: freundliche Giraffen und Bausteine mit Nummern drauf, ein Wandbild, das offenbar von Kindern hingekleckst worden war, wahrscheinlich Patienten. Ich überlegte, wie viele von ihnen wohl mittlerweile tot waren.

Die Schwester am Empfang zupfte an ihren Fingernägeln herum, als ich atemlos ankam und fragte, wo Maddy zu finden war. Sie blickte auf und teilte mir das Stockwerk mit, und sie musste die Panik auf meinem Gesicht bemerkt haben, denn sie bat einen von den vorübergehenden Sicherheitsleuten, mir den Weg zu zeigen. Als ich Maddy fand, schlief sie, ihr kleiner Körper lag auf einer hohen weißen Pritsche. Sie war an ein Atemüberwachungsgerät angeschlossen, und man hatte ihr diverse Schläuche auf die Haut geklebt. Mein ganzer Körper überschlug sich vor Erleichterung, sie zu sehen, und ich machte einen Handel mit egal welchem Gott, mit allen, mit jedem, sie zu halten und zu beschützen, dafür zu sorgen, dass sie wieder gesund wurde, alles zu tun, was nötig war, damit sie in Sicherheit war. Diese Götter konnten von mir nehmen, was immer sie brauchten, sogar mein Leben oder auch das Leben eines anderen Menschen. Ich dachte an das letzte Mal, als sie im Krankenhaus gewesen war, bei ihrer Geburt, und wie ich ein paar Sekunden gewartet hatte, bis sie sie von mir hochhoben, und den Moment, in dem ich sie schreien hörte, und wie der Ausdruck »Glück« dieses Gefühl gar nicht erfassen konnte, das ich empfand, als ich diesen Klang hörte, robust und herzklopfend, der Klang von Ankunft und Lebenskraft. Wir bräuchten ein neues Wort für dieses Gefühl, eines, das die jähe Freude enthält, die man empfindet, wenn man diesen Schrei hört, und das süße, traurige Wissen um alles, was ihm folgen würde, die glorreiche Reise und der Schmerz des Lebens, das gerade aufgezogen wurde wie eine dicke goldene Uhr, wie schon ein Dichter schrieb.

Meine Mutter, deren Gesicht ich gefürchtet hatte – natürlich nicht so sehr wie das, was Maddy zugestoßen sein könnte –, wandte sich mir zu, doch in ihrer Miene war nur Sanftheit zu lesen. Ich legte meinen Kopf neben den von Maddy und griff nach ihrer kleinen Hand. Ich musste mich sehr zusammenreißen, um sie nicht hochzunehmen und in die Arme zu schließen. Ich hätte sie am liebsten wieder in meinen Körper zurückgestopft.

»Weck sie nicht auf«, sagte Beverley. »Sie hat nach dir geschrien und ist gerade erst eingeschlafen.«

Maddys Brustkorb hob und senkte sich mit einem klebrigen Rasseln, dem Geräusch eines dickflüssigen Milchshakes, der durch einen Strohhalm gesaugt wird. Meine Mutter legte mir die Hand auf die Schulter, als ich auf meiner Tochter zusammenbrach. Ich blieb so für eine geraume Weile, schaute ihr beim Atmen zu, und irgendwann kam die Sonne durch die Jalousien am Fenster, und das ganze Krankenhaus schien zum Leben zu erwachen – Schwestern kamen auf weichen Sohlen ins Zimmer, schauten in Maddys Krankenakte und checkten den Stand der Infusion. Sie schrieben irgendwelche Sachen auf, mit Kugelschreibern, die sie sich um den Hals gehängt hatten wie Talismane. Die nägelzupfende Schwester vom Empfang kam zu uns herein mit einem fröhlichen »Guten Morgen!«. Sie zog ein Gerät aus ihrer Tasche und ließ es über Maddys Stirn schweben. Es piepste. Sie schaute darauf und stellte fest: »Ihre Temperatur geht schon wieder runter. Das ist gut.« Dann begann sich Maddy zu rühren, ihr Daumen bewegte sich in ihrem Mund. Ihre kleinen Augen bebten unter den Lidern und gingen dann auf wie angeschaltet. Als sie sprach, war ihre Stimme heiser und dunkel, wie bei einer Sängerin in einer Cocktailbar oder einer Raucherin. Als sie sprach, war es der erfreulichste Klang überhaupt und ein unerträglicher Vorwurf.

»Mummy«, sagte sie, warf mir die Arme um den Hals und klammerte sich an mich, als wäre ich ein Rettungsring.

*

»Ich brauche meine Aufkleber«, sagte Maddy. »Ich *brauche* sie.«

Es war am folgenden Tag, und Maddy war wach, und es ging ihr größtenteils wieder besser, obwohl sie immer noch dieses Rasseln im Brustkorb hatte, und ich schauderte jedes Mal, wenn ich es hörte. Es kam mir vor, als wären ihre wichtigsten Teile, Lungen und Blutgefäße und Bronchiolen, Teile, die ich in mir gebildet hatte, ohne ihnen jemals größere Aufmerksamkeit zu widmen, plötzlich streitsüchtig und unzuverlässig geworden.

»Was für Aufkleber, meine Kleine?« Mein Vater war zu Besuch, zusammen mit Beverley. Sie waren am späteren Vormittag gekommen und hatten Kuchen und Spielzeuge und frische Sachen für mich mitgebracht. Mittags verkündete mein Vater, er müsse jetzt »langsam mal ein Mittagessen beschaffen«, und als Beverley meinte, es wäre nicht nötig, weil sie Sandwiches und Obst eingepackt hatte, sagte er, er müsse das Auto umparken, und als Beverley einwandte, das gehe schon in Ordnung, auf dem Parkplatz des Krankenhauses könne man drei Stunden kostenlos parken, sagte er zu guter Letzt, er würde Maddy eine von den Zeitschriften kaufen, die sie so mochte. Die rosafarbenen, sagte er. Wir begriffen, was er wirklich tun wollte, aber meine Mutter musste in einer sadistischen Laune gewesen sein oder in einer verspielten. Als er zurückkam, lag der bittersüße Geruch von Schnaps in seinem Atem, und er hatte ein Bärchen-Heft mitgebracht, das voller Regenbögen und Aufkleber war. Die Bären sprachen immer von der Magie der Freundschaft, und mein Vater las Maddy aus der Zeitschrift vor, mit ernster Stimme, wie ein Nachrichtensprecher. Sie war begeistert.

»Sind diese Bären verwandt mit den drei kleinen?«, fragte er Maddy.

»Nein, Grandpa«, antwortete sie. »Das sind andere Bären.«

»Moment – sind diese Bären vielleicht verwandt mit Fozzie Bear? Dem Bären unter der Treppe? Paddington Bear?«

»Nein, Grandpa.«

»Ich komm nicht mehr mit bei diesen ganzen Bären.« Er schüttelte traurig den Kopf.

Es war Krupp, nur Krupp, und es war ganz plötzlich gekommen, sagte Beverley. Nachdem sie selbst schlafen gegangen war, hatte sie einen bellenden Husten aus Maddys Zimmer gehört. Sie erzählte, im ersten Moment habe sie gedacht, dass die Opossums etwas Unanständiges trieben. Dann hörte sie den hohen, übernatürlichen Ton, den Maddy beim Einatmen machte. So was nannte man Stridor, erfuhr ich, und es war furchterregend. Maddy hatte auch Fieber gehabt, das jetzt langsam runterging, und höchstwahrscheinlich auch Asthma, da warteten die Ärzte noch auf die Bestätigung aus dem Labor. Charlie hatte auch Asthma gehabt, und ich hatte gewartet, ob es sich bei Maddy auch entwickeln würde, und mich gefragt, ob dieser Teil von ihm einer der Teile sein würde, die er uns hinterlassen hatte.

Ich rief Jan an und erzählte von Maddys Krankheit und dass ich es nicht zu unserer heutigen Sitzung schaffen würde. Jans Stimme zitterte und brach, und ich konnte die Dicke ihrer Tränen übers Telefon hören, und ihre Worte bebten, als sie sagte: »Du lieeebe Güte«, und ich dachte an all die Dinge, die ich hatte, obwohl ich sie gar nicht verdient hatte, wobei Maddy ganz oben auf dieser Liste stand und Jans Mitleid mit mir, in einer Krise meiner Mutterschaft, dicht dahinter auf Platz zwei. Ich erklärte, dass Maddy wieder gesund werden würde und sie in ein paar Tagen entlassen werden würde. Dann wäre ich in der Lage, Traceys Geschichte bald abzuschließen, sagte ich, obwohl vielleicht ein bisschen später als ursprünglich geplant.

»Es tut mir so leid, Jan«, sagte ich, als ich in der Ecke von Maddys Krankenhauszimmer stand und zuschaute, wie meine Tochter meinem Vater eine Reihe von Einhorn-Aufklebern auf den Arm klebte.

»Das geht schon in Ordnung, Süße«, sagte Jan. »Das geht wirklich in Ordnung.«

17. KAPITEL

Wir blieben zwei Nächte im Krankenhaus, und in der zweiten Nacht, als ich auf einem Stuhl saß und Maddy beim Schlafen zuschaute, hörte ich den Ton von meinem Handy, der signalisierte, dass gerade eine Mail eingegangen war. Sie war von Tom. In die Betreffzeile hatte er geschrieben: »Die Freistädte«.

Ich lese gerade den Tanach, die hebräische Bibel, schrieb er. *Ja, ich weiß, es ist für mein nächstes Projekt. Auf jeden Fall habe ich das hier für dich gefunden: Josua 20.*

Er hatte einen Link beigefügt. Ich klickte ihn an und las die Passage. Sie erzählte, wie Gott Josua beauftragt hatte, den Israeliten zu sagen, sie sollten Freistädte bauen für Leute, die versehentlich jemanden getötet haben. Die Stadtältesten sollten solchen Mördern Einlass gewähren und sie willkommen heißen und sie vor allen Bluträchern schützen, die sie vielleicht verfolgten. Denn, so die Bibel, diese Flüchtlinge hatten ja nur aus Versehen getötet, ohne bösartigen Vorsatz. Die Mörder mussten vor Gericht, und dann mussten sie warten, bis der Hohepriester der Stadt gestorben war. Erst dann konnte der Mörder wieder zurück in sein Heimatdorf gehen und frei sein. Im nächsten Abschnitt wurden die Städte benannt. Ich flüsterte die Namen, eine ganze Liste voller arabischer und persischer Frikative wie Hebron und Kadesh und Shechem.

Ich schrieb Tom zurück.

Die sind alle im Nahen Osten. Weit weg von Glebe.

Er musste gerade online sein, denn er schrieb sofort zurück.

Nimm doch nicht alles immer so wörtlich, Hamilton.

Und wer soll die Rolle des Hohepriesters übernehmen?, antwortete ich. Ich wollte nicht, dass unsere Unterhaltung endete.

Jemand sehr Altes und/oder Krankes. Damit du schneller freikommst.

Während ich nach einer geistreichen Antwort suchte, kam noch eine Mail von Tom.

Geht es dir gut? Ich habe dir neulich nachts noch eine Nachricht geschrieben, aber du hast nicht zurückgeschrieben.

Maddy war krank, antwortete ich.

Ich schaute zu ihr hinüber. Ihre Lider flatterten im Schlaf, und der Daumen rutschte ihr aus dem Mund, während ihre Muskeln sich zunehmend entspannten.

Ist es schlimm? Was kann ich tun?

Sie ist okay und danke, gar nichts.

Es war sinnlos, Tom genauere Einzelheiten zu schreiben. Ich hatte zwar keinen Zweifel an der Aufrichtigkeit seines Angebots, aber ich wollte nicht diese Art von Person sein – eine Frau ohne Mann, die einen Mann in Beschlag nimmt, der zu einer anderen Frau gehörte. Eine Frau, die von der Freundlichkeit Fremder abhängig war. Ich dachte an Jess – üppig, leidenschaftlich, stark –, und mir wurde klar, dass sie besser zu Tom passte als ich. Ich loggte mich aus meinem Mailaccount aus. Reflexartig machte ich Twitter auf und sah in meinen

Mentions, dass ich in den letzten Tagen als Schlampe, Hure, Nutte und dreckige Nutte beschimpft worden war. Ich löschte meinen Account.

Freistädte für diejenigen, die ein moralisches Unrecht begangen hatten. Erlösung von Schuldhaftigkeit durch den Tod eines Hohepriesters. Die Idee war nett. Ein Tod für einen Tod, eine Blutschuld. Alle Kulturen hatten irgendeine Version von dieser Geschichte, und im modernen Zeitalter hatten wir es upgedatet zum Internetshaming, das ebenso wenig zugänglich für vernünftige Argumente wie für Gefühle war.

*

»Das war eine miese Geschichte, die Geschichte mit dem Huhn«, sagte Jan. »Ich glaube, an dem Punkt hat damals alles angefangen.«

Wir hatten es bis zur zwölfjährigen Tracey geschafft. Sie hatte gerade an der Highschool angefangen, doch Jan schien an dieser Stelle festzustecken, als hätte sie Angst davor, weiterzugehen und Tracey als Erwachsene zu entdecken, in all ihrer Komplexität und Dunkelheit.

»Man vergisst so viel, stimmt's? Es ist alles so verschwommen«, sagte sie und knabberte eine Mandel. Sie erklärte, dass die Mandeln »aktiviert« waren, und ich stimmte ihr zu, dass das sicher gut war, obwohl ich nicht wusste, was das heißen sollte. Ihr Arzt hatte sie wieder wegen ihres Blutzuckers gewarnt und hatte ihr ein kleines Gerät mitgegeben, mit dem sie ihn zu Hause messen konnte. Sie pikste sich damit gleich nach dem Essen, und dann bekam sie das Urteil über die glykämische Auswirkung der Mahlzeit.

»Verdammt«, sagte sie dann. »Und ich hatte immer gedacht, Mais ist gesund.« Oder einmal ganz leise: »Woher hat es das mit dem Brot gewusst?«

Ich überlegte, wie viel Essen Jan wohl heimlich ins Haus schmuggelte.

»Versuchen Sie doch mal, sich an einem besonderen Detail aufzuhängen«, schlug ich vor. »Was waren ihre besten Schulfächer?«

»Englisch. Immer Englisch«, antwortete sie. »Und Theater. Keine große Überraschung.«

»Hatte sie irgendwelche Lehrer, die sie besonders mochte, zu denen sie eine besondere Beziehung hatte?«

»Das kann ich nur schwer einschätzen«, sagte Jan.

»Verfolgte sie irgendwelche außerschulischen Aktivitäten?«, fragte ich.

»Ich hab damals Nachtschichten gearbeitet. Als Pflegerin. Soweit ich weiß, sind sie und ihr Bruder von der Schule direkt nach Hause gegangen. Sie haben Fernsehen geschaut und ihre Hausaufgaben gemacht, so was eben.«

»Viele Mädchen in diesem Alter sind von irgendetwas total besessen«, sagte ich. »Sie sammeln ein bestimmtes Spielzeug zum Beispiel, oder sie sind total ponyfanatisch oder treiben irgendeinen Sport. Gab es so was in der Richtung, irgendwas, wonach sie so richtig verrückt war?«

»Sie mochte Hühner.«

»Wie bitte?«

»Hühner«, wiederholte Jan. »Sie las ein Buch, das ihr jemand gegeben hatte, eine Nachbarin von uns in Broadbeach, eine Hare-Krishna-Anhängerin. Diese Frau hatte sich in einen Hare-Krishna-Anhänger verliebt, also war sie so richtig drin. Die beiden tanzten immer um die Bushaltestelle, und ich grüßte sie, wenn ich zur Arbeit ging, einfach um die Nachbarn zu schockieren. Alle schnitten die beiden, wissen Sie? Meinten, sie wären Hippies und würden Drogen nehmen. Aber ich merkte, dass sie nur Suchende waren. Und wer ist kein Suchender, sag ich immer.«

Jan schaute hoch, bevor sie fortfuhr.

»Auf jeden Fall hat Tracey dieses Buch gelesen, und dann erst wurde sie Vegetarierin und am Ende vegan …«

Sie schnaubte leicht, und ein kleines Mandelstückchen löste sich aus ihrer Mundhöhle und flog in meine Richtung, um dann doch auf dem Diktiergerät zu landen.

»Tina«, sagte sie.

»Tina war das Huhn?«

»Nein. Tina war die Hare-Krishna-Anhängerin«, erklärte Jan. »Tracey ging immer zu ihr rüber, wenn ich auf der Arbeit war. Sie mochte die Räucherstäbchen und diese Klamotten, glaube ich. Dann kam sie immer mit diesen furchtbaren Büchern nach Hause, mit diesen Bildern, Bilder in sanften Farben, aber von grässlichen Dingen, von Sex und diesen ganzen Hindu-Göttern, wissen Sie? Ich habe mich oft gefragt, ob das passend ist. Religion ist so brutal, oder?«

Ich nickte unverbindlich.

»Auf jeden Fall kam sie eines Tages mit einem Buch über Tierwohl nach Hause«, fuhr Jan fort. »Über Hühner. Sie meinte, Batteriehühner wären unterdrückt. In diesem Buch waren alle möglichen Grässlichkeiten aufgeführt – dass den Hühnern ihre Schnäbel abgeschnitten werden und wie sie in Käfige gequetscht werden, die man aufeinanderstapelt wie Lego-Bausteine. Sie erzählte, die Hühnerscheiße tropfe einfach durch die Käfige hinunter. Ich muss heute noch manchmal dran denken. Sie hat sich furchtbar aufgeregt wegen dieser Hühner und hat am Küchentisch geweint. Ich war immer so erschöpft, wenn ich vom Krankenhaus nach Hause kam. Zu müde, um mir noch Gedanken um Hühner zu machen.«

»Tracey hatte großes Mitgefühl«, stellte ich fest.

»Ja, aber bei ihr war das wie bei einem Wasserhahn, den sie nicht mehr abstellen konnte. So kann kein Mensch leben. Sie war total am Boden zerstört wegen dieser Hühner. Sie erzählte, dass die männlichen Küken gleich nach dem Schlüpfen aussortiert und erstickt wurden, oder sie wurden bei lebendigem Leib zu Fleisch zermahlen. Nur die weiblichen Hühner waren nützlich, weil sie Mütter werden konnten. Sie sagte, dass sie als Feministin keine Eier mehr essen könne. Das war mir ganz neu. Ich habe sie ganz bestimmt nicht zur Feministin erzogen! Nicht dass daran irgendetwas Falsches wäre.«

Sie warf mir einen Blick zu, um sich zu vergewissern, dass sie mich nicht beleidigt hatte. Dann sprach sie weiter.

»Und die Eier – na ja, wenn ich ihr keine Eier mehr vorsetzen konnte und kein Hühnerfleisch, war ich ganz schön aufgeschmissen. Ich gab ihr aber immer noch Pfannkuchen. Sie brauchte eine ganze Weile, bis sie dahinterkam, dass da auch Eier drin waren. Als sie es rauskriegte, war sie schrecklich wütend auf mich.«

»Glauben Sie, dass das der Punkt war, an dem Tracey anfing, sich für … ethisch korrekte Ernährungsweisen zu interessieren?«, fragte ich.

»Wahrscheinlich, ja. Sie wurde ein richtiger kleiner Prediger, was diese Hühner anging. Eines Wochenendes gingen sie und ihr Bruder mit ihrem Vater auf ein Fest am Ort, und dort wurden auch Küken verkauft. Natürlich hat ihr Vater ihr eines gekauft, um mich zu quälen. Am Sonntag brachte er sie wieder zu mir, und da stand Tracey mit einem lebendigen Scheißküken. Sie meinte, sie würde es frei laufend aufziehen, ihm ein gutes Leben ermöglichen. Sie sagte, dass ihr Vater ihr geholfen hatte, einen Namen für es auszusuchen.«

»Und, bei welchem Namen sind sie gelandet?«

»Kiev«, sagte Jan. »Terry ist ein kranker Scheißkerl.«

»Was ist mit dem Küken passiert?«

»Ich suchte einen Hühnerkorb heraus, daran hatte Terry natürlich nicht gedacht. Er lud das Tier einfach nur bei mir ab. Ich suchte einen Hühnerkorb heraus, und das Küken, Kiev, lebte ungefähr eine Woche.« Sie verstummte für einen Augenblick, weil sie sich gerade in Erinnerungen zu verlieren schien. »Ich glaube, er war glücklich in dieser einen Woche.«

»Was ist mit Kiev passiert?«

»Eines Tages kam ich von einer Frühschicht, als Tracey noch in der Schule war, Gott sei Dank. Nur Mikey war dabei. Wir kamen in die Küche. Und da war die Katze mit Kiev im Maul. Kiev war mausetot. Und die Katze total mit Blut und Federn verschmiert.«

»Oh.«

»Eine furchtbare Sauerei«, sagte Jan. »Möchten Sie vielleicht ein Tim Tam? Ich war jetzt mehrere Tage so brav mit meinem Essen, aber jetzt hab ich richtig Lust auf einen Keks.«

»Für mich nicht, danke.«

Jan hievte sich hoch und raschelte in der Küche. Sie kam mit einem Teller Kekse zurück. Ich nahm mir einen und knabberte daran.

»Auf jeden Fall hab ich dann das ganze Hühnerblut aufgewischt, und als Tracey nach Hause kam, erzählte ich ihr, dass Kiev gerade gegangen war. Ich versuchte, ihr weiszumachen, dass er sich gerade befreit hatte und in ein schönes Leben irgendwo davonmarschiert war, wissen Sie? An einen guten Ort für Hühner.«

»Hat sie jemals erfahren, was wirklich passiert ist?«

»Ja, Mikey hat's natürlich ausgeplaudert.«

»Und?«

»Sie war untröstlich. Sie machte sich Vorwürfe, dass sie schuld war an Kievs Leiden, alles war ihre Schuld. Sie sagte, sie könnte Binky – das war unsere Katze – nie wieder so sehen wie vorher. Danach wurde sie vegan, was der absolute Albtraum war. Sie fing an, Gewicht zu verlieren und … damals begann dann auch dieser ganze Sexkram. Das waren heikle Zeiten.«

»Wollen Sie darüber überhaupt sprechen?«

»Nein.«

»Okay.«

Ich mampfte mein Tim Tam und ließ das Schweigen zwischen uns unangetastet.

*

Nach Dem Vorfall und nachdem Maddy und ich zu Onkel Sam in die Wohnung gezogen waren, hatte ich eine Phase, in der ich mir um alles Sorgen machte. Es gab keinen Moment, in dem ich mir keine Sorgen machte. Statt diesen Zustand segensreich zu unterbrechen, machte der Schlaf ihn noch schlimmer – in meinen Nächten hatte ich die fürchterlichsten

Albträume. Die Sorgen waren ganz allgemeiner Natur gewesen und nicht recht festzumachen, sie wurden in hundert verschiedene Richtungen katapultiert, wie Küken in alle Richtungen davonstieben, wenn eine Katze kommt. Meine Therapeutin, Kathleen Wong, die immer über Grenzen gesprochen hatte, sagte, ich sollte etwas an den Dingen ändern, die ich selbst in der Hand hatte, und mich darin üben, über den Dingen zu stehen, an denen ich nichts ändern konnte. Eine große Sorge war meine finanzielle Stabilität. Es war mein großes Schreckgespenst, dass Maddy unter weniger wohlhabenden Umständen aufwachsen könnte als denen, die ich als Kind genossen hatte. Im Gegensatz zu mir würde sie nicht in einem stabilen Zuhause aufwachsen, das ihren Eltern gehörte. Sie hatte keinen brauchbaren Garten hinterm Haus. Und was war mit ihren Bildungschancen, die ich ihr ermöglichen wollte? Ich war mit sechzehn auf einen Schüleraustausch nach Frankreich gefahren, wo ich von einem Jungen namens Christophe französisch geküsst wurde, der einen Citroën fuhr und mir erklärte: *Tu me rends complètement fou*. Als ich nach Hause kam, sprach ich fließend Französisch. Diese Art von Möglichkeiten wünschte ich mir auch für Maddy. Ich wollte, dass sie in ihrem Leben Spielraum, Freiheit und Abenteuer haben sollte. Ich beschloss, dass Maddy, auch wenn ich ihr im Kindesalter keine finanzielle Stabilität bieten konnte, sie dann eben als Erwachsene haben sollte. Die Zeit war auf unserer Seite, und ich würde ihre Macht mithilfe der Magie der Zinseszinsen verstärken, sodass ich Maddy optimal aufstellen konnte, wenn sie erwachsen war. Damals habe ich begonnen, alle zwei Wochen einen kleinen Betrag beiseitezulegen, und hatte ihn in einen indexierten

Fonds eingezahlt. Maddy besaß mittlerweile mehrere Tausend Euro. Als ich in der Woche nach ihrer Entlassung aus dem Krankenhaus meinen Kontoauszug betrachtete, fiel mir auf, dass sie mehr Geld hatte als ich. Die Kosten für die alljährliche Kennzeichen-Registrierung waren überfällig, ebenso die Rechnung für die Kfz-Versicherung. Die Tatsache, dass ich mir eine Woche freigenommen hatte – von der Arbeit, aber auch von der Arbeitssuche –, um mich um Maddy zu kümmern, hatte mich zurückgeworfen. Ich loggte mich in mein Internetbanking ein und überwies einen gewissen Betrag von dem Kästchen mit dem Titel »Maddy« auf mein Girokonto. Von allen Gründen, die ich hatte, mich für einen schlechten Menschen zu halten, war dieser der schlimmste.

*

Nachdem Maddy heimgekommen war und mit normaler Atmung auch wieder den Kindergarten besuchen konnte, hatten sich meine Gefühle ihr gegenüber verändert. Sie schien mir nicht mehr so in Sicherheit zu sein, als würde irgendetwas in ihr lauern, was jederzeit losschnellen konnte, etwas, was ich nicht kannte, etwas Unberechenbares, und es konnte jederzeit wiederkommen. Dieses neue Gefühl hatte irgendwie mit Charlie zu tun und dem parallelen Leben und dem Nichtwissen, wann er zurückkommen würde oder ob er überhaupt jemals zurückkommen würde. Sie hatte sein Asthma. Was hatte sie noch? Es fühlte sich an, als würde man darauf warten, dass irgendetwas ganz Fürchterliches geschieht, ohne zu wissen, welche Teile von ihm als Nächstes an die Oberfläche kommen würden. Und trotzdem wollte ich es wissen. Ich wollte sehen, wo er in ihr wieder auftauchte. Ich hatte ihm gemailt, hatte ihm mitgeteilt, dass Maddy krank gewesen war und im Krankenhaus. Er hatte nicht reagiert.

*

Meine Sitzungen mit Jan gingen langsam auf ihr Ende zu, und ich verbrachte die nächsten paar Tage damit, Bänder zu transkribieren und eine Geschichte zu entwerfen – die wahre Geschichte der Tracey Doran. Ich würde sie geradlinig schreiben, ohne größere Ausschmückungen, aber mich dabei auf die positiven Aspekte ihrer Geschichte konzentrieren – ihre Schönheit, ihren Erfolg, ihre Beliebtheit. Wer konnte schon das Leben eines anderen Menschen wirklich verstehen? Ich konnte ein paar Teile davon zusammensetzen, als würde ich Perlen auf eine Schnur fädeln. Verschiedene Teile dieser Kette würden Lichtfunken für verschiedene Leute abgeben. Doch das meiste vom Leben einer Person würde den anderen verhüllt bleiben – außer der Person, die dieses Leben gelebt hatte. Tom sagte gerne, dass Leute ihre Handlungen sind, und zitierte Jean-Paul Sartre aus einem der Bücher, die in seinem Zimmer auf dem Boden lagen. Er sagte, Sartre habe behauptet, dass der Mensch sich selbst aus seinen Handlungen konstituierte. Dass es keine vorherbestimmte Essenz einer Person gäbe. Ich dachte viel darüber nach, als ich im Internet zur Zielscheibe von Beschimpfungen wurde und von meinem Job gefeuert wurde. Meine Handlungen summierten sich zu etwas Fürchterlichem. Eines Abends googelte ich Sartre. Ich las, dass er versucht hatte, einen Nobelpreis abzulehnen, was typisch für jemanden war, der bürgerliche

Werte ablehnte. Ich freute mich, als ich las, dass er später viele der Ansichten revidiert hatte, die er in seinem Buch über Essenz und Existenz ausgedrückt hatte. Er wünschte, er hätte sie nie veröffentlicht. Ich war nicht sicher, was das über Sartres Essenz aussagte, abgesehen von der Tatsache, dass wir alle mal etwas tun oder sagen, was uns hinterher leidtut, und dass wir alle gerne die Vergangenheit ändern würden.

18. KAPITEL

Ich hatte ein Bewerbungsgespräch. Es ging um eine Stelle in einer kleinen PR-Agentur, die sich auf Regierungskreise und Krisenmanagement spezialisiert hatte, und ich hatte das Gefühl, dass ich auf diesem Gebiet durchaus Erfahrungen vorweisen konnte. Beverley war überglücklich. Sie lieh mir Sachen zum Anziehen, weil sie meinte, ich müsste teuer aussehen. Sie recherchierte die Firma im Internet und zitierte anerkennend ein paar Namen von der Liste ihrer Kunden. Sie las mir am Telefon die Namen der Firmen vor, mit denen diese Agentur zusammenarbeitete, in denen sie und mein Vater Leute kannten. »Du wirst dir doch die Haare hochstecken, nicht wahr, mein Schatz?«, sagte sie und: »Entweder die Lippen schminken oder die Augen – auf keinen Fall beides.« Beverley mochte es gern diskret und elegant. Denn für Beverley war es wichtig, dass es so aussah, als hätte man sich keine großen Gedanken über sein Styling gemacht, obwohl sie das grundsätzlich machte. Das Gespräch fand am Spätnachmittag statt, und ich wusste nicht, um wie viel Uhr ich fertig sein würde, also versprach sie, Maddy vom Kindergarten abzuholen, mit ihr in die Ruby Street zu fahren und ihr ein Abendessen zu kochen. Sie meinte, sie würde Sekt mitbringen, für den Fall der Fälle.

Ich sagte, dass sie sich nicht vergaloppieren sollte, aber ihr Enthusiasmus hatte eine ansteckende Wirkung, und ich begann zu überlegen, wie es sich anfühlen würde, in einem Hosenanzug im Bus zu sitzen, zu der Sorte Frau zu gehören, die mehrere Paare High Heels für wichtige Meetings im Schrank hatte, ein Spesenkonto hatte und in Boutiquen einkaufte. Die sich vorstellen könnte, sich einen Handtaschenanhänger zu kaufen. Die Art von Frau, die hinter den Türen saß, an die ich im Laufe meiner journalistischen Karriere geklopft hatte. Vielleicht würde mehr Würde darin liegen, mehr Würde, indem man sich dahinter befand statt draußen und durch den Versuch, den Geschichten einen guten Dreh zu verleihen, statt ständig nur irgendwelche Grässlichkeiten ans Tageslicht zerren zu wollen. Vielleicht wäre es ja schön zu helfen, gewisse Dinge verborgen zu halten oder zumindest klein, statt sie aufzublasen und sie der Welt vorzuführen, aufgebläht und unansehnlich.

Ich fuhr mit der Bahn in die Stadt und ging mit etwas Mühe zum Büro der Beratungsagentur. Ich trug ein Paar Heels, die Beverley mir unbedingt hatte kaufen wollen. Es waren schwarze, spitz zulaufende Lacklederpumps, die einem das Laufen unnötig erschwerten. Das Foyer des Gebäudes blitzte nur so vor lauter Glas und Stahl, und große Pflanzenvasen mit Blumensträußen waren überall verteilt wie Opfergaben für einen unsichtbaren Bürogott. Es gab mehrere Aufzüge, angeordnet in Reihen. Ich fand einen Touchscreen-Bildschirm, der mich aufforderte, die Nummer des gewünschten Stockwerks einzugeben. Das tat ich, und die monotone Stimme eines weiblichen Roboters verkündete mir eine andere Nummer. Ich brauchte mehrere Anläufe, bis sich irgendwann ein Sicherheitsmitarbeiter erbarmte und mir erklärte, dass diese Stimme mir die Nummer des Aufzugs mitteilte, der mich ins gewünschte Stockwerk bringen sollte. Es ging ein Ruck durch meinen Magen, als der Aufzug mich nach oben zog, und ich staunte über dieses System, das mir vorkam wie ein superausgeklügeltes System, durch das sichergestellt wurde, dass keiner der Angestellten in diesem Gebäude auch nur einen Moment zu lange warten musste. Ich machte mir Gedanken, welchen Grad von Effizienz man von mir in diesem Job erwarten würde.

Ich wurde von einem jungen Mann mit undurchschaubarer Miene in Empfang genommen, der mich bat, mich hinzusetzen und zu warten, und es dauerte eine Weile, bis mir klar wurde, dass er der Rezeptionist war. Das schien modern, und es machte mir Mut. Ich setzte mich auf ein Ledersofa und wartete. Das Sofa war zu tief, als dass man sich hätte zurücklehnen können, und es war zu minimalistisch, um Armlehnen zu haben, also war ich gezwungen, eine kerzengerade Sitzhaltung einzunehmen, und ich kam mir richtig professionell vor, als wäre ich schon fast die Person, die ich sein musste, um an einem Ort wie diesem zu arbeiten. Vielleicht war alles in diesem Gebäude mit diesem Hintergedanken designt worden – der effiziente Fahrstuhl, die gepflegten Blumenvasen, die Art, wie jedes Büro hier im Grunde nur eine gläserne Kiste war, dessen Inhalt vollkommen sichtbar für alle war. Es erschuf sich die Leute, die es brauchte, selbst. Ich saß mit geschlossenen Knien und nahm die ausgedehnte Aussicht auf den glitzernden blauen Hafen in mich auf, von einer solchen Höhe, dass die Jachten aussahen, als wären sie langsam dahinkriechende Insekten, die schnörkelige Spuren hinterließen. Eine Frau kam auf mich zu.

»Sie müssen Suzy sein«, sagte sie. Ihre Stimme war hoch und sanft, und sie trug einen Hosenanzug aus irgendeinem exquisiten Material, das sich weich an ihren Körper schmiegte. Sie war klein, und ihre Wangenknochen sahen aus wie die einer Katze. Ihre Haut wirkte durchsichtig, und sie hatte ihre grauen Haare nicht gefärbt, obwohl sie auf eine alterslose Art jung aussah. Ihr Haar war aus dem Gesicht zurückgenommen und mit einer Haarspange im Nacken befestigt.

»Ich bin Olivia. Wir sind jetzt bereit, uns mit Ihnen zu unterhalten«, verkündete sie. »Wir sind im Konferenzsaal, das ist ein bisschen einschüchternd, ich weiß. Aber alle anderen Räume waren schon belegt.«

Olivia führte mich durch einen Flur und in einen großen Raum mit einem langen hellen Holztisch darin. Die Wände waren zum Großteil aus Glas, sodass man einen Blick auf den östlichen Hafen hatte, und das Wasser schlängelte sich in Richtung der Heads, der Landzungen an der Küste von Sydney. An der südlichen Wand hing ein hervorragendes Gemälde in der Punktmalerei der Aborigines. Ich schätzte, dass es aus der westlichen Wüste stammte, also das genaue Gegenteil dieses klimatisierten Ortes, der kühl, staubfrei und blitzsauber war. Olivia bedeutete mir, auf welchen Stuhl ich mich setzen sollte, mit Blick auf den Hafen, was mich überwältigte. Sie stellte mich zwei Männern in dunklen Anzügen vor. Sie waren nur Silhouetten vor dem blendenden Ausblick, wie Figuren vor einer beleuchteten Kinoleinwand. Sie hatten austauschbare Männernamen biblischen Ursprungs, sie hießen Joseph und Marcus oder Lucas und David. Gleich nachdem Olivia sie mir vorgestellt hatte, hatte ich schon wieder vergessen, welcher von den beiden wer war, und dann vergaß ich die Namen komplett. Beide Männer und auch Olivia benutzten bewusst oft meinen Namen, hängten ihn ans Ende aller möglichen Aussagen oder Fragen. Ich schätzte, dass das so eine Technik war, die sie bei Klienten einsetzten, damit die sich individuell gewürdigt fühlten. Wahrscheinlich so etwas, was sie bei ihrem MBA gelernt hatten, den diese Leute zweifellos gemacht hatten. Ich wusste auch nicht, warum ich so herablassend auf MBAs reagierte. Immerhin hatte ich gar keinen Abschluss, eine Tatsache, die eine gähnende Leerstelle in meinem Lebenslauf darstellen musste, den alle drei vor sich auf dem Tisch liegen hatten.

»So«, sagte Lucas oder David. »Sie wollen also gerne bei Rafter & Robinson anfangen.«

Ich hatte nicht damit gerechnet, so früh lügen zu müssen. Von Wollen konnte gar nicht die Rede sein, aber ich wusste, dass ich diesen Tanz jetzt wohl oder übel mittanzen musste.

»Ja«, erwiderte ich. »Ich hatte das Gefühl, dass ich … nach mehreren Jahren Journalismus mal für die andere Seite arbeiten sollte.«

»Mal anschauen, wie die Wurst gemacht wird!«, dröhnte der andere – Joseph oder Marcus. Er lachte schallend, als wäre sein Scherz furchtbar komisch. »Sozusagen.«

Ich war nicht sicher, ob das eine treffende Analogie war, aber ich nickte.

»Ihr Lebenslauf ist interessant«, bemerkte Olivia. Sie beobachtete mich kühl, als wäre ich ein Objekt, das nichts mit ihr zu tun hatte, ihr aber irgendwie ins Blickfeld gestolpert war. »Sie haben mehrere Journalistenpreise gewonnen, wie ich sehe.«

»Das ist richtig«, sagte ich.

Joseph oder Marcus, der Mann, der den Witz mit der Wurst gemacht hatte, sagte, dass sie jemanden mit so viel Insidererfahrung brauchen könnten. Sie mussten ihr Kontaktnetz für ihre Klienten arbeiten lassen, Informationen aussäen, aber auch selbst Informationen sammeln. Das geschah, wie er sagte, durch eine Kombination aus sanftem und hartem Druck.

»Wir versuchen selbstverständlich, die meiste Zeit bei der sanften Schiene zu bleiben«, sagte er mit neuerlichem dröhnenden Gelächter. »Aber manchmal müssen wir auch hart rangehen.«

Ich wusste nicht wirklich, was er meinte, aber ich schätzte, dass er wohl die Art von Dingen meinte, die mich als Journalistin immer alarmiert hatten – das bewusste Aussäen von Desinformation, Background so ausbauen, dass er die Story beeinflusste, Gefälligkeiten als Handhabe benutzen, persönliche Beziehungen als harte Währung einsetzen. All das waren Manipulationsmittel, die ich auch schon verwendet hatte. Natürlich immer nur zugunsten meiner Story, zumindest hatte ich mir das selbst immer eingeredet. Vielleicht hatte ich sie aber auch zugunsten anderer Dinge eingesetzt. Vielleicht hatte ich sie zugunsten meines Egos eingesetzt. Ich fragte mich, ob sie über die Umstände Bescheid wussten, unter denen ich meine letzte Arbeitsstelle verlassen hatte, und ob es ihnen etwas ausmachte. Ab und zu googelte ich mich selbst, um zu schauen, was gerade angezeigt wurde, und die Klatschgeschichte über Ben und mich war immer noch ziemlich weit oben bei den angezeigten Suchergebnissen. Ein Blick auf meine Twitter-Mentions wäre sicherlich genug, um jeden zukünftigen Arbeitgeber abzuschrecken. Das

Vokabular, das diese Internettrolle benutzten, mittelalterliche Ausdrücke wie »Hure« und »Kurtisane«, Modernismen wie »Bitch«, der ewige Klassiker »Schlampe«. Keine professionelle Firma würde so etwas gerne mit ihrem Namen in Verbindung gebracht sehen.

Olivia musterte mich.

»Wir sind im Bilde über die Umstände Ihres Weggangs bei *The Tribune*«, sagte sie. Sie war wunderschön, wie die Königin aus einem Fantasyfilm, die Art von Königin, die das Kommando hatte, aber gerade gefährdet genug war, um die Helden anzustiften, für sie zu den Waffen zu greifen. »Falls das etwas ist, was Sie stört«, fügte sie hinzu, und dann musterte sie mich genau nach irgendwelchen Anzeichen, dass es mich störte.

Die zwei Männer, Peter und Paul, schauten auf die Blätter, die vor ihnen lagen, meinen Lebenslauf, in dem mein Internetshaming ausgespart war oder auch der Tod von Tracey Doran. Die Wahrheit lag in den Lücken.

Olivia schien mir eine herausfordernde Aufgabe zu stellen oder mich irgendwie prüfen zu wollen. Ich spürte, dass sie mich einlud, mich demütig niederzuwerfen, ein *mea culpa* auszusprechen, zu erklären, wie ich mit mir ins Gericht gegangen und mich danach als Person verändert hatte, Vokabeln wie »bedauerlich« und Phrasen wie »vorübergehender Ausfall meines Urteilsvermögens« auszusprechen. Sie prüfte mich, um zu sehen, ob ich irgendetwas davon tun würde, das spürte ich ganz genau, aber ich hatte auch im Gefühl, dass sie enttäuscht gewesen wäre, wenn ich es getan hätte. Vor vielen Monaten war mir klar geworden, dass alle öffentlichen Beschimpfungen gleich waren – die Zeiten hatten sich vielleicht geändert, aber die Muster nicht. Die Spielzüge blieben immer die gleichen. Die beste Art, dem Widerstand zu leisten, bestand darin, das Spiel einfach nicht mitzumachen, ruhig zu bleiben in diesem ganzen Lärm, sich überhaupt nicht zu wehren, nur die nötigen Anpassungen in seinem Inneren vorzunehmen, um die Demütigung abzufedern und dann weiterzugehen. Es war egal, wie viel Mühe es einen selbst kostete, das zu tun – wichtig war nur, dass diese Mühe für andere unsichtbar blieb. Ich schaute hoch zu den Gestalten von Olivia und den beiden biblischen Männern, die sich dunkel gegen den Leuchtkasten des Hafens von Sydney abhoben, der glitzerte und exklusiv aussah, einfach, weil ich ihn von so weit oben betrachtete.

»Meine Mutter hat mir beigebracht, mich nie zu entschuldigen und mich nie zu erklären«, sagte ich.

*

Es war ungefähr um die Zeit von Traceys fünfzehnten Geburtstag, sagte Jan, als ihr klar wurde, dass ihre Tochter ein gigantisches Talent zum Lügen hatte. Jan arbeitete Schichten im Krankenhaus, und ihre Erinnerung an diese Jahre war zersplittert durch die überwältigende Müdigkeit, die sie ständig begleitete, wie ein schwermütiges Haustier, das einen überallhin begleitete. Diese grauenvolle Müdigkeit legte sich über die offensichtlichsten Dinge und verdüsterte sie – zum Beispiel über die Tatsache, dass ihre Tochter immer weiter in ihre alternative zusammenfantasierte Realität abdriftete und dass ihr mittlerweile dreizehnjähriger Sohn langsam, aber sicher drogensüchtig wurde.

»Aber das ist eine andere Geschichte«, sagte Jan.

Sie sah müde aus. Ihr Gesicht schien irgendwie nackt, exponiert auf eine Art, die eigentlich privat hätte sein müssen.

Ich machte mir Sorgen, wollte aber andererseits nicht wirklich hier sein. Am Morgen hatte ich einen Anruf von Onkel Sam verpasst, der mir eine Nachricht hinterlassen hatte, in der er mich bat, ihn besuchen zu kommen. Er meinte, es ginge ums Haus. Seine exakten Worte waren »Arrangements für das Haus«, und diese Formulierung machte mir Sorgen. Ängstlich rief ich Beverley an. Sie erzählte, dass meine Cousinen in Neuseeland immer eindringlicher nach seiner Wohnung in der Ruby Street fragten. Sam war der einzige unverheiratete von sechs Brüdern gewesen, einschließlich des Vaters meines Vaters, und die Cousinen behaupteten, er hätte das Haus mit Geld bezahlt, das er sich von ihrem Vater geliehen hatte. Ich fragte meine Mutter, ob ich Grund zur Sorge hatte.

»Keine Ahnung, Schatz«, sagte sie, »und das ist meine aufrichtige Antwort.«

Sie war gerade auf dem Sprung zu ihrem Vinyasa-Yoga-Unterricht, deswegen hatte sie nicht so viel Zeit. Heute stand der Kopfstand auf dem Programm.

»Ich habe seit Wochen darauf hingearbeitet«, erklärte sie.

Beverley meinte, es sei unfein, darüber zu reden, aber alles hänge jetzt davon ab, wie lang Sam noch lebte. Natürlich kannte niemand den Inhalt seines Testaments. Und heutzutage fochten sowieso so viele Leute Testamente an, sagte sie.

»Niemand hat mehr Respekt vor den Toten. Und du weißt ja, wie diese Kiwis sind.«

Ich antwortete, das wüsste ich nicht.

»Streitsüchtig, mein Schatz«, sagte sie. »Schrecklich streitsüchtig.«

Jan, die jetzt vor mir saß, setzte ihre massige Gestalt auf dem Polstersessel zurecht. Sie sah so traurig aus, dass ich sie fragte, ob sie das heute wirklich durchziehen wollte.

»Ja«, sagte sie mit fester Stimme. »Heute ist der Tag. Ich will es alles rauslassen. Ich will, dass Sie alles aufschreiben.«

Ich legte mein Diktiergerät zwischen uns auf den Tisch, auf einen Tisch, der mit lauter Zierdeckchen bedeckt war. Ich faltete meine Hände überm Knie und hörte zu.

Bei einer Jugendlichen war es unmöglich zu wissen, wer sie war oder was sie wollte, von der Welt, von sich selbst, ganz zu schweigen von ihrer Mutter, meinte Jan. Das sei eine der schrecklichsten Tatsachen jeder Mutterschaft, sagte sie, dass man sich von seiner Tochter in ihrer Bedürftigkeit formen ließ, dass sie ins Leben startete, während sie eine enge Verbindung zu ihrer Mutter hielt, dann heranwuchs zu einem Kleinkind, das sich immer noch an seine Mutter klammern wollte, und dann zu einem Kind wurde, dessen Bedürfnisse noch komplizierter waren. Warum tun wir so, als würden wir nicht unter dieser tonnenschweren Last leiden, fragte sie. Warum tun wir so, als würden wir uns nicht die frühere Unbeschwertheit zurückwünschen?

»Aber das alles passiert, während man völlig davon vereinnahmt ist, zu arbeiten und Essen auf den Tisch zu bringen und sicherzustellen, dass du alles im Haus hast, Schulbücher und Mittagessen und Geld für den Schwimmunterricht und neue Schnürsenkel und alles Mögliche.«

Sie habe eine Theorie, sagte sie. Bis sie Jugendliche sind, haben sie einen so viel unbezahlte Arbeit machen sehen, so viele Mittagessen zubereiten und so oft gesehen, wie man sich gebückt hat, um irgendetwas zu putzen, und sie hierhin und dorthin gefahren und so viel abgewischt – oh, wenn sie an diese ganze Wischerei dachte, Gesichter, Popos, Arbeitsflächen und Böden – von Hemdenbrüsten und Hosenbeinen. Verlegenes Abwischen, reflexartiges Abwischen, entschuldigendes Abwischen, wütendes Abwischen, trübsinniges Abwischen. Irgendwann haben sie einen so viel öde Arbeit verrichten sehen, dass sie – zumindest irgendwie im Unterbewusstsein – uns, ihre Mütter, für ihre Sklaven halten. Und das Wissen kommt bei einer Jugendlichen im gleichen Moment, in dem sie ihre Unabhängigkeit von den Eltern will und sich nach einer umwerfenden Identität sehnt, die rein ist im Gegensatz zu allem, was vorher da war. Sie will sich selbst definieren, indem sie sich von dir unterscheidet, und in dir sieht sie jemanden, der sich nur in seiner Beziehung zu anderen definiert, nämlich zu ihr.

»Kein Wunder, dass sie uns hassen«, sagte Jan. »Ich weiß, Sie glauben, dass Ihnen das nicht passieren wird. Jetzt können Sie sich das noch gar nicht vorstellen, wie so etwas möglich sein soll. Aber es wird so kommen.«

Ich dachte an Maddy und wie sie sich im Schlaf an mich kuschelte, wie sie in der Nacht wortlos die Hand ausstreckte, um sich meine Hand auf ihren Bauch zu legen oder um meinen Kopf näher an ihren zu ziehen. Aber ich hatte keinen Zweifel, dass es passieren konnte wie so viele andere unmögliche Dinge.

»Wie auch immer«, fuhr Jan fort. »Tracey begann mich mehr oder weniger über Nacht zu hassen. An ihrem fünfzehnten Geburtstag wachte sie auf und hasste mich. Sie fing an, dumme Kommentare zu meinem Gewicht zu machen. Ich schrie sie dann immer an und sagte, sie höre sich schon genauso an wie ihr Vater. Das war eine seiner Angewohnheiten. Er hat mir ständig gesagt, wie fett ich bin.«

»Wie muss ich das verstehen?«, fragte ich. »Sogar noch nach Ihrer Trennung?«

»O ja. Nachdem wir uns getrennt hatten, war er noch viel schlimmer. Er kam jedes Mal rein, wenn er die Kinder abholte, ging meine Schränke durch und erzählte mir, ich sollte dies oder das nicht essen oder dass ich die Kinder falsch ernährte.«

»Manchmal war er schon hier drinnen, wenn ich zu Mittag von der Arbeit kam, dann saß er in der Küche mit seinen schmutzigen Stiefeln auf dem Tisch und fragte mich, was ich ihnen heute Abend zum Abendessen kochen würde.«

»Aber Sie waren doch getrennt«, wandte ich ein. »Wie ist er hier reingekommen?«

»Ach, er hat sich einfach Traceys Wohnungsschlüssel genommen. Und hat behauptet, er müsste eins von ihren Schulbüchern holen oder dass sie ihr Schwimmzeug vergessen hätten oder so was. Es gab immer einen Grund.«

»Warum haben Sie ihn nicht rausgeworfen?«, fragte ich.

Jan schien meinen Vorschlag sehr amüsant zu finden. Sie schaute mich an, als wolle sie sich vergewissern, dass ich das ernst gemeint hatte, und dann stieß sie ein paar kleine Juchzer aus. Ihr Bauch wackelte vergnügt unter ihren Kleidern.

»Das hätte auch nicht funktioniert«, meinte sie. »Terrys Bruder war Polizist. Sein Schwager ebenfalls. Eine ganze Familie von verdammten Bullen und Metzgern.«

»Hat er Sie bedroht?«

»Nein, nicht mehr nach der Sache mit dem Gewehr. Ich glaube, er hat damals schon gewusst, dass das etwas war, was die Polizei nicht ignorieren konnte, wenn er einfach so ein Gewehr hatte. Also wusste er, dass er von dieser Seite Ärger bekommen konnte.«

»Was war das für eine Sache mit dem Gewehr?«

»Hab ich Ihnen davon noch nicht erzählt?«

»Nein. Definitiv nicht.«

»Oh«, machte Jan.

*

Jan hatte es geschafft, sich aus Lismore und ihrer Ehe mit Terry abzusetzen, während einer kurzen Phase, als er sich in jemand anders verliebt hatte, in eine Auszubildende aus seinem Laden. Die Zwanzigjährige hatte sich als extrem fähig herausgestellt, sowohl im Job und auch in anderer, sexueller Hinsicht, sagte Jan. Sie bemerkte eine Veränderung an ihrem Mann, der sie »im Schlafzimmer« in Ruhe ließ, wie sie es formulierte, und irgendwie besser gelaunt war, optimistischer, eher bereit, über die Art von kleinen Regelverstößen hinwegzusehen, die er normalerweise verfolgt hätte, wie zu lang gekochte Erbsen (Jan sei eine furchtbare Köchin, behauptete er) oder zu kurz gebratene Koteletts (Terry hatte seine Koteletts gerne ganz durch). Ihr war die angenehme Veränderung an ihrem Ehemann aufgefallen und hatte alles zusammengesetzt, als sie sie eines Tages zusammen im Geschäft beobachtete.

»Irgendwas war anders in der Art, wie er ihr den Fleischklopfer gab, als sie ihn darum bat«, erzählte Jan. »Sie bereitete gerade ein paar Schnitzel vor. Er hatte eine Sanftheit an sich, die ich nicht mehr an ihm gesehen hatte, seit er um mich geworben hatte. Und da wusste ich es einfach.«

Sie bestätigte ihren Verdacht auf die gute alte Art, durch Spionieren, und kam dahinter, dass ihr Mann und seine Geliebte sich nachts im Pfadfindersaal in der Nähe ihres Hauses trafen, der leer stand, wenn nicht gerade ein Treffen der Pfadfinder oder der örtlichen Eisenbahnfans stattfand, nämlich Montag- beziehungsweise Mittwochabend. Sie liebten sich auf einem alten Sofa neben der Küchenzeile. Oft brachte Terry ein Sixpack Bier mit und manchmal ein kleines Transistorradio, auf dem er den lokalen Softrocksender einstellte.

Statt eifersüchtig oder am Boden zerstört zu sein, brach Jan vor Erleichterung fast zusammen. Um ein Haar hätte sie auf der Straße vor ihrem Bungalow Räder geschlagen. Sie begann, ihre Flucht zu planen. Sie wartete bis zu den Ferien und eröffnete Terry dann, sie würde die Kinder für ein paar Wochen zu ihrer Mutter nach Surfers Paradise bringen. Er fand die Idee gut. Terry sorgte dafür, dass das Auto vollgetankt war, und packte sogar ihre Sachen in den Kofferraum. Sie konnte sich noch erinnern, wie sie ihm zugeschaut hatte, wie er da in seinen Shorts und Unterhemd im Carport stand und ihnen nachwinkte, wobei seine Achselhaare sich wie grobe schwarze Wolle von den blassen Muskeln auf seinem Arm abhoben.

»Ich war noch nie so froh, mich zu verabschieden«, erzählte Jan. »Ich wusste ja, dass wir nicht zurückkommen würden.«

Auf der Fahrt in den Norden waren Tracey und ihr Bruder ruhig und friedlich gewesen. Sie beobachteten die Welt vor den Autofenstern und schienen glücklich, eine neue

Atmosphäre einatmen zu können. Sobald sie bei ihrer Mutter waren, verlängerte Jan ihren Urlaub immer weiter. Alle paar Tage rief sie Terry an, obwohl er oft nicht zu Hause war, und dann musste sie es am Tag darauf versuchen, im Metzgerladen, was ja ganz gut passte, weil er dort nie lange sprechen konnte. Er klang immer fröhlich, und manchmal hörte sie die hohe Stimme von Terrys Geliebter im Hintergrund, die gerade einen Kunden bediente. Eines Tages bekam sie einen Anruf von einer Nachbarin in Lismore, die Jan erzählte, sie habe eine junge Frau in Jans Haus ein- und ausgehen sehen. Das war alles, was Jan brauchte – sie rief Terry an und erklärte, dass sie nicht wieder heimkommen würde und dass er die Kinder gern besuchen könnte, wenn er wollte. Eine Freundin ihrer Mutter beschaffte ihr einen Job als Krankenschwester, sie mietete das obere Stockwerk eines alten Zweifamilienhauses in Broadchurch, und dann gewöhnten sie und ihre Kinder sich an ein neues Leben.

»O Mann, war das schön«, erzählte Jan. »Ich liebte es. Ich fühlte mich so frei. Die Kinder bekamen Fahrräder und Surfboards und konnten herumstreifen, so viel sie wollten. Sie fanden massenweise neue Freunde. Und ich auch, richtige Freunde, und ich fing an, Freiübungen zu machen und Carole King zu hören. Die Meeresbrise wehte zum Fenster herein, und ich begann mir zu denken, das hier ist Leben. Das hier war näher an dem Leben, das ich mir immer für mich gewünscht hatte. Für uns.«

Vielleicht würden Maddy und ich es in Queensland auch besser haben, dachte ich kurz, mit einer warmen Brise und günstigen Wohnungen.

»Egal, es geht bei dieser Geschichte bloß um mich«, sagte

Jan. »Wir wollten doch eigentlich über Tracey reden. Wie sind wir überhaupt auf dieses Thema gekommen?«

»Sie haben mir von Tracey im Teenageralter erzählt«, erinnerte ich sie. »Sie wandte sich gegen Sie und fing an, Sie zu kritisieren, so wie es Terry früher gemacht hatte.«

Jan sagte, dass es mit ihrem Frieden vorbei war, als Terry sich von seiner Freundin trennte, besser gesagt, als seine Freundin sich von ihm trennte und er seine ganze Aufmerksamkeit wieder auf Jan richtete. Sie sagte, dass sie in diesem Moment nur Grauen empfunden habe. Er verkaufte sein Geschäft und zog ebenfalls an die Küste, in ihre Nähe. Es gab ihr ein unsicheres Gefühl, aber was konnte sie schon dagegen tun? Sie konnte ja schlecht darüber bestimmen, wo er hinzog. Er fing an, die Kinder öfter zu besuchen, und er benutzte sie, um Jan zu verletzen. Sie sollten wieder als Familie zu Abend essen, meinte er, wegen der Kinder. Er erfand Ausreden, um zu ihr nach Hause zu kommen. Er behauptete, geträumt zu haben, dass sie mit einem anderen Mann ausging. Ging sie am Ende mit einem anderen Mann aus? Er ging gerade zum Einkaufen, ob sie wohl Milch bräuchte? Er fand, sie sollten jeden Samstag zu Mikeys Fußballspielen gehen, auch wenn es sein Wochenende mit den Kindern war und sie das Wochenende frei hatte. Es wäre besser so für Mikey. Terry wandte seinen Blick wieder ihr zu, sie wurde wieder sein Objekt, das er beobachtete.

»Tracey bettelte uns an, dass wir uns wieder versöhnen sollten. Ihr Vater würde so weinen, wenn er sie nach dem Wochenende wieder zu mir brachte. Er sagte, er sei so einsam ganz allein, ich hätte ihn aus seiner eigenen Familie rausgeworfen. Zuerst versuchte Tracey, uns wieder zusammenzubringen. Später gab sie es auf und hasste mich einfach nur.«

Jan meinte, dass Tracey über die Gewalt im Bilde gewesen sein musste. Sie hatte als Kind so viele Streitereien mitbekommen, ihr kleines Gesicht war wie ein Mond im Dunkeln auf der Schlafzimmerschwelle, während Terry durchs Haus tigerte und Jan dabei bedrohte und anbrüllte.

»Und dann kam die Sache mit dem Gewehr«, sagte Jan.

»Wann ist diese Sache mit dem Gewehr denn passiert?«, erkundigte ich mich. »Was ist die Sache mit dem Gewehr? Sie reden davon, als müsste ich davon gehört haben.«

»Ich hab Ihnen doch schon davon erzählt.«

»Nein, haben Sie nicht.«

Jan bewegte sich wieder im Kreis, schlug Haken durch die Zeit und übersprang wichtige Teile der Geschichte.

»Ich erzähl sie Ihnen ein andermal. Es war um die Zeit, als er Traceys Huhn Kiev getötet hat.«

»Moment«, sagte ich. »Sie haben doch gesagt, Ihre Katze hätte das Huhn getötet.«

»Nein, habe ich nicht«, sagte Jan. »Das war die Geschichte, die ich den Kindern erzählt habe.«

»Sie haben es mir doch selbst erzählt. Sie saßen auf dem Stuhl, auf dem Sie jetzt auch sitzen. Es ist noch gar nicht lange her«, beteuerte ich. »Sie haben mir erzählt, dass die Katze das Huhn getötet hat.«

Jan seufzte. Sie schien gereizt. Ich war wie vor den Kopf geschlagen. Wie viel von dem, was sie mir erzählt hatte, hatte wirklich der Wahrheit entsprochen?

»Ich glaube, das war so eins von den Dingen, wo man eine Lüge so lange wiederholt, bis sie zur Wahrheit wird. Im Geiste. Aber nein, das Huhn ist definitiv von Terry getötet worden. Er hat es mit voller Absicht getan.«

Mittlerweile war es später Nachmittag, und im Fenster hinter Jan bewegten sich die Jacarandabäume leicht in der schräg stehenden Sonne. Jan hatte stundenlang geredet, und ich war der Wahrheit nicht ein Stück näher gekommen, dem Detail über Tracey als Fünfzehnjährige, das mir helfen würde, das letzte Jahrzehnt ihres Lebens zu füllen, das Jahrzehnt, in dem sie von einem fröhlichen Mädchen zu einer pathologischen Lügnerin wurde und einer Betrügerin, die eine Krebserkrankung erfand, um die Leute abzuzocken. Stattdessen hatte ich in jeder Sitzung ein bisschen mehr über Jan erfahren. Im Inneren der Geschichte jeder Mutter verbarg sich die Geschichte ihrer Tochter, wie in einer russischen Puppe. Ich fuhr Maddy abholen. Im Kindergarten musste man nämlich Strafe zahlen, wenn man zu spät kam.

*

Am nächsten Tag, als ich gerade mit Maddy an der Hand die Glebe Point Road überquerte, um sie in den Kindergarten zu bringen, entdeckte ich Tom und Jess, die auf der anderen Straßenseite gingen. Sie lehnte sich an seine Schulter, und er drückte seinen Arm um sie, damit er seine Hand in die Gesäßtasche ihrer Jeans stecken konnte. Ich erinnerte mich an so manches Mal, wenn er versucht hatte, meine Hand zu nehmen, als wir draußen zusammen spazieren gingen, und ich weiß noch, wie ich sie ganz betont wieder losließ. Ich war kein so großer Fan von Liebesbezeigungen in der Öffentlichkeit. Das sagte ich ihm auch, weil ich es selbst glauben wollte. Ich beobachtete sie, wie sie so glücklich aussahen und so normal und im Einklang miteinander, und ich trat zurück hinter einen Hortensienstrauch, um schweigend einen Moment in einem Meer von Reue zu schwimmen. Maddy fragte mich, was ich da machte, und sagte laut, dass sie jetzt in den Kindergarten wollte. Nicht zum ersten Mal hatte ich Gelegenheit, über die verblüffende Erbarmungslosigkeit von Kindern nachzudenken, wenn es um die Gefühle der Erwachsenen in ihrer Umgebung ging.

*

Später an diesem Abend saß ich oben in meinem Zimmer und arbeitete an meinem Computer. Ich hatte einen neuen Freelance-Auftrag bekommen, diesmal von einem alten Kontakt, der jetzt in der Kosmetikindustrie tätig war. Ich schrieb einzelne Texte über Lippenstifte für eine Website mit Make-up-Tests. Es war unglaublich einfach. Man musste nur verschiedene Arten finden, um auszudrücken, dass dieser oder jener Lippenstift einen zur Sexbombe machen würde, was bei unsicheren Frauen auf dasselbe hinauslief wie liebenswert sein. Ich schätzte, dass unsichere Frauen in der Leserschaft einer Lippenstift-Website überrepräsentiert waren. Die Arbeit war zwar schlecht bezahlt – nur fünfundsiebzig Cent pro Wort –, aber sie war superleicht, während ich halb schlafend und halb beschwipst vorm Computer saß, und das war ich in dieser Nacht beides. Ich saß an meinem Schreibtisch und schaute hinaus zum Feigenbaum, der absichtlich ab und zu raschelte, sobald eine Brise durch ihn hindurchging und ihn erbeben ließ. Ich hatte eine Vorrichtung gekauft, die man in die Steckdose stecken konnte, um die Mücken abzuhalten. Sie verströmte eine tödliche Chemikalie, die sie umzubringen schien oder zumindest fernhielt. Während ich ein paar Absätze über »Blutdiamant« schrieb (ich nannte den Farbton »üppig und perlmuttschimmernd«, definitiv eine Farbe für einen Date-Abend), da erklang der Ton, der mir anzeigte, dass gerade eine Mail bei mir eingegangen war. Jan hatte mir geschrieben, und in der Betreffzeile stand: »Okay, hier kommt sie«.

*

Hi, Suze. Um die Wahrheit zu sagen, finde ich es einfacher, diese Dinge zu schreiben. Ich hoffe, das hilft Ihnen, ein paar Leerstellen zu füllen.

Die Sache mit dem Gewehr.

Es passierte, nachdem wir weggezogen waren, hoch nach Broadbeach. Es waren mittlerweile Jahre vergangen, und Terry weigerte sich immer noch, die Scheidungspapiere zu unterzeichnen. Langsam, aber sicher brauchte ich seine Unterschrift wirklich, weil gewisse Zahlungen von der Bestätigung darüber abhängig waren, dass ich wirklich alleinerziehend war. Ich brauchte das Geld, und die Leute von der Regierung fingen an, Fragen zu stellen, nach Beweisen zu fragen, dass ich wirklich allein war. Terry behauptete, er hätte angefangen zu jagen, und hatte sich ein Gewehr gekauft. Er nahm die Kinder an seinen Besuchswochenenden mit raus, was für Tracey natürlich ein einziger Horror war, denn Sie wissen ja, wie sie Tiere liebte. Es verängstigte sie immer wieder, doch Mikey fuhr so richtig darauf ab. Wie auch immer, irgendwas ging schief mit dem Gewehr, weiß der Teufel, was, und Terry brachte das Ding mit in unsere Wohnung. Er sagte, er müsse es verstecken. Ich sagte selbstverständlich Nein, aber er bestand darauf, und er machte eine Szene vor den Kindern, bis ich irgendwann nachgab. Er legte es in einen Schrank, ganz obendrauf.

Eines Tages komme ich von der Arbeit nach Hause, mit den Kindern, und ich bin total erschöpft, wissen Sie – ich meine, ich musste Zwölfstundenschichten im Krankenhaus schieben, um unsere Rechnungen bezahlen zu können. Ich wusste, dass man Terry nicht zu etwas zwingen konnte, aber ich hatte es langsam satt, dass er ständig bei mir aufkreuzte. Ich brauchte ein bisschen Freiraum. Grenzen, so nennt man das doch. Er musste diese Papiere unterschreiben, aber er weigerte sich einfach. Also komme ich nach Hause, und er sitzt am Küchentisch, mit dem Gewehr, und er poliert es mit einem Tuch. Neben sich hat er ein Fläschchen Öl stehen, und er streichelt dieses Gewehr, als wäre es ein Haustier oder so was. Ich sagte, Terry, was machst du hier? Leg das Ding weg, sagte ich. Er sagte, er müsse es sauber machen, sonst würde es sich verklemmen und unbenutzbar werden, und dann wäre das ganze Geld zum Fenster hinausgeworfen. Er sagte, dieses Gewehr sei das Einzige, was er wirklich liebe, und ich würde das nicht verstehen, weil ich nicht wusste, wie man sich um kostbare Dinge kümmert. Das hätte ich noch nie gewusst, fügte er hinzu. (Da hatte er wahrscheinlich recht, ha, aber es hatte nie an einem Mangel an gutem Willen gelegen.) Ich beschloss, darüber hinwegzugehen, und begann, das Abendessen zuzubereiten. Die Kinder gingen Fernsehen schauen, und er sitzt nur da, beobachtet mich und gießt immer mehr Öl und noch mehr Öl auf dieses verdammte Gewehr, während ich herumtrödelte und Pommes und Eier machte oder was auch immer. Er sagt zu mir: Mach mir noch ein Abendessen, und ich sage, was? Er sagt: Mach mir noch einmal Abendessen als meine Frau, dann unterschreib ich dir diese Papiere, auf die du so scharf bist. Ich dachte mir, okay, von mir aus. Er sagte, er wolle Koteletts, und ich hatte gerade welche im Haus, also machte ich mich daran, sie für ihn zuzubereiten. Ich steh am Herd und arbeite vor mich hin, und er sitzt einfach am Tisch und sagt kein Wort. Im Nebenzimmer läuft der Fernseher. Ich drehe mich um, da hat er das Gewehr vors Gesicht gehoben, entsichert und zielt auf mich. Er blinzelt durch dieses Zieldings (ich kenn mich mit Waffen nicht aus und bin auch froh, wenn das immer so bleibt). Ich bin total erschrocken und habe kurz aufgeschrien. Er lacht und sagt, komm, Jan, entspann dich, es ist doch gar nicht geladen. Ich mach doch nur ein paar Zielübungen hier, sagt er, und dein Arsch gibt weiß Gott ein genügend großes Ziel ab. Das Thema jetzt wieder, dachte ich, aber ich machte weiter Abendessen und dachte mir die ganze Zeit, bitte, lieber Gott, mach, dass er sein Wort hält. Ich habe die Papiere in meinem Schlafzimmer, er muss sie nur noch unterschreiben. Ich muss ihm nur seine Koteletts vorsetzen. Koteletts, und dann bin ich frei. Er sitzt mit seinem entsicherten und schießbereiten Gewehr am Tisch und zielt immer noch auf mich, er folgt allen meinen Bewegungen. Ich versuchte, einfach ruhig zu bleiben, ihn zu ignorieren, weil ich weiß, dass er mir eine Reaktion entlocken will. Hier sitzt er jetzt und quetscht das letzte Tröpfchen Macht aus sich heraus, das wusste ich. Lass ihn nur quetschen, dachte ich, gib ihm dieses eine letzte Quetschen, bevor er dich loslässt. Ich rufe die Kinder zum Essen, und Terry legt das Gewehr aus der Hand.

Und sie kommen hereingetrappelt, sie wollen einfach nur ihr Essen runterschlingen und dann gleich wieder zurück zu ihrer Vorabendseifenoper oder was auch immer sie da grade anschauen. Wenn ich ehrlich sein soll: Sie hätten vor dem Fernseher gegessen, wenn Terry nicht hier gewesen wäre, das machten wir fast jeden Abend so, aber ich wusste, dass Terry das nicht gefallen würde, also verheimlichte ich es vor ihm.

Auf jeden Fall fängt Terry dann an, auf den Kindern herumzuhacken, ihre Tischmanieren zu kritisieren, er gibt Mikey einen leichten Schlag auf den Hinterkopf, er weist sie richtig streng zurecht, und das sind sie nicht mehr gewohnt, denn bei mir haben sie mehr Freiheiten. Ich merke, dass er mich auf die Probe stellen will und nur darauf wartet, dass ich ihn unterbreche und ihm sage, dass er das lassen soll. Das war immer eine ganz feine Grenze bei ihm – er wollte, dass ich mich zur Zielscheibe machte, indem ich ihn tadelte. Wie viel Sticheleien erlaubt man ihm, bevor man einschreitet? Denn man weiß, sobald man einschreitet, hat er einen in der Hand, und dann wird es weiter eskalieren und schlimmer für alle werden, nicht zuletzt für die Kinder. Das war immer ein Balanceakt, und ich wäre die Erste, die einräumen würde, dass ich es oftmals falsch gemacht habe und ihn die Kinder wegen Kleinigkeiten schlagen oder runtermachen ließ. Aber an diesem Abend hatte ich es endgültig satt. Ich war müde und so wütend, einfach rasend wütend, wissen Sie? Weil er mich einfach nicht gehen ließ. Ich hatte dieses richtige Gefühl von rasender Wut, dass ich diesem Scheißkerl immer nur geben, geben, geben musste, und er war wie Aladdins Zauberlampe mit seinen ganzen Bedürfnissen – er füllte sie jedes Mal wieder nach. Also forderte ich ihn auf, die Kinder in Ruhe zu lassen. Ich sagte ihnen, sie sollten ihre Teller in die Spüle stellen und könnten dann weiter Fernsehen schauen. Er sagte, nein, ihr bleibt hier. Die Kinder erstarren. Sie können etwas in seiner Stimme hören. Eure Mutter will, dass ich die Scheidungspapiere unterzeichne, sagt er. Was haltet ihr davon? Ich sagte, Terry, lass die Kinder doch da raus. Dann schaut er die Kinder an, die die Blicke gesenkt haben, niedergeschlagen, sie schauen einfach nur auf den Boden, und er streckt die Hand aus, um ihre Gesichter zu berühren, er streicht ihnen über die Wangen und sagt ganz sanft: Ich kann die Papiere unterzeichnen, wenn eure Mutter das will. Oder, sagt er, ich kann die Patronen für dieses Gewehr holen und ihr das verfluchte Gehirn rauspusten. Heute Abend. Ihr entscheidet, sagt er.

Jetzt habe ich wirklich Angst, und ich überlege, ob das Ding geladen ist, ich versuche, mich zu erinnern, ob mir aufgefallen ist, dass Patronen im Lauf waren. Ich denke, sicher nicht, sicher nicht. Mikey fängt sofort an zu weinen, er schaut zu mir hoch und ist wie gelähmt vor Angst, und das Bild von diesem Gesichtsausdruck werde ich mit ins Grab nehmen. Doch Tracey bleibt ganz ruhig. Sie schaut ihm gerade in die Augen. Sie hebt ihren Kopf ein bisschen an, und ihre Stimme ist ganz fest, als sie spricht. Du hast keine Patronen, Dad, sagte sie. O ja und ob, verdammt noch mal, erwidert er, und du kannst gleich gehen und sie holen. Sie sind im Schrank. Nein, Dad, sagt sie, ich habe sie verschenkt. Und sie fängt an, eine Geschichte zu erzählen, eine Geschichte über ihren Freund Tim, der in der Schule im Waffenclub ist und neulich hier war und Patronen für seinen Schießausflug nach Cabooltur brauchte, und da hatte sie ihm die Patronen gegeben, weil sie wusste, dass es Terry nicht stören würde. Sie erzählt alle möglichen Details und verkauft die Geschichte so überzeugend, dass wir uns alle blenden lassen. Tut mir leid, Dad, sagt sie mit Unschuldsmiene. Sie schaut ihn direkt an mit ihren blauen Augen, ohne Blinzeln, ohne Wimpernzucken. Hier sind jetzt keine Patronen mehr, sagt sie. Plötzlich verändert sich Terrys Stimmung, und er schaut mich an und sagt, geh endlich die verdammten Papiere holen. Ich hol sie, er unterschreibt sie, und dann gibt er den Kindern einen Abschiedskuss und geht davon.

Ich reichte die Scheidungspapiere am nächsten Tag ein, und dann ist mir auf einmal so leicht zumute, als wäre ich jahrelang mit Gewichten um die Knöchel getaucht. Endlich kann ich an die Oberfläche schwimmen und mein Gesicht in die Sonne halten! Nachdem Terry gegangen war, schaute ich jedoch in den Schrank, und darin lag eine volle Schachtel Patronen. Tracey hatte gar keinen Freund namens Tim. Sie hatte das alles erfunden. Sie hatte ihm eine Geschichte vorgegaukelt, um mich zu schützen. Und daran habe ich mich immer festgehalten. Auch wenn ab da die Lügerei begann. Später ist es richtig übel geworden, aber sie hat aus gutem Grund damit angefangen. Das ist ein Trost, ein kleiner jedenfalls, und dieser Tage nehme ich alles, was ich kriegen kann.

Ich hoffe, das hilft Ihnen.

Ein bisschen durcheinander, aber das ist die Geschichte.

Alles Liebe, Jan

PS: Geben Sie Ihrem entzückenden Kind einen Kuss von mir.

*

Ich blickte hinaus in den raschelnden Feigenbaum und dachte an Maddy, die schlafend im Nebenzimmer lag, und wie rein die Welt war, die wir teilten: Das war wirklich die schönste Seite daran, alleinerziehende Mutter eines Einzelkindes zu sein. Es gab niemanden, der einem die Unmittelbarkeit dieser Beziehung nehmen oder sich einmischen konnte, ich musste nicht auf die Gefühle eines anderen Rücksicht nehmen, ich musste nicht die Erlebnisse anderer durchkreuzen, es gab keine Meinungen, gegen die ich mich durchsetzen, oder Loyalitäten, die ich teilen musste. Es bedeutete – so hoffte ich jedenfalls –, dass sich nichts Unentdecktes in Maddy entwickeln würde, so wie es bei Tracey der Fall gewesen war. Aber ich wusste auch, dass diese ständige Überwachung, wenn man eine Person wirklich die ganze Zeit beobachten kann, keine Garantie dafür gab, dass man sein Kind wirklich sah. Es gab Abgründe, die sich in den stillsten Gewässern bilden konnten, ohne dass man sie von außen hätte sehen können. Vertrauter Umgang war kein Garant für Durchsichtigkeit. Wenn Charlie mir eins beigebracht hatte, dann das.

Ich schloss meine Mails, ignorierte eine von Tom, in der er mich fragte, wie es mir ging, und schrieb den Lippenstift-Text fertig. Ich verlor mich in der hingehauchten Beschreibung, wie rosa Lippen genau das Richtige für die Frühjahrsrennen wären. Ich war nie auf den Frühjahrsrennen gewesen, aber das war egal. Alles Schreiben ist irgendwie Lüge.

19. KAPITEL

Ungefähr um diese Zeit begann mir das Geld wirklich auszugehen – da waren die Kindergartengebühren. Da war eine hohe Stromrechnung. Da war noch eine überfällige Steuerzahlung von einer nicht angegebenen selbstständigen Tätigkeit letztes Jahr, und Anfang Februar ging mein Auto in die Luft, mehr oder weniger buchstäblich, als nämlich der Autokühler auf der Parramatta Road bei vierzig Grad kaputtging. Das war ein richtig, richtig schlimmer Tag gewesen, einer von denen, an denen ich mich Maddys Tränen anschloss, und dann flossen bei mir die Tränen auf einmal so reichlich, dass sie Angst bekam, und dann tauschten wir Rollen, sie tätschelte mir den Rücken und sagte mir, ich solle aufhören zu weinen. Wenn es nur um mich gegangen wäre, hätte ich das Auto einfach durch die nächste koreanische Reisschüssel ersetzt, aber Maddys grausamer Tod im zermalmten Metall bei einem Autounfall gehörte zu meinen schlimmsten spätnächtlichen Angstszenarien. Ich würde nicht zulassen, dass ihre Sicherheit in Gefahr gebracht wurde durch unsere (relative) Armut. Also gab ich eine gute Summe für ein neues Gebrauchtauto aus. Das war so ungefähr der Betrag meiner Abfindung, es blieb nur noch ein kleiner Rest, für den Fall, dass etwas noch Schrecklicheres geschah. So etwas wie eine Räumungsklage. Ich hatte Onkel Sam seit über einem Monat nicht mehr besucht, und eines Nachmittags fuhr ich mit dem neuen Auto zu ihm rüber, in den östlichen Vorort, um den Onkel zu besuchen, in dessen Haus ich wohnte. Ich musste einen Weg finden, ihn vorsichtig zu fragen, wie unsere Zukunft aussah, ob wir tatsächlich an die Luft gesetzt werden würden, wenn er starb. In meinen Gesprächen mit Jan wurde ich Expertin im Aussparen des Themas Tod, ich umkreiste es, deutete manchmal mit einem Nicken darauf, aber ich schaute ihm nie in die Augen. Und obwohl Sam im Moment nicht aktiv zu sterben schien, war das eine Möglichkeit, die ihm eher früher als später aufgezwungen werden würde.

Sams Selbstversorgungsapartment war klein, aber elegant, mit Bücherregalen und ausgelegt mit sich überlappenden Perserteppichen, wie ein Mosaik des Wohlstands. Sie verliehen dem Zimmer Wärme und bildeten ein Gegengewicht zu den verschiedensten medizinischen Vorrichtungen, die überall verstreut waren, und den unverkennbaren Anzeichen, dass man sich hier in einer Einrichtung befand, zum Beispiel den Handgriff neben der Toilette und der Notrufknopf in der Dusche. Sam war siebenundachtzig und fit, aber allein durch sein Alter stand er mit dem Tod auf Du und Du, er ging beiläufig bei ihm aus und ein wie ein Nachbar, der den Kopf über den Zaun streckt, oder ein Hund, dessen Bellen zu den festen Hintergrundgeräuschen gehört.

»Hey, wie geht's meinem Mädel?«, begrüßte mich Sam, sobald ich eintraf. Er ging jetzt am Stock und brauchte ziemlich lange, um mir die Tür aufzumachen.

Er meinte Maddy.

»Super. Sie wäre bestimmt total sauer, wenn sie wüsste, dass ich ohne sie hier war«, sagte ich.

»Dieses Kind sieht genauso aus wie du in ihrem Alter. Haargenau so.«

Das sagte Onkel Sam immer. Meine Mutter meinte, Maddy und ich seien die einzigen Themen, bei denen er sentimental wurde. Obwohl er meistens geistig klar war, verlor Sam langsam, aber sicher sein Gedächtnis, es franste an den Kanten aus wie einer seiner abgewetzten Teppiche. Er sah noch immer so aus wie früher, mit seiner hohen Stirn und der römischen Nase und einem weißen Haarschopf, der für jemanden in seinem Alter erstaunlich robust war. Doch wie alle uralten weißen Menschen sah er aus, als wäre ihm jedes bisschen Farbe ausgesaugt worden, als hätte er schrittweise jedes bisschen Pigment verloren – sein Haar war weiß, seine Haut bleich, seine Augenfarbe, die früher einmal ein stechendes Blaugrau gewesen war, war verblasst. Als würde die ganze Person buchstäblich verblassen. Beverley bezeichnete Onkel Sam als »einen der letzten großen Junggesellen« und romantisierte ihn als die Art von Mann, der eheliche Verpflichtungen immer gescheut hatte zugunsten eines Lebens voller Bücher und Arbeit und Gentleman-Hobbys, vielleicht unterbrochen von der einen oder anderen Affäre. Es schien ihr nie in den Sinn zu kommen, dass diese Affäre vielleicht keine mit einer Frau war. Beverley hatte eine ganz spezielle Art, bestimmte Tatsachen aus ihrem Blickfeld auszublenden, Dinge, die nicht ins Bild passten oder irgendwie störten, und ich hatte sie nie in meine Entdeckung von Onkel Sams überraschender Pornografiesammlung eingeweiht. Sie las jeden Tag die Zeitung, beide großen Tageszeitungen, sie war gebildet und informiert, und offenbar wählte sie neuerdings die Grünen. Also hätte sie theoretisch im Bilde sein müssen über LGTBQI-Rechte. Aber sie identifizierte sich eben auch stark mit den Werten der fünfziger Jahre und legte großen Wert auf den äußeren Schein. Außerdem hatte ich den Verdacht, dass sie in ihrer weiblichen Eitelkeit Homosexualität gar nicht richtig ernst nehmen konnte. Jedes Mal, wenn im Gespräch das Thema in diese Richtung rutschte, bemerkte sie geheimnisvoll, dass manche Männer durch bestimmte »Phasen« gingen.

Als Kind war Onkel Sam eine beständige sanfte Gegenwart für mich gewesen. Er erschien zu Abendessen und Mittagessen, und dann brachte er Wein mit und jedes Mal auch ein Buch für mich – nie eingepackt, denn diese Bücher waren kein Geschenk im konventionellen Sinne, das wäre ihm viel zu frivol gewesen. Sie waren meine literarische und moralische Erziehung. Entweder hatte Onkel Sam eine gute Sekretärin, oder er hatte einen perfekten Instinkt für den Geschmack kleiner Mädchen – er brachte mir *Anne auf Green Gables* mit, zahllose Enid-Blyton-Romane, australische Kinderbuchklassiker, und dann, eines glorreichen Geburtstags, zog er eine Hardcover-Ausgabe von *Little Women: Beth und ihre Schwestern* hervor, die ich im Laufe der nächsten Woche gebannt verschlang. Sam gehörte zu diesen Erwachsenen, die jederzeit einen persönlichen Vorrat von Vergnügen anzapfen können, einen privaten Quell von Freude, den er mit keinem teilte. Er kicherte und zwinkerte und lächelte über die Dinge, die meine Mutter sagte, und ich schaute ihm gerne am Esstisch mit den anderen Erwachsenen zu, wobei er selbst nicht viel sagte, sondern eher aufmerksam zuhörte, und immer fand er etwas, worüber er im Stillen lächeln konnte. Dann fing er meinen Blick auf und zwinkerte mir zu, und für einen Augenblick war ich in seinen Kreis aufgenommen, und die Welt verengte sich zu unserer kleinen Verschwörung.

Manchmal sprach Sam über seine Arbeit als Scheidungsanwalt, als Familienanwalt. Manche Mandanten konnte er nie zu Hause anrufen, andere wiederum beendeten Gespräche mit ihm abrupt, sobald ihr Ehemann durch die Haustür kam, und dann redeten sie laut und falsch mit ihm, als wäre er der Klempner oder ein belästigender Anrufer, und legten schnell auf. Es gab Frauen, die ihn in bar bezahlten, weil ihr Scheckbuch überwacht wurde, und Frauen, die sich verzweifelt wünschten, dass ihr Ehemann eine Affäre hätte, damit sie ihn vor Gericht stellen konnten. Diese Frauen hielten ihren herrschsüchtigen Männern dann hübsche Nachbarinnen und sexy Kolleginnen und manchmal sogar knackige Freundinnen unter die Nase, in der Hoffnung, dass eine davon sein Interesse weckte und seine Augen auf alles andere zog als auf die Ehefrauen selbst. Alles änderte sich, als die Regierung unter Whitlam das Gesetz für die Aufhebung des Schuldprinzips im Scheidungsrecht verabschiedete, und alle Dämme brachen. Wenn man irgendwelche Beweise dafür sehen wollte, dass die Institution der Ehe den Frauen wenig Nutzen brachte, der brauchte nur 1976 ins Wartezimmer seiner Kanzlei in der Macquarie Street kommen. Er nannte es »den Auszug der Elenden«.

Was hatten sie von ihm gedacht, diesem urbanen, lakonischen, großen Mann, der gut aussah und freundlich war, der ihnen mit stiller Leichtigkeit diente, sich zwischen sie und ihre wütenden, bedürftigen, keifenden Ehemänner setzte?

Sam nahm die ganze männliche Bescherung in sich auf wie ein Schwamm und beschützte seine Mandantinnen vor den Drohungen und Warnungen der Männer, die gelobt hatten, sie zu lieben und zu ehren. Mindestens eine oder zwei von diesen verzweifelten Frauen musste sich doch auch in ihn verliebt haben, hatte ich mir immer vorgestellt. So wie seine Freundin Gina, zu deren Tod ich ihm jetzt mein Beileid aussprach.

»Danke, meine Liebe«, sagte er. »Sie war ein liebes Mädchen, sehr lebhaft. Ich hatte eigentlich keinen Zweifel daran gehabt, dass sie mich überleben würde. Ist schon eine seltsame Position, wenn man zuschauen kann, wie ein Freund nach dem anderen wegstirbt. Sehr seltsam. Ich komm mir manchmal vor wie eine Figur in einem Gedicht.«

»Inwiefern?«, fragte ich. Unterhaltungen mit Onkel Sam waren immer interessant. Er hatte schon immer eine Abneigung gegen Small Talk gehabt, das hatte nichts damit zu tun, dass ihm langsam die Zeit ausging.

»Man wird ein stummer Hüter von so vielen Dingen«, sagte er. »Kleinen Details eines Menschen, Dingen, die es nie wieder geben wird, eine Laune der DNA und der Umstände und der Umwelt und was sonst noch zur Originalität einer Person beiträgt. Jeder Mensch hat eine Sammlung von Zügen, die ihn völlig einmalig macht. Und wenn dieser Mensch stirbt, wirst du der Bewahrer dieser Originalität. Tee?«

Ich nahm an und bot an, ihn zu machen, doch Sam winkte ab.

»Lass mich einmal was Nützliches machen. Schwester Cherry hat mir gesagt, ich soll nicht so lange sitzen, das ist schlecht für meinen Kreislauf. Also. Einen Moment.«

Er begann den Prozess des Aufstehens aus seinem Stuhle, der damit begann, dass er seine knochigen Beine nach außen streckte, dann seine beschuhten Füße jäh nach hinten riss, um auf diese Art genug Schwung zu bekommen, um den Stuhl zu kippen und sich aufzuschwingen. Mit einem ballettgerechten Sprung – die Beine gebogen und die Arme ausgebreitet – landete er in der Senkrechten.

Er stieß einen Jubelruf aus. »Als würde man ein Schiff vom Stapel lassen!«

Dann stellte er den Wasserkocher auf und arrangierte zwei Porzellantassen auf einem Tablett, hübsch wie Blüten, die sich gerade erst in der Sonne geöffnet hatten.

»Was war so einmalig an Gina?«, wollte ich wissen.

»Ach.« Er gab den Tee mit dem Löffel in die Kanne, wobei er sorgfältig mitzählte.

»Alles Mögliche. Sie war als junge Frau im Krieg bei den Landtruppen gewesen, hat Traktoren im Westen von New South Wales repariert. Sie hat erzählt, dass sie dort mal eine Affäre hatte, mit dem Sohn eines chinesischen Standbesitzers auf dem Lebensmittelmarkt. Hat sie nie jemandem erzählt, hat sie gesagt. Das Kind aus dieser Verbindung gab sie gleich nach der Geburt zur Adoption frei und traf es erst wieder, als es schon ein Fünfzigjähriger war, der in Chatswood mit seinem Zwergschnauzer lebte. Er wollte sie nach diesem Treffen nicht wiedersehen. Furchtbar traurig. Sie meinte, sie hat sich immer gefragt, ob er eine Beziehung zu ihr hätte haben wollen, wenn sie jemand anders gewesen wäre. Sie hatte immer das Gefühl, dass sie diese Zurückweisung verdient hatte.«

»Das ist wirklich traurig«, sagte ich. Ich dachte darüber nach, wie es sich anfühlen muss, ein Kind zu verlieren, die

Unmöglichkeit, nach dieser Tat einfach so unbeschwert weiterzuleben.

Sam goss Wasser in die Kanne und stellte sich so hin, dass er mich sehen konnte, während der Tee zog.

»Ja, aber sie war eine großartige Mechanikerin, und sie hat sich nie bemitleidet. Sie las viele Kurzgeschichten, weil sie meinte, wenn sie dieser Tage einen Roman anfing, könne sie nie sicher sein, dass sie ihn auch noch zu Ende lesen konnte. Und dann kam sie immer zu mir, und dann saßen wir hier und hörten Radio und plauderten ein wenig, lasen, oder manchmal hatte sie auch Strickzeug dabei. Schwester Cherry hat eine riesige Kinderschar, unzählige Blagen, und die marschieren alle mit Strickhüten von Gina durch die heißen Straßen von Manila.«

Sam hob den Deckel der Teekanne an und spähte hinein.

»Ihr Bauch grummelte immer so furchtbar«, fuhr er fort. »Sie sagte, es habe etwas mit ihrer Darmoperation zu tun. Gegen halb zwölf fing es so richtig an. Dann stöhnte und gurgelte ihr Bauch wie ein wütendes Baby.«

Sam goss den Tee ein, fachkundig wie eine japanische Gastgeberin, und brachte das Tablett zu mir. Er ließ sich langsam wieder auf seinen Stuhl sinken, was ihm mit einer Mischung aus Geschicklichkeit und Glück auch gelang.

»Ich vermisse sie schrecklich«, sagte er. »Sehr intime Geschichte, so ein Darmgrummeln.«

»Auf Gina«, sagte ich und hob meine Teetasse.

»Auf ihre Erinnerung«, erwiderte Sam und stieß mit mir an. »Und auf deine Erinnerung an sie.«

Wir saßen einen Moment schweigend da. Ich lauschte der Kombination minimaler Geräusche um uns herum – das

Rattern eines Teewagens auf dem Flur, das sanfte Anklopfen und die professionelle Fröhlichkeit der Pflegerin, als sie um Erlaubnis bat, ins Apartment nebenan eintreten zu dürfen, das Knattern eines losfahrenden Motorrads. Ich überlegte kurz, was mit dem Erbe eines Menschen wie Gina passierte. Hatte sie ihr Vermögen dem Kind vermacht, das sie zur Adoption freigegeben hatte, dem Baby, das sie gebraucht hätte und das dann zu dem Mann heranwuchs, der sie nicht sehen wollte? Es war eine Art, ihn aus dem Grab noch zu lieben. Meine Gedanken kreisten jetzt um das Thema Erben, und ich suchte krampfhaft nach einer Möglichkeit, das Thema des Hauses in der Glebe Street und unseren Aufenthalt darin anzuschneiden, der bedroht war durch die ferne Boshaftigkeit meiner neuseeländischen Cousinen mit ihren Forderungen – jedenfalls, wenn man Beverley glauben wollte.

»Viele Leute hier werden total albern mit ihrem Testament«, sagte Sam, als hätte er die Wendung meiner Gedanken irgendwie erspürt. »Das ist noch so was, was man erst erlebt, wenn man so lang lebt wie ich. Gibt nichts Schlimmeres, als zuzuschauen, wie sich erwachsene Kinder um das Geld ihrer Eltern streiten.«

»Wahrscheinlich geht's da viel um Gunst«, sagte ich so neutral wie möglich. »Jeder will die Gunst seiner Eltern, auch noch als Erwachsener. Das ist doch ganz natürlich.«

»Ja, aber voll entwickelte Erwachsene erwarten kein Geld, um die Probleme ihrer Kindheit zu lösen.«

Ich dachte insgeheim, dass es jede Menge Erwachsene gab, die genau das taten, aber ich behielt den Gedanken für mich. Ich überlegte, ob er das Thema Haus von selbst aufs Tapet bringen würde. Ich schluckte.

»Onkel Sam, ich …«, begann ich, doch in genau dem Moment, als ich angesetzt hatte, klopfte es laut und deutlich. Schwester Cherry war da. Das Anklopfen war eine reine Formalität, eine Höflichkeit. An einem Ort wie diesem würde eine Nichtreaktion des Bewohners garantiert nicht dazu führen, dass der Klopfende sich wieder entfernte.

»Ihre Vormittagsmedikamente!«, trällerte sie, als sie hereinkam. Schwester Cherry war klein und hatte eine feste Haut, mit Hüften, die wundervoll aus einer Taille herausblühten, die ich jederzeit mit zwei Händen hätte umfassen können.

»Mr. Hamilton ist mein Lieblingspatient hier«, erklärte sie.

»Darf ich Ihnen meine Nichte vorstellen? Das ist Suzy«, sagte Onkel Sam. »Suzy, das ist Schwester Cherry, meine Lieblingsschwester.«

»Ja, weil die ganzen anderen Schwestern so grätzig sind«, meinte Cherry. Ich konnte nicht einschätzen, ob sie das ernst meinte oder nicht. »Deswegen ist das kein besonderes Kompliment. Trotzdem nehm ich's mal an.«

»Cherry ist sehr offen«, sagte Sam. »Deshalb mag ich sie auch so gern.«

Cherry machte sich an Onkel Sam zu schaffen. Sie nahm ein Thermometer aus ihrer Brusttasche und rollte eine Blutdruckmanschette aus wie ein Band. Sie blickte an die Decke, während sie auf die Geräusche aus ihrem Stethoskop lauschte, und wir verstummten.

»Blutdruck ist gut. Gut. Mr. Hamilton ist auch mein bester Patient«, sagte sie.

»Ich bin nicht krank. Ich bin nur alt.«

»Alter Körper, junges Herz«, sagte Cherry, dann entfernte

sie die Blutdruckmanschette und gab ihm eine Handvoll Tabletten, die wie Kiesel in die Nierenschale fielen, die sie meinem Onkel hinhielt. »Bitte.«

Sam schluckte sie alle nacheinander, gefolgt von einer gelben Flüssigkeit aus einem Glas, das er ebenfalls von Cherry bekommen hatte.

»Die halten mich auf dem Gleis«, sagte er zu mir, dann wandte er sich wieder an Cherry.

»Sie müssen wissen, dass unsere Suzy eine berühmte Journalistin ist«, erklärte er. »Eine Schriftstellerin.«

»Ohhhh.« Cherry drehte sich zu mir um und fixierte mich scharf mit ihren stechenden Augen. »Sie schreiben für die Zeitung?«

»Ja«, sagte ich. »Ich meine, früher schon. Jetzt mach ich gerade eine Pause. Ich bin derzeit eher Texterin als Journalistin.« Ich war nicht sicher, wie viel Sam wusste, wie viel Beverley an ihn weitergegeben hatte.

Cherry tastete sämtliche Taschen an ihrem Schwesternkittel ab und schien das Interesse an unserem Gespräch verloren zu haben.

»Meine Brille. Ich verlier immer meine Brille, manchmal glaub ich schon, ich verlier mein Gedächtnis, weil ich es hier immer nur mit Tattergreisen zu tun habe«, sagte sie.

Ich schaute zu Sam hinüber, um zu sehen, ob ihn die Bemerkung beleidigt hatte, doch er lachte nur.

»Sie haben sie sich um den Hals gehängt«, sagte er.

Cherry kicherte über sich selbst.

»Auf Wiedersehen, Schriftstellerin Suzy«, sagte sie. »Und Mr. Hamilton, wir sehen uns dann wieder, wenn ich meine Runde mit den Mittagsmedikamenten mache.«

Auf leisen Sohlen ging sie zur Tür, die sie mit einem entschiedenen Klicken hinter sich zuzog.

»Cherry hat mir schon oft den Tag gerettet«, sagte Sam, während er ihr nachblickte. »Sie ist eine echte Schote. Sie zieht zwar immer ganz furchtbar über die Chinesen her, aber sie bringt mich wirklich zum Lachen. Sie sieht ihre eigenen Kinder nur zweimal im Jahr.«

Er lächelte mich an. »Aber heute bist du mein Highlight.«

»Onkel Sam«, nahm ich einen erneuten Anlauf. Schuldgefühle überfluteten mich. Er meinte, ich wäre wegen ihm hier, um mit ihm zu reden, nicht, um mich nach meinem Erbe zu erkundigen.

»Ja, mein Schatz?«

Ich änderte meine Taktik. »Du weißt doch, dass ich bei der Zeitung aufgehört habe, oder? Ich bin keine Journalistin mehr.«

»Ja, deine Mutter hat es mir in groben Zügen geschildert«, sagte er. »Aber das juckt mich gar nicht. Ich könnte gar nicht stolzer auf dich sein, und ich habe alle Artikel von dir ausgeschnitten, um es dir zu beweisen.«

»Du hast alle meine Artikel behalten?«

»Ja, selbstverständlich. Das ist wie ein Hobby für mich geworden«, sagte er. »Ich dachte, dass du vielleicht eines Tages einen Nachweis deiner ganzen Arbeit brauchen könntest, obwohl jetzt natürlich auch immer alles online steht.«

»Hast du sie hier?«

Er deutete auf ein Regal, und ich ging hinüber und holte ein großes, fest gebundenes Album heraus. Darin befand sich die Summe meines gesamten Arbeitslebens, sorgfältig aufgeklebt in der richtigen Reihenfolge und peinlichst genau beschriftet. Es waren die ersten Berichte von meinem kurzen Einsatz auf Polizeistreifen dabei, da waren atmosphärische Artikel und Wettergeschichten, Politikerporträts und wohlwollende Porträts von Künstlern und Wissenschaftlern, die ich in der Mittagspause interviewt hatte. Da waren Nachforschungen zu den Reisespesen gewisser Politiker und ein Exklusivinterview mit einer Jihadi-Braut, der ein bisschen zu spät eingefallen war, was die Wahl ihres Ehepartners für schreckliche Auswirkungen hatte, und die daraufhin nach Australien zurückkehren wollte. Für diesen Artikel hatte ich einen Preis gewonnen. Die Braut befand sich heute in einem Flüchtlingslager an der syrischen Grenze.

»Möchtest du es mitnehmen, meine Süße? Kannst du eigentlich ruhig machen.«

Ich blätterte weiter, blätterte durch halb vergilbtes Zeitungspapier und betrachtete mein Foto mit meinem Namen unter den Artikeln, die auch immer älter wurden, je weiter ich mich im Album nach vorne gearbeitet hatte.

»Ach, lass mal«, sagte ich. »Behalt du das lieber.«

Ich konnte das Thema nicht auf die Ruby Street bringen. Es schien mir so falsch, mit Sam so offen über seinen Tod zu sprechen. Die einzige Art, wie wir auf dieser Welt leben können, ist, dass wir jegliche Gedanken an den Tod unserer Lieben von uns schieben. Der Tod ist nur im Nimmerland erträglich, wenn er noch nicht in deiner Nähe geschehen ist und du nichts getan hast, um ihn herbeizuführen.

»Um die Wahrheit zu sagen – ich hab die Zeitung mit beschädigtem Ruf verlassen«, erklärte ich Sam. »Es war richtig hart, daran zu denken. An alles, was ich verloren habe.«

»Beverley hat mir von diesem Mädchen erzählt«, sagte Sam. »Muss ich dir das auch noch mal sagen? Denn es war wirklich nicht deine Schuld.«

»Es gab noch was anderes, was ich gemacht habe«, sagte ich. »Worauf ich auch überhaupt nicht stolz bin.«

Mittlerweile kam mir Sam ein bisschen ausgefranst vor, und seine Lider sanken herab, wie bei einem Junkie nach seinem Schuss. Er schien vergessen zu haben, dass er mit mir über das Haus in der Ruby Street sprechen wollte. Seine Tabletten begannen zu wirken. Ich sammelte meine Sachen zusammen und sagte, dass ich ihn bald wieder besuchen würde. Er hielt mir seine Hand hin, deren Rücken ein Patchworkmuster aus perlenartigen Hautstellen war, bei denen die blauen Venen so dicht unter der Oberfläche zu verlaufen schienen, dass seine Haut wirkte, als wäre sie aus Zellophan. Ich fand die Vorstellung bemerkenswert, dass er fast hundert Jahre erlebt hatte. Jetzt hatte er eine Mailadresse und eine Pflegerin von den Philippinen, die elektronisch Geld an ihre weit weg lebenden Kinder schickte, praktische Liebe, die durch die Synapsen und Nebenwege des Internets reiste, um sie in Echtzeit zu kleiden und zu nähren.

Sam ergriff meine Hand mit überraschender Kraft und zog mich zu sich herab, damit er mir leise ins Ohr sprechen konnte: »Ich kann dir noch was verraten, was ich in meinen langen siebenundachtzig Jahren gelernt habe«, sagte er. »Scham altert mit. Und sie ist eine sehr schwere Last.«

TEIL 3

20. KAPITEL

Pete machte gerade eine Hip-Hop-Phase durch. Das war unselig für alle Beteiligten, aber hauptsächlich für uns, das Personal des Little Friend, weil die Kunden jederzeit gehen konnten, während wir für die Dauer unserer Schicht im Lokal festsaßen wie die Passagiere auf einem seltsamen Kreuzfahrtschiff. Pete bezog sich immerhin auf das old-school Zeug aus den Neunzigern, obwohl das, was er damit anfing, die reinste Travestie war, denn er fügte Gitarren und seinen sehr speziellen Gesangsstil hinzu, und manchmal sogar eine Bongotrommel. Nichts davon war okay, aber ich brauchte das Geld und hatte kaum eine andere Wahl. Ich dachte an George Orwells Überlegungen, wie langweilig doch (relative) Armut war, und musste ihm recht geben, aber ich wünschte auch, dass ich ein Erbe hätte, auf das ich hätte zurückgreifen können, so wie er. In den Wochen nach meinem Besuch bei Onkel Sam trug ich mich für mehr Schichten ein und nahm mehr Textarbeit an. Eine Freundin von einer Freundin brauchte Posts für ihren Buchhaltungsblog, der ungefähr so interessant war, dass man Nasenbluten davon kriegte, doch der Job war gut bezahlt und schnell erledigt.

Seit ihrer Mail über ihren Ex-Mann und das Gewehr war Jan geheimnisvollerweise abgetaucht. Sie schrieb noch einmal und sagte, sie bräuchte eine Woche, um nach Queensland zurückzufahren und unerledigte Angelegenheiten zum Abschluss zu bringen und Mikey zu besuchen, der gerade aus einer Entzugsklinik entlassen worden war und jetzt Hilfe brauchte, um wieder ins normale Leben zurückzufinden und Fuß zu fassen. Jan sagte, er würde »im Haus« wohnen, womit sie Traceys Haus meinte, und sie konnten endlich die Haustiere zurückholen (sie waren in der Zwischenzeit bei einer Cousine untergekommen, aber waren immer depressiver geworden, sagte Jan), sodass Mikey sich um sie kümmern konnte. *Wie heißt das noch? Haustiertherapie? So was ist gut für Menschen, die sich von irgendwas erholen müssen*, schrieb sie in ihrer Mail. *Wie Pferdetherapie, bloß mit Hunden. Und diese alberne Katze ist ja auch noch da.* Jan hatte die Katze nie gemocht, so eine flauschige weiße, die aussah wie eine Cartoon-Wolke oder ein Marshmallow mit Augen. Manchmal sprach Jan klagend darüber, wie jung sie noch war, gerade eben erst dem Kätzchentum entwachsen, und wie lange sie ihre tote Tochter überleben würde. Den Hund mochte sie. Ihm missgönnte sie sein Leben nicht.

Eines regnerischen Abends kam Tom in die Bar, um zu warten, bis Jessicas Schicht zu Ende war.

»Hey!«, sagte er zu mir. »Ich hatte gehofft, dass du hier sein würdest.«

»Hey«, gab ich weniger enthusiastisch zurück. Ich war höllisch müde. Und ich wusste, dass ich auch so aussah. In letzter Zeit schien sich die Qualität meiner Haut rapide zu verschlechtern, als hätte sie im Alleingang beschlossen, auf die vierzig zuzugaloppieren, um diesen Meilenstein eher als geplant zu erreichen. Ich hatte den Verdacht, dass das auf meinen jahrelang praktizierten Schlafentzug zurückzuführen war, und gestattete mir einen kleinen, stillen Fluch auf Charlie. Wo war er jetzt? Auf einer Jacht? In irgendeinem Straßengraben? Irgendwo auf einem Balkon, wo er auf einen unverstellten Horizont blicken konnte? Wo immer du bist, dachte ich, ich verfluche dich, und ich verfluche deine Freiheit. Ich wünschte ihm irgendeine Art chronisches Problem an den Hals, das ihn nicht umbringen würde, aber ihm ein fast ständiges Unwohlsein einbrachte, so was wie Schuppenflechte oder Inkontinenz.

»Was zu trinken?«, fragte ich Tom. Jess war mit Pete am anderen Ende des Raums und half ihm, eine komplexe Akkordstruktur aufzulösen. Als ich hinüberschaute, sah ich Petes Gesicht, der die Spalte und die Kissen von Jess' Dekolleté in sich hineintrank, als sie sich vor ihm bückte.

»Ich hätte gern ein Bier. Ein Helles.«

»Hipster oder Nichthipster?«

»Das von der größten kommerziellen Brauerei, die es überhaupt gibt.«

»Wir führen nur örtliche Biere. Hier, dieses hier ist immerhin nicht vegan.«

»Wie – Bier kann auch vegan sein?«

»Ja. Bei normalem Bier werden irgendwann im Herstellungsprozess Schweineinnereien benutzt. Oder so was Ähnliches.«

Als ich ihm das Bier über den Tresen in die Hand schob, schaute er mir ins Gesicht und fragte mich, wie es mir ging. Ich erwiderte, dass es mir gut ging, denn es war sinnlos, etwas anderes zu sagen, und ich hätte sowieso nicht die Zeit gehabt, ihm zu erklären, warum es mir nicht gut ging. Jessica trat hinter Tom, schlang ihre Arme um ihn und gab ihm einen Kuss auf die Wange. Eine Geste, die mich schmerzte.

Sie blickte auf und mir direkt in die Augen. »Danke, dass du auf ihn aufgepasst hast, Suze«, sagte sie, und ich konnte nicht heraushören, ob in ihrer Stimme wirklich ein Hauch von scharfer Ironie lag oder ob ich die nur mit meinen Schuldgefühlen hineinprojiziert hatte. Vielleicht sah sie ja irgendwie, dass ich meinen Körper anders hielt, wenn er in die Bar kam, oder vielleicht erkannte sie eine Genossin, weil sie ebenfalls in Tom verliebt war. Oder meinte zu erkennen. Jess flüsterte ihm irgendwas ins Ohr, was ich nicht verstand, und ich bewegte mich auf eine Gruppe von Studenten zu, die gerade hereingekommen waren.

Es waren nur junge Männer, und sie sahen aus wie College-Jungs, der Typus, der direkt von einer rein männlichen Privatschule in ein rein männliches College übergetreten ist, die immer noch ihre demütigenden Aufnahmeriten praktizierten. Ich war mit solchen Jungs aufgewachsen und wusste genau, wie sie versuchten, sich zu Männern zu machen, indem sie ihre Identität aus einer Einrichtung bezogen. Wenn sie an die Uni kamen, ließen sie sich die Haare wachsen, und manchmal kamen sie im Sommer sogar barfuß auf den Campus, um zu zeigen, was sie unter Freiheit verstanden, womit sie aber bloß ihre Anspruchshaltung zementierten. Sie wussten, dass ihnen auf dem Unigelände keine Bindis begegnen würden, genauso wie in ihrem restlichen Leben.

»Miss!«, rief mir einer von ihnen zu. »Eine Runde für den Tisch hier, bitte.«

Er machte eine kreisende Handbewegung, um die ganze Gruppe einzuschließen. Man hätte sie alle untereinander austauschen können. Sie hatten längliche Haare, einen Hauch von Bohème, aber irgendwie doch nicht so ganz überzeugend: Die Einzigen, die keine Rugbytrikots trugen, hatten stattdessen Poloshirts an. Wahrscheinlich hatten sie sich in den Tagen, bevor die allmonatliche Überweisung von ihren Eltern auf ihren Bankkonten eintraf, geklagt, dass sie mal wieder abgebrannt seien, und hatten demonstrativ ein billiges Mittagessen in den Pasta- und Nudelläden in der King Street gegessen. Vic nannte diese Art von Jugendlichen die »nouveaux pauvres«. Ich seh dich schon, Kerlchen, dachte ich, als ich an ihren Tisch ging. Ich kenne dich.

»Eine Runde was?«

»Bier natürlich«, sagte er.

Sein Gesicht war bereits gerötet vom Alkoholkonsum, und seine Haare hatten diesen ganz typischen sandigen Blondton. Sein Haar war auf eine charmante Art strubbelig, als wäre es gerade von der Hand eines nachsichtigen Schuldirektors zerzaust worden.

»Natürlich«, sagte ich. »Aber wir haben furchtbar viele verschiedene Biersorten. Würden Sie gerne eine aussuchen?«

»Suchen Sie für mich aus«, sagte er. »Sie sehen aus, als wären Sie eine Frau mit gutem Geschmack.«

Wenn er mit mir flirtete, war das schon okay. Ich schaute mich zur Bar um. Jessica hatte wieder ihren Platz hinter dem Tresen eingenommen, aber sie stand gegenüber von Tom und redete mit ihm. Sie schaute ihn an, als hätte sie Hunger und er wäre ein Imbiss. Sie sagte irgendetwas, womit sie ihn zum Lachen brachte, und ich beobachtete, wie er sein Kinn nach oben reckte und einen Streifen verletzlichen Hals entblößte. Ich servierte den fünf College-Jungs fünf große Gläser von einem der teuersten Luxusbiere, die wir überhaupt auf Lager hatten. Ich tippte dem sandblonden Jungen auf die Schulter – er saß mit dem Rücken zu mir – und sagte ihm den Preis. Ohne sich umzudrehen, zog er seine Kreditkarte aus der Tasche und sagte mir, ich solle eine Tischrechnung eröffnen. Während dieser Tisch sein überteuertes Bier in sich hineinschlürfte, hörte ich sie über ein Mädchen reden, das anscheinend alle am Tisch kannten. Der Sandblonde bemerkte, dass sie Philosophie im Hauptfach studierte, und einer von seinen Freunden meinte, das seien die »fickbaren Versionen von Feministinnen«. Es war wohl gut, dass ich diesen Tisch bediente und nicht Jess. Sie hätte ihnen wahrscheinlich eine Schale Popcorn über die Köpfe gekippt. Da fiel mir das Popcorn wieder ein, und ich brachte ihnen ein paar Schalen. Ich meinte, den Sandblonden »Danke, Schätzchen« sagen zu hören, als ich davonging, aber ich konnte mich auch getäuscht haben. Am anderen Ende der Bar beugte sich Jess gerade ganz nah zu Tom vor. Ich schaute mich nach irgendetwas um, was ich machen könnte. Es war Freitagabend, aber der Regen hielt die Gästescharen fern – abgesehen von Tom und den College-Jungs waren bloß ein paar vereinzelte Gäste in der Bar. Dazu gehörte natürlich auch ein Pärchen, das ganz offensichtlich auf einem Tinder-Date war und bei dem sich das Mädchen nervös über den langen Flechtenzopf strich, als wäre es ein geliebtes Haustier, dann noch zwei Schwule, die sich so in sich selbst und in ihr Pärchentum vertieft hatten, dass sie sich schon fast ähnelten. Ich wischte ein paar Tische ab und räumte ein paar leere Flaschen ab, schaute an die

Bar, ob inzwischen neue Gäste gekommen waren, und als ich keine entdecken konnte, zog ich mein Taschenbuch aus der Spalte neben der Registrierkasse und lehnte mich gegen die Bar, um darin zu lesen. Es war *Auf Messers Schneide* von Somerset Maugham. Tom hatte mir den Roman schon vor Monaten geliehen. »Die Hauptperson ist ein richtiger Unsympath«, hatte er gemeint. »Aber wenn man großartige Bücher aus diesem Grunde aussortieren würde, gäbe es keine großartigen Bücher mehr.« Nach zwei Kapiteln schloss ich mich Toms Behauptung an, aber ich war vor allem begeistert vom Setting – der Protagonist schlängelte sich durch Europa, wobei er es geschickt vermied, jemals verbindliche, verantwortungsvolle Beziehungen einzugehen, und besuchte tolle Partys. Er tat Dinge, die ich nicht tun konnte. Er widmete sich einem Leben des Geistes, aber ab und zu konnte er wieder auftauchen für einen Coq au Vin und ein Glas Burgunder in einem guten Restaurant. Ich dachte mir, unter solchen Bedingungen könnte ich mich auch einem Leben des Geistes widmen.

»Maugham, hm?«, sagte der Sandblonde. Er war von seinem Tisch zu mir gekommen, um eine weitere Runde zu bestellen. Er schien der Silberrücken der kleinen Truppe zu sein, entweder offiziell oder selbst ernannt.

»Ich studiere Literatur im Hauptfach«, sagte er augenzwinkernd, als würde er mir damit ein schmutziges Geheimnis anvertrauen.

»Ich hätte gedacht, dass Maugham schon gar nicht mehr auf den Unilehrplänen steht«, gab ich zurück. »Ich dachte, er wäre aus der Mode.«

»Er ist nicht mehr im verpflichtenden Kanon«, erwiderte

er. »Aber ich halte mich nicht immer an den Kanon.« Erneutes Augenzwinkern.

Ich sah ihn in ferner Zukunft vor mir, als erfolgreichen Anwalt oder vielleicht Chef der Anlageberatung in einer der großen Banken. Er wäre die Art Mann, den andere Männer »Sieger« nannten.

»Okay. Noch eine Runde?«, fragte ich.

»Immer her damit.«

Da keine weiteren Instruktionen folgten, goss ich einfach noch mal fünf Gläser von unserem sündhaft teuren veganen Bier ein. Die nächste halbe Stunde verging friedvoll, ich las immer wieder ganze Abschnitte in meinem Buch – gerade war der Typ noch in Paris, und, hoppla, da war er wieder zurück in London –, da kam der Sandblonde wieder an und dann noch einmal, und jedes Mal bestellte er die nächste Runde, und während er darauf wartete, dass ich sie einschenkte, trieb er Small Talk mit mir. Er hieß Oliver, behauptete er, und ich hatte recht gehabt mit meiner Vermutung, dass er auf dem Campus lebte, obwohl er angab, ein »studentischer Berater« zu sein, was zu bedeuten schien, dass er eine Art von Fluraufsicht war, die gleichzeitig als Mentor agierte. Er war ein paar Jahre älter als die anderen Studienanfänger, und er hatte ein besseres Zimmer. Er erzählte mir, er arbeite sich gerade durch »die Großen«, womit er die ganzen amerikanischen männlichen Autoren mit den großen Namen meinte, die über Frauen schrieben, als hätten sie viel über sie fantasiert, aber nie eine kennengelernt, geschweige denn mit einer von ihnen vertrauten Umgang gehabt. Oliver bezeichnete sich als »Abschnitts-Typ«.

»Es gibt ja Leute, die reden vom ›Erste-Seite-Test‹, aber

für mich entscheidet sich alles schon im ersten Abschnitt«, erklärte er. »Wenn sie mich bis dahin nicht gefangen haben, dann kriegen sie mich gar nicht mehr.«

»Das ist schade für die großen Literaten«, sagte ich. »Einige von denen kommen erst ab dem zweiten Abschnitt auf Touren. Wenn nicht sogar erst ab dem dritten.«

Jess hörte um zehn Uhr auf. Sie hatte mir angeboten, bis zum Schluss zu bleiben, aber ich bestand darauf, dass sie früher ging. Ich versprach ihr, dass ich alles allein fertig machen und abschließen würde, sobald möglich, weil ich nicht unnötig in Toms und ihrer Gegenwart bleiben wollte. Um kurz vor zehn marschierte ein Mann in die Bar, dessen eng anliegende grüne Lycra-Haut vor Regentropfen nur so glitzerte. Seine Radfahrerschuhe machten ein klackendes Geräusch, das man über Petes Folkversion von *Fuck Tha Police* hören konnte. In der Hand hatte er einen großen Umschlag.

»Suzy Hamilton?«, rief er ins Lokal. Er schaute zwischen Jess und mir hin und her, als versuchte er zu entscheiden, zu wem von uns der Name besser passen würde.

»Das bin ich«, sagte ich überrascht.

»Ein Päckchen für Sie.«

Er reichte es mir und ging wieder hinaus, mit klackenden Absätzen. An der Tür blieb er kurz stehen und schüttelte sich wie ein nasser Hund, bevor er wieder in die Nacht verschwand.

»Was ist das?«, fragte Jess. »Wer zum Henker schickt dir am Freitagabend um zehn Post?«

Ich wusste es nicht, und ich redete mir ein, dass es jede Menge Leute gab, die so was tun würden, dass es gar nicht so ungewöhnlich war. Vielleicht hatte ich etwas online bestellt, als ich nachts betrunken einen von meinen Lippenstift-Werbetexten schrieb, und ich hatte ganz vergessen, dass ich es bestellt hatte, und nun war es aufgetaucht und wurde mir an meinen Arbeitsplatz nachgeschickt.

Diese ganze Argumentationskette war völlig sinnlos, weil niemand zu Hause war, der die Post hätte nachschicken können. Maddy schlief bei Beverley. Sie schlief sicher schon seit ein paar Stunden. Ihre Beine lagen sicher auf dem Kissen, und die Luft rund um ihren Kopf war heiß und roch nach ihr – leicht keksartig. Jess schaute zu, während ich das Paket aufmachte. Ich riss es an der Seite auf und kippte seinen Inhalt auf den Tresen. Es waren fünf oder sechs kleine Gegenstände darin, die rasselnd herauskamen, weiß und perlmuttfarben, wie Miniaturwürfel. Es waren Zähne, Milchzähne, nach dem ersten Blick zu urteilen. Ich spürte ein unangenehmes Schaukeln in meinen Eingeweiden. Ich tastete nach einem Brief, fast in der Erwartung, dass der Umschlag mir die Hand vom Handgelenk reißen würde. Er war aufs Sorgfältigste adressiert und höflich formuliert, wie immer.

Liebe Ms. Hamilton,

haben Sie Tracey schon wieder vergessen? Das hier sind ihre Zähne, so viele wie ich von ihr noch habe. Tracey glaubte nicht an die Zahnfee, sie wusste schon als kleines Mädchen, dass das alles Blödsinn ist, aber sie spielte eben mit, um uns einen Gefallen zu tun und das Geld zu bekommen. Überall sind Stücke von ihr. Für mich jedenfalls. Ich dachte mir, Sie sollten auch noch ein paar Stücke von ihr bekommen. Ich dachte mir, das interessiert Sie vielleicht.

»Was zum Henker …?« Jess nahm einen der Zähne mit spitzen Fingern vom Tresen und drehte ihn hin und her, um ihn zu mustern.

»Lass«, sagte ich. »Das ist so eine Verrückte aus der Zeit, als ich noch bei der Zeitung war. Alle Journalisten haben früher oder später mal so jemanden. Wir haben es immer Verrücktenpost genannt.«

»Aber warum schicken sie dir immer noch so ein Zeugs?«, fragte sie. »Du arbeitest doch nicht mehr bei der Zeitung. Du bist doch gar keine Journalistin mehr.«

»Du erwartest Logik von einer Person, die nicht logisch denkt«, antwortete ich kurz.

Ich sagte Jess, sie sollte ruhig gehen, damit Tom und sie in irgendeiner anderen Bar noch einen Absacker trinken gehen konnten. Für mich war das schon okay, versicherte ich ihr. Die Gästeschar hatte sich weiter gelichtet, es waren nur noch die College-Jungs da, und mit denen wurde ich leicht fertig. Sie holte ihre Handtasche, und Tom legte ihr seine Hand auf den Rücken. Er drehte sich um und machte kurz eine grüßende Handbewegung im Hinausgehen.

Ich schaute die Zähne auf dem Tresen an und machte mir Vorwürfe. Maddy hatte noch keine verloren, aber wir hatten schon jede Menge Gespräche über die Zahnfee geführt. Maddy hatte wissen wollen, wann sie ihre Zähne verlieren würde. Ich sagte, dass sie sie mit sieben verlieren würde, und das lag weit genug in der Zukunft, um ihr fiktiv vorzukommen. Ich hatte das Gefühl, dass sie sowieso nicht so richtig an die Zukunft glaubte. Brauchte sie ja auch nicht, denn ich kümmerte mich ja darum, so wie ich mich auch um alles andere kümmerte. Ich hatte ein blaues Schatzkästchen mit Maddys Erinnerungsstücken darin: ihr Krankenhausarmband von ihrer Geburt, dessen Bogen durchgeschnitten war, auf dem die Handschrift der Krankenschwester bereits verblasste, eine Locke von feenweichem Haar von ihrem ersten Haarschnitt, mehrere von ihren abstrakten Zeichnungen – in letzter Zeit hatte sie eine psychedelische Lutscherphase, in der sie wirbelnde Lutscher in Reihen malte, als wollte sie einen Süßigkeitengarten anpflanzen. In der Schachtel waren auch noch Babysachen, von denen ich mich einfach nicht trennen mochte – eine Wollmütze, die ihren Kopf umschlossen hatte wie die Fruchtkapsel eines Eukalyptusbaums, ein kleines rosa Babykleidchen mit dazu passender Kniebundhose, die über ihren windelgepolsterten Hintern gepasst hatte, und ein Foto von mir, Maddy und Charlie, das auf unserer Hochzeit aufgenommen worden war, als sie noch ganz klein, erst um die drei Monate alt gewesen war. Darauf trägt sie ein weißes, besticktes Smokkleid, das ich im Internet für sie gekauft hatte, und sie sieht aus wie ein Baby, das sich gerade über seine eigene Taufe ärgert. Ich schaue sie an, während Charlie in die Kamera schaut, wobei er so heftig blinzelt, als wollte er hindurchschauen. Das ist das einzige Foto, das ich von unserer kleinen Familie habe, bevor sie sich teilte, wie Krebszellen. Ich hatte im Hinterkopf, dass Maddy es vielleicht eines Tages würde haben wollen. In dieses Schatzkästchen wollte ich auch Maddys Zähne legen, wenn sie ihr aus dem Mund fielen, der nass und rot war wie bei einer Katze.

Aber das hier ging einfach zu weit. Warum schickte mir Jan noch mehr genetisches Material von ihrer toten Tochter? Ich verspürte einen gewissen Ärger, diesmal erlebte ich ihn als Kribbeln und Pochen im Kopf, obwohl daran genauso gut auch Dehydrierung und Erschöpfung schuld gewesen sein konnten – bodenlose, bleischwere, sich an meine Knöchel klammernde Erschöpfung. Ich warf einen Blick zu den

College-Jungs hinüber, die ganz in ihre Unterhaltung vertieft waren und anscheinend in der Mitte ihrer neuesten Runde Bier. Ich holte meine Handtasche unter dem Tresen hervor und nahm mein Handy heraus. Eine Nachricht von Tom leuchtete auf dem Bildschirm auf: *War schön, dich zu sehen*, und daneben ein Smiley, der mich einfach nur ärgerte. Früher hatte er mir Kuss-Emojis geschickt oder das Gesicht mit den Augen in Form pochender Herzen.

Ich rief Jan an. Es war spät, aber sie konnte ja auch nie schlafen.

»Hallo? Ganz schön spät für Ihre Verhältnisse, Suzy Q.«

»Ich mach die Nachtschicht in der Bar. Hören Sie zu«, sagte ich.

»Ich *hör* Ihnen zu!«, krähte Jan quietschfidel. Im Hintergrund konnte ich Musik spielen hören. Dolly Parton wimmerte über Jolene, zur heiseren Begleitung von mehreren anderen Frauenstimmen.

»Wir machen hier gerade eine kleine Party«, sagte Jan und atmete schwer in den Hörer. »Eine Art Totenwache, könnte man vielleicht sagen. Ein paar von Traceys Freunden sind hier, und meine Cousinen auch. Wie Sie wissen, sind das die einzigen Verwandten, die ich habe.«

Das wusste ich nicht, aber Jan vergaß oft, was sie mir schon erzählt hatte und was nicht. Das hatte wahrscheinlich auch mit ihrem Mangel an Grenzen zu tun – wenn sie nicht sicher war, wo sie aufhörte und andere Leute anfingen, ergab es durchaus Sinn, dass sie ihnen Kenntnisse zuwies, die in Wirklichkeit in ihrem eigenen Bewusstsein zu Hause waren.

»Das ist ja nett«, sagte ich. »Ich werd Sie auch nicht lang stören.«

»Für Sie habe ich doch immer Zeit, Suzy-Mädchen. Moment, ich geh mal wohin, wo's ein bisschen ruhiger ist.«

Ich hörte, wie sie näher an Dollys Stimme heranging, aber dann wurde die Musik wieder leiser. Sie schnaufte in den Hörer, und ich hörte, wie eine Tür geschlossen wurde.

»So, jetzt bin ich allein. Was gibt's?«

»Ich habe gerade Ihr Paket bekommen. Auf der Arbeit. An einem Freitagabend um zehn.«

»Wirklich? Was denn für ein Paket, Schätzchen?«

»Gibt's noch mehr als dieses eine? Das mit den Zähnen.«

»Wessen Zähne? Was für Zähne?«

»Traceys Zähne.«

»Man hat Ihnen Traceys Zähne geschickt?«, fragte sie, und ihre Stimme ging hoch. »Warum? Warum haben Sie ihre Zähne? Warum sollten sie ihr die Zähne gezogen haben?«

»Ich rede von ihren Milchzähnen«, erklärte ich.

Ich drehte mich mit dem Rücken zum Tresen und hielt die Hand vors Handy, in einem Versuch, Petes Musik abzuschirmen – die ich vage als eine A-cappella-Version von *Brown Skin Lady* von Black Star identifizierte. Langsam, aber sicher wurde es wirklich lächerlich.

»Wie kommen Sie an ihre Milchzähne?« Jan sprach jetzt ganz langsam. Ein Schluchzer wollte ihre Stimme ersticken.

»Wie meinen Sie das, wie ich daran gekommen bin? Sie haben sie mir geschickt, so bin ich da rangekommen.«

»Ich habe Traceys Milchzähne gar nicht mehr. Ich dachte, die wären verloren gegangen!«, schrie Jan, und jetzt war sie endgültig so laut, dass ich den Hörer von meinem Ohr weghalten musste. »Die habe ich gesucht. Ich habe überall gesucht! Ich glaube, ihr Vater hat sie mitgenommen. Nachdem er die Scheidungspapiere unterschrieben hatte, nahm er kistenweise Sachen aus unserem Haus in Broadbeach mit – er kam einfach, wenn ich nicht zu Hause war, und hat uns ausgeräumt, als wäre er ein Schuldeneintreiber und ich bis über beide Ohren verschuldet. Dasselbe hat er nach Traceys Tod gemacht – er ist einfach zu ihrem Haus gefahren und hat da Sachen mitgenommen, bevor ich ihn aufhalten konnte. Das meiste war mir sowieso egal, aber manche Sachen von den Kindern wären mir schon wichtig gewesen, Sie wissen schon, Preise und Schwimmmedaillen und dieser ganze Kram, den man so aufhebt. Da waren auch irgendwo die Milchzähne dabei, die hatte ich in eine kleine abschließbare Schachtel getan, als wäre es Schmuck. Wollen Sie mir jetzt erzählen, dass Sie sie haben?«

»Ja. Ich meine …« Ich schaute auf die Zähne hinunter, die unschuldig auf dem schwarzen Tresen glänzten, schwach gerillt die Seite, die im Zahnfleisch gesteckt hatte, spitz und nackt. »Auf dem Zettel steht, dass es Traceys Zähne sind. Wahrscheinlich könnten sie aber jedem gehört haben.«

»Ich muss diese Zähne sehen!«, rief sie. »Ich werde sie erkennen. Schicken Sie mir ein Bild! Schnell!«

Ich bat Jan, kurz zu warten, während ich die Kamera-App aufmachte und ein Foto schoss. Ich schickte es ihr. Ich hörte, wie sie auf ihrem Handy herumklackerte wie ein Huhn.

»Ich kenne diese Zähne«, sagte sie schließlich. Ihre Stimme war fest. »Ich *kenne* diese Zähne. Das sind die Zähne von Tracey.«

Mein Geist war jetzt in Bewegung geraten, er bewegte sich durch die ganzen Pakete, die Haarlocke und den Impfpass des Hundes und das Buch mit den Gedichten von Sylvia Plath.

»Jan, Sie müssen mir jetzt wirklich die Wahrheit sagen«, verlangte ich. »Seien Sie einfach ganz ehrlich. Haben Sie mir diese Päckchen geschickt, diese ganzen Pakete?«

»Was für Pakete?«

»Seit Monaten, seit Traceys … Seit ich die Story geschrieben habe, habe ich Sendungen per Post bekommen. Erst an meinen Arbeitsplatz, zu *The Tribune*, meine ich, und jetzt hierher, in die Bar. Es sind Traceys Sachen. Ihre persönlichen Habseligkeiten, Bücher und sogar eine Locke von ihrem Haar.«

Stille.

»Sie haben Haare von meinem kleinen Liebling?«

»Ja, schon«, gab ich zu. »Aber ich will sie gar nicht. Sie können sie gerne haben.«

»Ich habe das gemacht«, sagte sie. »Ich habe dieses Haar gemacht. *Es ist in mir gewachsen!*« Jan atmete jetzt richtig schnell, sie regte sich schon wieder auf. »Wenn Sie ihre Sachen haben, müssen Sie sie zurückgeben!«

»Das werde ich auch tun.«

Ich warf einen Blick hinüber zu Oliver. Er schaute mich gerade an, ein Blick, der ziemlich offen seine Absichten verriet, wenn auch verschleiert durch seine Trunkenheit. Ich drehte ihm den Rücken zu und verbarg mein Gesicht hinter meinem Handy.

»Jan, ich hab diese ganzen Sachen von Tracey aufbewahrt«, sagte ich und versuchte, meiner Stimme einen beruhigenden Klang zu geben, als wäre ich ein Telefonseelsorger oder ein freundlicher Polizist. »Sie können sie alle haben, wenn Sie wiederkommen. Ich werde sie sicher aufbewahren. Aber Sie müssen jetzt ganz genau überlegen. Wenn Sie mir diese ganzen Sachen nicht geschickt haben, wer war es dann?«

»Das war Terry«, sagte sie. Ihre Stimme war jetzt ganz ruhig. Finster. »Das war Terry, dieses kranke Arschloch.«

*

Ich war gerade dabei, ein Glas einzuschenken, als Oliver sich der Bar näherte.

»Ich seh alles«, sagte er, und ganz kurz dachte ich, dass er von meinen Gedanken sprach oder meiner Seele, dass alles, was ich in meinem Inneren fühlte, in Wirklichkeit auf meinem Äußeren zu lesen stand. Dann wurde mir klar, dass er den Gin meinte, den ich gerade aus der Flasche in ein Glas gegossen hatte. Ganz nobles Zeug, mit einem Hauch von Wacholder. Ich hatte eine Gurkenscheibe abgeschnitten, um sie ans Glas zu stecken – das war etwas, was mir mein Vater beigebracht hatte.

»Erwischt«, sagte ich. »Wir machen gleich zu. Ich befürchte, du und deine kleinen Freunde, ihr werdet jetzt trockengelegt.«

»Meine kleinen Freunde? Meinen Sie das im Ernst? Oder wollen Sie sagen, dass wir uns wie Angeber benehmen?«, fragte er. Er trat einen Schritt zurück und wartete ab, wie beeindruckt ich von seinem Ausdruck war oder vielleicht sogar überrumpelt. »Sind Sie eigentlich immer so unhöflich zu Ihren Kunden?«

»Wir nennen Leute wie euch Gäste«, erwiderte ich. »Und ich glaube eigentlich nicht, dass ich so unhöflich war. War ich das?«

Ich setzte den Gin an meine Lippen und nippte daran, um das Mischungsverhältnis zu Tonic zu kosten, und als ich mit dem Ergebnis zufrieden war, nahm ich einen kräftigen Schluck. Ich hatte einiges gelernt in meiner Zeit als Bardame. Drinkkellnerin. Gastronomieexpertin. Jemand, den Typen wie dieser, Typen, die kaum das Doppelte von meinem halben Abschluss hatten, ungestraft herablassend behandeln konnten. Beverley, deren frustrierter Ehrgeiz in mir sein Ventil gesucht hatte, hatte mir als kleinem Mädchen einmal erklärt, dass ich mehr Talent in meinem kleinen Finger hätte als all die anderen Kinder in meiner Klasse zusammengerechnet. Dann schaute ich jedes Mal auf meinen kleinen Finger, wackelte mit ihm und wunderte mich über seine verborgenen Eigenschaften. Jetzt umklammerten beide Finger einen Gin Tonic, umschlossen ihn, als wäre er eine wärmende Tasse.

»Sie sind ja ganz schön frech«, meinte Oliver. In dem Moment johlte einer seiner Freunde oder Schützlinge laut auf, weil eines der anderen Poloshirts irgendetwas zu ihm gesagt hatte. Vielleicht noch ein Witz über Feministinnen. Mittendrin in seinem Schrei kam aus einem seiner Nasenlöcher ein durchsichtiger Strom von Bier, und er hustete und schnaubte wie ein aufgeregtes Pferd. Seine Freunde kugelten sich vor Lachen.

»Schauen Sie«, sagte Oliver. »Entre nous, sie sind ein bisschen kindisch. Ich finde sie auch anstrengend, nach mehreren Stunden in ihrer Gesellschaft.«

Seine Hand schlängelte sich über den Tresen auf mich zu. Ich schaute sie an, als wäre sie ein Gegenstand, kein lebendes Ding, das zu einem Menschen gehörte. Er zog sie zurück.

»Was haben Sie heute Abend noch vor, nachdem Sie hier zugemacht haben?«

»Heimgehen«, sagte ich.

»Wollen wir nicht noch zusammen irgendwo einen Absacker trinken? Ich kann Sie nach Hause begleiten. Es ist zu spät, um allein nach Hause zu gehen.«

Während ich über seinen Vorschlag nachdachte, durchströmte mich der Gin auf eine durchaus angenehme Weise, und ich spürte, wie ich mich körperlich entspannte, mich langsam und weich ausdehnte, wie ein Bauch, der endlich von einem zu engen Gürtel befreit wird. Ich gab Oliver seine Kreditkarte zurück. Ich rief die Rechnung für seinen Tisch auf, die sich auf einen unaussprechlichen Betrag belief, und steckte sie in eine diskrete Ledermappe. Als er sie mir zurückgab, enthielt sie seine Kreditkarte für die Rechnung und zwei funkelnagelneue Fünfzig-Dollar-Scheine für mich. Er war bereits am Weggehen, um seine Freunde zusammenzusammeln, bevor ich das Trinkgeld zurückweisen konnte, und ich würde lügen, wenn ich sagen würde, dass das nicht zum Teil der Grund war, warum ich mit ihm nach Hause ging, nachdem ich die Lichter ausgeschaltet und abgeschlossen hatte. Den Vorwand mit dem Absacker übersprang ich, weil er nicht noch betrunkener werden musste, und ich hatte meinen Sex lieber nüchtern. Er führte mich über die Parramatta Road, über eine Wiese, die so weit und still war wie ein grünes Meer, und in einen Sandsteinbau, den er mit einer Magnetkarte betrat. In seinem Zimmer, das zwar klein war, aber beeindruckende Ausblicke auf den Campus bot, vollzog er alle möglichen Dienste an mir, und das weit zärtlicher, als ich ihm zugetraut hatte. Er gab mir, was ich brauchte, also die angenehme Leere, die man nur nach dem Sex empfindet. Hinterher schlief er prompt ein, als würde er nach einer unsichtbaren Stoppuhr funktionieren. Ich betrachtete ihn eine Weile. Ich dachte mir, dass es viel intimer war, jemandem beim Schlafen zuzuschauen, als all die anderen Dinge anzustellen, die wir gerade in seinem Bett veranstaltet hatten. Ich musste daran denken, dass Tom mich in diesem Zustand fotografiert hatte, eine Art sanfte Vergewaltigung. Oliver begleitete mich nicht nach Hause, aber daraus machte ich ihm keinen Vorwurf. Ich schlich mich den Flur entlang und konnte aus dem Gebäude schlüpfen, als zwei betrunkene College-Jungs hereingepoltert kamen, bei denen einer den anderen stützen musste. Als sie an mir vorbeigingen, roch ich ganz kurz den Geruch von Erbrochenem, das in einem Sprühregen auf dem Hemd des einen gelandet war wie auf einem Lätzchen. Ich hielt meinen Kopf gesenkt, denn ich wusste, dass Blickkontakt gerne mal Ärger einbringt.

Sobald ich draußen war, überquerte ich das grüne Meer noch einmal und genoss die Weichheit der Luft. Es hatte aufgehört zu regnen, und die Welt war wie frisch gewaschen. Es war schon nach Mitternacht, und das war ungefähr die einzige Zeit des Tages, zu der die Luft auf eine angenehme Temperatur abkühlte. Ich ging durch den Victoria Park, wobei ich mich immer auf den grell beleuchteten Wegen hielt, und an der Kreuzung mit dem Broadway blieb ich stehen. Es war leise, abgesehen vom Geräusch, das die Reifen gelegentlich vorbeifahrender Autos auf der nassen Straße erzeugten. Als ich wartete, spürte ich auf einmal, dass jemand neben mir stand. Ich blickte auf und sah die Gestalt eines Mannes, groß und schwer, in einem Regenmantel, einem dieser gelben Riesendinger, das die Fischer in amerikanischen Filmen immer anhaben, mit einer Kapuze, in der die Mütze gleich integriert war. Er streckte die Hand nach mir aus, blitzschnell, und ich machte instinktiv einen Satz nach hinten.

»Ganz ruhig, meine Liebe«, kam eine Stimme unter der Kapuze hervor. Die Hand drückte den Knopf der Fußgängerampel. Einen Augenblick später sprang die Ampel um, und der Knopf wurde aktiv, indem er mit hohem Piepen verkündete, dass wir jetzt gefahrlos die Straße überqueren konnten. Das grüne Männchen leuchtete auf. Wenn ich mit Maddy sprach, nannte ich das grüne Männchen immer die grüne Person. Es ärgerte mich, wie Männlichkeit immer als die Norm galt, als würde der grüne Mann alle Männer der Welt repräsentieren, die einfach überallhin gehen konnten, ohne jede Verpflichtung, so wie Charlie oder der Mann in meinem Maugham-Roman. Und ohne jede Angst, so wie der Mann neben mir. Ich ging vor ihm los und beschleunigte meine Schritte, als ich die Glebe Point Road hinunterging, wobei ich immer auf dem beleuchteten Gehweg blieb, der an den mit Jalousien verschlossenen Geschäften vorbeiführte. Ich kam am Little Friend vorbei, das für die Nacht eingepackt worden war wie ein schlafendes Kind. Ich schaute über die Straße und sah den Mann im Regenmantel, der mit mir gleichauf ging. Ich machte mir zwar keine besonderen Gedanken wegen ihm, aber ich spürte eine leichte Verärgerung in mir aufflackern, weil seine Gegenwart bedeutete, dass ich jetzt meine Sicherheit mehr beachten musste – so klein die Gefahr auch sein mochte –, statt einfach nur meinen Spaziergang in der sanften Mitternachtsluft zu genießen. Ich ging schneller und senkte den Kopf, die Glebe Point Road hinunter, vorbei am Lebensmittelgeschäft und an dem neuen Champagner-zur-Pediküre-Salon – demnächst würde dort ein Macaron-Geschäft sein oder ein Nobel-Donut-Geschäft, und dann wäre das Viertel endgültig dahin. Ich ging weiter, und die Geschäfte gingen langsam in den Wohnbereich der Straße über. Sie schlängelte sich den Hügel hinunter, vorbei an den schäbigen Reihenhäusern, die immer noch der Anglikanischen Kirche gehörten, und vorbei an den schickeren, die gekauft und luxussaniert worden waren und die mit Bewegungsmeldern reagierten, als ich an den Grundstücken vorbeiging. Dann wurden die glänzend schwarz oder rot gestrichenen Türen beleuchtet und die Vorgärten, in denen man geschmackvolle Hortensiensträucher gepflanzt hatte. Ich wünschte mir sehnlichst, dass Maddy zu Hause wäre, sodass ich in ihr Zimmer gehen konnte, um ihre Decke glatt zu streichen und mein Gesicht an ihre Wange zu drücken. Wenn ich sie nachts beim Schlafen beobachtete, liebte ich sie auf eine andere Art, auf eine Art, die mir tagsüber nicht zugänglich war. Auf der anderen Straßenseite trottete der Mann im Regenmantel weiter. Er ignorierte mich scheinbar, aber er war immer noch da und spiegelte jede meiner Bewegungen. Bald musste ich selbst die Straße überqueren, wenn ich nach Hause wollte. Ich bog in die Ruby Street mit ihren Reihen von Feigenbäumen ein, die die Straße säumten wie Wachen. Ich war nüchtern. Die Wirkung meines einen Gin Tonic war längst verflogen, aber ich war so müde, dass mir fast schon schwindlig war, vielleicht fühlte ich mich sogar leicht high. Ich zögerte kurz, bevor mir eine innere Stimme befahl, mich zusammenzureißen, und ich die Straße überquerte, um nach Hause zu kommen. Dabei ließ ich meinen Blick die Straße rauf- und runterwandern, sah aber keinen. Als ich mein Tor erreichte und aufmachte, erschien plötzlich links neben mir der Mann im Regenmantel und ging ebenfalls auf dem Gehweg auf mein Haus zu. Panik fuhr mir in alle Glieder. Schnell trat ich vor ihm durchs Tor. Ich warf es hinter mir zu.

»Nacht, meine Liebe«, sagte er und ging weiter. Es muss ein Schichtarbeiter sein, dachte ich. Oder vielleicht einfach ein Mensch mit Schlafproblemen. Ich ging ins leere Haus und legte mich ins Bett.

21. KAPITEL

Ein paar Tage später kam Jan aus Queensland zurück, mit einem Sonnenbrand auf dem Dekolleté und bewaffnet mit einem neuen Vorrat an Kaftan-ähnlichen Gewändern, die sie Tag für Tag vorführte, wie auf einer Modenschau in einem Kaufhaus in Florida. Ich lud sie zum ersten Mal zu mir nach Hause ein, an einem meiner seltenen freien Tage. Ich hatte gerade stapelweise elektronische Texte für den Buchhaltungsblog abgegeben, Worte, die haarscharf an der völligen Bedeutungslosigkeit entlangschrammten. Hätte ich mehr Energie gehabt, dann hätte ich mir den Kopf darüber zerbrochen, wie ich Geld verdienen konnte, indem ich Tausende von Wörtern technokratisches Geschwafel schrieb, Texte voller Adverbien, die sowieso niemand lesen würde – da war ich ganz sicher –, die nur dazu da waren, das Schaufenster einer Website zu dekorieren und sie mit einem Hauch von Professionalität zu umgeben. Ich besetzte Platz im grenzenlosen Internet. Ich versuchte, mich nicht so zu fühlen, als wäre mein Leben in diesem Moment sinnlos. Ich hatte ja immer noch Maddy. Ich hatte sie heute Morgen in den Kindergarten geschickt mit einem Gegenstand für »Nachrichten«. Jede Woche mussten die Kinder dem Rest der Gruppe irgendwelche »Nachrichten« präsentieren, sich einen Gegenstand oder ein Erlebnis aussuchen, das sie den anderen Kindern beschrieben. Diesen Morgen hatte sich Maddy Cupcake Girl ausgesucht, eine ihrer Lieblingspuppen mit rosa schillernden Haaren und sternförmigen Sommersprossen auf ihrer Stupsnase. Ich hatte meine Zweifel am Nachrichtenwert von Cupcake Girl, aber dann rief ich mir ins Gedächtnis, dass nur wenig andere Spielzeuge sich in Cupcakes verwandeln konnten. Cupcake Girl hatte Verwandlungskräfte, und darum beneidete ich sie. Durch die Veränderungen der letzten paar Monate hatte sich mein Leben verwandelt, aber nicht in irgendetwas besonders Gutes, wie einen Cupcake.

Wie der Zufall es wollte, brachte Jan Cupcakes mit, als sie vor meiner Haustür auftauchte, mit ihrem schönen, massigen Leib, welcher unter einem meergrünen Gewand durchschimmerte, das über und über mit Pailletten und falschen Perlen bestickt war.

»Die sind glutenfrei, zuckerfrei, alle Zutaten haben hundertprozentige Bioqualität und wurden mit Superfood aufgewertet«, sagte sie, als sie durch den Flur ins Wohnzimmer marschierte. »Sie sind mit Stevia und roter Bete gebacken, deswegen sind sie von Natur aus süß. Und Chiasamen. Und dann sind sie noch mit Kapuzinerkressen… äh …staub bestäubt. Die sind richtig gesund. Ich habe sie nach einem Rezept aus Traceys Buch gebacken.«

Ich bedankte mich und führte sie in die Küche. In den letzten paar Monaten, wo ich immer mehr Zeit zu Hause verbrachte, fühlte ich mich hier immer wohler. Ich kochte häufiger ausgewogene Mahlzeiten mit geheimen, versteckten Gemüsesorten, die gesund für Maddy waren. Ich war stolz auf diese Mahlzeiten. Sie hatte seit Monaten keine Zwei-Minuten-Nudeln mehr gegessen. Ich machte meinen Job. Ich ersetzte die Basilikumpflanze, die ich in mütterlicher Wut zerdeppert hatte, und ich stellte auch noch einen Thymian dazu, und eines Tages sogar einen Topf Petersilie, sodass ich jetzt eine richtige kleine Kräuterfamilie hatte, und das steigerte das Gefühl von Gemütlichkeit ganz erheblich. Irgendwann wurde mir klar, dass ich aufhören musste, so zu leben, als wäre alles zufällig, als wäre unsere kleine Familie, unser Duo, irgendwie irreal, als würden wir hier ein Leben in Schwarz-Weiß führen, bis Charlie zurückkam und uns wieder auf Farbe zurückstellte.

Jan goss sich in einen der Holzstühle am runden Küchentisch. »Notiz an mich selbst«, sagte sie schnaufend. »Nie wieder mit Onejet fliegen! Die lassen einen für ein Kissen zahlen, und die Hostessen sind geizig mit den Salzmandeln. *Und* mit den Knabber-Erdnüssen.«

»Wie war Ihre Reise?«

»Oh, gut, gut«, sagte sie. »Mikey wohnt jetzt in dem Haus, und er meint, er hat diesmal für immer aufgehört mit den Drogen. Tracey hat für seine Entzugsklinik gezahlt mit dem Erbe, das sie uns hinterlassen hat. Beziehungsweise mir. Aber mir gefällt der Gedanke, dass sie dafür gezahlt hat. Sie hat Mikey nichts direkt hinterlassen, weil sie wusste, dass er es doch nur für Drogen ausgeben würde. Und ihrem Dad hat sie auch nichts hinterlassen. Also ist alles an mich und ihre Haustiere gefallen. Die armen Tiere waren furchtbar traurig ohne sie. Außer der Katze. Die Katze hat gar keine Gefühle, habe ich den Eindruck.«

Ich stellte einen Becher Tee vor sie hin und dazu auf einem Teller die Cupcakes, die sie mitgebracht hatte. Sie sahen feucht und unnatürlich rot aus. Doch Jan griff gar nicht danach.

»Ich will Traceys Sachen sehen. Die Sachen, die Sie geschickt bekommen haben.«

Ich hatte sie griffbereit in der Kiste, in die ich sie so vorsichtig gelegt hatte, als könnten sie jeden Augenblick explodieren – den Gedichtband mit ihrem Daumenabdruck, die Locke, den Impfpass für den Hund und die neueste Sendung, die winzigen, verletzlichen Zähne. Jan nahm sie einen nach dem anderen in die Hand und streichelte sie schweigend. Die falschen Perlen und die Pailletten auf ihr begannen zu beben, und es dauerte einen Moment, bis ich merkte, was gerade geschah. Jan weinte. Das war etwas, was ich noch nie gesehen hatte.

»Das lässt es so real erscheinen«, flüsterte sie. »Ihr *Totsein.*«

Ich versuchte in Gedanken, die passenden Wörter aneinanderzureihen, verwarf sie jedoch alle, weil sie so unzureichend waren. Ich trat von einem Fuß auf den anderen. Ich setzte an, etwas zu sagen, hielt dann aber doch inne. Am Ende ging ich zu ihr hinüber und tätschelte mit meiner Hand ganz leicht ihre weiche, runde Schulter. Jan ließ den Kopf hängen, und ich sah den durchsichtigen, langen Schleimfaden, der ihr aus der Nase hing. Ich war froh, etwas Praktisches tun zu können, und holte eine Packung Taschentücher. Jan nahm sie schweigend entgegen und putzte sich geräuschvoll und lang die Nase, als könnte sie sich durch das kräftige Schnäuzen von etwas befreien, was sie unbedingt loswerden musste.

*

Später, als sie sich etwas beruhigt hatte, erzählte mir Jan, dass Terry und Tracey voneinander entfremdet gewesen waren, als sie starb – er war schon vor allen anderen hinter ihre Lügerei gekommen. Jan meinte, dass es eben einen professionellen Lügner braucht, um eine professionelle Lügnerin zu erkennen. Sie hatte sich immer Sorgen gemacht, dass ihre beiden Kinder etwas von Terry geerbt haben könnten, seine Grausamkeit und die Unsicherheit, die ihn so grausam machte. Sie sagte, dass Tracey Terrys Talent zum Lügen geerbt hatte, »obwohl, wer weiß, ob das in ihrer Natur angelegt war oder sie es erst von ihrer Umwelt gelernt hat«, sagte sie, und ihr Gesicht sah dabei aus wie ein trauriger Vollmond. Als Terry zur Beerdigung kam, war er das reinste Wrack, erzählte Jan. Er gab sich selbst die Schuld und folgte Jan überallhin und heulte wie ein riesiger Geist. Er machte eine Szene und erklärte Jan, sie sei seine einzige große Liebe gewesen, und er habe nie wieder irgendeine Frau so geliebt wie sie. »Das will ich hoffen«, sagte Jan zu mir. »Wenn das, was er mit mir gemacht hat, Liebe war, dann will ich nichts damit zu tun haben!«

»Er erzählte einfach ein Märchen«, fuhr sie fort. »Mehr zu seinem eigenen Nutzen als zu meinem. Er wollte sich vormachen, dass wir eine großartige Liebesgeschichte gehabt hätten.«

Jan sagte, sie hatte lange gewartet, bis sie geheiratet hatte, und als sie Mitte dreißig war, hatte sie schon jede Menge schlechte Erfahrungen mit Männern gemacht. Sie dachte, dass Männer wie Terry die einzigen waren, »die man so kriegen konnte«, und immerhin wollte er sich an sie binden, sagte sie. »Ich konnte mir kein anderes Leben vorstellen, aber Tracey schon. Deswegen war ich ja auch so stolz auf sie, trotz allem«, meinte sie. »Man kann über sie sagen, was man will, aber sie hatte Fantasie. Sie hatte eine *Vision.*«

Nach der Beerdigung hatte Terry Kontakt mit Jan aufgenommen wegen des Testaments – typisch, sagte sie –, und als sie ihm eröffnete, dass er nichts geerbt hatte, löste er sich richtiggehend auf. Dachte sie jedenfalls.

»Und jetzt finde ich raus, dass er Ihnen diese ganzen Sachen geschickt hat. Ich weiß nicht, was er vorhat«, sagte Jan. »Wahrscheinlich versucht er, Ihre Aufmerksamkeit zu erregen. Dieser Mann hat immer die Aufmerksamkeit von irgendjemandem gebraucht. Noch so was, was Tracey von ihm geerbt hat.«

Jan hatte es sich jetzt auf meinem Sofa gemütlich gemacht, im vorderen Wohnzimmer mit dem Erkerfenster, und die Sonne, deren Strahlen durch die Krone des Feigenbaums fielen, warf kaleidoskopartige Formen auf den Teppich. Die Formen bebten und veränderten sich, wenn sich die Zweige bewegten. Ich saß gegenüber von ihr und aß einen Rote-Bete-Cupcake. Er schmeckte überraschend gut.

Jan blieb, bis sich die Sonne nach Westen bewegt hatte und durch den Zaun sank. Sie erzählte mir von den letzten paar Jahren in Traceys Leben, wie Tracey die Uni hinschmiss, nachdem einer ihrer Professoren ihren Essay – »er war über Jane Austen, glaube ich, oder über einen von den Shakespeares« – durch eine Plagiatssoftware hatte laufen lassen und entdeckt hatte, dass Tracey große Teile von einer amerikanischen Website übernommen hatte, die mit akademischen Aufsätzen über die Klassiker handelte. Dabei war Tracey durchaus vorsichtig vorgegangen – sie hatte amerikanische Rechtschreibung an die australischen Schreibweisen angepasst, und dann hatte sie die abgeschriebenen Passagen zwischen selbst geschriebene geflickt. Alle Geschichten sind zum Teil gestohlen, aber hier waren wir eben in der akademischen Welt. Dagegen wurde mit aller Strenge vorgegangen. Man statuierte ein Exempel an ihr.

Ungefähr um diese Zeit, erzählte Jan, waren auch Gerüchte über Traceys Promiskuität im Umlauf. Sie hing mit allen möglichen üblen Typen herum und ging immer wieder Risiken ein. Sie machte sich Sorgen, dass Tracey sich mit irgendetwas anstecken oder schwanger werden würde. Sie machte sich Sorgen, dass Tracey drogensüchtig war oder zumindest mit Drogen experimentierte. Sie versuchte, sich mit Tracey zu treffen. Sie hatte das Gefühl, dass sie ihr Kind einfach nur einmal sehen musste, um zu wissen, dass es ihr gut geht, dass sie ihr einfach nur ihre Hände auf die Schultern legen und ihrer Tochter tief in die Augen schauen musste. Doch Tracey ging nicht ans Telefon und beantwortete nur jede zehnte Textnachricht. Sie schrieb immer fröhlich zurück: »sry, bin grad SO beschäftigt!!!! Bis später, hdl.« Jan musste die Akronyme googeln, um ihre Bedeutung rauszukriegen.

War es immer so schwierig, sein eigenes Kind zu erreichen? Als Tracey noch ein kleines Mädchen war, hatte sie ihre Mutter kopiert, ihre Satzmelodie imitiert und sogar ganze Formulierungen von ihr übernommen. Als Tracey klein war, kannte Jan jeden Zentimeter an ihrem kleinen Körper, sie hatte so viel Zugang zu ihr. Damals konnte sie die Augen zumachen und irgendwie im Geiste spüren, wie es sich anfühlte, wenn sie ihren Handrücken auf Traceys Wange legte und ihren Arm um sie legte oder den Zeigefinger unter Traceys kleine Zehen. Jetzt war ihre Tochter erwachsen geworden und fortgegangen, und egal, wie fest sie die Augen zukniff, die Mutter konnte sich ihre Tochter nicht so recht vorstellen. Die Mutter führte ihr Leben – es gab noch ein zweites Kind, um das sie sich kümmern musste, ein Kind, zu dem sie offen gesagt manchmal ein bisschen mehr Distanz gehabt hatte, ein Kind, das überhaupt nie erwachsen werden wollte, geschweige denn sich von ihr abnabeln.

Jan arbeitete immer noch als Krankenpflegerin, aber ihre Knie ließen sie immer mehr im Stich, und ihre Pension reichte gerade mal, um ein neues Auto zu kaufen. Sie hatte immer nach Südspanien reisen wollen, nach Sevilla und Granada. Seit sie einmal eine Doku auf ABC über die Invasion der Mauren gesehen hatte, war sie total fasziniert gewesen, und sie hatte eine Vision, wie sie durch die Gärten der Alhambra wandelte, mit römischen Sandalen an den Füßen und einem flammenden Sonnenuntergang am Horizont. Vielleicht wartete ja auch hinterher in irgendeiner Tapas-Bar ein kühles Bier auf sie. Sie kaufte sich einen Reiseführer und plante ihre Reise aufs Genaueste. Jan meinte, sie wisse schon, dass die Ledersandalen nur eine Fantasie waren – ihre Ballenzehen waren nach all den Jahren als Krankenschwester zu schlimm geworden –, aber sie war entschlossen, an diesen Ort zu reisen, den sie sich in den Kopf gesetzt hatte, selbst wenn sie es nur mit orthopädischem Schuhwerk tun konnte. Sie musste diese Reise machen, während sie noch berufstätig war, während sie noch Sonderschichten schieben und auf diese Art ihr Gehalt in die Höhe treiben konnte. Selbst dann würde es noch Jahre dauern, bis sie genug gespart hatte. Also arbeitete sie mehr, und wenn sie nicht gerade arbeitete, war sie müde.

Es war nicht so, dass sie ihre Tochter nicht im Hinterkopf gehabt hatte, nein, Tracey war immer vorne, ganz vorne, das weiß jede Mutter, dass ihre Kinder immer bei ihr sind. Selbst wenn sie einen verlassen, behält man sie immer bei sich. Einmal tauchte sie unangekündigt in Traceys WG in Brisbane auf. Der Rasen war nicht gemäht, und es standen Kindermöbel auf der Veranda, Plastikzeug in hässlichen Farben, das kurz vorm Auseinanderfallen war. Ein Typ mit Kratzern im Gesicht machte ihr auf und erklärte, Tracey sei nicht zu Hause. Er forderte sie nicht auf hereinzukommen. Jan hoffte, dass Tracey zu ihr kommen würde, wenn sie ihre Mutter brauchte, und manchmal kam sie auch zum Haus, sie fuhr von Brisbane zu Jans Queenslander Haus in Broadbeach. Jan hatte die Kinderzimmer so gelassen, wie sie waren, als wären ihre beiden Kinder nur kurz zum Einkaufen rausgegangen, denn wenn sie allein zu Hause war, redete sie sich immer ein, dass das wirklich so war. Manchmal kam sie von einer Schicht nach Hause und hatte das Gefühl, dass das Haus nicht leer war, und dann schaute sie in Traceys Zimmer, und da lag sie, ihre Tochter mit dem ahornsirupfarbenen Haar, zusammengerollt unter ihrer blauen Batikdecke, die sie an einem Marktstand in Byron Bay gekauft hatte, auf einem Ausflug, den sie zu zweit unternommen hatten. Tracey stand dann irgendwann auf, und Jan setzte ihr das Essen aus ihrer Kindheit vor – panierte Lammkoteletts und Kartoffelbrei mit Soße oder Würstchen mit Mais und Erbsen mit Minze. Einfache Gerichte, richtig gekocht. Essen, das Tracey später »toxisch« und »chemisch« nennen würde und über das sie sich geringschätzig äußerte in ihren Blogs über freie Radikale und Zellverjüngung.

»Ich dachte mir, sie ist vielleicht depressiv«, sagte Jan. »Und dann verkündete sie eines Tages, dass sie jetzt in einen Ashram gehen würde.«

Von einem Ashram hatte ich noch nie gehört.

»Wie hat sie das finanziert?«, wollte ich wissen.

»Ich weiß es nicht, und ich will es auch gar nicht wissen«, antwortete Jan. »Ich meine, so viel kosten diese Ashrams doch auch nicht, oder? So viel isst man ja nicht, wenn man den ganzen Tag meditiert, und Mönche sind doch sowieso eher Vegetarier, soviel ich weiß – nicht dass ich so viele gekannt hätte, um ehrlich zu sein. Manche von ihnen leben ja sogar vegan.«

»Wie lange war sie dort?«, fragte ich.

»Sieben Monate. Sie war in Kerala«, sagte Jan. Sie sprach den Namen des indischen Bundesstaates so eiskalt aus, als wäre er der Name eines in Ungnade gefallenen Kindes. »Ich hatte gehofft, sie zu besuchen, aber es hieß, keine Besucher. Das hatte sie mir gesagt, bevor sie diese Schweigephasen einlegte, Sie wissen schon, irgendwas, was mit V anfängt.«

»Vipassana«, soufflierte ich.

»Genau«, bestätigte sie. »Na, viel Glück, ihr Mönche, dachte ich mir. Viel Glück dabei, meine Tochter vom Plaudern abzuhalten, während sie Erleuchtung sucht oder Sand recht oder was immer sie da machen.«

»Ich glaube, die japanischen Buddhisten rechen Sand«, sagte ich.

»Ach ja, Sie haben recht«, sagte sie. »Diese Zen-Typen.«

Jan hörte ungefähr einen Monat lang nichts mehr von Tracey, und dann klingelte eines Abends ziemlich spät das Telefon, riss sie aus ihrem Schlaf wie eine Muscheltrompete aus einer anderen Welt, und Grauen durchlief sie.

»Niemand will um diese Uhrzeit angerufen werden. Das Telefon hält alle möglichen grauenvollen Dinge für einen parat, wenn es nach Mitternacht klingelt.«

Doch es war Tracey. Die Verbindung war schlecht, und sie wimmerte ins Telefon.

»Mum«, sagte sie, und ihre Stimme war nur noch ein Zischeln. »Ich habe seit sechs Tagen keine menschliche Stimme mehr gehört. Ich weiß nicht, ob ich gelangweilt bin oder verrückt oder was weiß ich. Ich weiß nur, dass ich eine Stimme hören muss.«

Also hatte sich Jan für eine halbe Stunde mit dem Rücken an die Wand gesetzt, an der das Telefon befestigt war, und sie hatte mit ihrer Tochter geplaudert, über das Krankenhaus und ihre Patienten, was Mikey gerade so trieb und über den Haufen von Traceys Highschool-Freunden, die sie letzten Samstag unten im Club gesehen hatte. Jenny war schwanger. Hilary war dick geworden. Derrick war immer noch ein Vollidiot. Sie goss ihrer Tochter Worte ins Ohr, bis die Verbindung unterbrochen wurde und Tracey wieder zu ihren Bemühungen zurückkehrte, zu schweigen und in Frieden zu sein, wie Jan annahm. Als Jan sich schlafen legte, überlegte sie, warum Menschen, die auf Reisen zu ihrem spirituellen Wachstum gehen, ihr Unterfangen so selbstsüchtig gestalten mussten. Sechs Monate lang hörte sie nichts mehr von ihrer Tochter, aber dann wurde ihr ein R-Gespräch von Tracey angekündigt. Sie stand am Flughafen von Sydney. Sie bat ihre Mutter, ihr etwas Geld auf ihr Konto zu überweisen, damit sie sich eine Busfahrkarte nach Hause kaufen konnte. Tracey kam endlich wieder heim.

22. KAPITEL

Eines Tages, nachdem ich Maddy im Kindergarten abgegeben hatte, stand ich vor meinem Badezimmerspiegel. Durch den Feigenbaum kam jede Menge Morgenlicht, und das nutzte ich, um meinen Hals gründlich zu untersuchen und über seine nachlassende Elastizität zu staunen. Ich versuchte, mein Gesicht zu entspannen und meine Augen auf den Boden zu richten, und dann schlug ich sie schnell wieder auf, um mich quasi selbst zu überraschen und mich so zu sehen, wie andere mich von außen sahen. Wir können unser eigenes Bild nie wirklich besitzen, denn es gehört der Welt, genauso wie die Dinge, die uns passieren, auch nicht wirklich zu uns gehören. Alles ist verbunden, und kein Erlebnis ließe sich isolieren.

Geheimnisse für mich zu behalten, war ein Versuch, Erfahrung zu sammeln, dachte ich mir, aber dann musste man sich ja bloß mal anschauen, wie gut das bei Tracey Doran funktioniert hatte. Ich hatte ihre Geheimnisse gestohlen und sie für eine Story ausgeschlachtet. Ich hatte mir eingeredet, im Interesse der Öffentlichkeit zu handeln, und das hatte ich ja auch: Es gab ein starkes Argument für das Interesse der Öffentlichkeit, wenn ich Tracey und ihre ganzen Krebslügen outete und wie sie sich selbst angeblich mit Bioernährung geheilt hatte. Die Argumente musste ich nicht mal selbst zusammenstellen. Ich hatte Onkologen und öffentliche Gesundheitsexperten zitiert, geheilte Krebskranke und Patientenanwälte, die die Argumentation für mich übernahmen. Traceys Behauptungen hätten Todesfälle verursachen können. Stattdessen war Traceys eigener Tod verursacht worden. Um das Prinzip zu erklären, dass ein Mensch auch für atypische Kausalverläufe verantwortlich gemacht werden kann, hatte mein Strafrechtsprofessor die Analogie eines Fahrers benutzt, der auf ein Auto mit einer Ming-Vase im Kofferraum auffährt. Der Fahrer muss den entstandenen Schaden bezahlen, und zwar den ganzen. Er muss auch für die Teile des Schadens bezahlen, die er im Grunde nicht vorhersehen konnte. Man muss für alle Folgen seiner Taten einstehen, egal wie stark das Opfer getroffen ist. Tracey war eine Ming-Vase. Ich war eine Vandalin. Es war nicht wichtig, was für Absichten ich verfolgt hatte. Es war nicht wichtig, was ich im hintersten Winkel meines Herzens vorgehabt hatte. In ein paar Monaten wurde ich vierzig, und mein Hals wurde langsam, aber sicher schlaff, aber zumindest war mein Hals noch ganz, er konnte immer noch einatmen und den Atem zuverlässig wieder ausstoßen, damit er sich mit der Luft der restlichen Welt vermischte. Mein Handy klingelte. Ich hatte die Klingeltöne geändert, die Tom mir eingestellt hatte. Jetzt zwitscherte mein Handy wie ein elektronisches Haustier. Maddy hatte zu ihrem letzten Geburtstag eines bekommen – einen Hamster –, aber sie hatte ihn so oft durch Vernachlässigung getötet, dass ich ihn am Ende ganz abschaffte.

»Hallo?«

»Suzy?« Es war eine Frauenstimme. »Hier ist Olivia«, sagte sie. Sie wiederholte den Namen der noblen PR-Beratungsfirma, bei der ich mich unter den Blicken von zwei Männern beworben hatte, deren Namen ich mir immer noch nicht hatte merken können, und einem zeitgenössischen Aborigine-Gemälde.

»Wir würden Ihnen gerne den Job geben«, sagte Olivia. »Wir halten Sie für die am besten qualifizierte Bewerberin, und Sie haben uns sehr beeindruckt bei Ihrem Gespräch. Ihre Vor-Ort-Erfahrung in den Medien würde eine Lücke im kollektiven Pool unserer Fähigkeiten schließen.«

Ich war ziemlich überrascht. Ich war zu diesem Bewerbungsgespräch eher zu Übungszwecken gegangen, wie eine Invalidin, die sich ab und zu mal von ihrer Chaiselongue aufrafft, um spazieren zu gehen. Ich war hingegangen, um meine Muskeln davor zu bewahren, dass sie in voller, langfristiger Arbeitslosigkeit atrophierten. Doch nicht für eine Sekunde hätte ich gedacht, dass ich am Ende mit dem natürlichen Ziel eines Bewerbungsgesprächs dastehen würde – einem Job. Einem gut bezahlten Job mit Pensionskasse, Lohnfortzahlung im Krankheitsfall und Urlaubsgeld und vielleicht sogar einem Spesenkonto für Lunches in der City, in Restaurants mit runden Tischen mit Tischdecken und Kellnern, die einen fragten, was für ein Wasser man gerne hätte, als wären die Wahlmöglichkeiten unendlich. Mit Geld und einer Art Vorwärtsbewegung waren die Möglichkeiten vielleicht tatsächlich unendlich. Zumindest würden sie sich ausweiten. Ein Job wie dieser konnte alles Mögliche mit sich bringen – Freiheit von Ängsten, den besten Schwimmunterricht, die Sicherheit, dass meine Kreditkarte nie wieder im örtlichen Supermarkt wegen fehlender Deckung abgelehnt werden würde, während die Frau an der Kasse ihre Verachtung kaum noch verbergen konnte. Ohne groß zu überlegen, sagte ich zu. Olivia nannte mir ein Einstiegsdatum in zwei Wochen und einen Termin nächste Woche, an dem ich ins Büro kommen sollte, um »die Bedingungen zu besprechen«, wie sie es formulierte. Ich notierte ihn auf der Rückseite von einem von Maddys Vorschulzeichnungen – wieder eine Darstellung von Lollis, viele und bunte, bis jetzt eine ihrer kühnsten Arbeiten.

*

Als Erstes rief ich Beverley an, die losschrie wie der Moderator einer Spielshow, als sie die Neuigkeit hörte.

»Siehst du, mein Schatz, das ist deiner würdig!«, sagte sie. Sie war entzückt. Sie rief meinen Vater dazu, um es ihm auch mitzuteilen. »Wie heißt die Firma noch mal? Ich googele das gleich mal. Simon, mach doch mal den Computer an.«

Sie wollte wissen, ob ich mein eigenes Büro bekommen würde. Ich sagte, das wüsste ich noch nicht. Sie wollte wissen, was für ein Gehalt ich beziehen würde. Ich sagte, ich wüsste es noch nicht, aber es wäre sicher besser als das, was ich als Journalistin verdient hatte.

»Na, das hast du nun ja hinter dir«, sagte sie. »Jetzt kannst du diese ganzen Unannehmlichkeiten hinter dir lassen.«

Ich legte auf und überlegte, wen ich als Nächstes anrufen sollte. Ich sollte Jan anrufen und ihr mitteilen, dass wir unser Projekt demnächst fertigstellen mussten. Ich hatte einen Entwurf von Traceys Geschichte geschrieben und hatte mir zahlreiche Notizen gemacht. Jan hatte mir genug erzählt, um mich in die Lage zu versetzen, daraus eine Geschichte zu stricken. Ich hatte die Grundzüge von Traceys Leben bis auf die letzten anderthalb Jahre beisammen, also dem Zeitpunkt, als sie ihre Krebsdiagnose bekannt gab und mit ihrem Blog begann, wie ich durch meine vorherige journalistische Recherche wusste. Mit diesem Teil von Traceys Geschichte würde jedoch eine rasende Fahrt in ihren Tod beginnen, und keine von uns war bereit, in diese Gewässer vorzustoßen. Ich schrieb eine Nachricht an Vic, um ihm mitzuteilen, dass ich einen neuen Job hatte, und er schrieb zurück: *Du wechselst also auf die Seite der Finsternis? Freut mich für dich. Demnächst Drink? Auf deine Kosten verst. sich.* Danach kam nichts mehr. Wahrscheinlich war er gerade mit einer Story beschäftigt. Ich dachte ganz kurz an Charlie, wie wir in unserem parallelen Leben einen neuen Job gefeiert hätten, einen üppig bezahlten, objektiv guten Job. Ich begann an eine Weinbar in der City zu denken oder an einen Restauranttisch irgendwo unten am Hafen, aber dann funkte mir die Tatsache dazwischen, dass Charlie nicht da war, dass er mich verlassen hatte, und ich kam mir albern vor, bevor ich richtig wütend wurde. Wo immer er jetzt war, er dachte sicher nicht an uns. Ich dachte kurz daran, ob ich es Tom erzählen sollte, aber ich hatte so ein Gefühl, als würde es ihm nicht gefallen, dass ich diesen Job angenommen hatte. Er sagte immer, ich sei eine gute Schriftstellerin. Er fand, ich sollte Bücher schreiben. Einmal sagte er, er würde jedes Buch lesen wollen, das ich geschrieben hatte.

*

Es war früher Abend. Ich hatte in der Bar frei und räkelte mich auf meinem Sofa wie eine müde Eidechse. Ich schaltete die dämlichste Show ein, die ich im Fernsehen finden konnte. Sie hieß *Love Shack*. Eine Gruppe von zwanzig Kandidaten bekam ihre »eine wahre Liebe« von einem Expertengremium zugewiesen. Der Clou war der, dass man keinem von ihnen sagte, wer ihre eine wahre Liebe war, bis sie den Menschen gefunden hatten, den sie für ihren designierten Partner hielten. Die Show spielte in einem großen Lager auf einer Tropeninsel. Es war eine teuflische Sache, obwohl die Voraussetzungen der Handlung von *Ein Sommernachtstraum* gar nicht so unähnlich waren, wie ich fand. Mein Handy klingelte, und eine Stimme teilte mir mit, dass es bei Sam gerade einen gesundheitlichen Vorfall gegeben hatte, »möglicherweise einen Herzstillstand«. Ich fragte nach Cherry, doch Cherry war nicht da, erklärte die Stimme. Cherry war im Urlaub. Wahrscheinlich besuchte sie gerade ihre Kinder auf den Philippinen, brachte ihnen ein bisschen Geld, und ich sah sie ganz kurz vor mir, wie sie am Flughafenterminal ankam und sich eine kleine Truppe von Kindern, eine Trapp-Familie, in allen Größen und Altersstufen, auf sie warf wie Pfeile auf ein Dartboard. Ich fuhr quer durch die Stadt in den östlichen Vorort, wo Sam eingeliefert worden war. Zufällig war es dasselbe Krankenhaus, in das meine Mutter Maddy gebracht hatte, an diesem schrecklichen Abend vor ein paar Wochen, als ich ausgegangen war, um high zu werden, während meine Tochter fast keine Luft mehr bekam.

Sam war in der Notaufnahme. Ich nannte der Empfangsdame seinen Namen, und eine müde Frau in OP-Kluft ging an mir vorbei und deutete den Flur entlang. Ich fand ihn auf einer Liege in einem Krankenzimmer mit zwei anderen Patienten, die beide schliefen oder bewusstlos waren. Ich hätte sie für tot gehalten, wären die Maschinen nicht so geräuschvoll aktiv gewesen, an die sie angeschlossen waren. Die Maschinen zeigten diverse Anzeichen von Leben an – Piepser, Lichter, aufleuchtende Zahlen. Onkel Sam war der einzige wache Patient. Er wirkte ganz klein in seinem Krankenhaushemdchen. Das Gewand hatte kurze Ärmel, und die Haut an seinen Armen sah runzlig und zerbrechlich aus, wie die Haut eines gerupften Vogels. Er saß aufrecht in seinem Bett, das man so eingestellt hatte, dass er in einem 45-Grad-Winkel zu sitzen kam. Er hatte einen Notizblock auf dem Schoß, auf den er irgendetwas draufkritzelte. Als ich eintrat, blickte er auf.

»Mein Schatz«, sagte er. »Sie hätten dich doch nicht anrufen müssen. Es hat sich rausgestellt, dass es bloß meine Gallenblase war. Die nehmen sie mir gleich morgen früh raus. Tut mir leid, dass ich dir so einen Schrecken eingejagt habe. Was hast du mit Maddy gemacht?«

Betty war so kurzfristig nicht verfügbar gewesen, und Beverley und mein Vater nahmen nicht ab, als ich sie anrief. Sie gingen am frühen Abend oft ins Kino, und mein Vater behandelte sein Handy wie einen Wertgegenstand, den er nur einschaltete, wenn er selbst jemanden anrufen wollte. Am Ende hatte ich Jan angerufen, die im Handumdrehen da war und sich an meiner Stelle aufs Sofa setzte. Sie würde noch ein bisschen *Love Shack* schauen, sagte sie. »Mach dir keine Gedanken um mich.«

»Maddy geht es gut«, sagte ich zu Sam. »Jetzt erzähl, was dir passiert ist.«

Sam hatte schon früh seinen Pyjama angezogen, gegen achtzehn Uhr. Er sagte, dass er sich gerne früh bettfertig machte, weil einen der Schlaf in seinem Alter öfters mal überraschte, und er sei zu alt für irgendwelche Überraschungen. Er hatte gerade die Wettervorhersage im Fernsehen angeschaut. Der Meteorologe hatte Hitze vorhergesagt, eine wahnsinnige Hitze, die nur insofern variierte, als sie feucht oder trocken sein konnte, aber nie in der unbarmherzigen Natur ihres Heißseins. Als er auf das Panel mit den Sonnensymbolen schaute, mit den Zahlen daneben, die zwischen den hohen Dreißigern und den niedrigen Vierzigern rangierten, aß Sam einen Keks, und auf einmal hatte ihn ein Schmerz befallen, der durch ihn durchfuhr wie eine vorbeischießende Katze. Er hatte oben begonnen, in seinem Brustkorb, und er dachte über die Gewöhnlichkeit eines Todes durch Herzinfarkt nach, aber an diesem Gefühl war nichts gewöhnlich, diesem Schmerz, der sich jetzt nach unten bis zu seinem Magen vorarbeitete und sich am Ende mit einem kräftigen Schlag in seinem Unterleib einnistete, wo er sich mit aufsteigender Übelkeit traf. Er begann, sich zu übergeben, und drückte auf den Notrufknopf, der an einer diskreten Stelle neben seinem Lehnstuhl angebracht war. Das Altern, die Krankheit und irgendwann auch der Tod werden bei einem wohlhabenden Menschen von Personal begleitet, obwohl er ihn letztlich doch alleine ertragen muss, genauso wie ein armer Mensch. Wenig später drängten sich drei Pflegerinnen und der diensthabende Arzt in seinem Zimmer, und die Dame am Empfang verständigte einen Krankenwagen. Sams Schmerzen wurden im Krankenwagen von einer Frau mit langem Haar und festen Händen erleichtert, die ihn an seine längst verstorbene Schwester erinnerte. Er war völlig überfahren von der Geschwindigkeit dieser Ereignisse und von dem Schmerz, der ihn weiter ausfüllte wie Elektrizität eine Glühbirne, so stark und lebendig, dass er das Gefühl hatte, er müsse vor Schmerz pulsieren, als müsste es irgendein äußeres Anzeichen für das geben, was ihm gerade widerfuhr, etwas Spürbares wie ein Kraftfeld oder eine Aura. Und dann erschien diese Frau, ein Gesicht aus der Vergangenheit, über ihm und fragte ihn freundlich, wie er hieß und ob er ihr sagen könne, welches Jahr wir gerade schrieben. »Früher haben wir die Leute immer gefragt, wer Premierminister ist«, sagte sie, als sie ihm den Stauschlauch um den Arm band und mit ruhiger Autorität eine Nadel einführte. »Das machen wir heute nicht mehr, aus naheliegenden Gründen.« Er war entschlossen, ein bisschen zu prahlen und den Namen des aktuellen Premierministers trotzdem noch hinzuzufügen, erzählte Sam, aber sein Sprachvermögen war nicht ganz auf der Höhe, und Emily – seine Schwester, seine Sanitäterin, diese Frau – sagte ihm, er solle nicht mehr reden und sich ausruhen. Er wolle sich nicht ausruhen, wandte er ein, er wolle leben, doch dann verschwamm alles um ihn herum, und sein Bewusstsein zerschmolz zu einem Nichts, als die Medikamente ihm eisig durch die Venen flossen.

»Dann bin ich völlig erledigt in einem Untersuchungszimmer wieder aufgewacht. In dem Moment wusste ich, dass ich nicht gestorben war. Tolles Gefühl übrigens. Auf jeden Fall haben sie dann ein paar Tests durchgeführt, und dann haben sie festgestellt, dass es bloß meine Gallenblase war. Sie können sie morgen rausnehmen, mit einer Schlüsselloch-Operation, und dann bin ich übermorgen wieder zu Hause.«

Sam war wirklich ein Wunder, er wies seelenruhig jeden Gedanken an den Tod von sich und war immer noch in der Lage, Vergnügen zu suchen und zu finden: in einem Kreuzworträtsel, in Cherrys Gesellschaft, in meinen Erzählungen von Maddys neuesten Streichen, in Mahlers Fünfter und in den Liedern von Otis Redding. Ich frage mich, worüber er nachdachte, während sein Leben sich dem Ende neigte. Trauerte er immer noch um seine Verluste? Fühlte er immer noch Begeisterung? Konnte er sich mit Zärtlichkeit an die Liebe erinnern, oder war er ärgerlich, dass er nie mehr davon für sich gehabt hatte, obwohl er sie so großzügig schenkte?

»Suzy, mein Engel«, sagte Sam jetzt. »Ich muss unglaublich dringend pinkeln. Sei so nett und gib einer Schwester Bescheid, ja?«

*

Ich ließ mir Zeit auf der Heimfahrt, denn ich war unglaublich erleichtert, dass es Sam doch gut ging und dass es Maddy gut ging, und seltsam euphorisch, weil ich ein paar Abendstunden außer Haus verbracht hatte. Normalerweise hätte ich entweder gearbeitet oder wäre mit einem unsichtbaren Band ans Haus gebunden gewesen, an die schlafende Maddy, die man einfach nicht verlassen durfte. Vielleicht würden die noch zu besprechenden Bedingungen meines neuen Jobs mir eine Art Nanny gestatten oder einen richtigen Babysitter, der schon aus dem Teenageralter heraus war und dem ich auch verantwortungsvolle Aufgaben anvertrauen konnte wie Abholen vom Kindergarten und komplizierte Aufgaben wie Baden und Schlafenlegen. Eine junge Frau, die die Highschool bereits abgeschlossen hatte und keinen Freund hatte, der an ihr hing wie ein missmutiger Schimpanse. Vielleicht würde mir der neue Job diese Tür einen Spaltbreit öffnen und einen kleinen Lichtstreifen hereinlassen, der mir einen Weg zu einem guten Leben mit Frühstück in einer sonnigen Küche, High Heels in der Handtasche für meine tägliche Pendlerstrecke, berechenbare Kalender, in die ich im Voraus Ferien und Geburtstage und Schwimmstunden und Pläne eintragen konnte, alle möglichen Pläne. Vielleicht würden der neue Job, das Geld, das ich damit verdiente, die Sicherheit meiner Arbeitsstelle mir und Maddy ein bisschen Raum geben, ein bisschen wunderbaren Raum. Im Moment hatte ich das Gefühl, dass der einzige Raum, den ich für mich selbst hatte, die paar Sekunden waren, in denen ich ums Auto ging, nachdem ich Maddy auf ihrem Kindersitz angeschnallt hatte. Oder die Sommernächte, wenn Maddy schon im Bett lag und ich die Mülltonnen von ihrem Platz neben dem Haus auf die Straße rollte und hochschaute, um ein Stück Abendhimmel zu erhaschen, bevor ich wieder an meinen Arbeitsplatz im Haus zurückkehrte.

Ich rief Jan an, um ihr Bescheid zu geben, dass ich auf dem Heimweg war. Sie nahm beim dritten Klingeln ab.

»Hallo, mein Hühnchen«, sagte sie atemlos, als wäre sie gerade gerannt. Ich erzählte ihr, dass es Sam gut ging und ich auf dem Heimweg war. Sie schien meine erleichterte Stimmung zu spüren.

»Es ist doch erst neun«, sagte sie. »Bleiben Sie doch noch ein bisschen draußen. Mir geht's hier bestens. Ich schau bloß *Love Shack* an. Mehr Dreiecksbeziehungen als in einem Roman von Danielle Steel. Alle Mädchen tragen jetzt diese

Badeanzüge, die ihren Hintern fast ganz frei lassen. Ist Ihnen das auch schon mal aufgefallen?«

»Ich glaube, das ist der brasilianische Stil«, sagte ich. »Ist gerade total angesagt.«

»Sieht unbequem aus. Obwohl ich die Qualität dieser Hintern nicht leugnen kann«, sagte Jan. »Hier ist alles ruhig, meine Liebe. Kein Mucks. Gönnen Sie sich ruhig ein paar Stunden, wenn Sie wollen.«

Ein kleines Zeitgeschenk. Etwas, was ich mehr schätzte als alle Reichtümer dieser Welt zusammengenommen. Eine wertvolle Ressource, die ich auf keinen Fall vertun konnte. Ich rief Tom an.

*

Ich rauschte in meinem fast neuen Auto vom Osten der Stadt in den Westen und durch die gerade erst dunkel gewordenen Straßen zu Tom. Er wohnte in einem Reihenhaus in der Nähe unserer Straße. Ich verlor immer wieder den Überblick über seine Mitbewohner, sie schienen ständig zu wechseln. Einmal hatte eine kleine Schauspielerin bei ihm gewohnt, die gleich weniger klein war, als sie eine Rolle in einem der Soap-Dauerbrenner ergatterte. Sie gab ihre Theaterambitionen auf und zog wegen der Serie nach Melbourne. Ich hatte mich oft gefragt, ob Tom mit ihr geschlafen hatte. Ein andermal beherbergte einer der Räume im Obergeschoss einen Puppenspieler, der seine Miete nie pünktlich zahlte, und es wohnten auch oft Studenten dort – manche hatten sich für Ingenieurwissenschaften oder Medizin eingeschrieben, für feministische oder internationale Studien, für Wirtschaftstheorie und Betriebswirtschaftslehre. Damals, als Tom und ich noch miteinander schliefen, als wir noch miteinander ausgingen, war ich ihnen immer spätabends begegnet, normalerweise, wenn ich kam, um mich mit ihm zu treffen, oder ich hatte verlegene, übertrieben höfliche Grüße mit ihnen getauscht, wenn ich mich auf dem Weg ins Bad im Flur an ihnen vorbeidrückte. Tom war der inoffizielle Paterfamilias dieser konstant zersplitternden Gruppe. Er hatte das beste Zimmer, vorne im Haus, groß, mit hohen Wänden und einem Balkon, der sich über die ganze Fassade erstreckte. Der Balkon hing ein bisschen schief am Haus, nach außen und nach unten, als strebte er eigentlich zu der Straße unter sich. An Sommerabenden wie diesem konnte man hervorragend darauf sitzen, und das machte Tom auch, als ich draußen vorfuhr. Er hatte seine Bierflasche locker aufs Knie gestützt und hielt ein Taschenbuch in der Hand. Ich stieg aus dem Auto und blieb einen Moment mit auf dem Dach gefalteten Händen stehen, um zu ihm hochzuschauen.

»Da ist sie ja«, rief er herunter. »Die Tür ist offen. Komm hoch. Und schnapp dir unterwegs ein Bier, wenn du möchtest.«

Ich ging durchs Haus, das völlig leer war. Irgendwo dudelte ein Radio. Karen Carpenter sang den Mann an, in dessen Nähe sie sein wollte. Ich ging die knarzende Treppe hoch und betrat Toms Zimmer. Es sah mehr oder weniger genauso aus wie bei meinem letzten Besuch, abgesehen von ein paar neuen Stücken. Eine Massivholzkommode im Mid-Century-Stil, die nicht aussah, als wäre sie vom Sperrmüll, und darauf standen ein paar glänzende Gegenstände, die eindeutig einer Frau gehörten. Ein Kompakt-Make-up, ein kleiner Teller mit Ohrringen und eine Flasche Comme-des-Garçons-Parfüm. Toms Bücher, die normalerweise auf dem Boden verstreut lagen wie Herbstlaub, waren jetzt säuberlich in Reihen vor der Wand gestapelt, und ein Stück aus seiner Ausstellung lehnte gegenüber vom Bett an der Wand, gerahmt, aber nicht aufgehängt. Es war der *Cerberus*/Windhund, der Boggo so gut gefallen hatte. Ich ging hinaus, um mich zu Tom auf den Balkon zu setzen. Er stand auf und gab mir einen Kuss auf die Wange, und dann bot er mir seinen Stuhl an, weil der bequemer war. Er selbst setzte sich auf einen wackligen Esszimmerstuhl gegenüber von mir. Er nahm mir die Bierflasche aus der Hand und machte sie für mich auf.

»Das ist ja vielleicht ein Service«, meinte ich.

»Tja, manche Gewohnheiten halten sich eben hartnäckig.«

Wir schauten einander kurz an, und es kam mir so vor, als gäbe es eine Affinität des Gefühls zwischen uns, die keiner von uns zerstören wollte, indem er etwas sagte. Mit Tom allein zu sein, fühlte sich an wie ein Überraschungsgeschenk. Ich wollte gerne mit diesem Geschenk auf dem Schoß hier sitzen, bevor ich es aufmachte.

»Also …«, sagte ich, als er gerade angefangen hatte zu sprechen.

»Du zuerst.«

»Nein, du.«

»Also hast du den *Cerberus* behalten«, sagte ich.

»Ja. Alles andere habe ich verkauft, ich hatte echt Glück. Aber von ein, zwei Stücken konnte ich mich nicht trennen. Und ich hab mir gedacht, es wird langsam mal Zeit, dass ich mir auch mal Bilder an meine eigenen Wände hänge.«

»Oder Bilder an deine eigenen Wände anlehnst.«

»Ja. Wenn ich ein Bild wirklich aufhängen würde, würde ich das Schicksal herausfordern, oder? Damit bindet man sich ja doch ganz schön.«

»Stimmt. Und deine Generation hasst Bindungen.«

Gereiztheit flackerte über Toms Gesicht. Mir war schon früher aufgefallen, dass er es nicht gernhatte, wenn unser Altersunterschied thematisiert wurde, als würde es ihn irgendwie auf eine wichtige Art unterminieren. Keine Ahnung, warum ich das gemacht hatte. Wahrscheinlich, um wieder ein bisschen Distanz zwischen uns zu bringen.

»Obwohl mir auffällt, dass du dich dazu verpflichtet hast, Parfüm auf deine Kommode zu stellen«, sagte ich.

»Tja«, meinte Tom und nahm einen Schluck von seinem Bier. »Das ist da einfach aufgetaucht. Du hättest auch beliebig viele Sachen auf meine Kommode stellen dürfen, als wir zusammen waren, und es hätte mir nichts ausgemacht. Und was steckt jetzt hinter diesem Besuch? Welchem Umstand verdanke ich dieses Vergnügen?«

»Oh, ich war gerade in der Gegend«, behauptete ich. »In der Nachbarschaft.«

»Und wer ist bei Maddy?«

Ich erzählte ihm, dass es kompliziert war, dass die Babysitterin die Mutter der jungen Frau war, die gestorben war, nachdem ich die Story über sie veröffentlicht hatte. Dass wir quasi Freundinnen geworden waren. Tom hörte sich die Geschichte an, ohne einen Ton zu sagen. Er war ein sehr guter Zuhörer, und wenn ich sprach, schaute er abwechselnd mir ins Gesicht oder auf die Öffnung seiner Bierflasche, als könnte er meine Worte besser aufnehmen, wenn er seinen Blick auf einen Punkt konzentrierte. Am Ende erzählte ich ihm die ganze Geschichte, wie ich immer Päckchen mit der Post bekommen hatte von jemandem, der Tracey gekannt hatte, und wie Jan eines Abends in meinem Leben aufgetaucht war und ich angenommen hatte, dass sie mir diese Päckchen geschickt hatte, und wie sie mich gebeten hatte, einen Bericht über Traceys Leben zu schreiben und ich mich dazu bereit erklärt hatte, obwohl es auf den ersten Blick seltsam wirkte.

»Ich glaube nicht, dass das so seltsam ist«, sagte Tom. »Ich finde es nur nett. Eine Art Wiedergutmachung.«

Als er dieses Wort aussprach, »Wiedergutmachung«, fühlte es sich an, als wäre irgendein Druck von mir genommen, wie dieses formlose, schwere Ding, das mir in den letzten Monaten auf der Brust gesessen hatte, sein Gewicht für einen Augenblick verlagerte, sodass ich meine Lungen endlich wieder mit Luft füllen konnte. Ich hatte nie mit irgendwem über meine Schuldgefühle gesprochen, über die kalte Gewissheit, dass ich Traceys Tod verursacht hatte. Es war eine Tatsache, mit der ich jeden Tag aufwachte, so unbeirrbar und zuverlässig wie meine Verpflichtung, aufzustehen und Maddy Frühstück zu machen, sie anzuziehen und sie in den Kindergarten zu bringen, damit ich Geld verdienen konnte, um das Ganze am Laufen zu halten. Ich hatte noch nie jemandem erzählt, wie diese Schuldgefühle eine Art Antimaterie von jeglicher Freude waren, wie sie ganz normale Alltagsfreuden jeglicher Farbe beraubten.

»Ich weiß, dass du Schuldgefühle hast«, sagte Tom. Er streckte die Hand aus und tippte mich mit seinem Fuß an, der so riesig aussah, wenn er seine Basketballschuhe anhatte, und nicht ganz so riesig, wenn er Ledersandalen trug, so wie jetzt. »Aber das solltest du nicht.«

Ich nahm einen Schluck von meinem Bier. »Hast du schon mal von der Testfrage nach der zureichenden Bedingung gehört? Das ist Verursachungsnachweis in Fahrlässigkeitsfällen. Im Deliktsrecht.«

»Nein, aber ich glaube, ich kann absehen, worauf das alles hinausläuft.«

»Du stehst doch auf Latein, oder?«

»Eigentlich hab ich's eher mit den Griechen, aber ja, klar.«

»Es heißt die Conditio-sine-qua-non-Regel. Wenn X nicht gewesen wäre, wäre Y dann trotzdem eingetreten? Es wird eine einfache Kette von Ursachen und ihren Wirkungen aufgestellt. Und diese Methode hat sich über die Jahrhunderte als Test für die Schuldhaftigkeit bewährt.«

»Aber du …«

»Wenn ich die Story, in der ich Tracey Doran bloßgestellt habe, nicht veröffentlich hätte, dann hätte sie sich nicht umgebracht.«

»Das kannst du doch gar nicht wissen.«

»Ich glaube, jedes Gericht würde so urteilen.«

»Das Leben ist aber kein Gericht, Suzy!«, rief Tom. »Niemand verurteilt dich, außer du dich selbst.«

Irgendwo schrie ein Flughund.

»Das ist nicht das Einzige, weswegen ich Schuldgefühle habe«, sagte ich. »Ich hätte nie mit meinem Chef schlafen sollen. Mit Ben. Das war natürlich falsch, weil er verheiratet war, und das ist noch so eine Kette von Ursache und Wirkung. Ich habe wahrscheinlich das Ende seiner Ehe eingeleitet.«

»Wenn seine Frau daraufhin mit ihm Schluss gemacht hat, dann hatte er, glaube ich, auch was damit zu tun«, sagte Tom leise. Sein Gesichtsausdruck war jetzt verändert. Er schaute auf seine Hände hinunter, und es wirkte, als würde er gerade an seine ganz privaten Schmerzen denken.

»Ich habe mir eingeredet, dass ich seiner Frau nichts schuldig bin«, sagte ich. »Darüber denke ich mittlerweile anders. Ich glaube, wir sind alle viel stärker miteinander verbunden. Aber dir gegenüber hätte ich wirklich eine Verpflichtung gehabt.«

Tom schwieg. Ich konnte das Geräusch eines Fahrrads hören und schaute nach unten, wo ich die Gestalt einer Jugendlichen, knochig und ohne Substanz, auf der Straße vorbeifahren sah. Die Luft war still, und ihr Haar flatterte wie eine Fahne, ihre Beine arbeiteten schnell, als würde sie versuchen, ihre Geschwindigkeit bis zu einem Punkt zu steigern, an dem sie abheben musste. Neuerdings fiel mir auf, dass ich junge Mädchen mit großer Zärtlichkeit betrachtete, weil ich daran dachte, wie Maddy eines Tages auch so eines werden würde – ein Knäuel von Verlegenheit und Bedürfnissen und fohlenhaften Gliedmaßen. Ein zerbrechliches, starkes Ding. Im Reich der Gefühle war es wie das Gegenstück zu Nostalgie, wie eine zarte Sehnsucht nach etwas, was noch gar nicht passiert ist.

Wir kamen auf andere Themen zu sprechen. Ich fragte Tom, was er gerade las, und er hob das Taschenbuch auf und drehte es um, sodass ich das Cover sehen konnte.

»*Jane Eyre!*«, sagte ich. »Ich liebe dieses Buch.«

»Ich versuch mich gerade an den Klassikern«, sagte er. »Du weißt schon, zur Weiterbildung.«

»Vielleicht wird es deine nächste Ausstellung inspirieren«, erwiderte ich. »Du könntest doch eine ganze Serie mit Waisen machen. Oder über Gouvernanten. Oder über Frauen, die auf Dachböden leben. Zum Ausgleich für deine Harpyien.«

»Gouvernanten sind cool«, sagte Tom. »Ich wünschte, ich hätte eine.«

»Also gefällt dir das Buch?«

»Ja«, sagte Tom. Er verlagerte das Gewicht auf seinem Stuhl und machte Anstalten aufzustehen. »Willst du einen Wodka? Ich habe grade so richtig Lust auf einen Wodka.«

»Klar.« Ich schaute zu, wie Tom an mir vorbeiging. Seine Glieder streckten sich auf eine Art, die ich immer wieder fesselnd fand. Seine Beine hatten etwas Athletisches, was sie federnd und enthusiastisch aussehen ließ. Ich hörte, wie er die knarzende Treppe hinunterging und dann wieder hochkam, und ich gönnte mir einen Moment, in dem ich die Wärme der Luft an meinem Hals und meinen Beinen auskostete. Ich fühlte mich angenehm müde, auf eine entspannte Art, die meine Gliedmaßen locker machte. Ich zog meine Sandalen aus und spürte die Bretter des Balkons unter meinen Füßen. Das Holz war glatt gewetzt von den Schritten unbekannter Menschen, die in der Zeit, in der dieses Haus hier stand, darübergelaufen waren. Ein Frangipanibaum ließ Blüten auf den Balkon fallen. Sie blieben liegen wie kleine weiße Handschuhe.

»Was denkst du grade?« Tom tauchte neben mir auf mit etwas in der Hand, was ich für einen Screwdriver hielt. Kleine Zesten von Orangenschale trieben auf der Oberfläche des Drinks.

»Ich habe grad überlegt, wie alt dieses Haus wohl ist, und ganz allgemein über den Kreislauf des Lebens nachgedacht.«

Ich nahm einen Schluck. Der Wodka brannte mir angenehm in der Kehle. »Erzähl doch mal, was du über *Jane Eyre* denkst.«

Tom nahm einen nachdenklichen Schluck von seinem Drink. »Ich glaube, es ist die fast perfekte Abbildung von Einsamkeit. Diese intensive Sehnsucht nach Liebe. Geliebt und verstanden zu werden.«

»Es ist eine Geschichte der Selbstbestimmung!«, rief ich. Ich war ganz sicher in meinem Ansatz. »Über den Antrieb, seinen eigenen Weg zu gehen. Sich selbst treu zu bleiben, verstehst du? Und wie das mit der Liebe in Konflikt gerät. Jane liebt Rochester, aber sie muss ihn verlassen, als ihr klar wird, dass sie durch eine Heirat mit ihm ihre Integrität verlieren würde.«

»Und trotzdem heiratet sie ihn, oder? Ich bin noch nicht ganz durch, muss ich dazu sagen. Aber ich bin ziemlich sicher, dass sie ihn heiratet.«

»Tja, dann verrat ich es dir nicht«, sagte ich zickig. Ich nippte an meinem Drink. Wir schwiegen ein Weilchen.

»Über die Sache mit der Einsamkeit habe ich noch nie so nachgedacht«, fuhr ich nach einer Pause fort. »Für mich schien die Einsamkeit Janes Naturzustand zu sein. Es ist so in sie eingebrannt, dass sie alleine leben wird. Dass sie ihren eigenen Weg gehen muss, ohne jede Hilfe. Deswegen sucht sie ja auch keine Liebe. Sie erwartet sich nichts davon.«

»Sie meint, dass es nicht ihr Schicksal ist«, widersprach Tom. »Aber dann trifft sie einen sexy Lord.«

»Ist Rochester ein Lord?«

»Ach, keine Ahnung. Vielleicht einfach nur generell ein Adliger. Aber es gibt einen Klassenunterschied. Das ist wichtig.«

»Ja. Jane heiratet ihn erst, als sie ihm gleichgestellt ist. Sie wird reich, und er verkrüppelt.«

»Also heiraten sie doch. Ich hab's doch gewusst.«

»Ups«, sagte ich.

»Schon gut. Manchmal genieß ich eine Geschichte sogar noch mehr, wenn ich weiß, wie sie ausgeht.«

»Ich schiebe die enthemmende Wirkung auf diesen Screwdriver.«

Wir nippten schweigend an unseren Drinks, während ein paar Fledermäuse dunkle Formen in den stillen Himmel über uns zeichneten.

»Fühlst du dich jemals einsam?«, fragte ich ihn.

Tom schaute mich an und zog eine Augenbraue hoch. »Wow. Okay. Echtes Gespräch«, sagte er. Er hielt sein Glas hoch ins Licht der Straßenlaternen, als wollte er seine Qualität beurteilen. Er nahm einen Schluck. »Selbstverständlich fühl ich mich auch mal einsam«, sagte er. »Das gehört doch zum Menschsein. Vielleicht klingt das dämlich, aber es ist wahr. Bei Leuten, die erwarten, niemals einsam zu sein, ist es nur wahrscheinlicher, dass sie wirklich mal einsam sind. Man kann nicht erwarten, ein glückliches Leben zu haben. Man kann nur hoffen, dass es erfüllt ist.«

»Stimmt«, antwortete ich. »Aber die Einsamkeit ist auf dem Vormarsch. Sie wird zur reinsten Epidemie. Ich habe einen Artikel im *Atlantic* darüber gelesen, also muss es stimmen. Soziale Fragmentierung, verursacht durch die sozialen Medien, die sich verändernde Natur der Familien, die digitale Belästigung und so weiter.«

»Ich glaube, dass meine Generation wahrscheinlich ...«, begann Tom. »Da haben wir's schon wieder – gefällt dir das?

Meine Generation?« Er schaute mich an und nickte. »Die Menschen *meiner Generation* sind nicht besonders gut im Alleinsein. Sie sind es so gewöhnt, ihr Leben in den sozialen Medien zu inszenieren, dass sie gar kein echtes Alleinsein mehr kennen. Ich meine das Alleinsein auf eine positive Art. Und wenn man gelernt hat, die gute Art von Alleinsein zu lieben, hat man eine wichtige Fähigkeit erworben, die man braucht, um Einsamkeit zu vermeiden.«

»Ja, aber die Menschen in den sozialen Medien reden doch immer, dass sie eine Community sind. Wenn man es richtig anstellt, wahrscheinlich«, sagte ich. »Und es ist sicher eine gute Sache für Menschen, die bereits sozial isoliert sind. Oder Mütterforen. Ich schwöre, Mütterforen machen achtzig Prozent aller Inhalte im Internet aus, und nur zwanzig Prozent sind Pornos.«

Tom lachte. »Es ist zu hundert Prozent garantiert, dass jemand in deiner Facebook-Müttergruppe um drei Uhr morgens wach ist, wenn du grade finstere Nacht in deiner Seele hast. Aber unterstützt so jemand einen dann wirklich? Ich meine, welche von diesen Frauen im Internet kommt zu dir nach Hause, um dir ein Essen vorbeizubringen oder, was weiß ich, dir tröstend über den Rücken zu streichen oder was auch immer.«

»Moralische Unterstützung. Sie geben einem moralische Unterstützung.«

»Es ist leicht, im Internet moralische Unterstützung zu geben. Außerdem ist es sowieso oft total unaufrichtig. Findest du nicht?«, erwiderte Tom. »Nur eine andere Inszenierung des Lebens. Die Freundin, die einen immer unterstützt, du weißt schon, welche Sorte ich meine. Die die Erfolge ihrer

Zeitgenossen online bejubeln, während sie innerlich vor professionellem Neid kochen.«

Ich dachte an Tracey mit ihren Aufrufen und großzügigen Hashtags, wie sie sich immer online für ihre Follower einsetzte, die Rolle einer Führerin übernahm, Vorbild, gütige Vertrauensschülerin und lustige große Schwester, mit einer so unermüdlichen und aufdringlichen Positivität, dass sie einem fast schon feindselig vorkam, wenn auch nur fast. Ständig projizierte sie ein Seifenblasenbild von Bioperfektion, in ihren ewigen pastellfarbenen Leinenkleidern, und ihre Fotos waren immer so überbelichtet, dass ihre ganze Welt den Retrozauber eines Super-8-Films aus den Siebzigern bekam. Ihre Onlinewelt war goldgerändert. Blonde Köpfe mit Heiligenschein aus Licht. Wunderschöne Gärten und perfekte Küchen, Regale voller Bakelit-Behälter in Sorbetfarben. Diese ganzen *Inhalte*. Trotzdem war ihr Innenleben seltsam undurchsichtig. »Sind Künstler nicht schon immer so gewesen?«, sagte ich. »Neidisch und missgünstig?«

»Stimmt.«

»Menschen teilen Dinge online«, sagte ich. »Sie treten miteinander in Verbindung.« Ich hatte absolut keine Bindung zu dieser Art von Argumentation, in Wirklichkeit glaubte ich wahrscheinlich gar nicht daran. Aber ich unterhielt mich so gern mit Tom, warf eine Idee in den Raum, wie Maddy mit einem Ballon spielte – sie jagte ihm hinterher, um zu verhindern, dass er auf den Boden aufkam.

»Das ist ja das Hauptproblem. Davon rede ich ja die ganze Zeit«, sagte Tom. »Die Menschen sehen einen Sonnenuntergang oder eine Blume oder zwei Mädchen, die sich im Zug in die Haare kriegen, und ihr erster Impuls ist es, ein Foto davon zu machen und es ins Netz zu stellen. Niemand beobachtet mehr irgendwelche Dinge oder genießt sie oder – Gott bewahre – hält sie privat, sodass sie was ganz Besonderes darstellen. Stattdessen teilen sie diese Bilder online. Aber sie teilen gar nicht wirklich. Sie beanspruchen. Sie beanspruchen dieses Erlebnis als ihr eigenes. Und so werden alle Erfahrungen degradiert zu einer Art von Angeberei.«

Tom ließ den Kopf in den Nacken fallen und strich sich das Haar aus dem Gesicht. Er schaute mich an. »Predigt zu Ende.«

Ich lächelte zurück. »Sag über die Mütterforen, was du willst«, sagte ich. »Und glaub mir, ich tue es auch. Aber sie haben mir großartige Tipps für eingerissene Brustwarzen gegeben. Auch Tipps gegen Inkontinenz. Es ist so eine Art *safe space* für Inkontinente.«

»Na, dann ziehe ich meine vorherigen Bemerkungen zurück.«

»Die Inkontinenten gehörten zu den am meisten marginalisierten Gruppen der Gesellschaft«, sagte ich, und dann schob ich hastig hinterher: »Tut mir leid. Typischer Fall von zu viel Information.«

»Bei dir ist zu viel Information nie genug.« Tom schaute zu mir herüber, und seine dunklen Augen leuchteten vergnügt und nachtaktiv wie bei einem freundlichen Beuteltier.

»Erzähl doch mal, was bei dir grade so los ist«, bat er.

»Tjaaa«, sagte ich und reckte meine Arme über den Kopf. »In der Tat habe ich heute ein neues Jobangebot gekriegt.«

»Das ist ja super«, meinte Tom. »Wo?«

Ich nannte ihm den Namen der Firma. »Sie stellen mich

als Senior Consultant ein. Ich kümmere mich um Medienstrategie und Krisenmanagement und so.«

Tom sagte nichts.

»Sie haben einen richtig guten Ruf«, fuhr ich fort. »Sie haben eine tolle Kundenliste. Sie beraten Medienunternehmen und sogar ein paar Regierungsagenturen. Ein paar richtig große Banken.«

»Aber das wird dir doch gar nicht gefallen«, meinte Tom. »Seit wann willst du auf dieser Seite arbeiten?«

»Das machen viele Journalisten«, sagte ich. »Das Leben als Reporter ist wirklich anstrengend. Ich war müde. Deswegen habe ich ja auch die Fehler gemacht, die ich gemacht habe. Immer diese geteilten Loyalitäten zwischen deinen Quellen und deinen Lesern und dir selbst. Es ist anstrengend.«

»Und jetzt willst du also für eine Firma arbeiten, die Großkonzerne und Bergbauunternehmen vertritt«, stellte er fest. »Tolle Art, Interessenkonflikte zu lösen.«

Ich schaute zu ihm hinüber und war überrascht über seinen Ton. Ich hatte ihn noch nie sarkastisch erlebt. Und ich antwortete entsprechend.

»Du verstehst doch, dass ich Geld verdienen muss, oder?«, sagte ich. »Ich habe eine kleine Tochter, für die ich sorgen muss. Wir können nicht alle die Fantasie des berufenen Künstlers in seiner runtergekommenen WG leben. Ich mag nicht in Möbeln vom Sperrmüll wohnen. Macht mich das zu einem Problemfall?«

»Siehst du mich wirklich so?«, fragte Tom. »Meinst du wirklich, ich bin so anspruchslos?«

Ich wusste, dass Toms Mutter Lehrerin war. Ich wusste, dass sein Vater die Familie verlassen hatte, als er noch klein war. Im Gegensatz zu Danton und wahrscheinlich den meisten seiner Zeitgenossen und Konkurrenten konnte Tom es sich nicht wirklich leisten, Künstler zu sein.

»Du beschuldigst mich doch des Ausverkaufs«, sagte ich. »Es ist total privilegiert, um nicht zu sagen rückgratlos, die Entscheidungen anderer Leute so zu verurteilen. Wir sprechen uns wieder, wenn du auch ein Kind hast.«

»Ich dachte, dein Onkel Sam vermietet dir sein Haus so billig.«

Tom hatte Sam einmal kennengelernt, letztes Frühjahr, als mein Onkel in die Ruby Street zum Mittagessen gekommen war. Hinterher hatten wir einen Spaziergang zu Toms Café gemacht und Kaffee und Kuchen gegessen. Als wir hinterher zu zweit den Hügel wieder hinuntergingen, hatte Sam mich gefragt, was zwischen mir und dem gut aussehenden Kellner lief. Nichts, sagte ich.

»Diese Miete ist so lange billig, bis er stirbt, was statistisch gesehen ziemlich bald der Fall sein wird«, erklärte ich. »So sehr ich den Gedanken hasse.«

»Dann musst du dir eben eine andere Wohnung suchen«, sagte er. »Ab April werden hier zwei Zimmer frei. Mindy hat ein Stipendium in Berlin. Chelsea zieht nach Hause zu ihrer Familie und spart auf die Anzahlung für ein Eigenheim.«

»O Mann.« Mich durchlief eine Welle der Verachtung für Chelsea, wer auch immer sie sein mochte. Für Mindy, wer auch immer sie sein mochte, hatte ich nur Neid. Ich hatte schon immer nach Berlin ziehen wollen.

»Haben sie eigentlich auch Firmen, die fossile Brennstoffe herstellen, auf ihrer Kundenliste?«, fragte Tom. »Ich könnte fast wetten.«

»Mann, jetzt mach aber mal halblang.« Ich nahm den letzten Schluck von meinem Screwdriver. Ich musste nach Hause. Es war ein Fehler gewesen, überhaupt herzukommen. Jetzt war ich beschwipst und musste mich mit Jan auf meinem Sofa auseinandersetzen. Sie wollte sich wahrscheinlich mit mir über *Love Shack* und brasilianische Bikinis unterhalten. Auf einmal fühlte ich mich müde bis in die Knochen, so müde, dass es mir unmöglich war, mir eine Zeit vorzustellen, in der ich nicht mehr müde sein würde, oder mich an eine Zeit zu erinnern, in der ich nicht müde gewesen war.

»Du läufst mit einem derartigen Gefühl von selbstgerechter Gekränktheit herum, Suzy«, sagte Tom mit einer aufflammenden Verärgerung, die mich selbst überraschte, noch unter meiner eigenen Verärgerung. »Du führst dich auf, als wäre dein Leben zum Stillstand gekommen, als dein Ex dich verlassen hat. Er hat dich nicht mit einem Zauberbann belegt. Du bist doch nicht gelähmt.«

»Ich muss jetzt gehen«, sagte ich und hielt mein leeres Glas hoch. »Was soll ich damit machen?«

»Lass es einfach stehen«, sagte Tom. Er wirkte griesgrämig. Er runzelte die Brauen, und als er aufstand, streckte er die Hand aus und berührte meinen Arm, während ich mich umdrehte, um durch die offene Balkontür in sein Zimmer zu gehen. Er sagte meinen Namen.

»Ich muss jetzt gehen«, sagte ich.

Im Hinausgehen erhaschte ich einen Blick auf Toms Kleiderschrank, ein zweitüriges Ding aus abgesplittertem Sperrholz, das aussah, als würde es schon seit seiner Kindheit in seinem Zimmer stehen und hätte seitdem einen Umzug zu viel mitmachen müssen. Es war voller Sachen, größtenteils

T-Shirts, die rührenderweise auf Bügeln hingen, wie in diesen Luxusgeschäften, wo T-Shirts fünfzig Dollar und mehr kosten. Zwischen diesem ganzen Marineblau und Grau stach ein Stück Stoff mit farbigem Aufdruck heraus. Ich ging davon aus, dass es eines von Jess' Kleidern war, irgendwas mit Tukanen drauf. Ich beneidete sie um ihre Fähigkeit, Raum einzunehmen mit ihren Drucken und ihren Farben und der üppigen Größe ihres Körpers. Sie ließ sich gerne anschauen und akzeptierte diese Blicke völlig ungeniert. Jess war großartig mit ihrer Tukan-Druck-Einstellung zum Leben. In meinem Neid wünschte ich ihr irgendwas, was sie von Tom trennen würde. Und dann, direkt unter dem Tukan-Druck, sah ich mein eigenes Gesicht und meine auf der Matratze ausgebreiteten Gliedmaßen. Mein Gesicht schlief, so tief, als hätte ich ein Narkosemittel bekommen. Tom hatte *Harpyie 8* nicht verkauft. Er hatte es behalten, und dann hatte er es hinten in seinen Kleiderschrank gestellt. Nicht um es herzuzeigen oder aufzuhängen, sondern um es zu behalten.

23. KAPITEL

Zehn Minuten später stand ich wieder vor dem Reihenhaus in der Ruby Street. Im Obergeschoss war alles dunkel, während es unten beleuchtet war, wie in einem Puppenhaus mit Stromanschluss. Ich schätzte, dass Jan noch auf war. Es war halb zwölf und *Love Shack* war schon aus, aber ich wusste, dass nach *Love Shack* noch eine Sendung kam, in der über *Love Shack* geredet wurde, indem man die diversen Paarungen und die shakespeareschen Missverständnisse der jeweiligen Episode analysierte. Bei der Sendung traten auch ehemalige Teilnehmer der Show auf, die einen überraschten, aber ansonsten ausdruckslosen Gesichtsausdruck zur Schau trugen und Extensions, so rau wie Hanfseile. Die Diskussion wurde moderiert von einer Dame des Senders, die früher die Nachrichten präsentiert hatte. Ich machte die Tür auf und rief nach Jan, schleuderte meine Schuhe im Flur von den Füßen und hängte meine Handtasche nachlässig ans Treppengeländer. Ich ging am Wohnzimmer vorbei. Der *Love-Shack*-Nachklatsch – er hieß *Love Shack Live*, fiel mir jetzt wieder ein – lief, aber das Wohnzimmer war leer. Eine der Teilnehmerinnen der Diskussionsrunde drohte einer anderen mit dem Finger, die ihrerseits mit dem Finger zurückdrohte, und die abgestiegene Nachrichtensprecherin versuchte, dem Wettdrohen ein Ende zu setzen. Ich rief noch einmal nach Jan, aber hörte nichts. Ich ging durch die Küche, die sehr still und sehr ruhig war, und da saß sie am Tisch, den Kopf kurz unterhalb der Frühstücksbar, auf der meine Kräutertöpfe standen, wie Kinder, die man der Größe nach aufgereiht hatte. Jan saß auf eine unnatürliche Art, die mich alarmierte, mit den Händen auf den Knien und kerzengeradem Rücken, als hätte ein Fotograf ihr gesagt, sie solle sich für ein Bild gerade hinsetzen, oder als wäre sie beim Meditieren erstarrt.

»Jan …«, sagte ich, als ich in die Küche kam. »Warum …«

Sie saß so still wie ein Schlaganfallopfer, aber ihre Augen drehten sich wild herum, als hätte sie das Locked-in-Syndrom und versuchte, mir etwas Komplexes mitzuteilen, aber ohne die Hilfe eines Sprachcomputers. Selbst für Jan war dieses Verhalten bizarr.

»Geht es Ihnen gut?«, fragte ich, als ich auf sie zuging. Da hörte ich einen Schritt hinter mir auf der Treppe, und das Gefühl in meinen Eingeweiden verriet mir die Antwort besser, als es Jan gekonnt hätte. Nein, es ging ihr nicht gut. Hier war gar nichts gut.

»Hallo.« Eine Stimme hinter mir. Ich drehte mich um und sah ihn – einen großen Mann um die sechzig, mit Schultern, die fleischig zu einem starken Bizeps abfielen, einem Bizeps, der unter Schichten von jahrzehntealtem Fett eines australischen Mannes begraben war, einen Menschen, der sein ganzes Leben im Widerspruch zu allen Warnungen vor Herzkrankheiten durch den Konsum von Fleisch und Alkohol verbracht hatte. Im Moment sah er jedoch ganz ruhig aus, dieser Mann in meiner Küche. Er trug ein marineblaues

Hemd, das ich als elegant bezeichnet hätte, es hatte lange Ärmel und zwei kleine Knöpfe, die den Kragen ordentlich verschlossen. Es war die Art von Hemd, mit dem man auch in einen Golfclub gelassen worden wäre. Unter dem Hemd zeigte sich jedoch ein anderer Charakter. Er trug flattrige Shorts, aus denen die kräftigen Beine eines Mannes schauten, der irgendwann mal eine Art Rugby gespielt hatte und dessen Muskeln sich immer noch daran erinnerten. Ich schaute ihm ins Gesicht. Es war breit, mit einer kräftigen Nase in der Mitte, die geformt war wie eine Rübe. Seine Augen waren blau und hatten lange Wimpern, was seinem Gesicht eine Zartheit verlieh, die es eigentlich nicht verdient hatte. Sein Haar war dunkelgolden wie das seiner Tochter. Ich erkannte ihn als den Mann im Regenmantel, der mich letzte Woche auf dem Heimweg nervös gemacht hatte. Ich musste ihn gar nicht fragen, wer er war.

»Terry«, sagte Jan hinter mir. »Terry ist hier.«

»Und Sie müssen Suzy sein«, sagte er. »Freut mich, Sie persönlich kennenzulernen. Endlich. Sie sind ein hübsches Ding, aber ein bisschen zu dünn für meinen Geschmack. Ich mag meine Frauen gut gepolstert. Stimmt's, Jan?«

»Maddy.« Ich konnte das Wort gerade noch krächzen. Flehen.

»Sie ist in Sicherheit«, sagte Jan. Sie schaute mir in die Augen und nickte fest. »Sie schläft.«

»Im Gegensatz zu unserer Tochter, würde ich sagen«, meinte Terry und gab ein trockenes Lachen von sich.

»Lassen Sie mich hochgehen und nach ihr sehen«, bat ich und machte Anstalten, zur Küchentür zu gehen. Terry, der auf der Schwelle stand, legte seine Hand wortlos auf den

Türrahmen. Sein Arm versperrte mir diagonal den Weg, wie eine Säule.

»Gehen Sie mal kurz zu meiner Frau und setzen Sie sich zu ihr«, sagte er mit leiser Stimme. »Ich komme mit friedlichen Absichten. Ich werde ihrer Tochter nichts tun. Ich bin hergekommen, um mir etwas zu holen, was mir gehört.«

Ich drehte mich um und setzte mich zu Jan. Im Geist spielte ich blitzschnell alle möglichen Szenarien und Resultate durch, Risiken und Möglichkeiten. Er schien unbewaffnet zu sein. Konnten wir ihn wohl zu zweit überwältigen? Ich wusste mit äußerster Sicherheit, dass ich einen Weg finden würde, ihn zu töten oder zu verstümmeln, bevor ich ihn in Maddys Nähe ließ.

»Ich schwöre, er hat ihr nichts getan«, flüsterte Jan mir zu, als ich mich neben sie setzte. »Sie schläft. Sie ist unverletzt. Er hat mir mein Handy weggenommen.«

Mein Herz machte einen Sprung in meinem Brustkorb wie ein panischer Vogel. Ich dachte an mein Handy, an das ich jetzt nicht herankam, weil es in meiner Handtasche steckte, die ich wiederum über das Geländer der Treppe gehängt hatte. Ich dachte an die ganzen Entscheidungen, die kleinen und blinden Entscheidungen, die mich bis hierher geführt hatten. Terry trat vor und baute sich vor uns in der Küche auf wie ein bösartiger Obelisk, wenn ein Obelisk denn Shorts tragen und Krampfadern haben kann. Er war jemand, der sich eindeutig wohlfühlte mit seiner Einschüchterungstaktik, aber es war auch etwas Auffälliges, Geschauspielertes daran, als wäre ihm diese Art von Männlichkeit nicht angeboren, sondern als hätte er sie sich ausgesucht, bewusst ausgesucht und gut studiert, um auch alles richtig zu machen. Wen kopierte er? Die Männer in den Diskussionssendungen über Sport? Die fingerbrechenden Typen aus zweitklassigen Mafiafilmen mit den Angeboten, die man nicht ablehnen kann? Seinen eigenen Vater? Er vereinte alle nassforsch auftretenden, besitzergreifenden, tyrannisierenden Männer dieser Welt in sich. Die Beobachtung dieser Männer hatte Terry gelehrt, seinen Körper in eine Masse von Fleisch und Knochen zu verwandeln, die jederzeit gewalttätig werden konnte, wenn man denn einen Schalter umlegen würde.

»Also«, sagte er, während er näher an uns herankam. »Ihr Mädels seid also gute Freundinnen geworden. Jan hat gesagt, dass ihr viel Zeit zusammen verbracht habt. Ihr habt euch gegenseitig schöngetan. Ihr habt es euch richtig gemütlich gemacht.«

Er nahm sich einen der Stühle vom Tisch und stellte ihn in die Mitte der Küche auf den schwarz-weiß gewürfelten Boden, ein paar Meter von uns entfernt. Er drehte den Stuhl um, sodass die Lehne nach vorne zeigte, und setzte sich rittlings darauf, als wäre er Liza Minnelli und meine Küche ein Kabarett. Diese Bewegung strapazierte seine dünnen Shorts, und prompt wurde an der Seite ein einzelner Hoden herausgequetscht, wie ein braunrotes Wachtelei.

Ich warf Jan einen Blick zu, deren Gesichtsausdruck einen raschen Tanz von Amüsement über Verachtung bis Angst aufführte. Ich verspürte Ekel und Mitleid und konnte nur hoffen, dass man es meinem Gesicht nicht ansah. Jan räusperte sich, um zu sprechen.

»Es hat sich rausgestellt, dass Terry mich ungefähr einen Monat beobachtet hat«, sagte sie. »Er hat unsere Treffen bemerkt, und er hat Sie natürlich aus der Zeitung erkannt. Er wollte wissen, warum wir uns treffen.«

»Haben Sie es ihm erzählt?«

»Ich hab ihm erzählt, dass wir an einem Projekt arbeiten. Eine Art Hommage an Tracey.«

»Und wissen Sie, was ich dazu gesagt habe?«, mischte sich Terry ein. »Ich hab gesagt, sie sollte sich schämen, mit der Fotze, die unsere Tochter umgebracht hat, auch nur ein Wort zu reden.«

Abgesehen von der Tatsache, dass ihm ein einzelnes Ei aus den Shorts lugte wie eine Überraschungspuppe, war das Komischste an Terry in diesem Moment die Erleichterung darüber, dass er es laut aussprach. Er war die riesige, überlebensgroße Personifizierung meiner Schuldgefühle. Er war wie eine Heimsuchung aus einer klassischen Sage, ein rachedurstiger Gott mit stumpfen Fingernägeln, Boxernase und ohne Unterhosen. Ich musste an Jan denken, wie sie jahrelang um ihn herumgetanzt war und verschiedene Strategien ausprobiert hatte, um nicht geschlagen zu werden: schweigen, ihn beschwichtigen, ihm aus dem Weg gehen, ihn beruhigen. Sie hatte mir erzählt, was für eine Befreiung es gewesen war, diese ganzen Strategien aufzugeben, die ja sowieso nie funktioniert hatten, und sich in die Unvermeidlichkeit des Schlags zu ergeben, sich ihm zuzuwenden, damit er ja schön mitten in ihrem Gesicht landete. Ich war jetzt auf Adrenalin, voll befeuert. Ich überlegte, welche Form seine Rache annehmen würde. Ich wartete, um es herauszufinden.

»Ich habe versucht, es Terry zu erklären«, sagte Jan. Man merkte ihr die Mühe an, die es sie kostete, ihre Stimme gleichmäßig klingen zu lassen. »Dass niemand schuld ist an dem, was da passiert ist. Die Leute geben sich immer selbst die Schuld, wenn so eine Tragödie passiert.« Sie sprach, als würde sie ein innerliches Skript abrufen. »Aber in Wahrheit hat niemand Tracey umgebracht. Sie hat sich selbst umgebracht.«

Eine riesige Träne schlich sich aus Terrys blauen Augen und plumpste auf die Sitzfläche, nur wenige Zentimeter entfernt von seinem entblößten Hoden.

»Ich vermisse meine Tochter«, sagte er. Er klang wie ein schmollendes Kind.

Jan seufzte tief. »Das tun wir alle, Terry.« Sie legte eine Pause ein. »Weißt du, sie war auch eine ganze Weile vor ihrem Tod da. Eine ganze Weile, in der du sie nie getroffen hast. Aber da hast du sie anscheinend nicht vermisst«, sagte sie. »Jedenfalls nicht so sehr, dass du deinen Arsch hochgekriegt hättest, um sie zu besuchen.«

Ich warf einen Blick auf Terry und fragte mich, ob diese Aussage ihn nicht verärgern würde. Das tat sie sehr wohl.

Er drosch mit dem Handballen auf die Stuhllehne. Es war ein Versuch, dramatisch zu sein, aber dafür war das entstehende Geräusch zu leise, und die Geste musste ihm ziemlich wehgetan haben.

»Glaubst du, das täte mir jetzt nicht leid?«, rief er. »Ich kann mich noch an meine letzte Unterhaltung mit ihr erinnern. Wir haben uns gestritten. Ich hab ihr gesagt, ich wüsste, dass sie log und dass Grandma Shirl sich im Grabe umdrehen würde.«

»Grandma Shirl war Terrys Mutter«, erläuterte Jan. »Sie ist an Krebs gestorben. Sie hatte große Knoten überall, im ganzen Körper. Ich will ja nicht schlecht über die Toten reden, aber Grandma Shirl war ein richtiges altes Luder. Als ich sie zum ersten Mal traf, fragte sie mich, warum ich ein Geschirrhandtuch angezogen hatte, wenn ich in ihr Haus kam. Nicht mal ihre eigene Familie konnte sie leiden.«

»Vorsicht, Jan!«, knurrte Terry.

»Ach, ist doch wahr«, sagte Jan ruhig. Sie reckte trotzig das Kinn vor.

»Der Arzt sagt, ich habe PTBS«, sagte Terry. Er schaute nach unten, während er sich die Hand massierte, mit der er vorhin auf den Stuhl geschlagen hatte.

Ich warf einen Blick auf Jan, die ihn erwiderte und kurz die Augen verdrehte.

»Dagegen gibt es Therapien«, sagte sie zu Terry. »Und Medikamente. Heutzutage gibt es Medikamente gegen alles Mögliche. Alle an Ratten getestet.«

»Mein Herz ist gebrochen«, versuchte Terry es noch einmal.

Jan schnaubte gereizt, so leise, dass nur ich es hören konnte. »Wir leiden alle, Terry«, sagte sie. Sie sprach ganz langsam. »Deine Gefühle sind deine Gefühle, und niemand könnte das abstreiten. Aber wir müssen unsere Gefühle doch nicht ständig so dick auftragen. Sie allen anderen vor die Füße schütten. Es hat keinen Sinn, andere für das bezahlen zu lassen, was uns zugestoßen ist.«

»Es hat sehr wohl Sinn, sie für das bezahlen zu lassen, was sie getan hat«, sagte er und schaute mich an. »Wenn sie ihre Story nicht geschrieben hätte, wäre Tracey immer noch hier. Und wir wären nicht hier. Ich meine – da, wo wir jetzt sind. In Sydney.« Er machte eine kurze Pause. »Ich hasse Sydney, verdammt noch mal.«

»Du musst jetzt gehen, Terry«, sagte Jan. »Suzy muss ins Bett. Ich bin müde und hab höllisch geschwollene Knöchel. Das ist total sinnlos, was du hier machst. Du musst uns gehen lassen.«

»Wer sagt, dass ich euch hier festhalte?«, sagte er, und ein Lächeln stahl sich in seine Mundwinkel. Er hatte einen breiten Mund, es sah aus, als wäre er irgendwann in Kindertagen mit Gewalt gedehnt worden. Er öffnete sich zu einer überraschend weißen Zahnreihe. »Sie können jederzeit gehen, sobald ich habe, was ich will.«

»Und was ist das?«, wollte Jan wissen. Sie klang müde, als müsste sie sich bemühen, nicht die Geduld zu verlieren. Ich erkannte die Angespanntheit in ihrer Stimme wieder, denn genau denselben Ton schlug ich gegenüber Maddy an, wenn sie mich bat, ihr immer noch ein Buch vorzulesen, oder WeetBix zum Frühstück verlangte und dann weinte, weil sie eigentlich Toast gewollt hatte.

»Wo ist diese Geschichte, die Sie geschrieben haben?«, fragte mich Terry.

»Auf meinem Computer«, sagte ich. »Es ist aber erst ein Entwurf. Ich hab die Endfassung noch nicht geschrieben.«

»Und wo ist Ihr Computer?«

»Oben.«

»Dann gehen wir den jetzt holen.«

Terry wollte die Geschichte seiner Tochter. Wofür? Um sie zu lesen? An sich zu nehmen? Er bedeutete mir mit einer ruckartigen Kopfbewegung, dass ich aufstehen sollte, also folgte ich seiner Aufforderung. Ich ging auf die Küchentür zu, während er sich von seinem Stuhl erhob und mir mit einer übertriebenen Handbewegung den Vortritt ließ. Er folgte mir, und ich spürte seinen Atem hinter mir, zu nah, als ich auf die Treppe zuging und anfing, sie hochzusteigen. Ich war mir der warmen, keksduftenden Anwesenheit von Maddy in ihrem Zimmer überbewusst. Als ich an ihrem Schlafzimmer vorbeiging, erhaschte ich einen Blick auf sie, beleuchtet vom rosa Schein ihres Nachtlichts. Das Heben und Senken ihres Brustkorbs verriet mir, dass sie tatsächlich schlief und unverletzt war. Ich ging in mein Schlafzimmer, wo mein Notebook zugeklappt auf dem Schreibtisch neben den Flügeltüren lag. Ich zog das Kabel aus der Steckdose, drehte mich um und reichte es Terry.

»Danke, meine Liebe«, sagte er, als hätte ich ihm einen Becher Tee in die Hand gedrückt. »Jetzt können wir wieder runtergehen.«

Wir gingen zurück in die Küche, wo Jan an ihrem Platz am Tisch saß, immer noch mit den Händen auf den Knien wie ein Terrakottasoldat.

»Alles klar, meine Liebe?«, fragte sie mich, als wir die Küche betraten.

»Es geht ihr gut, Jan«, sagte Terry. »Du brauchst dir keine Sorgen um sie zu machen.«

Terry klappte mit seinen Pranken das Notebook auf und drückte auf den An-Knopf. Die vertraute Melodie eines wieder hochfahrenden Computers brach die Stille in der Küche. Terrys fleischiges Gesicht wirkte bläulich vom reflektierten Bildschirmlicht.

»Kommen Sie mal rüber«, sagte Terry. »Sie können dieses Ding bedienen. Zeigen Sie mir den Artikel, den Sie über meine Tochter geschrieben haben.«

Mir war klar, dass das jetzt der falsche Zeitpunkt für solche Empfindlichkeiten war, aber ich spürte, wie mich eine Welle von Gereiztheit durchlief, weil ich es immer gehasst habe, wenn irgendjemand – egal, wer – meine Texte las, bevor sie wirklich für die Augen anderer bereit waren. Meine Geschichte über Tracey hatte einen starken Anfang, fand ich, war jedoch ansonsten unfertiges Flickwerk. Ich hatte große Notizen für mich selbst über den ganzen Text verteilt, in Großbuchstaben, zum Beispiel »HIER INFO ÜBER UNI-ABSCHLUSS« und »WELCHE RASSE WAR IHR HUND??«.

Doch ich wollte Terry aus meinem Haus haben, also machte ich das Dokument mit der Geschichte auf und trat beiseite, sodass er sie lesen konnte. Ich krümmte mich innerlich, als er sie las. Jan und ich beobachteten ihn, während er sie überflog, nur seine langen Wimpern zuckten. Eine Weile sagte er gar nichts, er war total vertieft, und dann knallte er das Notebook zu, dass Jan und ich richtig zusammenzuckten. Er stand auf, warf seinen Stuhl zurück, sodass es auf dem Boden landete wie ein abgeschossener Vogel.

»Der übliche Scheiß«, sagte er. »Ich hab jede Menge von Ihren Artikeln gelesen. Ich bin Ihnen in den sozialen Medien gefolgt. Hab mir extra eine Google-Benachrichtigung eingerichtet. Tracey hat mir gezeigt, wie das funktioniert, damals, als wir noch miteinander geredet haben. Ihr Zeug …«

Er nickte mir zu. Ich spürte, wie der Adrenalinspiegel in meinem Körper absank und meine Müdigkeit zurückkehrte, tief wie der Meeresgrund. In dem Moment wurde mir klar, dass Terry ein Publikum haben wollte. Er wollte gehört werden. Er interessierte sich mehr für seine Gefühle angesichts des Todes seiner Tochter als für den Tod seiner Tochter selbst.

Noch weniger an ihrem Leben, das ich – wahrscheinlich ziemlich jämmerlich – zu beschreiben versucht hatte als ein Monument aus Worten für ihre Mutter.

»Ihr Zeug ist voller Fakten und komplizierter Wörter und dem üblichen Unsinn von Leuten, die gerne schlau klingen wollen, indem sie Fakten und komplizierte Wörter benutzen«, knurrte Terry. »Ich weiß, dass Sie sich für besser halten als meine Tochter. Ich könnte wetten, Sie kommen aus einer richtig reichen Familie.«

Ich senkte den Blick. Ich entschied mich dagegen, Terry die Verwicklung meines Vaters in die Finanzkrise 2008 zu erklären, seine finanzielle Empfindlichkeit auf amerikanische Kreditsysteme und den Ausschluss meiner Eltern aus dem Jachtclub aus monetären Gründen. Ich sagte einfach gar nichts.

»Ha, hab ich's doch gewusst«, sagte Terry. »Reiche Zicken wie Sie glauben, sie könnten mit anderen Leuten umspringen, wie sie wollen. Ich hätte mal eine Frage an Sie.«

Ich wartete ab.

»Ich will wissen, warum Sie über meine Tochter geschrieben haben. Ich hab mir mal näher angeschaut, worüber sie sonst so schreiben. Männer, die Kinder begrabschen, Rugbyspieler, die Mädchen vergewaltigen, die dumm genug sind, zu ihnen ins Auto zu steigen. Diesen Superkoch, der seine Angestellten schamlos ausgenutzt hat. Warum haben Sie sich ausgerechnet meine Tochter ausgesucht? Was für einen Schaden hat sie denn angerichtet?«

»Ich hab Tracey nicht ins Visier genommen«, erklärte ich. »Ich hab eine Mail mit einem Tipp zu ihr bekommen. Also hab ich beschlossen, nähere Recherchen anzustellen.«

»Von wem war die Mail?«, fragte Terry. Er wirkte überrascht.

»Weiß ich nicht mehr.«

Jan, die mehrere Minuten geschwiegen hatte, stieß einen schrägen Ton aus, der irgendwo zwischen einem Heulen und einem Knurren landete. Ich schaute zu ihr und sah, dass sie zitterte, ihr Körper schimmerte unter dem wirbelnden rosalila Druck ihrer Bluse.

»Um Himmels willen, Terry!«, rief Jan. »Ist das denn wichtig? Ist irgendwas davon wichtig? Wird irgendetwas davon sie zurückbringen? Du rennst hier rum mit rausgequetschten Eiern, verlangst Antworten, und wer weiß dies und das über die Geschichte, die Suzy geschrieben hat? Tracey ist tot. Alles, was du tust, macht es nur noch schlimmer, als es bereits ist.«

Terry wirkte verblüfft. »Ich glaube schon, dass das wichtig ist«, sagte er gekränkt. »Und mein Psychologe hat gesagt, dass ich mit dieser Sache abschließen muss. Und das versuch ich gerade zu tun. Scheiße, ich will diese Sache einfach abschließen.«

Jan schnaubte verächtlich. »Na, viel Glück.«

»Gut, danke, Jan«, sagte Terry. Sein Verhalten hatte sich verändert in eine Reaktion auf ihren Ausbruch. Jetzt war er übertrieben höflich, als wäre er hier der Zivilisierte. Er bewegte sich wieder auf mein Notebook zu. »Haben Sie diese Mail noch? Die originale?«, fragte er. »Ist die da drin?«

Ich hatte die Story wie immer lückenlos dokumentiert. Die betreffende Mail war in einem Ordner in meinem Mailprogramm abgelegt, das wusste ich.

»Ja«, sagte ich. Ich dachte mir, dass es keinen Sinn mehr hatte, jetzt noch zu lügen, weder in diesem Punkt noch in irgendeinem anderen.

»Dann schauen wir uns die doch mal an, hm?«, sagte er. Er ging zurück zum Notebook und klappte es wieder auf. Dieses Mal erwachte er gleich wieder zum Leben, wie ein leichter Schläfer, der kurzfristig sofort wieder in den Wachzustand zurückkehren muss.

»Terry, lass das doch«, bat Jan. »Du musst hier doch nicht rumschnüffeln wie Sherlock Holmes, Mann. Ich weiß, wer diese Mail geschrieben hat. *Ich* habe diese Mail geschrieben.«

»Willst du mich verarschen?«, fragte er sie. Seine Augen sahen verängstigt aus. Und dann, an mich gewandt: »Machen Sie Ihre Mails auf. Zeigen Sie sie mir.«

Ich nahm das Notebook. Die Mail war leicht zu finden: Sie war in dem Ordner, genau da, wo ich sie abgelegt hatte. Ich machte sie auf. Jetzt, wo ich Jan kannte, merkte ich, dass die Formulierungen tatsächlich nach Jan klangen. Ich gab den Computer zurück an Terry, damit er sie lesen konnte. Er las sie und schluckte dabei schnell mehrmals hintereinander, sodass ihm der Adamsapfel unter der Haut auf und ab tanzte.

Jan wich meinem Blick aus und schaute auf ihre Hände, die sie auf den Schoß gelegt hatte, mit den Handflächen nach oben wie die Hände einer Bittstellerin.

Dann klappte Terry den Laptop wieder zu und machte ein paar schnelle Schritte auf Jan zu. Er baute sich vor ihr auf, mit dem Computer in der Rechten, und fuchtelte damit herum wie mit einem silbernen Knüppel. Wenn er den Laptop jetzt auf Jans Schädel hätte krachen lassen, hätte er ihn gespalten wie eine Glasschüssel. Ich schrie auf, doch im gleichen Moment ließ Terry seine Hand sinken und sackte vor Jan zusammen, als wäre sie ein Altar. Er legte seinen riesigen Kopf auf den Schoß, und er wackelte, als er in ihren

Rock weinte, große, tiefe Schluchzer, die aus seinem tiefsten Inneren zu kommen schienen, von derselben Stelle, von der auch seine Brutalität kam – ein Ort, an dem sich Angst und Kummer und Bedürftigkeit mischten. Jan blieb ungerührt, ihr Gesichtsausdruck undurchdringlich. Sie reagierte überhaupt nicht auf Terrys Berührung und schien sich ihrer kaum bewusst.

Nach einer Weile sagte sie leise: »Ich dachte, dass sie dann vielleicht damit aufhört. Ich dachte, wenn sie erst mal den Konsequenzen ihrer Lügenmärchen gegenübersteht, hört sie vielleicht auf.«

Terry hob den Kopf wie ein riesiger Jagdhund, der aus dem Schlaf erwacht, und rappelte sich langsam hoch. Er nahm mein Notebook in die Hand, ging zum Spülbecken, stellte es hinein und drehte die Hähne auf, so fest, dass das Wasser auf seine dünnen Shorts spritzte. Neben der Spüle hatte ich eine Keramikvase stehen, in der ich alle möglichen Küchengeräte aufbewahrte, und daraus nahm er jetzt einen silbernen Fleischklopfer, mit dem ich sonst die Kalbsfilets bearbeitete, aus denen ich Schnitzel für Maddy machte. Er hob ihn hoch über seinen Kopf und ließ ihn mit aller Kraft auf das nasse Notebook niedersausen, und ich hörte das dumpfe Geräusch, das Metall von sich gibt, wenn es eingedellt wird, und darunter einen widerlich hohen Ton von splitterndem Glas. Jan war jetzt nach vorn gesackt, das Kinn ruhte auf ihrer Brust. Ihre Atmung war schneller geworden und schien unregelmäßig zu gehen. Ich machte mir Sorgen wegen ihres Blutzuckers und ihres Herzens. Nach mehreren Schlägen auf den Laptop drehte sich Terry vom Spülbecken um, und ich sah das dunkle Aufglänzen des Klopfers in seiner Hand.

Während ich wartete, dass er ihn wieder hochhob und auf uns losging, schien alles in Zeitlupe abzulaufen. Durch meine schwimmende Müdigkeit hindurch waren alle meine Nerven angespannt und bereit, ihn zu bekämpfen, mich mit ihm anzulegen, mir eine Waffe zu suchen und diesen Mann von uns wegzuzwingen.

Da ließ Terry den Fleischklopfer fallen. Er landete mit einem dumpfen Geräusch auf dem Linoleumboden. Alles war einen Moment still, während wir ihn beobachteten, und ich konnte das Wasser im Spülbecken rauschen hören, weil Terry die Hähne angelassen hatte. Ich hörte das Geschnatter aus dem Fernseher, wo *Love Shack Live* immer noch wacker weiterlief, obwohl wir es nicht beachteten. Ohne uns noch einen Blick zu schenken, ging Terry aus der Küche, machte die Haustür auf und ging hinaus. Ich hörte das Schwingen und Klappen des Briefkastenschlitzes, als er die Tür hinter sich zuzog.

*

Wir warteten noch ein, zwei Minuten, nachdem Terry gegangen war. Die Erleichterung gesellte sich zu meiner Erschöpfung, und mir wurde ganz schwummrig im Kopf.

»Jan«, sagte ich. Ich sprach im Flüsterton.

»Ja, meine Liebe.«

»Mein Artikel über Tracey«, sagte ich. »Ich hab keine Sicherungskopie davon angefertigt. Ich wollte ihn die ganze Zeit auf einen USB-Stick ziehen. Ich bin so dämlich. Es tut mir leid.«

Jan reagierte nicht, also wiederholte ich: »Es tut mir wirklich so, so leid, Jan.«

Als ich das sagte, schlüpfte ein Schluchzer aus meiner Kehle, und er schien zwischen uns in der Luft zu schweben wie etwas Lebendiges, schien etwas zu kommunizieren, was eigentlich unaussprechlich war, etwas, worüber ich Tausende von Wörtern hätte schreiben können, ohne die Bedeutung so wiedergeben zu können wie dieser eine Ton.

»Schon gut, mein Schatz«, beruhigte mich Jan. »Ist schon gut.«

24. KAPITEL

Als Charlie und ich noch zusammen waren, bevor er an unbekannte Orte aufbrach, bevor er mich verließ oder ich ihn verließ oder wir einander verließen, hatte ich mich oft gefragt, wo wir mit unserer Beziehung am Ende *landen* würden. Das war der Ausdruck, der mir einfiel, und so drückte ich mich auch ihm gegenüber aus. »Was meinst du, wo wir mit unserer Beziehung mal landen werden, du und ich?«, hatte ich ihn einmal gefragt, als wir im Bett lagen – ich mit einem Roman, er mit seinem Handy, dessen Display er endlos hinunterscrollte mit trägen Daumenbewegungen, aber trotzdem ohne eine einzige Pause, als wollte er versuchen, auf den Grund des Internets zu kommen. Ich fragte mich, was für Schätze dieses Handy für ihn enthielt, aber nachdem ich eine Kostprobe davon bekommen hatte, wünschte ich, dass ich die Frage nie gestellt hätte.

»Häh?«, sagte er. Er scrollte weiter.

»Was meinst du, wo wir mit unserer Beziehung mal landen werden?«, wiederholte ich. »Du und ich.«

Ich weiß nicht, was für eine Antwort ich mir von ihm erhofft hatte, aber ich glaube, ich wusste schon früh, als Maddy nur ein aufgerolltes, halb ausgebildetes Wirbeltier in meinem Unterleib war, mehr Vorstellung als Fleisch, dass ich eines Tages allein mit ihr herumlaufen würde, sie an meiner Brust herumtragen würde. Ich glaube, ich fragte ihn, um das Thema zu forcieren, denn ich war so frustriert und einsam geworden, dass ich hoffte, er würde mich einfach verlassen. Unsere Beziehung war ein Angsthasenspiel geworden.

»Ich weiß nicht«, sagte er. »Wer kann schon wissen, was in der Zukunft passieren könnte? Menschen sind nicht dazu gemacht, sich auf Lebenszeit aneinander zu binden. Das haben sie nur gemacht, als die durchschnittliche Lebenserwartung bei vierzig Jahren lag.«

Maddy war in diesem Moment ungefähr sechs Monate alt. Als diese Unterhaltung stattfand, lag sie schlafend in ihrer Wiege neben unserem Bett. Sie war ein perfekt geformtes Baby, wie eine von diesen Puppen, mit denen sie in den Frauenzeitschriften immer Werbung machen, solche, die Taufkleider tragen, die sich wie Meeresschaum kräuseln und so lebensecht wie möglich aussehen sollen. Aber im Gegensatz zu diesen Puppen wachte Maddy früh genug auf und schrie nach der Milch in meinen schwellenden Brüsten. Sie taten mir weh, wenn ich ihre Bedürfnisse nicht befriedigte – so schmerzlich waren wir voneinander abhängig. Nach dem Füttern musste sie aufstoßen und sich wieder hinlegen, und irgendwann in diesem ewigen Kreislauf hievte sich Charlie hoch, umklammerte sein Handy mit der einen und ein Kissen mit der anderen Hand und schlich aus dem Zimmer, um sich auf dem Wohnzimmersofa schlafen zu legen. Es war also nicht der perfekte Zeitpunkt, um von der vorübergehenden Natur aller menschlichen Verbindungen zu hören. Er schaute zu mir hinüber und drückte meine Hand, als wollte er mich trösten.

»Warum hast du mich dann gebeten, dich zu heiraten?«, fragte ich.

»Ja, das ist es ja gerade«, sagte er, ohne zu merken, dass er sich gerade selbst widersprach. »Ich bin doch bei dir, oder nicht? Es ist unrealistisch zu erwarten, dass ein einziger Mensch dein Liebhaber und dein Seelenverwandter fürs ganze Leben ist.«

Er wandte sich wieder seinem Handy zu und ich mich meinem Buch, und ich sprach nicht aus, was ich dachte, denn seine Art ließ keinen Raum für Sentimentalität. Die Hauptsache, auf die ich gehofft hatte und was ich mir immer noch erhoffte, wenn ich ehrlich war, war weder ein Liebhaber noch ein Seelenverwandter – obwohl das natürlich schön wäre –, sondern jemand, der eines Tages ein alter Freund sein würde. Jemand, mit dem ich auf die Weite unseres Lebens zurückblicken und irgendeinen Sinn darin erkennen konnte.

*

Wir riefen die Polizei, und sie kamen mit Blaulicht, das vom Feigenbaum und von der Wohnzimmerwand zurückgeworfen wurde. Wir schalteten *Love Shack Live* aus, wo sich ein Mädchen mit rosa Haaren gerade mit einem Mann stritt, dessen Muskeln so aufgepumpt waren, dass sie seinen Bewegungen eher im Weg zu sein schienen, als sie zu erleichtern. Meine ganze Schwäche war wieder verschwunden, und ich war überwach und seltsam euphorisch, was wahrscheinlich auch eine Art von Schock war. Ich legte Jan eine Decke um die Schultern und machte ihr einen Tee. Ich gab ihr einen Keks zu essen. Als die Polizei eintraf, übernahm ich das Erzählen. Ich fasste die ganze Geschichte in hastigen Sätzen zusammen. Es waren ein Polizist und eine Polizistin, und beide waren jung – Ende zwanzig, hätte ich geschätzt. Die Polizistin nahm ihren blauen Hut ab und enthüllte einen Pferdeschwanz, streng zurückgenommen und hoch auf dem Kopf, wie bei einer Cheerleaderin. Sie stellte die meisten Fragen, ihr Kollege machte sich Notizen auf einem Block.

Nachdem sie die Tatsachen von mir gehört hatten, setzte sich die Polizistin neben Jan, schaute sie fest an und fragte sie: »Hat Ihr Ex-Mann Sie früher schon missbraucht?«

Jan nickte.

»Würden Sie diesen Missbrauch als körperlich, emotional oder finanziell beschreiben?«, fragte die Polizistin.

»Alles davon.«

Sie meinten, sie würden am nächsten Tag auf dem Polizeirevier unsere offiziellen Aussagen aufnehmen, und sie gaben eine Suchmeldung nach Terry raus, der immer noch auf freiem Fuß war. Sie meinten, sie würden Jan nach Hause bringen. Ich nahm sie lang und fest in die Arme und schaute ihr nach, wie sie ins Polizeiauto stieg. Der Polizist machte ihr die Tür auf und hielt ihr eine Hand über den Kopf, um zu verhindern, dass sie sich beim Einsteigen anstieß. Dann fuhren sie mit blauem Blitzen davon. Ich ging hinauf und legte mich neben Maddy, die schnüffelte wie ein kleines Ferkel und sich an mich schmiegte. Ich vergrub mein Gesicht in ihrem Haar. Sie hatte sich zusammengerollt wie ein Embryo, als würde sie sich selbst in meinem Bauch nachahmen.

*

Sie griffen Terry ungefähr eine halbe Stunde später auf. Er saß an der Bar im Little Friend und trank ein veganes Helles, wobei er seinen großen Kopf auf seine ziegelsteingroße Faust aufstützte. Jessica hatte an jenem Abend Dienst, und sie hatte gerade die letzte Runde ausgerufen, als sie die Polizisten durch die Tür kommen sah. Jess hasste Polizisten, und es brachte sie ganz besonders auf Zinne, wenn Spürhunde in Bars eingesetzt wurden, was sie als faschistische Praxis bezeichnete. Aber diese Polizisten waren ja nicht vom Rauschgiftdezernat. Sie gingen zu Terry, und die Frau mit dem hohen Pferdeschwanz fragte ihn, ob er Terry Doran sei, und er sagte Ja. Sie verhaftete ihn und klärte ihn über seine Rechte auf. Jess sagte, es sei alles sehr zivilisiert abgelaufen. Terry leistete keinen Widerstand.

Den Hügel hinunter, in der Ruby Street, schlief ich gerade, als Terry abgeführt wurde, und ich schlief bis ungefähr sieben Uhr morgens, als ich in der Ferne das eindringliche Geräusch meines klingelnden Telefons hörte. Ich ging mit schweren Schritten die Treppe hinunter, wobei ich überlegte, ob die Ereignisse der letzten Nacht wirklich stattgefunden hatten. Ich ging in die Küche und sah die Glasscherben vom Bildschirm meines Laptops in der Spüle. Die Polizei hatte den Computer selbst fotografiert, Fingerabdrücke abgenommen und ihn dann als Beweisstück aufs Polizeirevier mitgenommen. Ich fand mein Handy und nahm den Anruf an. Die Stimme am anderen Ende der Leitung erklärte mir, sie arbeite als Schwester in dem Krankenhaus, in dem Sam operiert worden war. Die Stimme teilte mir mit, dass Sam tot war.

»Das ist nicht möglich«, sagte ich. Ich hatte Schwierigkeiten zu verstehen, was gerade passierte. »Ich habe ihn doch gestern Abend noch gesehen. Es war doch nur seine Gallenblase.«

»Ms. Hamilton, ich befürchte, Ihr Großonkel hat während der OP einen Herzstillstand erlitten«, sagte sie. »Es hätte eigentlich ein Routineeingriff sein sollen. Aber das passiert eben manchmal bei älteren Patienten. Es ging sehr schnell, und er war unter Narkose, also hat er es nicht mitbekommen. Es tut mir sehr leid.«

Mit diesem Anruf legte sich ein weiterer Verlust über mein Leben, und er veränderte erneut seine Qualität. Ich schaute mich in der Küche um, die ganz normal aussah: Die Blumentöpfe mit den Kräutern waren noch da, Maddys Kinderstuhl stand leer mit dem Rücken zu mir und wartete darauf, dass sie sich daraufsetzte und WeetBix verlangte. Draußen landete gerade die Sonne im Garten, und drinnen war die Luft angenehm kühl. Mittlerweile war es Mitte Februar, und man hatte das Gefühl, dass sich jeder nach dem Herbst sehnte, nach einer Zeit, in der die Luft keine Erbsensuppe mehr war und es wieder möglich war, in der Sonne zu sitzen, ohne zu verschmoren wie ein Insekt unter einem Brennglas. Ich musste die Glasscherben wegräumen, bevor Maddy runterkam. Ich musste meine Eltern anrufen. Ich musste die Zeit finden, um aufs Polizeirevier zu gehen und meine Aussage zu machen. Mich bei Jan melden und mich erkundigen, wie es ihr ging. Es gab eine Beerdigung zu organisieren. Ich schaute mich um und dachte mir, jetzt würden sich die Räder der Testamentsvollstreckung in Bewegung setzen, und wenn sie wieder stillstanden, würden Maddy und ich aus diesem Haus geworfen werden. Ich bedankte mich bei der Schwester am Telefon. Sie meinte, es gebe noch ein paar Formulare zu unterschreiben, und ich versprach, später vorbeizukommen und sie zu unterzeichnen.

Als ich auflegte, hörte ich die schnell trappelnden Schritte von Maddy an der Decke, wie sie den Korridor hinunterliefen und lauter wurden, als sie an der Treppe war. *Dunk-dunk-dunk*. Eines der vielen Dinge, die ich an Maddy liebte, war ihr Beschluss, dass, wenn es die Sache wert war, irgendwo hinzugehen, sie es dann auch wert war, dorthin zu *rennen*. Sie erwartete immer, dass der Ort, an den sie ging, besser war als der, von dem sie kam. Sie hüpfte ihrer Zukunft entgegen. Dieser Überschwang war angeboren, und er erneuerte sich ständig von selbst. Ihre Fröhlichkeit war nicht kleinzukriegen. Jetzt erschien sie in der Küche, mit verstrubbelten Haaren, als wäre sie gerade nach einer durchzechten Nacht aufgewacht, mit noch heiserer Stimme und ihrem Körper, der noch voller Schlaf war. Ihre Lebensenergie war ein Kraftfeld, das ihr folgte, wenn sie rannte.

»Guten Morgen, Mummy«, sagte sie. »Mit wen telefonierst du da?«

*

Wir fanden ein Unternehmen, das die Beerdigung in der folgenden Woche übernehmen konnte. Beverley wollte einen Gedenkgottesdienst. Sie meinte, Sam sei katholisch getauft und katholisch erzogen worden, wie alle Hamiltons, und wenn er später auch nicht mehr viel damit am Hut gehabt hatte, wussten die Katholiken sehr gut, wie man so etwas machen musste.

»Warum überlässt du es nicht einfach ihnen?«, sagte sie zu mir eines Abends am Küchentresen mit ihrer Zigarette in der Hand. Sie sprach über die Katholiken, als wären sie gute Caterer für eine Cocktailparty.

Aber ich lehnte die Katholiken ab. Sam hatte mir von dem Priester erzählt, der sein Fußballtrainer in dem großen Sandsteingebäude gewesen war, diesem Hogwarts am Hafen, wo er von sechs bis sechzehn zur Schule gegangen war. Sportlich, neugierig und schlau, wie er war, hätte Sam der ideale Jesuitenzögling sein müssen, vielleicht sogar für die Priesterschaft selbst auserwählt werden können. Er hätte Befehle entgegengenommen, wäre da nicht Vater Dominic gewesen, der seine Jungs – hauptsächlich Rugbyspieler, obwohl er auch die Kricketspieler ein bisschen trainierte – gerne auszog, sie nackt in einer Reihe antreten ließ, um die Schwellungen ihrer kleinen, zerbrechlichen Hinterbacken mit einem Riemen zu schlagen, den er in seinem Büro verwahrte. Er gab vor, nur überprüfen zu wollen, wie gut sie in Form waren, und machte wohlwollende Geräusche bei den Jungs mit langen Beinen und hohen Hinterbacken, erzählte Sam, obwohl das ja eigentlich nicht der ideale Körperbau fürs Rugby war. Sam erzählte mir, dass einer von den Internatsschülern, dessen Eltern auf einer entlegenen großen Farm im Westen von New South Wales wohnten, Vater Dominics Liebling geworden war und oft in seinem Büro und in seinem Schlafzimmer oben bei den Schlafsälen war. Sam empfand leises Mitleid mit dem Jungen, aber vor allem Erleichterung, dass durch die Wahl des Priesters der Rest von ihnen verschont blieb. Die anderen schnitten den Jungen, was ihn wiederum noch mehr in die Arme des Priesters trieb. Als Sam schon gut über fünfzig war und Höflichkeiten mit einem alten Mitschüler austauschte – einem guten Anwalt, den er über die Einzelheiten eines komplizierten Sorgerechtsfalls informiert hatte –, hatte dieser Anwalt ihm erzählt, dass der Junge, der mittlerweile natürlich auch zu einem Mann wie sie herangewachsen war, vor Kurzem Selbstmord begangen hatte. Seine Frau hatte ihn eines Morgens in der Garage entdeckt, als sie die Mülltonnen hereinholte.

Das alles erzählte mir Sam, als die Royal Commission über Kindesmissbrauch in Einrichtungen tagte. Das Ganze hatte in ihm einen Tsunami von Schuldgefühlen und Kummer ausgelöst, den er nicht begriff, weil er ja sein ganzes Leben unbewusst sehr wohl gewusst hatte, was diesem Jungen wirklich widerfahren war, und bis jetzt hatte es ihn nicht weiter beunruhigt. Und schließlich war ja *ihm*, Sam, nichts passiert. Er gestand mir, dass seine Schuldgefühle unerträglich schwer auf ihm lasteten. Immer wieder suchte ihn das blasse, spitze Gesicht des Jungen in seinen Träumen heim. Die Spur, die der Riemen auf der Hinterbacke hinterlassen hatte. Die Tür, die sich hinter dem Kind mit den weit entfernt lebenden Eltern schloss. Ich fragte mich, ob dieses Erlebnis zu den Gründen gehörte, warum Sam nie sein Coming-out gehabt hatte. Vielleicht hatte es ihn irgendwie verwirrt und ihn seine Homosexualität als etwas Schuldhaftes empfinden lassen, und diese Scham hatte er nie verloren. Ich habe nicht gefragt, und ich habe es nie rausgefunden. Nachdem er sich eine Woche damit herumgeschlagen hatte, kam Onkel Sam wieder zur Vernunft und spendete erst mal eine Summe an eine Wohltätigkeitsorganisation, die sich um die Opfer solcher Verbrechen kümmerte. Dann setzte er sich hin und schrieb einen Brief an die Royal Commission. Vater Dominic wurde in dem Bericht, der irgendwann veröffentlicht wurde, als Pädophiler aufgeführt – er hatte sich auch an anderen Jungs vergangen, die noch lebten und gegen ihn aussagen konnten. Aber da war er schon seit zwanzig Jahren tot.

Also: Nein danke an die Katholiken, auch wenn sie Experten für den Tod waren. Stattdessen bestand ich darauf, dass wir einen Moderator engagierten, der eine nichtreligiöse Gedenkfeier abhielt in einem Krematorium in einem nördlichen Vorort, wo die Vorstadt in reines Buschland überging und wo Sam eine Gedenktafel in einem Garten mit Banksien und Flanellblumen bekommen konnte.

Wir trafen den Moderator an einem stürmischen Nachmittag in seinem Büro, das mit grünem Teppich ausgelegt war. Er hieß Christopher. Er trug eine gepunktete Fliege. Er hatte einen roten Bart, einen englischen Akzent und einen eigenen YouTube-Kanal. Er hörte uns ernst zu, machte sich Notizen und verströmte genau die Art von Ruhe, die ich mir gewünscht hatte.

»Na ja, mein Liebling«, sagte Beverley, als wir hinterher zum Auto gingen. »Er ist schon ein bisschen …« Sie hielt ihren kleinen Finger hoch, wahrscheinlich, um seine Manieriertheit zu beschreiben. »Trotzdem ein wunderbarer Mensch. Er kam mir sehr einfühlsam vor«, sagte sie.

Beverley ließ ihren beiläufig geäußerten Vorurteilen immer vage Komplimente folgen, als würde das eine das andere aufheben.

Nachdem wir Christopher getroffen hatten, fuhren Beverley und ich zu Sams Seniorenheim hinaus, wo Cherry uns sein Zimmer aufschloss und wir durch den letzten Raum seines langen Lebens schritten. Wir berührten seine Sachen nur zögerlich, denn so kurz nach seinem Tod fühlten wir uns wie Eindringlinge.

»Was wollen wir mit seinen ganzen Sachen machen?«, fragte ich sie.

»Na ja, vielleicht wollen die Kiwis ein paar Stücke haben«, sagte sie. »Aber du solltest die Teppiche nehmen, mein Schatz. Du warst sein Liebling.«

Ich schritt gerade über einen dieser Teppiche, ein goldenes Seidending, das aussah, als hätte man es aus einem italienischen Schloss gerettet. Das Zimmer war hell und nach Norden ausgerichtet, sodass es eine Menge Sonne bekam, und der Lehnstuhl zeigte immer noch den Abdruck von Sams leichtem Körper. Sein Teegeschirr stand auf einem Tablett auf einem Beistelltisch, und seine Loafers standen aufgereiht an der Schwelle zum Badezimmer, wo sie in Habachtstellung darauf warteten, dass er hineinschlüpfte. Ich hatte meinen Großonkel auf eine ganz klare, starke Art geliebt, da war überhaupt nie etwas Kompliziertes. Und auch seine Bewunderung für mich hatte nie etwas Kompliziertes gehabt. Keine Schwierigkeiten, die uns behinderten. Irgendetwas löste sich in mir, und ich fing an zu weinen. Beverley trat hinter mich und legte mir eine Hand auf die Schulter.

»Ach, mein Schatz«, sagte sie. »Mein Herzchen.«

Ich drehte mich um und schmiegte mich an sie. Sie roch nach Lippenstift und Issey Miyake. Ich hatte einen Anfall von Selbstmitleid.

»Sam hat mir immer das Gefühl gegeben, dass ich ein guter Mensch bin«, weinte ich. »Wenn ich bei ihm war, hatte ich immer das Gefühl, gut zu sein.«

»Du bist gut«, sagte meine Mutter. »Ich finde dich ganz wunderbar.«

Ihre Stimme zitterte, und sie tätschelte mich rasch auf den

Hintern – ein-, zwei-, dreimal –, wie sie es gemacht hatte, als ich noch ein Kind gewesen war, zum Zeichen, dass sie fertig war mit dem Zöpfeflechten oder Kragenzuknöpfen, ein Signal, dass sie mich ausreichend vorbereitet hatte und ich jetzt in die Welt ziehen konnte. Als ich ein Teenager war, betrachtete ich ihre Besorgtheit um die äußerliche Erscheinung, man habe immer ein Gesicht aufzusetzen, bevor man der Welt gegenübertrat, als oberflächlich und verachtenswert spießig. Aber als ich ein kleines Mädchen war, ungefähr in Maddys Alter, gefiel mir dieses Tätscheln einfach. Jetzt, wo ich selbst Mutter war, betrachtete ich Beverleys äußerliche Pflegemaßnahmen an mir als systematische Betreuung.

Wir lösten uns voneinander und machten uns ans Sortieren und Einpacken von Sams Leben. Am Ende kamen dabei sechs Kisten Bücher heraus, zwei mit Haushaltszubehör und Vermischtem, drei Mülltüten mit Klamotten, ein alter Panamahut und eine Schachtel mit persönlichen Besitztümern, darunter eine altes Farbpolaroid von einem gut aussehenden, sehnigen Mann, der aussah, als wäre er Mitte dreißig, die Sonne strömte über ihn hin, als er in einem Ruderboot saß, auf einem Gewässer, das ich nicht erkannte. Auf dem Foto lachte er den Menschen hinter der Kamera an, mit hochgerecktem Kinn, einer Zigarette, die ihm von den Lippen baumelte, während er die Ruder hielt. Sein ganzer Körper wirkte nach oben strebend und glücklich. Ich fragte Beverley, wer dieser Mann war, und sie antwortete, sie wisse es nicht. Ich behielt das Foto, weil es sich wichtig anfühlte. Ich habe es immer noch.

*

Eine Woche später kamen wir zum Krematorium und wurden von Christopher empfangen, der so schick aussah wie ein frisch polierter Schuh. Er ging durch den Gang des Raumes, den wir für die Feier gemietet hatten, richtete die Stapel mit den Heftchen für die Gedenkfeier gerade und machte sich immer noch Notizen auf seinem Zettel mit dem Ablauf. Seine Kompetenz zeigte sich in der Festigkeit seiner Schritte, als er vom Rednerpult zu den Blumenarrangements ging und die Hortensien zurechtrückte. Laut Wettervorhersage sollte die Temperatur heute bis auf einundvierzig Grad steigen. Beverley trug ein schwarzes Bouclé-Kostüm und eine schwarze Seidenbluse mit einer ausgeklügelten großen Schleife, die so hindrapiert war wie das Segel einer Feluke. Ich hatte den Verdacht, dass das Kostüm von Chanel war. Wahrscheinlich war es von Pucci und aus zweiter Hand. Mein Vater war natürlich auch da, ganz der schweigsame Begleiter von Beverleys geschäftiger Energie. Er war rasiert, schaffte es aber irgendwie, trotzdem zerknittert auszusehen, obwohl er einen teuren italienischen Anzug trug, dessen Bügelfalten perfekt senkrecht fielen. Der Anzug war von Beverley ausgesucht und nach ihren Angaben zurechtgeschneidert worden, damals, als er noch Vollzeit gearbeitet hatte. Beverley hatte um eine Feier am Vormittag gebeten, »wegen der Hitze«, behauptete sie, aber wir wussten beide, dass es nur deswegen war, weil mein Vater vormittags besser drauf war. Wenn er wusste, dass er sich nach der Gedenkfeier auf Alkoholausschank beim Leichenschmaus freuen konnte, würde es ihm gut gehen. Ich fragte mich, ob er sich überhaupt noch an eine Zeit erinnern konnte, als er keinen Drink gebraucht hatte, und ob Beverley ihm am Ende einen Bärendienst erwies, indem sie ihm nie ein Ultimatum stellte, das ihn gezwungen hätte, sich zwischen seinen zwei Lieben zu entscheiden.

Ab zehn Uhr trafen die ersten Gäste ein. Ihre Gesichter waren größtenteils alt und weiß, wie das von Sam, und ich machte mir einen Spaß daraus zu raten, wer sie waren, als wir sie an der Tür begrüßten. Ehemaliger Kollege. Ehemalige Studenten (Sam hatte ein paar Jahre an der Uni von Sydney Familienrecht unterrichtet). Ehemalige Liebhaber? Mittendrin erschien Cherry in einem schlichten schwarzen Kleid, Nylonstrumpfhose und ihren Schwesternschuhen. »Ihr Onkel war mein Liebling«, flüsterte sie mir zu, und ich erkundigte mich nach ihren Kindern. »Ach, so ungezogen!«, rief sie mit einem strahlenden Lächeln, und dann setzte sie sich auf einen Platz im hinteren Bereich des Raumes. Die Kiwi-Cousinen kamen, und meine Mutter stellte mich ihnen vor und sagte, ich müsse mich doch noch erinnern, wie ich sie schon einmal kennengelernt hatte, mit acht Jahren, oder waren es neun? Ich konnte mich überhaupt nicht an die Kiwis erinnern. Es waren die Cousinen meines Vaters und deswegen Sams Nichten, und ich versuchte, nicht daran zu denken, was ihre Anwesenheit für die Sicherheit meiner Besitzansprüche auf die Wohnung in der Ruby Street bedeutete. Es waren drei an der Zahl – die zwei schwerfällig aussehenden Nichten mit den vernünftigen Frisuren von Golfspielern oder Politikerinnen und ein Mann, den ich für einen ihrer Söhne hielt. Er sah aus, als wäre er Mitte vierzig, und wurde auf eine ziemlich ungleichmäßige Art kahl. Er überraschte mich, indem er mir zuzwinkerte, als er mir die Hand schüttelte.

Wir saßen ganz vorne, ich zwischen meinen Eltern, die beide eine Art zu atmen hatten, die mich total nervte – die von Dad war schwer und müde, die von Mum war flach und gereizt. Maddy war im Kindergarten, aber einen Moment wünschte ich mir, sie wäre bei mir gewesen. Ich wollte ihr Gewicht auf meinem Schoß spüren und ihre kleinen Hände in meinen haben.

Christopher stand mit leuchtenden Augen am Rednerpult und knipste ein Lächeln an. »Wir haben uns heute hier versammelt, um das Leben von Sam Hamilton zu feiern«, begann er. »Ein vornehmer Jurist. Begabter Klavierspieler. Geliebter Onkel von Simon, Cynthia und Trudie. Liebevoller Großonkel für Suzy und Timothy. Und sehr geliebter Großgroßonkel der kleinen Maddy.

Im Laufe der Gedenkfeier werden wir von Sams Familie hören, was für ein Mann er war. Aber als Erstes möchte ich Beverley Hamilton nach vorne bitten, damit sie uns einen von Sams Lieblingstexten vorliest.«

Christopher gab meiner Mutter ein Zeichen. Sie erhob sich anmutig, in vollem Bewusstsein, dass aller Augen auf ihr ruhten, und schritt leichtfüßig zum Rednerpult. Sie setzte ihre Brille auf die Nase und kündigte an, was sie lesen würde. Es war ein Text von John Donne. Ich hatte ihn ausgesucht.

»Kein Mensch ist eine Insel«, las sie, »in sich ganz. Jeder Mensch ist ein Stück des Kontinents, ein Teil des Festlandes. Wenn eine Scholle ins Meer gespült wird, wird Europa weniger, genauso als wenn's eine Landzunge wäre oder ein Landgut deines Freundes oder dein eigenes.«

Hier machte Beverley eine Pause. Ihre Stimme zitterte hübsch. Christopher legte ihr diskret eine Hand auf die Schulter und nickte ihr fest zu. Sie fuhr fort.

»Jedes Menschen Tod ist mein Verlust, denn ich bin Teil

der Menschheit; und darum verlange nie zu wissen, wem die Stunde schlägt; sie schlägt dir selbst.«

Beverley glitt zurück zu ihrem Platz, und ich gab ihr ein Taschentuch. Sie lehnte es ab und zog ein Leinentaschentuch aus ihrer Clutch, die mein Vater für sie hielt.

»Wie sieht mein Make-up aus?«, flüsterte sie mir zu. Ich beugte mich vor, um ihr ein schwarzes Mascara-Rinnsal vom Wangenknochen zu wischen. Die Wangenknochen meiner Mutter waren ebenso umwerfend wie berühmt. Vater bezog sich immer mit einem liebevollen »Da hat der ganze Ärger angefangen« auf sie. Sie tätschelte mir zum Dank das Knie.

»Danke, Beverley, für diese bewegende Lesung«, sagte Christopher. »Wie schwer es doch ist, laut zu lesen, wenn unsere Herzen schmerzen vor Verlust. Aber welchen Trost diese zeitlosen Worte uns bringen.«

Ich begann langsam, Christopher ein bisschen zu schwülstig zu finden.

»In den letzten Tagen habe ich viele Stunden zusammen mit den Menschen verbracht, die Sam am liebsten mochte«, fuhr er fort. »Sie haben mir von einem mutigen, treuen Mann erzählt, mit einem messerscharfen juristischen Verstand und schwarzem Humor. Obwohl er nie geheiratet oder eigene Kinder bekommen hat, zeigte Sam großes Interesse und Neugier für die jungen Leute in seiner Umgebung. Und natürlich hat er in den langen Jahren seiner juristischen Praxis zahllosen Mandanten in einer schwierigen Phase ihres Lebens geholfen, indem er klugen Rat bot und eine unterstützende Gegenwart, während sie sich durch das kafkaeske Labyrinth unseres Rechtssystems schlugen.« Christopher sah aus, als wäre er besonders stolz auf diese Formulierung.

»Als Nächstes möchte ich Jerry Cohen, einen ehemaligen Kollegen von Sam, nach vorne bitten, damit er uns etwas über das berufliche Kapitel seines Lebens erzählen kann.«

Beverley hatte Jerry Cohen aufgetan. Wir hatten uns jemanden gewünscht, der über Sams berufliche Erfolge sprechen konnte, die Dankbarkeit seiner Mandanten und die Fälle, die er vor dem High Court verhandelt hatte – er hatte wichtige Rechtsprinzipien über Eigentumsrechte und elterliche Verantwortung erklärt. Beverley hatte zum Hörer gegriffen und ihre Juristenkontakte in den östlichen Vororten bemüht, von denen sie sich so gewünscht hätte, dass ich sie nutzte. Sie hatte eine Liste von pensionierten Partnern aus Sams Kanzlei. Ein Freund meiner Eltern, ein pensionierter Richter, meinte, Jerry Cohen sie die beste Wahl. Mein Onkel und er waren anscheinend besonders enge Freunde gewesen.

Jerry Cohen hatte lange Beine von einer Sehnigkeit, die noch daran erinnerte, wie sie in seiner Jugend ausgesehen hatten – die Figur von jemandem, der unauffällig schlank und gut aussehend ist. Seine Haare waren dick und schiefergrau, und er hatte sie über den Kopf gekämmt wie Schafwolle. Seine intelligenten Augen leuchteten, und als er anfing zu reden, hörte man Spuren von amerikanischen Vokalen. Er begann.

»Ich habe Sam zum ersten Mal 1950 an der Universität von Sydney kennengelernt, in einem überfüllten Pub, in dem alle Mädchen Tellerröcke trugen und die Männer Sakkos. Ich war neu in der Stadt, und er meinte, er kenne einen Jazzclub. ›Toll‹, sagte ich. ›Ich liebe Jazz.‹ Zumindest dachte ich, dass er das gesagt hatte. Später am gleichen Abend stehe ich plötzlich in Kings Cross, sitze am Ende der Bar, wo die Post abgeht, und schaue auf die Zweimeterbeine einer Kabaretttänzerin, die einen Schuh auszieht und mir mit dem Zeh das Ohr reibt. Sam stand neben mir, nahm kleine Schlucke von seinem Drink und lachte, als würde ihm gleich einer abbrechen. Aber es war gar kein Mädel. Er hatte nicht Jazz gesagt. Sondern Drag.«

Mein Vater stieß einen begeisterten Ruf aus, als er das hörte, und klatschte sich anerkennend auf den Oberschenkel. Im Rest des Zimmers wurde leicht gekichert, als wären die Gäste nicht ganz sicher, ob sie lachen durften. Meine Mutter runzelte die Stirn. Christopher, der Moderator, stand hinter Jerry und trug ein neutrales Lächeln zur Schau.

»Das war der Beginn unserer Freundschaft, die lang andauerte und tiefer war, als viele wissen. Man bekommt immer eine Menge Blödsinn zu hören auf Beerdigungen, aber Sam war einer der feinsten Menschen, die ich je gekannt habe. Er hatte einen großen Geist und eine noch größere Sensibilität. In gewisser Weise ist er zu spät auf die Welt gekommen, denn er war ein absoluter Typus des 19. Jahrhunderts. Ein Gentleman. Aber in anderer Hinsicht ist er zu früh auf die Welt gekommen, denn er hat nie die Freiheiten genießen können, die eigentlich sein Geburtsrecht waren.«

Beverley räusperte sich und zupfte an den kleinen Knötchen ihres Bouclé-Rocks. Meine Mutter mit ihren Nettigkeiten – sie dachte immer noch, dass es der Welt etwas ausmachte, wenn ein Mann schwul war, und sie dachte immer noch, dass es etwas ausmachte, obwohl er tot war. Jetzt war alles vorbei. Sam lag in einem Sarg vorne im Zimmer, den wir mit Blumen bedeckt hatten und einem afghanischen Teppich, einem der Lieblingsstücke meines Onkels, das er einmal von einer seiner Reisen mitgebracht hatte. Was immer das Leben war, Sams wesenhafte Sam-haftigkeit, war jetzt ausgelöscht. Das Einzige, was ihn lebendig halten konnte, waren diese Erzählungen. Sam im Jahre 1950, wie er lacht, begeistert von seinem Streich, und ein ausgestrecktes Bein in Netzstrumpfhosen bewundert.

Jerry sprach zehn Minuten lang darüber, von ihren Tagen an der Universität und ihren Zulassungen als Anwälte und später ihre gemeinsame Zeit als Kollegen in derselben Kanzlei, die Überstunden im Büro, die Mittagessen im Club, der Trost und Rat, den Sam für Jerry parat hatte, als seine eigene Ehe in die Brüche ging. Ich hatte das Gefühl, dass hier eine Menge in den Lücken steckte. Nach Jerrys Rede folgten noch mehr Lesungen: Eine von den Kiwi-Cousinen mit der Golfspielerfrisur las aus der Bibel vor, was ich annehmbar fand – Sam hatte zwar Religion gehasst, aber er liebte das Buch der Prediger. *Ein jegliches hat seine Zeit, und alles Vorhaben unter dem Himmel hat seine Stunde*. Ich sprach kurz über Sams Liebe und Humor und dass er eine Großvaterfigur für mich gewesen war. Während ich redete, schaltete Christopher einen Beamer ein, der Fotos aus Sams Leben auf die Wand hinter mir warf. Mein Lieblingsbild war das, auf dem er Maddy als Baby auf dem Arm hatte, als sie um die zwei Monate alt war und anfing, mit ihrem Lächeln um sich zu werfen. Er hielt sie strahlend im Arm, und sie schauten sich an, in gegenseitigem Entzücken.

Nachdem die Gedenkfeier um war, drückte Christopher nochmals auf einen Knopf, und ein elektronischer Bildschirm bewegte sich seitwärts, um Sams Sarg vor den Blicken zu verbergen, wie in einer Art umgekehrtem Striptease. Von dort würde der Sarg in den Menschenbrennofen befördert werden, in dem die Leichen unserer lieben Verstorbenen verkohlten. Als Nächstes würden wir Sam in Form einer Urne wiedersehen, und diese Urne würde lange auf dem Kaminsims in der Ruby Street stehen, bevor ich mir ausgedacht hatte, was ich damit machen wollte. Aber jetzt gab es erst mal ein großes Gedränge, ein allgemeines Murmeln von *Wunderbare Gedenkfeier* und *Wir werden ihn so vermissen*, und meine Mutter stand draußen mit ihrer riesigen Sonnenbrille und nahm huldvoll die Beileidsbekundungen entgegen, die Jacqueline Kennedy aus der Vorstadt von Sydney. Und irgendwo in dem Ganzen stand ich, total erhitzt, und brauchte erst mal einen Moment, nur einen kleinen Moment, um die grausame, jähe Erkenntnis in mich aufzunehmen, dass ich Sam nie wieder würde lachen hören und dass die ganzen Dinge, die ich ihn nie gefragt hatte, jetzt für immer unbekannt bleiben würden. Seine Geheimnisse würden mit ihm im Menschenofen verbrennen. Ein Trauergast nach dem anderen gab mir die Hand, und ich sagte, was man von mir erwartete, während mein Verstand einen Aufstand machte, weil er einfach nur allein sein und mit niemandem reden oder auch nur angesprochen werden wollte. Dann stand Jerry Cohen mit seinem schiefen Lächeln vor mir, schüttelte mir mit seiner Rechten die Hand und legte die Linke obendrauf. Ich dankte ihm für seine Rede.

»Kein Problem«, sagte er. »Ich habe Ihren Onkel schon seit fast zwanzig Jahren nicht mehr gesehen. Wir haben uns überworfen.«

Ich meinte, das hätte ich gar nicht gewusst, und es tue mir leid, das zu hören. Ich wünschte, ich hätte von Jerrys Existenz gewusst, als Sam noch gelebt hatte.

»Ich vermisse ihn schrecklich«, sagte Jerry, und dann ging er. Er kam auch nicht zur anschließenden Feier im Haus meiner Eltern.

Als sich die Menge langsam auflöste, sah ich die vertraute, hoch aufgeschossene Gestalt von Tom, der sich auf der Seite des Zimmers herumdrückte, in dem die Gedenkfeier stattgefunden hatte, neben einem Riesentopf Lilien. Er unterhielt sich mit Cherry, die sehr eingenommen von ihm zu sein schien. Er fing meinen Blick auf und kam zu mir herüber.

»Ich bin mit Beverley auf Facebook befreundet«, sagte er erklärend.

»Wie …?«

»Sie hat mir vor Jahren mal eine Freundschaftsanfrage geschickt, und ich hab sie angenommen. Ich wollte nicht unhöflich sein. Außerdem mag ich deine Mutter.«

Beverley war ziemlich aktiv auf Facebook. In völliger Ignoranz der ironischen Regeln, die in den sozialen Medien gelten, postete sie ernst gemeinte persönliche Updates und benutzte es als Schwarzes Brett, über das sie sich Gärtnerdienste und andere Informationen besorgte, die sie auch einfach hätte googeln können. Sie geriet in viele politische Streitigkeiten mit den Leuten, die ihre Posts kommentierten. Und sie benutzte es sicher auch für schamloses Cyberstalking. Ich hoffte, dass Tom seine Privacy-Einstellungen so restriktiv wie möglich eingestellt hatte.

»Sie hat einen Post über die Beerdigung eingestellt«, sagte Tom. »Ich dachte mir, ich komm einfach, um meinen Respekt zu zeigen, wie es immer so schön heißt. Es tut mir wirklich leid, Suzy. Sam hatte eine richtig coole Energie.«

»Allerdings«, erwiderte ich. »Hey, kannst du mich wohl nach Hause fahren? Ich brauch einfach mal eine kurze Pause von meinen Eltern.«

Sobald ich hinter dem dumpf-soliden Geräusch, das die Tür von Toms Subaru beim Schließen machte, sicher war, konnte ich mich ein bisschen entspannen. Ich zog meine Schuhe aus – dieselben spitz zulaufenden Pumps, die ich bei meinem Bewerbungsgespräch angehabt hatte. Es kam mir vor, als wäre das schon Jahrzehnte her. Ich zog die Haarnadeln aus meiner Frisur. Dann stellte ich die Sitzlehne ein bisschen nach hinten und fummelte am Radio, bis etwas Gutes kam. Ich fand *Cigarettes and Coffee* von Otis Redding. Sam hatte diesen Song gemocht. Tom sprang auf den Fahrersitz und setzte seine Sonnenbrille auf. Das hatte den Effekt, dass seine natürliche Attraktivität ungefähr versiebenfacht wurde.

»Hi«, sagte er und schaute mich an. »Wie geht's dir?«

Ich lächelte ihn an, und er nahm sie ab. Er beförderte mich durch die großen grünen Gänge des Nationalparks bis zu den Vorstadtstraßen, wo einstmals üppige Wiesen in der spätvormittäglichen Sonne gelb aussahen und die Straßen leer waren. Wir sprachen kein Wort. Ich erzählte ihm nicht, was mit Terry passiert war. Ich brauchte eine Stunde, in der ich nicht die Reaktionen anderer Leute absorbieren musste. Irgendwo bei Artarmon, bevor wir die Schnellstraße zur Harbour Bridge auffuhren, die mir vorkam wie die inoffizielle Schwelle zur realen Welt, fragte mich Tom, wie ich mit meiner Geschichte vorankam. Meiner Geschichte über Tracey.

»Ich hab sie verloren«, sagte ich. »Mein Computer ist abgestürzt, und ich hab alles verloren.«

Tom schwieg einen Augenblick. Seine Hände umklammerten das Lenkrad, als würde er ein Schiff steuern. Er schaltete den Blinker ein, um sich auf die Schnellstraße einzufädeln, und ich bemerkte, wie die kleinen Muskeln in seinem Unterarm sich anspannten und wieder entspannten.

»Gib mir deine Passwörter«, sagte er. »Ich werd mal versuchen, ob ich es wiederfinden kann. Vielleicht ist es ja in der Cloud.«

25. KAPITEL

Ein paar Tage später kam ich ins Little Friend geschlendert, um meine Stelle zu kündigen. Ich hatte seit Sams Tod keine Schicht mehr gearbeitet, und ich hatte Trevor angerufen, um ihn um ein paar freie Tage zu bitten. Ich hatte mich schon mit Olivia von der Beratungsfirma getroffen, und wir hatten uns auf ein Gehalt geeinigt, mit dem ein Großteil meiner Probleme auf einen Schlag verschwunden war. Ich musste in einer Woche anfangen, und jetzt brauchte ich nur noch Businessklamotten. Beverley hatte dazu so ihre Ansichten. Sie schickte mir eine Liste von Kleidungsstücken, mit deren Anschaffung ich nach ihren Angaben schon mal eine ideale »Grundgarderobe« hatte. Das war, wie sie sagte, ein Konzept der Franzosen, die glaubten, dass eine Frau gewisse qualitativ hochwertige »Stücke« besitzen sollte, die die Bausteine ihrer Eleganz waren. Sie hatte einen schwarzen Bleistiftrock aufgeschrieben, einen gut geschnittenen Blazer und eine marineblaue Hose mit hoher Taille. Eine schlichte weiße Bluse zum Knöpfen. Ein Seidenschal als Farbtupfer für den Hals. Mir war klar, dass ich aussehen würde wie Beverley, wenn ich diese ganzen Sachen kaufte, und das war wahrscheinlich genau der Look, den ich brauchte, wenn ich in meinem neuen Job ernst genommen werden wollte. Ich stellte mir vor, wie ich meine ehemaligen Kollegen zum Essen einlud, meine Stimme senkte, wenn ich ihnen Tipps zu irgendwelchen Rivalen gab und ihnen diskret positive Informationen über unsere Mandanten zuspielte, über meine Mandanten, während ich ihnen Sancerre nachschenkte. Funktionierte das wirklich so? »Wir bauen Beziehungen auf«, hatte Olivia gesagt, in ihrer honigsüßen, aber dennoch klaren Art, und ich dachte mir, dass ich das relativ gut hinkriegen konnte, mit einer Kreditkarte der Firma und einer Grundgarderobe.

Aber zuerst musste ich meine Schulden bei Jan begleichen, indem ich die Geschichte über Tracey fertig schrieb und sie ihr schickte, damit sie damit tun konnte, was immer sie wollte. Tom hatte mithilfe meiner Passwörter irgendwie den Entwurf meiner Story in der Cloud gefunden und sie mir gemailt mit der Betreffzeile UM GOTTES WILLEN, SICHERE DEINE ARBEITEN. Ich hatte ihm zurückgeschrieben und mich bedankt und ihn gefragt, ob ich ihn dafür zum Abendessen einladen dürfte. Aber er meinte, er habe zu tun. »Bin mit Jess verabredet«, schrieb er. Als ich das gelesen hatte, war mir ein Kloß der Demütigung in die Kehle gestiegen, den ich hinunterschluckte. Ich trat meinem Verlangen auf die Finger, in der Hoffnung, dass es seinen Griff lockern und abfallen würde. Die Polizistin mit dem hohen Pferdeschwanz hatte mich und Jan einen Tag zuvor angerufen, um uns mitzuteilen, dass Terry gegen Kaution auf freien Fuß gesetzt worden war, aber dass die Polizei in unserem Namen eine einstweilige Verfügung beantragt hatte, die es ihm verbot, sich unseren jeweiligen Behausungen auf zehn

Kilometer zu nähern und Kontakt zu uns aufzunehmen. Jan sagte, es gefiele ihr gar nicht zu wissen, dass er wieder auf freiem Fuß war. Aber andererseits missfiel ihr auch der Gedanke, dass er im Gefängnis saß und so weit entfernt von zu Hause. »Er hat seine leiblichen Genüsse immer geliebt«, sagte sie. »Seinen Toast vorm Fernseher und seinen Freitagabendfußball. Ich weiß, dass er hart wirkt, und ich bin sicher, dass er schon zurechtkommt, aber manchmal kann er wirklich so unschuldig sein.« Ich sagte nichts, aber staunte innerlich, wie manche Leute so treu an gewissen Glaubensgrundsätzen festhielten, egal, wie viel Beweise fürs Gegenteil ihnen um die Ohren geworfen wurden.

Es war früher Abend, als ich ankam, und das Little Friend war erst zu einem Viertel gefüllt. Jess stand hinter der Bar und trug ein T-Shirt mit der Aufschrift »Pussy is God«, Worte, die von ihren glorreichen Brüsten beeindruckend gedehnt wurden. Pete saß in der Ecke und sang eine bemühte Coverversion von *Nuthin' but a 'G' Thang* von Dr. Dre. Er schien heute Abend nicht ganz bei der Sache zu sein, und seine Stimme war durchdrungen von Melancholie.

»Suchst du Trevor?«, fragte Jess. »Der ist grade zum Mini-Mart gegangen, aber er kommt gleich wieder. Setz dich. Ich mach dir einen Drink.«

Sie nahm sich einen Shaker und Alkohol, und nach ein paar energischen Bewegungen ihres Handgelenks goss sie einen Mojito in ein Glas und garnierte ihn mit einem Origami aus Minzblättern. Er schmeckte kühl und frisch, als würde man durch feinen Nebel gehen.

»Glaubst du, Pete hat schon mal was von kultureller Aneignung gehört?«, fragte ich sie.

»Nö. Und wenn doch, dann glaubt er nicht dran. Er lehnt jede Art von Identitätspolitik ab«, sagte sie. »Jede Kultur gehört der ganzen Welt. Wie kann man sich etwas aneignen, was einem bereits gehört?«, fragte Jess.

»Er bringt irgendetwas in diese Musik, was Dre nie gekonnt hätte.«

»Das kannst du laut sagen«, nickte Jess.

Ich griff mir eine Handvoll Popcorn. »Ich hab einen neuen Job gefunden«, erklärte ich.

»Hey, das freut mich für dich«, erwiderte sie. »Ich auch. In Melbourne.«

Jess erzählte, dass sie einen Posten als Sommelière in einem der besten Restaurants der Stadt angeboten bekommen hatte. Das war für sie ein absoluter Traumjob, und sie hatte schon immer in Melbourne wohnen wollen. Sie hatte das Gefühl, ein Mensch zu sein, der in Melbourne am besten aufgehoben war. Ich konnte mir Jess lebhaft vorstellen, an einer Bar in St. Kilda, mit oben auf dem Kopf eingedrehtem Haar, wie sie die Aufmerksamkeiten von blassen Männern in schwarzen Jeans abwehrte.

»Und was ist mit Tom?«, fragte ich.

»Der kommt mit.«

*

An diesem Abend trank ich eine ganze Flasche billigen Chardonnay und wandelte durchs Haus, als würde ich darin spuken. Beverley hatte mir gesagt, dass ich jederzeit auf einen Anruf von Onkel Sams Anwalt gefasst sein müsste. Halbherzig schaute ich mir die Immobilienanzeigen online an und stellte fest, dass wir mit unserem neuen Budget eine renovierte Doppelhaushälfte mieten konnten. Eine, bei der man den Garten wirklich benutzen konnte, mit einem begehbaren Kleiderschrank und Ganzkörperspiegeln, in denen man seinen ganzen Körper auf einmal sehen konnte, vom Kopf bis zu den Zehen, und alles, was dazwischenlag. Diese Wohnungen waren alle frisch gestrichen und sahen aus, als würden sie zu Familien gehören, die anders waren als wir.

Ich stalkte Tom ganz vorsichtig in den sozialen Medien, obwohl ich wusste, dass es mir davon nur schlechter gehen würde. Tat es natürlich auch. Was schuldete mir Tom? Nichts. Hatte ich mir eingebildet, dass er für immer bleiben und uns Babyccinos machen würde? Natürlich wollte er nach Melbourne ziehen. Melbourne war die Stadt, in der Kunst wirklich passierte. Jessica und er konnten sich eine Wohnung mit hohen Decken mieten und am Samstagmorgen im Bett die Zeitung lesen. Abends würden sie mit ihren Freunden in überfüllte Restaurants gehen und über kulturelle Aneignung und Identität in der Kunst reden und warum der Liberalismus gescheitert war. Die Rechnung würden sie sich teilen. Tom würde sich einen Mantel kaufen, der ihm an den breiten Schultern passte, und er würde einen Arm um Jess schlingen, wenn sie durch die kalten Straßen nach Hause gingen. Angewidert von mir selbst machte ich den Internetbrowser auf meinem Laptop zu.

Da klingelte mein Handy, und ich schaute mich betrunken um, um zu hören, woher das Geräusch kam. Ich meldete mich. Es gab eine kurze Verzögerung, dann kam ein »Hallo? Hallo? Hallo, Suzy«, das mir mit der Intimität einer Stimme, die ich gut kannte, ins Ohr tönte. Es war Charlie.

»Oh. Hi«, sagte ich, als wäre es ein reiner Routineanruf. Ich schätzte, dass ich seit fast zwei Jahren nicht mehr mit ihm gesprochen hatte.

»Wie geht's?«

Es gab einfach keine Antwort auf diese Frage, also ließ ich sie in der Luft hängen. Ich fühlte mich berechtigt, ihm ein bisschen unbequem zu sein. Wahrscheinlich gehörte das auch zu dem, was Tom meine »selbstgerechte Gekränktheit« genannt hatte. Wo war die Grenze zwischen selbstgerecht und gerecht? Sie war subjektiv.

»Was zum Teufel, Charlie?«, sagte ich. »Was willst du?«

»Okay«, sagte er, als er meine Stimmung erfasste. »Wie geht's Maddy?«

Wie es Maddy ging? Wie es unserer Tochter ging? Wie soll man zwei Jahre frühkindlicher Entwicklung in einen Satz pressen? Maddy war groß für ihr Alter, voller Schalk, herzzerreißend goldig, schmerzlich süß bis zu dem Moment, in dem sie sich in einen Teufel verwandelte, ständig hungrig, immer neugierig und immer Fragen stellend, die ich nicht beantworten konnte, wie *Was essen Meerjungfrauen?* und *Wo gehen die Sterne hin?* und *Wo ist mein Papa?*. Gerade neulich hatte sie mich gefragt, ob die Wünsche, die man sich denkt, wenn man auf eine Pusteblume bläst, wirklich in Erfüllung gingen, denn wie es aussah, war ihrer nicht erfüllt worden. Und ich hatte mir gedacht: *Mein liebes Herzchen, was hast du dir gewünscht?*

»Ach, der geht's gut«, sagte ich, und als ich das aussprach, merkte ich, dass es stimmte. Ihr ging es besser als gut. Sie war glücklich.

»Dann hat sie ihren Kruppanfall also gut weggesteckt?«

Der Kruppanfall schien schon ein ganzes Leben zurückzuliegen.

»Ich war nicht sicher, ob du die Mail bekommen hattest«, sagte ich. »Du hast ja nie drauf geantwortet. Ja, sie hat sich gut erholt. Sie gedeiht richtig gut.«

Ich hörte, wie Charlie ausatmete. Im Hintergrund hörte ich einen Autoalarm heulen. Ich fragte mich, wo er wohl war.

»Tut mir leid, dass ich mich nicht gemeldet habe«, sagte er. »Ich hatte so viel Arbeit, und ich musste gewisse Dinge einfach geistig sortieren.«

Er sagte das, als wüsste ich, was er gerade arbeitete, und als wäre es ganz verständlich und normal, sich eine jahrelange Auszeit zu nehmen. Ich ging davon aus, dass er immer noch mit Computern arbeitete, nur irgendwo anders. Es war die Art von Arbeit, die man überall machen konnte.

»Okay«, sagte ich. »Und, hast du deine gewissen Dinge geistig sortiert?«

»Ein bisschen.«

»Und zwar wie?«

»Hör mal, ich weiß, dass du mich für ein Arschloch hältst«, sagte er, und dann machte er eine klitzekleine Pause, als könnte ich an dieser Stelle heftigen Widerspruch einlegen. Als ich das nicht tat, fuhr er fort: »Stell's dir einfach als einen Vertrauensbeweis an dich vor. Ich wusste, dass es Maddy gut gehen würde. Ich wusste, wie gut du dich um sie kümmern würdest.«

»Danke für den Vertrauensbeweis.«

»Okay, das hab ich jetzt irgendwie unglücklich formuliert.« Er seufzte. »Mann, du machst es mir aber auch nicht gerade einfach, Suzy.«

»Vielleicht wäre es einfacher, wenn du mir sagen würdest, was ich dir einfach machen sollte«, erwiderte ich.

»Ich bin wieder in Sydney«, sagte er.

Damit hatte ich nicht gerechnet. Das war keine Neuigkeit, für die ich eine geplante Reaktion hatte. Es war, als würde ich auf eine Pusteblume blasen, und meine Gedanken stoben wie die Samen in alle Richtungen davon.

»Freut mich für dich«, sagte ich. »Wie findest du den Sommer?«

»Ganz gut. Hör zu, ich will sie sehen.«

»Okay.«

»Vielleicht könnte ich ja vorbeikommen und sie zum Eisessen einladen oder so was.«

Wie sollte ich diese unbeschreibliche Wut unterdrücken, die mich bei diesem Angebot einer Eiscreme befiel? Sie riss mich geradezu in einen Strudel, sie war unermesslich. Angesichts der unverschämten Unzulänglichkeit seines Vorschlags hätte ich am liebsten nur verächtlich geschnaubt. Erst die Untat, dann die Wiedergutmachung durch Süßigkeiten. Dieser Vorschlag wurde noch schlimmer durch mein Wissen, dass Maddy sofort darauf reinfallen würde. Sie fände es großartig. Wer findet Eiscreme nicht großartig? Wir hörten uns oft das Sesamstraßen-Lied an, *Alle haben Eis gern*. Sie würde natürlich erst mal schüchtern sein, aber so ein Ausflug würde sie glücklicher machen als die meisten anderen Unternehmungen. Und dann würde sie zu mir nach Hause kommen und mir lang und breit beschreiben, was für eine Eissorte sie sich ausgesucht hatte, welche Eissorten sie in Erwägung gezogen, aber dann doch nicht genommen hatte, und die Technik, die sie angewendet hatte, um das Eis zu essen (die Waffel als Letztes, aber trotzdem zuerst die Spitze der Waffel abbeißen, und in diesem Moment im Lebenszyklus der Eiscreme wären die Streusel gegessen worden). Ich kannte Maddy besser als sie sich selbst. Ich hätte ihre Sätze zu Ende sprechen können, wenn ich es nicht so genossen hätte, ihr zuzuhören, wie sie sie bildete. Wer war dieser Typ? Er kannte sie gar nicht.

»Warum sollte ich dazu Ja sagen?«, fragte ich.

»Oh, ich weiß nicht«, sagte er, und in seine Stimme schlich sich etwas Stählernes.

»Klar«, sagte ich. »Aber wäre es gut für Maddy, ihren Vater zu sehen, wenn er dann bloß wieder verschwindet?«

»Ich bin nicht verschwunden, Suzy«, sagte er. »Du wolltest, dass ich gehe. Du kannst es mir nicht verübeln, wenn ich den Wink mit dem Zaunpfahl verstanden habe.«

Und genau diesen Köder würde ich nicht schlucken. Ich ließ den Satz in der Luft hängen wie eine übel riechende Garnele.

»Ich bin nicht sicher, ob das in Maddys Interesse ist«, sagte ich. »Eiscreme.«

»Soll ich jetzt betteln?«, fragte er. »Ist das deine Art, Macht über mich auszuüben? Du musst daran denken, was für sie das Beste ist.«

Ich dachte an jemanden wie Jess, mit ihrem Tukan-Druck und ihrer Leck-mich-doch-Einstellung, und was sie wohl dazu gesagt hätte. Sie würde auflegen oder eine prägnante Bemerkung über Mansplaining machen. Ich wäre wahrscheinlich mit beiden Entscheidungen im Recht gewesen. Das Problem war, dass Charlie im Grunde recht hatte. Wahrscheinlich würde eine Eiscreme wirklich keinen Schaden anrichten. Ich überlegte, wie Maddy sich später daran erinnern würde – ein Vater, der groß an der Tür steht, unangekündigt aus seiner Abwesenheit zurückgekehrt. Ihre kleine Hand in seiner großen, ein paar angestrengte Small-Talk-Versuche auf Kindergartenniveau, Maddys kleines Herz, das ihr vor Aufregung und etwas anderem, was sie niemals benennen könnte, bis zum Hals klopfte. Lag wirklich ein Risiko darin? Allen Bindungen lag die Gefahr von Verletzung zugrunde. Je enger die Bindung, desto größer die Verletzung. Aber es führte kein Weg dran vorbei, wenn auch nur einer von uns ehrlich war, weder die Bindung noch die Verletzung ließen sich vermeiden. Sogar Charlie, der große Wanderer, der Ausreißer, der Geistervater, hatte ein paar Bindungen, wie es aussah. Wer konnte schon Nein zu einem Eis sagen? Ich sagte Ja zu einem Eis. Wir vereinbarten einen Termin für die nächste Woche.

*

Wenn ich daran zurückdenke, was zwischen Charlie und mir schiefgelaufen war, musste ich immer an das Hemingway-Zitat übers Bankrottgehen denken – erst geht es schrittweise, dann auf einen Schlag. Der Teil, bei dem es schrittweise ging, begann wahrscheinlich nicht lange nachdem wir angefangen hatten, miteinander auszugehen. In den ersten paar Monaten lebten wir in einem einzigen verliebten Nebel, der an uns haftete wie der Rauch in einer Bar und uns einen unrealistischen Schein verlieh. Charlie war witzig, aufmerksam und offenkundig begeistert von mir. Unsere Körper passten so gut zusammen, dass es uns fast schon wegbeamte. Wir verbrachten viel Zeit damit, darüber zu streiten, wer wen mehr liebte, und anderen kitschigen Dingen. Es dauerte eine geraume Weile, bis mir klar wurde, dass solche Dinge nur Taten sind, die man entsprechend leicht abschütteln kann. Wahre Intimität ist anstrengend, wenn es nicht ganz glattläuft, und sie gedeiht vor allem, wenn man den Mund hält, nicht, wenn sie demonstrative Glut verlangt.

Diese erste Zeit blieb mir wie ein dicker Nebel aus Krieg in Erinnerung. Als er sich hob, ging mir auf, wie viel Charlie vor mir zurückhielt. Er hatte lieber meinen Platz als seinen. Es gab ganze Abschnitte in seiner Vergangenheit, über die er nie reden mochte. Wenn ich versuchte, seine ersten Lebensjahre aus seinen Erzählungen zusammenzusetzen, protestierte er und wich mir aus und behauptete, mir bestimmte Details nie erzählt zu haben, obwohl ich hätte schwören können, dass er sie mir sehr wohl erzählt hatte. Ab und zu tauchten Menschen aus seiner Vergangenheit auf – oftmals Frauen. Er behauptete dann immer, dass es ganz alte Freundinnen von ihm seien, aber es waren immer Leute, von denen ich noch nie gehört hatte. Er baute bei mir einen Ruf hoffnungsloser Hilflosigkeit in technischen Angelegenheiten auf, und wir lachten darüber, denn Technik war ja sein Job. *Oh, wie war das komisch!* Er verlor ständig seine Handys und ließ sie irgendwo liegen, ließ sie fallen oder vergaß, sie aufzuladen, sodass sie stundenlang dunkel blieben und meine Nachrichten ins tote All gingen. Sein langsamer Rückzug – wenn man das so nennen wollte, was ich natürlich nicht tat, weil er eigentlich noch nie richtig da gewesen war – machte mich fast verrückt. Ich versuchte, cool zu bleiben, scheiterte, klammerte mich an ihn, weinte. Wir stritten uns mehr, als ideal gewesen wäre. Wir trennten uns phasenweise und kamen dann wieder zusammen, wie die entgegengesetzten Pole eines Magneten. Ich stützte mich immer mehr auf ihn, je klarer es wurde, dass er nicht der feste Grund war, auf den ich mich stützen konnte. Stück für Stück beschwerte mich die Liebe, die mir früher so ein Gefühl von Leichtigkeit gegeben hatte, aber es ging mir wie dem berühmten Frosch im kochenden Wasser. Die Dinge entwickelten sich so schleichend, dass es mir gar nicht auffiel. Die Liebe ist manchmal so.

*

Dann kam der plötzliche Teil: Der Vorfall.

Maddy wurde gezeugt an einem Höhepunkt unseres Trennungs-Versöhnungs-Kreislaufs, auf unserer gemeinsamen Europareise. Maddy brachte eine Konzentration, einen hellen Punkt von Liebe, zu dem wir beide aufschauten, und in diesem Blick waren wir wirklich vereint. Es gab sogar Momente, in denen ich das Gefühl hatte, dass wir eine Familie waren, Vignetten, die ich in meinem Gedächtnis speicherte. Spaziergänge, auf denen Charlie unser Baby in einem Tragetuch trug. Mit ihren glücklich wedelnden Armen sah sie aus wie ein Insekt auf einer Windschutzscheibe. Es gab Morgen, an denen er Maddy nahm, damit ich ausschlafen konnte, und ich wurde vom Trällern und Glucksen ihres Babygebrabbels geweckt und von seinen Antworten darauf. Aber er war so viel weg, und ein Baby ist keine Gesellschaft. Er entdeckte neue, dringende Aufgaben im Büro, kam immer später nach Hause, roch nach Alkohol. Diese Vorhersagbarkeit sorgte dafür, dass ich ihn hasste, was in Wirklichkeit bedeutete, dass ich mich selbst hasste, denn ich hätte es vorhersehen können. Er hatte sein Handy immer bei sich und bewachte es zärtlich, wie eine Hausmaus, die er immer in der Tasche hatte. Aber konstante Wachsamkeit ist in jedem Zusammenhang so gut wie unmöglich, und eines Abends passierte ihm ein Ausrutscher: Er war aus dem Haus gegangen, um unsere bestellte Pizza abzuholen, und ich fand sein Handy zwischen den Kissen des Sofas, als ich mich draufplumpsen ließ. Maddy schlief gerade, und ich wollte eigentlich nur kurz die Nachrichtenschlagzeilen durchgehen. Stattdessen probierte ich die PIN, die ich ihn hatte eintippen sehen, indem ich mir das Muster seiner Finger merkte, wenn sie sich über das Display bewegten. Durch mein Misstrauen und seine Distanziertheit war ich zu einer Überwachungsexpertin geworden, und wie jeder gute Geheimagent blieb ich undercover, bis sich die erste Gelegenheit bot.

Auf seinem Handy fand ich das Vulva-Foto, diverse Fotos von Brüsten, Fotos mit Slips (der Sender und Empfänger nannte sie »Unterhosen«, eine Wortwahl, die mich verächtlich den Mund verziehen ließ) und kilometerweise Wörter, die mit solchen fotografischen Korrespondenzen einhergehen. Einiges davon klang überraschend liebevoll. Charlie hatte viele Schriftwechsel, so viele, dass ich über sein Multitasking staunte. Online gespielt hatte er ebenfalls, ziemlich viel sogar, was wirklich überraschend war und mehr Konsequenzen in der wirklichen Welt hatte als die Bilder.

Gibt es eine gute Art, auf solche Entdeckungen zu reagieren? Wenn es eine gute Art gibt, war es nicht die, für die ich mich entschied. Dieser Schock war die körperlichste Erfahrung seit Maddys Geburt. Ich machte alle üblichen Gefühle durch, die man sich vorstellen kann. Doch ein Gedanke überlagerte alle anderen, er flatterte durch meinen Kopf wie das Werbebanner hinter einem Flugzeug, flog durch die Luft in meinem Geist: Scheiße. Absolute Scheiße, dachte ich. Doch Erleichterung mischte sich unter meine Nervosität. Hier hatte ich einen guten Grund, ihn zu verlassen. Hier war ein hinreichender Verdacht. Hier konnte ich moralische Verantwortung übertragen. Ich hatte Charlie so lange emotional verfolgt und mir dabei nie eingestanden, dass er nicht der Einzige war, der sich vor Nähe fürchtete, dem es davor grauste, gekannt zu werden, oder dass jemand die Wahrheit über ihn herausfinden könnte. Wir beschuldigen andere genau der Dinge, die wir selbst tun. Ich hatte so lange gejagt und gewartet. Jetzt würde ich die Macht entdecken, die derjenige hatte, der floh. Ich suhlte mich darin.

In solchen Momenten stehen ganze Welten kopf. Als er mit einem »Hi, Schatz!« zurückkehrte, mit einer Margherita und einem traurigen Rucola-Parmesan-Beilagensalat, weinte und wütete ich. Ich schmiss und zerstörte eine exquisite handgetöpferte Vase, die uns Onkel Sam zur Hochzeit geschenkt hatte. Sie war von einem ganz besonderen Töpfer in der Nähe von Canberra und sehr teuer. Ich glaube, dass wir in solchen Momenten eine Rolle spielen, ausleben, was unserer Meinung nach von uns erwartet wird, und uns eine Geschichte zurechtlegen, mit der wir uns später trösten können. Ich warf ihm Sachen an den Kopf, die hässlich und gemein waren, größtenteils Dinge, die ich selbst nicht glaubte, aber ihn schwer treffen sollten. Ich machte mich über die Fotos lustig, die man ihm geschickt hatte, und setzte meinen ganzen Sarkasmus ein, um ihn zu demütigen. Ich versuchte, ihn von allen positiven Vorstellungen zu befreien, die er von sich selbst haben konnte. Später erzählte ich den Frauen seiner Kollegen – die zum Teil Bekannte von uns waren –, was er getan hatte. Ich tat es mit Tränen in den Augen, getarnt als schwesterliche Vertraulichkeit, aber in Wirklichkeit wollte ich einfach nur, dass die ganze Welt es erfuhr. Ich warf ihn hinaus, dann kam er zurück, und ich zog mit Maddy aus. Er flehte mich um Verzeihung an. Ich blieb hart. Er sagte, wenn ich damit nicht zurechtkam, dann könnte ich vielleicht so weit weich werden, dass ich ihn einfach nur tolerierte? Für Maddy? Ich wich keinen Fingerbreit, ich sagte, er solle einfach nur gehen, gehen, gehen. Ich genoss es – endlich hatte ich einen Grund bekommen aufzugeben, die Verfolgung einzustellen und mich mit schwer pumpendem Brustkorb an den Straßenrand zu legen. Jedes Mal, wenn ich ihn sah, erinnerte ich ihn daran, wer er war, wenn er seinen moralischen Tiefstpunkt hatte. Ich hielt ihm den Spiegel seiner eigenen Schande vors Gesicht. Wer kann damit schon leben? Niemand. Also verließ er mich.

26. KAPITEL

Am nächsten Abend ging ich zum letzten Mal zu Jans Wohnung rüber. Ich hatte den Tag damit verbracht, meinen Text über Tracey feinzuschleifen, zu kürzen und noch einmal zu kürzen, hier ein Wort hinzuzufügen und andere abzuändern und das Ganze so kunstvoll zu arrangieren wie einen Hochzeitsstrauß. Gegen fünf Uhr ging ich hoch zur Parramatta Road, wo es eine Copyshop-Filiale gab, und ich druckte das Manuskript aus. Es hatte ungefähr dreißig Seiten, beziehungsweise sechzehntausend Wörter. Ich wusste nicht, ob es Jan helfen würde. Im Grunde glaubte ich nicht, dass meine Worte so viel Macht hatten.

Vielleicht war es egozentrisch zu glauben, dass meine Originalstory über Tracey, das Exposé, die Macht gehabt hatte, sie umzubringen. Vielleicht waren meine Schuldgefühle eine Art von Narzissmus. Nur weil wir alle verbunden sind, heißt das doch noch lange nicht, dass wir alle füreinander verantwortlich sind. Oder doch? Ich dachte an all die Hunderttausende von Wörtern, die ich als Journalistin geschrieben hatte. Es war eine seltsame Art, seinen Lebensunterhalt zu verdienen, indem man die Wörter anderer Menschen mit berichteten Tatsachen und Expertenmeinungen und Aussagen von

Politikern, Regierungsorganen, Polizei und PR-Beratern (ich stand ja selbst kurz davor, einer von ihnen zu werden) zusammenbrachte und das Ganze dann zu etwas zusammenzuballen, was den Tatsachen entsprach, wie man hoffte. Das Ergebnis war dumm und oft unzuverlässig, auch wenn seine einzelnen Bestandteile wahr waren. Der Prozess an sich war fehlerhaft. Aber im Großen und Ganzen war es korrekt, denn wir können nur dann wirklich Geschichten schaffen, wenn wir einander anschauen. Als ich den Copyshop verließ, ließ ich die Tür schwungvoll hinter mir zufallen und traf auf eine Wand aus Hitze und Verkehrslärm. Ich hörte, wie jemand meinen Namen rief. Ich drehte mich um und sah Ben, der mit dem Brusthaar, das ihm oben aus dem Hemd schaute, aussah wie Heathcliff im Anzug. Er stand an der Stelle, wo gerade die Sonne unterging, und ich musste ins Gegenlicht blinzeln, um ihn anzuschauen.

Ich lächelte. »Na«, sagte ich. »Hallo.«

»Suzy. Du siehst gut aus.« Er machte eine Pause und räusperte sich. Er war so steif wie eh und je. Wir trieben ein bisschen Small Talk über seinen neuen Job, dann sagte er: »Ich hab mich in den letzten Monaten so oft bei dir melden wollen. Ich wollte es, hab es dann aber doch nicht gemacht. Aus naheliegenden Gründen.«

»Ach, passt schon«, sagte ich. Es passte ja wirklich.

»Alles, was passiert ist, war meine Schuld«, sagte er. »Ich hätte dich nie in diese Lage bringen dürfen. Ich war dein Vorgesetzter. Du warst verletzlich. Es war falsch von mir, und ich würde mich gern bei dir entschuldigen.«

»Ich war nicht verletzlich«, widersprach ich, ein bisschen zu schnell. »Ich hatte eben Bedürfnisse. Das ist ein kleiner

Unterschied. Ich hatte Bedürfnisse und war gelangweilt, um ehrlich zu sein.«

Sein kantiges Kinn sank ein wenig herab, und er sah gekränkt aus, was genau die Reaktion war, die ich mir gewünscht hatte, wenn auch nicht bewusst. Der Versuch, mir Macht von den Männern zurückzuholen, mit denen ich zu tun hatte, war quasi ein Reflex, so wie der Moro-Reflex bei einem Baby. Doch dann schaute ich hoch zu Ben und sah, dass er wirklich seinen Anteil an dieser Schuld tragen wollte. Vielleicht war das seine Art, Abbitte für die Ereignisse zu leisten. Seine Art, die Dinge auszugleichen. Na gut, dachte ich mir. *Dann gib ihm eben, was er will.*

»Aber danke, Ben«, sagte ich. »Danke für deine Entschuldigung.«

Ich fragte ihn, was er um diese Zeit hier tat. Er deutete die Straße hinunter zu einem Eingang mit einem bunten Schild, auf dem eine Frau mit einem wirbelnden Rock zu sehen war und ein Mann mit kubanischen Absätzen. Neben ihnen stand ein Korb mit Obst. Die Perspektive war ein bisschen ungeschickt, deswegen waren die Trauben genauso groß wie der Mann.

»Salsa«, sagte er. »Beano kommt gleich.«

Wir verabschiedeten uns und taten gar nicht erst so, als würden wir uns bald wieder treffen oder in Kontakt bleiben oder hoffen, dass wir uns bald wieder über den Weg liefen. Als ich über die Glebe Point Road zurück zur Ruby Street ging, neigte sich die Sonne über den Gehweg, und die Luft war durchtränkt von einem rosagoldenen Licht, die Art, die man in Sydney oft genug zu sehen kriegt, dass man die Mängel der Stadt vergessen kann. Mein Handy klingelte, und es war, wie Beverley mich gewarnt hatte, Onkel Sams Testamentsvollstreckerin. Aber sie rief nicht an, um mir mitzuteilen, dass das Haus an meine Kiwi-Cousinen gegangen war und wir innerhalb der nächsten vier Wochen ausziehen mussten. Sie rief an, um mir mitzuteilen, dass das Haus jetzt mir gehörte.

*

Jan machte mir mit einer überschwänglichen Geste auf wie eine überschwängliche Gastgeberin. Sie schien großartiger Laune zu sein, und ihr aufgekratztes Benehmen wurde noch verstärkt durch das gelbe Kleid, das sie trug. Ein roter Kummerbund war um ihre Taille geschlungen, und zwei kleine Ohrringe in Bananenform hingen ihr von den Ohrläppchen. Sie war barfuß.

»Kommen Sie rein, mein Engelchen!«, trällerte sie. »Ich bin ganz flattrig. Ich kann's kaum erwarten, das fertige Ergebnis unserer Mühen zu sehen.«

Ich durchquerte das Wohnzimmer in der Wohnung der alten Dame, vorbei an den Sofas mit den Häkeldeckchen, vorbei an dem Set aus drei miteinander verschränkten kleinen Tischchen neben dem Lehnstuhl. Ich sah, dass Jan zwei zueinander passende Koffer neben dem Sofa in Habachtstellung abgestellt hatte.

»Ich reise morgen ab, mein Entchen«, sagte sie. »Ich muss zurück zu den Tieren. Der Zwinger hat angerufen, und die Katze ist total wild geworden, haben sie gesagt. Sie hat einen von den Katzenpflegern gekratzt. Jetzt hat die arme Frau eine Katzenkratzkrankheit. Ich musste es im Internet nachschauen, aber das ist kein Witz, das versichere ich Ihnen. Und der Hund hat Depressionen.«

Ich reichte ihr das Büchlein, das Manuskript, was auch immer es war. Ich hatte es binden lassen und ein Cover mit Tracey vorne drauf erstellt. Auf dem Foto strotzte sie nur so vor Gesundheit, wie ein Mädchen in einer Werbeanzeige für Milch. Jan nahm es in die Hand wie ein heiliges Dokument.

»Warum haben Sie mir nie gesagt, dass Sie diese Mail geschrieben haben?«, fragte ich. »Die Mail mit dem entscheidenden Tipp?«

Jan schaute hinunter auf das zweidimensionale Gesicht ihrer Tochter.

»Ich war krank vor lauter Schuldgefühlen«, sagte sie. »Diese Mail hat ja alles in Gang gesetzt. Was wiederum zu all dem hier geführt hat.« Sie bewegte ihre Hand in einer fahrigen Geste, die alles einschloss – den Hafen, die Klöppeldeckchen auf dem Beistelltisch, uns beide.

Sie setzte sich auf den Lehnstuhl und schlug das Buch auf. Ich blieb neben ihr sitzen, während sie das tat, nur einmal stand ich kurz auf, um uns eine Tasse Tee zu machen. Jan hatte nur Mandelmilch im Kühlschrank, aber das war schon okay. Ich trank also meinen Tee mit Mandelmilch, während sie las, und ich schaute mich in der Wohnung um, mit ihren ordentlich gestapelten Kreuzworträtsel-Zeitschriften und ihrer klaren Linie zum Hafenblau, und ich dachte mir, wie schön es sein musste, eine ältere Dame zu sein, die allen Ärger hinter sich gelassen hat und jetzt am anderen Ufer des Lebens steht.

Als Jan fertig gelesen hatte, war ihr Gesicht nass, und sie bedankte sich bei mir. Wir umarmten uns ausgiebig und versprachen einander, in Mailkontakt zu bleiben. Ein paar Tage später schickte sie mir ein Selfie mit Traceys Haustieren. Sogar die gehässige Katze sah aus, als würde sie lächeln.

*

Aber es gab einen Teil der Geschichte, den ich nicht ins Buch aufgenommen hatte, weil er mir zu heikel vorkam. Es war etwas, was Jan mir einmal spätabends erzählt hatte, vor ein paar Wochen, als sie kurz vor der Sperrstunde ins Little Friend gekommen war und eine Weinschorle bestellt hatte. Sie war auf dem Heimweg von der Vorstellung von *Anything Goes* im Opera House.

Jan erzählte mir, sie hätte nicht genau *gewusst*, ob ihre Tochter gelogen hatte. Nicht mit Sicherheit. Ihres Wissens war da tatsächlich eine Krebserkrankung gewesen. Krebserkrankungen. Tracey hatte sich immer nur sehr vage zu ihren Terminen und Behandlungen geäußert, und sie hatte sich nie gewünscht, dass ihre Mutter sie zum Arzt begleitete. Es hatte selbstverständlich keine Chemotherapie gegeben und auch keine Bestrahlungen. Doch Jan sah, wie ihre Tochter kränkelte, und sie sah auch ihren Gewichtsverlust, sie hörte sie über Superfood und Vitamine und die Kristalltherapie reden, die Naturheilpraktiker ihr empfohlen hatten. Sie war außer sich vor Sorge um ihre kranke Tochter und tat für sie, was sie konnte. Als sich später dann gewisse Fragen stellten, was hätte sie da tun sollen? Hätte sie verlangen sollen, die Spezialisten, die Tracey aufgesucht hatte, selbst zu sprechen? Die Herausgabe der Krankenakte ihrer Tochter verlangen? Sie fragte mich, ob ich jemals einen Lügner gekannt hatte, einen richtigen Lügner, jemanden, der geübt und überzeugend Leute täuschte, so aufrichtig und so detailreich, dass die Lügen am Ende in einer Sackgasse landeten. Ja, so einen Menschen hatte ich gekannt. Die Lügen hielten die Wahrheit zurück und verhinderten, dass sie nach draußen drang. Jan war am Ende ihrer Kräfte.

Tracey behauptete, sie sei in Remission. Geheilt, sagte sie. Also hatte Jan ihre Reise nach Spanien gebucht, sie wollte nach Granada fliegen und machte Überstunden, um genug Geld beiseitelegen zu können, damit sie Geld ausgeben konnte wie eine Person, die sich keine Sorgen darum machen musste, wie viel Geld sie ausgab. Und was hätte sie schon groß tun können? Wenn sie misstrauisch gewesen war, hatte sie es nicht erwähnt.

Doch dann wurde Tracey zur Internetberühmtheit, und ihr Ruhm weckte das Interesse diverser kommerzieller Marken. Sie bekam einen Vertrag für ihr Kochbuch, und es sah so aus, als wären sogar die ehrwürdigen Verlagshäuser auf das reingefallen, was Jan ziemlich schnell und klar als Betrug erkannt hatte. Jan hatte ihr ganzes Arbeitsleben lang Kranke und Verletzte gepflegt, sie hatte in die Augen von Sterbenden geschaut und ihre Not, ihre Angst und ihren Zorn gesehen. Sie wusste, was Krebspatienten aushalten mussten, weil sie sie selbst gepflegt hatte. Sie wusste, dass der einzige Weg, den Krebs zu bekämpfen, darin lag, dass man ihn vergiftete, während man ihm mit Smoothies und Massagen und Meridianen sicher nicht beikommen konnte. Sie dachte an die Kinder, die im Laufe der Jahre auf ihrer Station gelegen hatten, deren Knochen ihnen durch die Haut stachen, als würde sich der Tod ihrer schon bemächtigen wollen. Ihr Leiden. Die religiösen Menschen, die auf die Stationen kamen und den Eltern erzählten, dass Gnade in diesem Leiden lag – wie gerne hätte Jan diese Männer mit einem Stock von der Station gejagt, als wären sie Hexen. Die Eltern dieser Kinder konnten ganz schön sauer werden, das wusste Jan. Sie griffen nach jedem Strohhalm und hielten sich an den dünnsten Hoffnungen fest, weil es unmöglich war, dass sie ein Kind verlieren sollten, das sie doch erst so kurz gekannt hatten. Es war unmöglich, weil dieses weinende, wütende, lebensleuchtende Bündel, das ihnen die Ärzte in die Hand gedrückt hatten – ihnen kam es vor, als wäre es erst vor Minuten gewesen –, bald nicht mehr sein würde, weil es durch eine unsichtbare Hand früh ausgelöscht wurde. Was, wenn einer von diesen schmerzzerfressenen, hoffnungsgeplagten Eltern auf den Quatsch ihrer Tochter reinfiel? Jan hätte sich das nie verziehen. Sie hatte das Gefühl, eine gewisse Verantwortung zu tragen.

»Also hab ich eines Abends einen Whiskey getrunken, und dann hab ich mich hingesetzt und Ihnen diese Mail geschrieben«, erzählte sie. »Ich mochte Sie, seit Sie einmal diesen Artikel über diesen Starkoch veröffentlicht hatten, der seine Mitarbeiter unterbezahlt hat. Was für eine widerliche Knalltüte, dieser Mann.«

Jan wusste nicht, ob irgendetwas dabei herauskommen würde. Sie dachte sich, dass ich wahrscheinlich Unmengen von Mails von irgendwelchen Spinnern mit seltsamen Mailadressen bekam (dem war auch so). Sie hoffte und fürchtete, dass ich etwas unternehmen würde. Als sie dann eines Tages gerade durch die Tür ihres Hauses in Broadbeach gekommen war und sich hingesetzt hatte, um sich die Schuhe auszuziehen, klingelte das Telefon an der Wand. Es war Tracey, die unter Tränen sagte: »Mum, ich hab was Schlimmes gemacht. Ich hab einen Riesenfehler gemacht.« Und welche Mutter würde nicht sofort alles stehen und liegen lassen, wenn sie so einen Anruf von ihrem Kind bekommt, leidend und kindlich und sich nur wünscht, dass die Mutter angestürzt kommt und sich schützend vor ihr Kind stellt, sich zwischen ihr Kind und die Konsequenzen stellt, die die Welt ihm auferlegen will? Also schnürte Jan, der ganz schlecht wurde beim Gedanken daran, was sie da losgetreten hatte, ihre Schuhe wieder zu, ignorierte ihre schmerzhaft knirschenden Fußballen und fuhr zu ihrer Tochter. Was sie vorfand, war Tracey, ein elendes Häufchen auf ihrem weißen Leinensofa, wie sie besessen durch ihre Social-Media-Accounts scrollte und weinte. Sie sagte ihrer Tochter, dass sie diese ganzen Geräte abschalten sollte, und nahm sie mit auf ihre Terrasse, wo aus dem subtropischen Pflanzengewirr des Gartens die Geräusche verschiedenster Insekten und Vögel kamen, die normalerweise beruhigend wirkten, jetzt jedoch bedrohlich klangen. Sie schaute ihrer Tochter ins Gesicht, hielt es zwischen ihren Händen und flehte Tracey an, ihr alles zu erzählen, ihr die Wahrheit zu erzählen. Doch Tracey murmelte nur irgendetwas in sich hinein, wich ihr aus und versuchte, von einigen Lügen zurückzurudern, während sie andere untermauerte. Sie sei krank gewesen, sagte sie, sehr krank. Sie hatte beschlossen, sich durch Ernährung und Lebensweise und spirituelle Erfahrungen zu heilen, warum taten sich die Menschen so schwer damit, das zu akzeptieren? Ja, beschwichtigte Jan, ja, mein Liebling, aber haben die Ärzte denn jemals »Krebs« gesagt? Haben sie das Wort »Krebs« benutzt? Dieses eine Wort, das die Welt zum Stillstand bringt. »So einfach ist das nicht, Mum!«, weinte Tracey, und sie redete und redete, bis die Sonne über dem Garten unterging und die Frösche ernsthaft loslegten.

Sie gingen nach drinnen, zurück zum Leinensofa, und Jan wusste, dass ihre Tochter das Problem zwar gerne hätte verschwinden lassen, es aber nicht konnte. Jan war eine zweiundsechzigjährige examinierte Krankenschwester, geschieden und mit entzündeten Fußballen, mit einem Kind, das ein sanfter Drogensüchtiger war, und einem anderen, das ein gefährlicher Fantast war. Ihr Haus in Broadbeach war nicht abbezahlt, bevor sie in Rente ging. Ihr Haus in Broadbeach brauchte ein neues Dach. Die Vorschusszahlung, die ihre Tochter für ihr Buch bekommen hatte, belief sich auf den doppelten Betrag ihres Jahresgehalts als Krankenschwester. Sie hatte eigentlich Anwältin werden wollen, doch ihr Vater hatte ihr klargemacht, dass ein Studium nicht infrage kam, also war sie mit fünfzehn von der Schule abgegangen und hatte sich zur Krankenschwester ausbilden lassen. Wenn das traurig war oder wenn das eine Verschwendung war, dann war es eine, die unter den Frauen, die sie kannte, ganz normal war. Jan Doran war müde, und sie hatte keine Kraft, um die Welt davon abzuhalten, ihrer Tochter auf den Kopf zu fallen. Stattdessen hielt sie ihre Tochter einfach nur im Arm, während diese vor sich hin wimmerte. Sie schob Traceys Kopf auf ihr Schlüsselbein, wo er immer noch hineinpasste, und strich ihr mit dem Handrücken über die Wange. Sie küsste ihrer Tochter auf das wunderschöne Haar, das gerade wieder nachwuchs, das Haar mit den honigfarbenen Strähnen. Sie atmete den Duft ihrer Tochter ein, nach Zitrus und frischem Holz, und für eine knappe halbe Stunde fand sie einen Weg zurück zu ihrer

Tochter. Jan machte sich Vorwürfe, weil sie sie in jener Nacht allein gelassen hatte, jedes Mal, wenn ihr das wieder einfiel, durchfuhr sie ein jähes Grauen, und sie hatte versucht, geistig die Zeit zu krümmen, hatte versucht, mit Mächten, an die sie gar nicht glaubte, zu verhandeln und Drohungen auszustoßen – aber nichts konnte jetzt mehr die Tatsache ändern, dass Jan ihre Tochter irgendwann losließ und sich fest auf den feuchten Fleck drückte, den Tracey auf ihrem T-Shirt hinterlassen hatte. »Sagen sie einem das nicht immer?«, fragte sie mich anklagend, als sie mir die Geschichte erzählte. »Dass man seine Kinder loslassen soll? Aber sie vergessen immer dazuzusagen, dass die einen nie loslassen.«

Ihre Tochter versprach, ihr Handy wegzulegen und sofort ins Bett zu gehen. Jan war erschöpft, und ihre Füße pochten, und als sie hinausging, machte sie sich eine müde geistige Notiz, am nächsten Tag ihre Reiseversicherung abzuschließen. Sie würde eine von diesen Preisvergleichswebsites benutzen. Sie setzte sich schwerfällig in ihr Auto und fuhr nach Hause, wobei die Lichter auf der Autobahn in ihren müden Augen verschwammen. Sie bekam den Anruf tags darauf, als sie gerade mitten in ihrer Schicht war und bei einer Darmspiegelung half. Sie stornierte ihre Reise nach Granada.

Im Geiste kehrte sie jeden Tag, jede Minute an diesen Ort zurück – wo der Kopf ihrer Tochter in der Kurve unter ihrem Kinn ruht und ihre Hand auf Traceys runder Wange. Das war ein Ort, den sie immer noch aufsuchen konnte. Das war ein Ort, an dem die Liebe ruhte und wuchs. Es war das Beste, was sie hatte.

27. KAPITEL

Ich saß auf meinem Bett zwischen meiner neuen Grundgarderobe, deren Stücke auf dem Quiltüberwurf verteilt lagen wie ein Haufen Geldscheine, die jemand in die Luft geworfen hatte. Ich war den ganzen Nachmittag mit Beverley shoppen, was bedeutet, dass ich ihr hinterhertrottete wie ein nachgiebiger Assistent, während sie Seidenblusen von Bügeln zog und an Hosenbeinen zupfte und Nähnadeln verlangte, damit sie mir zeigen konnte, wie etwas aussehen würde, wenn es erst mal zurechtgeschneidert worden war. Ich fand es seltsam, so teure Sachen zu kaufen, die einem nicht schon perfekt passten, aber es war ein Glaubenssatz von Beverley, dass man sich auf die Eleganz von Stücken, die man von einem Schneider hatte ändern lassen, bis in alle Ewigkeit verlassen konnte. In Beverleys Welt waren Gewichtszunahmen oder Veränderungen in der Silhouette keine Wahrscheinlichkeit, die in Erwägung zu ziehen sich gelohnt hätten. Man hielt einfach Diät, um so etwas zu verhindern. Sie hatte auch darauf bestanden, dass ich mir einen BH anpassen ließ – ich trug immer noch die nicht mehr besonders elastische Wäsche aus meinen Zeiten vor Maddy. Die Verkäuferin, die die Anpassung vornahm, bestätigte mir, was ich schon wusste –

ich hatte nach der Geburt eine Körbchengröße eingebüßt. »Keine Sorge, Schätzchen«, sagte sie zu mir, als sie die Preise meiner Einkäufe eingab. »Sobald Sie mit dem Kinderkriegen durch sind, können Sie das ja richten lassen.« Sie deutete auf mein Körbchen-A-Dekolleté, als wäre es ein Problemkind.

Jetzt saß ich hier und betrachtete meine Schätze wie ein Piratenkönig, hob immer wieder ein Kleidungsstück hoch und hielt es mir an. Am Wochenende zuvor war ich in einen örtlichen Baumarkt marschiert und hatte mir einen großen Spiegel gekauft, den ich unter dem Arm nach Hause trug, als hätte ich ihn gerade irgendwo geklaut. Vic kam zu mir und machte ihn an der Rückseite meiner Schlafzimmertür fest, während wir zur Feier des Tages Negronis tranken. Jetzt konnte ich mich also von Kopf bis Fuß im Spiegel betrachten. Ich berührte meine neuen Sachen und stellte mir vor, was für einen Eindruck ich machen würde, wenn ich sie anhatte. Ich wollte undurchdringliche Professionalität. Gelassene Verbindlichkeit. Diese Anziehsachen waren eine Rüstung, die mir helfen würde, meine Vergangenheit abzuschütteln, über die sich jeder informieren konnte, den ich traf und der googeln konnte. Es war Abend, und die Zweige des Feigenbaums bewegten sich träge im Spätsommerlicht vor den Balkontüren. Bald würde das Licht von Dunkelgelb zu Weiß wechseln, wenn die Straßenlaternen angingen. Ich musste wirklich mal bei der Stadt anrufen wegen dieses Baums. Jetzt, wo mir das Haus tatsächlich gehörte – eine Tatsache, die mir immer noch unmöglich und abstrakt vorkam –, würde ich wirklich etwas wegen dieses Baums unternehmen müssen. Am anderen Ende des Zimmers zirpte mein Handy in meiner Handtasche. Ich stand auf, um es zu holen, und fand eine

Nachricht von Tom vor. Er wollte rüberkommen. Er hatte mir etwas zu sagen.

»Ich weiß schon, dass du nach Melbourne ziehst«, sagte ich, als ich ihm zehn Minuten später die Tür aufmachte. »Tut mir leid, wenn ich dir den Spaß verderbe. Jess hat's mir schon erzählt.«

»Selber hallo«, sagte er. Er drückte mir einen Kuss auf die Wange, als er an mir vorbei ins Haus ging. »Schläft Maddy schon?«

»Ja.«

»Hast du was Alkoholisches im Haus?«

»Klar.«

Ich führte ihn in die Küche und nahm eine Flasche Wein aus dem Kühlschrank. Wir gingen ins Wohnzimmer. Er ließ sich auf das niedrige Cordsofa sinken. Ich setzte mich gegenüber von ihm auf irgendeinen Stuhl.

»Du bist sehr weit weg«, stellte Tom fest. Er trug ein ausgeblichenes schwarzes T-Shirt und Jeans, die an den Knien leicht zerrissen waren, aber nicht auf absichtliche Art, wie es gerade in Mode war. Alles an Tom war schlicht und natürlich.

»Und du ziehst demnächst sehr weit weg«, erwiderte ich.

»Jess hat diese Chance in Francos Restaurant gekriegt – ich bin sicher, davon hat sie dir schon erzählt. Ich hab mich um ein paar Stipendien beworben. Wenn ich keines bekomme, besorg ich mir noch mal einen Job in einem Café und arbeite nebenbei an meiner nächsten Ausstellung. Da unten lebt es sich billiger. Und es ist quasi die spirituelle Heimat aller Baristas.«

»Du hast ja gute Argumente für Melbourne«, sagte ich. »Fast so, als müsstest du dich selbst überzeugen.«

»Es gibt schon einiges in Sydney, was mir fehlen wird.«

»Zum Beispiel?«

»Das Licht.«

Er legte den Kopf zurück, um einen Schluck Wein zu trinken, und dann schaute er mich mit einer Direktheit an, die ihm gar nicht ähnlich sah. Ich hatte das Gefühl, als wollte er mir einen Protest gegen seinen Umzug entlocken, aber dann glaubte ich doch, dass dieser Gedanke dumm und egoistisch war. Tom hatte den nächsten Schritt in seinem Leben getan. Würde ich ja auch bald. Auf meinem Bett lag die Grundgarderobe, die mir dabei helfen würde. Maddy war diese Woche mit einer Zeichnung nach Hause gekommen (weitere impressionistische Lutscher), auf der ihr Name stand, in ihrer eigenen Handschrift. »Sie wird mal Schriftstellerin werden«, prophezeite Tom, »wie ihre Mutter.« Ich bat ihn, sich sofort den Mund auszuwaschen.

Ich erzählte ihm auch, dass Vic sich erfolgreich um den Job des Korrespondenten in London beworben hatte, was ganz großartig war. Eigentlich war das so ein Job gewesen, den ich früher auch gern gehabt hätte, und ich hatte mir vorgestellt, dass ich mich darum bewerben würde, sollte das Thema mal wieder aufkommen – obwohl ich gleichzeitig natürlich wusste, dass das Leben eines Korrespondenten, der jederzeit alles stehen und liegen lassen musste, um der nächsten Katastrophe nachzujagen, mit dem Leben einer alleinerziehenden Mutter nicht unter einen Hut zu bringen war.

»Das freut mich für Vic«, meinte Tom. »Aber London ist eine fürchterliche Stadt. Grauenvolles Licht. Noch schlimmere Zahnärzte.«

Ich fragte Tom nach dem Thema seiner nächsten Ausstellung, und er meinte, er sei noch nicht sicher, aber er habe in letzter Zeit viel über Aporie gelesen, die Vorstellung von Sokrates, dass alle Fragen in der Welt nur zu Unsicherheit führen könnten.

»Aporie klingt, als wäre sie ein bisschen schwierig zu fotografieren«, meinte ich.

»Ich hab ein paar Ideen«, sagte Tom. »Du kannst mir ruhig mal was zutrauen, Hamilton.«

Hier erreichte die Unterhaltung eine natürliche Pause.

»Nächste Woche fange ich in einer Firma an, von der du nichts hältst«, sagte ich. »Ich hab mir neue Sachen zum Anziehen gekauft und so.«

»Das tut mir leid«, sagte Tom. »Ich hab kein Recht, dich zu verurteilen. Ich weiß nicht, wie es sich anfühlt, an deiner Stelle zu sein. Und ich weiß, dass es nicht einfach gewesen ist mit Maddy.«

»Ich werde es mal für eine Weile versuchen«, sagte ich. »Außerdem gehört mir ja jetzt dieses Haus. Unglaublich, oder?«

»Was? Wie …«

»Onkel Sam …«

»Er hat dir das Haus geschenkt?«

»Er hat mir das Haus in seinem Testament vermacht.«

»Ah, Suzy«, sagte Tom mit einem breiten Grinsen. »Jetzt hast du alles, was ein Künstler braucht. Das, was einen Menschen gedeihen lässt und was alleinerziehende Mütter so gut wie nie kriegen.«

»Geld?«

»So ähnlich, aber viel besser«, antwortete er. »Freiheit.«

Er prostete mir zu, und ich lachte. Mir war ganz leicht ums Herz, weil mir klar wurde, dass er recht hatte. Ich stand auf und ging zu ihm hinüber, stieß mit ihm an und setzte mich neben ihn. Unsere Beine berührten sich an der Seite. Ihm so nahe zu sein, war wie ein Sog. Ich fühlte mich high, als wäre ich aus Luft. Er stellte sein Glas auf den hölzernen Beistelltisch, wo es einen kleinen schwachen Ring hinterlassen sollte, der noch jahrelang bleiben sollte und der mich nicht im Geringsten störte. Er lehnte sich vor und küsste mich, und nach einer Weile gingen wir nach oben, legten uns aufs Bett und zogen einander aus auf meiner neuen Grundgarderobe.

Am nächsten Morgen wachte ich später auf als gewöhnlich und merkte, dass ich richtig tief geschlafen hatte. Normalerweise hätte ich Tom rausgeschmissen, bevor Maddy aufwachte. Aber jetzt war es zu spät – ich konnte über die Treppe die Geräusche hören, die die beiden in der Küche machten. Ich zog meinen Kimono über und ging hinunter.

»Tom hat hier übernachtet!«, verkündete Maddy fröhlich, als ich die Küche betrat.

»Wir machen gerade Pfannkuchen«, sagte Tom.

Beide hatten sich Schürzen umgebunden und waren völlig absorbiert vom synchronen Flow, der eingefleischten Koch-Duos eigen ist – Milch in eine Vertiefung im Mehl gießen, einen Hauch von Vanille dazu, das befriedigende Aufklatschen eines Butterklumpens in einer heißen Pfanne.

Ich wusste, dass Tom recht hatte und dass Nachfragen nur zu Unsicherheit führen würde. Das Leben war ebenso unsicher wie zerbrechlich. Ich dachte mir, dass die einzige Art, die Dinge etwas zuverlässiger zu machen, darin bestand, den Boden unter sich tragfähig zu machen, nach dem Leben zu greifen, die Hand danach auszustrecken, darauf zuzurennen, wie Maddy es tat, mit dem optimistischen *Dunk-dunk-dunk* ihrer Schritte auf dem Flur. Ich dachte mir, dass man es versuchen musste, selbst wenn das Hinterherrennen und das Greifen nicht funktionieren sollten. Ich schaute jetzt zu Tom hoch, der neben meiner Tochter an der Küchentheke stand. Sie glühte vor Leben, sie strahlte es ab wie Licht, während Jans Tochter, Tracey, tot war und nur durch die Geschichten, die wir über sie erzählten, lebendig bleiben konnte. Toms Hand bedeckte Maddys, als er ihr zeigte, wie sie den Pfannkuchenteig führen musste.

»Geh nicht nach Melbourne«, bat ich ihn. »Bleib hier.«

DANKSAGUNGEN

Wenn es ein Dorf braucht, um ein Kind aufzuziehen, dann braucht es eine kleine Metropole, um ein Kind und ein Buch zur gleichen Zeit aufzuziehen. Als Erstes und für immer will ich mich bei meiner großartigen Mutter Judy bedanken für all ihre Unterstützung und Liebe. Mum, wenn sowohl das Buch als auch das Baby am Ende okay sind, habe ich das nur dir zu verdanken.

Richard Walsh war der Erste, der meine frühen Schreibversuche zu sehen bekommen hat. Er meinte, ich könnte es schaffen. Dafür – und für noch viel mehr – werde ich ihm immer dankbar sein. Richard, ich glaube, ich schulde dir ein Mittagessen. Meine Verlegerin Catherine Milne hat mir jeweils im richtigen Moment gut zugeredet, war einfühlsam oder enthusiastisch. Danke, Catherine, für deine unschätzbar wertvolle Ermutigung und sanfte »Geburtshilfe«. Danke auch an meine großartige Agentin, Jeanne Ryckmans, für ihre grenzenlose Energie und Leidenschaft, mit der sie dieses Buch begleitet hat.

Ich habe den Entwurf für diesen Roman fertiggestellt, als ich in Perth ein Stipendium für das Katharine Susannah Prichard Writers' Centre hatte. Das waren goldene vierzehn Tage, und ich bedanke mich beim Personal des KSP dafür.

Danke auch an meine wunderbaren Maleys für ihre liebevolle Unterstützung und endlosen guten Gespräche – Dad, Tan, Matt, Imogen, Paul, Grace, Sebby, Cath, Mark und Karen, Natalya und Olivia und meine wundervollen Großeltern Yvonne und Barry. Großmutter, du hast mir mehr über Bücher beigebracht als jeder andere. Großvater, danke, dass du immer an mich geglaubt hast. Dad, danke, dass du mein Buch schon im Frühstadium gelesen hast und immer gefragt hast, wann das Buch veröffentlicht wird, nicht, ob. Paul, danke, dass du immer hinter mir gestanden hast.

Danke an meine ganzen tollen Freunde – so viele von euch haben mich in den letzten Jahren über Wasser gehalten. Danke vor allem an meinen Liebling Ben Wickham für seine treue Liebe, Loyalität und sein Verständnis – Ben, ich bin weder tot noch schwul, aber ich hoffe, du wirst dieses Buch lesen. Danke an Julia Baird für so vieles, aber vor allem für ihren unglaublich großzügigen Spirit und ihre Lebensfreude (und für die Erinnerungen ans Studentenwohnheim). Danke an Jordan Baker – du bist mein liebster Gesprächspartner und unerschütterlicher bester Freund. Danke an Anna Clark und Gab Abromovitz dafür, dass sie mir ein Zuhause gegeben haben und einen Platz zum Schreiben, als ich beides so dringend benötigte. Danke auch an Sarah Oakes, die mein Buch gelesen hat – ich bin dir ewig dankbar für deine Art, Leute wieder aufzurichten, das ist ein echtes Talent. Danke auch an Dylan Welch für seine Pflichten als Gott und dafür, dass er mich zum Lachen gebracht hat. Und an Gillian Khaw für ihre Ermutigung und liebevollen, aber strengen Worte, wenn ich nach einem Scheitern weiterschreiben sollte.

Danke an alle meine Redakteure und Kollegen beim *Sydney Morning Herald* für ihre Unterstützung und ihr Verständnis, während ich an diesem Buch gearbeitet habe – insbesondere Lisa Davies, James Chessell, Cosima Marriner, Andrew Forbes, Julie Lewis, Steph Peatling, Nick O'Malley und Katrina Strickland. Ich schwöre, dass alle Passagen, die im Nachrichtenbüro spielen, rein fiktiv sind!

Last but not least ein Dankeschön an Michael für seine Loyalität und Liebe, dafür, dass er für E. da war, und für das Geschenk von zwei Wochen in einem Cottage in Perth, um dieses Ding endlich zu Ende schreiben zu können. Ich kann dir gar nicht genug danken für alles, was du für mich getan hast. Ich liebe dich mehr als Vormittage, an denen ich ausschlafen kann – vielleicht kriegst du eines Tages auch so einen.